U0804786

KUWEI
酷威文化
图书 影视

你分丽怪过美

（上）

未再 著

江苏凤凰文艺出版社
JIANGSU PHOENIX LITERATURE AND ART PUBLISHING, LTD

CONTENTS

目录

you are beautiful

怪你过分美丽

一、谁曾朝不保夕

莫向晚有夜里多梦的毛病，梦里是无尽的路，路途上有无尽的坑。她不断奔跑，跌倒，爬起来，沾了一身的泥泞，而且疲惫万分。她看一看自己的全身，浑身的血污，肮脏到她自己都看不清楚自己的身体。于是她惊恐起来，继续奔跑，仿佛想甩脱这一身泥泞，擦干净这一身血污。

但是，一切都这么沉重，沉重到身上的泥泞仿佛是身体的一部分，甩也甩不开。

然后，莫向晚就惊醒过来，一摸额头，全部是汗。还来不及擦干汗水，电话铃就响起来，助理邹楠用十万火急的声音说："林湘要跳楼，整个人挂在阳台上，结果膝盖擦伤，额头撞伤。"

莫向晚摁一摁太阳穴，"我就来，哪一家医院？"

邹楠报了医院的名字。

"在我到之前，你好好照顾她。"

挂好电话，她翻身下床，才穿好衣服走出房间，儿子莫非就从另一间小隔间里跷着打着石膏的小腿跳出来，瓮声瓮气地问："妈妈，你又要去加班啊？"小脸是不大情愿的，可是嘴上仍体贴地说，"那么明天早上我找于雷的妈妈给我买早饭。"

莫向晚亲一亲他的额头，嘱咐道："妈妈锁好了门，记得煤气什么的都不要开。早上我给你带小笼包当早饭，不要麻烦于雷妈妈。"

莫非把脑袋在她的肚子上蹭一蹭，小猫儿似的。她十分不舍，但工作紧迫，只能狠一狠心，照顾儿子上完厕所，匆匆出了门。

三年前因为演了一部校园偶像剧出道的林湘，外貌清丽，气质亲和，观众觉得她可亲又可爱。随着偶像剧的播出，收视率登顶，林湘不出意外红遍全国，已然成为新一代流量小花旦。虽说离顶级巨星尚有一段距离，但女明星的日子过得很是滋润。然而，她最近一个月却因为自杀未遂，已经进过三次医院。

莫向晚赶到医院时，听到周医师对邹楠讲："割腕、开煤气、跳楼都试过了，下一次把房间里的绳子全部藏好。"

邹楠红着眼睛，她曾是林湘的助理，林湘待她不薄，她是真心难过，被周医师这样一讲，只是觉得更难过。

莫向晚走过去说："周医师精通外科，想来对呼吸道问题应该也是很拿手的。"

周医师对她笑笑，或许因为不耐烦，讲话有点不阴不阳："小莫，以后麻烦你家艺人不要三更半夜做危险动作，平常日子过得这么好，半夜跑来跟急诊的真病人抢什么床位？"

莫向晚点头："是是是，我会教育她的。"她转头问邹楠，"她现在怎么样？"

邹楠眼圈一红："还在里面哭。"

周医师说："已经找护士给她注射了镇静剂，你们想想怎么应付外面的记者。"他说完，人就没影了。

莫向晚皱起眉头。

“今天晚上内环有个车祸，周医师正在前面忙。湘湘出事情，于总非要周医师搞定病房和主治大夫。”

这倒也难怪对方给臭脸了。

莫向晚自己都黑了脸，推开病房的门，病房里的床上坐着一个病美人，无声流泪，见者心酸。但莫向晚并不，她抱胸，问：“林湘，你说你到底想怎么样？”

林湘的自杀，源于三个月前圈内不明人士在公众论坛上曝光的一桩丑闻。有个著名男影星和多个摩登女拍裸身亲密照，其中一个是林湘。

之后立刻就有记者联系林湘，把林湘吓呆了。照片是入行之前拍的，她说没有想到会有这样的后果。莫向晚也没有想到这件事情的后遗症会是林湘自杀了三次。

林湘抬头，脸上还挂着泪。她说：“我入行前就和他谈恋爱了。”

“这些我们都知道。”

“他不可以这么对我，说什么对不起林小姐。我们谈过恋爱，情侣拍亲密照凭什么要向无关紧要的人道歉？”

“他现在的女朋友不是你。”

林湘咬牙：“向晚你真残忍。”

莫向晚笑了笑，坐到了病床前的椅子上。

“林湘，等一会儿我会和于总通一个电话，这件事你是受害者。你本来年底前要发新歌的，我看唱片公司那儿应该可以安排提前。年底有两个台的新春晚会，我会安排你的档期。你看好不好？”

林湘凝视着莫向晚，没有说话。

“感情的创伤可以用工作治愈，大家会鼓励你重新站起来。你当年在出道的电视剧里，演的并不是女主角，但是你如今的粉丝比当年的女主角要多得多。他们一直对你很好，肯定会支持你走出情伤。”

林湘说：“算你狠。”

莫向晚拍拍她的手：“你早应该走出阴影，这一次当作他补偿给你的，你不吃亏，对不对？”

当她在对艺人或者下属用“是不是”“对不对”这样的问词结束话题时，就代表着她的决定已经做了下来，不会再有所改变。

合作三年，林湘了解莫向晚的风格，所以她气恼地躺了下来，朝着莫向晚背过头去。

莫向晚不以为意，甚至还体贴地为林湘盖好被子。

莫向晚离开医院时有些累，看一看表，这时候凌晨3点，如果赶回家，还可以睡两个小时的觉，再起来给莫非买好小笼包。不过一定要快。

快是想着快，但动作还是不够利索，莫向晚一出医院门，就被三个记者包围了。

“林湘的情况怎么样？”

“林湘和罗风是怎么分的手？罗风手机里怎么还会有林湘的照片？”

“湘湘还爱着罗风吗？她是因为羞愧自杀，还是因为罗风发表声明，说对不起现在的女朋友才自杀？”

林湘的自杀，让记者的闪光灯直接对准自己，这对莫向晚来说并不是一件值得高兴的事情。她调整了一下面部表情，调到刻板又冷酷的频道上，方向顶明确，对着刚才做出两种揣测的记者小姐说：“你们有罗风的手机号吗？我也想问问他和林湘到底怎么回事。”

她把一个太极打出来，但口气不是顶好。这实实在在不能怪她，人在坠入谷底时，最不乐意看到别人落井下石。而与这个行业共存的娱乐记者群体，专职便是落井下石、火上浇油，这真是叫人最无可奈何的事情。

眼前的这一位也是个中好手，两人打了好几年交道。莫向晚记得她叫金菁，在娱记圈子里也算得上火眼金睛的头号人物了，特别难缠。

果然，金菁不气不馁，翻一个白眼后追问她："莫小姐，你可是'奇丽'的艺人经纪总监，难道没有一手资料？"

莫向晚立刻向她微笑："我们公司不像韩国公司那样要艺人报备恋情，就像你们的老板同样不会问你们昨天和哪个男人去哪家餐厅吃饭，是不是？"

这是如今的莫向晚会做出的回答，如果是刚入行那会儿，怕她答的就是："你凭什么认为我会知道这样的隐私？我难道生活在艺人床底下吗？"

莫向晚回答完毕，扬手一招，来了一辆出租车，她把傻傻呆呆地跟在身后的邹楠往里一塞，自己也钻了进去，扬长而去。

莫向晚先把邹楠送回家，才回到家里。她先去儿子的睡房里，打开了台灯，看着床上的孩子。

莫非睡得不太踏实，哼哼唧唧，翻个身，发现母亲回来了，就甜甜地笑了笑，呢喃着叫"妈妈"。

孩子童稚的声音击打到莫向晚的心头，令她又酸又软，适才奔波挣扎掉的气力，一点一滴在恢复。她看了一下他的脚，心里真是后悔，真不该答应他参加足球队，这才头一回训练，就把脚踝扭伤了。

莫非只管在母亲怀里撒娇，半眯着眼睛，小猫儿似的拱在母亲怀里，说："妈妈，你明天要送我上学的哦！你要早点睡的哦！"

莫向晚轻轻拍一拍他的脑壳：“就你主张多。”

莫非只是“嘿嘿”地笑，睁开了眼睛，瞳仁儿极亮。这孩子有同龄孩子少有的狡黠，耍可爱耍娇气，总会令她无法拒绝他的要求。

莫非半夜离不开母亲，非要扭股糖似的翻来覆去，抱着她的腰撒娇。莫向晚无奈，反手抱牢儿子，轻轻抚拍。

孩子不肯安睡总是对伤口愈合不好的，莫向晚哄他睡觉，他说睡不着。第二句莫向晚就不哄了，直接说：“或者我向你们班主任说你不适合参加足球队。”莫非果真害怕，马上闭上了眼睛。

莫向晚没有立刻关灯，她对着儿子光洁的面孔发了一阵呆。

莫非不但有一双灵活的眼睛，还有长而浓密的睫毛，闭上眼睛时像个女孩子。这是遗传自她的，让孩子的面庞泰半留下她的轮廓，也许是她的幸运。

但孩子的心气很高，好动、好斗、好学习做大人，典型的男孩子作风。他上了小学后，她愈加有点儿越管不住他了。

在莫非上小学的第一天，她认真训诫过儿子：“第一，不可以和同学闹别扭斗嘴，你要谦让。第二，不可以和同学玩危险的游戏，因为你要是受伤，妈妈就要请假带你去看病，然后会被扣钱，过年的时候你就买不到汽车模型。”

莫非皱起小小的眉头对她说：“我不和同学吵架，同学要是找我吵架怎么办？放学以后同学找我玩游戏，我是不是就不应该去呢？”

这样的问题让她头痛，她想，作为一个妈妈，她还是太年轻了。莫向晚只能强装严肃：“同学找你吵架，你就去找老师。同学找你玩游戏，你问好我再和他们去玩。”

“如果你在上班，我也可以问你吗？”

“你知道我办公室的电话，可以打过来问我。”

“如果你在开会呢？”

“你可以打我的手机。”

莫非抓住她话里的漏洞了：“妈妈，你开会从来不接电话的。”

比起妈妈这个角色，她在儿子面前更像个大姐姐，莫非一点都不怕她，而且很会同她讨价还价，正如刚才。好在孩子还算能看懂大人的眼色，一会儿就睡着了。莫向晚给儿子掖了掖被子，又看了看他脚上打的石膏，一切完好，才放下心，蹑手蹑脚地回到客厅。

这个时候，老总应当在吃晚饭，她看一眼挂钟，拨了一个国际长途。

于江接到她的电话时的确在吃晚饭。不知是否因为食物可口，他在自己的这个长假中心情很不错，听完莫向晚的汇报，他讲：“那么就照你的安排好了，过两天给她开记者招待会。”

莫向晚说：“好的，唱片公司那边需要朱迪晨安排。”

于江笑起来：“向晚，你斟酌去办就行了。”

他这样一说，莫向晚就明白了，放长假的老板不太愿意操公司琐事的心。这也实实在在情有可原，于江素来以勤勉拼搏闻名业界，成立公司这些年，这是他头一回给自己放假，也是好不容易挤出来的时间。

“你放心，我会沟通好的。”

于江说：“我知道你能处理好，我这儿还要延期两个星期再回去。你们安抚好湘湘。”

莫向晚就只能说：“Have a good time！”

第二天的一切都很混乱。

早晨莫非赖床，连呼“脚疼”，死活不肯起来。小孩子到底还是任性的。莫向晚叫了好几次，莫非还是不动，她不免生了气，坐到莫非身边，说：“莫非，不要以为你脚疼就可以迟到，你会害得妈妈一起迟到。”

莫非从被窝里探出头，发觉撒娇过头了，赶紧手忙脚乱地坐起来穿衣服，口里一边说：“老师说男同学赖床是可以理解的，所以妈妈你要理解我。妈妈照顾小孩迟到也是可以理解的，所以妈妈，你的老板也会理解你的。”说完龇牙咧嘴做了个怪脸。

这样一来，莫向晚不得不笑出来。莫非有一种与生俱来的幽默感，还会做一些旁的孩子做不出来的滑稽动作和表情，非常好玩儿。所以老师们都喜欢他。

这并不是遗传自她的。

她不是个天生有幽默感的人。

从小父亲带她出去应酬，她只会一本正经地说“叔叔阿姨好”，此后就没有其他话了，也不会扮可爱讨大人喜欢。不像莫非，早晨一进学校大门，就能对门边执勤的班主任说：“葛老师，你今天好漂亮啊！就像昨天晚上的月亮一样靓。”

葛老师刚从大学毕业，最近正在恋爱，听了小朋友的话更加如沐春风。她对莫向晚说：“学校里决定选莫非参加区少儿口算比赛。”

莫非向母亲眨眨眼睛，意思仿佛是：你瞧，老师没有说我快要迟到了。

莫向晚对他好气又好笑，但是不好纵容，只得拍拍他的脑袋说：“好好上课。”

葛老师找了同学扶莫非进教室，莫非扭头向母亲摆摆手，笑嘻嘻地扶着同学的肩膀进去了。

葛老师同她站在校门口寒暄几句，问她："最近挺忙的吧？上一回家长会你都没有来。"

莫向晚有一点惭愧："公司的工作忙。"

葛老师说："莫非成绩好，在班级里也乖，你不用操心的。"

莫向晚打开手里的包，拿出一个信封，递给葛老师："我们下个月做秀场新人的演唱会，不晓得你有没有空去捧捧场？"

葛老师接过来，挺开心地说："莫非妈妈，谢谢你啊！"

莫向晚友好地笑。

莫非摔伤那天，是这位葛老师送到医院一直陪到晚上 10 点。莫向晚是感激的，当然她表达感激的方式，是葛老师喜欢的。

这种方式不要说孩子不懂，去年才读一年级的莫非就很认真地同她商量："妈妈，马上要到圣诞节了，于雷的爸爸送了一盆圣诞花给老师，你看我们是不是要买一张能放音乐的圣诞卡？"

莫向晚后来买了一张圣诞卡，还夹了两张自家公司艺人参加的新春演唱会的票。此后，葛老师对莫非就一直挺照顾的，而且还挺能理解她这位经常晚来接孩子下作业课的家长。

葛老师知道莫向晚是一个人带着莫非，曾经感叹："一个人带孩子蛮辛苦的，莫非妈妈你真的很不容易。"

没有人对她这样的年纪有这么大的儿子存疑。

莫向晚自当上经纪人那天起，便一直是严肃的正装打扮，口红的颜色从没偏离褐色系，又戴着一副眼镜，一本正经地说话，语速保持适中。

她今年其实还没到三十。

但是她的儿子已经八周岁了。

他没有父亲。

在莫非三岁之前，解释这个问题，真是煞费莫向晚的苦心。后来她年纪渐长，打扮开始老成，才终于没有人好奇发问了。

莫向晚昨晚等于大半夜都没有睡，精神不算太好。葛老师热心同她多闲聊几句，她勉强用客套的笑颜应付。

葛老师看着她的黑眼圈，关切地问："莫非妈妈，我的朋友去香港，带了几支雅诗兰黛的眼霜给我妈，她平时又不用这些个，你要不要？"

小老师热心的小体贴，莫向晚不是不感激，她甚至差一点下意识地摸摸自己的眼皮子。不过一想到雅诗兰黛在小老师那边属于四十多岁的女人的专用品，她心里头就有那么一丁点儿的不痛快，只好这样答复葛老师的热心："我家里的还有大半瓶，暂时还用不到，多谢你啦！"

葛老师又问："听说流量小生罗风和你带的林湘谈过恋爱呀？"

莫向晚自有她的官方答复："哪里有的事，不过是以前两人一起拍电视剧的时候，被粉丝拉的 CP。"

葛老师总爱和她闲聊几句，大概也是因为她的职业。莫非在学校里从不会说自己的家庭情况，当葛老师从莫非的家长联系方式上得知她的单位后，就总要找机会问她一些娱乐八卦。

不过，对她职业的好奇多过对他们这个单亲家庭的好奇，对莫向晚来说总是好的。她自认为掩饰得很成功，虽然管弦说她是在掩耳盗铃。

但管弦后面又加多一句，是这样说的："这个社会一直是笑贫不笑娼的，只要你立得起来，你的掩耳盗铃大家就都当看不到。"

莫向晚笑："是啊是啊，大城市里单亲家庭这么多，没几个人愿意多管闲事的。"

管弦对她从来是打开天窗说亮话："二十岁就做单亲妈妈的可不多。"

莫向晚从来不会介意管弦说的这样的话。"我又不是镁光灯前面的人，一点错都能被抓小辫子。"

管弦轻叹："那你何必把自己打扮得这么老气，完全杜绝了第二春的可能。"

"我的春天来过吗？"

"莫非怎么来的？"

"那时候我年纪小，人糊涂。所以我决定好好带莫非，不准他在年纪小的时候犯糊涂。"

管弦抚额："唉！在你心里还是没有跨过当年那道坎。"

管弦在西区开了一间小型 pub，叫作"MORE BEAUTIFUL"，在娱乐圈里头很有点名气，圈内人常在那里聚。

当年，年轻的孕妇莫向晚没有钱，只能躲到乡下去生这个孩子。所以在肚子还不明显的时候，她得去挣钱，就是那个时候，她无意中去了"MORE BEAUTIFUL"打工。

她调酒的手势熟练，技巧也好，和客人很能聊起来。有状态颓废的男客人趴在吧台上，拿着白色小药丸放到"马天尼"里头，酒还没有喝，就被莫向晚一把泼了。

管弦扣了莫向晚当晚的小费，莫向晚说："不行，我要生孩子的。"

就是这么直接。

管弦这才发现她的小肚子微微凸出来，已经快要遮不住了，她很惊骇："半大的孩子，你开什么国际玩笑？"

莫向晚把头发顺了顺，她的头发是天然卷的，那时候长到腰下，发梢带着亚麻色，在那个年代不知道是多惹眼的发型。

管弦说："我介绍一个好大夫给你，就在后面的弄堂里，地方很隐秘，大夫手法也很好，不会很痛。"

莫向晚说："该去的地方我都去过了，我不想做。"

管弦摸摸她的额头："你发昏了。小姑娘，你想好了？"

莫向晚对着管弦笑，她的眉毛很浓，是王祖贤的那种眉毛，眼睛亮晶晶的，瞳仁儿很亮，睫毛很长很卷，比酒吧里那些不涂睫毛膏绝对不出门的小妞们还要翘。莫向晚平时都不化妆，大约也因为初孕，皮肤有点干，脸庞有点浮肿，所以管弦一开始并没有发现她的五官长得这样好。

莫向晚说："我就缺一千块了，再存一千块，我就去南汇或奉贤。"

管弦看她倔强说话的样子，眼睛睁得愈发地大，浓眉张扬的，两只手捂住小肚子，护仔小母鸡的模样。

这桩闲事就被管弦管了下来。

莫向晚说她："管弦，我本来以为你是艺术家，原来你是慈善家。"

"没错，我不是管弦乐，我是多管闲事。"

小莫非被合法生在医院里，管弦的关系有时候能通天，一手搞定了难搞的户口问题。

后来，莫向晚问她："管弦，你为什么帮我？"

管弦说了一句特别深沉又特别文艺的话："看见今天的你就像看见了昨天的我。"

但凡此时，莫向晚就会唾弃管弦："我和你可不一样。"

管弦弹一下手里细长条的烟，并不是很在乎地说："那是一定的，你是你，莫无敌。”

莫向晚自从坐到艺人经纪总监这个位置上就有了一个绰号，叫作“莫无敌”。这个绰号多多少少有点圈里人调笑的味道在。

于江决定升莫向晚为“奇丽”的艺人经纪总监时，说：“对外除了要应付好媒体、片方和平台那些人，你还要帮我搞定公司内外合作的执行经纪们，尤其是那些挂靠在公司旗下的工作室。现在我们很需要整合好艺人资源。”

莫向晚说：“我晓得，凡是‘奇丽’所辖范围内的，就应当是我们要把握好的。”

她很能领会于江的意思，正如管弦对于江说的，“莫向晚是忠臣猛将。”

莫向晚上任的第一个项目，就是为公司旗下新蹿红的网剧小仙女齐思甜争取到了本城卫视大型舞蹈综艺的合作。偏偏齐思甜的执行经纪朱迪晨为她接了某网站的一档访谈节目。时间撞了车，齐思甜左右为难。

经纪人里的老油条朱迪晨不无抱怨，对莫向晚说：“有些人是不明白我们起早贪黑，好不容易把网站上下摸熟的苦的。”

莫向晚丝毫不退让：“卫视的项目广告投入不少，对思甜的曝光率有好处。没有不讲就近原则的道理。”

朱迪晨瞪圆了眼睛，不客气地说：“谁不知道卫视做娱乐节目是半瓶子醋，那边的节目网络点击率有多高？”

莫向晚说：“这样吧，两个节目思甜都上。”

朱迪晨对她冷笑。

齐思甜说：“向晚姐，坐飞机都来不及，两个节目才差一个小时。”

于是莫向晚当晚就坐飞机去了首都，八个小时后回来，对朱迪晨说：“我已经协调好了，可以让思甜上下一期节目。”

齐思甜自然开心，朱迪晨可就气得吹胡子瞪眼，万万没想到新官上任第一把火，就把自己给新官的下马威给烧糊了。

于江很满意，说：“有取有舍当然困难，两全其美也要付出代价。”

后来朱迪晨在圈子里逢人就说，不知道莫向晚下了什么蛊，竟然让网站里那个出了名难搞的“葛朗台”同意临时换人。这种假设性语句是暧昧的，朱迪晨还加上了定语：“人家就是无敌嘛！”

莫向晚听了有些气馁，在“MORE BEAUTIFUL”对着管弦倒苦水：“这里就是无风也起三尺浪，我不过就是请‘葛朗台’吃顿饭，把我们新签的百花奖影帝最近的档期供他参考了下，哪里就那么龌龊？”

管弦一边洗着水晶杯一边说：“老板喜欢的人，同事不喜欢，同事喜欢的人，老板不喜欢。别求人人在你背后说好话。”

此话确真。莫向晚把假面具一戴，就可百毒不侵。

然而此刻真真棘手。

因为林湘的执行经纪便是朱迪晨。

莫向晚到了公司，邹楠已经到了，依例清晨奉上一杯清茶，顺便汇报。“湘湘后来没什么事了，她说她会听公司的安排。”然后提醒了一句，“老大，你看一下昨晚‘娱乐三百六十度’公众号发的内容。”

莫向晚抿一口茶，打开手机，看了五六分钟，看着看着便竖起了眉毛。

“娱乐三百六十度”正是那位金菁小姐开的公众号，简介上讲“立志要做娱乐圈的清流报道”，而她昨晚发的报道用的标题却很耸动，叫作“娱乐圈如何自律以服众”。这篇报道的角度同其他记者的完全不一样，下笔以社会责任感自居，站在普通观众的立场上，居高临下地对林湘事件几番明讽暗刺，很能刺激普通读者的阅读快感。

这是个相当聪明的记者，莫向晚想，记者难对付，善于调动读者情绪的记者更难对付，自己应当机立断，立即行动。

她喝一口茶，把一口乌糟气压下去，问：“朱迪晨今天有没有来？”

邹楠这个助理煞是体贴，也煞是细心，早就将资料准备妥当，答复上司：“她最近在为‘The colour’组合谈广告约，今天和广告公司那边的人见面。”她觑一眼上司，又说下去，“她从去年开始，就是齐思甜的剧上了以后，就不大管湘湘了，商演什么的都不太安排，湘湘说多亏向晚姐你为她安排了一些演出和专访维持曝光率。可是如果出专辑和演电视剧一直都没什么像样的规划，这样下去会完蛋的。”

这是一个重感情的女孩，可惜话多了点儿。莫向晚摆摆手，截住她的话尾，说：“我会给朱迪晨打电话。”

这边说完正欲拨出电话，倒是有个电话先打了进来，是本地卫视的明星访谈节目制作人。对方在电话那头暴跳如雷：“早跟你说好的，我要徐陵这个星期上我的节目。他刚才跟我说改期，说是剧组不放人。他徐陵不想想，没有我们台办的选秀，哪里有他出道的份？”

莫向晚马上柔声安抚：“别生气别生气，这孩子年纪小，思路还不太清晰，我会好好搞搞他的路子。这个星期他一定会上您的节目，放心吧！”

挂了电话，莫向晚深深吸了一口气，事有轻重缓急，她决定还是先给朱迪晨打电话。待对方接通时，她将语气放得比刚才更加温柔。

她说："湘湘昨天又自杀了。"

那头的朱迪晨气得直叫："我管她去死，一个月给老娘死几次，她要是真想死现在我们就在开追悼会了。"

"于私吧，你要体谅她的一片痴心。于公来说，坏事未必不会变成好事，她糊涂，我们可不能糊涂。"

朱迪晨冷笑："向晚姐，没想到你对她这种软硬不吃、作天作地的小姑娘还这么有耐心？"

莫向晚忍住一口气，用严肃的口吻说："湘湘她毕竟是公司的艺人，解决她的问题本来就是你跟我的工作。"她笑了笑，声音跟着变得可亲起来，"我现在有个公关方案，你中午有空的话，我请你吃顿饭，我们详细聊聊。"

朱迪晨并不傻，自然是顺台阶答应下来。

邹楠十分不屑："她一听有人帮她解决湘湘的事情，就换了一副嘴脸，简直恶心。"

莫向晚真心地笑出来，轻拍她的脑门："快替我去'小南国'订位。"又说，"你要劝好林湘，自暴自弃，不求上进，在任何地方都是混不下去的。"

"公司签的艺人多，不是个个都给机会——"邹楠话一出口，就看到莫向晚扫过来的眼风，"咻"地住了口。

不过莫向晚可以理解她的想法。一家娱乐公司，旗下艺人成群，哪里会人人都得公司青眼，被大力提携？如若拿着公司给予的机会和资源，在台面上站一两年仍然讨不到观众眼缘，自己又无可靠后台做保，被淘汰几乎是必然的。

林湘是歌唱选秀出道的，红的时候气势也如火如荼，可没两年就后继乏力了。她性情里本就带着几分天生的任性任情，情商极低，仗着粉丝拥趸，出道不久就在场面上得罪了不少媒体和节目监制，让她的经纪人朱迪晨处理得那叫一个焦头烂额。也曾有些广告商赞助商发过请帖给她，邀她出去吃顿便饭，她眼风也不扫一下，只留一句“公事公办，私宴免谈”就把人打发了，这又让她传出对合作方态度嚣张的名声。

但也因这一着，林湘才让莫向晚上了心，决定这次帮她一帮。尤其是林湘自己也有了些反省的心思，这就更好办。

莫向晚在上午审定好当月的艺人工作日程表，神清气爽地去赴朱迪晨的约。

让莫向晚没想到的是，朱迪晨比想象中要配合得多。

首先是没有迟到。

当初莫向晚升任艺人经纪总监一职，头一项任务便是同于江一起，将朱迪晨这位在韩国娱乐行业有多年从业经验的人才招至麾下。朱迪晨的年纪比莫向晚还要大上两岁，也确实经验丰富、能力出众，在韩国就带过一位顶级偶像。她加入“奇丽”之后，协助莫向晚将艺人培训业务做得风生水起，不过才一两年的时间，就培训出几位一线小生和花旦。自然，对于朱迪晨这样能力出众的下属，莫向晚很懂得和她的相处之道，从来不会在她面前摆领导的款，给予她足够的空间。

当然，莫向晚也很了解朱迪晨的工作风格，朱迪晨对毫无效益的事情极为没有耐心，所以她这一次这样准时出席，让莫向晚的一颗心无来由地就先定了下来。

朱迪晨毫不客气地拉开椅子坐了下来，叫一句“向晚姐”算作打招呼了。

朱迪晨向来喜欢化显年轻的韩式妆，看上去要比实际年纪小几岁，莫向晚又打扮得比实际年纪大。二人自相识起，朱迪晨见面必称“向晚姐”。莫向晚是已经见怪不怪，习惯成自然了。她公事公办地把电脑打开，简明扼要地说了自己的计划。

朱迪晨先是蹙起眉头，听完后眉尾一挑，颇有豁然开朗之意：“这么看来，这个小傻瓜早年谈的那场恋爱真没白费。我们倒是要谢谢罗先生送来的大好机会咯？”

莫向晚点头：“如果湘湘再有一首合适的歌去音乐 App 上打个榜，那就更好了。这一次湘湘的照片暴露尺度并不大，还挺美的，她的粉丝和媒体应该都会理解她这个受害者。”

朱迪晨认为这是一个好主意，两个人难得一拍即合，开始愉快地用起餐来。

中途，莫向晚去洗手间补了个妆，对着镜子重重地吐了口气。镜子里的她，黑眼圈更深了，她戴着眼镜都遮不住。她凑近镜子看，幸好眼尾、嘴角还没生出什么细纹。莫向晚想，以后一定要在晚间睡好。

接下来是场硬仗，她想她要好好打。挺一挺腰腹，莫向晚走出了洗手间。

对面正有一个人走过来。乍一看，如同晴空劈下来一道闪电。

那么一个人，着一身浅色西服，整齐的发，也同她一样戴了眼镜，嘴角边带着极浅的笑纹，说明这个人脾气很好。斯文模样几乎同那个时候没有什么变化。

他迎面走向莫向晚这边，最后折进了男洗手间，竟是一眼都没有瞧她。

幸亏没有瞧过来，莫向晚的心惊跳不已。这个城市有多小？这么多年不见，她都以为再也见不着这个人了，没有想到竟又见着了。

莫向晚回到座位上，脸色是青白的，朱迪晨都看了出来，睨她一眼："有空你还是要多进进美容院，这一把年纪三天两头熬夜，很容易老。"

她权且当这位朱小姐是在关心她好了。

刚才的那个人走了回来，原来座位就在她的斜后方。莫向晚好奇地觑过去，想看看他在做什么。

现在的他依旧斯文正派，彬彬有礼，正给坐在他对面的女孩布菜。女孩长得很可爱，两个人有说有笑。她听到他在问："杨小姐平时有什么爱好？"

莫向晚差一点失声笑出来。难道他是在相亲？他还需要相亲？

女孩的回答有些做作，他也不以为忤，涵养倒是一如既往地好。

这时服务生上了一道生滚肥牛，热辣的气息直直地冲进了莫向晚的眼睛里。她决定下一次再做商务宴请，一定不选"小南国"。

这天下午，莫向晚例外地准时下班，去学校把莫非接回了家。她伺候着莫非洗漱，莫非喋喋不休地说着学校里的趣事。

"于雷和崔浩浩被少年宫选去领唱了。男生还领唱，真怪。"

"老师说那个节目国庆节要上电视的，和欧洲一起举办的一个什么文化的活动。于雷美死了，他说他要做华晨宇。"

"妈妈，你知道华晨宇吗？他是歌唱比赛的冠军耶！于雷说他姑父的舅舅的外孙以前就住他家隔壁。"

莫非说得太多，被莫向晚一声喝止："小男生这么多话，当心变成长嘴婆！"

莫非狡黠地笑，似足小狐狸。他纠正母亲说："妈妈，你应该说小男生这么多话，当心将来娶不到老婆。"

这一下莫向晚语塞。

后来莫向晚到“MORE BEAUTIFUL”对管弦说：“现在的孩子思想太成熟了。”

管弦正给手下一个新来的小吧女化妆，用银色眼影、银色唇膏，头上还给套好银发套，小吧女远看就像白发魔女。管弦说：“要是你给他找个爸爸，他就会更孩子气些。”

莫向晚直翻白眼：“不必了吧，我现在把他教得挺好的。”

银色小吧女是初次在酒吧驻唱，腿有点儿抖，管弦教训道：“抖什么？坐没坐相，不就是唱个歌，又不是下海。”

莫向晚笑着说：“你这里从来不做非法买卖。”

管弦说：“在我的场子里自然是不准的，出了场子，谁管她们那许多？”

管弦是个银盘子脸，也是粗眉大眼，和瓜子脸的莫向晚竟有几分像，也许正是这几分相像，才让她们投了几分缘。

莫向晚当初生莫非时难产，医生找人问“要大人还是要孩子”，是管弦作的答。后来莫向晚九死一生醒过来，管弦问的头一句话是：“你这丫头，是不是被哪个男人骗了？”

莫向晚生产过后，思路停顿片刻才反应过来，说：“那倒不是。”

故此，管弦一直好奇，时不时问：“你到底是怎么怀的孩子？”

莫向晚就会含糊说：“你怎么跟圈里人一样八卦啊？”

“我是你救命恩人，你对我怎么都不能实话实说啊？”

这一晚，莫向晚对管弦说：“我前几天看见莫非的爸爸了。”

所以这样一句话，让管弦手里的眼线笔抖了一下，她帮小吧女擦了擦，口里问：“我等你这故事等了多少年了？”

“一切很简单，大约你听完会说我是大傻瓜。”

"姐姐这把年纪，没有见过几个纯粹的傻瓜。"

莫向晚是不想回忆的，她想，过去应当是一条越来越淡的底线，终将被擦个干净。她的现在才是浓墨重彩的。

可是遇到了那个人，她所认为的已经成往事的梦就多了几分真实——她所害怕的真实。她对自己冷笑，怎么半点坏事都做不得？她以为那是拯救她的一条荆棘路，可是雁过留声，她挺无奈的。

莫向晚说："我小时候，对生活真没什么大追求，把日子过得稀里糊涂的。"

管弦撵了小吧女出去。

莫向晚接着说："我妈在我三岁的时候就去世了，我是跟着我爸和爷爷奶奶长大的。我爸有两个爱好，一个是赚钞票，一个是包二奶，虽然一直到我满十八岁，他都没有把她们娶回家。"

管弦笑起来："这样一来，你是有童年阴影的。"

莫向晚又说："倒还真没有太大的阴影，我说了我小时候对生活没什么大追求，人还是很肤浅的。因为我要什么，我爸就会给我买什么。虽然他把我丢给爷爷奶奶养，而且我爷爷奶奶待我普普通通的，算不上亲近也谈不上太好，但是在我十八岁以前，我以为有个不太管我，我要什么就给我买什么的爸爸，已经比其他小姑娘都要幸福了。"

管弦叹道："人在不懂人生道理的时候，都会把人生想得很肤浅。"

可不是这样？

莫向晚想要笑得开心豪爽一点，不过最终还是苦笑。

那一些过往云烟，不知从何说起。

在莫向晚小的时候，她的父亲莫尊曾打过这样的包票："我们家乖囡是要富养的，养得漂漂亮亮，将来嫁个好男人，我对你妈的承诺就算完成了。”

莫向晚不知道好男人的标准是什么，但在成年以前，她知道她的父亲一直是邻里间、公司内有口皆碑的好男人：他待她这个独生女儿一直是出了名的好，生活上任她予取予求，十几年来也一直没有再娶。虽然因为在国有建设集团担任要职，常年奔波在各工地之间，陪伴她成长的时间算不上多，但除此以外，他简直就是人人称道的“好男人”。

她不知道标杆有一天也是会倒下的。

就在莫向晚上大学后的某一天，她放学回家，发现家里来了两个女人，同爷爷和奶奶四个人坐在客堂的八仙桌两边，好像在谈判。

她本来不以为意，但是正要进自己房间时，听见其中一个女人盛气凌人地讲：“我和莫总已经七年了，我们讲好第八年就结婚的。我们在事业上也合作得很愉快。”

莫向晚震惊地转过身，看着她的爷爷奶奶都一脸难办的样子。

事情很快就不难办了，因为另一个女人细声细气、哀婉悲戚地说：“我没有别的要求，只希望你们可以认下我的孩子，名字我们已经商量过了，这个孩子叫晓晨。”

她一句话讲完就定了乾坤，也把莫向晚自小到大的认知全部颠覆。

一个有口皆碑了十几年的“好男人”，竟有一日洒出了二女争一男、脚踏两条船的狗血。这个打击太大了，莫向晚天生的刚硬脾气发作出来，她对着父亲不依不饶：“你怎么能干道德败坏的事儿？”

莫尊一贯是哄着她的口吻：“乖囡，爸爸还是爱你的。”

莫尊的话没有讲完，奶奶在一边提醒了一句：“你还缺一个儿子。”

莫向晚的脑袋仿佛“轰”的一声炸开了，世界裂成四五瓣，她找不到自己的位置。她自小以为自己是父亲独一无二的明珠，原来却是可以被替代的。

她任性地尖叫起来：“你怎么过了这么多年才想起来你缺一个儿子啊！”

奶奶指着莫向晚喊出一句：“谁让你妈死得早？你偏偏就不是个儿子！”

如雷轰顶的莫向晚在晚上离家出走了。如同小时候一样，她一和父亲闹脾气，就用离家出走来要挟，不到半天，父亲就会把她寻回去，好言好语地安抚。

她在弄堂口遇到了初中同学范美，范美递给她一支烟，是一支白万，细长条的，有点诱惑的意思。莫向晚把它夹在手指间很有感觉，便蹲在路边把什么都跟范美讲了。

范美听完以后，抱了抱莫向晚的肩膀：“别伤心，有空多出来玩儿，晚晚，外面的世界多美好啊！”

范美是莫向晚的初中同学，她的成绩一向不大好，初中毕业以后就进了市北的一所中专。

本来范美就是长得不比莫向晚差的小美女，进了中专以后，她学会化妆，让自己的美丽甩开了莫向晚十七八条马路。

莫向晚看到化妆后的范美是很惊叹的。她说：“原来她们是这样勾搭上我爸爸的。”

范美笑起来仪态万千，一双美腿裹在黑丝网的长筒袜里，像美人鱼的鱼鳍。

莫向晚只有跟着范美一起玩，才会忘记那天离家出走后，父亲并没有像往常那样出来寻她。待她回家后，那个一语定乾坤的女人已经住进家里养胎。当然，一向对自己普普通通的爷爷奶奶，对自己就更加普普通通了。

范美劝她：“我们这样的年纪和样貌，怎么快乐都是够格的，你不要愁眉苦脸，浪费青春。”

范美愿意带她一起玩，还合着她的脾气顺着她讲话解闷，这比闷在家里，看着愈发不像自己亲人的亲人要爽快得多。

莫向晚负着一股天真气，很认真也很快地学会同范美出去耍乐，拿着父亲给的零花钱为范美这个朋友埋单。花钱可以买来快乐，还有友谊，哦，还能买来一些认知。莫向晚终于晓得自己化了妆以后比范美更漂亮，比电视里的香港小姐还要漂亮。

有一回，她跟着范美去一个地方，路过弹子房，正在玩街机的男孩对着她们吹口哨，还不习惯这种路数的莫向晚面红耳赤。

范美说：“小鬼头，色眯眯的，别给他们讨便宜。”

范美愿意给一些重点中学和名牌大学的男生讨便宜，喜欢混在他们的圈子里。她说他们聪明、干净，人还长得帅。她不管对着谁都叫“哥哥”。这就是范美的路数。

莫向晚冷眼觑着，那些有钱的年轻男人喜欢把手往小姑娘的胸部上面放。她想，她不习惯这种路数。

范美并不是一个人混在这些男人里头，她有个头儿，是个中年妇女，身材肥臃，长相平庸，却喜欢穿旗袍，戴芮华金饰七十年前流行的上海滩的 24K 纯金龙凤镯。她住在闹市深处的小红楼，小红楼旁边就是顶级的百货大楼，里面随便一件衣服都要一千块朝上。

范美叫她“飞飞姐”。这位飞飞姐之所以被人称为“飞飞姐”，是因为年轻时候的她能把“恰恰”跳得出神入化，远近闻名。她的身世也挺神奇的。范美告诉莫向晚，飞飞姐的母亲是旧时大舞厅的知名舞小姐，飞飞姐的爸爸背景成谜，在她出生之前就失踪了，不过给她留下了一大笔财产。

因此飞飞姐的日子过得很舒适，她有大把的钞票和时间，每天在家里接待一群有钱帅哥。有钱帅哥需要美女陪伴，范美是美女之一，所以喜欢在石库门外的百货公司消费一千块的 bra。

范美还告诉莫向晚，飞飞姐这里有让人快乐的“维他命”白色小药片。只要一颗，加点酒喝下去，保管忘记所有忧愁。

自小生活在单纯阳光下的莫向晚有一点恐惧：“那是什么东西？是不是违法的东西？”

范美娇娆地笑起来，笑莫向晚没有见识：“当然不是啦，那可是合法的药，有正经名字的，叫盐酸曲马多，在医院可以开，就是不能随便开。但飞飞姐有办法搞到。”

莫向晚第一次看到这种叫“盐酸曲马多”的白色小药片，正是在飞飞姐的小红楼里。

飞飞姐把白色小药片装在一只透明的玻璃瓶里，随意地摆在窗台上，阳光照下来，在玻璃瓶上折出刺眼的光。

光刺到莫向晚的眼睛里，她很不舒服。

范美热心地向飞飞姐介绍着莫向晚，飞飞姐伸手过来想要掐一掐她的小脸蛋，像是估量一件货物。莫向晚一撇头避开了。

飞飞姐见状笑笑，不以为忤，转头对范美讲：“把这个小姑娘带回去吧，她不是真心出来玩儿的。”

莫向晚不知道真心与不真心怎么衡量，她只知道她根本不想在飞飞姐的小红楼里再多待一秒。这让她对范美生出了些愧疚，但范美并不在意，怎么笑嘻嘻地把莫向晚带来的，就怎么笑嘻嘻地把莫向晚带走了。

她们走出小红楼大门时，迎面撞见五个男孩子走进来。领头的那一个穿着简单的白 T 恤和牛仔裤，胸前一片汗湿印。他满脸都是疑似打完架后的汗水和戾气，但这些都没妨碍天生皮肤白成一道光的他吸引了范美的注意力。

“阿直。”范美迎上去招呼了一声。

男孩子连眼风都没瞥过来，他身后倒是有个男孩子冲着范美吹了声口哨。这一声口哨透出的轻蔑和暧昧让莫向晚厌恶极了，把她刚才对范美的愧疚也打散了。她一跺脚，不再等范美，自先跑出了小红楼。

莫向晚破天荒地在傍晚时分回到家，家门意外地敞开着，从里面走出来几个面目严肃、穿着检察院制服的人。她心头一沉，沉默地注视着他们离开，然后疾步走进家门。

爷爷和奶奶失魂落魄地坐在八仙桌旁，相顾无言。那个莫向晚只肯称一声“王小姐”的女人坐在沙发上整理着文件。

“怎么了？”莫向晚忍不住问。

王小姐眼圈一红：“你爸爸出事了。”

莫尊长达一个月没有回过家，赌气晚归的莫向晚并不知道。在王小姐断断续续的叙述里，她隐约只明白了刚刚在建设集团里升上副总的父亲，因为有人蓄意诬告，目前正处在失踪状态中。

奶奶听得气往上涌，破口大骂：“小畜生，冤枉你爸爸，是要遭天打雷劈的。”

晕头晕脑的莫向晚糊里糊涂地问：“是谁这么干的？”

王小姐递过来一张照片，是一排西装革履的男士立在某会计师事务所门前的合影。王小姐指着站在最末的一个："一个实习生，是你爸爸他们公司合作的会计师事务所的人。"

奶奶继续骂着："一个实习生就一肚子坏水诬告别人！"

莫向晚冷静下来，她的视线聚焦到照片上面——那是一张年轻、斯文的面孔，戴着一副金丝边的眼镜，很文气，很熟悉，说不上来像谁。她管不了他像谁，总之她记住了他的面孔。

她的父亲一直待她很好，只除了这一年出的这桩荒唐事情。她执拗反骨的脾气冒上来，是她先疏远了她的父亲，她的父亲这些日子没能顾得上她，是不能怪他的。现在他出事了，她很后悔，也很愤恨。莫向晚把照片握在了自己手里，把这张面孔记到了心里。

莫向晚一个人走到弄堂口，在便利店里买了六罐啤酒。和范美晃荡的这些日子里，她学会了喝酒，虽然酒量不是太好，但却已经领略到了酒精麻痹神经后那种从温热到火热的美好滋味。

莫向晚坐在公交车站的候车座上，把啤酒一罐一罐喝了个空。公交车进了站，卷起一股冷风，她忍不住瑟缩了一下，才发现啤酒并没有带来什么热度，而自己的身体都快被冷风吹成一根冰棍了。

这时候，她的松下手机响了起来，是范美打来的。这只手机是莫向晚十六岁生日时，父亲送的生日礼物。范美就特别羡慕她高中还没毕业就有了自己的手机。但是她不会这么讲出来，她会讲："现在满大街流行的是诺基亚，松下去年都停售了。"

莫向晚被冒犯到后，也会气盛一次，怼范美道："我就是喜欢用过时的东西。"

然后范美就会讨好地笑起来："还是松下的手机好看点啦！"

范美和莫向晚不算太能谈到一块的朋友，但她是一个会顺着莫向晚意思的朋友，她会在莫向晚最孤独的时候出现，莫向晚就此依靠上了她。

这一次，又是范美第一时间出现在了倍感孤独的莫向晚身边。

也许冻成冰棍的身体影响了脑筋，莫向晚把自己的无助一股脑儿都讲了出来。

范美到底是没有白在社会上混这几年，听完莫向晚的倾诉后，接过她手中的照片，就着路灯微弱昏黄的光，把照片上人的面孔看了个清楚。

“哎！是他啊——”她惊呼了一声。

莫向晚问：“你认识吗？”

范美那双漂亮的狐狸眼睛眨了眨，她还没有到二十岁，就已经修炼得很会用眼神诱惑男人，以及女人。她问莫向晚：“想不想报复报复他？”

莫向晚抱着冰冷的双臂，凝神想了想，酒精终于起了些作用，她越想心头越热：如果能有一个好办法，她可以做一做出出气。于是她就点了点头。

范美一字一句地说：“不过得有一笔钱打点一下。”

莫向晚果断起来：“行。”她问范美，“用什么办法？”

范美口里说的打点就是买一些消息，花了大约一周的时间。她告诉莫向晚，那个人最近经常去静安寺那边的小酒吧里头喝酒。为了行动隐秘，她们得趁着他落单的时候行动。至于怎么行动，范美也做了算得上周密的计划。

她对莫向晚讲：“总之，我不会让你付的一千五百块打点费白费。”

莫向晚没有作声。她在心里把范美刚才说的计划仔仔细细地盘算着，若说她没有丝毫的犹豫，那是不可能的。

很能察言观色的范美看出了她的犹豫，一边抽着烟一边等着答复，时不时指间一抖，烟灰便掉落在莫向晚的鞋子上。

鞋是皱巴巴的帆布鞋，在莫向晚的脚上穿了大半年，上面起着一层脏腻，很久没洗了。

范美问她："怎么不换双干净的？"

莫向晚说："以前都是我爸提醒我换鞋的。"

她这才发现，她有快半年没见过父亲了。虽然因为很多事，但是只有其中的那一件才让她永远都见不到她的父亲，她不能原谅。

"晚晚，你想好才能做，做了就别后悔，我可没有逼良为娼。"范美等得有些不耐烦了。

莫向晚站起来伸了个懒腰，说："你没有逼良为娼，别说得这么严重。"

范美问："做不做？"

"做。"

那一天是12月23日，莫向晚之所以一直记得那一天，是因为在静安寺的这间小酒吧的窗户上喷了"Merry Christmas"的英文。这座城市的人就是喜欢真情实感地过西方洋派的节日。

她的父亲曾经讲过，等她念到大三，就把她送到圣诞节会下雪的加拿大去读研究生。现在大三近在眼前，加拿大却已经变成了一个遥不可及的承诺。

莫向晚看着那串"Merry Christmas"，将十四个字母在脑海里过了一遍又一遍，把酒喝了一口又一口。从"长岛冰茶"到"大都会"，又点了杯"玛格丽特"，还不够壮胆，更不够尽兴，于是又来了一杯

“莫斯科驴”。

酒保注意到吧台前这个披着栗色长卷发不停点鸡尾酒的年轻女孩，开始怀疑她的年龄：“小姐，你成年了吗？”

莫向晚从随身的手包里拿出一张身份证，“啪”的一下拍在酒保面前。

酒保耸耸肩膀笑了笑，大约是笑自己多管闲事。但是在酒吧打工，总要有一点将管闲事做成例行公事的心。他在这一边刚检查完年轻女孩的身份证，他身后有个醉得厉害的酒客，把头一下磕在了吧台上。

酒保例行公事转身前去查看。范美同一个男人一起扶起醉醺醺的酒客，三人摇摇晃晃地出了门。原来酒醉客人有朋友帮忙善后，酒保放下了心。再转过身，就见莫向晚推开喝了一半的“莫斯科驴”，起身走人。

莫向晚走出酒吧，她记得范美告诉她的那个地址，在从酒吧出来左拐的一条弄堂里，走进去的第五座石库门。那座老旧的石库门，实际上是一家在范美的朋友圈里颇有些名气的无证经营的招待所。

莫向晚在暗黑的夜里，仔细对着门牌，终于找到了这间石库门招待所。她摁下门铃，按照范美的指点，两长一短，然后，“咔哒”一声，门开了。莫向晚推开门，发现这门原来是被人在屋里遥控打开的。一间普通的招待所，却装了一扇电子门？还要用奇怪的摁门铃的方式叫门？但这些都不是今晚的莫向晚想要去思考的问题，她很快将这一切抛诸脑后。

天井里面的光景就是普通民宅的样子，横七竖八地放着不少闲置的破旧家什，也没什么绿植。莫向晚顿了一顿，才迈开腿，三两步穿过天井，径直走进灶披间，看到这里被改装成了招待所该有的前台，才终于确定自己没有走错门。

前台可能是以前住客留下的白色大理石料理台，呈一个直角。正对着大门一边的台面上，摊开着一本纸角卷曲泛黄的住客登记簿，簿子上搁着一支圆珠笔。另一边紧贴着墙壁，对着上楼的楼梯，台面上摊着几本课本，墙壁旁立着一盏小小的台灯，一个七八岁的小男孩趴在台面上认真地写着作业。他的身后站着个又瘦又干的中年女人，正俯身凝神看着他。

他们都没有主动同莫向晚打招呼，莫向晚只能自己主动走到住客登记簿跟前。前台的灯光实在不够亮，但她仍看清楚了登记簿上最后一行留下的名字是四个英文字母。

就是他了，她想。她垂着头，让卷曲的长发尽量遮住自己的面孔，低声说："203。"

中年女人手势熟练地从料理台的抽屉里拿出一把钥匙，丢到了莫向晚的面前。整个过程里，她眼神始终未从男孩子身上移开，好像对莫向晚这样的来客早已经见怪不怪了。

莫向晚没有立刻把那把穿着红线的钥匙拿起来，那把钥匙崭新锃亮，在大理石桌面上颇有些刺眼。莫向晚看一眼钥匙，又看一眼女人身边的孩子。她想，都很刺眼。

女人有些奇怪，终于抬起头来，她了然地笑了笑："第一次来？"

她们打了个照面，但奇怪的是，莫向晚觉得那女人面目模糊，不过她又想，她今天化了很浓的妆，重重的眼影和腮红让她自己的面目应该也不是很清晰。但女人的追问是催促的意思了，她若再犹豫，是要被人记住面孔的，她不可以再迟疑。

莫向晚抓住钥匙。

女人指着做作业的男孩子对面的楼梯："喏，这边楼梯上去。"

莫向晚低着头往女人指的方向走去，她愈走愈快，上楼梯时踩得老旧的木梯嘎吱作响。上去是一条窄长的走廊，弥漫着一股烟草混杂着不明香料散发的香气。不知从哪间房间里，男男女女荒唐呻吟声断断续续地传出来。

莫向晚捂了捂耳朵，但她知道这个动作对于她今晚的行动是无济于事的，所以她放下双手，往左右一探，203 室就在楼梯的右边，她果断地掏出钥匙打开了那扇大门。

如今，莫向晚对这间房间的印象已经模糊了，只记得房间铺的不是木地板，而是黑白双色的马赛克地砖。拼的什么图案她也记不得了，只记得那图案令她眼花缭乱。她顺着马赛克的格子望过去，是一张很大的床，床前铺着一块红色的地毯。

莫向晚由地毯往上看，床边垂着男人光裸的小腿，笔直修长，有稀稀疏疏的腿毛。莫向晚是第一次这样仔仔细细地看一个男人的小腿，她还往前走了两步，伸出自己的小腿，同他的比画了一下，他的小腿比她的略长一些，看来他的个子不矮。她的目光向上移动，男人只穿了一条内裤，光裸着上身温顺地躺在床上，一动也不动。在他的身边，凌乱地堆着白衬衫和西裤，还有一副金丝边眼镜。

莫向晚审视着眼前这个男人。他的头发柔软地顺着他仰着的面垂下，他的身板很瘦削，松松垮垮的没有什么肌肉，皮肤又有些苍白，看上去就像一只冻鸡。

这是一个相当年轻的男人，年龄一定没有超过二十二岁，像她一样还在念大学。但是他却轻而易举地毁了她的家。

莫向晚生起了气，伸腿踢了踢男人的脚，对方毫无反应。接下来——她想着范美的嘱咐——开始动手依次脱下自己的上衣、裙子，最后只剩下内衣。她俯下身，爬到床上，伏到男人身边。

这就是范美为她设计的报复计划，只要躺在男人身边，用自己的松下手机给范美发一条短信，告诉她“一切顺利”，然后一切便能大功告成。

再之后，范美或她那个帮她一起灌醉男人的男朋友拨打110报警，他们会说在静安寺的某个招待所，有人正在非礼强暴女孩子，然后她们的计划就完成了。

莫向晚发完短信，侧头看着男人熟睡的面孔。想，也不能让他醉成这样不省人事，这就太不像是真的了。

她伸手过去想要拍拍他，可手掌刚一触碰到他的脸，她又犹豫起来。

真不敢相信，这个不久前还在政法学院念书的优等生，在国际知名会计师事务所工作的实习生，有着可预见的大好前途，最近竟然会跟着出入小红楼的小混混们一起流连在声色犬马的酒吧里买醉。

但这才让她找着这个机会来报复他，不是吗？

范美看到照片时就认出他来：“这人叫Mace，是阿直的朋友。阿直的朋友不是那么简单的人。”

是莫向晚自己选择的主动出手：“你有什么好办法吗？”

总能想到很多刁钻办法的范美，想到的就是一条刁钻之中更刁钻的办法。

“找人打他一顿，那可能行不通，也有点麻烦。不过我们可以让他留个案底，以后毕不了业，毕不了业就不能去当律师害人了。”

这是一条好办法，以后不能再让他当律师害人。莫向晚想着便笑了笑。

她的笑意尚未收住，却突然发现身边的人睁开了眼睛，正沉沉地望着她。

他有一双异常清澈的眼睛，眼珠子漆黑如墨，却不知为何含着一股子落寞，但是在望着人的时候又格外真诚，正因为太真诚了，才会格外容易让人心虚。

莫向晚抚上他的面孔：“哥哥，你好。”

这是范美教她的，范美说：“如果当中他醒了，你就和他调调情，男人跟女人调情的时候，就会稀里糊涂的。尤其是醉着的时候。”

果然，那个人露出好笑的神情，说：“我不是你的哥哥。”

莫向晚说：“Hi，Marc. How do you do？”

他定了定睛，瞧着她，迷迷糊糊地说：“你刚才笑起来很好看。”

莫向晚没有来由地脸上一红，心想，他竟然看到她笑了，又想，范美说得对，酒醉后稀里糊涂的男人，果然都喜欢调情。

没有想到，她以为正在和她调情的这个男人突然半坐起身来，一脸正色地告诉她：“我叫Mace，不叫Marc。你叫什么？”

莫向晚有点紧张，怕他看出什么端倪，让她全盘计划落空。她刻意用矫揉造作的声音撒了个娇也撒了个谎：“我叫草草，刚才告诉过你的呀。”

他蹙起眉毛，用手扶了扶额头，似乎想让意识更清醒一些：“是吗？草草？”他双手撑到床上，想要站起来的样子，“我们怎么会在这里？”

莫向晚紧张地盯着他的动作，默念着“不行”，他警觉起来了，她不能让他离开这张床。她紧张到猫下了腰，准备随时扑倒她的猎物。

这时传来震天价响的拍打大门的声响，动静很快传到了客堂间，中年女人被盘问的声音传了上来，木楼梯很快咯吱咯吱地响起来。

就是这个时候了，莫向晚毫不犹豫地用一股蛮勇，扑过去压倒正想站起来的Mace，把他重重按在床上，让他无法动弹。

豁出去就豁出去了！她想。她将自己的身体和 Mace 的身体贴合得毫无缝隙。当她使尽全身气力将尚未完全清醒的 Mace 翻转到自己的身上时，房门被穿着制服的人大力推开。

时间恰好，莫向晚心想，她再度使尽全身气力将 Mace 推倒在地上。这是她不知道演练了多少遍的动作，现在终于全部做完了。

她装作对着莫名摔倒在地上的男人，实际上是对着穿着制服的人们大叫："你这个流氓！"

莫向晚在大学还没毕业时就进了一趟派出所。在询问室内，她一口咬定自己被那个叫 Mace 的男孩强暴。

做询问记录的是个年轻的女民警，她提醒比她年纪更小的莫向晚："妹妹，你想好了再交代，我们给你做过身体检查的。你这个说法，不管是对嫌疑人，还是对你自己的将来都会有很大的影响。"

莫向晚强忍着心虚，咬着牙说："我说的都是真的，你们不能因为他没成功就当没这回事。"

她坚持着，把话题坚定地绕在她想了千百遍的说辞里，让民警拿她毫无办法。

到了下半夜，民警不再盘问她，把她领进一间休息室。休息室里没有其他人，他们建议她睡一觉。休息室里开着暖风，但莫向晚并没有在意，她只在意叫 Mace 的男人到底能不能顺利留下案底。

这整整一晚，莫向晚都没怎么睡，一直到天光亮起，女民警进来把她带出了派出所，来接她的是她的辅导员吴老师。

莫向晚有一阵没去学校了，当然也有好一阵没见吴老师。在她接连逃了好几节系主任亲授的广告学课之后，她被吴老师打电话通知去教师办公室接受了好一通批评。被批评完以后，她依旧像没被批评前一样逃课，不论是系主任的，还是其他老师的。

吴老师当时教导她："你才上大二，要好好考虑你才开始的人生，不能对不起自己。"

这位为人师表几十年的老教师语重心长，他听说了她家里的情况，给予了她格外的关爱，但莫向晚那时候像是又愤怒又叛逆的火车头，谁也拦不住她。

她想不到在这样的情形下，第一个来接她的会是老辅导员。

吴老师在民警面前客客气气，当着莫向晚的面，他把莫向晚的问题问了个清楚。

民警说："都查清楚了，你把孩子领回去好好教育吧。"

莫向晚问："查清楚什么了？那个男的呢？ Mace 呢？你们会怎么判他？"

民警无奈地笑了："小姑娘，小小年纪就——"他瞥到吴老师投来不赞同的眼色，"我们已经调查取证过了。男生我们也教育过了，他说了不准备起诉你诬告。你们有什么矛盾，要用正当合法的方式去解决。"

莫向晚激动起来："他说我诬告？他才是诬告！"

民警无奈地望着吴老师："你们老师回去再教育教育，都大学生了，要讲讲法。"

把莫向晚接出派出所的吴老师和她站在派出所门前的大太阳底下，没有再和她谈刚才发生的事情，而是告诉她："莫向晚，有什么困难，老师和学校是可以帮你的。"

莫向晚依旧倔强："我没什么要麻烦老师和学校的。"

吴老师叹了口气："你多少天没回家了？赶紧先回家看看吧！你家出事了。"

莫向晚大惊。

之后发生的事情，是莫向晚这一生中遇到的第一场惊变。她的人生滑向了一条她始料未及的轨道。

她回到多日没有回过的家，家里家具仍在，但是人去楼空。她的爷爷，她的奶奶，还有挺着肚子的王小姐，全都神秘地人间蒸发了。

从陆续探访她的各色人等里，她渐渐拼凑出全部真相。她的父亲在案发潜逃之后，就已经安排好家人的行动。他们很有默契，而且分开行动。先是爷爷和奶奶以治病的名义去了香港，转道泰国后就一直没有回来。然后是王小姐以探访母亲的名义去了美国。莫向晚这才知道，这位能给她生下一个叫“晓晨”的异母弟弟的女人，身份背景并不是一无是处。而所有亲人的外逃计划里并没有她，他们甚至连一点钱都没有给她留下来。

最后上门找莫向晚的是检察院的一位助理检察官，他严肃地把全部真相告诉莫向晚：“莫尊利用职务之便，和盛华建设的副总经理勾结，采取签订虚列项目伪造合同的手段，侵吞公款两千多万元。”

莫向晚震惊地望着对方，她坚持着自己最后坚持的：“我爸爸是被诬告的！”

助理检察官的表情不再是严肃的，而是有些同情地望着她：“小姑娘，我们检察院办事都是讲证据的。你爸爸……他应该是提前知道了有人查到他的犯罪证据准备举报，所以才……”他看一眼面前孤零零的姑娘，“如果他和你联系，你一定要及时通知我们。你要相信我们，我们不会随便抓人的。”

怎么可能再有联系？检察官告辞之后，莫向晚就知道她可能再也联系不到父亲了，可能是从今日开始的很长一段时间，更可能是今生今世。

她环视着空荡荡的屋子，安静极了。她忍不住站到屋子中央“喂”了一声，无人响应她。

她生活了整整二十年的家，虽然爷爷奶奶因为她是个女孩儿待她一直不冷不热，但是她的父亲一直表现得视她如掌上明珠。原来那只是表现得如此而已，也许从她的母亲去世之日起，她就没有真心疼她的亲人了。

莫向晚坐了下来，抱着膝，很冷，比那天她坐在马路边还要冷，不需要一丝冷风，都能把她从里到外冻成冰棍。

莫向晚终于明白过来，她被她的亲人们遗弃了。她以为自己在父亲心目中重要到闹一顿小姐脾气就能讨回原来完整的爱，然而事实是，她从来没有得到过这份完整的爱。这份爱在利益得失面前不堪一击，脆弱无比。

她狠狠地痛哭了一场。

眼泪流完以后，莫向晚还是不知道该怎么办。银行的人上了门，连她们家的房子都要被清算了。她的亲人最后连个家都没给她留下来。她趁着银行的人点检家里的物资时，收拾了自己的行李，好在她父母留下的几件金银首饰尚在，她的学生银行卡里还剩着父亲以前打给她的零花钱。

莫向晚带着包袱细软，唯一能投奔的人是范美，唯一可以倾诉的人也是范美。

一个多月没出现的范美听完她一股脑儿倾倒的来龙去脉和现在的困难后，面有难色：“晚晚，我家里还有男朋友呢。”

范美家里的男朋友就是和她一起设计了 Mace 的人。

莫向晚说：“我借住一阵，找到房子就走。”

范美说："你以前是走读的，现在可以住学校的。"

莫向晚咬紧嘴唇。她不想住在学校。

在刚上大学那会儿，因为家离学校很近，她并没有选择去学校住宿。王小姐出现那会儿，她伤心欲绝无心向学，成天逃课更不能住去学校宿舍。而现在，吴老师自派出所接她出来的事情已经在校园里传开了，她不愿意一天二十四小时出现在同学们眼前，沦为他们茶余饭后的谈资。

莫向晚坚定地摇摇头："我不想住学校。"

范美说："我房租一个月两千五。"

"我先给你三千五，算两个月分摊的房租可以吗？"

范美又说："我以为是那个 Mace 害的你爸爸，所以才帮你做了那种事情。后来好在 Mace 自己在公安局解释清楚了，也没有把我们供出来，而且他也算不上陷害你爸爸。可是这样我们就得罪了阿直的朋友，你说我们怎么办呀？我们总归要去道个歉吧？"

莫向晚从书包里翻出父亲在某年送给她的一条 24K 金手链，塞给范美："这样可以去道歉吗？"

范美说："阿直这个人不好糊弄的。"

莫向晚又翻出一条 24K 金项链，"这样够了吗？"

范美带着一副勉为其难的表情点点头。

莫向晚从 ATM 机取出七千块，租了范美在北区老城区出租屋厨房间的地铺四个月。因为她的房间里有她的男朋友。

开头几天的夜里，莫向晚在厨房的地铺上怎么都睡不好。范美和男朋友每晚三更半夜才到家，嬉嬉笑笑开门又开灯，弄醒睡得不踏实的她。好不容易待他们洗漱完毕关上门，房内又响起毫不避讳、让她羞耻的动静。

这让莫向晚根本没有办法在白天维持好繁重的学业。虽然这一段时间她不再逃课，但是她的精力已经很难集中，常常在课堂上打瞌睡。各科老师瞧这个女孩子没有家长管束，自己对自己也没有什么要求，他们作为外人对她就更没有什么责任了，于是纷纷放弃对她的劝导和教育。

很快，莫向晚就发现自己就算不交作业，也没有科目老师找她谈话了，只有吴老师每天还找她谈心。他五十多岁了，带完这一届就退休了。他苦口婆心的模样让莫向晚看得可怜和难过，从来没有一个人用为她焦虑到这种程度的态度同她讲话。但是吴老师也只有这两年的时间可以给她这样的关心，过两年他就退休了，他们无亲无故，吴老师是不会管她以后的路怎么走的。

她也不知道她以后的路要怎么走。既然现在已是孑然一身，既然以后再也无人关顾她，既然晚上不能睡得好，她索性就跟着范美和她的男朋友一起去酒吧。

奔放的音乐、迷醉的气氛可以让她不孤独。她越来越依赖酒精，酗酒的时候，她可以忘记一切，回去后倒头就睡，不知来日是何日，不知道多舒爽。

被酒精控制大脑以后，还可以做一些更大胆的事。范美把一粒盐酸曲马多放在了莫向晚喝的“莫斯科驴”中，莫向晚看到了，但是没有阻止。

她已经忘记了第一次看见这瓶小药片时的刺眼，只想下坠，继续下坠着。

范美说：“飞飞姐给了我优惠价呢，八折，你要不要？”

忘记身在何处的莫向晚迷迷糊糊地说：“好。”

这之后在酒吧的大多数时候，莫向晚都是迷迷糊糊的，有陌生男子伺机坐在她身边，用手摸她的身体，她无法及时做出任何反应。

范美的男朋友会在暗处趁机拍下照片，对方立时察觉了，双方便顺理成章地争执起来，最后总以对方拿出五百一千来了结。

莫向晚冷冷地瞧着，她既不帮腔也不辩驳，好像眼前发生的一切全然不关自己的事一般。

不过，在美色和利益面前摇尾乞怜的男人，让她重新审视到了父亲卑劣的另一面。审视的代价很大，她把自己放到了生活最低处。只是那时候的她还不觉得。

直到再次遇到 Mace。

那是在外滩附近的一间酒吧，那天莫向晚喝得有点多，连续服了两颗盐酸曲马多。她对白色小药片的依赖，超出了自己的控制。

白天的时候，吴老师又把她叫进了办公室。她以为老师们已经完全放弃她了。毕竟这几个月，她一只耳朵上打了三个孔，戴着扎眼的耳钉，又挑染了头发，每天浓妆上面地进课堂，在课堂上酣睡如泥。

父亲最后给她留下的就是这个学期的学费了，用完这笔学费，她和她的父亲就再无牵扯了。莫向晚幼稚地想。

吴老师担忧地对她说："莫向晚，你已经成年了，老师不干涉你的选择，只是想劝劝你，在做什么决定以前想想你以后的人生，现在做的这个选择是不是最好的。"

她摇摇头："我不知道。"

吴老师说："父母你不可以选择，但是未来要成为一个什么样的人，你是可以选择的。"

也许是想不明白吴老师的话，莫向晚在晚上服了小药片后又灌了三杯伏特加，在快要醉得不省人事的时候，范美拖着她进了酒吧的一间豪华包间。

包间内有很多人，站都站不稳的莫向晚看不清他们每个人的脸。

她只记得领头的那个皮肤很白的男人问范美："这样就算道歉了啊？我哥们儿都被搞休学了啊。"

莫向晚用力凝了凝神，往讲话的人的方向看过去，她只看到讲话的人身边坐着个戴着眼镜的男人，他身边伏着一个美女。而戴着眼镜的男人却一杯接一杯管自喝着酒，好像周围发生的一切和他毫无关系。

原来是他，莫向晚想。凭什么？她一瞬间气盛地想。就凭他的告发理直气壮，他告发的人罪有应得。一念及此，她又气馁了。她的父亲本来就做错了，她也做错了，原来她当时的那条"妙计"虽然没让他留下案底，但是搞得他休学了。

做错了事情就该受到惩罚。她糊里糊涂地想着。

范美摇摇手里的酒杯，莫向晚不用看她眼色，也知道是什么意思。

她摇摇晃晃地走到他面前，发现他身边也是坐了个美女的，美女伏在他的身上，搂着他的脖子，笑意吟吟地和他喝着同一杯酒。

好的，原来戴着眼镜看上去很斯文的Mace喜欢的是这样的方式。莫向晚突生了一种自弃的念头，发了点狠的，想要下坠的，突破她的底线。她猛地将Mace手里的酒杯拿过来，一饮而尽，而后将酒杯一抛，玻璃破碎的锐利的声音割裂了混沌的热闹。

所有人都安静下来，连本来狂放的音乐都戛然而止。

有人喝道："你什么意思？"

莫向晚没有去管到底是谁发的话，她弯下腰，凑近了这个男人，揪住了他的领子，她看到他清澈的眼中闪过一丝迷茫和疑惑，但她不想再仔细辨别了，她倾身吻住他的唇，她的额头撞到了他的眼镜上，但她顾不上了，她用力地迫着自己将自己口中的烈酒渡到他的口中。

那一晚的第二段记忆，于莫向晚来说是混乱的，但是又很清晰，也许是因为疼痛。各种意义上的。

清晨醒来的时候，莫向晚疲惫不堪，一动也不想动，也不想睁开眼睛，她好像一夜之间随着浪潮奔流了好几千里，完完全全脱力了。

莫向晚有一点后悔。

她闻到房内湿润的木头的厚重味道。木头的味道应该是清新的，充满生命力的。但她只觉得生命在屏息，她又被什么束缚住了。

身边有人坐了下来，似乎在盯着她瞧。她忍不住睫毛一动。

她听见跟前的人问："醒了吗？"

她不答，也不睁眼睛。因为不想看到那人的样子，以后也不想记得他的样子。

"还好吗？"

仍旧不答。

"你叫草草？"

还是不答。

"你——第一次？"

她的脸热辣辣地烧起来："好了，你走吧。帮我把房间留到下午，我想睡一会儿。"

Mace 没有走。他们在沉默里僵持着。莫向晚就是不把眼睛睁开。

她不想看到白天的他是怎样一副情态，也不想解释昨晚为什么她要和他发生那样的关系。那样会很难堪，至少对她来说。

隔一会儿，Mace 又开口问她："你——是不是有药物依赖？"

莫向晚依旧没有睁开眼睛。她知道眼前的男孩还在盯着她。

又隔了一会儿，他又开了口："别再吃了，多吃这种药对身体不好。"

然后响起了脚步声，接着是开门又关门的声音。Mace 走了。

莫向晚在确定他离开以后才睁开眼睛。她终于看到了这间房间的样子，她闻到的木头的味道，真的是这间房间本来的味道。这里有 20 世纪初的装修，20 世纪初的家具，20 世纪初的摆设。她认出了这间房间属于这座城市里著名的 20 世纪初的建筑，有着 20 世纪初的庄重和肃穆。

而她在这里做下了既不庄重又不肃穆的荒唐事情。

莫向晚起身，在房间里拼着蓝白马赛克的浴室里洗了个澡，她听说这里的水龙头是银质的水龙头。她轻轻抚摸了一下，触手一片冰冷，冰冷到她迫不及待地打开了热水闸。

在水汽氤氲中，莫向晚看着自己年轻、洁白的身体。身体发肤出于父母，然而母亲早逝，父亲也不会再爱惜她，就连她自己都没有好好爱惜自己。她恶狠狠地闭上眼睛，用最热的水狠狠冲刷周身上下，把自己洗成了一只熟透的虾子。

走出浴室后，莫向晚发现床头柜上放着一张银行卡和一张字条。字条上写着疑似银行卡密码的数字。在字条旁边，是装着盐酸曲马多片的盒子。

她记得这小药盒一直放在她的包里，也许是在昨晚纠缠的时候掉落出来的，然后被 Mace 捡了起来。

所以他才说了那样的话，他或许真的算是个好人吧。

莫向晚耸了耸肩，一把推开窗户，原来这间酒店的这间房正对着黄浦江。她极目远眺，江面的尽头是一片干净澄澈的天空。

莫向晚说完，对着管弦摊摊手：“后面的事情你都知道了。”

管弦嗔她：“怪丫头，我不知道是该说你糊涂还是该说你缺条筋，为了你那个无良的亲爸，搞出这么拙劣的报复手段，最后还把自己给搭了进去，不值得，不值得。”

莫向晚扶额：“人年轻的时候总要头脑发昏，做些不值得的事情。如果不是那天看见了 Mace，我都快忘了这个人。”

管弦给她倒了一杯伏特加：“你倒是说说看，为什么最后还是生下了非非？既然你对那个男人没什么爱。”

莫向晚抿一口酒：“我发现怀孕的时候，非非已经有一个多月了。我找了一家城乡接合部的诊所，那里还算干净，我躺在床上，看见屋顶角落有一只蜘蛛，它网住了一只虫。那只虫拼命挣扎，最后竟然挣脱了。我想这个世界上已经没有什么是属于我的了，起码这个孩子属于我，我终于有了亲人。”

管弦与她碰杯：“为你的亲人碰杯。”可她仍说，“女人终须有依靠。你和 Mace 就没再见过了？”

莫向晚苦笑：“大概如此。”

她想起几天前遇见的那张面孔，他相比那时候变高了，身板厚实了，穿西装显得很正派，看起来风度翩翩，谁都会当他是正人君子。

九年前，她和他裸露在对方面前，他给她的印象只是一只冻鸡。这可真不好，她有心理阴影。

他们的第一次，他留下了一张银行卡，这表现得就像是一个嫖客。如今想来，简直不堪。莫向晚想，就是不堪。

她走出黄浦江边的酒店时，就信手将 Mace 留下的银行卡折断，扔进了路边的垃圾桶。一同扔进垃圾桶的，还有那盒白色小药片。她不想记得那药片的医学用名。

莫向晚下定决心从范美家里搬走，但她意想不到的是，那天回去后，范美竟然不见了。

她在范美的出租屋门口遇到了上次在派出所打过交道的民警。民警一见是她，也很意外。他这一次上门是为了盘问有关范美的事情。

民警告诉莫向晚，上一回莫向晚和 Mace 待的那间招待所居然是个组织援交的窝点。招待所老板供出了所有合作过的女孩，其中正有范美，范美还欠了他五万块钱。

正是因为还不上这五万块钱，范美才打了个歪主意，借着帮莫向晚报复 Mace 的机会，趁机报警让老板身陷囹圄，以绝后患。

民警说："你见到她，劝她到所里来一趟，她是初次违反《治安管理处罚条例》，最多是个行政拘留。"

莫向晚方才恍然大悟，她原以为朋友相助的一条妙计，原来源自狗咬狗的污糟心思。她差一点失声笑出来，或许范美唯一的良心是没有把她的名字写到与老板合作的女孩名单里。

民警离开前，忍不住叮嘱仅有几面之缘的莫向晚："姑娘，你这个朋友好好改造，以后还能好好做人。你呢，现在就可以好好做人。"

莫向晚向民警鞠了一躬。

好好做人，这是一个陌生人赠予她的忠告，在那个时刻那个地点，点醒了她。

莫向晚没有停留半刻，就收拾好了行李，搬出了范美的出租屋，在学校附近租了个更简陋的出租屋，一个月只要八百块。她算了一笔账，身上剩下的现金和首饰应该可以维持她念完大三。等上了大四，她就可以找工作赚生活费了。

把这些计算好以后，莫向晚重新开始刻苦学习。她在家里发生变故前，学习成绩一直属于中游，不冒尖也不会挂科。在跟着范美的日子里，她挂掉了好几科。为了能顺利毕业，她只能在大三最后这几个月的时间里把挂掉的学分一点点补上。

但是，莫向晚有点心有余而力不足了。她因为日夜颠倒和药物酒精刺激，很难再把涣散的精神集中起来，一下用起功来，头脑根本不够使。

吴老师对莫向晚能回归课堂表示欢迎，联系了各科老师帮她补习。莫向晚一直觉得，如果这辈子她真正有对不住的人，那就只有吴老师。

在六月补考开始之前的体检中，莫向晚被查出来怀孕一个半月。她没有家长可以被叫来学校了，吴老师再关心她，也对女学生身上发生了这样的事情感到万分为难。

虽是难以启齿，但本着教书育人的责任，吴老师还是向莫向晚隐晦地建议："还有一年你就可以毕业找工作了，你自己要想好啊。"

莫向晚捂住小肚子，突然产生了一个惊人的想法。

生下莫非，不是她的冲动。

莫向晚培训下属时说："有时候，有些转机看起来是有风险的，但是未必不会开通另一条通达的道路。也许你们会更喜欢那条路。"

她一向认为生下莫非是她在万劫不复的谷底挣扎爬出的另一条通达大道，因为她的心由于这个决定而有了生机。

莫非在肚子里成长的那几个月，莫向晚留长了头发，不再化妆。她放弃了从大学顺利毕业的机会，办理了退学手续。

每做一个选择都要付出相应的代价。她在离开大学校园的那一刻，明白了这一条做人做事的道理。莫向晚想，她以此为起点，在今后要真正地承担起她自己的人生了。

只是积蓄越来越少，是当下最大的困难。

这时，莫向晚做了件傻事。她找到父亲的旧下属和老同学，软磨硬缠，万般哀求，最后都有点不顾尊严了，对方才勉为其难，答允她尝试帮她联系一下她的父亲。

很快，她的父亲托人给了她一千美元，除此以外，没有任何留言。对方跟她讲："你爸爸有你爸爸的难处，他短期里面是不太方便和国内联系的，他们在那边经济也很紧张，你要体谅他啊。"

莫向晚把一千美元收了下来，还清点了一遍，一张张崭新的纸币掠过指尖，带着轻微的刺痛感。她渐渐厘清了自己的想法。

二、不可留住昨天

莫向晚回到家里，莫非早已入睡。

在莫非能够独立思考之后，他就从未问过关于他亲生父亲的任何问题。这个孩子有种天生的聪明劲儿，让他本能地知道什么话该问、什么话不该问。

莫向晚轻轻揉揉莫非绒绒的发，轻手轻脚地从莫非的房间里退出来。她在客厅里的沙发上坐了一会儿，环视四周，七十平方米出头的屋子并不大，南北两室带一厅的老旧结构，可以一目看尽。莫非的小卧室朝北，她的卧室朝南，这是小莫非搬进来时坚持的小要求。她受纳了儿子的孝心。

全额付下房款那一刻，莫向晚的心终于安定下来。现在的这个家，是她当年选择另一条看似艰辛的道路后，胼手胝足一平方米一平方米挣出来的，真正属于她自己的家。这个想法让她快活。

莫向晚走到阳台上。夏秋交界的夜晚很美好，秋虫啾啾，明月皎皎。多年之前从一个方块窗看出去的一片蓝天，远没有这一片星月双辉的夜空安逸。

莫向晚深深呼吸。手机响起，是朱迪晨打过来的，是为了和她核对明天林湘发布会的列席媒体名单。

一切都进行得很顺利。

朱迪晨问："没想到武替出身的大卫搞起宣传来一套一套的，把各论坛上的话题都给翻过来了。现在大家都当罗风和林湘流出的是剧照。"

莫向晚讲："是啊，网友讲'实锤'，我们就给他们看'实锤'，至于'实锤'是不是加工过的，他们没有空去在意。他们对热点事件的记忆力只有三秒，等到更大的新闻出来后，他们就都转移视线了。"

朱迪晨笑了："向晚，你是挺有意思的人，有没有兴趣自己露面到前台？"

"开玩笑！"莫向晚佯装失声大叫，她知道对方用恭维她的方式表示和平交往。不管她的外貌如何漂亮，这一把年纪也是不适合进娱乐圈的了。

"你外形这么好，真当别人是傻瓜？"

莫向晚说："那么你就当我是傻瓜好了。"

朱迪晨试探地问："听说公司最近在接洽一个女孩，长得挺娇，之前是个网红，最近和北边那位王导打得火热。人家准备力捧她，下一部文艺片，叫什么《不想拥抱我的人》，奔着拿奖去的，要让她来演呢！"

莫向晚有些诧异："最近公司接洽了很多人，你讲的这一个我没什么印象。"

朱迪晨暧昧地笑笑："你都没什么印象？那说明帮她接洽的人来头很大。"

莫向晚明白过来，原来朱迪晨是在探她的口风。一个连她都不知道的艺人在和公司接洽，可见来头之大。但莫向晚从不会对老板不给她通报的事情下结论。

她对朱迪晨说："回头我了解一下。"

挂了电话后，莫向晚舒展了一番筋骨，在阳台上做了一个伸展运动，才进了卫生间。她捞起手边的面膜，想：朱迪晨说的还是有道理的，这把年纪的女人要保养。

林湘的澄清发布会比莫向晚预想中要顺利，这也亏得自己一手提拔上来的艺人经纪部的艺人宣传刘大卫和娱乐营销部总监宋谦的良好配合。他们将林湘的粉丝头头都给约了出来，人一到，包括莫向晚在内的几个工作人员都吓了一跳。

林湘贴吧的大吧主是个叫蜜蜜的十八岁小姑娘，她把自己四十八岁的妈妈一起带了过来。这位阿姨姓李，见到莫向晚就说："你们一定要保护湘湘，她是无辜的。"说完就开始抹眼泪。

蜜蜜是莫向晚和朱迪晨都一直有接触的，虽然只有十八岁，但鬼点子比谁都多。有过经历的莫向晚自然晓得十八岁的姑娘心思活络起来，大人们也会招架不住。

这一次带着妈妈一起过来也是蜜蜜的想法。她对莫向晚和朱迪晨说："我们就是要让大家都知道，湘湘的人品可以吸很多阿姨粉，所以湘湘绝对不会做出那种事情。"

李阿姨从随身带的大行李箱里拿出大堆的礼物。林湘参加选秀的时候就声称喜欢 Hello Kitty，她的粉丝们买了大大小小各式各款的 Hello Kitty，竟还有到日本定做的，一个足有半米的 Hello Kitty 抱着一颗心型抱枕，上面绣着"湘湘加油"。看来这对母女对林湘是真心实意地喜欢了。

邹楠唏嘘："如果有人这样对我，我就死而无憾了。"

莫向晚捏她的鼻子："明天就把你送去女团选秀。"

邹楠说："不不不，我红不了的。我又不会唱跳，又不懂立人设，傻兮兮的，肯定是第一期就会被淘汰的背景板。"

说自己"傻兮兮"的邹楠，实际上亦是一个小美女，有一双笑眼，也很会打扮，男朋友换得一个又一个。她虽然只有中专学历，原来在片场做化妆师。莫向晚当时去片场探班，安慰和女一号闹不愉快的女二号林湘，看到邹楠小小年纪，在两个针锋相对的女演员之间活动得游刃有余，当即就问她愿不愿意做演员助理。

这和莫向晚招募大卫的原因是异曲同工的。当初刘大卫也只是一个有点摄影爱好、很会修图的武替，在工余去顶了剧组宣传的工作，帮点小忙，赚点外快。但他技术一流，经他手修的图得到了剧组和演员本人的交口称赞。莫向晚只用了半个小时，就和刘大卫签了正式的劳动合同。

不拘一格用人才，这是莫向晚在刚工作的时候就懂的道理。这是一路提携她的老板于江对她的言传身教。

邹楠和刘大卫也确实在莫向晚的工作上鼎力相助，是她的左右手。一个八面玲珑，另一个老实可信，不知让莫向晚在工作细节上省下多少心。

就拿这一次发布会来说，莫向晚将自己的策略一讲，前后组织全都由邹楠和刘大卫携手完成。他二人见到蜜蜜把李阿姨带了过来，立刻就对李阿姨耳提面命了一番。

十五分钟后，李阿姨面对媒体的镜头，把经过刘大卫处理的"证据"全部摆了出来，向大家申诉：

"我们是跟湘湘行程的，你们看，这些都是我们在片场拍的照片，粉丝们都觉得不能剧透，就没有发布，结果被心怀叵测的人发布出来，败坏她的名声。我们就是欢喜湘湘像女儿一样可爱单纯。你们的女儿被别人这样污蔑，你们不心疼吗？”

李阿姨一边说一边又落下了眼泪，邹楠忙不迭递上了纸巾，刘大卫已经抓拍好了好几张照片。

朱迪晨见状艳羡不已：“说起管理能力，向晚你真是一把好手，这点我也不得不服气。”

朱迪晨这一番话，也可认作对莫向晚能力真心实意地佩服。本来她是“奇丽”内部对莫向晚的职位最有竞争力的一位，但她长于交际应酬，懒做各种行政管理，也不愿意在公司坐班。因而她虽然带着公司几个艺人，但职位上还是低了莫向晚一级，且还用着莫向晚的心腹当林湘的执行经纪。

自她被于江正式招纳进公司以后，公司上下人心浮动，大家都以为莫向晚会被空降一位头头。然而最后艺人经纪部宣布成立，成为艺人经济总监的是她莫向晚。

各种流言蜚语自然是有的，但莫向晚从不解释，她只记得于江关起门来，同她讲：“向晚，你是跟我一起创业的人，相比其他人，我更相信你。以后新的部门，你要多多费心，多多关照，用好朱迪晨。”

莫向晚便牢牢记住了老板的这句话，她细细研究好朱迪晨大事大做、小事不拘、脸酸心冷的行事之道，把握着和她工作上的相处之道，一直以来从未出错。

她对朱迪晨此刻的恭维自然也不会全盘接受下来，她说：“都是大家配合得好。”

“真想不到民间也有奥斯卡影后。”不知何时，宋谦走到了莫向晚的身边。

莫向晚带着公式的笑容，客气得面面俱到：“今天也辛苦你们部门了。”

她见宋谦还想要说些什么，赶紧就把话头截过来，转向朱迪晨，问她：“罗风那边会不会生出别的枝节？”

果不其然，朱迪晨早就做好了她职责范围内的工作，她冷声一笑：“他啊，自顾不暇了，他现任女友是出了名的‘小辣椒’，他好几部片约都是他女朋友用关系拿下来的。这一次亲密照曝光，把他一脚踏几船的事实也曝出来，他不被收拾几天是出不来的，我们就放心买热搜大做文章吧。”

可是莫向晚没有料到，才过了一个月，她就和罗风狭路相逢了，这倒是其次，和她狭路相逢的还有那位 Mace。

于江从欧洲旅行归来后，因为林湘这次事件的危机公关做得相当不错，他镇定自若地给投资人们做了个汇报。“奇丽”自然不是凭空生出的企业，于江亦有他作为创业者面对投资人的压力。诸位投资人中间，就有本城电视台出身的大头头。

这也是莫向晚和宋谦出身的地方。宋谦是戏剧学院表演系科班出身，签在台里下辖的演艺公司，是本城话剧团的资深演员。话剧演员收入微薄，宋谦便在结婚之后跟着于江转行做了幕后，他的科班学历和话剧团工作经验让他有了非常广泛的娱乐媒体资源，他同有关部门打起交道也是一把好手。同宋谦一比，莫向晚则是不折不扣的泥腿子出身。

生下莫非后，她真真举目无亲、无所依靠，连营生的门路都不明确。管弦又管了一次闲事，她把她介绍给了经常在“MORE BEAUTIFUL”喝酒的当红主持人秦琴。

莫向晚此后就做了秦琴的助理，以此入了行。秦琴既是节目的主持人，又是节目的制片人，跟着她，莫向晚不但要当艺人助理，还得学着做直播节目的场记、剧务以及其他一些闲杂事。好在她谦虚又勤勉，竟能稳稳胜任下来。

于江从电视台下辖的公司脱身出来组建娱乐公司，管弦又把莫向晚推荐给了于江。

她对莫向晚说："电视台正式编制当然是不愁养老，可不好进，除非你当一辈子打杂的，等到上面'皇恩浩荡'。这样是要熬的，收入也涨得有限。"

莫向晚不是没打算的，她说："如果有更好的发展，我当然想。"

于是她做了于江的秘书。于江对她的要求不高，只有三点：学好英语，念一个文凭，会喝酒。

莫向晚把三点都做的很好，并且远远不止于此。她尤其擅长调配各种力所能及范围内的资源，提供最好的项目跟进方案，并且平衡和维护好各方的关系。所以，于江在她和从韩国归来的朱迪晨之间选择了让她来承担更重要的决策岗位。

在职场经年打滚积累下来的经验让莫向晚晓得做人要低调，做事才能高调。她同宋谦此类部门外平级的同事，同朱迪晨此类自己管辖范围里头的经纪人，平时交情说深不深，说浅不浅，私交是基本回避的，只有老板出面组织的联谊活动，她才会和他们做一些必要的私人交流。

于江近来正和视频网站对接好几个项目，本没有空管到员工福利上去。但前一个星期，他的太太祝贺到公司以股东身份列席了高层例会，提出应当改善一下员工福利。于是人事部马上开始组织拓展活动。

于江也很赞同，定下阳澄湖作为拓展地点，顺便带着劳苦功高的管理层们赶个趟头吃蟹。

莫向晚排了一排时间，这个星期天是不可以陪莫非了，她同莫非商量："妈妈这个星期天要参加公司的活动，晚上回来给你带好吃的。"

莫非小眼珠子一转："那我是不是可以去于雷家里做作业？"

"你不可以麻烦别人，要礼貌，要按时完成作业。"

"晓得了，晓得了。"

莫向晚一看莫非这副藏不住的兴奋模样，就料到他绝对会在星期天和同学跑到外头疯玩。他最近才拆了石膏，在家里关了几天，老早就憋不住想要出去野的性子了。

这样死命管是管不住的，所以她对莫非说："还有，你要注意卫生，星期天晚上我回来看到你衣服脏了是不会洗的，妈妈很累的，星期一还要上班。"

莫非挠挠头，"哦"了一声，看着一副为难的样子。这个孩子还不会洗衣服，而且一直怕麻烦到她。她存心难他一难，以后好管教。

不过莫向晚还是不放心，给于雷的妈妈打了电话，再三拜托才出了门。

这天于江兴致很好，在阳澄湖边上定了饭庄，早上还要员工参加拓展。法务部的许淮敏暗地里嘀咕："他是去阿尔卑斯山滑雪滑够了，要我们来动老胳膊老腿，真不厚道。"

于江要大家做的项目是"舞龙"。他亲自和大家一起做活动，众同事自然以他马首是瞻，什么都听他安排，可有的人也想表现。

于江说："谁负责扎龙身？"

这是技术活儿，显水平的，马上有人表示要担这个责任。龙头、龙尾都有人出面负责，莫向晚依旧是个打杂的。

宋谦平时做人谦虚，见谁都好说话，这一回游戏里负责扎龙头，一下较真起来，可把几个合作者使唤惨了，洗毛笔、绞钢丝、剪纸板，让大家忙晕了头。倒是莫向晚手里无活儿，只帮大家到处找水洗手。

亏得朱迪晨备着不少矿泉水来救济，她们挤在一处拿水时，朱迪晨用胳膊碰了碰莫向晚："这路也太窄了，跑这儿都能撞上。"

莫向晚抬起头，看见朱迪晨往东边的饭庄努嘴。她看见了一个熟悉的人，穿一身白衣，丰神俊朗，正从湖边饭庄的高台阶上走下来。她说："窄虽然是窄，但他到底也是顺着梯子下来了。"

朱迪晨说："算他知趣，他不下来也要影响他和那位拍古装片的长鼻子导演的合作。"

对于林湘这边发布会上的声明，罗风那边也紧跟着出了一份通稿，承认了艳照是"剧照"，并向公众诚恳道歉。不但如此，他还录了个小视频放在微博上，安抚了关心他的粉丝。

这种心照不宣的默契合作，莫向晚是最欢喜的。大家都在一个圈子里，抬头不见低头见，何必将事做绝？

朱迪晨问："我们该不该去打个招呼？"

莫向晚说："为什么不呢？"

她们寻到于江说了说，才说完就见那里有人走过来，领头的对着于江叫："老于，今天可逮住你了。"

正是那位拍古装片的长鼻子导演。

长鼻子导演后头跟着几个人，于江和对方一一打招呼，拥抱寒暄，亲热得就像亲兄弟。其中一个人，莫向晚听到于江叫他："哟呵！莫北啊！你怎么改行进娱乐圈了？"

那个人笑嘻嘻地说：“可不是吗？蔡导要我当男一号啊！”

后来两组人自然就变成一组人，一起耍乐了。由于江做东，多请了十几个人上饭庄吃大闸蟹。

这季节正是当季，于江又会挑蟹，惹得蔡导直赞：“总之要吃好的玩好的，跟着你老于总是没错的。”

莫北指着他们公司远处摆的龙头，问于江：“你这是要跃龙门啊？”

于江笑：“本来是要跳一跳，看到蔡导，还是下次跳吧。”

莫向晚藏在同事堆儿里，不远不近地跟着他们走。她的正前方恰恰就是这个莫北。刚才于江为他们一一做了介绍。

莫北笑着对每个人说：“你好。”很客气的态度。

朱迪晨和莫北是旧识，又正好站在莫向晚的身边，开了一个小玩笑，讲：“莫律师，你们五百年前是一家。”

原来他们都姓莫，这个巧合真有趣。莫向晚矜持地笑笑，点一个头算是打招呼了。

莫北并没有把注意力放在她的身上，这令莫向晚安心。Mace和草草只是过去式，大家记忆中的那一段最好擦拭干净，不要有瓜葛，就此平安过一生。

她在心里头祈祷得都快心脏抽筋了。

要入席时，于江发了话，对莫向晚和朱迪晨说：“向晚、迪晨，来，坐这边。”

莫向晚一愣，马上就明白了。于江要她坐的位置正对着罗风。那位英俊男明星正深沉地望着这里，眼里有一点火头。

朱迪晨是个灵敏的人，拉着莫向晚就坐了过去。这一坐，又不好了。莫北为她拉开了椅子，做了一个“请坐”的手势。莫向晚腰一歪，差点摔倒，幸被朱迪晨扶住了。

于江对莫向晚说：“徐陵最近要上蔡导的新电视剧，正好和罗风搭戏，他今天没有来，你作为部门领导代着敬一杯吧！”

这一句话就是一个令，莫向晚得着令，立刻就端起酒杯，先朝蔡导说：“新人上新戏，前辈多照顾。”

蔡导端起来饮了，对于江笑：“瞧瞧你们这位艺人总监，对艺人的尽心尽力那倒是有口皆碑的。这回帮罗风解了个围，也就等于帮我们解了个围。”

于江对他的话只是一笑，没有立马接上话。莫向晚明白，老板是把这个人情放给她去发了，于是她立刻就接口过来：“蔡导您真是谬赞了，我们靠着前面打拼的人拿薪水的，那肯定是要服务周到的。我们对他们没有别的要求，只希望他们安安稳稳努力工作，配合导演把戏拍好，让群众有好剧可看，那我们的 KPI 也算完成了。”

她这样一说，蔡导撑不住笑了，周围的人都笑了。莫向晚趁气氛和谐，对着罗风讲：“罗少，湘湘的事要请你包涵的，她自杀了三次，现在还在住院观察。医生说她有些神经衰弱。”她稍微低一低头，算是赔礼了。

这种面子上的功夫总要有人出来做足。这里谁都不肯低头，于江有于江的身份，朱迪晨是林湘的经纪人，和罗风从过去到以后硬碰硬的次数也不会少，只有她的身份最适合。她瞧见于江轻轻点了一下头，朱迪晨的眼睛里也有笑意。

罗风听到林湘还在住院，眼底有了些不忍，看在莫向晚眼里，她亦稍微动了容。因而，后来罗风把酒一喝，莫向晚也跟着一饮而尽。

蔡导说：“老于，你的人是厉害的，先上来一轮酒把我们灌迷糊了。”

于江只是笑，说：“吃你的大闸蟹，哪儿来这么多废话？”

莫向晚喝得着急了点，坐下来时带落了桌巾，她身边的莫北帮她捡起来递给她。她瞧也不瞧莫北，拿过来时说了声“谢谢”。

于江问莫北：“许久没见你，最近在哪儿混了？”

莫北说：“才被我爸揪回来。”

蔡导插口：“他现儿在保税区的大律所正吃香，可是从无败绩的王牌非诉律师。”

于江说：“原来是给资本家当大状了。怎么？蔡导最近有什么官司？”

蔡导一听就苦了脸：“前几天拍水里的打戏，两个群演受了伤，我找莫北来帮忙谈个赔偿。他们所在民商领域里头出了名的，我一去，老朋友江主任就给我介绍了莫大律师。”

莫北一径儿云淡风轻地笑着，就像那个时候一样。莫向晚暗暗觑了身边的人一眼，皱起了眉。就是他这副满不在乎的神气，让她记忆中的他一点一点清晰起来。

莫北也许是注意到了她的观察，朝她微微一笑，她也回报一笑。

朱迪晨凑过来和她咬耳朵：“难怪戏也不赶了，躲这儿吃大闸蟹呢！”

莫向晚心里忍不住冷笑，虽是行业里常见的纠纷，可是谁势强谁势弱，计较到最后谁输谁赢，简直是一目了然的结果。

细思下来，莫向晚心下恻然。她忍不住微含酸讽地悄声对莫北讲：“莫先生原来也接我们行业的民事官司？”

莫北侧一侧脸，镜片后反光，看不出他眼神里的端倪，他说：“给朋友做做咨询。莫小姐有什么需要吗？”

莫向晚把头一低：“没有，希望没有。”

“那最好。”

后来席上的气氛又热烈起来了，是于江把话题岔开，一群人轮番敬酒。都是能喝的人，几轮下来，似乎先前“奇丽”同罗风的那场风波也被酒精给淹没了。

莫向晚喝了不少，好在神志尚算清明，她不动声色地同朱迪晨换了个座位，想来莫北不大可能发现。

因为被这场“和酒宴”阻了回城时间，到了市区，已近晚上12点了。一行人在体育馆散的伙，莫向晚先去女厕吐了一会儿。

二十岁左右的时候，她酗过一阵酒，但在知道怀了莫非后就戒干净了。进入职场以后，她按照于江的要求重新练了练酒量，也许是心中终有那层抵触，她重新练出来的酒量其实很虚，每回喝多了，不吐出来，她就没办法好好走路。

吐完以后，莫向晚抬头看着镜子里的自己，面色苍白如鬼。仔细凑近看眼角，内眼角下是有若隐若现的细纹的。她生过孩子，也年近三十，身体机能再怎么优良也会给她警告。

莫向晚对着镜子说：“一定要去美容院办张卡。”

她说完后趺趺撞撞走出去，冷不防就拐了一脚，这一下不得了，真的扭到痛处了。她扶着墙，不住抽气，眼泪都快忍不住了。他们莫家母子都一样，典型缺钙，特别容易扭伤。

有人唤她：“莫小姐？”

她抬头，又是那个她不愿见到的人。他怎么会在这边？莫向晚暂且把眼泪给忍住，可还是不情愿同他说话，只是看着他。

莫北正把自己的车从体育场的停车库开出来，一眼就看见这位需要帮忙的女士。他先是下了车，看到她扶着腿，还是坚持要自己走。他作势要扶她：“要不要帮忙？”

莫向晚就像见了鬼，根本不容他靠近，骇得叫一声：“你别乱来！”

莫北愕住，她的表情好像看见色狼，而车窗上倒映出的自己，衣冠整洁，面貌和善，与不良分子毫不相干。这真伤自尊。

莫北莫名其妙，但还是颇有耐心、客客气气地说：“莫小姐，你这样是没有办法走路的。我没有别的意思，就是看看你有什么需要我帮助的地方。”

莫向晚也发觉自己失态了，她拂一拂额前凌乱的发丝，生出几分不安：她对他的反应完全是下意识的，而且不自觉。这时风一吹，她的头脑清醒了片刻，喃喃说：“我喝多了。”

莫北微笑：“我看出来了。”

他这样的态度，看来今晚是想要学雷锋送她一程了。莫向晚头脑里做出了判断，但是她不愿意接受这样的示好，相当不愿意，她说：“麻烦您给我叫个车。”

这太抹面子了，莫北觉得今晚的好心被门夹碎了，他的绅士风度没有得到应有的回应。一切都不太正常，但是拒绝女士他做不来，就随和地笑笑，真的为她走到大马路上叫出租车。

这里的夜生活刚刚结束，来来往往的车上都坐着疲倦的都市人。疲倦的时候往往会反应迟钝，当然，也可能会对陌生人有抵触的情绪。没关系，回家睡一觉就好了。莫北能够原谅这位女士的失态。

好不容易停下一辆车，车上的司机摇下窗口瞅瞅莫北，莫北回头问莫向晚：“你去哪里？”

莫向晚说：“去北区。”

司机听到了，说：“老兄，你开玩笑啊！你身边停着宝马叫什么差头（上海话指出租车）？和女朋友吵架也不要寻我们开心好伐？阿拉做做半夜生活（上海话指生意）不容易的好伐？”

说罢，摇上车窗，开车走了。

莫北愣了半晌，骂了一句脏话："操！"

这天他们俩运气都不太好。莫北在路边招手了一刻钟，都没有叫到车。莫向晚远远靠着墙，看他这么热心的模样，生出了些愧意。

足足九年了，她印象里的 Mace 都已经模糊不清了。刚才看着这位莫北在宴席上，和于江这些行业大拿很能打成一片，喝酒划拳也是样样精通。只是他的态度始终浓中有淡，和所有人都保持着若有若无的距离，但表面上又很尔雅和煦。

莫向晚突然想起当年她骂他"你这个流氓"时，他一脸无辜地答她"我哪儿流氓了"。想到这里，她不自禁就笑了一声。

莫北又是一脸无辜地看了看她。这位女士的态度反复无常，他想，他该原谅她的醉酒失态。

最后实在是叫不到车，莫北进退两难，回头对莫向晚说："得，我不收你差头费总行了吧？"

这是玩笑话，说出来让两个人都好下台阶的。莫向晚当然是懂的，她被夜风一吹，酒劲又退了几分，觉着自己行动过分了，好像在欺负别人家好脾气一样，这样不厚道。

她清一清喉咙，对莫北说："那麻烦你了。"

莫北过来扶她，她将手搭在莫北的肩上，这么多年头一回，两人又挨这么近了。莫北一转头，似乎是凝神看了看她，看得她立刻就低下了头。

莫北忽然问："莫小姐，我们以前见过吗？"

莫向晚抬起头时，已经调整了一个合适的笑容。她说："应该没有。第一次见面我就这样失态，冒犯了。"

莫北扶她上了车，说："没关系。"

一路也没什么话，莫向晚闭着眼睛养神。莫北放了音乐，偏偏就是梅艳芳的《似是故人来》。这首歌曲九曲回肠，纠结人心，把莫向晚听得生生睁开了眼睛。

莫北发现了，体贴地问："不打搅吧？"

莫向晚忽然回忆起来，他们统共在一起的那两天，他对她这个陌生的女孩算是温柔的。看来这个人脾气真的是天生的好。

"现在很难听到这么好听的歌了。"莫向晚说。

"你们行业还是很兴旺。"

"现在能好好做音乐演戏的人比以前少了很多，如果行业里每个岗位上的人都尽心尽力，施展才华，这个行业应该会更好的。"

莫北笑："你很喜欢这个行业？"

"谈不上喜欢和不喜欢。但工作也是人生的一部分嘛，那就得好好对待。"

"看得出来莫小姐是个对工作和人生都很负责的人。"

莫向晚不语，她被莫北这句话戳中了心肠。就是一句"负责"，她重新择取了道路，走上新的人生。因为这段经历，她才更能体会"负责"的意义。

然而，这句话由他讲出来，她生出些异样的感觉，很想就此问一问他："你当年最后是怎么对你的人生负责的？"

但终究也没有问出口。

二人一路无话，一直到莫北将莫向晚送到小区门口。莫向晚真诚道了一声谢，并再三道了歉，莫北忙说"不客气"。她看着他的车开走，忽然觉得她和这位Mace，或者说这位莫北，真的只是陌生人。对，她和他的关系就应该是这样——萍水相逢的陌生人。

甩开这些惆怅，莫向晚一路小跑回家。

家里的卫生间里仿佛发生了一场洪灾，莫非正手足无措地拿着报纸铺在地砖上吸水。整个卫生间地板上铺满了旧报纸。

莫向晚低叫："莫非，你把地砖都拆了吗？"

莫非见母亲回来了，把脸涨得通红。他并非一个全然不怕家长的孩子，尤其还被抓了个现行。

想一想，莫非决定坦白从宽，他苦着一张小脸，讲："妈妈，是我不好，我今天和于雷他们去公园爬山了。我的运动衣弄脏了，我想妈妈上班很辛苦的，所以我要自己洗衣服，但是洗衣机太难用了，妈妈，原谅我吧！"他说完就蹭到莫向晚怀里撒娇。

莫非今年八周岁，个子有一米四，身板因为练足球而比一般孩子厚实，这么厚咚咚钻到莫向晚怀里，差点撂她一个踉跄。

这瞬间，她的念头竟然是，如果莫非往莫北身上撞过去，莫北大约是不会像她这样往后退两步的。

但念头迅速就被她打消了。她板起面孔："妈妈讲的话都成耳边风了对吧？你以为拍两句马屁事情就过去了是吧？"

此时正值深夜，万籁俱寂，莫向晚的声音严厉，威慑力巨大。莫非被吓住，娇也不敢撒了，人也呆住了，愣愣地看着母亲。

莫向晚拿掉眼镜，烦躁地揉揉眉心。她有低度近视，戴不戴眼镜都没大碍，但自从上班之后，她就眼镜不离脸了。今天的 Mace 依旧是戴眼镜的，她看着莫非天生圆溜溜的大眼睛想，真要命，难道莫非以后也会是小四眼？这太可怕了，她的心没来由就"怦怦"跳了两下。

莫非察言观色，看母亲骂了一句之后没什么下文了，就抓紧机会说："妈妈，下个星期你有空了教我用洗衣机，我以后绝对不会再犯错误了。"

莫向晚叹口气，“得了得了，你先睡觉去。”

莫非小心问：“妈妈，你不生气啦？”

莫向晚在他脑门上弹一个毛栗子：“妈妈再生气，卫生间也不能变干净，生气有用吗？”

莫非马上接口：“有用的，我以后就知道洗衣机不能乱用了，要用也要学会了再用。”

莫向晚只好摇头笑：“就学得油嘴滑舌。”这或许是遗传，她想。

推着莫非回房间后，莫向晚蹲在卫生间收拾了报纸，擦干了地砖。莫非不晓得怎么让洗衣机进水，水龙头的管子没插好，这才流了一地的水。好在孩子还算聪明，懂得用旧报纸吸干地面上的水。只是他留在洗衣桶里的衣服实在太脏了，不知道是疯去了哪里玩，把蓝色的运动衫穿成了咖啡色，上面黏着一块土一块泥的，洗衣机洗完后还留着大块污渍，让莫向晚不得不亲自上去污剂手工搓洗。

待将一切事务做完，已经是半夜 2 点了。莫向晚累得腰都快直不起来了，酒却是完全地醒了。她扶着沙发扶手慢慢坐下来，轻轻吁气。

手机上突然就收到了管弦的微信：“小姑娘，姐姐郁闷。”

她拨电话过去：“管闲事姐姐，你怎么郁闷了？”

“老于回来多久了？”

原来是查岗，她如实说：“有一个星期了。”

“小姑娘，你去找个男人。”

莫向晚没有力气失笑，只是问：“你是怎么了？”

“如果莫非长大了，娶了老婆，你去哪里？还和儿媳妇抢儿子不成？”

"我进养老院。"

"你得了吧！"

"这问题我还真没想过。"

管弦说："我想过了，我不能一辈子当小三。你看当小三的，没有几个人有好下场。"

莫向晚说："你又喝多了吧？我去你那儿？"

"算了算了，你还有儿子，我有什么？我今朝就喝了几杯忘情水，明朝我就能醒过来，醒过来我还是美女管。"说完她那边就挂了电话。

莫向晚不放心，再打过去，显然是关机了。她打去"MORE BEAURIFUL"酒吧，接电话的人说找不到管姐。她又摁下于江的手机号码，想了一想，还是没有拨出去。

莫向晚端坐在没有开灯的房间里，静静冥思。

如果莫非以后娶了老婆，她怎么办？那该是二十年后的事情，可如今想一想，竟让她心慌意乱起来。莫非这么大了，大到她都快要抱不动了。她以为这个孩子是唯一属于她的，可以后也许不会是。

惶恐突如其来。

莫向晚跌跌撞撞地回到自己的房间，扭亮了台灯，发现床头柜上多了一张字条，上面歪歪扭扭写着几个大字——"妈妈，我永远都会听你的话"。

莫向晚一口气又回到心头，又暖又甜。她把字条捧在掌心。

莫非的字写得方方正正，但总不能写到一条直线上去。葛老师说他"一心好几用"。这个孩子天生好动，总是定不下来，写几个字都跳脱得厉害。

莫向晚看好了，把字条塞到抽屉里小心放好。里头有莫非给她写的各种字条，从他学会写字开始。

莫非学会写的第一个字就是“妈”，后来他学会写“爸”。小小年纪的他不是没疑惑过的。他大约在五岁的时候，就问过莫向晚：“爸爸呢？”

莫向晚并没有想好该怎么答，莫非却已能自问自答：“妈妈，你是不是和爸爸离婚了？小琳的爸爸妈妈就离婚了。”

莫向晚默认，不得不如此默认。

她想，这一份尴尬不管如何遮掩，总是会贯穿在孩子的成长过程中的。她的确在掩耳盗铃。好在莫非成长得很快，到了六七岁，就不太问关于“爸爸”的问题了。

莫向晚仍旧没有办法把昨日看见的莫北，或者说是九年之前的Mace代入到莫非爸爸这个角色上。只有互相倾心爱恋的男女结合生子，才能成为孩子名副其实的父母。而莫非之于父母的关系，也许只能称为年少轻狂的附属品，在Mace那边，更可能是买一赠一的小累赘。

莫向晚考虑得头痛了，干脆拉了被子直接倒在床上蒙头大睡。

这一睡也没能睡实，莫向晚在半梦半醒的意识里，明白感受到自己不知翻了多少次身。也不知过了多久，迷迷糊糊之间，她发觉有一双小手正在摸她的额头。于是，她疲惫地睁开眼睛，是莫非那张放大的小脸，带着一种严肃认真的神情，正专注地等待她醒来。

莫向晚坐起来，问莫非：“你又怎么了？”她看了一眼床头柜上的闹钟，这才6点半，“今天倒是很乖，不赖床了。”

莫非点点头，小大人似的，然后，他朗声说了一句话，差点没让莫向晚从床上跌下来。

“妈妈，我考虑了一个晚上。我看到你做家务很累的，那么就这样吧，你去谈一个男朋友，以后回来可以让他做家务，你就不用这么累了。我好几个同学家里都是男人做家务，做妈妈的坐在沙发上指挥的。妈妈，我建议你一定要找一个上海男人，葛老师讲全中国就只有上海男人会帮老婆做家务。”

莫向晚骇异地看着儿子。

莫非讲完以后还皱着小眉头，一副深思熟虑了一夜的模样。

莫向晚不禁笑道：“如果你长大了，就是一个大男人了，也可以帮妈妈做家务啊！”

莫非考虑了一下，然后答：“那么到那个时候我们就把那个男人赶出去，我来帮妈妈做家务。”

莫向晚笑得前俯后仰，看得莫非益加把眉头皱紧，一本正经地说：“妈妈，我在跟你讨论严肃的问题，你不要敷衍我。”

好吧，现在的孩子早熟得她的思维都跟不上了。

把莫非送去学校后，莫向晚招了出租车去公司。坐在车里头，她忍不住自己一脸的笑意，惹得司机师傅看了她好几眼。

莫非的话有两个重点：他体谅母亲，要求母亲找第二春；他很好地规避了别人家的爸爸这个角色，统称“大男人”。

儿子贴心起来，不会比女儿差。莫向晚想，有这样一个儿子，丈夫这个角色真是无关紧要的。她和莫非，就是一个完整的家。

待抵达公司，莫向晚先到人事部去查了查年假记录，今年还能再休几天年假，她可以带着莫非去爬爬山、钓钓鱼。工作是人生的一部分，但人生还有其他部分。

邹楠见她心情不错，笑着打趣：“今天所有的老大都奄奄一息，就你精神焕发。”

莫向晚摸摸脸：“我昨晚过 2 点才睡。”

邹楠笑：“心情好，果然不一样，是不是有什么好事啦？”

她的眼神有点暧昧，莫向晚忍不住笑着赶她：“去去去，快快把今年的合同全部整理好，下个月我们得配合法务部做样本合同。”

邹楠兴趣立消，讲：“莫总，你就没一点绯闻填补你的生活空间。”

莫向晚一边整理手头的文件，一边说：“我老了，没年轻人精力旺盛。”

邹楠递过来一本合同：“这是人事部转过来的，下个星期来报到。”

莫向晚拿来一看——“梅范范，女，23 岁。毕业院校，华影艺专”。她问：“没有照片？”

“人事没有给，人家是自带经纪人过来的，执行经纪人只给她一个人打工，入职她的工作室，不入职我们公司哦，所有工作都是直接向于总汇报。”她忽然压低声音，对莫向晚说，“听说她是‘睡遍帝都无敌手’。”

莫向晚瞥了邹楠一眼：“好了，快干你的活儿去。”

下一刻，电话灯闪烁，是内线，邹楠帮她摁好，于江在那头说：“向晚，关于样本合同的事情，你同法务部的许淮敏以及人事部一起跟进，今天给我一个进度表。下个月要签一批选秀新人，我希望用新合同。”

莫向晚待了半刻，说了一声“是”。

邹楠问：“这种事情从来都是法务和人事管，关我们什么事？”

莫向晚摆手，阻止她再说下去。莫向晚琢磨了片刻，还是先给许淮敏打了一个电话。许淮敏说：“我下个星期要去新的律师事务所沟通，至于人事那里忙不忙，我是不晓得的。反正我时间定了。”

莫向晚只好叹气，这才是关节之所在。

她再致电人事总监张彬，张彬听后叫起来："开玩笑，下个星期我要办多少人的入职？刚建的开发部、制作部、品牌运营部的新人都要做入职培训。还得陪你和宋谦去艺校看学生吗？"

这两人有宿仇，向来是火星和地球。

许淮敏是从市法院退下来的，家里头同于江的岳丈有几分亲戚关系。张彬则是电视台里跟着于江一起出来的。最初的张彬并不十分通人事，在用工合同的起草问题上，没少被许淮敏折腾。

这些莫向晚都了解得通透。她好声好气地对张彬说："张老总，新人入职也要签新合同的不是？如果没有新合同，届时重签合同有多麻烦？"

磨了好一会儿，总算把张彬说通了。恰好管弦来电话，她先问："你没事吧？"

"你就当我昨日唱歌。"

莫向晚稍稍放心，问："你同老……他好好谈。"

"我们谈得不要太好，都谈了这么多年了。"管弦叹道，"小姑娘，像你这样也挺好，乐得干净。"

莫向晚只好岔开话题："我的工作也很烦。"

管弦又能岔回去，还能猜一个八九不离十："他又把你当万能胶使？知道你能协调部门关系，就老把你搁两个部门中间当和事佬受夹板气。我当初把你推荐给他，不是让你给他当三夹板的。"

莫向晚不得不又岔开去："行了行了，三夹板请你吃饭好不好？"

管弦又开心起来："吃饭我乐意，'万岛'吧？我最近胃口好，吃自助餐绝对不亏。"

"嘿，你可真不客气。"莫向晚笑。

这样说一阵便挂了电话。

下午，莫向晚吩咐邹楠买了“宜芝多”的下午茶，她亲自拿去许淮敏的办公室。许淮敏嗜甜，她买的是蓝莓芝士，两个人据案大嚼，说了一阵八卦。

这时有人敲门，莫向晚以为是许淮敏的助理，她嘬着手指头回头看，门口站的那一位正是昨日才见过的莫北。他温和地笑了笑，客气地说：“呦，不巧，打搅你们下午茶了。”他的眼神在莫向晚身上打了一个转，让莫向晚马上从嘴里撤下了自己的手指头。

许淮敏倒是同莫北很是相熟，也许是一个系统出身的缘故，她熟络地打招呼：“莫律师，是你啊。我这刚定了下个星期要去拜访你和江主任，你怎么自己提前过来了？”

莫北走进来，身后还跟着一个年轻的女孩，手里抱着大摞的文件。

“你们于老板一个电话，我们江主任就让我来给你们当助手。许姐，我以后得听你差遣了。”

许淮敏眉开眼笑：“太谦虚了你，是我们有幸请你这尊零败绩的大佛来帮忙。”

莫北又同许淮敏寒暄了几句，忽就对着莫向晚指了指自己的嘴角。莫向晚会意，又觉着窘，用左手往嘴角擦了好几遍。可是莫北开腔了：“不对，是右边。”

莫向晚恼怒，轻轻“啧”一声，表示不满。她想，这人怎么和管弦一样爱管闲事，他当没看见会死吗？

许淮敏看在眼里，开一个玩笑：“莫律师啊，你就不要逗我们莫总监啦！”

莫北也笑：“哪里有？于老板的人，我哪儿敢哪？”

莫向晚听完就阴下了脸。

莫北立刻就注意到了，他又加多一句：“这里是你们‘奇丽’的地盘，我自然不能在太岁头上动土的。”

他竟然瞬间明白了她的忌讳。

实际上，身处在这个行业里，怎样的浓油赤酱都有可能泼到身上，行业里有名有姓的人物有一两个绯闻傍身简直再正常不过。莫向晚长得美，是用怎样的老气扮相都不能完全遮住的。她年纪资历浅，学历也不高，被于江这样一路提拔，早就招人耳目了，各种流言蜚语至今未断。好在她为人一向低调，时间长了，那种话也就少了。

像莫北刚才说出的那样暧昧不清的话，这些年她没有少听。可从他口里说出来，竟意外地让她不爽到极点。当下根本没管他是有心或无心，就一个白眼不自觉地甩过去了。

莫北愣一愣，他刚才发觉一时口误，已经及时弥补。这莫向晚在面子上竟然不领情。他讪讪地，也没意思同她搭腔了。

还是许淮敏接了几句话，送走莫北，她回头对莫向晚说：“于总的老丈人和他爸是老相识，于总和他的领导也认识。人这回是被于总特地请过来当咱们的法律顾问，他一般不接咱们行业的 case 的。”

原来他是这样的身份。

莫向晚想起上一回他和蔡导一起出现的事儿，问：“他不是还帮蔡导打官司吗？”

许淮敏说：“是啊，那也是蔡导托了他领导的关系找上的他，不然他哪儿会管这么宽？”

莫向晚“哦”了一声，说：“我看这个莫律师挺喜欢管得宽的。”

这之后的几个星期，莫向晚和管得宽的莫北见面次数不出意外地多了起来。她同许淮敏或张彬分别都因合同的事情跑过几次莫北任职的 LSM 律师事务所。

莫北这个人做事效率极高，很快就能把条款列清，同“奇丽”方面沟通好，再交给助理草拟具体内容。前后不过五个工作日，张彬也好，许淮敏也好，都表示满意了。

最后一次确定会议是由张彬同莫向晚一同前往，做一些收尾工作。他们同莫北开完会，张彬还想同莫北应酬交际一番，问他：“今晚一起吃顿便饭吧？”

莫北一边整理电脑一边抱歉地笑：“太不巧了，今晚我有约了。下次吧，下次我请二位。”

一行人走出会议室，莫北带的小助理接过他递来的文件，促狭地对他笑道：“莫律师，今晚的约会也要加油啊！”

莫北不以为忤，只是无奈地笑笑，看来这是他同同事、下级相处的常态了。

他这副脾气也真是好得过了分，莫向晚不免微带嘲讽地想，邹楠对自己讲话再随意，也不会随意到不分场合。她莫名地得意着。或许因为自己胜他一筹？念及此，莫向晚又觉出自己心眼太细，立刻把这股莫名情绪压了下去。

虽然莫北晚上不得空，但张彬依旧请到了莫北的顶头上司江主任一起吃晚饭。席间，莫向晚才得悉原来于江、张彬同江主任和莫北都是老相识，她不得不叹自己这个老板，真是善于将身边可利用的人脉和资源物尽其用。

因为都是旧识，江主任讲起话来也不太见外，和张彬谈到莫北，就用一副长辈的口吻说：“你以后身边有什么好姑娘，也给莫北介绍介绍。”

张彬笑道：“莫律师今晚不就是去约会的吗？”

江主任摇摇头，“也不知道能不能成功呢！他啊，一年相亲要相好几次，要求高得很，都不知道能看上谁。急得他妈妈就差没给他报名《相约星期六》了。上回系统里一个领导把闺女介绍给他，我给做的媒，他跟人家去大剧院看《吉赛尔》，结果中途睡着了，把人姑娘给气得……”

张彬接着话茬：“那是莫律师要求高吧，现在条件好的都市男女谈个朋友都成老大难了。”

好做媒的江主任一转眼看到莫向晚，笑眯眯地问：“小莫啊，看你在‘奇丽’好几年了，就没见人说过你有男朋友，赶明儿江叔叔给你介绍一个。”

这话题让莫向晚猝不及防，张彬状似解围说：“您老这眼神，人小莫的儿子都上小学了。”

江主任眼神老辣，一看莫向晚的年纪，就略略吃了一惊，但掩饰得极快也极好：“儿子啊，那小莫是好福气。”

莫向晚勉强笑一笑，说：“还是谢您老关心。”

回程上，莫向晚闭着眼睛养神，没有同送她的张彬讲话。

于江刚创立“奇丽”那会儿，同事之间都不熟，众人并不知道她有个儿子。有一回莫非发烧，她急得请假，到人事部填请假单。管请假单的阿姨多问了她几句，她稍稍答了下，第二天就变成了全公司皆知的秘密。

人的刻薄，总是在琐碎的事件上头体现。她学历低，年纪小，又带着一个父不详的儿子，还得到老板的提携，别人不想歪都不可能。但想歪也只不过是腹中非议、背后碎嘴，放在明面上说出来，就是摆明阵仗的刻薄了。

张彬是可以用其他方式给她解围的，而他没有。

有很多人带着莫名的恶意，需要自己生生吞下去，莫向晚明白。她心里转一转，逼着自己睁开眼睛，开始同张彬讨论此次重新修正好的合同和安排新签约艺人的事宜。

梅范范是在5月初到“奇丽”报到的。莫向晚没有记错的话，她也是在十九岁那年的5月再次遇见了范美。

梅范范被于江亲自带进办公室，各个格子间里的同事们站起来打招呼。

邹楠嘀咕：“太隆重了。”

确实隆重，因为梅范范身后跟着口头禅是“为艺献身不为大米生”的艺术片大导演，去年才去了一次戛纳，差点又拿一个金棕榈奖回来。

大导演衣着低调，身上是不贴牌的中山装，像个朴实的乡镇企业家。他身边的梅范范衣着高调，把二线的名牌穿得像国际大牌。

梅范范第一眼就看到了莫向晚，朝她颔首微笑。她的睫毛比莫向晚长了，眼睛里大约是戴了美瞳，笑起来更加动人心魄。

梅范范与莫向晚握手的时候，说：“请多关照。”声音轻轻的，有礼貌的，涵养很好的。一低头，低低的衣领里可以看见美妙的曲线，这虽不是莫向晚记忆中的曲线，却能令在场每一位男士都觉着丹田涌出一股气流，辗转而难受。

大导演对于江说：“交给你了。”

于江郑重地说：“放心吧。”

邹楠对莫向晚咬耳朵：“她磨腮帮子了。”

这点莫向晚比谁都清楚。

这一晚，莫向晚领导的艺人经纪部和宋谦领导的活动策划部一同举办了一个盛大的签约仪式，在中国第一高楼裙房的空中悬亭设了发布会的主席位，人往上一坐，就像真正地俯瞰天下了。

城里城外的记者请了百十来人，红包都按翻一倍的规格塞。梅范范、大导演和于江笑容满面地签了合同。后来开宴席的时候，上的大汤是火瞳翅炖全鸡。梅范范当着好多记者的面给导演盛了一碗汤，上头有一瓢特级青片翅，她说："最近太辛苦了，吃好点补补。"

第二天就有记者写"希望不为大米生的大导演这一回真的谈一次恋爱"。

媒体装作一派天真地配合着这场盛宴。

莫向晚和梅范范并没有太多的直接交流，她知道，现在的梅范范来路很复杂，她工作室自带的执行经纪人都不曾向自己沟通和汇报。而莫向晚待这些千头万线没有头绪的公事或者公事上的人，只用一条处理办法，就是束之高阁。

梅范范的特殊也引来部门内外同事的暗地议论。

莫向晚听到邹楠和几个小助理闲聊时说："她怎么可能会是个 90 后？都不知道打了几次美白针了。"

不过她也只是一哂了之。

人生有太多意外，譬如她最近频频遇见的这几个人，让那些本该远去的岁月，意外地又重新回到她的记忆中。她觉得心累。这么多年，再辛苦的日子她都可以捱，唯独那一段不堪岁月，她不想再去回首。

好在最近的工作还是顺利的。朱迪晨很用心地安排林湘推出了新歌《爱上你给的伤害》，歌词凄楚，听得人热泪盈眶。

有人在微博上发表言论，说："怎么把女人唱得这么贱？"很快就被林湘的粉丝围攻到删文。这首歌占据了好几个音乐 App 的榜首，罗风也通过某访谈节目对这位前任 CP 送去真挚的祝福。

这个圈子里的风云，不过就是这样真真假假的，一个机缘，也会改变困境。林湘的新歌卖得好，她请朱迪晨、莫向晚、宋谦和邹楠在“新荣记”吃了一顿饭，被朱迪晨夸赞：“榆木脑袋总算开窍了。”

宋谦敬酒给莫向晚，说：“合作愉快。”

莫向晚在酒席上素来是豪爽的，干掉这杯酒，说：“都是同事，合作愉快沟通无碍才好。”

宋谦看她好几眼，她喝得有点多，头发乱了，宋谦笑着指了指她的耳朵。

她腼腆地笑笑，把头发顺好。心想，这宋谦今晚把目光放她身上的次数有点过了。

宋谦的声音也比往常关切：“你回家还要照顾孩子，还是少喝点。”

朱迪晨正在兴头上：“今晚大伙儿高兴，谁都别扫兴。向晚，你儿子能不能先暂且放在一边？年纪轻轻被孩子侵占大把悠闲时光，惨不惨？”

邹楠和林湘一左一右夹着她，非要磨着她一同去 happy。宋谦朝她歉然一笑，显然无能为力了。

莫向晚只好打一个电话给莫非，嘱咐又嘱咐，莫非都烦了，嚷：“妈妈，你是年轻人，你要玩就好好玩，不要顾及我。”

莫向晚握着电话愣了愣，几乎能想象出莫非那副装深沉的小大人样。但她还是得保持严肃，讲：“你要快快完成作业，按时上床睡觉。我回来要检查你作业的。”

才说完就被林湘和邹楠夹着拖去女厕化妆。

他们一行人在大约 9 点去了衡山路的酒吧，那里也是圈内人常去的。林湘和邹楠都是精于此道的人，一进去就进了舞池跳舞。

宋谦问朱迪晨和莫向晚："今晚就放开点儿，一起吧？"

这里的音乐开得震耳欲聋，打到人的心脏上，让心脏跟着激烈跳动起来。这都是莫向晚熟悉的，她一直抵触这样勾人的节奏，抵触到几乎忘记。

但是朱迪晨把她一拉，她又跌了进去。

邹楠舞到她身边，自动给领导护航。她一直以为这位盘发戴眼镜人又刻板的领导一定不擅此道，可是她错了。不过几分钟，她就发现莫向晚跳起舞来比以舞蹈见长的林湘都要妖娆，连宋谦和朱迪晨都不由自主地绕在她身边。

这是很久以前的情境，此刻重温，莫向晚在音乐中仍是自持的，但旧时学过的、经历过的，并不能被完全掩盖，这些过往的痕迹，也没有被完全擦拭掉。

几分钟后，莫向晚就后悔了。她猛地停下来，邹楠问她："老大，你怎么了？"

"头晕。"

她头也没回地离开了舞池，在吧台坐好，向酒保要了一杯橙汁，酒保吹了个口哨："美女，要不要'莫斯科驴'？"

酒精调出来的美妙颜色会让人堕落。很多年前的她沉迷在这美妙的旋涡中，而现在的她好不容易从旋涡中跳了出来。

莫向晚对着酒保摇摇头。酒保无奈耸肩，说："美女拒绝美酒，我好遗憾的。"

莫向晚抱歉地笑，从杯子的玻璃壁上看到自己的笑脸，妩媚得一如当初，似乎什么都没有改变。

她今晚是放肆了，怎么就让邹楠和林湘把她的头发放了下来，还把眼影涂得这么深，口红涂得这么诱惑。

这样不好，她得快点回家。

可是这时，对面有个人在叫一个又陌生又熟悉的名字：“草草？”

三、人生几多风雨

莫北认出当年的和自己纠缠过两夜的少女草草，就是在阳澄湖边的饭庄见到她的时候。他暗地里打量了她很久，才确定她就是草草。

这个女人，盘着头发，额头光洁，戴了眼镜，遮住长而翘的睫毛，脸上脂粉不施，一身运动衫因为陪着同事们做过拓展有点脏了。她敬酒的模样很恭敬，言语很到位，蔡导后来直说："怎么我就找不到这种领导一个眼神，下属一个动作的得力助手？"

罗风在旁边插嘴："我看这个女人要为'奇丽'鞠躬尽瘁，死而后已的。"

她，或许已经不是当年的草草了，所以他才没有贸认。

在体育馆拿了车，偶然看到她扶着墙又扶着腿。他想，于情于理，他是要上前关心一下的，这是初相识的陌生人间客气的礼貌。可她避他如蛇蝎，后来也是次次没有好相与的脸色。

这些种种，莫北统统认为非常正常。

他们两人的那种过去，但凡有心要回归正常人生轨道的，当然是离得越远越好。如果不是再遇到莫向晚，他自己都要忘记自己当年做过的荒唐事情。

这段记忆对他来说不算好，就她的反应来看，对她亦不算好。这点倒是他们之间共通的地方。

前两天他和于直喝酒，于直带了女朋友来见她。莫北看着他们你侬我侬，笑着斥道："你小子收心当老实人了？"

没有想到于直就此老实承认下来，讲："我明年 10 月份是要当新郎官的。"

于直的女朋友一副以于直的意思为意思的模样，带着点小女人的矜持和温柔。她听见于直这样同莫北说，只是一言不发地朝于直望一眼，于直一点都不避讳莫北地亲了亲他女朋友的额头。他的女朋友就顺从地同他相视一笑，二人一副岁月静好的模样。

十六七岁的于直，过的可不是什么岁月静好的日子。他是大院里的头一号顽劣分子，隔三岔五逃课打群架，打到在方圆几个区都出了大名，混成了道上的扛把子，呼呼喝喝小弟一群，吃喝玩乐样样精通。

莫北和于直打小就是邻居，但从来不在一个路子上混。他在于直的爷爷口中，是那种样样都好的"别人家的孩子"。有一回放学回家，他走到军区门口，看到于直正被他的爷爷钉在那里训斥，他们祖孙都看到了莫北，于爷爷指着莫北对于直讲："你怎么就不能像莫北那样让我省省心。"

莫北是不想成为坊间榜样的人，他对那次无意的路过一直很抱歉。于直倒不以为意，朝他玩笑道："我爷爷那个老古板，刚改革开放那会儿，拿到摩托驾照还是光荣的事儿呢！他老人家把'三个代表'真当表给裱起来的。"说完以后该怎么混还是怎么混。

野性难驯的于直在二十岁时终于出了事，他骑着小飓风，把一个无辜路人的大腿撞到粉碎性骨折。因为闯下大祸，他才幡然醒悟改邪归正，按照于爷爷的命令去当了几年兵，重新捡回课本好好学习了几年，复员后去国外念了大学，毕业回国后进到自家的金饰企业做起正经事来。

本来在二十岁以前，于直和莫北不会有什么交集，他们虽然对对方知根知底，但是各有各的朋友圈。如果不是那次巨大的变故，他们也许至今也只是不近不远的邻居关系。用于直的话说："你从小有一个共同进步的小情人，是不会出来跟我们混社会的。"

于直说的小情人是田西。

这次喝酒于直又提起了田西。

"上个月，我见到了田西和她先生。"

莫北就像听到了一个陌生朋友的消息，并和好友交流信息："我们早见过了，不知道她肚子里的是男孩还是女孩，我送了一块金锁片。"

"你当人怀的是薛宝钗啊！"于直说，"她爸当年做的事真不怨她。"

莫北瞅着于直笑："我有怪过她吗？"

于直骂他："你个傻子，那时候我还真怕你跑静安寺去剃头当和尚。"

莫北承认自己是当过傻子的。

当年，他的父亲莫皓然在研究院主持了一宗军用技术的研发，待技术专利到期，可转向民用后，他因这是一个可以为民谋出诸多福利的项目，于是身体力行担负起他并不在行的商业化运营，亲自同好几家生产实力和商业信誉都很不错的民营企业谈合作。

技术兵出身的莫皓然生性耿直，头一回做商务上的事情，根本不懂用商场上圆滑的方法来解决，过程当中难免得罪了一些人。有人好意提醒，有人恶意警告，他一概不管不顾。

当年对项目有意的诸多人士，其中便有田西的父亲。莫北本来并不知道，直到有一天田西的父亲把他请到家里来，同他和颜悦色地喝了一下午的茶，同刚刚考上大学的他讲：“小北，你和小西的事情，我一向是不反对的。我跟你爸爸有三十多年的交情了，我是一直想跟你爸能有更紧密的关系，不管是私事上，还是公事上。所以啊，肥水不流外人田，自家人总要帮帮自家人。叔叔呢，明年是准备调去北京的，如果在走之前能和你爸爸有个漂亮的合作，那就再好不过了。”

这是田西的父亲头一回同莫北说出这么正式又有着弦外之音的话，莫北是有些意外的。他还不太习惯应付这种类型的弦外之音，只得讲：“叔叔，我爸爸的事情我不太懂，不过谢谢您的好意。”

回家之后，莫北没有将田西的父亲找他讲的事情告诉父母，他从父母处旁敲侧击了一番，才知道田西的父亲正向他父亲极力推荐的一位合作商，也想在项目上插个手。他知道他的父亲一定会拒绝，因为田西的父亲擅长和管理的领域并不在此。

最后，他的父亲果然是拒绝了，但他们家也由此发生了巨大的变故。有人实名举报了莫皓然曾经主持项目时的诸多违规操作和涉嫌经济犯罪的罪行，有一些确实是直来直去的莫皓然在操作上的失误，有一些则是只有莫北母子才明白、才相信的子虚乌有的诬告。而举报的人之中，便有田西的父亲。

莫北如遭雷击，红着眼睛堵在田家门口。

他天生脾气这么好的人，那天就像只斗牛，还是非要斗得见红的那种。连一向当小混混的于直都被吓住了，被爷爷催着跑来阻止他当场拿刀砍人。

莫北手里没有握刀，两只拳头攥得紧紧的，被田西用手握牢。她泪流满面地讲：“小北，我们家对不起你，真的对不起你。你不要这个样子，你不好这个样子的。”

田西这个姑娘是莫北心尖尖上的人，陪莫北度过儿童期和青春期。他知道她小时候喜欢穿白衬衫红裙子，跟在他的屁股后面，要他给她补数学。其实她的成绩很好，每个学期都考前三名。她头发总是不留长，又乖又短的刘海覆盖在眼睛上头，衬出她的长睫毛。

田西说话声音软软的，带着本城女孩特有的甜腻，很会发嗲。她只会对着他发嗲，“小北”长，“小北”短，其实他还大她一岁。

他们的名字连在一起就是“西北”，他们高中时候在对方窗户下递纸条，莫北写过最傻的一句话是“有一天我们就到大西北去安家落户”。后来纸条被莫北的母亲发现，他被父亲狠狠地揍了一顿，说他年纪这么小就早恋，是要跟于直一样不学好。

于直在混社会打群架的时候，莫北在仔细打算自己和田西的将来。他们的将来，长辈们骂归骂，但心里头都是看好的。他的母亲会时不时地对他耳提面命：“你们才十几岁，要以学业为重。有些事情是要满二十岁才能考虑的，到时候妈妈会支持你的。”

母亲说的没有错。他们还是十几岁的学生，一路念着重点学校，家境都很殷实，只要不出什么大娄子，未来光明的人生大道早已经被家长们计划好了。

可是后来出了这么大的意外，莫北被摧毁的是一个家和一段本来应当美好的青梅竹马的感情。

莫家出事不久，田西就被父母送去国外留学，而莫北根本自顾不暇。

父亲莫皓然被举报的诸多违规之事琐碎而复杂，有一些确实是他这些年不会迂回、不通世故的性格造成的公务执行上的错误，还有一些事则需要烦琐的查证程序才能证明是否真正涉及经济犯罪。莫北永远都记得大二那年的夏天，他跟随母亲北上寻人托关系，看尽母亲到处求人的憔悴模样。或许是母亲不忍让他年纪轻轻就经受如此重压，到了秋天就逼迫着他回学校继续学业。

莫北亦不忍忤逆母亲之意，只得回到学校，用更刻苦的学习逼迫自己不再胡思乱想。一向看重他的辅导员将他推荐到一家会计师事务所去实习，他跟随着带他实习的导师王某进入一家国有建设集团做年度审计工作。

虽然莫北只负责收集和整理资料的工作，但是他认真负责到了极致，甚至在核对账务和项目的时候请教了不少建筑行业的专家，把他不懂的地方一点点掰明白。莫北这种抽丝剥茧一钻到底式的工作方式，让他意外发现了一个大问题：建筑集团的副总莫尊和一家供货商公司签订的许多项目合同实际并没有合同上标的物。他把合同问题开列出来，交给王某。

王某是同建筑集团合作了很多年的老行尊，看到莫北递上来的资料，却一脸像是从未察觉的惊讶之色，说道："你不要随便往外讲，让我想想怎么处理。"

王某的处理，便是将毫无问题的报告提交上去。莫北得知实情后震惊异常，他找到王某，说出自己的疑问。

王某瞧着他的神气轻蔑得不得了，拍拍他的肩膀同他讲："小莫啊，做人要难得糊涂，不要搞出一些别人倒了霉你也承担不起的麻烦。"

在这天，他的实习期就被王某强行结束了。

莫北收拾着自己放在办公室的物什，他的一股不平之气在内心深处存了很久了，自父亲被多年老友诬告而生，一团一团地累积。他受的屈辱，他为父亲感受到的屈辱，在他年轻的心上划开了一道口子。颠倒的黑白，诸多的不公平和不公正，饱受冤屈的无能为力。一切的一切，让他无法抑制自己。

莫北在上交笔记本电脑前，将里面存着的自己当初为核对账务做的 Excel 表格拷贝了出来。他没有任何犹豫地将整理完毕的表格和对项目全部的了解情况，写成了一封举报信。

很快地，在学校里的莫北看到了建筑集团副总经理莫尊携款潜逃的新闻。王某来学校找到莫北，莫北对他最后竟能置身事外也颇为惊讶。

王某老谋深算地笑笑："小莫同学，这个社会没有你想得那么简单。你这样做是要付出代价的。"

王某所说的"付出代价"，便是莫北在升入大三以后，再也无法顺利找到合适的实习工作。

辅导员颇为愧疚地找到他，讲："把你介绍到老王那里去的事情，是我考虑不周。"他顿一顿，或许是担心接下来要讲的话会影响一位正直学生的世界观，但最终他还是委婉地做了这样的建议，"莫北，你毕业后有没有兴趣去其他城市先发展一阵子，我在珠三角那里有几个同学开了律所。"

莫北朝辅导员鞠了一躬，有几分感激，也有几分心凉，他说："谢谢老师。"

莫北是茫然地在大院里转着圈时，遇到了已经很难得回家一趟的于直。于直这时已经听说了莫家的变故，便勾着莫北的肩膀，说："不要心烦，有什么事情，喝一杯就能全忘了。"

莫北认识到酒精的滋味，是跟着于直厮混以后。他熟悉的场子很多，面子也很大，只要他带着莫北厮混过，地头上的人就认识了莫北，不但会免他一些单，还会同他划拳助兴，让他把酒越饮越大。一喝高了，人就渐渐自我麻痹起来，那些什么关于人性、关于世界观的终极话题，就可以离他远一点。

有时候在酒吧里会有些陌生人同他搭讪，莫北也一概不会拒绝，同对方一醉方休。谁知就喝出了事情来。

那一年圣诞前夜发生的事情在他的印象里一直很模糊。那时他经常在酒吧里和陌生的人喝酒，有些他不认识的人会看在于直的面子上请他喝酒，他也从来不会拒绝。

那一晚他同旁人喝得晕晕乎乎，就在断片的边缘，陌生人说："走，兄弟，带你去个销魂的地方。"

在他稍微清醒一点的时候，只看到一个小姑娘躺在自己的身边。她说她叫"草草"。在他还没有更加清醒的时候，草草扑到了自己的身上……

再一次清醒过来时，莫北已经在派出所的拘留室里了。他身边坐着好几个衣冠不整、满脸羞惭的男人，有年轻的，也有年长的。他恍惚觉出自己惹到什么事了。

很快，民警就把他带出去单独做询问，他得知女孩告发自己强暴了她。

"什么？"年轻的莫北激动地站了起来，但不待民警示意，他又迅速坐了下来。

他用了几秒的时间让自己冷静。他的理智告诉他，虽然不知道自己怎么惹上了这桩是非，但他所需要做的是给出足够多的证据以自证清白。

好在民警的初步调查也有了结果，那个叫"草草"的陌生姑娘的指证充满了漏洞：酒吧的监控和马路上的监控拍到了喝得不省人事的莫北被一个男人架着从酒吧走出来，再走进招待所的过程，也拍到草草一个人走进招待所的行踪。

莫北如实地回答民警询问的全部问题，最后郑重地交代："我不认识她，也不知道为什么会和她在同一个房间里，我们没有发生任何肢体上的搏斗，双方身体上都没有伤痕，应该……"他扶额想了想，确定地说，"也没有发生性行为——我当时喝醉了，血液里酒精浓度应该很高，整个人是无法正常行动的。房间附近的人，应该也可以作证。"他镇定地望向民警，温和地笑了笑，"你们已经检查过了吧。"

民警有些意外，说："回答很专业啊？大学专业课没白读。"

莫北一阵惭愧，他明白就算现在成功脱罪了，他惹上这场是非的行为已经抹黑了自己的学校。

最后，民警问他："你想起诉那个女孩吗？不过她才刚成年没几个月。"

莫北想了想，苦笑一下。罢罢罢，不管对方是无辜还是蓄意，都是因为自己的不谨慎。他不想再究前因，他甚至已经想不起来那个"草草"长什么样子，他也不想再和那个"草草"有什么牵连。

于是，莫北释然地对警方讲："不用了吧。"

走出派出所的大门，闻讯赶来的于直已经等了好一阵，一见他就说："我已经查到了是谁给你下的套。要不要搞一搞他们？"

莫北摇摇头："这回我没什么损失。"

于直说："他们混的场子就那几个，不定以后还能碰到。"

莫北将皱在身上一整夜的衣服掸了掸，发现抚不平在拘留所这一夜留下来的污糟痕迹了。他淡淡地说："再说吧。"

回到学校，莫北被辅导员叫去了办公室，系办的老师们也一起等着他。他知道警方查清楚他的身份后，必然会通知学校。

所以，这是必然的果。莫北静静立着，等着这个结果。

辅导员说："莫北，你逃了很多课，昨天做的这个事情影响又不太好。"

莫北看一眼辅导员，又看一眼在座的诸位老师。他最近的状态不对，很不对，是他二十年来从来没有过的样子。这一瞬间，他升起一股茫然，他知道他现在做的一切都是不对的，但是他不想解释，不想深思，不想回忆过去，也不想思考将来。他的少年时期从来没有行差踏错过，但显然生活并没有给予他公平。

猛然间，那一股茫然化作逆反的情绪。莫名地，也许是因为压抑得太久，他对老师们说："那我休学一段时间吧。"

他很快办好了休学手续，继续跟着于直胡混。这一次是真正的胡混，酗酒、把妹、卖盗版、打架斗殴，他样样都沾了沾，每天都过得又荒唐又热闹，是过去二十年没有经历过的。

再次遇见草草时，莫北已经对这样的荒唐和热闹如鱼得水了，所以当于直看到那三个当初害莫北被带进派出所的罪魁祸首，说既然遇到了就把他们叫过来教训教训时，莫北也没有拒绝。

众人在他和草草都半醉半醒时，起哄要他们去房间里解决恩怨，他也没有拒绝。这些日子里，他对自己是放纵的，存心的放纵，借以麻痹自己，逃避现实。

草草也没有拒绝，他们就纠缠着走进了那个能看到黄浦江的房间，房间还是于直给开好的。

他在第二天一早先醒过来，清醒过来以后，他迅速将散落在四周的衣服穿戴整齐。

他想起昨晚草草说自己成年了，但是一大早看到脸上残妆未褪的女孩，他心里打起了鼓。她是第一次，他感受得出来；她年纪不太大，现在也被他确证了。她好像并不是他所认为的那种太妹？

因为这个念头，让莫北几乎原谅了上一次草草犯的错，也让莫北有点惊慌失措。他想立刻开门就跑，又觉得这样做未免太不负责任。谁叫他昨晚一时头脑发热求个痛快，就惹出这宗在今晨无比尴尬的麻烦。

他尝试和草草讲话，他看出来她睡醒了，她长长的睫毛抖动了一下，又一下。于是他唤她，但她就是不肯睁开眼睛，只是催促他赶紧走。

莫北是第一次面对这种窘况，他很狼狈，不知该怎么办，突然想起身上带了银行卡。这个草草是需要钱的，他想着，便在临走前留下了银行卡，也许这样可以消解他和她莫名其妙而起的、让他根本不愿意再追问因由的两次尴尬。

这天以后，他就不再和于直凑在一起了。他终日守在家里，近乎闭门思过。他的母亲还在他乡为父亲奔走，而他却连连做下诸多不堪之事，这是前所未有的失控状态，有悖于他一贯的人生法则。

不久后，于直骑车撞伤了人，对方是个环卫工人，男人是家里的劳力，那个贫困的家庭因为顶梁柱的倒塌而濒临绝境。莫北和另外两个朋友代表于直去探望，被一屋子的老弱哭得没有主意。

在这个世界上，实在有太多太多的人，比他对生活更加无能为力。这一层醒悟有多透彻，莫北就有多痛悔。人生本不该这样。

这时候，母亲传来捷报，父亲的一位老战友帮了大忙，事实上父亲也确是受冤屈，公道自在人心，终于还是转危为安了。

父亲回来以后大病一场，病好之后复了职，被安排去疗养。或许是历经坎坷之后，生活给予他的补偿。

莫北没有将这几个月里头自己干的破事告诉已经心力交瘁的父母，他悄悄去学校请求老师给他复学的机会。辅导员毕竟是个对学生前途负责任的辅导员，帮助他办理了复学手续。莫北回到以前的状态，依旧学习刻苦、成绩优异。本科毕业以后，他没有立刻求职，而是去了美国继续深造。后来，他顺利进入美资律所 LSM，借 LSM 进入中国市场的机会，他顺利回国。

这时，当年的狂风巨浪早已经归复平静，曾经他以为的阻碍，也已经不再是阻碍。那一段过去真正地过去了，就像没有发生过一样。

直到重新遇到莫向晚。

当莫北对于直说："我又见到了当年的那个小太妹。"

于直还没闹清楚他说的是谁："当年咱当不良少年的时候，见过的小太妹多了去了。"见去了洗手间又回来的女朋友，马上改口说，"你说你又见了哪个熟人？"

莫北没有再说下去。

说什么呢？草草现在叫莫向晚，做一份正当职业，工作努力踏实，为人刚正不阿。他一个不经意的玩笑都能让她动怒。

这也是一个当过去什么都没有发生过的人。这样挺好，大家现在幸而都走在正道上。

可就在今夜，莫北没能把持住，把这一声"草草"叫出了口，叫出口时，看到莫向晚刹那惊慌的神情，他已然知道是冒昧了。

如今的莫北已经很少泡吧了，这一次会来此间，还是陪着不知为何心情有些烦闷的于直来解闷的。

他们一进门，就看见了在舞池内尽情舞动的莫向晚。于直吹了一个口哨，说:“这妞儿正点。”

莫北看过去，时光在他眼前仿佛交错了。今晚的莫向晚太像九年之前的草草了，妆容明媚，摇曳生姿。他看了一眼，忍不住又看了一眼。

这样的草草，怎么可能不吸引人呢？他们身边有半醉的酒客毫不客气地点评道:“胸是胸，腰是腰，屁股是屁股。”

莫北把这句话回味一遍，久远的印象渐渐回来了。那时候他想，人生不过如此，且得适宜一刻是一刻。于是才心安理得同她去做那事。

虽然过程慌乱，结局狼狈。但是有一些印象，总也抹不去。

那些意乱的片段电光火石般通过莫向晚舞动的身影切入他的记忆中。莫北的喉头发紧，不住地喝酒。

舞池里的莫向晚倒是突然停下了舞步，摇摇晃晃地从人群里钻出来，就坐到他的对面。她没有发现他，只管自己低着头喘息。灯光迷离地打在她的身上，她冷静地拒绝了酒保的搭讪和递过来的酒。

莫北又了喝了一口威士忌，“草草”这个名字不经大脑就从口里蹦了出来。

莫向晚先是听到这一声“草草”，她循声望去，看到了对面的这个男人。大约是因为泡吧，他没有穿正装，上身着着淡粉色的衬衫，领口开着两粒纽扣。

今天的他没有戴眼镜，不过能看清楚她，应该是戴了隐形眼镜。她记得他是真近视，她把他弄进派出所那晚，她看到过他的眼镜。后来，他们在一起有了莫非的那一晚，他也戴着眼镜。

戴着眼镜和摘掉眼镜的他是有点不太一样的。戴着眼镜的他，气质有几分精明的锐利，同他不相熟的人，难免会对他生出几分戒备。但是摘掉眼镜的他却带着一股隽雅的书生气，尤其微笑的时候，静静的。

但是这个摘掉眼镜的他轻轻叫出了这个名字，于莫向晚，却是石破天惊。她都能听到自己脑内轰然作响。她挣脱这么久，而且已经成功了，这个人把这个名字一叫，简直是把她强行拖入了那一段黯淡时光，让她咬牙切齿。

莫向晚全身绷紧了，立刻起身。

莫北看到她这个动作，心里叫糟糕，他又冒犯到她了。坐在他身边的于直还以为他找美女搭讪，后来见对面的美女漂亮的浓眉都挑起来了，才对莫北讲："你小子惹了什么风流债吗？"

莫向晚并没有就此离席，她冷静了一下，看着对面的男人正了正身子，脸上的微笑收敛住了。她猜他是不是也后悔了？

在这些年，莫向晚锻炼出来的随机应变的本能，在她落荒而逃的念头萌芽之前抬了头。她对酒保说："帅哥，来一杯'马天尼'。"

酒保得到美女欣赏，雀跃地给她调酒。她低下头等着，想着随机应变的办法。

于直取笑莫北："你小子泡妞水准不行啊。"

他话音刚落，莫向晚款款地走到莫北面前，她朝他举一举酒杯，莫北诧异地望向她。

她说："莫先生，你认错人了吧？"

她的一双大眼睛，瞳仁儿极亮。他发现她的睫毛是真的长，大眼睛更是具有极大的侵略性，直直逼视过来，看在他眼睛里堪比海上的探照灯。田西和莫向晚一比简直就是笼子里的小鸽子。她有她的意志。

莫北明白了，也坐正了，把面前的酒杯举起来："啊，是，我有点醉了。"

莫向晚点点头，客客套套地讲："可以理解，可以理解。我晓得莫先生是有点近视的。不过，难得在这里也能遇上，我敬你一杯，多谢你帮我们搞定合同。"

结果是于直看不懂了，本来是冒出点儿火花的一对儿男女，顷刻间便冷静地洽谈商务了。

不管后来于直如何盘问，莫北到底没把和莫向晚间的那些事和他讲清楚，急得于直直骂他不够意思。照于直的角度看过去，这俩人之间没有鬼才叫不正常。

莫北丢了一句话过去，叫他马上闭嘴。

"我妈让方竹给我介绍了个女朋友，姑娘人挺可爱。"

于直干瞪眼，半晌之后下定论："得了吧你，我第一次看见你看到一个女人把背都绷直了。"

莫北不好意思告诉于直，这是紧张的。

说起这个，他确感丢了几分面子。现如今的这个莫向晚气场之强大，每回见面都要逼退他似的态度，让他又是疑惑，又是生了些无端端的压力。或许她是因为多年前的那桩往事，可他在重逢的那一刻就已经心照不宣地同她以陌生人相待对方了。

做人要有风度，这是莫北从小养成的习惯。现如今他同田西都能坦荡地坐在餐厅里叙旧，怎么同这个莫向晚每次相处都会搞得暗地里剑拔弩张的。

于直还追问了一下莫北有关新女朋友的情况，这又是一件最近让莫北有些烦心的事情。

莫北回到国内以后，母亲把生活的重点放在为他找一个合适的女朋友身上。他的态度是比较随和的，有合适的，便可以相处一阵试试，也许真的能继续过一辈子呢？

他相过几次亲，全部都无疾而终。母亲以为他还想着田西，天天旁敲侧击地哀声怨道。莫北则会想，他确实是个有风度的人，度过那些难堪的过去以后，他就真正地度过去了。田西父女也好，王某也罢，他都没有继续耿耿于怀，毕竟生活更长久，他有他的新责任。

他虽然接受通过相亲来组织新家庭的方式，也不挑剔女方的相貌、身世，但是相处来相处去，不是对方嫌弃他少些情趣和情致，就是他看穿对方没有什么情感上的诚意。他也会勉强自己不要第一眼就把对方给否定了，尝试着多相处一段时间，但最终总是因双方都找不到合拍的相处之道而和平结束。

莫太太自然很着急，天天向老熟人唠叨自己儿子这样的钻石王老五，什么都不缺，就缺一个老婆。她继续四处托人，连多年不回家难得回一趟家的邻居女儿方竹也被托上了。

莫北最近挺愿意与方竹介绍的姑娘多接触的，因为这姑娘性格随和，说话幽默，和他挺像的。如若顺利发展下去，大约举案齐眉白头到老没什么太大问题。然后在平凡的日子里，他会渐渐忘记年少时的那些往事，还有坏事。人这辈子大体也就如此了。

对于再次相遇的莫向晚，他是好奇多过回忆的。她可以从过去的低点走到现今的高点，他是赞赏的。人生在世，积极总比消极好。

只是被人无端厌弃的感觉不大好。莫北发觉自己在这个问题上被拘束住了，难道是处男情节？

这个问题不可以多想，事关男子尊严，莫北决定把这个莫名的感觉抛到脑后。他决定还是好好同最近这位难得合适的好姑娘谈一谈感情问题。

莫太太从方竹那里把人家祖宗十八代盘问了个清楚，对方出身清白，父亲是人民教师，姑娘本人又没有什么复杂的感情经历，莫太太表示极为满意，催着他拣日子带人回家。

莫北当然不会照做，因为姑娘的态度还不鲜明。他决定相亲时就有个初衷，感情没有沸腾到那个点，是不应该冲动地走接下来的程序的。

他在十六岁时，因为田西冬天要吃娃娃雪糕，踩了自行车冒着雨绕了黄浦区两圈找卖娃娃雪糕的店家。这种雪糕做得可爱，一个戴绅士帽子的小雪人，笑容可掬的，这城里的孩子们都爱。

田西嗜甜，那天也是随口一说，莫北就是有了这个心做这件事。谈恋爱的人总归会干些傻事，他也不是没干过。

这些都是年少轻狂时候的事了，如今他和合适的姑娘吃吃饭聊聊天，慢慢培养感情，才更符合他现在对生活的定义。

莫太太说他："连于直都娶到媳妇儿了，你怎么还能这么淡定？难不成要当一辈子光棍？我可哪一年才能抱到孙子。"

莫北搂着母亲岔开话题："妈，你们老年乐团也很久没练习了吧？不是说国庆节要参加区里的慈善表演吗？"

莫太太更生气了："我哪儿有什么心思给别人搞音乐，我专注自家就够了，你也要专注自家，专注自家懂伐啦？"

莫北笑了起来："你够与时俱进的啊！连90后才懂的'专注自家'这个词儿都会说。"

"专注自家"这词儿，莫北还是最近在"奇丽"那边听来的，据说是明星偶像的粉丝们掐架的专用词汇。

莫北最近去“奇丽”去得勤。因为于江在江主任那边打的招呼实在隆重，说他们公司最近又签了一批选秀新人和艺术院校毕业生，又拓展了影视业务，要把艺人经纪和影视开发两手抓。江主任知晓于江的背景底细，也知晓“奇丽”近年节节攀升，大有做到南方第一的趋势，又见于江对莫北高看一眼，便着莫北将“奇丽”的合作好好跟进。

“奇丽”方面提出来第一部分的合作是修改艺人经纪合同，增加和调整一些更隐晦的合法的霸王条款。莫北虽然没什么兴趣，但对江主任的嘱托心领神会，人情面子上他需要关顾到位的，他现在已经能做得很好了。虽然合同是由莫北的律师助理负责调整的，但是每回去“奇丽”开会，他都会到场。

这就让他最近在工作上有些分身乏术了。他手头还有一个股权结构复杂的半国有半私有的电机企业世易集团的案子要跟进。案子分两块，一是“世易”从区政府买地建创业园，二是“世易”要和国外资本做一次股权谈判。

他极重视这宗案件，已重点跟进了大半年。最近更是不分上下班时间地频繁和与案子相关的各方接触了解情况。由此推了好几次“奇丽”那边张彬等高管一起吃顿饭的邀请。直到“奇丽”的合同全部修订完毕，于江亲自开口邀请他和江主任一同赴宴，莫北一看，这一次是不能再拒绝了，于是把时间调整好，不再驳对方面子。

江主任听说“奇丽”签了几个青春靓丽小美女，有点来劲儿，偏又积极地主动地在赴宴那天去人公司里视察，莫北也只得奉陪。他走进“奇丽”办公区就在想，不知道这一回会不会碰上莫向晚。

他这俩月里头来开的这几次会，都由张彬和许淮敏二位奉陪，“奇丽”的艺人经纪部只派了两个助理跟进，莫向晚从来没有列席过会议。他也从来没有在办公区碰上过她。他有些自己意想不到的好奇，有一次会后居然主动去问莫向晚部门的小助理：“莫总监经常出外勤吗？”

小助理答他：“公司最近准备签新人，我们领导要自己先去看一轮的。”

莫北有点不懂：“这么麻烦？怎么不叫来公司面试？”

小助理说道：“我们领导说了，选新人就要看他们最自然的状态，平常在学校时的样子，在表演后台的样子，身边人对他们的评价。还要跟他们在最平常的地方随便聊聊，这样才能聊出很多的点来。他们直接过来面试，样子肯定都是修饰过的，反而看得不全面呢。”

他想，原来娱乐圈选人才的门道也是这样多。又想，看来她是真的忙。

但这一次，莫北还就真的碰上了久未见面的莫向晚。他正坐在一间空着的格子间等着被上一轮会议耽搁的江主任，没想到隔壁坐的就是莫向晚。她没有发觉他坐在了这儿，因为她正在那儿训着她的员工。

莫向晚最近睡得比较晚，莫非要期末考试了，葛老师督促学生家长监督孩子好好复习。

莫非的小学是区重点，这两年正积极往市重点上评，这一次考试又是全市摸底统考。老师们非常重视，还不忘提醒家长在孩子背后再加一鞭子。

莫非是个天生聪明的孩子。莫向晚在他七岁的时候特地托人给他测了一个智商，她以此来决定往后对儿子的求学生涯采用怎样的教育方法。这全因她自己念书时成绩一般，后来工作上的成就全靠本身的勤奋，她就怕孩子也会资质一般。

但莫非测出来的智商是 125，极优。

这应当是莫北的功劳，这点莫向晚是肯定的。她后来在莫非念书时也没多管束他，但是自从莫非进了学校足球队，竟然连着两次语文测验六十多分。这一下葛老师着急得要命，打电话给莫向晚，要她严格督促儿子。

儿子是班级在年级里拿前十名的主力干将，莫向晚懂得葛老师的意思。她特地将挑选新人的工作安排在了这段时间，这样她就不用坐班，在时间上自由一些，每日尽量在 4 点半以前完成工作，赶回家去亲自监督放学的莫非默生字、背课文和词语解释，顺便把莫非例行的放学后半小时的悠闲玩耍时光也停了。

莫非怨声载道，对她说："妈妈，我很辛苦的，老师说要劳逸结合。"

"等你的语文重新回到八十分再讲。"

"妈妈，打个商量，我每天放学就玩五分钟好伐？"

"老师教过你，要学得认真，玩得痛快。等你考完了，妈妈就会给你玩的时间。"

莫非嘟嘴："才没有呢！葛老师每天就会让我们背背背，如果这次摸底考我们考得不好，她就会被扣奖金，暑假里就没钱和男朋友去香港玩了。"

莫向晚一时怔愣，没想到现在小孩竟然会这么通透世故。她立刻阻止莫非再嚼舌头。

第二天，她在下班的时间回办公室拿资料，正好看到空荡荡的办公室里只有邹楠和一个女孩坐在格子间里低声说话。这女孩莫向晚也认识，叫叶歆，以前在"MORE BEAUTIFUL"驻唱过。她的声线比很多网红女歌手都要好，出过一张电子专辑，还被知名的老牌音乐人点名夸过，就是作品没什么吸引力，在音乐 App 上的播放量和销量普普通通，整个就是叫好不叫座的典型。

也许有的人虽然有才华，但就是缺乏一点运气，莫向晚也是惋惜过她的。

叶歆最近和“奇丽”签了经纪约，正是于江如今广撒网的新人计划中招募的一个小新人。但是带她的经纪人郝迈手里突然爆红了一个流量小生徐陵，也就对她这个没什么价值的小角色不太关顾了。

莫向晚看到她停留在邹楠的格子间里，才想起来这两个小姑娘似乎交情不错，以前在管弦的酒吧里就聊得挺投机。

她刚想拐进格子间同她们打个招呼，就听见邹楠在夸海口：

“反正演出安排都要过一过我们的手，一般不压轴的，我们是可以建议上去的。这种当中动动脑筋就可以做的事情，你我什么关系？我自然是希望你好的。以后那几个音乐大佬过来，我第一时间通知你，就不信你的嗓子震不倒他们。”

“可是整整七年啊！七年以后我如果还不红，还剩什么啊？他现在根本没空管我啊！”

“那就更不必担心了，如果眼前这两年你红不了，我到时候要离开公司，偷偷废了你的合同那还不容易？”

听到这里，莫向晚已经听不下去了。她等叶歆离开，看办公室内也没有其他人了，便径直走到邹楠的格子间。她没打算跟这位跟了她两年的下属打哑谜，开门见山就说：“帮朋友的心总归是好的，你可以在职责范围内给予你的朋友一定的帮助。到了职责范围以外，夸海口没有好处。”

邹楠听她正经这样说话，一时不敢贸然开口，乖乖低头把教训听下去。

“她现在状态不佳，运气不好，见什么都是救命稻草，如果以后要你帮忙，你却兑现不了今天说的话，那该怎么办？”

邹楠憋红了脸，也是有一口气要说话的，她说：“她嗓音条件这么好，自己还能搞创作，我觉得她能红。现在这个圈子里红的都是什么人啊？那些人养枪手、买热搜，傍这个干爹那个干姨的，整天炒作，微博都是僵尸粉在转评，却连个 F 调都摸不着。”

莫向晚看她居然把话题岔到这个上头，她的说法虽然是有点道理的，可用行业经验来解读的话，她觉得有必要给邹楠再解释透彻。

“只要能让消费者掏腰包，让粉丝乖乖买账，就是成功的商业模式，就是价值体现。再有才华的人，在这个圈子里不能实现商业价值，最后也只能成为报废品。”她顿上一顿，要把话题再拉回来，说，“你现在是她的好朋友，可是你把一个苹果挂到一个口渴的人面前，最后她吃不到那个苹果，会不会怨你？站在公司的角度，你们是各有各的立场，你不应该承诺你的好朋友做你做不到的事情，既是为了公司利益，也是为了维系你们之间的友情。”

邹楠委屈的眼睛都红了，她讲：“老大，你太现实了。”

莫向晚说得口干舌燥，朝她摆手：“你去想想。”

莫北就坐在他们后面的一间格子间里，听了莫向晚连珠炮的一席话，不禁摇摇头。这个女人，冷静过了头，但是句句话都在道理上面。

他看着邹楠噘着嘴走过去，办公室内一时鸦雀无声，莫北无聊地玩着手机。过了几分钟，他又听到了莫向晚的声音。

“秦姐，你好。我是向晚。”

“……”

“没，最近就是忙，好久没见你了，改天真得请你吃个饭。”

“……”

“对了，你那个和‘优格视频’合作的谈话节目，我听说最近要招个唱现场的，我这儿正好有个姑娘，音色和齐豫很像。”

“……”

“当然啦，小姑娘人长得不错的，文青脸。”

“……”

“行，改天我让她去你那儿试试。”

“……”

“哪有，姐，你那节目现在是网站综艺的王牌，让这些小新人多得个机会露露脸总是好的。秦姐，说真的，你对新人没得说。我是感同身受。”

莫北放下报纸，迎面江主任走进门，于江正好从他的办公室里出来，对着江主任就是一句套近乎的话：“您老专门给咱雪中送炭。”

莫北站起来，扭头正见莫向晚放下手里的手机，刚望见他。

他这刻几乎是有点儿管不住自己，就对着她微笑。看得莫向晚一时间莫名其妙。

四、如能重新来过

莫向晚最终还是按捺不住，在“MORE BEAUTIFUL”喝酒的时候，她同管弦说了莫北的事，也如实讲出了自己的烦恼。

“我不知道怎么的，看见他就浑身会长刺，横看竖看不顺眼。”

管弦总结道：“这就叫处女情结。”

这让莫向晚还没来得及喝一口就先被呛住了。

管弦说：“说女人没有处女情结，那是瞎扯，你总不会忘记第一个给你刺心痛的男人。何况他还是你孩子的爹。”

“我还看到他和别的女人相亲呢！但我也没什么感觉啊？”

管弦上上下下瞧她，莫向晚泰然自若。

“你不是一般人，所以做出稍微有违正常女人反应的行动都是正常的。”说完她凑过来，“他啊，听你的描述，那时候是年纪小经验不足，也许人家现在有进步呢！”

莫向晚摇摇手：“那也跟我没什么关系了。”

偏偏这时候台上的叶歆在唱：“擦掉一切陪你睡。”

莫向晚烦躁起来：“现在的流行歌曲不行，这种歌词写出来带坏小孩子。”

管弦笑得媚死人：“你以为你家小霸王什么都不知道？现在孩子

早熟得很。”

“我就怕这样，妨碍我们当家长的搞幼儿教育。”

“男孩子嘛，不乖了就欠当老子的一顿抽。那样就皮实了。”管弦的笑容收起来了点儿，“如果当年我的儿子养下来，初中都可以毕业了。”

莫向晚不曾听过管弦的过往，但是她知道管弦和于江的关系，不过她此刻并不打算在这个话题上多停留。她用下巴对着叶歆点一点：“我把她介绍给秦姐了。”

管弦并不意外：“秦琴那儿是个好去处，你又当活雷锋了。她的节目点播率高得不得了，这个世界上原来有这么多人都有感情问题，还都愿意说出来让主持人骂一顿。”她喝一口酒，又说一句疯话，“你说我去跟秦琴报个名儿咋样？说不定被她尖牙利齿一顿骂就醒了呢？”

莫向晚在心里叹气，想：感情不是个好东西。管弦这样洒脱的人，一谈这个话题，人就蔫了一半。

只有一种可能才会让她鲜活起来。

莫向晚一抬眼，看见于江和宋谦一道走了进来。管弦也看见了，她施施然站起来，拿着酒杯走到于江面前，声音放低，眉目含情地说：“您想让我他乡遇故知呢？还是久旱逢甘露？于老板您好好给一句话。”

于江没说话，只是用手扶了扶她，手指滑过她肩上的大波浪，莫向晚看见管弦战栗了一下。

他们相互扶持地离开，背影如胶似漆就像连体婴。女人也就这一关。

宋谦坐到莫向晚身边，他说：“于总早想来了，家里那位的老爷子那儿要筹措新项目，这会儿不盯着点，以后不好工作，这才没能走得开。”

这话说得冒昧，他们同属于江身边的高级管理人员，又都知晓他和管弦的特殊关系。但擅自说起这样的公私杂事，实在是过了。宋谦是头一回这样和她把话说开，莫向晚有种无言的尴尬，仿佛他们就成了一条船上的人。

宋谦又说：“你多陪陪管姐总是好的。”

这话又过了，她与管弦的私人关系同他是不相干的。

宋谦还说：“平时就看你忙，工作儿子两不误，有空也要多顾顾自己。”

莫向晚不是不明白宋谦一直以来的意思。他们在电视台工作那会儿就合作了，宋谦跟着于江出来单干的第二年离了婚。听说是老婆出了轨，宋谦受到影响，工作上头老出错。要不是于江拉他一把，他的事业就一蹶不振了。或许正因此，他一向对于江唯命是从。

莫向晚对他的印象就是，这人挺够义气，她也服气他的工作能力。

不管于江接来多难办的项目，他总会想办法办成。

“奇丽”刚成立那会儿，于江到处拿本地卫视的演出好资源让自家艺人上台面。四年前市里做国际艺术节，偏上头没人及时通知于江报名的时间，等于江知道消息，早过了提案日程。宋谦陪着于江走了好多关系，最厉害的是花了一个小时做出了一个质量上乘的策划方案交到上头，愣是说服了卫视的领导同意把“奇丽”的优质艺人插到开幕式上演出。这一次成功一下就红了个“奇丽”签约的年轻钢琴家。小伙子现在墙内开花墙外香，接国外演出接到手软。

可不管怎么说，宋谦今次这样同她说话，让她比对着莫北还不自在。

原本公司内外，大多数人误以为她和于江有些不明不白的关系，男同事或者男性商务伙伴就算对她有些心思，也都很快就偃旗息鼓了。但宋谦是晓得于江和管弦的关系的，也知道她和管弦的关系，所以他对她一直有些不太一样。

莫向晚从一开始就清楚宋谦对她的心思，所以始终保持着礼貌的同事间的距离，不远不近，只谈公务不谈其他。她本来以为这样的拒绝会有效，可谁知道眼前的宋谦居然主动出击了。也许是上一次林湘的事情，她找了他来帮刘大卫一起执行，又或许是多次和他共同做事，她对他尊重有加，才让他有了错觉？

莫向晚在反省自己的言行，也在想主意解决。她稍稍离宋谦远了点儿，讲："还行，忙也忙不到哪儿去。孩子的爸爸回来了，现在也能好好做人了，最近还能帮我一把。我想，人哪，差不多这样就行了。"

宋谦眼里先是有一丝不解。

莫向晚想，这谎撒得有点扯，但也不算离谱。公司诸人都知道她是单身妈妈，但不知她到底是因为离婚单的身，还是因为其他特殊的原因。她且就一直把自己当成因为离婚才单身的女性，遇到现在这种尴尬情形，就拿从不存在的"前夫"出来当挡箭牌。这个法子最好，最不容易伤害同事感情。日后还要合作的人，私事影响公事就不好了。

宋谦是个有心的人，听到莫向晚如是说，只消化片刻，就不动声色地顺着她说："这样挺好的，你也可以轻松点。"

后来的谈话就无害了，宋谦的表情也慢慢淡漠下来。莫向晚是大大舒了一口气。

过了几天管弦给她打了个电话，讲："你啊！撒谎撒得真溜。你不知道于江要给你和宋谦做媒啊？"

原来是于江首肯了，宋谦才有了行动。

莫向晚干脆直说："宋谦人是不错，但我没那个意思。"

管弦甚是可惜地叹气："我也觉得他人不错，才同意于江的安排。他嘛！很有事业心，人长得也很像样，毕竟是当过演员的。重要的是对你有心很久了，你都不知道？不然人在工作上这么帮你干什么？"

莫向晚语塞，心里想的是，任何的帮助都要受方给予等价的报答，那得多累？这样的帮助还不如不要。

管弦又说："人家是知道你以前的情况的，你还撒这种谎，让人面子上实在不好过啊。"

莫向晚听了一愣，有些生气，说："你把什么都跟他说了？"

"你别急你别急。唉，于江跟我说宋谦的心思的时候，我还不是担心你过去的事情让人家有什么别的想法。我们也是想促成你们之间的姻缘，才事先给他打的预防针。结果人家说他不在意，他真的是个很不错的男人。向晚，你要不再考虑考虑？"

莫向晚咬了咬嘴唇，她一烦就会咬嘴唇。她是记得当年她进电视台工作，管弦还亲口说过："你那事儿没别人知道才好，少一些是非，你自己也省心。"

结果没想到是，管弦同她的情人竟然擅作主张，对一个毫不相干的人把她过去的一切和盘托出。这回在宋谦面前，她自作聪明的编故事全部都是妄做小人了。这叫存心扫人面子。

管弦也觉得自己有点不对了，赶紧弥补，说："宋谦脾气好，我们说和说和没大事，你别放心上。"

此后的几天，莫向晚见到宋谦总是格外小心。男女恋爱关系的本身仅是私事，但因为上司的介入，总也不能单纯简单了。

莫向晚不认为自己是想多了，好在宋谦涵养好，丝毫没有其他想法的样子，同她讨论公事一如既往。这令莫向晚渐渐放了心，深觉自己是小人之心了，不免多了愧疚，对宋谦也就更客气了些。

莫非期末考试终于全部考完，分数一公布，他排年级第四，区里排名三十五。

这一下就再也拉不住他野出去的心了，他急吼吼地向莫向晚申请："我每天就踢一个小时的球，就在门口的学校。于雷的爸爸暑假值班的。"

于雷的父亲就在他们小区外的一所初中做化学老师，刚好放暑假要给初三学生补习，顺便也能监督着自己家孩子的暑假活动。

莫非拼命摇她的手臂，是非要她答应不可的架势。

莫向晚被摇得头晕，儿子的个子像发面似的长，也是遗传那个人的。莫北人长得斯文，但是个子很高，足比她高一个头，应该有一米八几。

她想起他当年轻而易举就把她扔到床上的情景，念及此，她的面颊就火烧火燎。总是往限制级的画面上回忆，她暗骂自己很无聊、很龌龊。

她又想起那天在办公室内，莫北莫名其妙对着她笑，又忍不住暗骂这个男人很神经。但也许别人只是客气，一切是她心里有鬼。

莫向晚只能狠狠地埋头工作，才能不让自己陷入最近这些没来由一塌糊涂的胡思乱想之中。

她整理着最近接触过的新人，有艺术院校的在校生，也有平台选秀冒出头的新人。她命邹楠和几个助理把新人们的资料和新闻再搜集一遍，便于她再筛选筛选。在看资料的时候，她看到一条有趣的新闻，一个叫潘以伦的新人曾被人爆料和圈外暧昧女友看演唱会。这样的新闻娱乐圈天天都在发生，莫向晚之所以觉得有趣，是因为看到照片上那位暧昧女友的侧面觉得好生熟悉。

莫向晚在脑子里做一个搜索，猛然想起来，这位暧昧女友好像是和莫北相亲的那位？她把报纸拿高仔细看，新人长得一副好卖相，唇红齿白身材好，面孔比女生长得还要精致。有比较就有了鉴别，莫北的卖相和这个小青年完全不是一个等量级的。

莫向晚不想承认，但她的确是真的幸灾乐祸了一下。这位姓莫的男士，也并不是处处都能通关的。

这个叫潘以伦的新人和别的新人不太一样，他选秀出身，最近人气很高，但他对合同的态度简直是可有可无。他别的要求一概不看，只看签约金。于江很看好他，特地嘱咐郝迈好好带他。郝迈看他一眼，就恨铁不成钢地咬牙切齿，对于江说："这孩子没有红的野心。"

也许是因为好奇郝迈对潘以伦的评价，莫向晚就亲自跟进了一下他的签约流程。她把潘以伦约到公司的会议室，将合同上的每一条都细致地解释了一番。

潘以伦说："我没有问题。"

这样没要求？

邹楠得来小道消息报告给莫向晚："新人的妈妈等着换肾，他爸早死，单亲家庭不容易。"

身为母亲的莫向晚听得一阵动容。

她下班回到家里，看着玩得一头汗的莫非盘腿坐在沙发上安静地看着动画片。莫非一见她，立刻跳下来，拖着她坐到沙发上，然后神神秘秘地从冰箱里拿出一只冷水瓶，献宝似的递过来。

他讲："妈妈，你喝。"

莫向晚看着瓶子，里头装的像是橙汁一样的液体，她问："宝贝，你又折腾什么了？”

莫非眼里有嘚瑟，非喂她喝一口才罢休。原来还真是橙汁，口感毛毛的，不像是超市买的。莫向晚明白过来：“你自己做的？”

莫非点头，笑得可开心了：“我今天自己动脑筋做的，我们家好多吃不掉的橙子，我剥了皮用纱布挤出来的。这么多橙子，才这么一小瓶哦！妈妈，你上班辛苦了。”

莫向晚揉揉莫非的头发，他的头发又软又滑。她想起莫北仰面垂下的软发，这又是从莫北那儿遗传到的，不像她，头发硬，离子烫之前还要做一个小时软化。莫非作为她的儿子，同那位孝子潘以伦相比，真的也不差。

她心中一满，工作上的劳累一扫而空，将儿子孝敬的橙汁一饮而尽。

莫非这才别手别脚讲出下文：“妈妈，我每天可以多踢两个小时球吗？我一定在4点前回家做暑假作业。”

又是这种小伎俩，让刚刚享受过儿子孝敬的莫向晚不去斤斤计较了，她把头一点，表示同意。

莫非欢呼。

莫北最近的恋爱谈得不算太顺利，姑娘心事重重，不太像把感情摆在他身上的样子。母亲的积极和姑娘母亲的积极反倒胜过他们这对当事人，这是有点压力的。

母亲唠叨多了，莫北不得不打起精神，打算好好促进一下和姑娘停滞不前的感情。他刚打算拨姑娘的手机号码，就接到了一通紧急电话，原来是他最近跟进的世易集团发生了点突发状况。

“世易”通过区政府下的一个事业机构买了一块地建创业园区。

集团诸相关高管同地块上的其他企业商谈迁走条件谈了很长一段时间，莫北介入这桩案子时，他们正卡在和地块上的一间学校的谈判中。最近几日，失去耐心的“世易”高管们同学校老校长的谈判胶着，双方都是越谈火越大。他们法务见情况不妙，忙不迭把莫北叫了过来，以防万一。

莫北赶到那儿时，自家所里另外两个法律顾问已经到了，还轮不上他说话，看样子他只是来壮壮声势的。他就先看了看四周的环境。学校周边的企业已迁走大半，附近有掘土机开始工作。学校的建筑很旧，估摸着也得有几十年了。大门进去有个篮球足球双用的操场，操场上竟然还有几个小学生模样的孩子在踢球。

老校长正大发雷霆，眼睛都要瞪出血来，中气十足地对着这边嚷：“是你们讲话不算数的，我们学校几百个孩子，难道每天五点半起床，跑五公里以外上学去？如果不在这附近做预案，把学校建在附近，我们不会搬的。”

同他讲话的人应该只是个办事的，相当无奈地说：“不是我们不肯，是实在有困难，这里周围的地块都被规划了，所以拨了那块地给学校重新建新校区。”

老校长只管嚷：“那么学生们怎么办？你说怎么办？这么远的路你来负责啊？”

这边正吵得不可开交，那边不知情的孩子们却把球踢得热火朝天。球撞击地面的“嘭嘭”声，让莫北不禁侧目。

他先看一看四面，到处都是即将被拆除的危房，就连自己身边的这间学校传达室顶上的石块都被掘土机给震松动了。而踢球的那几个孩子年纪又都很小，不超过十岁的样子，在这里玩耍，实在是太危险了。

莫北忍不住对老校长说："你这样的地方，怎么还能让学生踢球？你是为学生好的话，快让他们回家去吧。"

老校长正拿着他的大道理同其他人争吵着，听了莫北这话，一时语塞，倒是愣住了。

那边的小朋友们全然不知道这里大人在吵些什么，他们的一轮小比赛进入白热化，开始拼点球。点球的小男孩求胜心切，铆足力气飞起一脚……球从球门旁斜飞出去，砸向后方的传达室。

老校长一声"小心"来不及叫出口，球就重重地撞到传达室的门檐上，又弹了回去。莫北只觉得眼前一花，自己的眼镜和传达室房檐上的一块石块一起掉到了地上，然后脸颊一侧开始火辣辣地疼，用手一摸，见血了。

旁边的众人有低呼的，有帮他拿眼镜的，有借机继续骂老校长的，乱成了一锅粥。这时应该是很混乱的，可莫北就是听清楚了传过来的几句奶声奶气的对话声。

"哎呀，于雷，不好了，伤到人了。"

"怎么办？我爸还在办公室，我的屁股会挨板子。"

"好像没有踢到头。"

"那个叔叔是脸出血了。"

"啊！那么他会不会去韩国整容啊？万一他脸上有疤找不到老婆怎么办啊？"

有人把莫北的眼镜塞到他手里，还好镜片和镜架是防摔的，没有碎。他把眼镜戴好，想要好好看清楚几个闯祸的小朋友。结果看得很清楚，领头的那一个个子最高，眼睛又亮又大，还是有些惊恐的神情的，正怯生生地望着他。

这个小朋友被一边的大人揪住了胳膊，问："你妈妈没教过你要讲公德吗？把你家长找过来！”

但是小朋友对着大人倒是不怎么害怕，还嘻嘻一笑：“叔叔，我又不会跑的。”他盯着莫北的脸直看，“叔叔，你有老婆吗？”

这倒是个稀奇的问题，莫北对这个小朋友有点儿兴趣，他说：“还没有。”

小朋友“啊”了一声，显然相当失望，他说：“那么你会不会去韩国整容啊？去韩国的飞机票很贵的，我没有这么多钱，我妈妈会骂死我的。”

莫北饶有兴趣地在“一锅乱粥”之中问他：“我干吗要去韩国整容？”

小朋友也清清楚楚地讲：“隔壁大妈妈骂楼下看车棚的麻子叔叔，说脸上有疤的人找不到老婆。哎！你找不到老婆会不会要我负责啊？”

莫北继续问：“我为什么要你负责呢？”

“因为我踢的球伤到你了。”

“那倒确实是要你负责的。”

小朋友皱起了小脸，问旁边另一个小朋友：“于雷，我只剩两百块压岁钱，你的借给我。”

旁边小朋友的小脸皱的比他还苦：“我压岁钱都用光了。”

一边有人对莫北说：“莫先生你兴致倒不错，赶紧去医院吧，回头再找这两个小子的家长算医药费。”

但莫北并不着急，他向人群里的女士要了纸巾，捂住脸颊。

其中一个小朋友的父亲闻讯赶来，原来是学校里的老师，他第一个反应就是凶着面孔对儿子吼：“让你又闯祸。”

小朋友吓得不敢吱声，他的小伙伴自首了，说：“于雷爸爸，是我闯祸的。”

于雷爸爸对别人家儿子不好摆脸色，他讲：“非非，你们太不当心了，怎么可以在人多的时候乱踢球？”

莫北有话要说了：“这种地方到处都是危楼，你怎么能放心让孩子踢球？”

于雷爸爸不住打招呼，还非要递香烟给他，看他一手捂着脸，也不好拿，又讪讪收回了手，只好继续凶儿子：“看我回去不收拾你！”

有人开了车过来，招呼莫北：“莫律师，我送你去医院吧！”

莫北朝于雷爸爸摇摇手，表示你们不用跟着了。于雷爸爸已经把皮夹子拿出来了，坚持要付钱。莫北想，这倒是个老实人。他最怕和老实人互相推让，这样事情就没完了，也就脸被石块刮了一下子，没什么大不了的。他三步并两步先从人群里闪了出来，于雷爸爸因为要看着儿子，一下没抓牢他。

那边的人又因为莫北受伤的事，互相吵个得热火朝天，老校长也有几个帮手，眼看就势同水火了，有人用手机打了110。

莫北想，这件事情客户这里处理得也急进，这样不太好。忽然身后有人拉住他的袖子，他回头，是那个高个子小朋友。

小朋友说：“四眼叔叔，我陪你去医院好哇？”

他说是这样说，但是仗着动作灵活、个头小已经窜到了车子里，坐得好好的。

莫北挺有兴趣和他说童言童语的，他问：“你干吗要跟我去医院？”

小朋友讲：“电视剧里说，一人做事一人当。”还拍拍小胸脯，把头抬得很高，然后掩着口，小声地说，“于雷爸爸很凶的，他会揍于雷，我在旁边不大好，他挨揍我没挨揍，于雷会怪我没义气。”

莫北啼笑皆非，又问他：“你家在哪里？我先送你回家好不好？”

小朋友拼命摇头：“我一定要到医院去，医生说你没事了我才放心的。最好你不用整容，我真的只有两百块压岁钱。”

他的样子就像一头小蛮牛，莫北对这种基本没什么道理的坚持毫无办法，只好先坐到车里，朝载他的好心熟人报了医院名。

小朋友叫他：“四眼叔叔——”

莫北皱皱眉，这个称呼比较奇怪，他本能地扶了扶眼镜，暗示道：“我姓莫。”

没想到这个小朋友看看是个机灵娃，竟没接翎子，接口又是，“好巧哦，四眼叔叔，我也姓莫，我叫莫非，非常可乐的‘非’。”

莫北还来不及哭笑不得，开车的朋友已经“哧”地一笑，说：“莫律师，小朋友心意挺诚的，你就当他的‘四眼叔叔’吧！”

莫北不得不把这个“四眼叔叔”做了下来。但是到了医院，再让这个小朋友跟着总不是回事，而且他的家长会着急，另一个小朋友的家长也会着急。莫北挂好门诊，让同来的朋友问小朋友要了他家长的手机号码，同他的家长通了电话。对方表示马上赶到，莫北也就放心去上药了。

小莫非像个小尾巴一样跟着他，他歪着脸让护士上药时，他也趴在操作台上，歪着头。

他问护士：“四眼叔叔会不会留疤？”

护士看小朋友长得这么可爱，就很童趣地回答小朋友：“你放心，你的四眼叔叔不会留疤。”

听得莫北差点没有往后栽倒。

莫非舒了一口气：“这就好这就好，四眼叔叔不用去韩国整容了。”

护士差点没笑到打跌，给莫北擦药的手都发了抖。莫北很无奈，今天竟被一个孩子打趣到了现在，他却对此毫无办法。

他问莫非：“为什么一定要去韩国整容？”

莫非说：“邹阿姨说因为韩国人实际上长得很难看的，他们为了上电视就去整容了，因为很多很多韩国人都整容，所以亚洲的人都去韩国整容的。”

莫北想，娱乐圈流毒不小，连小朋友都祸害到了。他不能在这种没有营养的话题上再和小朋友交流，这叫误人子弟。他开始教育小莫非：“以后踢球不可以去这么危险的地方知道吗？”

莫非说：“我们也不想去的，我们自己的学校放假都不开放的。在新村里面踢，居委会的奶奶们会骂我们的。我们也没有办法的喽，隔壁中学都是高年级的在踢球，我们打不过他们，会吃亏的。”

莫北问他是哪一间小学，莫非说了，莫北倒也知道那是一间区重点，难怪暑假里管得严。莫北对莫非正色讲：“不管是不是没地方踢球，安全是第一位的。如果你受伤了，你爸爸妈妈会难过的。”

莫非低了头，似乎在考虑他这句话的严重性，可是当他抬起头来，大眼睛里有一丝委屈和难过，他对住莫北说：“我没有爸爸。”

莫北闻言愣住了，给他上药的护士也愣住了。

莫非咬咬嘴唇，忽然大眼睛里就蓄满了泪水：“我没有爸爸管我的。”话一说完，泪水就流了下来，迅速到莫北根本来不及反应。

护士倒是有些经验，她心疼这个可爱的孩子是单亲家庭里出来的，不由摸摸孩子的头，说：“小朋友，你是男同学哎，这样哭很丢脸哦！”

莫非听完这话，也是这样觉得的。他要忍住不哭，但是心里头有一种没来由的空落落的委屈，让他抽抽噎噎，还是止不住抽泣。

这是莫北从没有应对过的场面。眼前的这个孩子看起来年纪也有七八岁了，并不是控制不了自己情绪的幼儿，可是因他一句话，眼泪就成了泄闸的洪水，他竟从心底深处浮出一种莫名的内疚。

这是从未有过的情感，这种情感牵引他的手，拂掉小莫非脸上的泪珠。他说："连护士都笑话你了，看看，哭得一脸花。"

莫非踢球留在脸上的汗珠还没擦干净，眼泪再一搅和，黑黑白白的，真是一脸花。

莫北问他："莫非，你几岁了？"

莫非乖乖答："八岁。"

莫北点头，"还有两年你就十岁了，小男子汉怎么可以随便在公共场合哭？"

莫非很大声地"嗯"了一声，护士怜爱地牵过他的手，说："姐姐带你去洗脸。"他歪歪头看看护士，忽然凑近对莫北耳语了一句："四眼叔叔，我本来要叫她护士阿姨的，现在还是叫姐姐，对哇？"

这叫莫北怎么答？他看一眼护士，她没有听到莫非的耳语，还笑眯眯地看着这个小朋友，莫北认为让这么个善良的护士阿姨做护士姐姐，比较友好一些，便很权威地"嗯"一声。

莫向晚这一天眼皮子一直跳，她问邹楠："是左眼跳灾右眼跳财，还是倒一倒？"

邹楠说："左跳灾右跳财吧？"

莫向晚心神依旧不定，她说："不对，两只眼睛都在跳了。"

邹楠马上上网帮她查解答。这个助理的跟进速度一直很快，不论是对公事，还是对上司的私事。莫向晚笑着阻止："别查了，大约昨晚没睡好。"

她起身去茶水间倒水，听见里面有人在哀声哭泣，走进去时，发现是清洁工冯阿姨。冯阿姨见她一惊，擦擦眼泪，叫一声："莫总好。"就要出去。

莫向晚见她双眼通红，模样哀戚，就多问了一句："冯阿姨，是不是有什么为难的事？"

冯阿姨的心事被问中，点点头，也有了对莫向晚倾诉的意思。

原来冯阿姨和爱人从北方插队落户回城，他爱人父母早亡，他们只好求着亲戚们在祖上传的房产处搭建了一座九平方米的平房，住了六七年了。今年他们住的那块地方旧区改造，所有拆迁户按例讲分配新房。但是他们和亲戚的房屋属于祖产，对全家族的遗产继承人均有一个遗产分配问题。有一门亲戚买通了动迁组，先拿了动迁款，其他亲戚不服气，闹去法院，结果法院把原本属于动迁款的部分一并做遗产划分。这样一来，冯阿姨一家竟然还要倒贴遗产税出来。

冯阿姨生活艰难，拉着莫向晚的手讲："这要我们一家住到哪里去？"

莫向晚亦能感受她的苦痛，只是先安慰道："总有办法来解决，你莫着急。"

冯阿姨吸着鼻子，眼泪又忍不住了："我家那口子有夭残，全家就靠我这点工资，如今连住的地方都快要没有了！我没有地方说理的。"

莫向晚安抚她好几句，她想，这种事情只有请专业的律师去解决，但是冯阿姨身边又哪里能找到专业的人。电光火石之间，她是想到了一个人，但也只在心头打算。

这时，邹楠拿着她的手机走过来说："老大，你电话。"

莫向晚便先把手机拿过来听电话，对方是个陌生人，问："请问您是莫非小朋友的妈妈吗？"

莫向晚的心“咯噔”一下就提到了嗓子眼。

对方把情况向她约莫描述了一下，她的一颗心先放下，问对方：“那位先生伤得严重不严重？”

“请放心，不严重。您到医院来接孩子吧！”

莫向晚把一切问题抛开，心里只挂住自己那个不省心的儿子。她放下手边的事，交代好邹楠，就直接奔往医院。

莫向晚这一辈子千怕万怕的是什么，她一直都很清楚。

莫非之于她，与其说是这个世界上息息相关的唯一血亲，不如说是她重新自泥淖之中爬出来的勇气之源。凭借这股勇气，她重出生天，出来以后，就再也不想回去了。

当她望到对面，莫非笑嘻嘻地拉着一个人的手，叽叽喳喳说着话，她的脚步沉重起来，好像被拖拽住了。

从这处看，那边的一大一小，他们有着相同柔顺的头发，说明他们有相同的好脾性，他们身材的比例也很相像，几乎就是等比缩放。

莫向晚心乱如麻，无法再迈动步伐。这一天就这么毫无预兆地来临了，她都没有提前考虑好应对的说辞。她感到双眼酸涩，有苦难言，不想面对。

然而，莫非看见了她，清清朗朗地叫：“妈妈。”

莫北也望到对面，他起先以为看错了人。但莫非口中的“妈妈”确实是莫向晚无误。

莫向晚盘着头发，但是额前耷拉着凌乱的发丝。她也戴着眼镜，把她的大眼睛隐藏起来了，但他看得出她眼神中的不安和闪躲。一两秒间，有无数种念头在莫北的脑中闪过，嗡嗡然，他无暇理清。

他手里牵住的孩子拼命把他往她的方向拉。

只有莫非一个人的心思是单纯的，他欢悦地介绍：“四眼叔叔，这是我妈妈，我妈妈好看吧？”而后看向母亲，“妈妈，四眼叔叔被我踢伤了，不过，他不要我赔钱的。”

在莫北眼里的莫向晚深深呼吸了两次，她才说：“对不起，没想到我儿子伤到了你。医药费是多少？”

他问的是：“你儿子？”

莫向晚要低头从皮包里拿钱。

莫北又说：“他八岁？”

莫非听到了，讲：“我是八岁，我是……”

没说完就被莫向晚喝了一句：“闯了祸还这么多话！”

小朋友无辜地闭上嘴巴。

莫北放开了莫非的手，笑：“这么大的儿子？”

莫向晚心里戒备着，面上却放松下来，她武装好了，她用几乎坦荡的语气说：“不意外，你了解的。”

莫北想说，他了解什么？她以前是出来混的太妹，年纪小小就有了儿子，他不应当意外？她直到这个时候才勉强承认他们过去的瓜葛，他才觉得她也许是在心虚。

莫向晚的头很痛。他是律师，他为人处世是很精细的。从他们不多的那些接触里，她是大约能够判断出他的性格的。他在这个时候不说话，这么不动声色看着她，看着莫非，她就怕他会猜到什么。可他猜到又如何？一个正常男人年轻时一时糊涂，倒搭上了一个拖油瓶，想着脱身还来不及吧？谁会把麻烦事情揽上身？

她得将莫北当作正常男人。

莫北的确在瞬间转过了无数心思，他制止不了自己考虑到一个可能性上去。他看着莫非，小朋友的长相全部承传自她的，根本看不出任何端倪。他怎么来确定自己的怀疑？当年他们仅有那一次，年纪都不大，又都在酗酒中，这种状态能生得出正常孩子吗？

莫非在不安，母亲和四眼叔叔之间的气流不对，他拉住了母亲的手，本能就往母亲那处靠了一靠。

莫北也就随他了。他只是盯着莫向晚不说话。这副研视的态度令莫向晚动怒，可她告诫自己不可在明面上动怒，她屏住一口气，说："莫先生，你的医药费我还是赔的，毕竟是小孩子不懂事闹的。你看你的伤口还上了纱布，我很不好意思的。"

莫非等母亲说完，极力赞同地点头。看得莫北撑不住笑了，他讲："以后不要让他去拆迁地踢球，有多危险你不知道？"

莫向晚是不想暴躁，也不想动怒的，可莫北这样的话，分明有挑衅的意思。她的儿子，他凭什么多话？

她说："我当然晓得怎么教育小孩子，谢谢莫先生费心了。"

莫北只得在心里叹气，她总能把他的意思深化、扭曲，往坏处扩展。这么躲他、避他、仇视他的人，他生平头一遭遇到。

他干脆不同她说话，蹲下来对莫非讲："叔叔不要你的医药费了，你让妈妈给你买零食吃好了。"

莫非乖乖"哦"一声，莫北忍不住想要伸手再揉揉孩子的头发，却被一只手给挡住了。莫向晚坚持着自己的态度："这怎么可以？孩子错了，家长补偿是应该的。"

莫北站起来，他定定地看着莫向晚，说："莫小姐，我真的这么让你讨厌吗？"

眼前的莫北失去了他一贯的温雅风度，但莫向晚并没有因此而内疚。她在思考、分析，并下了指令，终于把自己心中起伏的巨浪平复好。

她缓缓地同他讲："没有，莫先生，是你想多了。我们还不熟，礼多人不怪，请你多包涵。你这样大量，我很感激的。"她牵一牵莫非的手，"有没有向叔叔道过歉？"

莫非一路跟着莫北，废话说了许许多多，正经的道歉却没有讲过，这时被母亲一提醒，他想起来，就向莫北鞠躬，说："四眼叔叔，对不起。"

莫北能怎么说？她转变了态度，他就捉不到错处了。她是莫向晚，不是草草。草草任性而倔强，就算和他纠缠得最深的时刻，身体都在抵触着他，所以当年他们都没有给对方留下好的回忆。

而莫向晚呢？她也抵触他，可是方法圆滑了许多。进一步退三步，不会让他有更多追问的余地。谁说这不是一个对手？他差一点忘记她是娱乐圈子里头浸淫的人，惯能对付记者狗仔队和各方人等的。

莫北突然想起来，蔡导说过她在圈子里有个绰号叫"莫无敌"，只要她想办的事情，就一定能办到。

蔡导说："当年把他们家的一个艺人在中部卫视的《真心》节目推后，她竟能和爆炭脾气的老胡对上，先让人家骂一顿出气，再软不软硬不硬地道一个歉，把解决方案呈上，竟然是个好提案。这招可漂亮得很。老胡对着这样一美女，哪里能不心软？连内疚都生出来了，后来一直说要请她吃饭。"

这是她习以为常的以退为进，如今用来对付他。

莫北耸肩，又看一看有一双如她一样漂亮大眼睛的莫非。他暂且把心里想到的可能性放下，但也不太愿意掉落下风，他回答她："今朝的事情也是我没有注意，并不能全部怪小朋友。让你出医药费我也不好意思的，何况也没几个钱。莫小姐就当给我一个面子好了。"

于是，莫向晚把皮夹子又塞回了包里。

他的反应速度很快，也算是体贴的，这样的男人不是个会为难女人的人。她竟有意外的放心感觉。本来预备告辞，他恰好遇见了来医院的熟人，便先走开招呼他的朋友。

莫非指了指远方的莫北和他身边的朋友，非要告诉莫向晚："四眼叔叔人很好的。"

莫向晚忍不住斥他："你又知道？"

小莫非相当坚持："我就知道。"

他刚说完，莫北朝他们这个方向点点头，他的礼貌总是这样周到。莫向晚也点点头。用这种方式告别，会温和许多。

回到家中，莫向晚只觉背上汗津津的，她狠狠地洗了一个澡。穿衣服时候，她正面对着镜子。镜子里头的女人身体洁白，面容却很苍白，连蒸汽都蒸不红似的。

她用手抚着自己的肌肤，一寸寸，和少女时期有何区别？这具身体经过岁月的浸染，只是更成熟，丝毫不见当初的仓皇。她甩头，没有错，是不一样的。她走出来了，她拥有一个自由身，还有自由心。

她不该再为任何人去为难和作践自己，包括她的亲人。匆匆八年度过，父亲给的美元已经用完，她再也不用害怕亲人永远不会回到自己的身边，因为她也不是孑然一身，她有了一个可爱至极的儿子。

莫北，或者说 Mace，也只是时光过客而已。他也许会将今天的事情当作一天时光中不愉快的一个小插曲，晚上泡个吧，或者睡一觉，次日就什么都想不起来了。

当年的范美不是说过："出来混的男人，都是没什么心肝的。"

是的，是这样的。她不该再放在心上。莫向晚把衣服一件一件穿起来，拿着面膜在脸上缓缓涂抹，闭上眼睛，终于放下了心，什么都不用想。

其实莫向晚想错了，莫北这一夜并没有好吃好睡。

他追求的姑娘请他吃了一顿辣，直言他们之间的感情始终没有正式入场。姑娘也许找到了真爱，挥挥衣袖，决定退场。他不是没有丝毫遗憾的，这是他近年遇见过的最投契的一个姑娘。

今晚吃的辣菜确实够火候，他到家喝了两大罐啤酒还压不下去。

压不下去的还有莫向晚这个人在他脑海里面的印象。

晚上电影频道在放电影，母亲看得很投入。片子是终结港片时代的代表作《无间道》。父亲一向不太爱看这类题材，说了一句“瞎编”就自顾进了书房。

他听到电视里的人说了一句“出来混迟早要还的”，仿佛一下被敲中头。

这句台词很有名，早在电影热映的时候，就在坊间传成了口头禅，然而他今天听起来，意味是不一样的。

他也不想看这部电影了，同母亲闲聊几句就回房了。超过三十岁的大男人在家里还须向父母晨昏定省，这种事情蛮作孽的。但是他知道他的父母在经历了一些事情后，需要他给予这种亲情的安慰。

莫北抱抱母亲，母亲笑眯眯的，就像今天看着莫非的护士阿姨一样，问：“把人姑娘送回家了？”

他说：“就一朋友，妈，你别说得跟真的一样。”

母亲大失所望：“又黄了？”

他拨弄拨弄领带，扯扯脸皮，脸上还在发疼。莫非小朋友脚力不小，再过个十年，大概孔武有力，可以比得上厄齐尔了。

母亲又碎碎念起来："你还想黄几次？我前天还问方竹，人家说你们处得挺好，今朝你就给我一记闷头棍。家境好的，你嫌弃人家娇气；事业单位的，你嫌弃人家无趣；稍微有个合适一点的，你又跟人家谈不下去。我说北北啊，你到底想找个什么样的？要不拿泥巴塑一个？"

莫北听得受不了。他虽然是本城男性，但是最最受不了本城女性面对自己不管年龄几何的儿子，都叠着音叫小名。母亲一叫"北北"，他浑身鸡皮疙瘩都起来了。

莫北赶紧自动自发溜到父亲书房去"参拜"。

父亲没有母亲这么多话，简单地和他聊了聊工作近况。而后莫北讲了一个主张："最近我在跟一个项目，挺忙的，还要跟老外谈判。我怕回来晚了影响两老，想就近在浦东租间房子凑合几个月。"

莫皓然喝一口茶，他经受早几年的挫折，老得很快，才年过半百，已是满头白霜。

莫北回国以后，从不曾想过离开父母单住的事情，承欢二老膝下的时日珍贵，莫北惦记得很清楚。因此他提出这个主张时，心里头颇有不安。

莫皓然却赞同他的想法，说："你也该自己找个地方落脚了，将来结了婚，有自己的家是最好的。"

父亲也是有这样的念想的。莫北默然。

莫皓然又说："老方的女婿倒是孝顺，老方倒下这几个月，一直是女婿照顾着。现在都是独生子女，爹娘指望儿女比以前困难多了。"

这话是点拨莫北的，莫北当作没有听懂，只做个纠正道："是前女婿。"

莫太太正好进来给丈夫倒茶，捉到机会来又来敲打莫北："嗯，人方竹都快要结婚两次了，你连个女朋友的边都没摸着。”

莫皓然解救儿子，挥手让他离去，莫太太没有讲尽兴，一个劲儿地叫：“北北，你听我说完……”

莫北避回到自己房间里，想的竟然是，莫向晚叫莫非是不是也是“非非”？

他好奇了，她同她的儿子，是如何生活的？

问题百转千回，又回到他最初的疑问上。他的疑惑愈加地盛，莫向晚的态度，莫非的年龄，种种可疑之处，他在估计可能性的百分比和可以行动的方式。想一想，自己先摇了摇头。莫向晚像只刺猬，对他戒备得不得了。他只要稍微探询，她必然全力反攻。

况且，这也不是他莫北的处事态度和处事方式。

考虑事情还是要考虑事情的本质。莫北把最本质的问题找了出来：如果莫非是他的儿子，他同莫向晚该用怎样的关系相处？只要莫向晚还是今天这样的心态，他们俩势必是火星撞地球。

想到莫非，莫北的心情忽然格外好。这么个孩子，小机灵一只，不论是不是他的儿子，他都是喜欢的。这是从来没有过的稀奇事情，莫北也在想，会不会是血缘天性？

他自有他自己的计较。

接连几天，莫北脸上贴着创可贴坚持在单位工作，惹得江主任对他表示了热切的慰问。对于受伤的缘由他没有多提，只同江主任谈公事。

他和江主任就他“世易”的案子有了点分歧，特别是在吸收资本的比例问题上。

江主任说：“洋资本进来，企业正好借机改革，政府也是支持的，划了这么好的地给他们。上头也有这个意思，就跟搓麻将一样，能和则和。这个问题你不用多提，上面听了多难办？”

莫北问：“那我们到底要把哪一个关？如果就合同论合同，他们只需要法务助理就够了。欧洲这间‘百达勤’旗下有多个国际大牌，他们一周前在华尔街开发布会，声明对中国投入资本十五亿元，不求回报。江主任，资本家绝对不会成为慈善家。他们要收购的是中国这整个行业，‘世易’跌进去，是不是好？”

江主任拍拍他的肩膀：“你还是太年轻。”

莫北无话可说，又遇上了亘古不变的社会法则，人情掣肘仍旧考验着现实。但与从前不同的是，他不会再把自己的坚持己见树立得太过鲜明。

他决定先约上几个好友在周末放松放松，于是约了于直等几个朋友下班后去攀岩馆出出汗。

大约是心里头存了点发作不得的怒火，莫北在岩壁上超常发挥，攀了两次十五米都意犹未尽，还准备跃跃欲试第三次时，他被攀岩馆的大股东于直拦了下来。

“喂喂，关系户可以了吧，给我的金卡会员让让道。”

莫北不情愿地把身上的攀岩绳卸下来：“烦。”

“那就去找点儿事儿做做，更有趣的，更刺激的。”

莫北睨于直一眼：“你就欠你女朋友让你跪键盘对吧。”

与他们同来的还有一同长大的两个朋友，一个叫徐斯，一个叫关止。这两位向来对运动不是很有兴趣，在莫北挥汗如雨地攀岩的时候，二人坐在下边休息区一边喝着咖啡一边聊着期货。这会儿，听到莫北和于直的对话，徐斯笑着起哄：“跪键盘哪刺激得起来？跪主板才叫一个刺激。”

于直冷冷一笑："徐公子，皮痒了是吧？"

关止想起什么来，问于直："阿直，于江他们公司怎么现在连影视植入业务都要跟 Agency 抢了？这为了上市也太拼了吧！"

于直了然笑道："怎么？你最近被他们抢业务了？"

关止坦荡笑道："是啊，竟然和他们选了同一个甲方，也真是让我没想到。这年头连影视公司都来抢广告狗的业务了。"

于直讲道："虽然他是我们家的远房亲戚，但我们在生意上还真没什么瓜葛，具体的我也不清楚。不过于江嘛，事业摊子这几年是越铺越大。"

莫北听得有些上了心，说："于江就不怕业务线多了顾此失彼吗？当他的员工倒还真是不容易。"

徐斯拿来两瓶矿泉水，扔到莫北和于直手里。莫北问徐斯："你是不是有房产公司在北区？帮我在那儿租个房。"

徐斯诧异道："你要在那儿租房干什么？你不是在浦东上班吗？这样一个来回有点儿远吧？"

莫北当然不会讲出理由来，只是径自提醒道："我明天把地址抄给你，你给我办妥就成。"

但是没有等到第二天，莫北在当夜就把莫向晚的地址给徐斯发了过去，地址还是他费了很多口舌，找了很多冠冕堂皇的借口，从许淮敏那里套来的。

徐斯在微信上问他："那地方可是在中环外、外环内，到市中心半小时车程，到你浦东单位得要一个多小时车程，路上一堵，你早上基本就睡不了懒觉了。你家到你单位可只要半小时。你确定你要为本市养路事业做贡献？"

莫北回复他："让你帮点忙你这么多话干什么？完事了请你

吃饭。”

徐斯又发来一句话：“这其中必有问题。”后面还加了一个阴险的笑脸表情。

莫北没有回复徐斯。

他还在反复推敲自己的这步举动是否合适。

原本，莫北不是没有想过一劳永逸，直接拔莫非一根头发去验个DNA。这个念头堪堪萌芽，他就骂了自己一句“流氓”。当年的草草骂过他“你这个流氓”，不能真让她骂对了。况且他也不是一个会强迫别人做些什么事情的人，尤其是对莫向晚。几次交锋下来，他不能说对莫向晚有了十分的了解，但对她为人处世的底线，心里还是有个底的。

君子释疑，方法有道。莫北想出来的办法就是住到莫向晚家的附近去，这样能时时看到莫非小朋友，方便他的观察。说来也奇怪，最近他在工作上烦闷得很，但只要一想到莫非那个小机灵鬼儿的模样，心里莫名就会松快起来。他很乐于和莫非多相处相处。

当然，他的这个办法也未必不会让莫向晚跳脚。但是，所谓伸手不打笑脸人，只要他拿捏得当，还是可以见招拆招的。

莫北推敲好之后，就安心等待着徐斯的答复。

徐斯的效率还挺高的，隔了两天就打来电话，说是把房子租好了，把地址发了过来。莫北一看，乐了。

他的心情非常好，回家收拾好行李，拣了个风和日丽的日子，吹着口哨准备搬家。

五、是否言不由衷

管弦一直对莫向晚选了个老式小区买房子不太满意，她认为居家就要在市中心的江边城，一览浦江两岸的美好景致，不但大人心旷神怡，也对小孩子健康成长有益。

莫向晚对她的这个观点只能摇头，她买下现在的房子，自有她的一套打算。莫非的户口是落在于江的老宅这处，在这块区域里，教学质量最好的小学就是莫非现在念的这一所。莫向晚把学区范围内的住宅小区研究了个透，最后决定购下这套房屋。楼房虽然是 20 世纪末建的，结构也很老，但离学区里最出名的中学和小学只有十五分钟脚程，邻居又多是学校教职工和附近研究院的工程师。

所谓孟母三迁，便是如此这般的心情吧。

但智者千虑，总有一疏。她选的小区纵有大大的好处，却因为区域格局设计太老，并没有给少年儿童们留下足够大的活动空间。这一次莫非在别人的学校里把莫北踢伤，着实令莫向晚头痛了好一阵，她只好联合于雷父母，一起禁止两个孩子的暑假踢球运动。现在，莫非做完暑假作业，只能在自家小区里爬爬树，抓抓金龟子，养养蝈蝈。

小莫非成天怨声载道，这就让管弦又把旧话重新提了起来。

莫向晚笑管弦：“姐姐，你太看得起我了，那是老板们才会选的高端地段，我一间房花个大七八千万去买，就不剩什么钱养莫非了。我可得供他念到大学呢！”

管弦不是不明白，说：“你啊，一个人自然会压力大。”她又提到了宋谦，“那个人算是不错的，我不想看你孤木难支的。”

莫向晚回避着，她看到台上唱完一支歌的叶歆走下来，邹楠正在吧台同酒保闲聊，叶歆上前抱了抱邹楠。两人亲亲热热地坐在一起喝酒，好姐妹模样没错了。

管弦说：“你怎么不跟叶歆说，是你推荐她去秦琴那儿的？”

莫向晚说：“说什么呢？在我不过是举手之劳的事，她们好朋友之间开心就好了。叶歆有实力，就是欠机会。”

管弦说：“不对，机会总是公平分配到每个人头上，谁都不缺机会，而是要看自己给不给自己机会。我才不信真要机会的人会抓不住机会。”

莫向晚说：“我下个星期要去学校听讲，你就提前给我上概率论了。”

“你念好文凭又怎么样呢？这个圈子里不讲文凭，别听于江瞎扯淡。”

“不是的，我只是想干一些有意义的事，除了工作、带儿子以外。”

管弦否定她：“不，向晚，你需要一次真正的恋爱。”

可是莫向晚也否定了她：“管姐，有了又能如何？没有又能如何？对我来说，哪里有区别？我喜欢我现在的生活。”

叶歆又上台唱起了歌，声音如天籁，洒落到人间。

莫向晚对着管弦举杯：“她今天唱最后一场了，我们来祝她。”

“你也喜欢多管闲事。”

“没有错，我向你学习。”

管弦说："向我学习有什么好？"

莫向晚把酒一饮而尽。

"管姐，我想劝你，离开于江吧！"

莫向晚并不是一个好探人底细的人。因为管弦待她的救命大恩，她可以将她的那些过往向管弦和盘托出，但她却从来不曾询问管弦的过往。

管弦的这间"MORE BEAUTIFUL"酒吧，在圈子内小有名气。她与于江的关系，业内人士也并不是毫无耳闻。

莫向晚不知道管弦与于江到底从何时开始，从她进"MORE BEAUTIFUL"的第一天，她就见过于江给正在台上唱歌的管弦送花。

管弦亦有一副好嗓子，那天她唱的歌中文名字很好听，叫作《梦碎林荫街》。

莫向晚当时持着摇酒壶侧耳倾听，心都快要化入其中。夜间收工，酒吧门外就是一条林荫大道，那时正值盛夏，夜荫森森，于江执着管弦的手漫步其间。

可是过了两年，于江娶的是另一个女人。

于江结婚那天，莫向晚是记得的。她还在电视台跟着秦琴当助理，于江的婚礼由台里上下同事合力操办，因为新娘父亲的要职身份。

莫向晚做迎宾女傧相，在林荫街道深处的20世纪30年代老花园大门口，她看见穿了一身白纱裙的管弦列席。

她至今仍记得管弦当时的面色，平静祥和，仿佛什么都没有发生，她只是一个普通的来参加婚宴的嘉宾。她坐到最末一排，交叠着小腿，嘴唇微微蠕动。莫向晚这才听出来，喜宴现场的背景音乐竟然是《梦碎林荫街》。

音乐悠扬，管弦好像沉醉其间不可自拔。

莫向晚以为经过那日，管弦与于江应该彻底拗断了。但是于江自巴黎蜜月归来，连着两个星期都至“MORE BEAUTIFUL”报到，只是把他们的关系转为不合法的情人关系。

莫向晚从不对他们之间的关系做任何的评价，今晚多言一句，实属第一次。

管弦不置可否，她对莫向晚说：“小姑娘，你不在乎是因为你从来没有爱过任何人，我在乎是因为我还爱着他。不要跟我讲破坏别人的家庭这些大道理，我从十七岁就认识于江，那时他还在安徽铜陵附近的一个小镇上中学。”

她的眼色凄迷，脸色娇艳，但眼角眉梢已有了岁月的痕迹。管弦化妆爱用厚粉底，好让别人看不出原本的她。

莫向晚和管弦不同，她从不用粉底，谁都能看清楚原本的她。

但这晚不同，管弦被灯光、酒精还有莫向晚的话催化了，似要汪成一湾无助秋水，不知流向何方。

她对莫向晚说：“他的妈妈死的时候，他们于家才同意给他办上海户口。你不知道吧！他妈为了养他，是做过小姐的。他们于家怎么会要他？”

这是一种隐私，不应为外人所知。莫向晚亦明白，想要阻止管弦继续说，可是管弦不愿意停止。

“他想回上海，但是他连回上海的火车票都没有钱买。我就连高考都不考了，拿了家里的钱陪着他回来了。一直到现在。小姑娘，你们上海人啊！太势利了！你摸着你的良心告诉我，我该不该让？”

莫向晚没有办法告诉她这个反问句的答案，她只好抱住管弦的肩，她的肩膀窄窄的，很弱小，个子又不高。但是认识她至今，一直是她在提携着困难的自己。

管弦靠在她的身上，深深叹气：“小姑娘，你做得好。你比于江的妈和我都要强，可无依无靠终归不是事。我想给你介绍一个好对象，你不要，没关系，我再给你找。你要过得好好的，让我有个慰藉和念想。”

说了一阵话，管弦趴在了吧台上。莫向晚不知她是不是睡着了，只朝叶歆招一招手，叶歆乖巧地走过来，叫她：“向晚姐。”

这是一个谦恭的好孩子，莫向晚对她温和地讲：“《梦碎林荫街》会不会唱？”

叶歆点头，旋即就上台吩咐了乐队，又向莫向晚打一个手势。

音乐和缓响起来，莫向晚并不认为叶歆唱的会比当年的管弦更加好。

管弦在吧台上侧一侧头，讲：“刚来上海的时候，我们都没钱，我就去酒吧驻唱，这首歌最拿手。张国荣也唱过这首歌，他来上海开演唱会，他的粉丝包下酒吧来庆祝，请我唱这首歌，他们说我是女声版里最好的。如今张国荣已经在天堂，我还不是这样过着日子？”

莫向晚无语凝噎，只叫：“管姐。”

管弦眯着眼睛微笑：“别操心我。我知道你的想法。小姑娘，我是能让自己过得更好一点的，你呀，如果能放开一点，你也能过得更好一点的。你都害得我不敢提一些别的话，太正经了。做人不能太正经，那要多累？”

或许做人是累，但莫向晚回家时想，她很满足于这样的自己。

管弦的人生，她能够理解。管弦是没有救命稻草的，于江怎么能算管弦的救命稻草？而她是有的，她有莫非。莫非是她人生的希望，就算在深深的黑夜里，她都可以被照亮。

莫向晚走到小区里，这里没有林荫街，也没有人，空气清新，微风拂动。

她一路走，一路感伤，一路又感激。她还在想，莫非正在快快长大，每时每刻，她的生活都会有新的变化，永远不会枯萎。这样便很足够了。

莫向晚忽然有了气力，她蹦了几下，到了自家大楼门口。铁门被人从里面推开，有人走了出来，她没有注意到，差一点撞到那人身上。

这太失礼了，莫向晚从没在邻居面前出过这样的失误。她低头说了一句“对不起”。

面前的那个人笑一下，同她打招呼：“莫小姐你好。”

莫向晚骇异抬头，正有路灯照至这个方向，将那人的眉眼照得分明。那人仿佛永远都不会生气，眼睛里永远盛满友好。他的脸颊上还贴着“邦迪”，在黑夜里是不显眼的，丝毫没有破坏他的斯文好相貌。

但莫向晚不能斯文了，她几乎尖叫起来：“你在这里干什么？”

莫北并不惊讶，他甚至是好整以暇，笑容可掬地面对着莫向晚。他说：“我是新搬来的，请多多关照。”

莫向晚大惊失色，她的第一个念头是他搬过来要做什么？第二个念头是就要脱口而出对他吼“关照你个大头鬼”。

这简直是切齿的万般恨，尤恨他眼底的笑意，似想要把什么都拂去。但怎么能拂去呢？他已经堂而皇之介入到了自己的生活中。莫向晚的胸中腾起了火焰，克制住自己想要破口大骂的冲动，狠狠地剜了莫北一眼。

莫北把莫向晚震怒的表情看得清清楚楚，不过她气势汹汹的模样并不那么骇人，因为她长着一副本城女孩特有的那种带娇气的漂亮容貌。这一眼剜过来，对他来讲威力并不足够，他好像就等着接这招的。

故此他也不生气，还对她说：“我把喜糕送给非非了，以后我们就是邻居了，你住 402，我住 403。”

这是存心让莫向晚把一口气活生生憋在喉咙口。莫北在半明半暗的大楼前为她推开铁门，对她做了一个请的姿势，请她进门。

门外的一番动静让门内的感应走廊灯亮了起来。莫向晚看到了莫北手上拎着一只垃圾袋，他没有开玩笑，他是真的在这栋楼里安家了。这番断定让她再一次咬紧了牙关。

莫北也趁着晦暗的走廊灯，看到楼内挂着的电子钟上的时间。他皱了皱眉，没忍住又讲出一句话：“你总这么晚回家吗？就这么放心让非非一个人在家？”

此话如一记重锤，蓦然刺激出莫向晚心底潜藏的恐惧和害怕，让她的克制差一点被瓦解。她瞪着莫北，眼底在这一瞬不是没有浮出惊骇。

莫北本能地想把双手插进裤兜里，手一动，才发觉右手提着垃圾袋。他稍稍有些紧张，他紧张的时候就会做这样的动作。他没有想到莫向晚会是这样的表情。她剜他一眼的模样不可怕，也在他的预料之中。但她恐惧的模样却让他诧异和不安。

他想她应当是在恐惧，她的胸口明显地起伏起来，她还咬住了嘴唇。这副样子和莫非真像，莫非在哭之前，就是这个委屈样子。

但莫北很不解，自己不过是出现在她的面前而已，她需要有这么大的反应吗？大到他也有了一瞬间的不知所措，他知道自己更不能造次了，她见到自己就已经像风中战栗的落叶，他不能再做一阵疾风，把她从枝头吹落。

他要体谅她的，于是讲：“我们单位最近接了世易集团的案子，在这儿租个房好办公，没想到这么巧。”

莫北讲完以后，还客气地笑了笑，真诚地望着莫向晚。他要尽量让自己有礼有节，坦坦荡荡，希望能安到她的心。

莫向晚的心是真的在他这句话讲完后渐渐安稳。她知道世易集团就在附近，他的话似乎可信。她是否能够信他？她研判地盯着他，他还是笑着，平静地回视她。莫向晚也平静下来，把凌乱的思路整理好。

就算他有其他的企图，但至少目前，他还没有做出任何过分的举动，她也就不能做出过分的反应。莫向晚用手抚了抚面部僵硬的肌肉，勉强扯一个礼貌的笑容，说：“那是真的很巧。”说出口才发觉声音干涩，她咳嗽了一下，“莫先生，你们单位福利很好，还能根据项目提供宿舍。”

莫北怎么听不出她暗带的嘲讽和试探？但他心理建设强健，仍摆好风度，真诚笑道：“是啊，这个项目棘手，需要常驻他们厂，还要经常开会，算是问单位讨的福利吧！”

莫向晚当然半信半疑，他租住此间，确为此理由？但她知道自己不能直问，只能顺着他递过来的梯子爬下来，说道：“那倒是个好单位。”

她侧身走进门，准备上楼，可是心神不定地一脚就把阶梯踩空，差点摔下去。是身后的莫北及时扶住她，拉住以后就松了手，说一声“当心”，就提着垃圾袋出门倒垃圾了。

倒是莫向晚愣上一愣，看铁门“哐当”关上，失神一会儿才反应过来，“咚咚咚”直奔上楼，拿钥匙开门，再把门大力关上，上了两道保险。

莫非正盘腿坐在沙发上，身前的茶几上放了花花绿绿的大堆零食，他一边嚼薯片一边看柯南，听到响动，就爬下沙发，帮莫向晚把拖鞋给拿了过来。

莫向晚换了鞋，先是看见茶几上的零食，整整有两塑料袋，果冻、瓜子、薯片、饼干、饮料一应俱全。

她皱起眉，已经猜到几分。

莫非不知道母亲的心思，很开心地抓着一只红艳艳的果冻讲："妈妈，隔壁新邻居是四眼叔叔哎！他买了很多吃的给我，我已经一份一份分好了，可以从今天吃到开学。妈妈，我每天都会分好量吃，不会乱吃的，我的身体也不会不舒服的。"

一句话打掉莫向晚越来越激烈的情绪。看着这样懂事体的儿子，她如何能发作？

莫非从小就不是个让她多花钱的孩子。

他刚出生那会儿，莫向晚已经不剩多少存款了，她要把钱一分一厘计算着花，才能确保母子俩的基本温饱，才能为孩子将来的升学做好积蓄。小小莫非在并不宽裕的经济环境里成长起来。在他还不太懂事、会闹着吃零食的时候，一筹莫展的年轻妈妈莫向晚只懂得扯一些借口来搪塞，诸如"多吃零食会让你的身体不舒服，不舒服就要去医院"。她知道这并不是个最好的办法，但她想不到更好的办法。她一意孤行将孩子生下，却无法为孩子提供他想要的一切，只能在自己力所能及的范围内，选择可以提供给他的东西。这样就要有取舍，她只能取舍。莫非在莫向晚的事业步入正轨以前，吃的用的玩的，永远都比同龄人少。及至莫向晚已经不会在为多买一个玩具还是多买一包零食而犯愁的时候，莫非也已经不会再向母亲提那些多余的、用钱才能买到的享受之物了，包括玩具，包括零食。

但原来，莫非是向往零食的，他只有八岁，正在嘴馋的年纪。莫向晚因为他很久不提要求，竟然把这一点忽略了。

这是她的无奈，她一直挣扎着要做到更好，但是还不够。莫向晚难过至极，她望望莫非分得好好的零食，又望望莫非。莫非眼巴巴地看着她，大眼睛动人，眼里神色完完全全就同刚才的莫北一样无公害，让她狠不下心。

莫向晚又咬了咬牙。就是这莫北，太自说自话了，他何来立场这样做？

但她对着莫非发不出火，只得催着他快些上床睡觉。而她倒在床上后，却辗转反侧，总睡不着。

她是不能不仔细揣摩莫北的用意。他到底是巧合还是蓄意？如果他真的对孩子的身世起了疑，或者说他有打算要将莫非夺走，更简单直接的办法就是先验 DNA，再与她对簿公堂。他是律师，各方面的条件都比她好太多，上了法庭，她只有十输不赢。他又何必舍近求远？如果并非如此，他为什么又要搬到她的隔壁来住？她才不相信真的是巧合。

这一夜，莫向晚噩梦连连，她梦到自己从九霄云端跌入万丈深渊，无人拉她，她自沉沦。

莫非远远在叫她，她想要拉住莫非的小手，可是有一个声音在叫“草草”。这么熟悉，熟悉到她闻声不住震颤。

莫非在叫：“妈妈，妈妈。”

她要抓不住儿子，有人推她的胳膊，她好像掉落谷底，身体一震，以为落在了地狱。

莫向晚猛地睁了眼睛，原来莫非正在推她的胳膊。她有些烦乱，一抹额头，触手都是虚汗。

莫非穿着小睡衣，也是睡眼惺忪的模样，不过脸上有掩盖不住的兴奋。他嚷：“妈妈，四眼叔叔买了早饭给我哦，有小笼包哦！妈妈，快起来快起来。”

莫向晚先是脑神经迟滞一秒，下一秒，她情愿两眼一黑，是在做梦。

莫非非要将她拉起来，一边不住地嚷嚷：“妈妈，小笼包要冷掉了。”

莫向晚拿床头的闹钟一看，6点才过了三刻。莫非这孩子最大的缺点就是喜欢赖床，每日清晨必要她三催四请才起来。今日这样积极，倒让她心里很不是滋味。

她洗脸的时候看到眼睛下头青的两块有向外扩散趋势，赶紧拿了冷调羹一边敷着一边走进客厅。

莫北还算识相，没有登堂入室，大约是早晨买了早点后来敲的门。莫非难得睡得警醒，听见响动就跑去开了门。此刻他正坐在饭桌前把个小笼包吃得津津有味，两条小腿还荡啊荡的，不知在惬意些什么。

他见莫向晚洗漱好了，又忙不迭过来献宝：“妈妈，四眼叔叔还买了鸡粥。我说你胃不好，他说鸡粥蛮好的。”

饭桌上果真放着一钵鸡粥，盖着盖子，莫非体贴地打开盖子，粥米的糯香四溢，莫向晚不想吃也有了要吃的意思。

她扫一眼，莫北买的早点并不铺张，给莫非的是二两小笼，给她的是鸡粥和一客酱菜。鸡粥和小笼应该是小区门口小吃店里的，只是这酱菜不知道是哪里买来的，脆甜可口，十分开胃。

莫向晚把鸡粥吃了个底朝天，吃完以后就在想，莫北还有什么花招？

并不是因为她有多了解莫北，而是她太了解莫非了，莫非讨好别人另有所图，一般都是一套一套的来，莫北毕竟是莫非的亲生爸爸，她以此类推，得此结论。

不过她不像昨夜那样慌了。有什么好慌？现在能做的就是走一步看一步，她又不可能带着莫非远走高飞。那样成本得多高？算算也是不实际的，生活更不是演电视剧。她懂得掌握分寸。

莫向晚吃粥的时候就在盘算，出门的时候，已经差不多要盘算好了。

她干脆就先去敲403的门，门不敲自开，莫北穿得干练体面，一派精英范儿，头发服帖，一丝不苟。莫非看到他，热情地多嘴："四眼叔叔，我们吃好早饭了。"

莫北先拍拍莫非的脑袋，讲："好吃不？明早叔叔再给你买。"

莫向晚就好插话了："总让你客气，这怎么好意思？小孩子也不好惯的。谢谢你的好意，真的不用麻烦了，你也怪忙的。"

莫北心底有点惊讶，脸上却还是浮着笑意。这个莫向晚，一个晚上就调整好了心态，心理素质同他这个专业律师相比也是不遑多让。

他看她的一身行头，标准的办公室"白骨精"，而且今天脸上化了点妆，五官更显精致立体。她戴的眼镜是淡褐色的宽边镜，如果她待别人脾气稍微火爆一点，配上这种眼镜，一般会被office里的小妹妹们叫作"灭绝师太"。如果摘掉眼镜，他想，那就是以前的那个"草草"了。

莫北不再多想，讲："昨天非非说要吃小笼包，我今天早上晨跑，反正也是顺路，就顺手买了。"

莫向晚想，果然他事事难缠，要动一番脑筋才能和他好好交手。于是便笑一笑，说："原来是这样，莫先生这么喜欢运动。我们这种习惯朝九晚五的，早上多睡半个钟头都是福气。好吧，既然莫先生不介意的话，那就只能麻烦你了，我把一个月的钱都算给你。”

这就是莫向晚想了一夜的应对方案，她把心一横，早也是死，晚也是死，干脆就同他耗到逼出他的本意再看下一步。

如果说昨晚莫向晚的反应在莫北的预料之中，今早她的反应就完全在他的预料之外了。

帮非非买早饭本来就是他的一时兴起。昨晚非非随口讲了一句“想吃小笼包了”。这个小朋友说这句话时那个向往的样子，大眼睛忽闪忽闪，让他早上起一个大早排了一刻钟的队买了小笼包送过去。非非乐得眉开眼笑，他看得心里舒服。

他不是没想过莫向晚的反应，大约又是冷面孔相对，或者一见他扭头就走。谁晓得一觉睡好，她身上装备齐全，全面迎战来了。他如果还当她是当年那个直来直去的草草，那是他大错特错。

但莫向晚武装好的雅意，莫北觉得也不应该辜负，同她交锋是件有趣的事情。他说：“一句闲话的事情，莫小姐要么开一张清单，我尽力办到。”

两人互相笑笑，差不多都是皮笑肉不笑。

莫向晚扭头交代好莫非，又说要当心安全，又说中午去隔壁大妈妈家吃午饭不准挑食，一件一件说清楚了才准备离家上班。莫北没有立刻关门，他站在一边听着，一件一件也听进去了。

莫非跟大人告别，又告出一个故障。他竟然对莫北说：“四眼叔叔，我妈妈单位很远的，你可以不可以送送她？你是开小轿车的对哇？我妈妈驾照还没有考出来，她有时候叫不到出租车，只能坐地铁的。”

莫向晚要瞪儿子已经来不及了，莫非对莫北笑得相当谄媚。

莫北笑着回答小莫非：“我是开小轿车的，就不知道你妈妈愿意不愿意搭我的便车了。”他说完瞟了莫向晚一眼。

莫向晚又想要翻个白眼，不知是翻给儿子还是眼前的这个男人。

儿子还要再添乱，真诚而高兴地讲：“妈妈，那么就坐小轿车好了，挤地铁很累的，现在人很多的。”他看看莫北又看看莫向晚，由衷地希望自己提出的建议被大人采纳。

莫向晚只好说：“你不要再麻烦人家叔叔了，叔叔也是要上班的，如果迟到，叔叔的老板是要扣他奖金的。”

莫北接口讲：“没有关系，叔叔可以帮你送一送你妈妈。”

后来莫向晚还是坐到了莫北的车里，因为下楼后，莫北坚持说：“总归不能对你儿子失信，请莫小姐赏脸了。”

她怎么好不赏脸？至少先不用同他撕破脸吧。

她气势汹汹地钻进他的车，“哐”一下重重关门。莫北站在车外吓了一跳。他在想，这个女人真的不好惹，怎么跟雌老虎一样？

一路并没什么话，莫向晚只是沉默。莫北也没有说话，他专心开车的模样比平时严肃，目光炯炯，心无旁骛，是有一定威慑力的。

她从没注意过这样的莫北。平日的他意态悠闲，生人可近，天生的自来熟。她没有想过他专注起来会有点压迫人。

莫向晚不太自在，清了清喉咙：“只需要去前头的地铁站就成了，你拐一个弯可以直接到‘世易’。”

莫北本来都习惯了车内的安静。她没有话，他是有话的，无数疑问，不过不能提。她的底线，他一旦摸透了，就不太敢逾越了。

这是一种尊重，尤其对莫向晚，他更需给予这种尊重。因为莫北觉得自己从来都没尊重过当年的小太妹草草。

他和草草的第一次，他明明感觉得到她并非情愿，但他还是做了。

她是用怎样的心态强迫自己和一个陌生的男人度过这个荒唐的夜晚？他最近才开始揣测当年草草的心。

那不是平等的男欢女爱，他在那天夜里的表现，像一个嫖客，就是曾经被民警误解的那样。这是他的人生中抹不去的错误，或许还有愧疚。本来他会把这件年少往事遗忘，但是莫向晚重新出现了，让他不得不重新审视自己、反省自己。

莫北在想，如果莫非真的是自己的儿子，他该在草草面前担当怎样的角色？

这是还没有想好的。

但目前他不会拒绝莫向晚提出的除了要他搬家远离莫非以外的一切要求，他将车停在了地铁口附近的转弯道上。

莫向晚的气平复许多，笑着说了声“再会”。

她粉饰太平的功夫很不错，这样的人本性坚强。莫北对她几乎是用关切的口吻说：“路上当心。”

莫向晚下了车，冷不防听到他这样的话，回头瞠视。他是善意的，又多提醒了她一句：“下一班地铁就要到了。”

这话让她回头撒腿飞奔赶地铁，不用再多想他的神态和心理。

莫向晚到了单位，邹楠来送文件，盯着她的面孔看了很久，讲：“老大，你真的需要一款好眼霜。”

莫向晚用手按摩眼皮，自嘲道：“人老了。”心里却在怪莫北，此人是她的最大压力。

邹楠把下个月的艺人日程拿过来给她过目，她看到下个月的日程中有梅范范去横店拍一部历史剧，导演也是圈内大拿，此片被多家平台看中，还未开工就纷纷派人来谈预订。

如今梅范范炙手可热，即将走红。

她签了名，吩咐邹楠把日程发至各相关合作部门。

邹楠拿日程表时又多嘴一句：“‘无敌手’今早进了于总办公室，到现在都没出来。”

莫向晚侧目，斥：“没事别插嘴插舌。”

邹楠皱皱鼻子，装可爱状：“血洗定律，这有啥？”

邹楠走后，莫向晚撑着额头凝思片刻，又什么都不想去深想，开始埋头工作。许久，有人敲她的桌面。

她抬起头，梅范范姣好的瓜子面孔就在眼前，眼眶层层化妆，又是这样近的距离，她都没有立刻认出她。也许她们根本不算熟悉。

梅范范叫她：“晚晚？”她用的是问句，不是肯定句。

莫向晚静静地望着她。

梅范范是做过整容和嫩肤的，这么近的距离看过去，按照一般人的猜测，会以为她只有二十出头。她后来念了专业院校，那自是另一趟特别经历，莫向晚不知道的。

梅范范用这么不肯定的语气同自己打招呼，莫向晚知道自己该怎么答，她笑着说：“梅小姐，你好。”

梅范范释怀一笑：“晚晚，你何必不认老朋友呢？”

莫向晚倒是一愣，随即生出些惭愧，是她的防备心太重了。她低一低头，笑：“这样方便。”

梅范范的笑容妩媚动人，让她的脸蛋更显娇艳：“没错，你方便，我也方便。”她问她，“晚晚，听说你有了个孩子，八岁了，我算了算时间，是不是那一天晚上的？”

莫向晚迟疑一小会儿，然后淡淡地说：“这不重要吧。”

梅范范摇一摇头：“你这个傻瓜，年纪轻轻，干什么要被孩子套牢。那种出来玩的男孩子不会认账的，你白白受累。我听到别人讲了，你一直一个人过，这些年一定过得很辛苦。”

莫向晚说：“大家一样的，出来混总是要受点辛苦的。”

梅范范往她的办公桌上一坐，两腿交叠，把粗鲁的姿势做得很优雅。她说：“我是真的在混，就像浮萍，漂到东又漂到西，今朝混混这里，明朝混混那边，没有想到会越混越好的。你是待在老地方，做古老石头山。”

她伸过手来，想要摸莫向晚的脸，莫向晚本能往后一退。这一退，便觉得不够礼貌了，她歉然地对梅范范笑笑。

梅范范无奈地收了手：“你看你，还说不见外，还说混日子。晚晚，你沉得下去浮得出来，也是好汉一条。”

莫向晚讲：“我只是小女子，没有这么夸张。”

“不。我倒是羡慕你意志坚定。当年我跟着男朋友漂去北京，才晓得后悔。爱情是狗屁，连二两饭都不值。”

她说完这一句话，似有不忿，从手边的包里拿出一只金色的烟盒，熟练挑出一支烟叼在口中，就要再找打火机打火。莫向晚及时阻止她：“于总不准在办公室里吸烟。”

梅范范只好把香烟丢掉，说：“他们都是一路货色，就会装。一个比一个嘴上说得好听。”说完“咯咯”一笑，“你们于总卖相倒是很好的，他老婆长得也不错，还是当年外语学院的校花，但校花就是管不住他。”

她看莫向晚并不接口，便又讲：“你们总归是帮自己老板，不讲了不讲了。看到你我总归是高兴的，我们是老朋友了。”

她凑近一点，有一股浓郁的香气刺入莫向晚的鼻腔内，她突然就觉得鼻子痒，打了一个喷嚏，抽了纸巾捂牢鼻子，问梅范范：“你喷什么香水？”

梅范范是高高兴兴地讲：“怎么？你闻不惯？是CD的新品，还没有到国内，欧美才上柜的。”

那头梅范范的助理找了来，说有通告要出，梅范范理理衣服就走了，没有再打招呼。

莫向晚待她走远，才舒出一口气。

最近遇见的人，就像多米诺骨牌，一块连着一块，大有要震塌久远的源头的趋势。梅范范应该是不想见到她的，但其实，她更不想见到梅范范。她们都带着过去的阴影和现在的伪装，表面上还要客客气气地互相试探。

这太劳累。她撑住额头，自言自语道：“他们都晓得我是好汉一条，我就一定是。”

有人“噗哧”一笑，是许淮敏过来找她拿新签的合同。莫向晚讪讪地有些不好意思，许淮敏说：“小莫，你老像小孩子似的，自说自话。”

莫向晚腼腆一笑。许淮敏又说：“你这个习惯跟另一个小莫很像。”

莫向晚笑不出来了，她想，难不成莫北也有这种习惯？许淮敏自己解释起来：“那个小莫也是，也喜欢一边看案例一边读出来。大概你们五百年前真是一家。”

莫向晚嘟囔：“谁跟他是一家。”

许淮敏是来调梅范范的合同的，她同莫向晚说：“她的合同有些条款我还要再看看，当时谈得不够细，也不是格式合同，上头让法务助理直接跟的。我怕有麻烦。”

莫向晚问：“难道还怕她毁约？”

“最近的新闻是梅范范傍上了刚从法国回来的大导演，正在试戏呢！”

“她的文艺片还没拍。”

“广撒网没坏处，尤其别人还吃她那一套。”

莫向晚显然不想再多谈了，只吩咐助理把梅范范的合同找出来，递给许淮敏。

于江正从办公室里出来，大约赶着开会，走路带起一阵风，莫向晚看着他的背影想了一会儿心事。

莫向晚在管弦面前不再提起于江。管弦的“MORE BEAUTIFUL”最近生意不错，老有人借用最大的包间开私人party。

这也是管弦经营得法，在酒吧的二楼有一间极隐秘的大包房，里头所有装潢材料都运自英伦，做成老式英公馆的样子。有人开party，管弦就会亲自去酒吧附近的高级中餐厅请名厨过来做到烩。

莫向晚一直认为这是管弦的三产，且为于江服务。

管弦为于江才是真正的鞠躬尽瘁。但这是个人缘分，她劝说无效，只能干着急。然，于江其人对管弦一向出手阔绰，并不亏待。但凡人到身边，也是关爱体贴，似足丈夫。管弦酒吧内的资深酒保paul就戏谑：“管姐姐当他是段正淳呢！”

说这话的当时秦琴也在，听他的比喻有趣，就问：“那么你的管姐姐是哪一个？”

Paul讲：“王夫人，动不动要砍人手脚当肥料的。”他在那个月打碎了两只水晶杯，被扣了半个月小费，就像被砍了手砍了脚。

秦琴有别个意见：“或者是马夫人。”

莫向晚嗔怪：“秦姐。”

秦琴笑着拍脑门：“哎，《天龙八部》看了有些年头了，我糊涂了。

不过管弦同张纪中拍的《天龙八部》里的马夫人可真像。”

管弦是有几分像钟丽缇，性感嘴唇尤其诱人。现在有客人点管弦唱曲，给的小费笑傲整条酒吧街。这也是得有点本事的。

莫向晚觉得管弦逃不出于江的手掌心，着实是冤。

秦琴对她讲：“现代都会，哪里有谁非要欠着谁？看看谁的道行深，谁的魔力高，谁就比谁高占一头。”

莫向晚是知道秦琴的，她在行内是出了名的毒嘴，人缘也一般，最萧条的时候被赶到电台主持夜间谈话节目，骂哭的听众不知有多少，结果有义愤填膺的听众打电话指责她的刻薄。

那时候正在做直播，导播要把听众来电切掉，她打一个手势阻止，对听众讲：“如果要舔伤口，请直接躲到被子里。既然肯开诚布公让全市听众分担痛苦，应当是个爽快的人。我也爽快一点，一刀切下去，一了百了。让听众知道症候在哪里，痛了才好去医治，大家防患于未然。感谢你的来电，你一定是个善良的人，比很多在广播前边听边骂我的人要痛快，下面送给你一首歌——《好人一生平安》。”

导播室里的工作人员笑到岔了气。

这是在莫向晚跟着她之前发生的事情，莫向晚跟她的时候，莫非才两岁。她要照顾幼儿，还要忙于工作，也是出过错的。

有一回秦琴的谈话节目请来国际著名化妆品公司的 CEO，因为该 CEO 业务繁忙，换了好几次时间，莫向晚是好不容易同对方确定好时间，并给秦琴准备相关资料的，结果就是忘记问 CEO 的秘书当日该女士穿什么衣服。

后来 CEO 上节目，莫向晚要叫糟糕已经来不及，她同秦琴都穿了灰色系的衣服。整个节目出来之后色调灰暗，导播非常不满意。莫向晚知道闯了祸，内疚得不得了。

一直爆炭脾气的秦琴那天没有骂她，只是严肃又刻薄地讲："如果你连这点工作都没有办法跟进好，我劝你趁早把你的儿子送给别人，你是没有办法管好他长大成人的。"

此后莫向晚做事情力求细节周到，尽善尽美，不出现一个缺漏。

所以她习惯秦琴的毒舌，并且不以为意。

秦琴看到她，也还是那个样子，不客气地讲："你介绍过来的姓叶的小姑娘实在跟你不太像，做事情不利索，心思很多，一天到晚被我骂。"

莫向晚笑道："年纪小的人总归容易犯错，要前辈们多包涵。"

秦琴说："你是实心眼，不要以为个个都像你。"她抬眼皮子看看楼上，"管弦的沙龙名气响得很呢！三产做成这样不容易，多大的人物都会来捧场。"

这种锐利的话，莫向晚就不接了。

秦琴的脾气她素来是知道的，也素来不会相劝，遇到她讲得过分一点的话题，她的策略就是闭口不谈。

要讲起来，秦琴在职场上吃亏也就吃亏在她直来直去的脾气。莫向晚最初跟她的那几年，是秦琴的财经谈话节目很出风头的几年。结果不知道她在场面上得罪了谁，一下被贬到文艺台做三姑六婆的情感谈话节目。她却还有兴致好好规划，不管收视率有多低迷，她都认认真真把节目做出来。再过几年，有声媒体风生水起，她被昔日相熟的记者朋友邀请去开了档情感谈话节目，一下又做出了名头。

莫向晚跟她好几年，把她的"宠辱不惊"当作圣典一样学习。

秦琴对她的关心，她也知道。这次秦琴又劝她："你这样下去是荒废人生和时间，快快找个男人接收，省得非非跟着你变成娘娘腔。"

莫向晚敬她酒："怎么连秦姐你也这么讲。其实活到像秦姐这样，未必需要男人。”

秦琴指着自己说道：“呵！像我？男人都怕跟着我折寿。”

莫向晚拖着她去了隔壁的寿司店请她吃天妇罗，两个人又乱聊一通，不过莫向晚严格掌握了时间。

回到家里正好 10 点。

莫向晚终归是在这个圈子里谋生的，一个月约莫会有几天在圈内人常聚的地方同人联络联络感情。莫非早已经习惯在母亲晚归的夜里自己去隔壁崔妈妈家里吃晚饭，再回家洗澡，看完电视，准时在 10 点上床睡觉。这是他们莫家母子的生活日程表。

但也因为运气足够好，有个好邻居，给予了莫大的帮助。401 室的崔妈妈因为喜欢莫非，常常带着莫非吃中饭和晚饭，莫向晚每个月都会塞一千来块钱给崔妈妈。崔妈妈原本是不要的，不过她固执不过莫向晚，最后只好收下来，但基本也都花在莫非身上。

莫向晚摇摇晃晃地推开家门，发现不对劲。家里黑灯瞎火的，她扭亮了灯，先去儿子房间。儿子房间里空空如也，她心底顿时升起一种强烈的恐慌感，连叫几声“非非”，没人应她。

她立刻去敲 401 的门，崔妈妈一家没有睡，但非非并不在他们家。莫向晚一时六神无主，崔妈妈想了想，突然想起来，“大概在 403 小莫家，今朝夜饭非非也是跟着小莫吃的。”

莫向晚一咬牙一顿首，扭头就去“砰砰砰”地敲 403 的大门。莫北很快就开了门，见是她，先朝她“嘘”了一声，讲：“非非睡着了。”

莫向晚可不管，推开他就冲进去。这间 403 是个一室户，厨房间往里走就是大房间，里头装潢简单，全套从宜家直接搬过来就用的配套家具，格调统一得像间单身宿舍。

莫非躺在房间正中央的大床上熟睡。这床大得惊人，好像是 king size 尺寸，莫非睡在上面，像只安憩的小鸟。

她冲到床边想要抱儿子，被人一把拦住。

莫北说："我来，他才睡着不久。"

莫向晚正有一肚子气，对着他说："你怎么说也不说就把小孩子带走？"

也许是这天真的晚了，莫北不像白天那么好脾气，看她一眼，说："因为我不知道非非的妈妈会这么晚回来，他玩累了要睡觉，我就让他先睡了。"

"我这么晚回来关你什么事情？"莫向晚差点嚷起来，可还是压抑着压低了声音。

莫北耸肩，唇微微一撇："了解，你是培养小朋友的独立自主能力的家长，恕我这个没当过家长的不知道。"

莫向晚被他噎住，拳头都攥紧了。

她这模样看在莫北眼里，他不禁暗骂自己一声，做什么又要去招惹她生闲气？也许是因为他 7 点回来，在楼下看到非非一个人在阳台上晒袜子，小小的人垫着凳子站得老高，看到他还拼命摇手打招呼。那片刻，莫北有一种前所未有的心惊肉跳的感觉，就怕这个小人儿有危险。

他当下把小朋友从家里带出来去吃了晚饭，问他："妈妈呢？"

莫非讲："加班。"

可是冲进来的莫向晚身上有酒气，哪里是加班？他顿生莫名的气愤。

莫向晚失语了片刻，莫北这话一出口就捏到了她的七寸。她是可以为了莫非放弃一切应酬的，可是她没有，她没有足够的理由去反驳，是她的疏忽和不妥当。

莫北不愧是律师，讲话一语中的，丝毫不留情面。莫向晚心里翻江倒海，眼内水汽上涌，忽然眼眶里就有了泪意。她死死忍着，她应当已经习惯忍受了，却在他面前无法再忍。

莫北并不是第一次看到女人的哭泣。

曾经的田西在少年时的他面前泪如雨下，两人虽不至肝肠寸断，可也差不多了。

莫向晚的眼泪却始终没有流下来，虽然她的大眼睛已经湿了，但还是死死地盯着他，就像锐箭指住他的眉心。他的眉心突突地跳，就怕她的眼泪随时流下来。

是他管得太宽，宽到越过了她的界限。莫北本以为能够把好这个度，可临到关头，偏偏无意又刺了她一两句。

莫向晚吸了吸鼻子，声音还带着些哽咽，声调却很倔强。她讲："那是我的疏忽了，谢谢你照顾非非，我这个做家长的以后会当心的。"她退了一步，又说，"今天麻烦你了。"

莫北本能地也退了一步，看着莫向晚温柔地弯下腰，托住莫非的小脑袋，全心全意地抱起他。

莫非毕竟是个八岁的男孩子了，年轻的妈妈抱起他怎么会不吃力呢？但是眼前的这个妈妈仿佛力大无穷，将孩子牢牢抱好，安放在怀内。莫北只得让路，为她服务，给她开门，又帮她开了她家里的门。

崔妈妈正在门口张望，她并不知就里，热心而客套地对莫北讲："向晚一个人带儿子不容易的，我们做邻居的能帮一把是一把吧！"又对莫向晚讲，"403 小莫人也老好的。"

莫向晚闻言又看一看莫北，他把手插在裤兜里跟在她身后，脸上写满歉意，对她说：“不好意思。”

那晚之后，莫向晚的激动被抚平了，但是心底却涌上了一丝不安。

莫非醒来后同她说：“是我缠着四眼叔叔去他家里头的，妈妈，四眼叔叔这个人很好的，会回答我很多问题呢。”

孩子的判断是这样简单，好坏是非，全凭直觉，全凭大人的言行。但她不一样，她会思量那个人的动机。

莫北和善，她相信。事实上，他们重逢以来，他对她有一定程度的克制和守礼，她非草木，当然能够感受到。可越是如此，她越是担心。她摸不清他的意图，这叫她难以想出一个应对的法子。

莫向晚失眠了好几天，在反复推敲这个问题。然而她白日工作繁忙，夜间又失眠，往往只能在下半夜睡三四个小时，日复一日的，黑眼圈愈发严重起来。

这是一种心理压力，甚至可以说是折磨。她不是没有想过同莫北直接摊牌，可那样等于不打自招，溃不成兵。这样一想，她又缩回原地，想还是保持原状，继续掩耳盗铃。

邹楠说她最近状态极差。她想不通此事，已有逐渐跌入此境无法自拔之趋势，到最后只是不想再见他，以免增添烦恼。

想不通此事的，不只是她，还有莫北。

莫北从那一晚开始审视自己的动机。

他是想要探询莫非的身世的。在这个世界上，可能会有一个他的骨肉流离在外，这种想法也是教他不安的，但不安之中还带着隐隐的兴奋和喜悦。

莫非是一个相当机灵的孩子，能体会到莫北对自己的好，喜欢腻住莫北说话，说的大多是童言童语，对他这样的大人来说应该是乏味的，但莫北却觉得这样的交流非常有满足感。

那一日他把莫非带在身边吃晚饭，莫非要吃肯德基，他认为这种洋快餐并不利于儿童的健康成长，但是莫非拽着他的手，摇两下，他的心便不得不动摇。

后来吃晚饭时，他把自己大学时在肯德基打工的经验分享给莫非。

“薯条、鸡块都是用特制的油炸过的，用的油是进口的，不过只要超过三天，油脂会沉积变质，许多餐厅不及时更换炸油，就像你刚才看到的那样黑乎乎的。”

莫非马上就懂了，他把咬了一口的鸡翅放下来，对他说：“四眼叔叔，吃这种东西是不是不好的？那么我以后就不吃了。”

这种传授生活经验，被一个成长中的孩子迅速吸收的感觉，好得惊人。尤其像莫非这样的孩子，极有判断力，能很快明白大人表达的意思。尽管他馋着这种刺激口感的食物。

是莫向晚把他教育得相当通透。

那天早晨，他仔细听过莫向晚交代莫非在家里过暑假的事项。

莫向晚是这样说的：“妈妈走了，你就是家里的主人，要把好关，水电煤都需要特别注意，如果出状况，不单单是我们家出问题，还要麻烦邻居。我们不可以给别人添麻烦。大妈妈的饭菜做得很好吃，你不可以挑食，这样会辜负大妈妈的好意，吃完以后要道谢，因为大妈妈特地给你做了饭菜。”

因为他听过莫向晚这样教育莫非，故此，那一晚当他忍不住讥讽了莫向晚之后，会暗骂自己“犯浑”。她对孩子的照料和教育是这么细心，且还用感恩的心面对别人的帮助。

401 崔妈妈和他说起过莫向晚："她和老公离婚好几年了，一个人把孩子带得这么好又没耽误工作，不容易啊！"

莫北听了进去。他猜测这也许是她的借口，给予莫非一个可为人所信的合法的身份。

他是依旧无法公对公卯对卯地当面去询问她关于莫非身世的敏感问题。她从过去的草草走到如今的莫向晚，付出了多少？他稍稍计量，便能体谅，体谅以后就更不敢轻举妄动。

他的动机已经不明了，他的心被她的反应搅乱了。莫北在三十年的人生之中，首次有了不敢去做的事情。

是的，的确是不敢。这样的结论让莫北自己都惊讶，他竟然怕冒犯了她。或许真是他欠了她的。

同一栋楼内住对门的这对男女，带着相同的不安，继续相安无事。他们有好长一段时间住在对门却不见面。

只是莫北送的早饭一次都没有少。

先前，莫向晚口上没有饶人，不过是争一口气，谁知莫北竟然真的日日都把早饭送到。她先是诧异，后是烦恼，到最后是准备好钱，塞给莫非找机会还给他。

莫非的睡觉习惯不知从哪天开始发生改变，现在每天都能起得比她早，拿好莫北送的早饭就来催她起床。

莫北的聪明之处在于他既没有登堂入室，也不同她照面，莫非拿的钱也还不出去。他料准莫向晚非关必要，目前绝不愿意与他照面。

只是苦了莫非，天天攥着几张粉红票子，对莫北可怜兮兮地说："四眼叔叔，你老讨厌的，你不拿我的钱，我就不能做好妈妈交代的事了。"

他问莫非："妈妈怪你吗？"

莫非摇摇头，心里想，妈妈倒是真的不怪自己，只是也不肯收钱而已。他又是一定要办到妈妈交代的事情的，这让他十分苦恼。

可莫北说："那不就结了？这是叔叔请莫非小朋友吃的，叫妈妈不要介意，她是沾了莫非的光。"这话又是他存心说出口的，虽然和莫向晚不照面，但他还是会一时没管牢自己去做一些"低级"的事。

这话传到莫向晚那边，气得她要命，她又不想再跑去403敲他的门。他一向对人笑嘻嘻的，总不能把钞票丢到笑面孔上。

虽然同莫向晚见不着面，但每日早晨趁着送早餐的机会和小莫非碰一碰头，问问他吃得好不好、饱不饱，妈妈有没有加班，是莫北近几日来的首要任务。

他挺乐在其中。

这天晨跑结束，莫北穿一身运动服，在小区门口外来务工小夫妻开的"老夫老妻馒头馆"门口排队买小笼包。

这对小夫妻不过二十出头，在名餐厅里干过活儿，跟着大师傅学了一手做点心的手艺，能把小笼包做得皮薄馅厚汤汁浓，还不容易破皮。天不亮就有顾客盈门，包子日日可卖好几千只。

莫非说莫向晚喜欢吃淡的东西，这家也供应各种粥类，什么皮蛋瘦肉粥、八宝粥、港式艇仔粥、红豆粥，确保他给莫家母子供应的早餐日日不重样。

他去的次数多了，小夫妻熟了他的面孔，就渐渐也能和他闲话几句。

小店老板娘问他："又来给您家宝宝买早点啊？"

莫北接得很顺口："是啊，他喜欢吃小笼包。"

小店老板娘就对丈夫说："都说上海男人好，瞧，大清早爬起来给老婆孩子买早点。”

莫北面对陌生人不方便多作解释，算是默认了下来。但这话被身后的人听到了，那人重重地拍了拍莫北的肩膀：“莫北，你什么时候有老婆孩子的？我怎么不知道？”

原来来人是于直。于直也不是一个人来的，他身后停着他那辆拉风的路虎，徐斯正趴在车窗口冲他笑。

徐斯说：“我就琢磨你狡兔寻窟不寻常，其中必有猫腻！”

莫北手里提了小笼包，是要趁着还热乎给人送去的，他且不理睬那两位的戏谑，干脆不客气地拉开车门坐进车里：“正好，送我一程。”

徐斯笑他：“你不是真谈了朋友吧？谈得连眼镜都不戴了。”

“我早上跑步戴隐形眼镜。行了，快开车吧。”

于直跟着跳上车，纳闷：“这路怎么开？到处都是‘小青蛙’。”

“小青蛙”是穿着绿色校服的小学生，他们正在马路上蹦蹦跳跳，兴奋地走在上学的路上。

这天正是开学日。

莫向晚对莫北的早饭攻势早就烦躁得很了，所谓无功不受禄，她想她提早把莫非喂饱，才能堵绝他的路。她在这一天起了个大早，给莫非烤了面包，炒了鸡蛋，还煎了火腿，莫非果真吃得饱饱的，不过还在惦记着他的四眼叔叔。

他也许清楚母亲对四眼叔叔不太友好，所以也不敢明着提，只是自言自语：“哎，我吃不下小笼包了。”

这正是莫向晚所要的效果，若要让莫北把莫非的胃口养刁了，那她这个当妈的就太失败了。她又给莫非加了一道水果沙拉。

吃完以后，莫非小肚子溜圆，将小笼包遗忘。他的好朋友于雷在门口叫他一起上学，他转头对莫向晚说：“妈妈，我去上学了，我路上会当心的，你放心。”

莫非从上小学开始，早上一直由莫向晚挤出时间送到学校。可是上学期，他班级里的女同学们发起一个“大家一起去学校”的活动，早上一群女生不需要家长陪同，约定在某一处集合，一起去学校。带头的女生还取笑了一番要妈妈陪着来上学的莫非，这让莫非感到极为没有面子。

在开学的前几天，他就很严肃地通知莫向晚：“妈妈，我是男同学，而且已经二年级了，我可以自己去学校的。”

莫向晚虽不放心，可是不好打击儿子的男孩子自尊心，也就同意了，不过她也有要求：“你要和同学一起走，大家可以聊聊天，而且还能互相帮助。”

莫非就找了于雷等几个要好的朋友，还有模有样地规划了一下去学校的路线和大家集合的时间。莫向晚事先和于雷的父母打好了招呼，也就放手让孩子们自己行动了。

不过看着儿子独自出门，她心里总归还是有点牵挂的。孩子越来越大，总有一天会远离她的身边。她站在阳台上，看着莫非和几个同学一路打打闹闹，边走边聊，莫非还能记得提醒大家向右直行，不由露出欣慰的笑容。

莫非远远看到一辆漂亮的小汽车开过来，和几个同学来不及说“酷”，就看到车窗摇下来，四眼叔叔坐在里面。

于直也老远就看见几只“小青蛙”迎面走过来，莫北让他停车，他摇下窗口，就听见其中一个孩子冲着莫北喊“四眼叔叔”。

莫北笑着问他：“怎么这么早？早饭吃了吗？”

莫非拍拍肚子，“饱了。”

莫北就把手里的小笼包和粥放一边，又问：“妈妈不送你上学？”

莫非拍拍胸脯，得意非凡：“我们自己去。”

这一下于直的酷路虎遭了殃，莫北把那一串“小青蛙”全部放了上来。一路叽叽喳喳到了学校，莫非像小主人似的提醒孩子们不要碰坏别人的车。

到了目的地，于直按照小朋友们的指挥，把车停到校门口，小朋友呼啦啦全部奔下来，和莫北说话的那一个还朝莫北鞠躬，讲“代表同学们谢谢莫叔叔”。

莫北饶有兴致地问他：“怎么不叫四眼叔叔了？”

小朋友一脸古灵精怪，答：“叔叔今天只有两只眼睛。”

莫北也不恼，还笑眯眯地摸他脑袋：“记住了，以后都要叫莫叔叔。”

回到车上，于直握着方向盘直发牢骚：“敢情我今天当了一回校车司机啊！”

徐斯对莫北说：“你可记着小时候我叫你一声‘小四眼’，你半天没理我。”

莫北把小笼包塞到徐斯手里，烫得他“哇哇”叫。

于直从后视镜里看了眼同小朋友交流过后一脸满足和得意的莫北，问他：“你不会是想当人孩子的后爹吧？”

莫北笃悠悠讲了一句话，差点让两个朋友被噎住：“也许我是亲生的呢？”

他没有给他俩机会继续在自己的私人问题上打转，正了正色，莫北问道：“你们一大早来找我，应该不是特地来找我吃早饭的吧？”

徐斯和于直从后视镜内互相望一眼，都有隐忧之色。

于直先开的口：“莫北，‘世易’的案子你别跟了。没好处。”

徐斯点头：“历史的车轮滚滚向前，你何必去螳臂当车？自己找不痛快。”

莫北扯一扯唇角：“如果我偏要当这只螳螂呢？”

徐斯提醒说：“螳螂捕蝉，黄雀在后。”

“‘黄雀’找你们了？”

于直说：“没，我们就听到一些风声。人国外资本家想要来送钱，谁断这条财路，谁不是找事？”

莫北抱胸，“嗯”了一声，讲：“你们就当我皮痒了吧。”

莫向晚最近的工作安排得都比较顺，莫非上学以后，她工作时的心思反而集中，不用老担心儿子在家里闯出什么祸来。

她给莫非报了他们学校的晚自习班，有老师带着做作业和补课，傍晚还能有一个小时的运动时间。

那两次莫北的指责，实在打到了她的痛处。为了莫非减少应酬，她可以办到，可为莫非创造更好的活动空间，现阶段实在很难办到。

她同葛老师提过意见，葛老师面有难色，讲：“学校的规章制度，我们真不太好提。如果家长有这个意愿……”葛老师支支吾吾就不说了。

莫向晚自然明白，作为职场中人，她能够理解葛老师的难处。于是她先和于雷的父母商议，能不能打电话给校长，希望他们在课余时间开放操场给同学们活动。

没想到她这个提议受到了许多家长的赞同，他们都情愿孩子在学校里运动，而不是放学在外头闲荡。这样一来，气势就壮了好多，莫向晚作为学生家长代表，给校长致电，十分中肯地提出了意见。

这间小学的校长还算能够接受意见，于是放学后操场开放时间延长，不过他提出了晚自习班收点心费，因为学校还想给同学们供应牛奶和点心，价格当然较市价高一些。

然而价格再高，莫向晚也会付的。现在的机构处处讲究经济效益，总能立出各项名目来收费。但老师付出的精力和时间也是实打实的，按劳付酬，实属应当，她没有多作计较。

况且，莫非下午到晚上的时间有了归属，她就有空出来的时间去念夜校。

莫向晚在莫非上学之后，也开始报读大学自考班。书本她是丢了好多年的，再捡起来，格外费力气。因此她能不缺课则不缺课，全部作业都做得认认真真，是班里最刻苦的一个大龄学生。

她的《市场营销学》的老师正是在师大市场经济研究中心里任职的冯研究员，她在课余兼职教一教自学考的课程，遇到的学生泰半是混文凭的，因此莫向晚此类真正刻苦用功的学生，她会记得牢，也愿意多给予一些信息和帮助。

这天她就提醒莫向晚："晚上 6 点在师大的正辉堂有个案例研讨会，讲中国企业品牌价值评估的现状，有空来听听，我借你一张学生证。"

莫向晚看一看手表，听完课正好去学校接莫非回家。她很感谢冯研究员，冯研究员笑着说："似你这样拼命念，到三十岁后就能去考 MBA 了。"

莫向晚微哂："还是觉得时间不够，以前荒废太多了。"又小心翼翼地问，"我行吗？"

冯研究员鼓励她说："没事儿，'朝闻道夕死可矣'。到时候我介绍几个好的老师给你补课，用个一两年准备，我相信你能办到。我们学校和欧洲的商学院有合作，考来我们这里很不错的，学费还比复旦、同济的低，反而实惠。”

莫向晚在心里算了算时间，恐怕那时候莫非在考初中，她的时间还是需要做出取舍，但她依旧衷心地说“谢谢”，再三说“会仔细考虑的”。

在听讲座这日，莫向晚把工作安排妥当，提前抵达。她先去了师大的图书馆里自习，图书馆在一栋老楼之中，莫向晚在这里有个固定位置，是在靠门边光线最暗的一块区域里最角落的座位。故而，她每回来上课都会带一个便携式的 LED 阅读灯。

这是莫向晚谨守的规矩，她不是这座校园里的正规生，是要低调的，不能太占用学生们的资源，在装扮上也不能太高调。她来上课时不会穿职业装，也不戴眼镜，就是普通格子衬衫加一条牛仔裤，背一个淘宝上几十块钱的帆布包，把头发用一条黑色橡皮筋松松地扎在脑袋后面。

但还是有男生来到这样不起眼的角落向她搭讪。

男生问她：“嗨，有没有空参加晚上的开学舞会？”

莫向晚不得不应付，她认得眼前的男生，上个学期他来同她打过好几次招呼，那时还满脸稚气，今次见到人长高大不少，浓眉大眼的，能让莫向晚想到念大学时莫非的模样。

对付这种男生，她上学期的做法是摇头回避，不多说话。可过了暑假两个月，男生死心不改，这样问题就严重了。她就这一回就实话实说了：“你搞错了，我不是这里的学生。”

男生大大方方坐到她的身边：“我知道，没有一个系有你这样的女学生。”男生用几分情动的幼稚得意地揭露，“你是自考班的。”

莫向晚听了想，现在的孩子都是“克格勃”。

男生还在说：“但那又有什么关系呢？”

莫向晚只好无奈笑着再说：“我都三十了，小弟弟。”

这个小弟弟“啊”了一声，这是他没有想到的，火烧了屁股一样“腾”得一下站起来，不知道怎么说下去。

还是莫向晚给他解的围：“所以你们的舞会是年轻人的聚会，我去是不大合适的，是不是？”

小弟弟憋着话讲不出来，遭受的意外太大，只好道声“再会”扭头就跑，可能是真被吓到了。莫向晚摇摇头，收拾好课本，拿着冯研究员给她的学生证，往正辉堂走。

莫向晚走进正辉堂时，研讨会已经开始了。有个人站在讲台上说案例。演讲的人既不是师大的老师，也不是研究所的研究员。

她走进去，两个坐在最后一排的女生正窃窃私语：“政法大学毕业的执照律师到底两样，台风这么好，人又帅，比那搞经济运动的苏北老头强多了。”

“你别刻薄，周教授今朝感冒才让辩论嘉宾替的。不过人真是好斯文好帅啊！都说政法学院里雄性动物平均海拔没过170，原来是讹我们呢！”

莫向晚在最末一排找了一个位子坐好，听站在演讲台后的莫北侃侃而谈。

9月夏夜来临之前的最后一束阳光打进大礼堂，他站的那一侧正在阳光之下。阳光模糊了他的脸，莫向晚就当他是一个陌生的人。

他在讲一个中国本土企业通过品牌价值评估最后出售股权的案例。

案例的资料翔实，他也是熟知各类经济掌故的，完全脱稿口述。

时不时在关键之处停顿，微笑地望着下面，每个人都认为他的目光扫到了自己，这样温和又礼数周全。他的注视可以令学生们思考，他们可在此间隙记录下案例重点。

她从来没有见过这样的莫北，或说 Mace。如此挥洒自如，侃侃而谈，稳健持重。

末了莫北做陈词说："许多人认为，做品牌的至高境界在于卖掉它。或许对于企业主来说这是一种解脱，甚至是职业生涯的全新的开始。但请记住，获利是你们付出智力和体力的一部分，并非全部。高于此境的，还有品牌责任心。"

因为已经到了讨论时间，有学生乘机提问："您是学法律的，怎么会有这样感性的结论？"

莫向晚等着莫北回答这个问题。

莫北微微一笑："'感性'是个可爱的词汇，和'法律'并不冲突。在座各位未来营销人，当你们把营销大师菲利普·科特勒奉为毕生偶像时，请记住他的名言——'伟大的品牌能引起人们情感上的共鸣'。一切伟大的品牌都建立在消费者的感性认识之上，其次才是价值本身。我只是用我的法律思维论证你们偶像的结论。"

有人鼓掌，莫北把手抚在胸口，颔首表示感谢。

莫向晚反应过来之时，她亦在鼓掌。

莫北百无聊赖地坐到一边的嘉宾席位上，下面的学生热烈鼓掌，组织研讨会的季副教授在掌声中朝他使眼色。

季副教授的喉咙因为感冒发不出声音，临时需要找一个人代替他讲述冗长案例。莫北是被大学老师推荐来做案例法律咨询研讨的，组织者以为律师能言善道，让他去抱佛脚。

莫北一看案例，就想冷笑。

现今虚拟经济大行其道，玩转股权成立投资公司比苦心经营实体经济获利更多。他们要说国际金融体系下的中国企业如果把牌子打响，卖价就能提得更高。

白手起家永远是辛苦的，朝夕间赚一个盆满钵满才是王道。莫北心念一转就做了一个演讲的转折。

季副教授同他并不相熟，只知道他是朋友的得意门生，专攻国际经济法方向的行家，既有专业背景又能言善辩，应该不会出大娄子。可谁能想到他在第一时间就拆了台脚，急得副教授干瞪眼。

偏偏现在的学生又叛逆又愤青，对异化思想更感兴趣，被莫北把性子吊了起来，其后提问之犀利让可怜的嘶哑着嗓子的季副教授根本招架不了，还得让莫北代为发声。

莫北在看到季副教授使的眼色时，就晓得自己一不留神做了不合主办方意的出头鸟，后头总算及时醒悟收敛，给足副教授面子，对学生有问必答，句句都在原定议题范畴内，才没有冷场。

但论题也变得无趣起来。莫向晚记录了几笔，就不再做笔记了。

前面的女生也在可惜："开始说得好好的，怎么口径一会儿又统一了？"

"政法学院的师兄从令狐冲秒变劳得诺。"

"没劲。"

莫向晚看看正襟危坐着面对学生微笑的莫北，他的心思已经不在此地，还能把表面功夫做得煞有介事，和季副教授一个眼神就能充分交流，并代替发言，她就觉得好笑至极，心想，他可真能装。

莫北虽然坐得很正经，但实际上小差已经开了大半天。他不露声色地观察台下的学生们，然后他看到了一个人，他以为他看错了，再三确认才确定自己没有产生幻觉。

莫向晚穿得像个女大学生，坐在人群后面，时而仔细听讲，时而认真做笔记。不过也没有维持多久，她就开始伸伸腿，看手表了。

她还要回去做莫非的称职母亲，不应当在越来越无聊的讲座里浪费时光。莫北代她着急这个无聊的研讨会为何不快些结束。不过她并不迂腐，偷偷收拾了课本，要加入陆续溜走的学生大队。

鬼使神差，抑或莫北早有此心，他对身边的冯研究员耳语："晚上还有个饭局，实在得赶着去了。"

冯研究员早看出莫北心不在焉，又同己方意见不合，巴不得他早点走。

这样一来，他也从侧边下了舞台，有学生围过来要他的联系方式，说以后要向前辈多多指教。他讲"不敢当"，留的是单位的电话，又说"随时欢迎同学们来做法律咨询"。那样不需要他亲自答复。

莫向晚背好书包，走出大礼堂，天已经擦黑了。她看看表，从此地到莫非的学校要半个多小时，等她到时正好是莫非 8 点下晚自习的时间。她加快了脚步。

可是有人拦住她，黑暗里，她一下没认出来人。那人说："我还是想邀你参加我们的舞会。你还没有到三十，是风华正茂的年轻人，你不要把自己想得这么老。"

莫向晚先一惊后失笑，何至于姐弟恋现如今如此流行？眼前的少年才是风华正茂，一身青春，有执拗的脾气和相当执着的眼神。

她笑说："小弟弟，别开玩笑了。谢谢你的邀请，我真的没有空。"

少年说："你在害怕。"

莫向晚从礼貌的笑容变作失笑："我怕什么？"

"你为什么不敢爱？"

有人代替她回答了："因为她要去接儿子放学了。"

少年猛地一退，惊诧万分，叫："什么？"

莫北可不管他，从车窗探出头，管自问莫向晚："要不要我送你一程？可以早点接到非非。"

这正是莫向晚所急需要的，她能急己所急，不计前嫌，所以立刻准备上莫北的车。不过想起此间还有一位深情少年，就转头讲："小弟弟，我还是要谢谢你的邀请。不过我真的不适合参加你们年轻人的节目，希望你玩得愉快。"

莫北想吹一声口哨，可莫向晚坐了进来，他到底没敢吹出来。但他可以用毫无同情心的眼光看着少年的懵懂情感被击破，然后把车开得飞快。

这天的高架意外通畅，莫向晚又看手表。

莫北说："你放心，半小时内可以接到非非。"

听他提到非非，莫向晚本能地挺一挺腰背。这是一个防备的动作，莫北注意到了，但也当成没有看到。他讲："非非看到你提早接他，一定高兴。"

莫向晚很不想同他谈莫非，但这时的他是出于好意，且还用车送她。她心思一转，干脆当学生，转移话题问他："当一个企业经营不下去的时候，是否依旧需要维持民族企业的品牌责任感？"

这算不算是挑衅？

适才有学生问过类似的问题，专家答的是"这是一种'卖身求存'，从企业所处的实际环境分析，卖掉未尝不是一种好选择"。

莫北答她："好与不好，看卖掉的方式是不是合理合法，是不是对企业的可持续发展有利。"

"那么你并不是全力反对此举？"

“我只是反对做品牌卖品牌的谬论。打一个比方，你生下非非，但是后来把他卖掉……”

莫向晚几乎立刻动气：“我当然不会这样做。”

莫北偷眼望一望她。她的面孔气鼓鼓，五分娇憨五分霸道，心潮在起伏，连马尾辫都晃了一晃。他看一眼，又看一眼，还要避免着被她发现，太辛苦了。他也转移话题：“你在师大念书？”他看到她斜挎的帆布包，应该是当作书包用的。

莫向晚也能及时调整状态，答：“是的。”

车子下了高架，迎面遇见红灯。莫北在明灭闪烁的路灯中想，这个女人精力充沛，活力惊人，可真是百折不挠。他是不好比的。

莫向晚还有几分存在心底的好奇，没有忍住，问莫北：“你既然同别人话不投机，又何必参加这样的活动？”

莫北想，是啊，他又何必？不能婉拒别人的盛情，是他的至大缺点。他说：“人情关系的事情，你当我赚外快好了。”

“你可真闲。”

莫北不理她的悠然冷笑，说：“好了，差头司机完成任务，小朋友刚刚下课。”

莫向晚往外一看，果然，教室里有同学起立向老师鞠躬道别，她一眼就看见三楼一间教室里，靠窗坐的莫非正在火速整理小书包。

这种感觉是温暖的，她的心也柔和起来，面对莫北也就柔和了，道：“谢谢你。”

莫北早已习惯她的不冷不热反复无常，在她温和相待时，他就知道是能讲一两句“真闲话”的：“你这样打扮挺好，会让别人想不到莫非有这么年轻漂亮的妈妈。”

莫向晚没有理他，但也没有驳他，因为心里并不讨厌了。是的，是不讨厌。这样的话在她的耳朵里生不了刺，或许是安全感已滋生。

莫非跑出了校门，莫向晚走出车门，她步子一顿，刚才在想什么？恍惚片刻，莫非已经过来抓牢她的手摇晃：“妈妈，你怎么和四眼叔叔一道来了？”

这样一摇，让莫向晚把刚才的念头拼命忘却了。

莫北也下了车，对着莫非叹气：“叫莫叔叔。”

莫非歪歪头，讲：“你戴眼镜了。”

莫北说：“你妈妈平时也戴眼镜，你怎么不叫四眼妈妈？”

莫向晚又气又好笑，不过她不声不响，自有莫非对付他。果然莫非说：“妈妈是美女妈妈，叫四眼妈妈不绅士。叔叔是男人，男人气量大，随便叫叫没问题的。”

那也真就没有问题了，这个小朋友一心护着母亲，莫北的存心试探宣告失败，他邀请母子两人再度上了他的车。

莫非这天数学测验得了个一百分，但是也有忧虑，他把头靠在莫向晚胸口说：“妈妈，明天要考语文了，葛老师说要开始考作文了，作文题目叫《我的一家》，要介绍爸爸妈妈。”

驾驶座的莫北听了，微微侧头，被莫向晚注意到。她抚一抚莫非的额头，说：“你就写妈妈好了。”

莫非面有难色，着实忧愁，噘着嘴沉思半天，才问：“妈妈，我可不可以假装四眼叔叔是我爸爸？这样作文就可以写得好看了。”

他说完希冀地看着母亲，大眼睛里的渴望一览无遗，是这么多年莫向晚都未曾见过的，仿佛被打开了锁链的大宅门，忽地把隐藏的风光倾泻。

孩子竟然会有这样的心思，这是什么时候开始的？莫向晚惊得立刻就低吼：“不可以。”

莫北闻言转头望她。这又是另一副神态，他目光沉沉，看不出究竟，只是盯着她，也许想要看她的究竟。

莫向晚咳嗽两声，也觉失态，补充道：“这样是不礼貌的，怎么可以随便写人家呢？你们的老师也希望你们写一些身边的真实事情的吧？”

莫非还是噘着嘴，显然不乐意。莫北开口说：“没关系，作文也要做适当的美化，就像画画一样。”

“老师不会给刻意虚构的文章好分数。”

“所有的作文都是源于生活而高于生活的。”

莫向晚咬着下嘴唇，愤然了，盯牢莫北。莫北头都没有回，还问她一句：“莫非妈妈，你说是不是？”

这原本是她的惯用语，什么时候竟然被他学了去，还带着七分诚恳三分轻佻地说出来。

她身边的莫非看看四眼叔叔又看看母亲，小脸上满是为难。他低头对手指头，心想是闯祸了，让妈妈和四眼叔叔因为他吵起来了。妈妈从不跟人吵架，四眼叔叔也没跟人吵过架。这样做不大好，莫非在忏悔。

最终还是莫北妥协下来，他把莫家母子送到他们家门口，对莫非说：“还是听你妈妈的，小朋友做人要诚实。”抬起头来，还问莫向晚一句，“是不是？”

莫向晚烦乱地把莫非推进房间里头去，没有答莫北的疑问句，而是客套地拉开距离讲：“天晚了，又麻烦了你一次。”

莫北摇摇手，开了门同她说“再会”，再关上门。

莫向晚虚脱地关牢自家的大门。她就知道，同这莫北打交道，真是片刻都不能掉以轻心，他简直够资格当连环杀手。

她换了鞋子，才发现莫非托腮坐在饭桌前发愣。莫向晚敲敲桌子，儿子回过神对她说："妈妈，你可不可以让四眼叔叔当你的男朋友啊？"

马上被莫向晚喝止："又瞎七搭八地想什么呢？"

莫非叹气垂头："妈妈，我帮你挑了很久了。你不要像大妈妈的女儿晴晴姐姐一样，大妈妈讲她挑男朋友挑来挑去的，这样是嫁不出去的，以后没有人帮忙做家务的。"

他说这样的话，还学崔妈妈盯着女儿找男朋友时说话的那副神态，又把莫向晚给逗乐了。她边半推半抱莫非进卫生间，边讲："你这小鬼头，妈妈又不是晴晴姐姐。"

莫非乖乖捧着小睡衣准备洗澡，在莫向晚放水间隙，又多嘴说："妈妈，大妈妈说要帮晴晴姐姐报名《相约星期六》。"

他这样一说，莫向晚就知道他是什么意思，心想，以后可不能让孩子多看什么情感类节目，还是看动画片比较安全。

她在莫非脸上亲一亲，讲："好啦，你别学大妈妈瞎操心了。你就是妈妈的小男朋友，妈妈不要其他的男朋友。"

莫非脱了衣服泡进浴缸，对门外的莫向晚讲："可是我还不会洗衣服哎！"

莫向晚说："等你十几岁你就会洗衣服了。"

莫非想的是，这可不行，还是明天问问四眼叔叔会不会洗衣服。

安置了莫非入睡之后，莫向晚也洗了澡，又把衣服洗了，还为次日早餐做准备，在电饭煲内熬了白木耳。这样一忙，又是腰酸背痛，还有一股油然而生的凄惶。

人生路道艰难，她以为有了莫非就可以捱，可是，莫非想要爸爸了。这么丁点大的孩子，是希望有坚实的、比母亲更为牢靠的依靠的。

她并非万能，更非无敌，也有不可为的地方，她一直都明白，只是一直以为自己能够弥补小莫非，但不曾想到这条缺憾如此明晰。

莫向晚把眼一闭，不想其他，先敷一个面膜，抵死要在次日上班时光鲜照人。

六、掩盖不如坦白

莫向晚在早晨 9 点到公司，一进办公区就听见宋谦正心急火燎对邹楠吼："这桩合同你们是怎么跟的？梅范范的经纪人那边有人发了邮件给各媒体，10 点钟开发布会。"

邹楠急得眼泪直流，她说："当时签得急，我们也不知道……"又被宋谦劈头一阵骂。

莫向晚一边走进来一边说："梅范范合同我紧急跟的，正本法务过过目，附件还没签。她要开发布会做什么？"

宋谦气得青筋凸起，甩掉手里的簿子，说："做什么？她声称签了不平等条约，片酬低，档期紧，让她错过拍文艺片的机会，她要解约。"

莫向晚大吃一惊："什么？什么时候的事情？"

"一个小时前。要不是我的记者朋友通风报信，我们都要被蒙在鼓里。"他又拿起甩掉的簿子，"我谈台里的国庆晚会，刚把她塞进去唱歌，还在 4A 那边的赞助里给她选了推广品牌，她就给我捅出这种篓子！这下怎么办？她把我们都给耍了。"

莫向晚就手打电话给许淮敏，许淮敏也在叫："我就说合同有问题的，附件都没搞好就签了，上头只有报酬、违约金和年限，对她的演出、广告约根本没有列细。”

这时又有电话进来，邹楠接起来，隔着老远就听见电话里有人吼，邹楠怯怯地把话筒递给莫向晚：“是剧组那边的。”

宋谦摊手：“这下好玩了，我们因为梅范范把台里的人、4A、广告商和大导演都给得罪了。”

莫向晚接过电话，头一句话是：“郑导，您别生气，听我讲……”

那头拍历史剧的大导演脾气也大得很，根本不听她的话，京骂一开，没完没了，把莫向晚祖宗十八代骂一个遍。为今之计，她也只能随他。那头发泄完毕，把电话狠狠一挂。

这是一个错乱至极的早晨，四方电话不断，指责、谩骂、猜测一桩桩奔涌而来，整个办公室内的人都在低声下气做解释，全为一个梅范范。

莫向晚尚不能整理出一个头绪出来，于江到达事故现场，把处理事务的工作分配下来：“艺人经纪部跟进剧组那边，给我妥善解决方案，市场部同 4A 再去谈，张彬和我亲自去一趟律所。”

莫向晚震惊到无以复加，这桩事竟要劳动于江亲自去律所，等同闹上了官非。

宋谦说：“梅范范说我们的合同侵害了她的权益，她找上了有关部门去投诉。”

莫向晚几番深呼吸才镇定下来，梅范范最近的全部通告及电视剧拍摄工作均由她安排，不可讲公司的安排多合理，但因王导打过招呼，又是要上大片的新人，总比其他艺人要好不少。哪里会有这样大的劳动纠纷？

她不自禁问宋谦：“何至于此？”

宋谦恶狠狠地讲：“婊子难养。”

话到极致，非常难听，莫向晚听着都刺耳。她不管宋谦，先回自己的格子间，把梅范范的日程全部拿出来琢磨。

梅范范的新闻发布会在 10 点准时开始，热闹劲儿堪比当初签约发布会。去了现场的人回来咬牙切齿地转述：“美人哭得梨花带雨，将我等全部描述成牛鬼蛇神。历史剧剧组不把人当人，活生生害她错过拍文艺片的机会，因为没档期。”

邹楠听完惊叫：“开玩笑，王导演不要她了还能怨我们？”

莫向晚经过上午的混乱，此刻方寸已渐回转，又刻意理过梅范范的日程，对她的工作量是心中有底的，又想起先前许淮敏给她的信息，她向宋谦求证：“她最近是不是见过法国回来的那位大导演？”

宋谦答：“我听说是试戏。”

邹楠说：“郑导也是大佬倌，他们制片人说要我们赔偿，是我们当初拼命争取这个女二号给梅范范的。这个角色在情节里举足轻重，一线的红人丁苹都公开表示过有兴趣……”

莫向晚打断她：“丁苹现在哪里肯要这个角色，她最近和香港导演合作电影呢！”

宋谦建议：“你们有没有给郑导其他演员名单？”

邹楠答：“他气得要命，说我们给的都是不入流货色，还让他被别人取笑做了周扒皮。”

莫向晚蹙眉，但没有时间细想，又翻一遍最近的艺人日程，看到一人，计上心头。

她说：“齐思甜的粉丝总是嚷自家偶像被我们送去演偶像剧，没有出路，做电视剧小公主也不济事，我们这一次如他们的愿。”

邹楠说：“齐思甜现在还在戏上呀。”

“那边快要收尾，我们来协调。”

宋谦提醒她：“郑导正在气头上，他一直用学院派，向来看不起旁门路子混出来的演员，齐思甜是模特出身，你摆得平郑导？”

莫向晚摇摇头：“这是无奈之举。”再讲，“无奈之举，还是要举。”

宋谦说：“那你先摆平朱迪晨这只雌老虎再讲。”

果然如宋谦所料，朱迪晨听了莫向晚的建议后大发雌威，对她讲：“向晚，我是不是耳朵生疮了，你给我解释解释片酬减半是什么意思？”

莫向晚不慌不忙地解释：“并不是单纯的减半，是减半后，剩余部分按照利润提成。这也算公司对郑导演的补偿。”

“你倒是想做人情？”

“这部片子要卖去海外的，后期利润是可期的。”

“我不管什么后期前期，思甜的既得利益受到损害，工作立场之上，我等同其母，你说我能不能同意？”

莫向晚诚恳说道：“我晓得你带的人大多出人头地，思甜在偶像剧上头也是独当一面，但是她已经二十四岁了，小公主哪里能做一辈子？早谋出路，还可以让你有更多的施展空间。拍偶像剧的女演员保鲜期一过，转型岂不更加艰难？我当然相信你对她的规划是一等一的，但是现有一个更上一层楼的机会，不是更好吗？你讲是不是？”

朱迪晨静心在想，莫向晚对她手里带的艺人的情况了如指掌，分析得头头是道，她是认同的。

见她不语，莫向晚知她心意浮动，微笑说道：“你手里的大牌怕只有作为半新人的她肯降低片酬，又有好演技让导演满意。这样的机会也只有她才拿得下来。”

朱迪晨被说服了，不过不想多管闲事，讲：“我明天要带人去北京谈合作，这桩事交给你了。”

莫向晚在第一时间联系了片场的齐思甜，齐思甜听见是这样一件活儿，心里也犯怵：“会不会撞人大导演的枪口上做炮灰？”

莫向晚已经不想多同这班艺人废话，就讲：“炮灰也是我先做，你只要拿出你的本事亮一个相就行。”

邹楠打听好郑导动向，进来报告：“真是很巧，郑导下个星期一从横店过来，同那位蔡导谈事情，蔡导的助手说在‘四季’订了一个套房。”

莫向晚夸她：“好丫头，小特务做得不错。”

“蔡导人还真够意思，我说我们老大想要去蹭饭局，他说热烈欢迎。不过他们告诉我，郑导脾气不大好，现在还在气头上。老大你确定要去？不避一下风头？”

莫向晚站起来，说：“打铁要趁热，才能显出我们的诚意。”

她整理好手头文件，正好于江回来，气色灰败，张彬朝她摇摇头，她得到暗示，简略说了一下自己的计划，于江没有异议。

事后，她问了张彬一些情况，张彬讲：“还在处理中。这一次是着了梅范范的道了，王导的片子内定了角色，不是梅范范。不过她运道好，又被港台那位大导演看上了，要去拍人家的大制作。那位导演名下有公司，梅范范要从咱们这里滑脚拣高枝栖呢！”

许淮敏正在一旁，听了说：“那也不至于踩我们一脚。”

莫向晚想的是，等闲不如此，恐怕于江也放不了人。江湖面子谁不会要？于江亦不是一个好惹之人。梅范范食碗面反碗底得这么坚决，除非真是有了牢靠的下家。

这位范美，真真棘手。

莫向晚做好心理建设，安慰自己：“一定会过去，船到桥头一定直。”

她在和齐思甜见导演的那个星期一没有刻意化妆，而是吩咐公司里最好的化妆师去给齐思甜好好拾掇了一番。

齐思甜人如其名，因其甜美娇小，才为偶像剧的拥趸们追捧。但是她演戏时爆发力十足，这种原始的张力已被好几个同她合作过的导演夸过。她的粉丝都明白这点，只无奈公司对她的定位始终放在青春偶像上，而眼睁睁看她浪费实力。

朱迪晨不是不清楚齐思甜的实力，只是她一贯认为偶像剧可令齐思甜有更多进账，且她可以少操些心，进而将全副心思用在更有流量的艺人身上。这些莫向晚都思量了个清楚，亦是了解到齐思甜本人极富上进心，只等机会而已。

故此，她对齐思甜打气：“从偶像派到实力派，有时候就是差机会。但机会都是均等的，从不偏心谁，就看谁能在机会来临的时候抓牢它。”

听得齐思甜频频点头。

她们一同去了酒店，那一路地毯绵软，齐思甜脚踩细高跟，走得战战兢兢，好几次差点摔倒，都亏莫向晚及时扶牢。

末了走到包房门口，齐思甜讲一句：“向晚，我既然降了一半片酬，他们再不要我，我面子里子都会丢掉的对吧？”

就是这样的话了，莫向晚点头，齐思甜伸展好身体，本来娇小的体格好似平白长了几厘米。她讲：“这个面子和里子，我是不能丢的。”

来开门的是蔡导的助手，也是一个小姑娘，同邹楠相熟，邹楠才得来这么精准的消息。想到这一点，莫向晚突然发觉，邹楠也是顶会花工夫的小丫头。

房间里有好几个人，开了两桌麻将，有一桌正在洗牌，见到她们进来也不停手。背对他们的主位坐的就是熊腰虎背的郑导。

蔡导开她们玩笑：“两位美女光临，让我们蓬荜生辉。”

郑导并不给面子，头也不回地说：“于老板不敢来见我了？倒是让娘们儿上场。”

莫向晚站直身体，不卑不亢地讲：“老总今天又去劳动局报到了，前辈都晓得的，有些流程总要走好，才能更好地工作。”

郑导说：“那是他搬起石头砸自己的脚。当初拍着胸脯担保梅范范，现在鸡飞蛋打，可漂亮了？”

蔡导打圆场：“老郑，别吓到小姑娘。”

郑导这才扭过头来看她们，目光戳在齐思甜身上。齐思甜落落大方地展颜一笑，莫向晚心中一赞。

蔡导又打圆场，讲：“算了算了，人家小姑娘也不容易，这么着，就让莫小姐代替于老板给你赔一个不是？”

郑导说：“行，姑娘，让我看看你的诚意有多海。”他起身走到吧台，拿了一瓶酒过来，齐思甜见状，担忧地望向莫向晚。

那是一瓶黑方，莫向晚估量过自己的酒量，她是抵受不住的。

所谓无奈之举，还是要举，她自己讲过的话也是要算话的。她对郑导讲：“今天我就先代于总敬您一杯，请您给我们的新人一个试戏的机会，以后有机会，于总会亲自登门道谢。”

郑导拍大腿，说：“痛快，想不到你这小妞儿可以比一比东北妞儿了。”

酒是郑导直接倒给她的，她豪迈地接过来，一仰脖子干了。

后面的事情就昏沉了，就听见齐思甜在叫她：“向晚，你还好吧？”

蔡导在埋怨郑导："老郑你是越活越回去了，和小丫头们较什么劲？"

郑导说："我哪儿知道她压根儿就是一银样镴枪头，一杯黑方就倒的人。"

隔了很久，还有一把熟悉的声音在责备她："别人喝酒你赔命，什么值得你这么做？"

最后是莫非在唤"妈妈"。

莫向晚醒在一股粥米的糯香之中，咽一咽口水，喉咙如火烧。她动一下，有人在她床边，讲："作孽的小姑娘，你是不是想拼掉小命了？"

莫向晚对着坐在床头的管弦笑一笑，嘴唇干得很，笑得不大方便。

"还好，黑方又不是敌敌畏。"

管弦端来米粥，怪她："你别把于江的工当牛工打，我都没当他作九五至尊。"

米粥已凉了一会，莫向晚入口正好，恰如滋润甘泉入心头，她喝了好多口，精神头恢复了些，她对管弦说："拿人钱财，替人消灾。"

管弦要点她的额头："这种时候你还有江湖道义的话好讲，于江不就当初借你一万块养小非非？再给挂了个户口。我真后悔把你荐给他，这样当牛做马。"

此话不假，不过莫向晚并非如此想。

于江给予她的一万块正当其时，救回了她和莫非母子两条命。虽然钱是管弦去向他要的。但至几年后，"奇丽"创建，于江给予她的机会亦是不小。这样的年纪坐到这样的位子，她自当感激。

正如她同齐思甜说过的那句"机会来的时候要抓牢"，她抓牢以后，绝不会忘记给予机会的人。

秦琴曾提点她：“士为知己者用，才能展长才。”秦琴困难的时候从电视台内退，在红主播那儿受惠得助，一直铭记在心，讲，“最落魄的时候，他推我上了《午夜倾听》。”

莫向晚则想，她最落魄的时候，管弦同于江共同伸手拉了她一把。不管他们各自为人几何，她也铭记在心。

她对管弦说：“这是分属应当的事，没这么严重。”

管弦自嘲：“你对于江比我还要鞠躬尽瘁。他是好福气，哪里得来我们这两个痴人？”

莫向晚咳一下，管弦把话说得稍微有些过，意味不明，会让人别有联想。但说的人是她，也无须辩一个清楚了。

她转念想到自己的“心头肉”：“非非呢？”

“去上学了，你的邻居不错，开宝马送你儿子上学。”

原来是莫北，莫向晚无端端心头就一慌。

“你把齐思甜他们几个吓坏了。就这情形下，齐小姐还能在郑导面前演了一段绝好的，郑导当场拍板要下来。你没看走眼。”

莫向晚听后安心：“这样就好。”

“这群小姑娘个个有好眼色，哪里像我们这么憨？”

又是这话题，莫向晚还是不接口了。

管弦又催她吃两口粥：“蔡导跟人送你回来，通知了邹楠，邹楠来告诉我，我赶过来你已经到家了。你啊！一醉酒品就不好了，对着你们家的帅邻居一阵狂吐，人身上穿的可是 D&G 新品。”

莫向晚“啊”一声，这是不曾预料的。当时情景也已模糊，再回忆，脑袋里一片空白，只是脸上开始发烧，心里暗生惭愧。

“我要代你赔钱，人家不要。讲道理有礼貌，是个人物。”

莫向晚嘟囔："什么人物？那是个神经病。还穿什么 D&G，跟 gay 一样。"

管弦笑："gay 不 gay 我是不晓得，不过应该是好人。好了，我们不谈他。"她再说，"宋谦本来要来看你的。"

莫向晚头疼："管姐，我对他真没意思。"

管弦叹息："于江多看中你们俩啊！你对于江这么忠心，怎么就不接受他保的媒呢？做女人谈爱情是其次，谈婚姻才重要。找一个合适的老公，把这辈子过舒服了，也就对得起自己了。"

莫向晚半坐起来，先看窗外。此时残阳正如血，时光飞逝，离开昨日已过一整天。再大的艰难，经过时间清洗，亦可流逝。有些不留痕迹，有些留下烙印。

很多烙印，莫向晚不想再去回忆。她坐正身体，面朝夕阳，给管弦一个切实交代："管姐，我对婚姻没有想法。"

这个莫向晚，心思从来透彻坦荡，对她毫不掩饰，管弦能够明白她。她说："你太没信心了，你爸爸是你爸爸，你是你。"

"而且我想我不会爱上什么人，这件事情太困难了。再要接受婚姻，更加不可思议。"

"你是死脑筋，干什么必须先谈爱才能再谈婚姻？爱会消逝，婚姻却是能经营的，但凡能经营的，便是可持续的。"

莫向晚忍不住要反问她了："管姐，你这么明白，为什么还要想不通？"

管弦笑笑："我是太明白了。"她告诫莫向晚，"你这辈子不谈这些东西，当女人是会有缺陷的，而且也会内分泌失调。"

莫向晚掀开毯子下床，脚步虚浮，她跨一步，对着穿衣镜。镜子里面的人，经过长醉，此刻醒来，面色合格，又兼长发披肩，前凸后翘，是一流女人，丝毫没有内分泌失调的现象。

她站直身体，有无限自信，对管弦讲：“我不同意，我莫向晚，从头到尾，无懈可击。”

无懈可击，这是卖弄在外人面前的话。

管弦走后，莫向晚才是对镜自怜。

她的出工卖力，管弦以为她报于江的知遇之恩，同事们以为她认真负责肯担当，只有她自己心中如明镜，那不过是挣得口粮的方式。

而且是她生理和心理的双重口粮。

莫向晚堪堪在镜前立得稳固，只有更稳固，才能向前走得更好。

只是，她被黑方强烈的酒精刺激了脑筋，昏厥的那一刻，前所未有地渴望休憩。这样一睡就是一天多，是身体的本能反应。

莫向晚颓丧坐下来，骗来骗去，骗不过自己。

放在床头柜的手机响了一下，她拿过来看，上头好多条消息。于江、宋谦等发来的慰问，齐思甜发来的感谢，邹楠发来的会议通知，还有一个陌生号码，署名是蔡导，也是发短信慰问的。

蔡导挺逗，说她是女中豪杰。

莫向晚脑中有灵光，只一闪，那刹那想的是，做一个女中豪杰恐怕是无奈，谁不愿意工少钱多离家近，每天睡到自然醒？谁不愿意家和万事兴，团圆好过年？

昨日之日当真不可留。或许只是一盒老旧录影带，时不时被她暗中倒带，偷偷地看。她的少女时期，父亲爱护有加，如珠如宝地捧她在掌中。只是这温暖短暂，稍纵即逝。

她正胡思乱想，莫非小小的身子已冲进房间，喜悦大叫：“妈妈你醒啦？”

莫向晚抱住她仅有的宝贝，抱得莫非只皱眉。

“宝贝你不上晚自习了？”

“我要早点回来看妈妈。”

莫向晚放开他，问：“今晚想要吃什么？”

莫非说：“四眼叔叔会烧菜的，昨天晚上就是四眼叔叔烧的菜，糖醋小排骨很好吃的。”

莫向晚怔住，房间门口的那个人说：“你还是喝粥吧！喝粥养胃。”

莫北倒是好，T 恤的袖子卷着。难道还得让他帮她做家务？莫向晚马上讲：“你别忙，我自己可以搞定的。”

他讲：“你搞得定倒好了。”看她穿睡衣俏弱弱的模样，又不忍心抬杠了，马上弥补，“昨天晚上我和崔妈妈一道做的小菜，还剩一半，你热一热就可以吃了。”

莫向晚想，不要同他计较了，他后面的话是善意的，他是花了时间来照顾她和莫非的，而且她还吐脏了他的衣服，怎么说都是欠他一份人情的。

她就先道谢，莫北靠在门框上，发觉自己很讨厌老被这个女人道谢。她这样客气，客气得他们之间的距离无限地大。

莫向晚讲：“要么我帮你把衣服拿到干洗店去洗一洗？这个你一定要让我做的，不做我怎么好意思？”

这个建议莫北可以接受，正好他的那件衣服此刻还在洗衣桶里，是在等着今晚保姆来收拾。莫非揭穿了他，用小手握牢嘴巴对莫向晚讲：“妈妈，四眼叔叔很懒的，不肯洗衣服的。”

莫北被莫非揭穿，既没辩一句也没生气，把唇一抿，嘴角一斜，毫无所谓。

莫向晚暗地里看看他，又看一看莫非，想，他们都是顶会厚脸皮的人，莫非有时犯懒不肯做暑假作业，就是这副神态。

莫北说：“那么就是我不好意思了。”

吃过晚饭以后，莫向晚把莫北的那件衣服拿了过来。正好莫北的家里来了客人，她又搭了莫北一把手帮他泡茶，其中一个大胡子男人打趣莫北：“怎么好让你女朋友动手？”

莫向晚马上否认：“没有没有，我们只是邻居。”

大胡子男人没想到事实如此，尴尬了一下，还是莫北说：“这里邻居好，大家互相帮助。”

另一个客人就讲：“所以说远亲不如近邻呢！”

他手里拿了一卷卷宗，摊开在茶几上，莫向晚看到上头写的是“世易集团融资方案初稿”，她知道他有正事了，便先告辞。

回到家里，莫非在灯下拿着簿子神神道道地念着什么，她问：“明天要默书？”

莫非“啪”一下就把簿子合上，猛摇头：“没有没有，我作业做好了，妈妈你给我在订正本上签个名，我去睡觉了。”说完一溜烟跑进卫生间给自己放水洗澡。

莫向晚摇摇头，她先打开他的簿子看订正的数学题。莫非数学成绩一向好，不过错了两道乘法题，都是粗心做错的。再打开语文簿子，里头夹了一张测验卷，分数还不错，八十九。莫向晚看得很满意，粗粗一翻，卷子最末是作文题，总分三十分，老师给了他二十五分。

莫向晚看到他写的是《我的一家》，她看到莫非这样写他的爸爸：

“我的爸爸很忙，他总是不在家里。他头发短短的，戴着眼镜，上班的时候穿西装，开小 jiào 车。他开车遵守交通法规，从来不会闯红灯。回到家里以后，他还要工作，忙得就像陀螺一样（老师在这句话下面划了波浪线，说明比喻用得非常好）。有很多人来找他开会，他们一起讨论大事。我的爸爸是一名律师，就是电视剧里面，坐在法官下面，给别人辩护的人。我没有看到过爸爸在法庭里的样子，爸爸说他不太上法庭的，他要坐在办公室，回答许多人提的问题。他们说这种叫法律咨询（老师在“咨询”下面又划了波浪线，说明这个生词用得非常好）。”

莫向晚抓着试卷，又读了一遍。

然后，脑海里一片空白，有一星点的隐约的动摇。轻微、迷糊、不确切，再撕裂开来，切皮剥开肉，她不敢去证实。

那头莫非“噼里啪啦”一阵忙好，穿着小裤衩小背心跑出来同她道晚安。她像做贼一样把儿子的试卷再度塞进簿子里。

这一夜的莫向晚没有被酒精侵蚀，因此格外清醒。她在半夜里睡不着，又走到莫非的小房间，把台灯打开，微弱的光映着孩子的睡颜，纯洁而安静。

这是一个天使。她甚至在这一刻不敢用手触摸。

她在心中喃喃：“非非，如果你在这个世界上有一点点不满意，都是妈妈的错。妈妈没有问过你就把你带到这个世界上，对你是不公平的。”

风波过后，暂且平静。莫向晚回到公司正逢人事部管请假单的阿姨开始发工资单，她拉开细长条的白纸一看，抓住老阿姨问：“是不是打错了？”

老阿姨对她眉开眼笑：“莫总，你没看错。恭喜啊！”

数字猛然增长了十个百分点，这算意外之喜。连邹楠都为她高兴，下午茶间隙，吃着莫向晚请客买来的奶茶和蛋糕，对其他部门助理讲：“我们老大是拼命三郎，我要好好学习，天天向上。”

别人笑她：“你这马屁精。”

也有人买东西来孝敬莫向晚，是齐思甜。她从金茂君悦精饼屋里提来提拉米苏和用纸盒子装好的栗子蛋糕，送给莫向晚时还再三声明：“栗子蛋糕用的是进口的罐装栗子蓉，非非一定欢喜。”

莫向晚也是承情的。

齐思甜颇感激地讲：“谢谢向晚一直提点我。”

这份功劳莫向晚不去居，她说：“没有这一次，迪晨也会给你找其他的。这是苦差事，历史剧行头重，拍摄时间长，你是要吃苦的，酬劳又这么少。”

“吃得苦中苦，方为人上人。”齐思甜了然地眨眨眼睛，甜美得像只洋娃娃。

下午莫向晚又收到礼物，馈赠人是齐思甜后援会的会长，她的铁杆粉丝不知道从哪里得来消息，代替偶像谢伯乐来了。

莫向晚又感叹一次粉丝对偶像之爱的无怨无悔，拆开礼盒，是三大盒瑞士手工巧克力，一看就是国外带来的。粉丝和偶像一样花心思，礼轻情意重。

她预备一盒一盒带回家，不能让莫非一次性吃光光。

于江安排了她晚上的任务，告诉她要请郑导和蔡导一个饭局。地点让她安排，莫向晚知道于江这一次要讲一个排场和情调，好好联络感情，就把地方定在开在小洋房里的“名轩”，定的是全蟹宴。

这晚必定是要晚归的，她提前打电话给崔妈妈，央她接莫非回家，并照顾睡觉。崔妈妈满口答应，她安心下来，遂想一想，上网预订了一盒燕窝，准备拣一天送给崔妈妈。

晚上的饭局于江携伴列席，身边挽的不是管弦，是正牌于太太祝贺。

莫向晚同祝贺不算熟，祝贺对于江的下属也从不假以辞色。这是一个从小娇生惯养、生活一帆风顺的千金大小姐，长相也透着本城女性特有的那种娇柔，只是娇柔之中隐藏一股锐利的锋华。

于江挽着她，照顾得无微不至。

郑导、蔡导这样的名导演都对这位于太太礼貌有加，粗口收敛不少。

祝贺先在席上敬了两位大导演一杯，讲："我是行外人，从小看两位前辈的电视剧长大的，见到偶像实在是开心，所以今天催着于江一定带我过来。来来，我一定要敬你们。"

同为陪客的许淮敏后来在女厕洗手时对莫向晚讲："于总的太太总来做揩屁股的活儿，于总还真是缺不了她。"

许淮敏是祝贺家里的旧识，自是晓得许多。但莫向晚不想从她这处了解更多，便说："于太太蛮有风度的，镇得住两个大导演。"

许淮敏涂好洗手液狠狠搓手，颇为自得："那是自然，他们的电视剧想要一次性过审核，总归得求牢祝家。这个圈子里的人谁不是豺狼虎豹？但谁敢对于太太狠三狠四？"

于江尤其不会敢。管弦在祝贺面前，毫无胜算。

莫向晚郁郁不乐地洗好手，同许淮敏出女厕时，正巧祝贺走过来，她走到莫向晚面前，满面笑容："向晚，辛苦你了。"

莫向晚亦无所卑亢。

"于太太您客气了。"

"不客气的，没有你们这班得力同事帮助于江，'奇丽'不会事事顺利。郑导很敬佩你，等一歇你也敬郑导两杯，大家以后是朋友。"

莫向晚只可说："好的。"

许淮敏给她一个赞许的眼色。

她是打工的，需要跟牢老板，对老板家属一概需要照顾齐全。莫向晚不会不明白，重新回席，她就是代祝贺敬酒的，祝贺也就是要她代为敬酒。

郑导经过上次的事件，亦算良心发现，屡次讲："莫小姐，我干掉，你随意，随意。"

这样喝了几杯红酒，莫向晚倒也无事，只是频频要去厕所。

再从女厕出来，转过一处亭台，听见有人同于江讲话。

"资本运作这回事情是说不准的，投资公司的人都是精明角色，哪里肯轻易派钱？你先找内行咨询咨询。莫北专门接这种案子，你可以问他。"

于江问："莫北他明说了，我这里的融资案子，他就不碰了。"

那个人原来是蔡导，他奇怪地问道："这是什么原因？有代理费他都不赚啊？"

于江笑了一下："他接案子全凭喜好，连老江都左右不了。这回接下我公司的咨询顾问，还是因为要完成年销售额，但不包括融资业务。"

"莫北这个人脾气确实怪得很，虽然大家都说他为人不错，但软钉子啊也没少让咱们碰。"

"过于小心了吧他。他们家早些年犯过事儿，事儿一过，他老爷子势头大不如前了，他做人也就低调了许多。"

这句话听在莫向晚耳朵里，她在这些年头一次对于江的话立即起了反感。

蔡导说："不过他做的几个案子可不低调啊，明面上也是得罪人的。关老爷子的小孙子说他‘侠骨仁心’。”

“您又要拍武侠片了？买了几部梁羽生的版权了？”

莫向晚没有听完后面的话，她匆匆又回到席位上头。祝贺又使一个颜色，她同许淮敏再次向导演那边的人敬酒。

回到家里已经近了11点，莫向晚到底还是喝多了，走路有点冲，且睡意蒙眬的上到四楼，先停在楼梯口休息片刻，用手按一按太阳穴，往墙上靠一靠。

403的门打开了，莫北也在这个时段送客，还是前几天看到过的两个人，四个人打一个照面，搞得莫向晚怪不好意思的。她侧一个身，打一个招呼，让客人先下去。

莫北没有送客人下楼，只是简单道别几句。

莫向晚没有管他，转身预备拿钥匙开门，手在包里摸了好几下，一滑，钥匙掉到了地上。

莫北弯腰帮她捡起来，说：“早点休息吧！我看你在外面就要睡着了。”

莫向晚从他手里接过钥匙：“你也挺忙的。”

她一说话，他就闻到酒气，不知怎的就会不大高兴，问：“你又喝酒了？”

莫向晚拿着钥匙找锁孔，几次都找不到，心下着急，跺一跺尖脚伶仃的细高跟，没想到地上头打滑，险些摔跤，可口中还犟道：“只是喝了一点点，你看我一点都不像喝多的样子。”

莫北就在黑暗里看她一眼，这栋楼里的过道路灯时有故障。她跺一下脚，亮一下，一会儿又暗了。他还是能看清楚她眼圈之下淡淡的青黑。

从莫向晚这边看过去，只是纳闷这个男人精神头怎么这么好，镜片后的眼睛清亮，深幽幽的。她看不出来他的心思。

莫北拿过她手里的钥匙，帮她开锁。

“工作是工作，你不要老把自己赔进去。”

莫向晚拉下面来：“这话是怎么讲的？现在哪一份工作真的可以朝九晚五？莫先生不要噎我了。”

“你搞坏你的身体，倒霉的是非非。”

这话真把莫向晚给噎住了，被他手一搭，推进了门。她像只牵线木偶，呆呆脱掉高跟鞋，往沙发上一坐。也许酒精麻痹思维，让她的大脑瞬间产生了空白。

莫北给她扭亮了灯，看她这副样子，像极了当年酗酒后的草草。可是又并不全像，因为此刻她是懊恼的、自责的、省思的。当年的草草，眼底全是迷惘，还有无望。

莫北就先自说自话去了她家的厨房，水壶还空着，他决定先给她烧一壶茶。

莫向晚无力去管莫北，她只是觉得累，累得动也动不了。疲倦铺天盖地席卷而来，她闭一闭眼睛，稍微失了会儿神，就差一点真睡过去。

忽然她的跟前就有人说话，在问她：“莫非是不是我的孩子？”

恰如晴空闪了霹雳，莫向晚一个激灵醒过来。

“啊？”

她的大眼睛空洞了，恐惧了，甚至害怕了。

这不是一个好时机，莫北那时刻认为自己问错了时机。

静谧的深夜，煤气灶上的水壶里的水即将煮沸。莫向晚的心也即将煮沸，她眼珠子一转，把手搭在莫北肩膀上，扯出笑容来，说：

“Mace，哥哥，你怎么会以为我只跟你一个人玩过呢？”

她又是这样，冒刺，冒到他还是会忍不住用手去接近。莫北审视地看她，看到她脑门都快要冒出虚汗来，那头水壶的水已经煮沸，“嘟嘟”地直叫。

她眼睛下的黑眼圈益发明显，遮不住她眼底的惊恐。但她还是装腔作势地甜腻说道：“Mace，你不要白相（上海话指玩）不起好不好？”

莫北空出一只手来，像是要拍抚她的脸，让莫向晚本能就往后一退，但后面是墙，她退不了了。

莫北不管，还要再进一步，说：“草草，我是白相不起的，要么明天我们去民政局把证办了，当作你对我负责好不好？”

莫向晚微微张口，在“嘟嘟”声的催促下，她冒出一句：“你脑子有毛病啊！”

莫非揉揉眼睛，从他的房间里走出来，嚷一句：“水开了。”

莫北往后退了一步，他决定还是由他先退开。

莫北当然不认为自己在发神经病，他回到自己的屋子里，准备痛痛快快地睡一觉。

让莫向晚时刻担心他会抢儿子，不如让她担心身边多一个“神经病”追求者。起码“夺子战争”伤感情，而他老着面皮追求她顶多换几句“脑子有毛病”。

他不想看到她整天疑神疑鬼，防他似贼，心力交瘁的样子。她已经够累了，心理压力需要适当减轻。可这样一想，他又要反省了，自骂一声“十三点”。

但是追求莫向晚这个念头一冒出来，感觉并不坏。莫北关掉空调，打开门窗，凉风习习吹进来。

前天周末回到家里，莫太太又忙着塞照片给他看。他看来看去，心里有一个念头，照片上的女人没有一个比草草漂亮。

他把念头说出来："妈，你的眼光退步了。"

莫太太快要把眼珠子瞪出来了："你真把自己当皇帝了吧？还想怎么挑？"

莫北安抚母亲，"没，没，我只是随便说说。"

莫太太不同他随便说说，讲："我看你是挑花了眼了，有本事像于直那样轧这么多个女朋友，我也好放心，说明你还有这方面爱好。我现在是不管你的了，你爱跟谁玩跟谁玩，但是你怎么不该玩的时候随便玩，该玩的时候又不玩了？我还情愿你去玩玩。"

莫皓然在旁听到，喝止妻子，说她"又瞎扯"。

莫北知道父亲周末的时候会写几个小时大字，他素来热衷钻研柳体，力求方正。

莫皓然问他："老江告你的状，讲你不务正业。"

莫北给父亲磨墨，小时候他没有这样的习惯，直到父亲疗养回来，他洗心革面，回到家里，破天荒给写毛笔字的父亲磨墨了。

父亲那时候说："你有了这番心思，也算吸取教训。"

他很能吸取教训，并且一直以为自己做得很好。但如今同莫向晚一比，还存在很大差距。

莫皓然一直满意他的浪子回头，也满意他目前做的事情。他指着书房正东方的墙上挂的字说："你太叔公的好友——书法大师卓汉书留下的这句话时时鞭策我。好几十年了，经过战争又是'文革'，他们家千辛万苦保下这幅字。卓家的伯母在乱世里都能做到的事体，如今我们如果做不到，那就太讲不过去了。"

这陈年掌故是莫北自小听熟的。那一家世交真可算是一门忠烈了，父子都牺牲在抗日战场上，靠婆媳两人支撑度过艰难岁月。中华人民共和国成立后媳妇开了食品厂，做过全国劳动模范。

一个女人，失去了丈夫，一个人经历苦难，在社会上还能有立锥之地。女人的韧性也许从来都胜于男人。莫北几乎能够感同身受。

他抬头看那幅字，大字风骨铮铮，宣纸已因岁月的痕迹微微泛黄，还有数点斑驳的血迹，如今淡入纸内，都快成碧，衬的只是那几个字——“无愧书汉魂”。

他看一看，心里一荡，低下头来，还是对父亲笑着说：“都说老子英雄儿好汉，爸，我也不差。”

莫皓然指指他，只是摇头：“你自己小心吧！”

他晚上亲自下厨做了菜，都是父亲爱好的本帮菜，他酌量减了调味品的分量，把原本浓油赤酱的菜式改良到清淡适口。

这一手手艺也是父亲落难时练出来的。那时家里连保姆都辞退了，他和母亲四处奔走，母亲又犯了病，他把能担当的事情都担当了下来，因为环境会迫人。

莫太太依旧在旁絮叨：“你爸老讲古，死脑筋，你要记着，不准犯你爸犯过的错。别老以为什么人都可以得罪，他当年就是太把自己当清官了，做事情不讲情面，结果被身边人卖了都不知道。他平时连吃红烧肉都要吃方的，那有什么用？保身价才最重要。”

这话被莫北搪塞过去：“妈，你尝尝这松鼠黄鱼，番茄酱我没放多吧？”

保姆笑说：“莫北一回来我就要退休了。”

莫太太冷不防被他碰一嘴油，连骂“臭小子”，骂完再叹气，对保姆说：“你看看，我这个儿子上得公堂下得厨房，就不知道什么时候进洞房。”

莫北没有把莫向晚母子的事情同父母交代。这些天他翻来覆去地想这个问题，真的像莫向晚说的，要想出毛病来了。

莫向晚日防夜防，不过就是防着他来夺儿子。她这番态度明确的对抗举动，老早让真相此地无银三百两。她真是他遇到过的最倔强的女人。莫北想，自己也只好四两拨千斤了。至于为什么要这样做，他其实也还没想透。但是做莫非的现成爸爸，他实际上还是有点心虚的。

莫北在阳台上抽了根烟，往旁边的阳台看。这对母子都该入睡了，他守在他们的身边，生出来的是从未有过的责任感。

他把香烟摁灭，回到房间里开了灯，重新把最近的案例资料拿出来研究。

莫向晚这一晚实在是没有办法睡好，她左思右想，把毯子扭成了麻花。

她原是存着逼迫莫北说出搬来此处真实目的的心思的，但本能的害怕又左右了她的言行。一步乱，步步乱。每次一失态，她就恼恨自己情商太低。

她还做过万般筹谋，甚至做过对簿公堂的最坏打算。因为这些日子以来，她已经了解到他是多么难缠又多么难测。

结果他说要同她去拿证。这简直是国际玩笑！可他坦荡荡毫无玩笑之意，把拿结婚证说得就像吃大白菜一样。

当时的莫向晚整个人目瞪口呆，心脏差一点停止跳动。

莫非睡的半梦半醒，走过来竟然没有抱她，而是跑到莫北的怀里，蹭了蹭小脸，问：“四眼叔叔，这么晚了你怎么在这里啊？”

莫北答他：“叔叔在同你的妈妈约会。”

她闻言只能瞪眼，酒精让她舌头麻木了，她来不及即刻反驳。

莫非眼睛一亮，梦好似醒了，问："你要做我妈妈的男朋友啊？"

莫北笑嘻嘻反问小朋友："好不好？"

莫非差一点就要说好，可毕竟机灵，一回头看到妈妈的面孔板着，知道不该说的绝对不能说，但又是为难的，只好挠挠头，对莫北说："你问我妈妈好了。"

莫向晚想，她能不能够当即给莫北一巴掌？她的方寸大乱全因由他，她太太太不忿了。

可是莫北真的够老面皮，给她烧了水，还放了洗澡水，临走前讲一句："莫非妈妈，你好早点休息了。"

她要被活生生气晕过去。

这一夜，莫向晚是连入睡都觉得格外辛苦。早晨起来时，脸色灰得像值了一夜的班。她上了一层隔离后再上了一层粉底，还不够，用了高光和蜜粉，总算把脸色修正回来。

莫非这天没有等同学们一起上学，一个人拎着书包先出的门，等她走出楼房大铁门，就看见莫非从莫北那辆银色的宝马车上探出半个身子拼命打招呼：

"妈妈，你快来。"

莫北正靠在车上等着她，她踩着高跟鞋，"咚咚咚"走过去。

"莫先生你兴致老好的嘛！"

"等漂亮小姐总归要有诚意的。莫非妈妈，地铁 9 点钟那一班就要到了，你今天睡过头迟到就不好了。我送送你。"

她是睡过了头，因为昨晚五脏纠结。而害她睡过头的罪魁祸首却神清气爽，衣冠楚楚。

这太不公平，她凭什么就输了去？莫向晚把步子一顿：“既然莫先生你想麻烦，我也不好推辞了。”说完拉开车门，坐到莫非身边。

莫非的小脸上有止不住的喜悦，摇头晃脑地说：“妈妈，四眼叔叔说他不怕麻烦的，他可以天天送我们。”

莫向晚翻一个白眼：“你不是讲要和同学一道上学的吗？这才没几天你就坚持不下去了，当心被别人嘲笑。”

这是莫非一下没有想到的，当即就忧愁起来。

莫北说：“那么叫你同学一道来坐车吧？”

莫向晚冷笑：“有六七个小朋友，莫先生你真的想做差头司机啊？”

莫北讲：“还是免掉起步费的，养路费油费统统我出，莫非妈妈，这个上海滩恐怕没有我这么大方的差头司机了。”

莫向晚闭嘴不跟他说话了。

他现在完完全全是死猪不怕开水烫，太极拳打得比任何一个经纪人都要好，目的掩饰得比任何一个特务都要好。她根本不知道他到底想要干什么，既然不知道，再去惹闲话生气，那就是她自己发神经病了。

莫北也不知道自己到底想要干什么，只是突然发觉这样说话惹她窝着小火，他倒也挺乐。

他最怕她怯生生亦步亦趋亦彷徨的模样，让她上有一点无可奈何的小火，反倒有生气些。

他二人先把莫非送去学校，莫北又把车开到地铁口，像上次一样是没有一路送到她单位的。

这个分寸他还能把住，反而莫向晚没有忍住，下车前冷住面孔问他：“你到底想怎么样？”

莫北先下了车，给她开了车门，说："我的想法我已经讲过了，莫非妈妈，我只好等你考虑好了再讲。"

莫向晚走进地铁站前，再一次忍不住低骂"毛病"。

这个有毛病的莫北一反常态之后，她几乎无力招架。

Mace 是假象，之前的莫北也保留了实力，他一旦抓牢她的七寸，就制得她死死的，让她打也不是骂也不是逃也不是，做什么都不对头。

莫向晚是一路板着面孔走进办公室的，邹楠看见了，做事情不免就更加小心，细声细气地汇报最近的工作。

最近齐思甜正式去了郑导那边报到，莫向晚建议宋谦找媒体发几篇报道，宋谦一直推说忙，直到朱迪晨关照了，他才着手去组了稿子找了记者。

梅范范的事情下文意外简单，文艺片导演重新选了角色，就在梅范范发布会的次日发了通稿出来，梅范范加盟获奖导演的新片的消息是在三天后发布的。

时间衔接简直天衣无缝，曝光率让梅范范戏未出人先红。有个相熟的记者对莫向晚说："这种炒作本事，绝了。"

只是莫向晚还是觉得不大对劲，这样的炒作，忽悠一间公司三位导演，梅范范的本领也太强了点。

张彬在办公室里对许淮敏有指桑骂槐的意思："也不知道法务怎么当的？马后炮搞得乒乓响，让别人家跟在后面揩屁股。"

莫向晚在办公室里劝架劝了一个钟头，许淮敏眼泪流得稀里哗啦，抓住莫向晚的手说："这个人又不是我招进来的，做什么把责任推到我的头上？他人力资源部是做什么的？"

这让莫向晚心中一动，但她没有办法去逼问于江。倒是朱迪晨打来电话，问她：“你知道梅范范的新东家是哪一位吗？”

莫向晚明白她已探得虚实，“你就别卖关子了。”

朱迪晨报了一个名字，莫向晚真的被惊到了。

如果说“奇丽”是新近几年行业里头最出风头的艺人经纪公司，那么梅范范新签约的东家则是行业里伫立十几年不倒的龙头老大。在这个行业里，等级天然存在，只需高一等，即可压住人，高一等，她也没话讲。

朱迪晨问她：“向晚，你真的不知道梅范范底细？她说过她认得你。”

莫向晚不打算向她解释来龙去脉，只说：“她没出道前是见过的。”

朱迪晨便也没再问，最后讲了一句：“大概是于总得罪了什么人。”

或许这是最佳解释，于江被劳动局查出劳动合同违规，用工流程混乱，被罚了一大笔款子。他和张彬走过一些门路，但是似乎无用。

张彬由此气急败坏，绝对可以理解。

近来烦心事情真是多，莫向晚自己手头里的事情也出了点小故障，邹楠报告说：“有几个选秀新人上卫视国庆晚会的申请被否了，他们经纪人在协调。”

莫向晚一个电话打去卫视管演出的金锦文那边，人家丢她一句：“几个老牌流量才谈了下来，节目排不下了，你们这里还没红的暂且忍忍吧！”

莫向晚吞掉一口闲气，这等势利眼，她也不是没有应付过，她且退一步，讲：“他们是可以一起合唱的。”

“选秀的就一两年保鲜期，我们还是要看观众缘和收视率的。那几个你们还是多接接推广的好，唱歌没有一个不跑调，跳舞又上不了台面。你们体谅体谅。”

“先前讲好的，怎么可以说话不算话？他们都排练了很久了。”

“小莫你别跟我急，我要对收视率负责，其他的我不管。”

这可把莫向晚气得咬牙，她把包一拿，问许淮敏拿了演出协议，直奔电视台。

她并非头一回同这位金锦文打交道，她初进电视台打杂工，就跟在金锦文后头做助手。金锦文彼时做音乐台欧美音乐栏目的监制，作风尚低调，人又勤勉，对欧美歌手乐团的介绍非要好好做足功课才出节目。她是要做成绩的人，短短几年，混至如今大型晚会的制片人，亦有莫向晚佩服之处。

可随着职位和年龄增长的，还有她的脾气。人一旦有了霸道的地位和权力，是无论如何都不愿意丧失掉的。

莫向晚跑进电视台，直奔金锦文的办公室，被她助理挡了下来。

“Queen 在开会。”

莫向晚说：“我等。”

这一等就是五个小时，金锦文始终不出现，但几个新人的经纪人郝迈到了。他已走了几轮关系，摸到一些底，见到莫向晚，拉她到无人处讲：“这一下棘手了，事实上我们公司上的几个全约艺人除了徐陵，其他全部被砍了。”

“毫无转圜余地？”

“徐陵这里是上了节目，可说好的访谈节目也说排期排不上他了。”

莫向晚吸气又呼气。难怪最近脾气火爆的监制不来找她，也没有下通告了。每扇门都关一个死紧，偏偏她还不知道到底是因为什么缘由。

郝迈摇头："欺负新人虽然是常见戏码，但是打了招呼都不为所动，我不得不做他想。"

莫向晚也不得不做他想。她看一看手表，快到莫非放学的时间了。她在金锦文门口死跺两脚，事情棘手，她感觉难办。

郝迈都说："走吧，我们另寻出路。"

莫向晚说："再等一刻钟，人都过来了，总要有一个说法。"

好在金锦文在这一刻钟之内出现了，她见莫向晚他们还在自己办公室外面，一脸惊讶："你们怎么不到黄河心不死？"

莫向晚已是坐到膝盖发软，说："不讨一个说法，我们哪里能心死？"

金锦文无奈笑道："我就是吃不消你秋菊打官司的架势，被你缠上了就脱不了身了。"

还能这样开玩笑，莫向晚想，一般就不会是因为和她的私人恩怨了。她口气里不免带点委屈，同为职场女性，对方该会懂得。

需要示弱的时候，莫向晚一般不会逞强，她对金锦文讲："还是请你看一下合同，我们对待这桩事情很认真的。"

金锦文看天色晚了，对方也等了自己这样长的时间，心下稍微动摇，再被莫向晚一个委屈求知的眼神一感染，她低声讲："你们不过是打工的，还不是听上头的。小莫，我最最怕的就是你的死认真。死认真没有用，请看清现实。"

金锦文在公事上刻薄又势力，但说出来的话却实在。莫向晚也实实在在想了好一会儿，才能消化她这句话。这件事情原不是员工做得不好。"莫无敌"在现实前头也没有任何胜算。

郝迈在回程路上同她说："没事，江湖上的风浪，今天得罪这个，明天得罪那个，都是朝夕的事，谁说得清楚，说不定哪一天又一笑泯恩仇了。”又低声说，“上面不够意思，出了事都不知会下面一声，让我们做无用功。”

莫向晚又累又无力，头脑根本转不动。

莫非打她的手机，说早就到家了，要她早一点回家。她也想早些归家，家里变数才不多，才安全。

莫向晚回到自家楼房底下，抬头看到厨房的灯亮着，排风机也是开着的。她有点疑惑，三步并两步上楼。莫非兴冲冲跑来给她开了门，不等她说话就拉她到桌前。

桌上放的是四菜一汤，干净清爽。冷菜还是难弄至极的酒醉膏蟹，竟然也膏香色喜地摆了出来。

她第一个反应就是冲进厨房看一看有没有闲杂人等在，但是厨房里是空荡荡的。她问莫非：“怎么排风机开着？”

莫非趴在桌子上拿筷子，口水要淌下来了，他一边用筷子沾了一点膏蟹的料汁咂在嘴巴里解馋，一边说：“四眼叔叔老粗心的，忘记了吧！”

她就知道是他，“这全是他烧的？”

莫非点头，把筷子举起来，“四眼叔叔讲要等妈妈回来吃，妈妈，可以吃了哇？”

小孩子又饿又馋的模样她最受不了，只好点头同意。

莫非搛了一块膏蟹，先放到莫向晚面前，然后说：“为了谢谢四眼叔叔，我把我做的橙子水全部给他了。”

莫向晚看他那个小主人的样子，不禁笑出来，孩子还是有亲疏之分的意识，危机感少掉几分，她表扬儿子：“对其他人的帮助，我们是要感谢的。你做得很对。”

他只是其他人，不可让莫非将他当作自己人。

莫非扒了几口饭，又讲："妈妈，四眼叔叔家务做得很好的。"

他一说就小眼珠子转一转，莫向晚太了解自己的儿子了，她立刻就有招数应对："他不会洗衣服。"

莫非立刻苦恼，只好闷头吃饭。

莫向晚自己这样说，倒是想起来莫北那件拉风的 D&G 还在小区门口的干洗店里。她吃好晚饭洗了碗，去干洗店把衣服拿了回来。

那次去拿衣服，因为又脏又臭，她没仔细看这件衣服到底什么样子。这一回从干洗店里拿出来，才看清楚是亚麻 T 恤。莫北这个人穿衣服素来简洁明了，上班就是着正装，再拉风的牌子在他的身上都很稳重。谁又知道这种人肚子里弯弯绕的肠子这么许多。

他这样存心示好，做的四菜一汤，道道精彩。诚然本城男人会做家务并不稀奇，但他是为她做的，她就不免胡思乱想了。他的追求，她是不敢当的。她继续思考那天晚上伤脑筋的思考题，想，她至少先不用担心他要来同她抢非非了。

这大约是这一天如乱麻般的心间唯一值得安慰的结论。

莫向晚回到楼上就把莫北的衣服送了过去。来开门的不是莫北，又是上一次碰见的大胡子男人。他看着莫向晚直笑，说："莫北洗澡去了。"

莫向晚先是要收一收手，这样把衣服递过去，在外人眼里太暧昧了，可是没有这个理由，如何解释她来敲男邻居家的门？

这个人，老是给她出难题。

这样犹豫了几秒钟，莫北一边拿毛巾擦着湿淋淋的头发，一边走出来了。他没有戴眼镜，整个人都有一股随意的慵懒，看人时候微微眯一下眼睛。

他这个样子有她不愉快回忆的根源。在久远的记忆深处，像是冻鸡的男孩。那一串记忆钉在她极端不愿回首的沧桑往事里，是她今生的耻辱柱，还连接着少女时代的惨白。她以为会忘记，但是又一下全部涌上来。迷幻的五彩缤纷，圣诞夜的冷风，杳无音信的父亲一家。

轰轰烈烈，全数倾泻。

莫向晚把衣服往他手上一甩："你的衣服。"说完扭头就走。

她想她对他的抵触应当源于她以为那时候已经是 the end 了，可是因为这个人的出现，偏偏就变成了 continue。

无端端的气恼涌上莫向晚的心头，为什么以前的 Mace 没有这样难缠？被她诈进派出所的早晨走得爽爽气气，荒唐夜晚的早晨也走得爽爽气气。如果他像少年之时，事发之后不再出现，不让她尴尬，那该多好？

可这一次他没有。现在的他直接住进了她隔壁的房子，一副既可以同她把问题丁是丁卯是卯地讲明白，又可以磨磨蹭蹭磨洋工的模棱两可的样子。

莫向晚先是想得受不了了。她转着念头，再这样耗下去，是在浪费时间和精力，太没有必要了，她需要有一个主动的计较。

莫向晚闭着眼睛养了一夜的神，决定再破釜沉舟一次。

第二天早晨，莫北照旧送了早饭过来。莫向晚正在刷牙，满嘴的泡沫没有吐干净。莫非一听到门铃响就不管没穿好的裤子，穿着小裤衩冲出去开门。

莫向晚最近起得早，给莫非在家做早餐吃，让莫北的早饭好几次都白送。他倒也耗上了，干脆比她起得更早。

她在卫生间就听到他在对莫非嘱咐什么，"要吃饱了再上学""功课要预习”“以前写的错别字以后不可以再犯了”“英语课上要尽量和老师讲英文”等。

莫向晚一边听一边生起了气，他什么时候开始对莫非的方方面面关心到这个程度？或是她工作太忙，被他钻了这个空子？她胡乱吐掉满嘴的泡沫，擦一擦嘴走出来。

莫北蹲在莫非面前，耐心给他解释数学题。这简直是笑话，莫非的数学何时要人解释过？葛老师都说，数学老师直言莫非可以跳级去三年级上几何了。可是莫非把手搭在莫北的肩上，小脸分明听得过分认真。

一大一小，都很善于装样子。莫向晚不能容忍，她走过去，莫北蹲着就抬起头来，问一句："洗好了？"

莫向晚脑筋没别过来，本能地“嗯”了一声。

莫北说："那就快点吃吧！"

桌子上已经摆好了早饭，今天是皮蛋瘦肉粥，香得她腹腔都要似雷鸣了。

莫北还问她："衣服是在那家叫‘立得净’洗的？"

莫向晚蹙眉："是啊，怎么了？我检查过了，没洗坏。"

莫北站起来，把手里的簿子还给莫非，他微不可闻地叹口气，讲："你总是有本事把我当贼防。"

莫向晚的表情就是“难道你不正是吗”。

莫北不同她多计较，只是问："莫非妈妈，你有没有空讲几句话？"

莫向晚也正好有话，便说："去你那边。"

她又关照莫非几句，就跟着莫北去了他的 403。

莫北把门轻轻阖上，转过身先给莫向晚倒了一杯茶。他泡的是菊花茶。菊花茶似乎有安神之效，但莫向晚喝一口，心口还在猛烈地跳。

莫北在她对面坐下来，神色温和。初升的太阳照进来的阳光也是温和的，莫向晚被晒得暖洋洋的。

他用商议的口吻询问她：“我还是那个问题，关于莫非的身世。”

莫向晚闭一闭眼睛，她是有备而来的，不应该慌乱。可最后还是没有作声，用沉默作为回答。

这是莫北没有预料到的反应。在他的惯性思维里，她应该会矢口否认。但是她微微将头一垂，这是一个美好的弧度，就像易碎的瓷瓶。在他面前的她，竟然示弱了。

这一刻，莫北开不了再追问的口，心底却暗暗计较和确定，他尝试开口对她说：“我提的建议请你考虑看看，这样对莫非应该是最好的选择。”

莫向晚双手握着茶杯，指节青着，太过用力，也在紧张。

这样一句话是含蓄的，但她认为那之后藏着锐利的刀锋，她正被摁到砧板上被迫做出选择。或许他是因怜悯或责任，但目前的她真是不需要。她需要摆脱砧板上鱼肉的命运。

莫向晚深深吸一口气，用确切的口吻告诉他：“你不要有什么负担，我不要你负什么责任。这件事情从头到尾跟你一点关系都没有。”

她眼里的莫北脸上没什么失望或释然的表情，只是静静等着她说完这些话。他推了推眼镜，笑得很温煦，带着能够看出来的歉意。他说：“我年轻时候闯的祸不少，因此害到了你。我很抱歉。”

“这绝对是你想多了，我们本来就是陌生人，没有谁害谁的讲法。”莫向晚又喝了一口菊花茶，清了一清喉咙，继续说，“你关心小孩，我没有任何理由阻止你关心他。只是希望你不要想太多，你跟我在那个时候都有选择的权利，既然我们都这样做了，那么就不要再计较什么。如果因为小孩把两个根本不搭界的人拉到一起，是不好的。你说是不是？”

莫北想，她这样着急，自己是不可以说“不是”的。他便只问：“你不会阻止我继续关心小朋友？”

莫向晚迟疑了一下，他只要不关心得太过，她也真的没有阻止的必要。莫非这么喜欢他，短短一两个月就对他的名字不离口了。切断孩子的喜爱太过残忍，这是莫向晚权衡再三也没有办法下决心阻止的。

但她有一个要求：“你能不能搬走？”

莫北笑一笑，讲：“我还没有这么无聊，搬到这里确实为了工作，这么靠近你百分之七十是巧合。”

他是一个诚实到可以令人跳脚的狡辩家。

莫向晚并不甘心就此服输，她向莫北建议：“要么你当我们是离婚的好了，这样比较正常，我们之间也好坦然相处。”

莫北做一个哭笑不得的表情：“证都没有拿我就成了离婚男，莫非妈妈，你的建议我不晓得该不该接受。”

莫向晚再补充：“这样我也好向非非解释。”

这是她在夜里不能成眠时，思忖出的最大让步。莫非的身世，不可能在她肚子里藏到她肠穿肚烂为止。孩子一天大似一天，总有纸包不住火的那一刻。她梗着脖子，想了又想，不如就切切实实在莫北面前退一大步，说不定重出生天，可以以退为进。毕竟他们除了生下一个莫非，没有任何其他瓜葛。

可是这个莫北真真是个对手。莫向晚没有想到，莫北退的那一步会比她还要大。

他说：“你觉得有必要把一切告诉非非，你就去说。如果你觉得没有必要，就不用说。这是我的想法，在非非面前，没有人比你更有资格做任何决定。”

莫向晚瞠目，竟然就这么简单？

莫北又说：“我的建议不是开玩笑。我尊重你的任何决定。”

这叫莫向晚绝对讲不出话来了。

莫北也没有想到莫向晚会是这样的反应。这一刻的摊牌是他思虑好了的，不同于那一晚口头上的便宜，那是情不自禁。

莫北这个星期回到家里，陪着母亲看了会儿电视剧。最近电视台重播《孽债》，母亲又在重温经典。

他给母亲切水果时，电视机里的男人问男孩：“你说你是我的儿子，有什么证明吗？”

母亲连呼：“作孽的，认一个儿子还要看证明？有什么证明好看的？自己的种还不知道？这种男人最好去跳黄浦江了。”

他手里的水果刀一歪，差点没把手指头给削了。

母亲又说：“算了算了，我说别人家顶什么用？你连个孽债都没有。”

这个苹果削得比较吃力，他哭不是笑不是，叹气不是咳嗽不是。当完孝子，他当天晚上就回到租住的房子去了。

最近莫非会趁莫向晚不在来敲他的门，在他这儿厮混一会儿。这个孩子找的借口是问数学题。他明明是懂的，偏要装作不懂，腻在他身边写作业。

莫非有一些小习惯同他非常相似。他做作业的时候，低着头，眼睛离簿子很近。这不是好习惯，莫北小时候就因为这样才会上了初中就戴上了眼镜。

他会及时纠正孩子的不良习惯。有一回看到电视里放矫正坐姿的产品广告，他差一点就要买了。就是怕送给莫非又会刺激到莫向晚，现在他给他们母子买早饭，给莫非买零食，已让莫向晚到了忍受界限的边缘。

莫非吃东西不挑食，总是先给大人布菜，再选自己想吃的菜。这是一份好教养，莫北也有这样的好习惯。他厚着脸皮想，这也可能是遗传。可是心下承认是莫向晚教得好。

莫非某些细微的神态同他非常相像，撇嘴、蹙眉、挠头发，种种不一而足。而莫向晚方寸大乱的应战，反复无常的情绪，都让他在心里抽丝剥茧，愈加确定。

可是，确定之后，他开始犹豫了。

莫非昨天下午问他："四眼叔叔，你觉得我妈妈好看吗？"

他答："你妈妈是一个大美女。"

"那么有这样一个大美女做女朋友，是不是很有面子？"莫非终于把想问的问题问了出来。

这个孩子的一双眼睛像极了她，任何情绪都掩饰不了。他看出了莫非眼睛里头的渴盼。

他问孩子："你要给你妈妈找男朋友？"

莫非用力点头："妈妈下班回家很辛苦的。"

莫北揉揉莫非的头发，头发舒软。母亲也说过他，头发软，脾气好，肚量大。

这么小的孩子，为了自己的母亲，存着这样一份心思。这些天接近他，是在观察他、考量他，看看他到底适不适合当妈妈的男朋友。他觉得好笑之余又生出了隐隐的辛酸。

莫北问莫非："你要给你妈妈找什么样的男朋友？"

莫非讲得很坚决：“能给妈妈洗衣服、修灯泡、修煤气、通马桶、背米袋子的那种。”

他笑了：“你要找的是保姆阿姨。”

莫非词不达意，嘴里咬着铅笔，鼓着腮帮子为难。孩子没有办法很好地表达自己的意思，不过他能懂。

他与草草的最初，无关爱情，无关欲望。这样结合，生出这么一个孩子，他需要居在何处来处理？怎样做都是不妥的。

那一晚面对坐在沙发上就要立时睡倒的莫向晚，莫北头一次生出责任感。这种责任感有点莫名，但他唯一的念头是给她减压。

然后该如何？离答案越近，他越头疼。只有一点尚算明晰，就算确定了莫非是他的儿子，在莫向晚母兼父职八年之后，他哪里有立场从她身边带走他？这一份自知之明他还是有的。

莫北的念头一直模模糊糊，直到莫非对他说了这些话。

之前的几天，他还能睡得很好。听了莫非想要给母亲找男朋友的童言以后，他就睡不好了。半夜起来看了卷宗又上网，发现先前相亲的姑娘在线。

他有时会同她聊几句，朋友一样。

莫北从小就比较照顾女性，姑娘们都能同他谈得来。相亲不成功的，有的还能当朋友。可偏偏就在莫向晚这里触礁，他也有点想不通。

最近姑娘在恋爱，老是三更半夜等着在国外拍广告的男朋友上微信聊几句。

这样的情形，除了他十多年前同田西早恋时发生过，后来就再也没有发生了。他以为为一个女人彻夜难眠是这辈子几乎都不会再发生的事情，可是为了莫向晚，他居然在三十上头的年纪彻夜难眠了。尤其是想到莫非如果是他的“孽债”，他是不可以像电视剧里的男人一样，要孩子拿证明来确认的。

他问姑娘：“有什么‘孽债’式的言情小说推荐给我看看？”

姑娘打了一个大大的问号。

他又问：“就是那种父亲认私生子的。”

姑娘发的就是彻底倒地的表情了。

后来他收了一堆姑娘发来的言情小说，随意看了几本。做男人的不是把女人的孩子抢过来，对女人做限制性的SM，就是做陈世美，打死他也不认。还有的是《妈妈再爱我一次》的小说版，骗骗小姑娘们的眼泪水。

这些根本不具备任何参考价值。

莫北早晨去跑步，新村里头遛狗的老阿姨聚在一起聊天，不知道她们在谈什么话题，只听到其中一个讲：“这个世道，真的是宁愿跟着讨饭的妈，不要跟着做官的爸。”

他跑完两圈，买了早点，决定再同莫向晚认认真真地坦白谈一次。

莫北原先以为莫向晚还会负隅顽抗，他想他绝对没有恶意，会给予对方空间，但是需要的是她的一句实话。因此他还准备了不太善良的后招，预备用验DNA作为撒手锏。

他没有想到的是，莫向晚在坦白莫非身世的问题上转了一个弯，就这样平静地承认了。她从最初的心慌意乱，到如今的坦率直白，眼底的焦虑怀疑全部被荡涤。

莫北只觉得自己先前的念头太卑鄙了，也突然能了解她是凭什么熬过年少生子的压力和艰辛，又是凭什么在职场摸爬滚打坐上今日的高位。

对莫向晚，他是没有辙了。

如今莫北想来，自己还未婚，这是最幸运的一件事。他可以有更多的资本去补偿，只要他摆出足够的诚意。但他想好的却不是莫向晚所要的，他又一次错误预估了莫向晚。

莫向晚坐在他的面前，把真相倾诉以后，神态坦荡且轻松。

这也是一个光明正大的人，从不回避问题。

莫北突然想起中学时候学的一篇课文，依稀有一句话叫作“不做攀缘的凌霄花”，课文的标题叫《致橡树》。

七、唯你情怀如昨

莫向晚忽然就有了一种前所未有的轻松，仿佛死刑犯人突然听说皇帝大赦天下被放了出来。

莫北这个人也有她想不到的地方。她千防万防，如今看来，一切不过是小人之心度了君子之腹。他不推卸不逃避不进逼。这是他传达给她的信息。

莫向晚回到自己家里，莫非已经穿戴好了，整整齐齐背着书包正穿鞋。

莫非是个好脾气的孩子，就算有不听她话的时刻，最后也总会妥协。

这也许是遗传。

莫北的车照旧停在楼下等着他们母子。莫向晚下楼后，看到坐在驾驶座手里拿着财经报阅读的莫北，首次有了不好意思的自觉。

他见他们下来了，示意他们上车。

有小朋友跑过来叫莫非，是莫非的好朋友于雷。于雷看到莫北，睁大眼睛认了一会，对莫非说："莫非，你被受害人盯上了啊？"

莫非"啧"了一声，大声讲了一句话，登时让莫向晚脸上火烧火燎。他说："你不要瞎讲，这是我妈妈的男朋友。"

于雷“啊”了一下，惊讶地看着两个大人。两个大人都尴尬得不得了，如果是成年人还好解释，但对方是小孩子，还能解释什么？

于雷紧接着问莫非：“那你不是要有爸爸了？”

莫非大约意识到自己口快了，心虚地望一眼自己的妈妈，没答。于雷拍拍莫非的肩膀，一脸羡慕地自问自答：“这个叔叔人老好的，总归比我爸爸好，不会打你屁股的。”

于是莫北就同小朋友们搭腔了：“你们再聊下去，老师要罚你们立壁角了。快点上来。”

大男人在小男孩面前到底有点威信，两个小孩立刻闭嘴，乖乖上车，把驾驶副座的位置留给了莫向晚。

这一路上还好有小朋友们的叽叽喳喳，于雷大约是参加了市里什么活动的独唱竞选，表现很好，有被挑中参加一个大型演出的机会，故此十分得意。莫非为好友高兴，想了很多办法要让好朋友在最后的面试里脱颖而出。

把孩子送到学校后，莫北对莫向晚说：“莫非是个肚量很大的小孩。”

莫向晚微微一笑：“大约是遗传的。”

这也算变相在夸他，他的肚量也是很大的。气氛友好而和谐，莫北也不便再提自己的计划。

他还是把她送到地铁站，临末提醒她一句：“以后晚上要早点睡。”

莫向晚是进了地铁才拿镜子照了照自己的脸，照例是青皮蛋挂眼睛下面。这一把年纪万万不可再熬夜了，第二天身体立即还以颜色。

她到了公司，正好碰见朱迪晨和前台在谈什么美容院效果顶好。她就多问了几句，朱迪晨很是热心，讲：“我有相熟的美容师，手法一级，去黑眼圈有一套的。你这样整天劳筋动骨的，最好再做一个精油开背。”她还办了卡，也热心出借给了莫向晚。

莫向晚给朱迪晨介绍的美容师打了个电话，和对方约好时间。回头路过排练室，里面有人在排练，是齐思甜在背台词。

她在说这样一句台词：“你全身都是硬骨头，不肯去找庇荫，这样赤条条地在大太阳底下搏斗，值也不值？”

或许是她新接拍的历史剧里的台词，但在莫向晚听来，心头一动。

值也不值？她孑然站在此间，能够站得牢，或许就是值。现代女性，谁个又不是赤条条地在大太阳底下搏斗？

莫向晚站好，给自己一个看不见的微笑。

齐思甜看见门口的莫向晚，打一个招呼，莫向晚问她：“怎么今朝来这里？”

她答：“晚上有一个 party，邹楠通知的。”

莫向晚皱眉，经由邹楠通知的事情，她竟然不知道。

她走到邹楠的格子间，见她刚打完电话，便问：“思甜晚上有 party？”

邹楠赶忙站起来，解释道：“于总一大早进来，看到我就说晚上有个小型时尚秀，挺紧急的，要思甜和湘湘一起去。”她汇报完，又通知，“于总还说 11 点在大会议室有个紧急会议。”

莫向晚一看手表，还有二十分钟。在这间隙，她七手八脚接了好几个电话，又处理掉几桩着急的事务。

这一次于江开会，召齐各大部门头头，甚至有一向同业务不相干的人事总监张彬。因为天上砸下来一个大馅饼——于江拿到了市艺术节的开幕仪式承办权。这不仅仅是意外之喜，简直是扬眉吐气，一扫先前被梅范范惹出的是非的晦气。

故此，莫向晚也打起十二分精神应对，把可调拨的艺人列了一遍，看一看如何将自家艺人安排至最佳位置。

宋谦的策划方案中需要一个孩子领唱做收尾。“奇丽”并没有儿童艺人，宋谦建议：“市少年宫有个比赛，正在选拔好苗子，我们可以去借人。”

这也是一个好主意，莫向晚便着手联系，不过还是争取在这一天能早一些下班，去美容院给自己做一个整顿。

朱迪晨介绍的美容院果真不错，整间SPA馆开在金融大厦内，占足整三层。但朱迪晨的卡可以打三折，而且美容师是拿过相关奖项的。

莫向晚到的时候，她前面一个客人尚未做完护理，已又有三个客人在等候。莫向晚看一看时间，她想她或许应该在周末的时候再来。正准备打道回府时，手机响了起来，竟是莫北打来的。

他何时得来她的手机号码?

莫向晚还没仔细思忖，那头的莫北用商量的口吻问：“我今天想带莫非去玩卡丁车，上一回我答应他测验拿到双百就带他去的。刚才非非给我打电话，说成绩下来了。”

看来她的手机号码是莫非告诉他的。这孩子自认识莫北以来，的确相当黏着他，这令莫向晚顿生一丝失落。莫非拿了双百，第一个电话是给莫北的。儿子心里的那一丝缺缝，她始终无能为力。

但莫向晚没有想太久就很爽快地答应下来了。

莫北也许没有想到她会这样简单就答应下来，又加一句话：“我会督促他做好作业，9点之前一定送他回家。”

莫向晚答他：“好。”

这是莫北头一回发现莫向晚其实是一个动静爽利、相当豁达的女人。他衷心地说："谢谢。"

挂好电话，莫向晚想，今天的时间是天上掉下来的，她可以安心在这里等待了。她从SPA馆里备的书报架上拿出一本杂志，里头正好有自家艺人的专访。她逐行细看，又钻到工作里头。这样时间过得飞快，等看完全本杂志，差不多就轮到了她。

莫向晚揉揉脖子，想，也许真的要做一个精油开背。经年累月的专注工作学习和照顾儿子，她根本没有空关注自己的身体。

她放下手里的杂志又想，是因为莫非有了莫北的照顾，她才这么放心吗？这么想又让她有些恐慌。莫向晚把杂志放好，准备等待美容师的接待。

这时刻，前台有人小声争执了起来，美容小姐正作调解。

一个六十岁左右的太太正同美容小姐讲："是我先来预约的，怎么可以有人胡乱插队？"

她身边正在同她争论的女人讲："我们时间很赶，阿姨，你又不忙，暂且让一让，就当学雷锋。"

美容小姐两头为难，看来都是她的常客。

那位太太说："这不是让不让的问题，在哪里都要守规矩，没有规矩，哪里成方圆？"

"阿姨，请你帮帮忙，我们的时间耽误不起。"

这话已是相当无理而且霸道了，莫向晚认出了这个人。这个女人戴着墨镜，着一身紧身的吊带裙，蜜色的皮肤，浑身都有诱人的香气。正是如今炙手可热的戏未出人先红的梅范范。

莫向晚没有想到会在这里遇见她。

同梅范范理论的太太不是一个会吵架的人，只气的面孔板得紧紧的。莫向晚看不得年纪大的人被欺负，她且上前一步，向梅范范打一个招呼。

梅范范冷不丁在此处看到了她，既惊讶又带着几分慌张，不过片刻就冷静下来了，笑着讲：“晚晚，好久不见。”

莫向晚也笑：“最近好不好？”

梅范范用手当扇子扇一扇：“忙得很，你看，做一个美容都要争分夺秒。”

她身边的太太“哼”了一声，于是莫向晚就同这位太太说：“阿姨，你们双方都赶时间，不好耽误，如果你不介意换一个美容师，要不你试一试另外一位？我这里快要轮到了，可以同你换一换。”

梅范范闻言自然高兴，不用再同人争执，莫向晚言辞之间还给了她不小的面子。这位太太见有陌生人出来礼让，先是愣一愣，然后又说：“多谢你的好意，我确实不缺这点时间。如果这位小姐果真忙，我就让给她好了，无所谓的。只是这样插队到底应该不应该？”

梅范范直要叫，被莫向晚使一个眼色阻止了。她是什么身份？万一传出去，又是被人爆料的素材。

那位太太对莫向晚讲：“我们老年人时间多，不同你们年轻孩子抢，还是你先去吧，我可以等这位小姐做好了再说。”

这倒让莫向晚不好意思了。这时，门外走进来一个女人，先叫了一声“范范”，梅范范转头笑着对那女人说：“时间刚好，你先来吧。”语气甚是恭敬。

女人走近些来，看到了那位太太，竟然马上迎过来打招呼：“莫婶婶，这么巧？”

莫向晚看得一怔，心中一怵，想今天是什么日子，居然在这里遇到了祝贺。

祝贺最后才看到莫向晚，展开一朵坦然笑靥，招呼：“向晚，你也在？今朝额骨头高，碰到的都是熟人。”

莫向晚安定下自己的心，礼貌地点一个头：“于太太，你好。”

于江太太祝贺，穿一身看不出是什么品牌的无袖丝绸长裙，比梅范范一身露胸又露大腿的名牌衫要矜贵得体。人也很金贵，笑容适可，眉头眼额的颜色一点都不显。她都没有问什么，看这边几个女人和美容小姐的光景，就能猜出一和二。

她用吩咐的口气对梅范范讲：“我们稍微等一等不碍事的。”又对那位太太讲，“莫婶婶，真不好意思叫你见笑了，因为今晚要赶 9 点的飞机去威尼斯，我这位小姐妹着急了一点，请你多包涵。”

那位莫太太听了，脸色不管怎样也得放下几分。祝贺是谦虚恭谨的，对长辈的口吻是诚恳的。莫向晚看在眼内，这梅范范同祝贺就是野鸡和凤凰的差别了。

但近朱者赤，梅范范跟着就调节了神情和姿态，对那位太太道歉道：“对不起，对不起，我是真急了，明天就要赶到电影节和导演碰面，今晚这个班机是不好耽误的。”

莫太太摇摇手，看来是个宽宏大量的人，她讲：“你们既然着急，就你们先去吧！”

祝贺说：“这不好意思的。”

最后还是这间美容院的客户主管出来打了一个圆场，这都是她认得的老客户，她逐一给安排了美容师接待。

祝贺又同莫向晚寒暄几句：“这两天又要忙了吧？不过也别老围着工作转，女人是要保养保养的。”

这位于太太同人说话总是用这么一副温情关怀的面孔，没有架子，但也不远不近，教人如沐春风。这也是一等一的本事。

莫向晚简短回答了几句，也是不同她多讲的。距离到底还是有的，她没有义务同老板的家人过分亲近。

那位姓莫的老太太刚才受到莫向晚的援助，一直不得机会感谢，在这间隙，朝她笑一笑，目光慈蔼，莫向晚也回报颔首一笑。

她们分别去美容室时，梅范范特地留后了几步，在莫向晚耳朵边上讲了一句话："晚晚，这个于太太是有通天本领的女人，你觉得是不是比于老板更胜一筹？"

这句话等闲是太过嚣张了。莫向晚有些惊讶，但一想，此间美容院经由朱迪晨介绍，那也必是这行里的熟人常光顾的，祝贺能和梅范范跑来此间做友好姐妹，根本不怕被人发现。

她这样光明正大，从容不迫。人前人后，哪里不是一等一？这一副姿态，管弦已是比之不上了。于江等同被扼住喉咙，大棒同萝卜，都在这个女人的谈笑之间。

莫向晚越想越是冷汗涔涔，细思恐极。她甩甩头，决定还是将今日情景抛诸脑后。她跟着美容师走进一间美容室，里头尚有两位太太正在一边做指压一边闲聊。

莫向晚同美容师沟通用什么精油护理时，其中一位太太讲："我才不去管我家里那位，他经年累月地劳累，家用不曾少给，玩个把女明星又算什么？这一笔花费不过就是去北欧滑个雪。"

另一位说："是呢，这也是娱乐把戏。包一个长期的，不过一个月花费三四万，一年三十来万让自己身心舒坦，赛过我等做指压。有些人提供的还是免费服务呢，那就更划算了。"

两人的语气娴雅，但是让莫向晚不舒服地耸了耸肩膀。好在她们已经做得差不多了，在莫向晚躺下来时，二人起身离开，这间房间内总算安静了。

美容师冰凉的手指抚到莫向晚的肩胛之上摁了两下，告诉她："有点硬，经络不通呢！”

莫向晚叹气：“每天工作十小时，忙得手足并用，竟然还会经络不通，身体真不给人面子。”

美容师笑起来：“因为压力大，身体才会警告你。女人要对自己好一点的，你瞧刚才两位多想得通？”

吓！美容师也是八卦本能，不过一句带过，还是把话题扯回按摩的本身。她们也有她们适可而止的职业道德。

莫向晚也适可而止地不再多念及刚才的人和事。随着美容师指上力度加强，她缓缓放松下来。

今天真是很奇怪，她没有及时回家，却对莫非并没有那么牵肠挂肚。他有一个可靠的人照料着，她的心理负担原来是会减轻的。她甚至觉得今晨的决定不错，能让莫非多得一份货真价实的疼爱，有何不可？

这一晚莫向晚实实在在地放松了，待做完眼部护理，已是晚上9点。她在美容院门口又遇到那位莫太太，她叫她：“小姑娘，真巧。”

这句招呼吓了莫向晚一跳，除了管弦，没有人会这样称呼她。她悚然一惊，才晓得心里到底还在担忧着管弦。

她也同莫太太打招呼说：“莫太太，您好。”

莫太太笑：“你记性倒是蛮好的，人也是蛮好的。”

她说完，来了一辆出租车，莫向晚拦了下来，替莫太太开了车门。莫太太看她这样礼貌体贴，更是展开了颜，说：“今天是要好好谢谢你的。”

莫向晚讲：“莫太太，你太客气了，我没有做什么的。”

莫太太问：“那两个是你的熟人？”

莫向晚不太想同陌生的人谈自己的私事，只轻轻点头了事。莫太太看出她的意思，心里想的却是，这个小姑娘待人接物极有分寸，冷面孔热心肠，倒是很难得。她还想问多一些问题，但此地不太合适，对方也未必愿意，就把这突如其来的心思给埋了，钻进车子里同好心的小姑娘道别。

莫向晚送走这位莫太太，才又招了一辆出租车，回到家里就见莫北坐在她的写字台旁看文件。莫向晚看一眼挂钟，才 9 点半，无来由地心头稍稍一宽。

莫北见莫向晚回来了，把手里的文件合上，夹在胳肢窝下头准备同莫向晚交接班离开。

临走前，他对莫向晚说："非非睡觉了。我帮他洗了一个澡，晚饭也吃好了。他的测验卷不需要订正，你看一下签个名。"

他交代得很仔细，莫向晚听了也就轻轻"嗯"一声。

他做得这样好，把莫非照顾得这样好，且还没有逾越到她的权力上头。他还问她："晚饭吃过没有？"

莫向晚被这样一问，才晓得饿了，但是她不会说出来，非要讲："吃过了。"

莫北说："那就好，我烧了饭，买了点熟菜放在冰箱里。如果你们晚上饿了，可以烧泡饭垫饥。"

莫向晚才要条件反射一样点头，莫北又讲："你是应该多打理一下自己，这样状态好多了。"

原来他都看出来了，莫向晚恼也不是，笑也不是，只得讲："好了，我晓得。"

莫北离开以后，莫向晚在卫生间里开了灯。镜子里反射出来的自己，面色红润，神采奕奕，仿佛年轻好几岁，难怪莫太太要叫她“小姑娘”。莫向晚看着镜子里自己神采奕奕的双眼，她笑着说：“这样也不错。”

人一旦减少些许压力，身休机能会像加过油的机器，运转良好。“女人要对自己好一点”，美容师的大俗话无错。

莫向晚又再次肯定自己的英明决定，至少莫北如今可教她放松。

真正放松以后，晚上也不再做梦了。莫向晚想，大约是休息得好。

自从莫北揽走莫非的早晚接送和早晚饭的问题，她的空闲时间确实多出一截来，不但课余的自学考的作业可以做得比较好，连家务也少做了不少。原来有人搭一把手，确实能够减轻负担。

莫非跟莫北益加熟络，他下课以后从崔妈妈家转移到了莫北家。莫北家里的两三位常客都认得了莫非，大胡子男人还带过肯德基全家桶给莫非。

莫北认为不健康，坚持不给莫非享用，最后由几个大人干掉。

莫非回到家里，像只小麻雀一样叨叨地把话说给莫向晚听，谈起莫北，一脸向往，小心地问母亲：“妈妈，你可不可以跟四眼叔叔谈朋友啊？他很好的，崔妈妈都讲他人老好的。”

莫向晚听不下去，一本正经地教训：“小朋友不要瞎三话四。”

最近莫北一直接送他们母子，同莫向晚一直交好的崔妈妈都特别关注到了。有一回她拉住莫向晚，说：“403 小莫对非非特别好。”

莫向晚讲：“他人好，看到小朋友比较照顾，和您一样的。”

崔妈妈坚持自己的第一直觉：“非非妈妈，我讲一句老实话。你一个人这么多年了，没有理由给非非爸爸守活寡的，有合适的人一定要考虑一下。”

莫向晚则无奈地想，原来并没有守活寡一说，旁人总将她的现状想得过于惨淡，孤儿寡母总是弱者代表。但这样的关心赤诚而坦率，她还得感激人家。

不过总让莫非坚持着这样的想法才叫可怕，小孩一坚持，就怕会幻想一些不可能发生的事情，希望越大以后失望也会越大。

莫向晚会时不时告诉莫非："四眼叔叔对你好，和妈妈会不会同他谈恋爱是两码事，懂不懂？你总是说这样的话，对四眼叔叔是不礼貌的，妈妈也会觉得为难。"

莫非拧着眉毛，口上是不说了，可把嘴巴噘个老高，因为心意没被母亲接受而相当失望，因此消沉了好一阵。

莫向晚为此大大头痛，她找了一个机会避开莫非对莫北说："莫非还小，我想有些事情不要让他误会的好。"

那时莫北刚下班回来，人还没来得及下车，迎面走过来的莫向晚就同正准备熄火拿包的他说这样的话，他先是没摸着门道，后来是看到她表情很严肃，眼神却很闪烁，望着他时竟有几分心虚。

这个女人，碰到关节问题还是会慌。他想安她的心，讲："我知道了，你不用担心。我会跟非非讲的。"

后来莫非果真就没有再提同样的话。莫向晚不知道莫北对莫非讲了什么，这样有效果。

其实莫北不过是对莫非说："你妈妈工作很累了，要你妈妈考虑一些很复杂的问题，她会更累的。非非以后不可以问妈妈太难的问题。"

莫非不理解，问他："四眼叔叔，你不要做我妈妈的男朋友啊？"

莫北微笑："当然不是。不过我有我的办法。"

莫非噘嘴，还是不理解大人的说法。

莫北没有再向小朋友多做解释，他答复莫向晚说：“莫非是个理解能力很强的孩子，你放心好了。”

莫向晚则想，她还是放心不下。

自与莫北和平摊牌，她总能发现莫非生活上发生的一些小变化。譬如他的小铁皮铅笔盒换成了最新式的变形笔盒，文具也越来越多，做完一门作业换一支活动铅笔，直到莫向晚看不下去，斥他：“心思野到哪里去了？做一个作业还搞这么多怪。”

莫非吐吐舌头，才能专心下来。

莫非的衣服也翻出了行头，他最新的运动衫是耐克出的儿童新品，面料不错，要一千多块一件。这样价位的衣服，通常是逢年过节，莫向晚才会买个一件两件给莫非。莫北却一气买了同款不同色的四件。

这一天大早，莫北又等着送他们，莫非穿着新衣服美上了天，坐在莫向晚身边左扭右转。莫向晚昨晚就看他身上这件衣服触眼，这回更触眼。因为莫非对莫北说：“四眼叔叔，我每次训练都可以穿不同的衣服，很灵的。”

莫北说：“你妈妈洗衣服很累的，不可以把新衣服弄脏。”

莫向晚就憋不住了，教育莫非：“你要想一想，如果你只买一件新衣服，明年穿旧了，可以再买一件，你就有新旧两件衣服了。可是你买了四件新衣服，明年就全部旧了，但是旧衣服又这么多，怎么能再浪费买新的呢？”

莫非被凉水一泼，不作声了，乖乖坐好，低头反省。

莫北从后视镜里看了一眼莫向晚，她正把额前的秀发捋一捋。这几天她或许睡得不错，面色比前一阵要好许多，只不过有时候对他还是使不出什么好脸色。

但莫北可不会管这些，送莫非到了学校以后，他微笑地同莫向晚说：“是我没考虑周到，你说的方法很好，以后我会注意的。”

莫向晚就没有理由发飙了。

到了公司内，宋谦同邹楠正等她一起去市少年宫选小演员。

“奇丽”最近针对艺术节项目又调用了各部门的人员新组了项目组。原先邹楠并没有被选进去，是管弦同莫向晚建议：“你一头管着执行经纪们那边，他们出的岔子你都要去救火，一边还要配合新的项目，事事亲力亲为。你得快些找一个能搭你的手跟项目的。我看邹楠就不错，你把她培养出来，自己能轻松不少。”

或许莫向晚已因莫北在生活上的搭把手产生了惰性，她思索着管弦的建议，有了几分心动。

都说强将手下无弱兵，邹楠为人处世亦是有她的一套，如果她能担下更多重任，她陪莫非时间便更有多余。这是好事，她便开始调整邹楠的工作内容。

但是对管弦，她还藏着一些话没有说。

管弦最近对于江的态度也是不冷不热，于江很少出现在“MORE BEAUTIFUL”了。最近这位老板的饭局是由祝贺亲自陪同，夫妻双出马，锐不可当。

管弦也未见得就此凄惨，她的“管小姐沙龙”依旧如火如荼，新近加入的是一位由美国镀金归来的投资人，投资了几间娱乐公司，旗下都是一线明星。已有圈内人士搭到了管弦的脉上，希望管弦牵一条线。

管弦也不瞒着莫向晚，讲：“现在人脉即财脉，钱财才不是身外物，人情账上积累多了，可以当作发年终奖了。”她点莫向晚的头，“只有你傻。”

莫向晚随和地笑笑：“我早说了，君子爱财，取之有道。”

管弦面容忽而忧伤：“我穷得只剩下钱了。”

莫向晚用一句书上的话劝导她：“没有许多许多爱，还有许多许多钱。”

管弦却说：“这个状态太理想了，做情人以这个为标杆，注定惨败。”

莫向晚心头有一阵凉意掠过，她想了想，问管弦：“管姐，那你想要什么？”

管弦手中拿一杯“血腥玛丽”，如同血腥欲望，她一饮而尽，不答她。这道题的答案在她心间，是不可倾诉的。她反问莫向晚：“你想要什么？时光如飞梭，明天非非就会长成大小伙子，不会再待在你身边。而你花期已过，一日日孤独面对人生，那是你的理想人生吗？”

莫向晚的心抽动了一下，不知是隐怕还是忐忑。这个未来是空洞的，她从不曾往深刻里去想。那是一个时光的禁区，如今她在一步步接近那禁区。

她害怕的是再次孤独。这重认知令莫向晚手心冒汗。

管弦说：“你不能因为一朝被蛇咬而十年怕井绳。呵！多么浪费人生。”

莫向晚不想深想管弦的这一感慨，她须得脚踏实地面对现实，故而，她决定先试试管弦的第一条建议。

邹楠亦是一个肯上进的人，她得知自己的新任务后，对莫向晚说：“老大，我一定好好做，绝不拖后腿。”还握一握拳头，更像小洋娃娃了。

他们一行人先去了市少年宫，看了歌唱班的排练。莫向晚眼尖，在孩子堆里看到了于雷。歌唱班的孙老师在此做培训已有十数年，经验丰富。他向他们推荐："有几个小朋友素质都不错，在市里的比赛拿大奖的。"

孙老师选了几个小朋友出来，其中一个就是于雷。他看见莫向晚，开开心心地打了个招呼。宋谦问："你认得这个小朋友？"

莫向晚答："他是我儿子的同学。"

这话也许让宋谦上了心，后来听几个小朋友现场表演时，他对于雷就格外关注了，问于雷的问题也多了一二。

邹楠在一旁认真记录下来，末了对宋谦说："几个小朋友里，叫于雷的表现最好。"

"是一棵好苗子，不过另一个叫崔浩浩的也不错，唱的没他好，但是比他镇定。"孙老师说。

回到公司开完总结会，于江决定把几个合适的孩子都选来进行训练，再挑选领唱。

莫向晚回到家，莫非正捧着电话讲得眉飞色舞。他神采飞扬的样子顶好看，眼睛都能闪出光来。她是怎么看都不会厌，就干脆坐在莫非的对面，一边叠着衣服，一边看着儿子。

可是越看，她越是发觉他长得像莫北，说话前会轻轻抿嘴，思索时候眼睛定定地望住一个方向，替人开心时又扬起眉毛。

莫向晚想，等他再大一点，是不是会更像莫北？她以前是没有细究过莫非同 Mace 之间到底有几分相像。但是这几个月莫北总是晃在眼前，她被迫地把他这个人熟悉了个便，然后不得不承认，莫非的身上处处有他的影子，他的卖相，他的脾气。

她要把莫非父亲这个角色全然擦拭干净，那简直不可能。

莫非讲完电话，跑过来问莫向晚："妈妈，于雷说你们要选他到艺术节上去唱歌啊？"

"是啊，他表现很不错。"

"那当然，于雷是唱歌天才，以后会做帕瓦罗蒂。"

"非非连帕瓦罗蒂都知道啦？"

莫非不喜欢被母亲当小孩子对付的这种口气，他纠正说："妈妈，你应该说，非非的知识很渊博。"

"渊博"大约是莫非新近学的词汇，他会在日常生活中用一些最近学到的知识，包括词汇。就像上一次用了"敷衍"，这一次是"渊博"。莫向晚表扬莫非，说："非非在进步。"

莫非用力点头，又说："我已经跟四眼叔叔讲了，我要把四件衣服放好，今年穿一件，另外三件明后年穿。"

莫向晚笑起来，心下也释然了，说："这是叔叔的好意，你就穿吧，明年非非会长得更高，衣服就穿不下了，会浪费的。"

"叔叔这两天很忙，好几天都很晚回来。"

莫向晚问莫非："你是怎么知道的？"

"晚上上厕所的时候听到了叔叔开门的声音。"

莫向晚便说："你知道叔叔很忙，就不要有事没事缠着叔叔了。"

她想，她把禁区一开，莫北同莫非的感情一日千里，他将夹在他的双亲之间，早晚会有苦恼。这么一想，莫向晚首次有了些仓皇，不知道现在还对莫非瞒着身世到底是对的还是错的。

在晚上倒垃圾时，莫向晚在楼房门口花坛边遇见晚归的莫北。他靠在车前讲电话，莫向晚依稀听到几句。

“承他的好意，金融风暴来之前，我早跳上小舢板，目前回款足够再买宝马新出款，不需要劳驾锦上添花。这件事情我们本来就是公事公办，我的委托人相当坚持，我受人之托，要把事情做到位。

“江老，我只是给他们做合同条款，其余的有他们寻的投资对象过手，是不是想要同‘百达勤’正面过招我也不知道。

“我的建议一直是‘百达勤’可以购买‘世易’的股份，但合同附件上头必须明确所有的标底和项目进程。江老，你也是清楚的，许多国内的企业通过外方投资引进生产线，单年折旧费就要达上亿元，关键设备和配方还须向外方买，让外资可以用核心配方和原料遏制本土企业的竞争。世易肯吸取教训，提出把这部分条款同对方再谈判，并不过分。

“‘百达勤’如有诚意，就不该学上海人捣糨糊这一套，应实实在在谈条款，而非去做外资委的功夫，这是你忽悠我，我忽悠你。”

莫北的声调一直很克制，但莫向晚能听出他隐隐然的怒意。

他是一个几乎让人以为他从来不会发火的人，她就是这么以为的，他是个天生的老好人，她能用冷面孔对付他，仿佛也是吃定他这一点。

可他现在讲电话讲到一只手用力撑在车身上头，握成了拳，浑身挺得笔直。讲完电话后，他一个人在车旁站了一会。

莫向晚丢了垃圾回来，他还站在那里，双手插在口袋里，靠在车身上闭目养神。

她走近几步，在想是不是要打招呼时，莫北已经睁开眼睛，看到了她。他说：“莫非妈妈，这么晚还出来？”

她答：“倒垃圾呢！”

“嗯。”

见他没有要上楼的意思，莫向晚不由问：“你不上楼？”

莫北说：“我乘一歇风凉。”

这时是已近 10 月的初秋，虽然整个城市尚无秋色，但夜间已有秋风。他穿一件单薄 T 恤站在风口里，他的身体本来就很单薄，莫向晚觉得有必要友情提醒他：“站在这里会着凉的。”

莫北没有动，依旧凭车立定。他的身后是万家灯火，像是黑夜里闪烁的星辰，被乌云遮蔽一半的月亮把明灭的光洒落下来，落在他的身上。莫向晚看见他的目光澄清如月色。好像某一夜的记忆，她记得那夜他的眼睛，和此时此刻一样。

原来他也有一身的清寂，平时外人难以察觉，而他一直掩盖得很好。莫向晚一想，一恍惚，一流连，就被莫北捉到了她失神的瞬间，他也情不自禁地说道：“莫非妈妈，你这几年太辛苦了。”

语调轻缓谨然，如同秋风里带的一丝真诚的暖。

莫向晚从来不觉得自己的辛苦是辛苦，这么些年，孤身上路，赤手空拳，让自己学盘古给自己开天地。身边的朋友个个有惋惜和体恤的意思，但他们并不能全懂她。她想要说自己是心甘情愿，再寂寞冷清亦可承受。

但是眼前这么个人，与她共同用精血创造了一个孩子，仿佛因此就有了丝丝缕缕的关联，斩之不断。但他们明明又是陌生的，就算曾经最亲密的那一刻，重叠的也仅仅是身体，其余则各自为政。可他轻轻一句话，像是扭正了两块同极相斥的吸铁石，“咔嗒”一下转了一个方向。莫向晚面对着他，心中实实在在的委屈差一点就要袒露出来。

她低头想要往后退一步，希冀此间的树烟花雾遮盖自己刹那的不自禁。但时节已至秋，万物即将裸露。第一片枯黄的叶落到她的肩头，分量很轻，她却因此微微战栗。

莫北伸手过来，替她捡起了那片树叶。他还想伸手握她的手，就怕这样唐突了她，最后只能颓然收了手回来。他说：“莫非妈妈，我们上去吧！”

然后跟在她身后，默默地不与她同行。路灯在他们的身后把他们的影子射在他们身前。

莫向晚看着两人的身影，一前一后，是可合一的。这是奇怪的感受，她脑海里会有奇怪的想法。

莫北问她：“非非说他们学校下个星期开运动会，老师建议父母一起列席参加，我能不能去？”

这件事情莫非并未提起过，莫向晚想，大约是她前几日对莫非提及男朋友一事光了火，把莫非的热情吓住了。她心里不免内疚，莫非是个热情外向的孩子，但是很敏感，晓得看大人的眼色行事。

这是因为生于单亲家庭。

秦琴也劝过她重新考虑终身大事，有一回，她说：“我一人吃饱全家不饿，胡打海摔生活至今，自己负自己的责。你不一样，你要考虑非非。单亲家庭的孩子再聪敏，也会有不安全感，他们的心理感受，你和我都很清楚。”

她怎能不清楚？但她会将自己与莫非做一个比较，想，非非和她不同，她会是非非的好妈妈。

秦琴把年少经历袒露，父母离异，年少无依，跟随母亲生活，看到其他人双亲俱全，心里的缺口越来越大。她说她念中学时，将同桌父母一起送她的施华洛世奇胸针挖走了一颗小水晶。

“这是可怕的行动，不是吗？”秦琴说。

莫向晚说：“我做过更可怕的事情。”

她彻夜不归，泡吧，蹦迪，酗酒，一夜情，甚至做过“仙人跳”，以此换取几千块钱。她不能让莫非重蹈覆辙，她会一力承担，让莫非比双亲俱全的孩子过得更好。

但是，她想错了。诚然莫非聪慧、优秀、文体双全，不输任何一个同龄的孩子，可一到需父母双亲共同承担的事体上，他就会退缩、怯懦。

只有这一宗，她没有办法为莫非办到。秦琴劝她说："遇到合适的男人，也肯善待非非的，你必须考虑。知道吗？必须。"

这一晚，莫向晚望着眼前这个男人。

他已经不是她记忆里的 Mace，他叫莫北，是莫非的亲生父亲。他选择温和的相处方式，就像这个城市的秋天，不冷不热，循序渐进。她从自己害怕失去莫非的激越的心情中平复下来，才得空去研究他。

莫向晚没有回答莫北的问题，她还是选择了回避。她换了个话题，问莫北："工作上面的事情很烦？"

"有没有人贿赂你？"莫北反问了她一个出其不意的问题。

莫向晚点头。这样的情况很多，需要好资源的艺人，想要拿内幕的记者，还有各种类型的供应商。

"一个隐私问题，你拿过这些钱物吗？"

莫向晚摇头，她答："当然，有一些是行业潜规则，不拿好像不识抬举，但最后的选择还是看个人的底线吧！"

莫北说："莫非有一个好榜样。"不过他又说，"莫非妈妈，做人该软的时候，需要软一点。"

他的手机响起来，他同电话那一头的人讲："好的，江老，明天在 ARK97 请你们喝酒。许多细节我也想和他们谈谈，而且有谈的可能性。对嘛！捣捣糨糊。麻烦您了。"

莫北一路讲电话讲到楼上，还记得为莫向晚开了门，莫向晚进门前，看他一手拿着手机讲话，一手做了一个安眠的动作。同莫非一样怪动作许多，但她少有的没有回避，笑一笑，阖上了门。

莫向晚终于又得空约秦琴一起吃日本料理时，把莫北的事情吐露出来，全都是她没有同管弦说过的细节，因为怕管弦再事无巨细地吐露给于江。

她有这个心，自觉愧对管弦对她的好。只是人心就是怪，一旦有一点疑心，就会防备起来。

秦琴听了以后，反问她："小莫，这个男人态度明确，他肯承担责任，堪称好男人。说一句大俗话，请你抓牢他，给非非一个原装老爸，总比后爸强。"

莫向晚低头吃北极贝，吃金枪鱼，就是没有吃海胆。她一直固步自封地认为海胆是苦的、是腥气的。秦琴偏把海胆推到她的面前："你不可以以为但凡是胆就是苦的，这辈子都不去尝试。"

莫向晚回家后，检查莫非作业时问他："葛老师说你们下个星期有运动会，你怎么没有跟妈妈讲呢？"

莫非的小脸涨得微红，鼓了半天勇气才说："有几个比赛要小朋友带爸爸妈妈一道参加的。"

莫向晚心内叹气，儿子还是太聪明了，就这么打蛇随棍上了。她给予一个鼓励的眼神，莫非接收到信息，又讲："妈妈，我们可以叫四眼叔叔哇？"

莫向晚摸一摸儿子的面孔，他的大眼睛里装满渴盼。她问："你为什么这么喜欢四眼叔叔？"

这个问题是莫非早就想好了的，他朗声说道："他是很诚心地对我好啊！老师说别人对我们好，我们也要对别人好。"

莫向晚这一夜在床上想了很久。

窗外云朵散尽，一轮明月当空，微微银光倾泻入室。

楼上有户人家的女儿是酒吧驻唱的，父母都是爱唱歌的人，经常在家中唱卡拉 OK 自娱自乐。很多时刻是在唱老歌。莫向晚隐隐约约听他们在唱："你从哪里来？我的朋友。好像一只蝴蝶，飞进我的窗口。"

这首歌太老太老，唱歌的那位当年红透半边天的歌手也太久没有出现。这样"长久的时间"，可比莫向晚从未徘徊过的心。

她自生下莫非，整个人生就开始一往无前，她甚至都没有想过停驻思索。有一句玩笑话叫作"人类一思索，上帝就发笑"。莫向晚摸着自己的心，她骂自己，会让上帝发笑。

翌日清晨，莫北没有出现，但是把给他们母子的早饭买好了，他留了字条，说："单位今晨有急会，抱歉。"

他抱歉什么？因为不能送他们母子上班上学？可他又不亏欠他们什么。

莫向晚亲自带着莫非去和他的小伙伴们汇合。

于雷已经等在他们家楼下了，没有看见莫北，好奇地问道："今天没有司机叔叔送啊？"他因为沾了莫非的光，好几次蹭到莫北的车，减免许多脚力，故此念念不忘。

莫非解释："叔叔是个大忙人，你不要这么懒惰，不然比赛比不过人家。"

于雷争辩："我天天都练的，我是去学校大礼堂里练的。"还问莫向晚，"莫非妈妈，我现在表现很好的对吧？"

莫向晚笑："是很好的。"

这些天，几个孩子都被宋谦请少年宫的老师安排单独训练，其中于雷的表现最为优异。他真是天生一副好嗓子，高亢嘹亮，最最难得的是唱歌时感情丰富，不像其他几个孩子，纯粹一部童音发声机。

莫非与有荣焉，常常问莫向晚：“于雷是不是要在很多外国人面前唱歌了？那么他就要出名啦！”孩子由衷地高兴，正如莫北所说，莫非是个肚量很大的孩子。

但不代表孩子个个如此。莫向晚最近就对排练的另外几个孩子颇有微词。

有一个叫崔浩浩的也是莫非的同校同学，次次训练都坐着奔驰来，带许多零食，还有一部可爱的PSP。他分给其他孩子分享，除了于雷。

大人看得清楚，这样小的小孩，竟然知道于雷是他最大的竞争对手，利用自身天然优势，对其实行强行孤立。

有的小孩仍纯良，对于雷说：“崔浩浩不在的时候，我跟你玩。”

莫向晚正在一边听见，骇异不止。孩子本该天真，真不知道他们从何处学来这些手腕。

邹楠在一边听见他们的话也咋舌：“要死了，现在的小孩不得了，搞政治一套一套的。”

许淮敏正出来倒茶，听见她们的话，插了一嘴：“小孩是有样学样，别以为天使面孔就有天使心肠。”

莫向晚并不接话茬。

这些天，她是不动声色地同许淮敏划开了一些界限。道理很简单，她是祝贺父亲的旧下属，梅范范的合同过她的手出去，其间的纠葛，她保留想象空间。但一般说笑，她仍照常。莫北说的“该软的时候软一点”，她并不是做不到。

包括对待宋谦。宋谦如今态度又恢复如当初的普通同事，一切公事公办，遇到一些问题也照旧同莫向晚有商有量。如今由邹楠跟进项目，他同邹楠的沟通也渐渐多了起来。

这是莫向晚放手鼓励的，她可抽身同各执行经纪及平台老大们沟通近期艺人通告的档期。接近十一，艺人的演出约请多了起来，有面向公众的，也有私人派对的。她需要一一安排并判断是否可行，再同经纪人核对，约请。这是一宗顶头痛的事情，同级的艺人往往会争着上最近收视率高的综艺节目。

这一次的艺术节演出也有人跃跃欲试。

先来找莫向晚的是林湘。她之前的唱片销量登顶，人气聚拢了不少。经此一役，整个人的精神状态都有所改变，继续美得嚣张跋扈，但她现在说话一点都不嚣张跋扈。她向莫向晚申请："听说香港老天王也会来，我很想有这个机会见一见偶像。"

太迂回了，莫向晚懂她的意思，朱迪晨的电话随后过来，直接讲："向晚，你瞧着安排一下吧！湘湘最近特别上进，快要学刘德华做劳动模范了。"

莫向晚看一看林湘最近的通告表："她当天上午在南京有签售和歌迷见面会，当地卫视的访谈节目也已经定了她。"

"劳动模范的价值就在这里。"

看来朱迪晨是相当坚持了，莫向晚想一想，照林湘最近的上升速度，主办方那里自然乐于接受。安排倒并非困难，且还能托一托林湘，帮她再争一个曝光度。就其本人而言，也是比较适合的。

但才不过两个小时，又有人因此事找了她。这一次这个人让莫向晚感到意外，竟是素来低调本分的叶歆。她最近上了秦琴的节目，曝光率高了一些，已有歌唱综艺的监制开始关注她，并私下寻莫向晚和她的经纪人郝迈打听情况。只是合作方案还未谈定，郝迈同莫向晚均未向叶歆说起此事。

她来找莫向晚，是和林湘有同样的意思。但她的态度比林湘更谦和更卑微。她说："对不起，向晚姐，打搅你了。"

这种态度让莫向晚有一阵坐立不安，这个女孩是不习惯求人的，如今她腆着面孔，不知自处，讲："我有没有这个资格上艺术节？"

叶歆的问题反而比林湘难答，莫向晚自忖，不可以伤害这样一个低调勤勉的歌手。她先说："我会征询主办方的意见。"

叶歆在这一刻非常坚持，她咬一咬牙，说："向晚姐，真的希望你能帮帮我。我写了一首新歌，只需要一个平台。"

莫向晚和颜悦色甚至是安慰地对她说："郝迈正积极帮你同歌唱综艺接触，你要放心。"

叶歆把头一垂，似乎是气馁了，可片刻后，又飘了一句话出来："向晚姐，他要是把我的事情放在心上，我也不至于此。"

莫向晚心中一凛，不论是她的身份还是叶歆的身份，都是不该听不该说这样的话的。而且叶歆并不清楚实际情况，怎可以令郝迈白白被误解？她马上讲："叶歆，你签了合同，公司要抽你的成，就不会不帮你办事，公司也是想要有回报的。你要相信公司对你的定位，郝迈是你的经纪人，他更清楚适合你的路子。你不要急。"

叶歆听了几乎要红了眼睛，让莫向晚一天的心情都受到了影响。

这天也叫天不时，人不利。临到下班，又出一个岔子。

邹楠过来反映说："崔浩浩的家人来打招呼了，希望闭幕式上只有他独唱。"

莫向晚问："什么？"

邹楠解释："崔浩浩的爷爷是崔利川。"

莫向晚对这个名字一片茫然，邹楠又补充了一个头衔，她才恍然大悟，便说："这怎么可以？最后的考试都没有考！"

邹楠为难："于总亲自定下来了。"

那边宋谦手底下的助理过来叫急救："几个孩子都哭了，这可怎么办呀？"

莫向晚同邹楠又匆匆赶到现场，除了崔浩浩，其余五个孩子都眼泪汪汪，两个女孩哭得尤其伤心。宋谦毕竟是男人，不会应对这场面，只坐着干叹气。

邹楠同助理分别安慰孩子们。莫向晚看见于雷一个人抱着膝盖窝在角落里，她感觉太不忍心，这个孩子她有些了解，同莫非一样好强，平时又是活泼性格，此时这样消沉，大为不妙。

她蹲到于雷面前，于雷死死咬着牙齿，她温柔地对孩子说："于雷，阿姨送你回家好不好？"

于雷还是死死咬着牙齿不讲话。

她有点担心了，摸摸于雷的头说："不要难过，以后机会还有很多。"

于雷把头抬起来，他的眼眶里是有眼泪的，但就是忍着没流下来，唯其如此，她看着才更难过。于雷说："莫非妈妈，我唱得很好，我一直很用功在唱，为什么比都不比就让我不及格啊？"

话一说完，他再也忍不住，号啕大哭，比任何一个孩子哭得都要伤心。

莫向晚最受不了孩子哭，莫非虽然很少哭，每回一哭，她都会肝肠寸断。面前的这个孩子虽然不是莫非，但也是在眼前长大的，她亦有疼爱。这样小的孩子，提前接受这个圈子里的潜规则，太过不公平了。而且，孩子们并不是不清楚事情原委，只有大人们自以为孩子是好欺骗的。

莫向晚转身去问宋谦：“没有转圜余地？最起码给予公平竞争的机会。”

宋谦答：“恩出自上，无可奈何，只希望他们快点忘掉这些不愉快。”

莫向晚说：“我找于总去。”

宋谦阻止她：“去了也白去，你去分明就是让于总难堪。这一次的项目崔老撑了于总一把，于总知恩图报些小事情，又有什么错？孩子们实力相当，抽检一个，并不为过。”

莫向晚顿足。

宋谦对邹楠和助理说：“快哄好了孩子们，送他们回家。”又对莫向晚说，“我们也算仁至义尽，今朝之前做到公平，虽然结果不怎么样。”

这是最最无奈的结果。

莫向晚更加颓丧。宋谦用一句话将她驳回，她再寻于江只是做无用功。她只好牵了于雷的手，说：“于雷，一次失败不表示以后你次次都要失败，老师一定教过你，失败是成功之母，下一次你一定能成功。”

可是于雷说：“莫非妈妈，这一次不是我不用功，我怎么就失败了呢？”

童言说得凛冽，莫向晚真真正正无言以对，她只好揩干于雷的眼泪，但是孩子已哭成个泪人，小小心灵已遭逢创伤。

莫向晚颇为神伤，叫了出租车载于雷回家，于雷难过得一路都在抽噎，但还坚持对莫向晚讲：“莫非妈妈，我好不好晚一点回家？爸爸看到我这个样子又要怪我了。”

她知道于雷的化学老师父亲对他期望一直颇高，除却成绩上头的要求，还需德智体美劳全面发展。于雷念书成绩一直数一数二，比莫非好胜心也更加强些。

莫向晚问他：“那么就到我们家里吃晚饭好不好？”

于雷点点头。

莫向晚就先去学校接了莫非。莫非看到于雷红彤彤似兔子的眼睛，大为诧异，直问于雷：“你怎么啦？”

于雷先是避而不答，莫非非要刨根问底，于雷就简单说了说，把莫非气得要跳起来。他对莫向晚说：“妈妈，这是作弊，开后门！”

莫向晚头疼，拍一下儿子的头，说：“好了，你别吵了。让妈妈想想办法。”

莫非听莫向晚这么说，抓到了一点希望，劝慰于雷：“你不要难过了，我妈妈很有本事的，她一定有办法的。”

于雷摇摇头，“她又有什么办法啊？我不能上去唱歌了呀！”

莫向晚领着两个孩子匆匆去菜市场买了小菜，再把他们带回家里。到家以后，她先给于雷母亲打一个电话，就说孩子要和莫非一起做作业，在她这里吃晚饭。这是两个孩子常做的事，对方的母亲没有异议，并说：“我和于雷爸爸上个星期回老家，带了一点土特产，明天我让雷雷带给非非。”

“你太客气了。”

“这是应该的，雷雷也老是麻烦你嘛！”

“不不，你们帮我更多。”

这话莫向晚说的真心实意。于雷的父母感念她孤身一人带孩子不易，对莫非也是颇多照顾，她是感激的。莫向晚把手机翻一翻，又找了个号码打过去询问。

她找的是金锦文，正任职本次艺术节组委会委员。她问金锦文："这一次的各种演出项目里还有没有儿童演唱的需要？"

金锦文笑她："连开幕式都被你们于江拿下了，你还要敲我的边鼓啊？"

"我想推荐一个小朋友。"

金锦文一时没有拒绝，她就这点好，人虽犀利霸道，但在做事上是能留一留余地的。她对莫向晚说："回头我看看再回复你好不好？"再就询问了莫向晚一些关于孩子的情况，莫向晚一一作答了。

待挂上电话，她吁口气，回头看见莫北正在门口。他指挥一个小工扛着米袋进来，莫非和于雷正围在他身边问长问短。

他是几时敲门的她都不知道，莫非现在对他就像对自家人一样。

莫北看她挂了电话，才说："我看到你家米缸快空了。"

这是好意，不能拒绝的，莫向晚起身拿钱包，说："太麻烦你了。多少钱？我算给你。"

她的手被莫北推开："别跟我计较这个。"

莫北的手指温暖，不若她体质寒凉，手脚总是四季冰凉。他的手触到她的手上，那样的温度让她产生了想要靠近的情绪。但这念头只是电光火石，她像触电一般缩回了手。

孩子们就在一边，莫北只能笑一笑，把手收了回去。

莫非又变作小麻雀，把好友的委屈全盘诉给莫北听，莫北耐心哄着他，还问于雷："你是不是真的很想唱？"

莫非帮着抢答："当然想唱，不然这么长时间白努力啊？太没劲了。"

莫北看着他仰着脑袋义愤填膺的样子实在可爱，不自禁捏一捏他的小脸："你快要成打抱不平的小蜘蛛侠了。"

莫非嘟嘴，但是手牢牢扒住莫北的衣襟，问："四眼叔叔，你晚饭吃过了哇？"

莫北摇头。

莫非转头看莫向晚："妈妈，我吃了四眼叔叔很多零食和晚饭的，我们留四眼叔叔吃饭好不好？"

这一次莫北没有礼貌婉拒，他觉得留下来陪着莫向晚和两个可爱的孩子吃饭是一个不错的主意，所以也笑着瞅着这家的女主人。

这一大一小在强迫她留客，她不留客是为不宽和。莫向晚一向认为自己是海量，也能海涵许多事，就说："当然可以啊！叔叔是非非的客人。"

这个选择并没有令莫向晚后悔，因为莫北没有准备白吃。他说："我们分一下工，动作可以快一点，孩子吃好了能早点做作业。"

但她的厨房不够大，两个人一个切菜一个淘米，转身就会碰到一起，莫向晚觉得一起做饭实在是个坏主意。

莫北是个会做饭的男人，从他之前为他们母子做过的饭菜就可以知其端倪。但莫向晚从没有想过他这样出身的男人，家务动作居然很是熟练，几乎一气呵成。而且他相当熟悉她家里的油盐酱醋的位置，根本不需要她的指点就信手拈来。至最后，她只有在一旁看着和打下手的份。

莫北进门时就听见她在讲电话，口气婉约，是低头求人的情态。听了莫非的陈述，他基本了解了情况。

这个莫向晚，他越了解就越惊奇。她浑身的能量和她的心，都像海一样宽广。素来都说达则兼济天下，未必是如此。

他看着她放下手机，神情疲惫，他不想她太累了，才厚着面皮留下来吃饭，顺便帮他们做饭。莫非说她吃的清淡，他在她买的小菜里挑了芹菜和豆腐丝加了肉丝炒了一个小菜，又做了一个番茄蛋汤，给莫非和于雷蒸了鱼和排骨。都是少用调味料，少刺激性的菜色，但口味绝好。莫向晚尝了一口芹菜，不由讲："你是怎么做出来的？"

莫北笑着说："大学毕业那会儿我就是家里的保姆，锻炼出来了。"他的父亲恰好也是嗜清淡的，因此对付莫向晚的口味，并不困难。

莫向晚在心头盘算着他的那句话。他大学毕业那会儿，那样的档口，她才生下莫非，坐了一个艰苦的月子，没有保养好，还留下了骨质疏松的毛病。

她忽然就涌上一个可怕的念头，如果那时莫北在身边的话——她打住没有想下去。

莫北正在逗莫非，存心问一个为难孩子的问题："是叔叔做的菜好吃，还是妈妈做得好吃？"

莫非咬着筷子，他决定不上大人"选择题"的当，于是捅捅于雷。于雷接他的翎子，代替他答："都好吃的。"

孩子的机灵劲儿让莫北发笑，他起身给他们盛饭，莫向晚早拿好了碗站起身，示意自己来。她听到他刚才的问题，没有恼，只是微微抿一下唇，浅浅笑一笑。

莫北从不认为自己是一个好色之徒。

可在那刻，夕阳艰难地将金色余晖洒入这间逼仄厨房，她微微弓下身子，曲线是软的，发是软的，表情也是软的，是不设防的。她转过身来，已是盛好了饭。所有的光晕被她甩落在身后。莫北只能很老套地想到武侠小说里出现频率很高的一个形容——清艳不可方物。

莫北和莫非母子及于雷一起用了晚饭，席间莫非叨叨地说起运动会的比赛，和于雷你一言我一语解释起来。原来他想请母亲和四眼叔叔同他一起参加一个亲子比赛，叫作“横行霸道”。就是父母带着孩子绑左右脚比赛速度。

莫非生怕母亲不同意，说完忽闪着大眼睛看着母亲，拖长了声音叫：“妈妈——”

莫北也对着莫向晚说：“可以吗？我没有问题。”

莫向晚没有拒绝的理由，她摸摸儿子的小脸，向莫北点了点头。

饭后，莫北提了他们家的垃圾袋并把于雷送回了家。于雷爸爸见是莫北，很是惊讶，于雷介绍：“这是莫非家的莫叔叔。”

这个解释稀奇古怪，但莫北并没有再多加解释，只是于家的夫妇看他的眼神多了一点暧昧。

有句老话叫作“寡妇门前是非多”，可以同理在单身女人身上。莫北开始的时候感到很奇怪，莫向晚这样的天生丽质，怎就没有半丝异性情缘？

他们那行里在传她和于江的关系不清爽，他早就耳闻。就在前天，他们这个系统里的相关人等去市法院开会，许淮敏也去了，并和旧友说了她们那行里的一些八卦。

莫北听见她在喋喋不休，“这年头，我们这行除了十八线女明星，女职员生活也很精彩呢！三十不到的女人就有个八岁的娃娃，单身妈妈流行得很呢！”

莫北端着茶杯，走到许淮敏的身边讲一句：“阿姐，你中气很足的嘛！看来昨晚夜里姐夫伺候得不错。”

这话把许淮敏说得又羞又气，笑骂他“又要流氓了”，一下没好意思再把话题扯下去。

早些时候，莫北就在于直处打听过于江，于直讲过一些情况：“于江有一点好，不会在自己公司里搞事情。”

这些日子以来，他对莫家母子的作息已经了如指掌。莫向晚工作顾家读书，忙得连去美容院的时间都没有。这位女士，压根就没有留给自己和异性相处的时间。莫北猜不到原因，但很惊讶于她的强悍和坚决。

她也脆弱过，那一天酒醉，她揪住他的领子，说了一句事后大约她自己都忘记了的话。

她说：“Mace，你能不能放过我？”然后吐了他一身。

送莫向晚回来的蔡导看在眼里，以为他们两人另有文章，调侃他说：“二位原来是旧识啊！难怪难怪！也好也好！”

莫北当时竟然没有反驳，仿佛是想存心令别人误会他和她的关系。

也许就是那一刻，他有点不太情愿他们只有一起生下一个莫非的关系。所以她酒醒以后又回到原来那副武装的疏离，让他很不是滋味。但他决定好了，他不会再远离她，他就留在她的身边，她总有用得到自己的地方。

这一次莫非提出了参加运动会，他就很爽快地答应了。能够多接近她，他感到愉快。

莫北吹着口哨回了家，放在茶几上的手机响了几回，他一看，是蔡导。近来他同娱乐圈无甚交集，不知这位导演又找他作甚，也就没理会。没想到过了一会儿，手机又响起来。

蔡导找莫北是有一个小忙要他帮，他说：“我找了个投资人，过俩月注册一间公司，这事我筹备多年了，又有合伙人支持，一切就绪，就缺人才。”

莫北懂了，笑起来：“你预备挖墙脚？”

蔡导说：“错，明珠不可暗投不是？”

莫北说：“可惜我不是猎头啊！”

蔡导笑骂他：“你就给我绕肠子吧！实话说了，我对你的芳邻一直心仪得很。”

“那你该三顾她的茅庐。”

“她是‘奇丽’天字头一号忠臣良将，我怕被白眼甩出来。于江这小子太有运气了，他多少行政杂事是莫向晚摆平的？一个艺人经纪部收住所有经纪人，把艺人定位整理得丝毫不差。这种员工带出去是公关，放公司里是行政，谁不想要？”

“你想要一头老黄牛啊！那也不能把我当猎手啊！”

“我这是征求家属同意不是？你对人家抱都抱了，我得尊重你。”

莫北并不纠正蔡导的错误结论，他只是说：“她在‘奇丽’干得好好的。”

“于江那小子，呵呵！”蔡导干笑两声，又说，“反正你让她离了于江总没坏处。”

莫北不做正面回复了，他想起一宗事，问：“老蔡，你认识不认识这回市里艺术节的主要负责人？”

“你算问到点子上了，我们多少年的交情了。”

“那么我要请你帮个忙了，我亲戚家有个孩子，想上个节目。”

蔡导答的爽快：“成，冲你上回帮我那么大个忙，这个小忙我一定包你满意。”但又说，“我是真觉得‘莫无敌’是号人物，不单是她的能力，还有她的正直勤力。你给我上个心就是。”

莫北最后没正面答应蔡导的要求，但是把他的话放进脑子里想了一想。他想，还是先做好莫非的爸爸，带他参加好运动会再说。

那一间房里的莫向晚想的也是莫非的运动会。她问莫非："你已经向葛老师报名了？"

莫非眼神闪烁，点点头，又迅速低头做作业。半晌后才抬头，看见莫向晚正眼神炯炯地看着他，他嗫嚅地讲："我跟葛老师说我爸爸从外国回来了。"说完又低头写作业。

室内安静得只听得到小风扇呼呼的声音。莫非怕热，一般在九、十月还是要风扇来送凉。莫北也是怕热的，她去他家里的那几回，他的空调都开着。这对父子不像她体质这样凉。

莫向晚的一颗心在思量，莫北说，等她愿意的时候再告诉莫非真相。这是一种极大的尊重，她领情的。但是怎么同莫非说？他的出生其实很不堪。

她问莫非："你很想叫四眼叔叔爸爸吗？"

莫非迟疑了一下才说："我就叫一天，好不好啦？妈妈——"又是童音上扬的撒娇。

莫向晚不忍心去拒绝。

你分丽 怪过美

（下）

未再 著

江苏凤凰文艺出版社
JIANGSU PHOENIX LITERATURE AND ART PUBLISHING, LTD

CONTENTS

目录

you are beautiful

怪你过分美丽

八、寻觅心中诗歌

莫向晚的同意，让莫非在运动会开始前的好几天都没有睡好。他最近晚上常常泡在莫北那里，莫北经常有客人来访，他就乖乖坐在旁边做作业。等客人走了，他才会拉着莫北说话。

莫北去买了一件和上一回给莫非买的同款式的耐克运动服，预备运动会上穿。两个人在运动会前夜试穿好衣服，莫非开心得不得了，非要拖着莫北给莫向晚看。

莫向晚正在家里做作业，近来莫非缠着莫北，让她有了空闲做一些自己的事情，晚上也难得清静了。以前莫非只要不在跟前，她的一颗心就不得安定，如今有莫北，她已学会渐渐放下一半的心。

当莫北莫非穿着一样的衣服站在她面前时，她吓得差点没丢了手里的簿子。

她从来以为莫非长得泰半像她，但是当莫非和莫北这样出现，她才发觉，莫非身上莫北的痕迹从越来越明显。任谁见到这样的他们，都会说这是一对父子。

莫向晚千藏万藏，还是拼不过血缘，不由苦笑。

莫北不明白莫向晚为何神情古怪，就怕她又不高兴了，便说：“我想运动会上穿会合适的，事先就没有跟你打招呼。”

他的口吻小心，神态谨慎，让莫向晚微微发窘，马上说：“没关系的，你穿好了。这只是一个运动会。”

莫非比一个 V 手势，乐开了花，还问莫向晚：“妈妈，你要不要跟我们穿一样的啊？”

莫向晚浓眉一跳，像是被踩到尾巴的猫，又窘了，说：“不用了，妈妈又没有这种样子的衣服。”

可莫北只是望着她微笑，他这刻在失神，然而她不知道。

这一夜莫向晚也没有睡好，莫非乐得飞起的样子牢牢占据了她的脑海。

她想起管弦的话，还有秦琴的话。她们都是为她好，都说得极有道理。再后来，她想到莫北。在她冷静下来以后，稍一转念，就能把她朋友们的意思联想到莫北这个角色上。

最近这栋楼里还是多了些八卦传言，都说 403 的租户莫先生看上了 402 的单身妈妈莫向晚。

崔妈妈对她旁敲侧击：“向晚，莫先生人是不错的，我老早看出来他对你有意思了。”

看她一副洞悉内情的热心样子，莫向晚只好无奈笑对。还有其他一些邻居或多或少地表现出类似的意思。

譬如小区里管停车位的保安麻哥，在前几天跑来通知她：“莫非妈妈，莫先生的车位被 40 号楼 501 的客人占掉了，要麻烦你打一个电话给他，让他先停到后面一排车位。我等一歇要和朋友去吃饭。”

譬如楼下二楼、三楼的阿婆乘凉闲聊时，没见莫北送莫非，就会截住莫非问：“非非啊！莫叔叔今天没送你啊？”

莫非天真地答：“叔叔很忙的。”

她都看在眼睛里。

莫北在左邻右里眼里，已同莫家母子有了一种说不清道不明的关系。

这是新的一页，她单身女人独善其身的日子沾上了点玫瑰色彩。她是应该感到头痛的，但现在，她这番情绪并不明晰。

莫向晚发觉莫北真是对手。可他要什么呢？同她结婚？这是他想都不要想的。他如果抱着愧疚同她结婚，这就是笑话。她莫向晚不需要一个男人这样怜悯，她更不会忘记他们当年的恩怨起始，他们那一夜的荒唐起因。

但他的接近又是善意的，她不可以用阴暗自私的心去度量别人的善意。这是一种极不道德的揣测，不是吗？

莫向晚想来想去，想得烦躁至极，她爬起来去厨房倒了一杯凉水喝下去，她需要冷静。

路过莫非房门口时，她听见里头有点响动，就推门进去。

莫非竟然没有睡觉，正抬着腿搁在床上做压腿运动。扭头看到母亲进来，他有点慌乱，一下收了腿，坐到床上去。

莫向晚斥他："又作怪了！"

莫非抱住她的腰，突然撒起娇来："妈妈我爱你。"

莫向晚的心顷刻化作一汪水。

莫非又说："妈妈，你是世界上最好的妈妈，我最最最最爱你。"

莫向晚抱住儿子，抚摸他的小脸。

这是她的救赎天使。她想起莫非刚刚生出来的样子，粉嫩的面颊，看上去那么脆弱和无依，躺在摇篮里嗷嗷待哺。她抱起孩子来给他喂奶，他躺在她的怀中，她给了他人世间第一份依靠。

从此以后，她又有了血浓于水的牵挂，将上一段愁难禁、心怆然的日子结束掉。在这个世界之上，大太阳之下，重新站立起来。

莫向晚抱牢莫非，亲吻他的发。她问："告诉妈妈，你为什么睡不着？"

莫非老实回答："我在想明天的运动会。"

莫向晚并不意外，莫非也许也在想莫北，他亲近的一个给予他一半生命的男人。因为同他亲近，孩子辗转难眠。这样的快乐，她何忍剥夺？

但莫非已经不会再问母亲是不是愿意和四眼叔叔谈恋爱，他知道这会令母亲难堪的，一如他不问自己的父亲在哪里，却自己向老师解释他是去了国外。

莫向晚很不好受，她想要安慰儿子，说："非非，如果你想叫四眼叔叔做爸爸，就叫吧！"

莫非猛地抬头，眼睛一亮，充满了期待的喜悦。

莫向晚把他推到床上去，对他柔声说道："非非，你既然要叫四眼叔叔做爸爸，就不可以让爸爸丢脸对不对？明天比赛一定要努力，所以现在一定要睡觉。"

莫非迅速闭上眼睛，说："妈妈，我会做一个很厉害的选手，让爸爸妈妈都为我骄傲的。妈妈，我好开心呀！"

莫向晚轻轻拂开莫非的发，这个孩子比她更珍惜美好生活。她对儿子说："那你就应该早点睡觉，明天好好表现。"

莫非说："我这就睡觉。"还佯装打起呼噜来。

莫向晚起身，拉灭了灯。

这个明天将又是一个开始，还是一个少见的艳阳天。

莫向晚难得起了个早，先把手头跟进的一些工作罗列了一下，发了一封 E-mail 给邹楠，命她今日务必完成。又发一条微信给于江，虽然前几天就到人事部请了假，但对老总还是需要进行报备的。

这样忙好，莫非还没醒。也许是昨晚太晚睡，现在终于起不来了。她也不着急叫莫非，学校的运动会要 9 点半开始，学生不需要像平时那样 7 点半就到学校，她可以让莫非多睡会儿。

现在的学生也真叫辛苦，小小年纪就要背着大书包朝七晚五的，她倒是鼓励莫非多一些课余爱好丰富生活。只是孩子时间被压得紧张，她一直在考虑去考驾照的事情，这样就能让孩子更轻松。这个问题在最近几个月让莫北给解决了。其实他做的，还真的挺多的。

才一想到莫北，就听见门铃响起来。莫向晚开了门，门外的莫北显然没有想到是她，愣了一愣。

莫向晚对他微笑："早啊！"

莫北恢复了温文和蔼的笑容："可以用下厨房吗？给你们做早饭。"

"行。"

莫向晚的平和干脆让莫北得了些鼓励，他朝她点点头，问："你想吃什么？"

"我昨晚烧了白木耳，加一片面包就可以了。"

他说："那不行，今天太阳会很大。"

"那么你安排吧，我随便。"

莫北很熟络地从莫向晚家的厨房里找出烘面包机，从她的冰箱里拿出面包鸡蛋和黄油，从她的橱柜里翻出盘子叉子筷子。

莫向晚看着这景象，竟是在想，他倒是真把这里当他自己家了。

不过一刻钟的时间，莫北就做好了西式的三明治和中式水铺蛋。还为他们母子拿了牛奶过来，把牛奶热了。

莫向晚坐在桌前，看着莫北忙碌的背影，心里琢磨，这个男人还有什么是不会的？莫北一转过头，正对上她的目光。

他冲她笑笑，问道："你最近状态好多了。之后的艺术节，你又要忙了吧？"

"还好。"莫向晚松了一松头发，因为居家，她把头发随意地扎着。

莫北却在想象她放下头发的样子。

草草放下头发的模样在他的记忆里已经模糊了，他只依稀记得她在他的身体之下的颤抖，她的头发拂过他的脸，他只感觉痒。

莫向晚不是草草，不随意放下头发，总是扎着或盘着，一丝不苟，服服帖帖，规规矩矩。

莫向晚则想，他从哪里知道的她最近的工作？他的消息太灵通了，但她对他却是一无所知的，这点居于弱势。她问他："你也挺忙的，在家里天天开会？"

她疑惑的时候，会微微睁大眼睛。这一点莫非像她，凡是问他问题，就会睁大眼睛。莫北承认，这对母子的眼睛极漂亮，是中国人传统的水杏眼。莫向晚真真眼波似水横，可偏偏就生了一双浓眉，却是眉峰似山聚，因此脾气倔得不得了。

如今可以坦然相对，让她对着他也能说出一些家常的话来，他是花了多少工夫？

莫北答她："还是'世易'的项目。"

莫向晚问："很麻烦吗？"

莫北答："国内国外几个投资商都想吃他们这块肥肉，我的工作就是帮他们把好关，不能便宜卖了，更不能中别人的圈套。"

莫向晚显然没有想到他答得如此诚实，他没有任何要隐瞒于她的意思。他们已经这么熟了吗？想着想着，她脸上不禁莫名烧了起来，只得找话掩饰:“你们这样也挺不容易的。”

莫北说:“你们也是,忙起来也是真的忙。注意休息,你可是非非的大树和精神支柱。”

这句话自然爽快得如一阵清风,把所有纠缠不清的过往吹开,太令莫向晚心安和气爽了。她极重要的一重身份被充分肯定,而对方是她曾抵抗的人,因此才更加乐意接受。莫向晚忍不住扬了扬浓眉。

莫北正好做完三明治,端到她的面前,又有黄瓜又有鸡蛋又有黄油,营养丰富得不得了。她看得更加顺眼,便不客气地拿起来享用。

莫北看莫向晚坦然地受用了自己做的食物,不禁心朗气清,赞美窗外阳光格外好,照在眼前这位女士的发上,镀出一层光晕。

他稍稍靠过去,把手撑在桌沿上。她整个人都沐浴在阳光下,干净整洁、澄明靓丽,比阳光还要明媚。他竟有一种前所未有的冲动,想要更加接近这束阳光。

就在这个时候,莫非的房门“吱呀”一声被打开了。孩子揉揉眼睛走了出来。

他模模糊糊的先没看真切,以为自己是在做梦。他一直没有告诉母亲,他自小就有一个梦想,就是每日早晨看到爸爸妈妈坐在门外,共同等他醒来。所以他以为自己还在做梦。

莫非揉揉眼睛,又揉揉眼睛,再把大眼睛睁得更大。心里有一种激动和冲动,极嘹亮地脱口而出:“爸爸!妈妈!”

自从莫向晚口中确认莫非是自己的骨肉之后,莫北不是没有幻想过被他叫一声“爸爸”,但他不敢这样要求。这是一个过分的要求,尤其是在一个为孩子付尽心血的母亲面前,他不认为他有这个资格。他只能在心里头想想,想的时候,心潮会有一些起伏,然而并没有什么真实感。被莫非叫一声“爸爸”的真实感受,终究是不能想象出来的。

现在，莫北知道被莫非叫“爸爸”的时候是什么样的感受了。

那一声童音恰似春天的第一声响雷，自他头顶滚滚而入，把他的心劈了开来，春雨潇潇而下，湿润了他心内的每一寸。

正式面对这一刻的莫北，竟不知该如何来回应这声“爸爸”。他想去抱抱面前的可爱孩童，但他的双手还撑在桌沿上，他抬起手，岂料失去了双手支撑的双腿竟然一软，“扑通”一声坐到了地板上，把莫向晚也吓得站了起来。

莫非“咦”了一下，梦醒了，大概觉得自己叫错了，求助地问莫向晚：“妈妈，我是不是叫错爸爸了？”

这话让坐在地板上的莫北听得太不顺耳了，他也没立刻站起来，转头问莫向晚：“什么叫叫错爸爸了？”

尚不及反应的莫向晚没有办法回答这对父子提出来的莫名其妙的问题，只是想，真是傻爸爸和傻儿子。她也不禁失笑出声，对儿子招招手，直接领他去刷牙洗脸。

终于被叫了“爸爸”的莫北一上午都在眉开眼笑，为莫非母子开车的时候吹起了口哨。

莫非还跟着他的口哨唱歌，唱的是：“太阳当空照，花儿对我笑，小鸟说早早早，你为什么背上小书包？”

烦得莫向晚眉头深深锁了起来。

莫非有许多特长，但绝不包含一副好嗓子，能把儿歌唱得荒腔走板。对这种遗传基因的无能为力让她不好对儿子发脾气，她只能用商议的口吻说：“非非，你是不是应该先想一想等一下足球比赛你和队友怎么配合？”

莫非就趴到驾驶座后头，勾住莫北的肩膀：“爸爸已经跟我说过了，对吧？”

莫北宠着他说：“非非聪明绝顶，是只小老虎。”

莫非握紧小拳头：“我要做天才门将，向卡恩学习。”

他自上一次扭伤以后，体育老师就不太让他踢前锋了，后来又发现他动作灵敏，善于鼓动和指挥队员，就干脆把他调到了守门员的位置。

莫非因此好一阵消沉，莫向晚不懂足球，但当时鼓励他：“非非，你如果能在每个位置都做出成绩，就是你的成功了。”

莫非听完母亲的话，还能鼓足劲头训练。但他以守门员为荣，还是从莫北借了碟带他一起看了德国老门将卡恩安联球场的告别赛之后。

莫向晚会自愧不如，在男孩的教育之中，她天生就会缺少一些必要的技巧。母兼父职的日子里，她也会力不从心。父亲这个角色，需要一个填补，哪怕只是在孩子心理上。

让他叫莫北“爸爸”，也就没有什么反对的必要了。

莫非刚才刷完牙，小声问她：“妈妈，四眼叔叔是不是不喜欢我叫他爸爸啊？”

莫向晚说“不是”，这是违心的，说“是”，又要辜负那位有心人的一片心，就只好说：“你自己去问问叔叔。”

莫非就窜到莫北身边，怯生生地问：“四眼叔叔，我可以叫你爸爸哇？”

莫北早就从地板上爬起来了。他神情温和，意识冷静，说：“非非提的要求，当然可以啦！”

莫向晚在心里骂了一句“三分颜色上大红，脸皮比墙壁还要厚”。

但莫非的快乐是无与伦比的。他本来就是能说会道的孩子，坐在车里一路话题不断，每句句子前面都要加一个主语“爸爸”。他叫一声，莫北就应一声，把现成老爸当得不亦乐乎。

莫向晚才发觉自己嫉妒得想要磨牙。

后来到了学校，莫非老远看到自己的队友，就急吼吼先下了车，还非不要母亲跟着下来，一个劲儿地说：“你等一下和爸爸一道过来就好。”

莫向晚不解，但被儿子摁在车里，也只好随他。

莫北绕着学校开了一圈，找合适的停车位。他从后视镜里看到后座女士沉静的面容，一路上她同他没有任何交流。他有些不解。其实是莫向晚在返还他的血缘权利以后，不知道自己该跟他说什么。

莫北便也一直没说话，直到找了合适的停车位，就在学校车棚的另一边，那里有协管员，懒洋洋地指挥莫北倒车。

车慢慢地倒入车位，莫向晚依旧闷声不响。

莫北倒好车，熄了火，先下的车，给莫向晚开了车门。莫向晚下车的时候，或因想闪避，或因这句话，趔趄了一下，被他伸手扶好。

她终于开口讲了一句：“谢谢你。”

他们并肩走进莫非的校园。

莫非就是要这样的效果，他远远地看着双亲走进学校。葛老师正好在问：“莫非，你妈妈今天来不来啊？你爸爸呢？”

葛老师忍了又忍，才小心翼翼讲出这句话。她还算比较清楚莫非的家庭情况，知道莫向晚一直单身，故此对莫非这个凭空冒出来的爸爸好奇得要死。

莫非看着班主任疑惑的神态有点小得意。他希冀的一个时刻就要来临，看到熟悉的身影并肩走进来，他招手，还大叫：“爸爸妈妈，这里这里。”

等莫北和莫向晚走到他们面前来，他一手拉着莫向晚，一手拉着莫北，笑嘻嘻地看着班主任。

葛老师先向莫北打了个招呼：“莫非爸爸，你从国外回来啦？”

莫非不安了，放开拉着莫北的手，搔搔头。他没有想到班主任会这样直接。

“爸爸去国外”这个说辞，是他在一年级时凭着小聪明编出来的，后来先是被葛老师在妈妈面前问了一回，妈妈当时没有揭穿他，回去后也没有追问他，他自以为得法。谁晓得，这一回葛老师又问了一次。他心虚地扭捏着，蹭在莫北身边。

莫北把双手往莫非肩膀上一搭，坦坦荡荡地说：“是啊，终于回来了。第一次来拜访老师。我家非非让你操心了。”

小葛老师客套：“没有没有，你家莫非老乖的。”看到莫向晚又笑一笑。

莫向晚颇为尴尬地点了点头。

然后，莫非高高兴兴地拉着父母去看了比赛时间表，先去“横行霸道”候场区等着。但莫向晚发现问题了，她问莫非：“你怎么好意思和小姑娘们比赛啊？”

莫非左看看右看看，原来亲子比赛全部都是女同学带着家长参加的。他对其中一个女孩用质问的语气说：“许秋言，你好啊！”

那个女孩莫向晚认识，是莫非他们班的班长，还是学校里的文艺小骨干，人伶俐得翻口就能对着莫非讲：“莫非，你好啊！你怎么和女同学一道比赛呢？你难道不晓得男同学家长都是比拔河的吗？”

把莫非气得只能咬牙。

莫北一看，料一个七八分，恐怕是莫非平时把伶俐的小姑娘得罪了，被耍了一通。现在的孩子之精灵，简直让大人刮目相看。

他问莫非："出了什么事？"

莫非垂头丧气："上个星期我拉了她的小辫子。气量真小。"

小女孩在那边趾高气扬，骄扬跋扈，开心得很。

莫非紧紧拉着莫北和莫向晚的手，好像没有这个比赛，他们又会分开。

莫向晚好气又好笑，说他："你不是说过要和同学友爱的吗？"

莫非答："她坐在我前面烦死了，头发甩来甩去的，头发长了不起啊！"

但比赛还有一刻钟就要开始，再去报名已然来不及。

莫北对莫向晚说："我们只好当观众了。"

他为这次比赛同莫非穿了一样的运动服，莫向晚也穿了跑鞋的，如今看来都是白穿了。

莫向晚说："没有什么，10 点半是莫非的足球赛。"

莫非只得先去热身，留他的父母坐在操场看台上看比赛。

那边处处都是一家三口，捆绑在一处，齐心协力，共同进退。莫向晚看得入神，这样的家庭才圆满，她会产生这样的想法，不禁摇着手给那边落后的小朋友和家长加油。

莫北跷着腿，闲适坐好，看莫向晚半倾着身体，认真加油。这副神态同稚龄莫非如出一辙，他贪看了许久。

整了莫非的小班长许秋言比赛得不大顺利，她的爸爸是个啤酒肚男人，平衡力不好，屡屡摔倒，可为了女儿，又屡屡坚持爬起来，扶妻携女冲向终点。

莫北在想，这是一个男人最基本的责任。他不自禁就会暗中靠莫向晚近一点。她正为许秋言家加油，丝毫不把她同自己儿子的小恩怨放在心头。

最后许秋言一家还是输了，小女孩输了奖品——一个画着深海鱼的抱枕，十分气馁，抱膝坐在地上，父母怎么拉都不起来。

莫向晚也为她可惜：“他们家的爸爸倒是很努力的。”心想，小姑娘自尊心这么高，做爸妈的会挺累的。她赶忙回头找莫非。

莫非正在和队友们热身，看到妈妈招手，颠颠地跑过来。他兴冲冲地讲：“爸爸妈妈，等一下我们班一定会赢二班的，还有奖品拿哎！”

莫北问他：“是抱枕？”

莫非点头。

莫北指指许秋言：“等一下你赢了把奖品送给她。”

莫非马上叫：“为什么啊？”

莫北教导她：“她输了比赛，你赢了比赛，应该把成果分享给同学，因为胜利已经是你最大的奖品了。而且你上个星期还拉了人家的小辫子。男同学要道歉的，知道吗？”

莫非还不服气，莫北又说：“你妈妈也教过你要友爱同学对不对？”

莫向晚配合莫北点头，让莫非一下就慑服于双亲给予的压力。他突然发觉有个爸爸也不一定是好事，自己很容易被说服。他噘一噘嘴，看看还坐在地上伤心得很的许秋言，只好屈服。

其实小孩子的足球比赛没有太多可看的地方，技巧不够，速度不够，力量也不够。但莫北依然坐在看台上看得津津有味。

莫非他们班和同年级的班级实力相当，比分咬得很紧，下面的同学家长看得也很紧张。坐在莫北身边的孩子家长是莫非同班同学的父亲，同莫北搭了一两句话，两人就聊上了。

他问："你家莫非怎么长这么高？吃了什么的啊？我给我家孩子喝金丝猴都不见蹿个子。"

莫北转头问莫向晚："莫非妈妈，咱们莫非平时喝什么营养液？"

莫向晚正专心看儿子比赛，顺口答："没喝什么啊！就喝牛奶。"

对方妈妈就讲："看到没有，不挑食就是长得好，小子看着你这个老子不喝牛奶不吃鸡蛋，就输在了起跑线上。"

对方爸爸就朝莫北无奈笑笑，这时对方班级一个球被莫非扑出来，又被两个孩子一配合，一脚射到对方球门里。这边的家长啦啦队齐声叫好，对方爸爸开心得掏香烟，要同在座的爸爸们分享。莫北看莫向晚一个眼风扫过来，是不喜欢坐在吸烟区的样子，就没接对方的香烟。

对方妈妈看莫非人长手长，不禁羡慕，并埋怨丈夫："遗传也是有讲究的，你才一米七二，害得我们明明个子也不高。"又隔着丈夫对莫北说，"莫非爸爸，你蛮高的哦？"

莫北谦虚："不高不高，比姚明差远了。是他妈妈人也不矮，一米六〇呢！"

莫向晚这回听到了他们说的话，回头问他："你怎么知道我一米六〇？"说完又白他一眼，"一米六〇还不矮？你损我呢吧？"

他不怕她损，还乐呵呵用手比一下："差不多这么着，我想估的没错。"

这话题不能再扯，会扯到很久很久以前。莫向晚不理他，好在对方妈妈没多想，客气说："那么你们莫非一定能遗传你长到一米八〇了。"

莫北继续谦虚："那也够了，要长姚明那么高不容易娶老婆。"

"姚明早跟叶莉结婚了好不好？"莫向晚说，话音刚落，手机响了，她接起来，脸色渐渐变了。

莫北问她：“怎么了？”

莫向晚挂了电话，讲：“公司出了点事情。”

好在莫非的比赛临近尾声，最后对方一个长射，被莫非扑了出去。这边家长欢腾，莫向晚虽然心中有事，但是看到儿子兴奋地和同学们抱成一团，也不禁喜形于色。

校长亲自发了奖状和奖品，莫非抱着抱枕对着双亲连连挥手。体育老师拿着相机过来给孩子们照相，莫非问老师：“我可以让我爸爸妈妈上来哇？”

体育老师闻言灵机一动，招呼孩子们的父母上领奖台和孩子们一起合影。

这边的家长呼啦啦全部上去了，莫向晚稍一停顿，因一种本能的迟疑。但莫北轻轻托住她的手，对她说：“走啊，非非在上面等着。”

莫非是在等着，抱着抱枕不住挥舞，红扑扑的脸和抱枕上红彤彤的深海小丑鱼相映成趣。

莫向晚不能再拒绝了，跟着莫北一起上了领奖台，站在莫非身后。莫北把莫非手里的抱枕拿过来，蹲下，让莫非勾住他的肩，莫向晚则是半蹲，与儿子碰脸颊。

莫向晚很少拍照，她和莫非的合影更是屈指可数。因为合影里会少一个角色，会令莫非在成长过程中睹之遗憾。所以这些遗憾，不必记录。

闪光灯一闪，也许将来莫非的遗憾会被填补。

儿子刚刚运动完，小胸脯还一起一伏，他强自憋牢气要镇定下来，暗暗靠近他的双亲，近一点再近一点，这么偷偷地接近着。

莫向晚发觉了，莫北也发觉了。

莫北一手抱住了莫向晚的胳膊，紧紧一锁，三个人的距离就没有丝毫的缝隙了。莫向晚不能挣，也不便挣，她贴牢他们，三个人连为一体，在照片上笑得无比灿烂。

拍完照片，莫非连跑带跳先下了领奖台。

莫北下来时看见有老师在奖品管理处当值，他往那个方向走过去。莫向晚听见他问老师："这个抱枕能不能买？"

这位老师今日应对过许多溺爱孩子的家长提出的类似提问，她早回答得烦不胜烦，面无表情地说："大润发有得卖。"

莫北颔首："好的，谢谢您。"

换作老师不好意思了。

他就是这样，礼貌多得人自愧。莫向晚摇摇头，莫北又走了回来。他知道莫向晚刚才都看着，便耸肩笑笑。

莫向晚说："非非不缺抱枕。"

"我知道，这是他的一重荣誉。"

"那你还要他送给别人？"

莫北抬抬下巴，指着另一个方向："小姑娘拿到抱枕蛮开心的，以后会对非非好一点。"

那边莫非把抱枕塞给了许秋言，许秋言反倒红了脸孔，低头惭愧。她的妈妈在旁边教育她："你看看人家莫非多友爱啊？"

莫非"嘿嘿"笑，说："许秋言妈妈，男同学应该气量大的。"

许秋言跺脚："好来好来，我知道你气量很大的。"但是小脸已经挂上了笑，竟然抱着抱枕对莫非鞠了个躬，"莫非，谢谢你呀！"

莫非脸红起来，不好意思地扭头就跑，直跑到莫向晚身边，扯住她的衣襟。

莫向晚笑着说他："男同学刚刚气量还大，现在就不好意思了。"

莫非"嗯"一声，又灵活起来，说："我不跟小姑娘计较的。"转头问莫北，"爸爸，我气量很大的对哇？"

莫北把他抱起来，简直轻而易举，说："男人嘛，气量大是应该的。"

那边的许秋言看到莫非被他爸爸抱起来，又多嘴了，朝莫非叫："莫非，你这么大了还要你爸爸抱啊？"

莫非朝她做个鬼脸，死死抱住莫北的脖子，可想好好享受一番爸爸的怀抱，哪里就能被小丫头一句话激住？

许秋言的爸爸倒是走到莫北面前打招呼，还说要给莫非买礼物，莫北只是推辞，莫非学着莫北推辞的话，童言童语又重复一遍，莫向晚在一边看得好笑。但心头不期然又泛起一阵怅然，似有了却一桩多年的心事一般的畅快。

这是头一回涌上心头的感念，直到坐到车上，她都在思索。

莫非玩得累了，趴在后座歇着，渐渐打起了瞌睡。莫向晚说："送我到地铁站就行了。"

莫北没有同意，他说："还是送你到公司吧！也没多少路。"

"不是去公司，是去区中心医院。"

莫北露一个疑问的眼色，莫向晚很自然就说了："一个演员在新天地出外景伤了脊椎。"

这是严重的工伤事件，莫北当然明白，但他坚持："我送你去医院。"

后面的儿子已经发出细小的鼾声，此时已是日落之前，夕阳从窗外笼进来，似一双温暖之手，令她的身体回暖。她的心安定下来，不再反驳莫北。

二人就这样一路先去了医院，莫北放她下车时问她："晚上回来吃饭吗？"

莫向晚点头。

"嗯，早点回来。"

莫向晚又点头。

莫北笑，又看一眼后座安然躺着的莫非，把车平稳地倒了出去。

莫向晚站在渐由静悄悄变作闹哄哄的街头，看着莫北的车驶离此地，所有的喧闹仿佛都与她无关，她的眼里只有那辆车与那辆车里的人。

她愣怔半刻，醒转过来，转头奔赴她的工作。

这一次出的问题十分棘手。

老演员阮仙琼在一出都市伦理剧里演男主角的丈母娘，在弄堂里拿着菜刀要砍向自己女儿提出离婚的女婿。阮仙琼演戏素来投入认真，同演女婿的演员奋力厮打，没有注意到旁物，偏有一支晾衣服的竹竿从高空滑下，砸到了她的脖子上。

莫向晚走到病房外，邹楠和张彬都已经到了。

邹楠例行汇报："医生说伤到脊椎，可能瘫痪。"

把莫向晚吓退一步："瘫痪？"

张彬烦得不住踱步，他说："年纪大把还惦记扒分（上海话指赚外快），好了，扒进扒出，把自己赔进去了，搞不好棺材本都要赔光。"

莫向晚闻言皱了眉头。

这位阮仙琼当年乃上海滩电影界的一枝新花，报纸捧她为"小阮玲玉"，曾经也是香烟盒子上的招牌女郎。她生了一段风流骨，媚眼如丝丰润无比，但是来来去去阴差阳错，总演着同一种类型的资产阶级小姐，总也出不了头。

阮仙琼没有阮玲玉的星缘，倒有同阮玲玉一样异曲同工的孽缘。她早年嫁过一个文艺男青年，没几年文艺男青年就莫名失踪了，她就一个人带着小孩，捱过各种艰难时代，但日子始终未曾好过，她的儿子今年四十有三，智商却不过八岁，是在困难时代发了烧没来得及治的后果。

到了新世纪，老牌电影厂都在整改，没有合适角色给她演，就介绍她去电视台，电视台也没有合适位置给她，后来幸亏于江拉队出来单干，顺便接收了一些困难户。她是其中之一。

于江从来不限制阮仙琼在外接戏，放任她去搞三产，这是一层照顾。谁能想这层照顾如今变成了负担。

张彬头疼得很，他说："这算什么？这部戏是她私接的，出了这个事情，怎么算工伤？这等于员工搞三产赔了本还要本业单位来付账，没这种道理的。"

莫向晚沉住气问邹楠："仙琼阿姨怎么样了？"

邹楠说："昏迷到现在，她口里一直叫着他们家丁丁。"

莫向晚再问张彬："公司不负担她的治疗费用？"

张彬讲："小莫，你不要明知故问，这是一个无底洞，哪里可能？"

莫向晚不同他讲下去，只先说："我进去看看。"

她换了隔离服才被医生放进了加护病房。阮仙琼软塌塌地瘫在床上，面色晦暗。她早年有一种丰满美，可是年纪越大，越是干如柳枝。谁能想象这位老太曾在香烟盒子上风靡过大街小巷？

莫向晚走近了，才听见她在轻轻唤："丁丁，侬饭吃过吗？"

这话气若游丝，却如万钧雷霆，打得莫向晚的泪一下就流淌出来。

她低唤阮仙琼："仙琼阿姨，侬放心，有人会照顾丁丁的。"

这怆然一刻她只在心里想，如果有朝一日自己如此，好在有莫北会照顾好莫非的。

莫向晚从阮仙琼的病房里走出来，眼睛不自禁地红了。

邹楠在外面候着，但张彬已走了。邹楠讲："张总说先回去处理仙琼阿姨医疗保险金的问题。"她叹气，"刚才医生说了说治疗情况，张总才会头疼。许多治疗用也不好，不用也不好，有些不能用社保卡扣的，那点钱根本就是杯水车薪。"

莫向晚用邹楠递来的纸巾印了印眼睛，擦擦鼻子，这时是不能再伤感下去的。她先打电话给电视剧的制片人张萌，该片由卫视投资，总是能讲一些旧情的。

但张萌也在为难，说："小莫，不是我们不讲情面，如果只是一般的跌打损伤，我们绝对不赖账。"

她放着半截话没有说完，但莫向晚话头能醒话尾，一想心头更难过。眼前的医疗费只是头一宗问题，如果阮仙琼长久昏迷，后续的医药费、住院费，以及她儿子丁丁的生活费才是大问题。

张萌讲得直率："这样好不好？除开医保，你们于总出多少，我们就出多少？总之我言出必行，你放心。"

这样湿手搭面粉的事，他是预备同于江共进退了。莫向晚只好先说："好的，我明白了。"

莫向晚握着手机凝思片刻，先吩咐邹楠："这里请一个护工好好看护仙琼阿姨，我要去一趟阮家。"

邹楠了解，吁叹："是啊，仙琼阿姨一倒，她家里的丁丁就没人管了。"

最最艰难的是没有父母照顾的孩子。阮仙琼虽然家计负担重，但也聘了计时保姆做工，但丁丁情况特殊，一直以来很少有保姆能长期坚持。莫向晚就怕此时的丁丁无人照顾。

她先匆匆去了阮家，果然保姆已经不在了，而在那的人让莫向晚吃了一惊，竟然是公司里做清洁的冯阿姨。

冯阿姨已照顾了丁丁午睡，正在客厅里擦窗门。她见莫向晚来了，羞涩地笑笑，请进来倒了茶，讲："我向人事部请了假的，阮阿姨这里需要人，我来搭几天手。"

冯阿姨在公司里做清洁工好几年了，莫向晚从不曾听说她与阮仙琼有什么交往，却在这样的困难时刻施予微薄却珍贵的援手。莫向晚太震动了，一时竟不能言语。

反倒冯阿姨解释起来："刚来公司的时候，我老公正要做一个手术，是阮阿姨借了钱给我。阮阿姨说'人生没有什么过不去的坎'，我只希望阮阿姨能过了这道坎。"

莫向晚只有默然许久。

出了阮家，她径直去了一趟他们小区里的保姆介绍所，物色了好几个保姆，但都是不太定性的人，一听说东家家里有个智障儿子，都打了退堂鼓。

末了莫向晚接到管弦的电话，管弦问："你们会不会设一个账号？我想打两万块钱进去。"

莫向晚说："我代他们母子谢你解燃眉之急。"

"于江不准备管？"

"我还没有和于总通电话，晚些时候再汇报，现在张彬大概正和他说着。"

"你知不知道仙琼阿姨的存款有多少？"

“她一直以儿子为重，我想丁丁的生活费她应该是攒了的，只是没有想到她会遭遇这样的不幸。”

“但是丁丁没有人带了。”

“我想明天找一个合适的养老院，跟人家谈谈情况。”

管弦说：“这条路子可以试试。旦夕祸福，人倒霉的时候只有更倒霉，仙琼阿姨这一辈子太气弱，什么都不争，不争事业不争老公，最后落得孤儿弱母，惨淡收场。”

这天气候不好，莫向晚心情早就由浓转黯，听得管弦说这样的话，意外刺耳，聊赖地应付一句：“我们尽人事听天命吧！”以此结束对话。

天也跟着黯淡下来，无端端起了风，瑟瑟地透着冷。夏秋转换，太过无常。

莫向晚回到新村里，在楼下镇定地站了片刻，风吹到她的身上，她方觉秋天真的来了，竟是冷到她无法抵御。

她提了提精神才上了楼，没什么气力掏钥匙开门，想想莫非应该在家里，就摁了门铃。

来开门的是莫北，他穿着那件同莫非一样的 T 恤，挽起了袖子，好像才干完活儿的样子。他说：“时间正好，可以吃饭了。”

他背着客厅里的灯光，好似背负了一身阳光，莫向晚竟能感受到他身上的暖意，忽然就很想靠近，但她得克制。她慌忙弯腰脱鞋，偏今天穿的是跑鞋，鞋带系一个死紧，她解了几次都解不开，干脆蹲下来解，好不容解开后再猛地站起来，起身太快以致头脑一阵晕眩。

她太习惯这种感觉了，每当工作太过忙碌，抑或是学习用功过度，她就会有短暂的心情抑郁，之后会因短暂缺氧而时有晕眩。体检的时候，医生说她这是压力过度。她笑笑，自己意志力强，能在晕眩时自我调整，总能度过去。

莫向晚像往常一样准备撑一撑墙壁，深呼吸几次调节一下。但这次有一双手抱牢了她，让她借到了力，她被半扶半抱着进了门坐到沙发上。

莫北自然而然地站在她的身后，揉按起她的太阳穴，手势很好，力道适度。温暖自那里透入，莫向晚本来想拒绝，却怎么都拒绝不了，几乎开始贪恋这一刻。

眼前的黑暗一轮轮被驱散，她渐渐清醒，他就在她的身边，他的呼吸近在咫尺，又暖又安全。怎会如此？莫向晚警醒过来，伸手想要推开他。

莫北没有松开自己的手。她疲惫不堪，走路踉跄，愁眉不展，让他想为她做更多。这是不自觉的，他不愿放开自己的手。当她的手想再一次隔开他的手时，他本能地紧紧地握了一握，惊得莫向晚回头瞪他。

莫北看她这惊急模样，却是坦然微笑，就像什么都没有发生过，他松开了手，说："莫非妈妈，你去洗个手就可以吃饭了。"

又叫一声"非非"，莫非自他的小房间里"踏踏"跑出来，雀跃地帮助莫北端饭碗。待放好饭碗，莫非又凑到洗手的莫向晚身边小声问了一句："妈妈，你们刚才是不是在香嘴巴？"

莫向晚抬头擦手，镜子里的自己没有骗自己，她分明红了面孔，只好对着儿子凶："你又瞎三话四什么东西？"

吃罢晚饭，莫北自觉想要去洗碗。他来到他们母子家中，总能寻出许多事情去做，做得太多，都要让莫向晚过意不去了。她是真的不好意思，起身阻止他的动作："还是我来洗。"

莫北没有勉强，放下了手，看她收拾碗碟。莫向晚也是做惯家务的，手脚麻利不落于他，端盘子洗锅子颇有技巧。

莫北靠在厨房间的一角，看这位女士弯腰洗刷。他站立的角度很好，看过去的风景也很好，于是更不想离开，只愿此刻静谧安宁，容他悄悄欣赏。

但水声哗哗，搅扰着有心人的心神。莫向晚的心静不下来，她知道他就站在身后，只要这样一想，她就会如芒刺在背，背脊仍是僵硬。

莫北察觉到了，也不露声色，开口说："今晚早点睡。"

莫向晚"嗯"了一声，他又审慎地问："我可以把非非带过去跟我住几天吗？"

莫向晚小心地回头看他，别有谨慎暗中生。

莫北已习惯应付，他说："你放心，我做饭做家务都没有问题，照顾小朋友洗澡吃饭更加没有问题。我从小学念到大学，数学没有考到过年级十名以外，还可以帮非非补习拿一个华罗庚金杯赛冠军。所以检查他的作业更加没有问题。"

他这又叫什么话？莫向晚想。这个男人跟他的儿子一样擅长打蛇随着棍子上，看她有几分颜色松动，马上就要三分颜色上大红。

莫北诚恳商议："我只是带他住两晚，你不是下个星期要考《合同法》吗？正好有空当复习。"

这倒是在点子上，他竟然知道她最近要考试，还知道考的是《合同法》。用的心思真不少，莫向晚不傻，一点即透，红晕也透到面孔上。

让莫非同他住几天，在他这么个堂而皇之的理由下，她倒不太好反对了，但反射性就会虚弱地反驳："你晚上睡得也很晚的。"

莫北说："我最近在看美国的大盘，看得脑子都快搭住了，这种金融风暴我管不了，我就管管小朋友好了。"还问一句多余的，"莫非妈妈，你觉得哪能？”

他想的是，反正她也习惯自己的厚脸皮了。早习惯晚习惯，都是要习惯的。他就干脆耍无赖了。

这种话这种神态，让莫向晚真的很想骂他一句“脑子的确是搭住了”。可他接过她洗好的碗，捞来干的抹布，一只只擦拭干净，放到饭碗该在的地方。

这么一个态度，她再要拒绝，就是不讲情面。莫向晚便把莫非叫到跟前，问：“你晚上跟……去 403 睡好不好啊？”

莫非看一看莫北，莫北摸摸他的头，他就响亮说：“好的呀！妈妈你自己晚上要好好复习哦！”

莫向晚终于知道父子会连心，不知道莫非到底说了多少她的事情给莫北听，让这位先生把她的底摸得清清楚楚。

但孩子是真的企盼，她最最不愿意的就是逆孩子的纯善小心愿，便同意了。她到房间里给莫非准备睡衣睡裤，毯子枕头，又把牙刷牙膏拿好。一件一件嘱咐莫北注意事项。

莫北再细心也是一个“忽然爸爸”，缺席儿童成长的八年，许多细节不清楚，她需要一一交代。

莫北听得很认真，一一答应了，又讲一句：“谢谢你。”他把她手里的东西接过来，两个人就像旗手交接一样。

当她把最后一条注意事项说完，莫北说：“这些年，你真的太辛苦了。”

莫向晚是即刻说道：“不不，日常生活而已，没有什么辛苦不辛苦。”

可是他笑着望她，不管她的执拗，无视她的辩驳，想要安抚她的不安。

他是能理解她的，而莫向晚竟然能清楚他的理解，慢慢心平气和下来。两人又絮絮说了一阵话，都是关于莫非生活上的细节。说着说着，莫向晚蓦然想，他们这样讲话，真的有些像两口子的日常。

她一下住口时，莫北就微笑着看她，等待她的下文。

莫向晚有些窘，和莫北针锋相对容易，融洽相处却很尴尬。她不知道该讲什么化解自己的尴尬。猛然间，她想起了一宗事情，先前她是绝不会开口向莫北请教的，而在现在这个时刻，她自然地开了口："有件事情向你请教一下。"

莫北有几分意外，能让莫向晚来请教自己，他不知怎的在意外之中又带着好几分的高兴，说："愿闻其详。"

莫向晚把冯阿姨的家中拆迁房的事情讲了一遍，问莫北："有没有什么可行的办法？"

莫北说："如果要重新划割拆迁费，争取到遗产，最好还是去法院上诉，申请重审。"

"他们人微言轻，动迁组那边都搞不定，自家亲戚又在威胁。"

莫北从她的书桌上拿起她的手机，输一个手机号码进去，说："星期四是区长接待日，我正好有空，你叫他们给我电话，我可以陪着他们一起去一趟区政府。"

莫向晚喜出望外："这样最好不过了。"她从他手里接过手机，才说，"我打你一个电话。"

莫北却是笑："我已经有你的号码了。"

她都忘记了，一时手快将号拨了出去，却是莫非颠颠地拿着莫北的手机跑过来递到莫北手里。莫北摁掉手机，直瞅着她笑。

莫非因为从没远离过母亲身边，临别生了些留恋的意思，拉拉莫向晚的手，说："妈妈，你跟我们一起过去睡好不啦？"

饶莫向晚再稳重，也片刻之间火烧脸颊，斥道：“你自己管好自己，别东想西想，麻烦人家叔叔。”

莫非纠正她：“是爸爸。”

她就皱皱眉头，无可奈何，只是看到莫北抿嘴，要笑不笑的样子，这般便宜就被讨了过去，她不免又觉得他们父子讨嫌，收拾好东西，赶着他们快快离去。

莫非很是不解，跟着莫北去了他的房中才问：“妈妈干吗生气啊？”

莫北答：“因为非非走了。”

莫非竖起食指，一板一眼地讲：“我要跟妈妈说，孩子总是要长大的，她要习惯我已经长大了。”被莫北撸乱了头发。

这么一个小人，在同莫北的亲近过程中，他开始是好奇，中间是迷惑，现在便是想要全心全意对待了。他的身上流了一半他的血，是经由他延续的生命。这一重感觉先是震撼了他，而后和缓变做细水，他是自水上行舟的船夫，要载好他想载的人。

莫北给莫非洗了澡，事实上，莫非最近一阵天天在他这里洗澡，因为莫向晚那边的卫生间盥洗设备有些故障，出水量很小，莫向晚又一直没有空叫修理工来修理。莫非洗澡都是用盆接了热水，再兑凉水。他说只要妈妈在家里，都是妈妈放的洗澡水。

莫北当即领了他到自己房里洗澡，然后再找人去将他们的热水器修好，修理工上门一看，说是电机有问题，提议更换。这要求有些逾越，莫向晚有她的雷池，他对这个界限小心翼翼，同莫向晚商定好此事，才约了修理工下周上门。

莫北这边安装的是全套德国进口的淋浴设备，还有按摩浴缸，让莫非很受用。莫非快快乐乐地洗了澡，出来不忘要把同样受用的舒服带给妈妈，便嚷嚷：“爸爸，以后可以叫妈妈来这边洗哇？”

莫北正开着电脑看资料，这句话一出来就让他顿时思想不在资料上了。毫无防备的，身体会有一点点难受，还有一点点热。

他第一次接触到异性最深处的体温，是在莫向晚身上。那以后，他逐渐在遗忘，直到同她再次相逢。

这并不是非常好的回忆，但是零星的片段在他的脑海中闪回，重新组装，焕然一新。那再也不是草草，而是莫向晚。他使她年轻的身体受孕，生下这样一个孩子。他们便有了斩不断的干系。

莫北装模作样地把莫非的作业拿出来检查，孩子做得非常好，没有什么错误。他就催着莫非睡觉，可是莫非不愿意睡，开了电视看动画片。

在这么个稍稍吵闹的环境里，莫北勉强克制自己，继续手头的工作。只不过过一阵就会抬头看看莫非。莫非也在看他，用眼角瞟一眼，又一眼。

莫北问他：“怎么了？”

莫非坐在床沿荡一荡脚，问：“爸爸，你会和妈妈结婚哇？”

莫北没答，给了孩子一个疑问的表情。

莫非搓着手，他在紧张，但是依旧朗朗地问：“爸爸，我很想你当我真的爸爸的。你可以跟我妈妈结婚哇？”

莫北坐到他身边揽住他，说：“只要你妈妈愿意。”

莫非惊喜了，兴奋了，直问：“真的啊？”他高兴地勾住莫北的脖子，莫北才发现小朋友力气老大，他费大劲才稳住身体。莫向晚的这些年，该如何辛苦？

莫非黏在他身上，死死抱住他的腰，就是不肯放手，直到眼皮缠绵，抵不住睡意，才终于躺下睡着。

莫北把笔记本放在腿上，就坐在熟睡的莫非身边办公。

好友关止发来微信，问："很久没见你出来耍乐了，最近真和外资委杠上了？"

"我那是和领导沟通。"

"你若能说动那群大老爷手下留情，世易的'胡子严'得多谢你啊！"

"彼此彼此。"

"案例成了后，给我整理一下，我可以写报告。"

"你倒省事儿。"

关止这家伙是名校中文系辍学的文艺男青年，没有主业，副业一是做着咨询公司的编外顾问，为企业的品牌发展答疑解惑，顺便整理企业发展的案例做研究；二是写写报刊杂文赚赚小钱，他最近在本地周报上开了一个情感专栏，叫作"叹为观止"，比他还体贴女性，专门解答女性情感问题。

莫北正好用得到他，先爽快答应给他"世易"的跟进报告。然后说："有个女人的问题需要咨询你，知心大姐。"

关止叫他"滚"，而后又发来一句话："你脑子里有几条筋我能不清楚？我都不必问你问题，先送你八字真言——'放下过去，立地成爱'，够你受用一辈子。"

莫北在这头笑，回复他："难怪你的专栏红得发紫。"接着就打了一句爆炸性的话丢给他，"我有个八岁大的儿子你信不信？"

那头的关止没回复，莫北想，不会一句话震得他掉了手机吧？

过了很久，关止终于发来一句话："是你在做梦，还是我在做梦？还是我们都在做梦？"

“我们俩现在都清醒得很，兄弟。”

“大半夜没做梦说隐私，别有意图啊！”

“嗯。懂我意思了？”

关止说：“我会帮你广而告之，当然不该说的人我绝对不说。不过说回来，我有没这荣幸见一下让你当爹的女人和你儿子？”

“没门儿。”

“不够意思。那当爹的感觉怎么样？”

莫北答他：“感觉好极了。”

莫向晚这一夜睡得好极了。

前一个晚上她背了书，因不用挂怀莫非，竟能专心致志，这是前所未有的。临睡前，她在莫非的小房间里坐了一会儿。

以前只要一想有朝一日莫非会离开自己，就会有不自禁的剜心的痛，她不能想象没有莫非的日子。而如今，莫非不在这间房间内，但她知道他隔着一堵墙在另外那个人那边，那边安全舒适，她能够想见，故此安心。

这是别样情怀，莫向晚定神，不愿自己再细细分辨。她回到自己的床上又看了一阵书，才关灯睡觉。晚上也不像以前那样会醒个三五次看莫非是不是踢了被子。

次日天光亮，莫向晚醒过来起床洗漱，镜子里的自己气色绝佳，可见休息得充分。

莫北把莫非送了回来，还送来了早饭。莫非“唧唧喳喳”的像晨起小鸟，把昨晚在403过夜的事情巨细靡遗汇报了一遍，听得莫向晚直乐。

莫向晚对莫北说：“他马上要期中考试了，要盯紧复习，不然会考不好。”

莫北就对莫非说：“妈妈说的话听到没有？今晚多做一张数学卷子。”

莫非扁嘴，昨晚得来的兴奋又荡然无存。

孩子的情绪就是有一阵没一阵，上车之后，莫非都在烦恼如今背上的两座大山。

莫向晚最见不得他的忧郁模样，正要坐到他身边去安慰，莫北却把后座车门一关，替她打开前排的门。他不容置疑要她往前坐。

送莫非去了学校以后，莫北才说：“既然要狠管着他，就别心软。”

莫向晚点头：“非非性格外向，定不下心，凡事逼一逼才会卖气力去做。”

“聪明孩子都这样。”

他小心问她：“你下星期四考试，那之前我来管他期中考复习，好不好？”

他是诚心诚意说的，莫向晚又是不得不去同意的。同意以后又懊悔，本来可以步步为营，如今却是步步失守，太气馁了。

但莫北是识相的，依旧只把她送到地铁站。下车的时候，莫向晚对他说：“谢谢你。”

到了公司，总经办发下会议通知，会议是专门针对阮仙琼事件的。

于江的策略已经出台，由宋谦在会议上亲自解说：

“最近卫视的慈善节目《爱心大使在行动》收视率正飙升，我们的几位艺人都有兴趣接他们的通告，正好趁此机会把阮仙琼的事情说一说，仙琼阿姨在老上海心中还是有点印象的，这样可以解一解她的危困。我们可以用公司的名义上节目，剧组那边应该也没有问题。

他们认为这是一种良性的炒作，对我们建立一个正面的形象也会有帮助。”

这就是全盘计划，听得莫向晚拿着冰凉的圆珠笔，无法正常做笔记。

于江说：“今天很多同事都提出愿意捐款，我代仙琼阿姨谢谢大家。解燃眉之急是必要，长久计划也需要考虑。我们要为仙琼阿姨和她的儿子做最好的打算。”

同事们纷纷点头。

会议后由法务部来收捐款，以示公正。许淮敏同行政部头头史晶讲：“昨天开会开到半夜，就在讨论好方案。”

史晶笑：“这个危机方案做得强，谁想出来的？”

“于总他们家那位。”

“哦。”史晶不再讲下去。

恐怕她想的同此刻听到此话的莫向晚想的八九不离十。

这样的危机公关等于在人伤口上撒盐。阮仙琼是什么人？打落牙齿和血吞，自扫门前尴尬事，她根本不是个愿意到处诉苦的人。这么一个人倒了，要把陈年往事向公众披露，形同示众。阮仙琼若有意识，也必不想如此示弱。

莫向晚因此而郁郁不乐。

许淮敏至她面前收捐款，说：“总监级的是这个数。”用手指头比了一个数，莫向晚翻了下钱包，把全部的钞票拿出来，默默把钱递给了她。然后起身去茶水间泡茶。

史晶恰好也在茶水间倒茶，莫向晚道一声好。史晶的助理正好来问：“许老师把钱都点好了，让我们去寻张彬拿阮仙琼的工资卡账号。”

史晶这个人，不该搭手的事情绝不搭手，本该由行政组织捐款，她也由着许淮敏做了，就算沦落至打下手也无所谓，脸上无任何忤色。她和气地嘱咐小助理："你又不会办事情了不是？这个钱打到阮姐账户能起什么作用？先拿去医院交了住院费再讲。"

助理连连点头，说："我晓得了。"

史晶问："一共多少钱？"

助理报了一个数，莫向晚侧一侧目，照着许淮敏报的总监级捐的款项级别，不会有这么多款子。她诧异，史晶也诧异，问："怎么这么多？"

她的小助理说："老总大手笔，捐了这个数呢！"说着伸出手指头比了一比。

莫向晚更加诧异，史晶神色倒恢复如常了。她说："老总有心意是好的。"转头看到莫向晚犹自在惊讶，笑道，"以前老总刚进电视台时也是从底层做起的，跟一些情景剧的拍摄，几个老演员顶会欺负新人，就阮姐每天中午拿着盒饭和和气气地招呼老总，还总给他带一份。也算有一饭之恩了。"

这一等老皇历是莫向晚所不知道的，也不知道是多久之前的。史晶是讲得老皇历的人，她资格老，背景也老，是此类公司中一等一闲坐着吃皇粮的。莫向晚平时与她并无过多的交集，只是这一刻两人的简短交流，却是顺畅。

莫向晚多问一句："那还要上卫视演活报剧做什么？"

史晶笑着说："总归是有道理的。"

她的助理又来报告："于总让您快点去会议室，上头的领导来听于总对艺术节开幕式的报告呢！"

史晶讲一句："吃多了撑的，搞三产搞得家都不认识了。"讲完就匆匆跟着助理走了。

莫向晚回到自己的办公室，邹楠走过来同她小声报告：“连于太太都来了呢！于总今天压力老大，向岳父和太太做双重汇报。老大，有人问我，我们是不是要发展第二业务承办活动这块呢！”

今次的这个项目当然是块大馅饼，但莫向晚想不明白于江为什么撇开艺人经纪和影视投资正业接下这么大一个摊子。“奇丽”往常就算做此类活动，也只当作外快或帮忙性质接一些小型活动而已。

莫向晚走出办公室，觑一眼那头的会议室，于江正立着向一位老者说话，老者身边坐的是一向矜持温婉的祝贺。她正殷勤地为老者倒茶。

其实祝贺的身世同她有些同病相怜。这也是莫向晚在祝贺和管弦的关系中，对祝贺始终不能全然敌视的原因。

祝贺同她一样是父亲前妻的女儿，父亲的后妻生了一个儿子。他们一家四口曾经在祝贺的婚礼上亲密合影，许淮敏同这几位女同事悄悄说了个人之间的关系，莫向晚就敏感了。她能看到祝贺在一家三口人之外的一种淡淡疏离，而没有亲身体验的人，是不会察觉到的。

莫向晚当时看着竟会有凄然之感。

但这并不关她的事，莫向晚收回视线，正好手机响起来，来电话的是金锦文。

金锦文在那头笑着说：“小莫啊，你介绍的小朋友好大来头，我招呼还没来得及打上去，已经有人捷足先登了。”

莫向晚一时没反应过来：“你讲什么啊？”

那边说：“就是那个姓于的小朋友，他们家到底是干什么的？你知道不，那蔡导演招呼打到咱们大领导那儿去了。我一听真吓了一跳，你别蒙我了，他们家到底什么情况？”

莫向晚才明白过来，先是问：“于雷可以上台了？”

“嗯，可以和崔家的孩子一起领唱。哎，姓于的孩子和蔡导什么关系啊？”

莫向晚牵了牵唇角，能有什么关系？她答：“我不知道啊！”

挂了电话，她转头就想拨一个号码，可是踌躇半晌，终于还是没有拨出去。

于江的秘书自于江办公室内出来，打电话至公司对面的五星级酒店的中餐厅订午餐位置，又连拨几通电话，似乎是在邀请卫视的几位老总。

莫向晚默默回到办公室内，办公桌上摆着两张照片，一张是她和莫非难得的合影，另一张是“奇丽”成立三周年时的高层合影。

于江站在正中位，意气风发，气宇轩昂。可谁能知道，他站在这个位置上，他的岳家出力更胜于自家。

管弦在那日吐露过往之后，还多讲了一些往事。当年少年于江回到家乡，举步维艰。家中只安排了他的学业，其余则放任其自由，说是“民主”，好大一张旗帜，可以不盖到不愿意庇荫的子孙头上。

莫向晚摇头“那又何必呢？都是自己家里的孩子。”

管弦说：“于江的老子不争气，曾没有骨气在那年代里卖了老爷子，又娶了做过那些事的女人。他们家里的人怎能对他心平气和？他们家里有个如珠如宝的孙子，哪里轮得到于江。”

于是处处便要自己争。

当年外语学院的系花祝贺是于江花了些力气追到的。从此之后，他就顺利进入卫视前身的电视台安身立命，并以此另开山头。

管弦还说：“外人看他们这宗人家声势显赫，其实他们的内囊就是一出《金枝欲孽》。这电视剧拍得多好？道出多少江湖儿女心酸事。”

于江同管弦都深明这一点，两个人都会做人，也都会做事。如今日赴这午宴，于江几乎是点头哈腰地陪同老岳父走了出去。

莫向晚摇摇头，不想自己花费太多心力去纠结他们的事情。朱迪晨打来电话邀她一同去做脸，林湘和齐思甜也同去，莫向晚想想莫非有莫北带着，她能放心，便同意了。

临下班时她问了一声邹楠要不要一起去，向来爱好热闹的邹楠正手忙脚乱地做手头工作，连连摇手。看她这般努力，莫向晚也甚感心安。

几人遇着面，又对新近圈里的当红事儿一番议论。

朱迪晨讲："梅范范小姐可不得了了，从几百号报名的人里脱颖而出，接下的戏可是要奔着奥斯卡最佳外语片去了。"

林湘轻轻"哼"了一声，不置可否，倒是齐思甜笑着说："所以讲她的路子是对的，以电影为起点，高很多。她是新人，哪怕受了委屈，别人也当是被老行尊给欺负的。"

林湘打一个哈欠，抽了抽鼻子。这一副神态却让莫向晚注意到了。固然林湘依旧靓丽，但眉眼之间却多了几分惫懒和疲态，眼圈也青着，粉浮在面孔上。

莫向晚心底吃了一惊，这副情态她太熟悉了。曾经的自己浸淫过的那个圈子里头，不少少男少女都曾有过如此形态。她不免担心，拉住林湘问："你这是怎么回事？"

林湘摇摇头，"没事，我没事，向晚姐，我就是拍戏有点累。"

莫向晚小声说道："如果你有什么问题，也可以及时来找我。"

林湘沉默了一小会儿，说："向晚姐，你对我好，我知道。"

朱迪晨拉过莫向晚，小声说："这一位对罗风还真是痴心，我死命劝不住，以后有的她苦头吃。"

原来爱情才是罪魁祸首，人人都以为林湘重出生天，实际上她却堕进了更深泥淖。朱迪晨又说："爱情害死人。向晚，谈什么千万别谈爱情。"

莫向晚不知如何作答，这时莫北的电话打过来，却是莫非稚嫩的声音在嚷嚷："妈妈，我跟爸爸在超市，你晚上想吃什么啊？爸爸家里晚上来客人，不来我们家里吃了，要给我们留好晚饭的。"

莫向晚就自然地说道："你对爸爸说不用忙了，让他先做好自己的事情。"

莫非转述了一遍，接着是莫北拿过电话，问她："非非说你喜欢吃西兰花？那我就炒一个西兰花，再炖一个萝卜子排汤？"

这是商议的口吻，可她怎么好意思？便讲："你有事情就先忙，不好耽误你的。"

"没耽误。"他这样的口气，一定是在笑的。

莫向晚只觉得脸又要开始发烫了。她便择其他话题讲："于雷被提上来唱歌了。"

莫北并没有否认，说："我知道。"

"我代这个孩子谢谢你。"

"谢什么？别人开了后门我们也开了，讲出去都不是好事，别人要说这是关系户。"

莫向晚轻轻笑。

莫北说："你不介意我多买一些东西给非非吧？"

莫向晚已经不介意了。

但她并不知道她这一不介意，家里几乎就被换了一个样子。

先是卫生间里的故障热水器被整个拆了，换上的是隔壁莫北用的同款淋浴设备，外加按摩浴缸。可把莫非乐坏了，洗澡对于他来说成了享受，每天踢完足球回家就泡进浴缸，没一个小时不肯起来。

莫向晚有点目瞪口呆，要同莫北算钱，他就来一句“给非非用的，以后如果你们要搬家，我就把这套设备拆了走，又不是送的”。这种狡辩让她没办法把钱给出去。

隔了几天，莫向晚回到家，发现多了几个抱枕，统统是上一次莫非学校发的“深海鱼”，摆得莫非床上都是。

这有些浪费，但抱枕本身值不了多少钱。她干脆就不同莫北谈钱了，一谈钱他就说这是给莫非用的，谈了也白谈。

莫非把抱枕一只只分配到母亲的床上，自己的床上，椅子上，沙发上。回头一看母亲皱了眉头，他就讲出早就想好的小借口：“妈妈，沙发的一只垫子瘪掉了，我用抱枕遮一遮哦。”

莫向晚一检查，是垫子下边的弹簧松了。这沙发是几年前她住出租屋时从家具批发市场淘来的，乔迁新居时，她见沙发还很完好，就没有再换成新的。这次莫非一提醒，莫向晚一检查，发觉是非换不可了，便对莫非讲好星期天重新买一个。

莫非大约看她今日好说话，又凑上来问她能不能去少年宫陪于雷唱歌，他很好奇少年宫合唱队是怎么训练的。

这孩子有天生的好奇基因和积极探索陌生事物的精神，极喜欢接触不一样的人群和事物。放在以往，莫向晚哪里有空满足莫非这些个奇奇怪怪的额外要求，但这一次，莫非分明是已经有了更大的支持，他讲完自己的小打算，接着就说出了自己的大后援：“爸爸会接送我们去少年宫的。”

这就让莫向晚又不能拒绝了。但她不禁问莫北：“你最近的工作真的不忙吗？”

莫北回得皮皮的："我是专项任务专项跟进。"

但他也不能说真不忙，最近夜里的饭局不少，所以又把莫非送回莫向晚这里睡了。但他对莫非的接送，倒是风雨无阻。莫非又腻他，整天在她面前提"爸爸"这个，"爸爸"那个，对他这个"爸爸"的一切了如指掌，还时不时向莫向晚打个小报告。

莫非说："爸爸家里开会的人好多哦，他们好像要给上级打报告呢！妈妈，我觉得工作是一件很累的事情，要跟这么多人讨论这么多事情，还要向领导汇报。我觉得我没有做班干部是很聪明的。"

莫向晚对儿子是不是争取当班干部倒也不干涉，一概随着儿子的性子来。莫非没什么小孩子那种当官的虚荣心，也不失为一种淳朴。

莫北也赞同这一点，有一回对莫非说："不在其位，依然可以谋其政。"

莫非太小，听不懂文言文，莫北就解释："不是一定要当班干部才能帮助别人的。"

莫非弄明白以后，还照做了。某天回家后，就到莫向晚这里来求表扬，说："妈妈，我今天跟于雷去少年宫玩，看到一个奶奶过马路，我去扶了她哎！后来奶奶请我到喝咖啡的地方吃了一块蛋糕。我谢了奶奶呢！"

这让莫向晚又开始头疼，莫非这孩子太乐于助人又好事，容易被陌生人接近。她只好教育道："你只不过是扶了老奶奶，怎么可以让老奶奶请你吃蛋糕？这样你不就是让你的帮助花了老奶奶的钱？这就不是乐于助人了。"

这又让莫非陷入了深深的思考，开始后悔起来。

莫向晚想拍拍莫非的小脑袋，再给他几句鼓励，这时有人敲了门。

她打开门一看，有三个工人扛着一个三人沙发站在外面，问她：“是莫向晚女士吗？”

莫向晚点头。

领头的工人递来一张送货单，说：“请您签收一下。”

莫向晚对工人说：“你们是不是送错了？我没有买沙发。”

工人核了一遍地址，讲：“没错啊！”

莫非凑了过来，讲：“那么就是爸爸买的啦！”

工人笑起来：“太太，你老公买了东西没跟你说啊？你就先让我们把沙发搬进去吧！我们赶一趟也老吃力的。”

当场退货根本不可能，也没道理，莫向晚只好让工人把旧沙发搬出去，再把新沙发搬进来放在原地，然后拆掉了包装。这是一个简单轻巧的三人沙发，沙发面是全白的，只在扶手处印着一朵精巧白花，绿茎坚韧，好像从雪堆里张扬出来，花却又是白如雪。

工人问她：“太太，你老公说了，旧沙发怎么处理听你安排。”

能怎么安排？家里这么小，总不可能放两个沙发，她便说：“帮忙把它送到外面旧家具店吧！”

莫非看到新沙发，开心得不得了，拿了好几只“深海鱼”垫子把沙发布置好，得意扬扬地问莫向晚：“妈妈，你知道这朵花是什么意思哇？”

莫向晚一看就知道这件事情和这个小人儿脱不了关系，她虎着脸就说：“你又跟爸爸讨东西了对吧？”

莫非摇头：“是爸爸自己坐到垫子上被夹着了才买的，又不能怪我的。爸爸说这个沙发很便宜的，是他直接到工厂里面买的。就要了一个这里印花的。”

确实，这沙发式样是顶简单的，但莫向晚摸一摸表面的布料，就知道这材质可不简单。

莫非继续装他有学问，指着沙发扶手上的花朵问：“妈妈，你知道这朵花是什么花哇？”又嘴快地自答，“爸爸说这朵花叫‘冬日谎’，可不是撒谎的花哦！它在冬天开花，让别人以为还在夏天。能在雪里面开花的花，是不是很厉害啊！妈妈？”

莫向晚听了心里一动，愣了愣，刮了下儿子的鼻子。看他这样兴高采烈，她的心也像那朵“冬日谎”下的白雪一般，都快融化了。

莫向晚决定去找一下莫北，但对面403室没有人在。这个人大约又在忙碌。

夜里，莫向晚照常起来检查莫非有没有踢被子。从莫非房里走出来时，她隐约听到大门外有动静，便在猫眼里张望了一下，莫北正靠着门掏钥匙，也许是他的手在发抖，钥匙响得稀里哗啦。

她想，他是不是喝醉了？就开了门走出去。莫北果真是半醉了，一身的酒气。莫向晚用手扇一扇，莫北看清楚是她，抱歉笑道：“吵醒你了？”

莫向晚接过他手里的钥匙，帮他把门打开。但他仍是靠在墙上，用手捏着眉心。

“还说我呢，瞧你自己都这样。”这样的埋怨是不自觉说出口的，出了口，她就悔了。

莫北却没注意，仿佛心中有极抑郁的事，“哧”地哼了一声：“那群大爷，在其位不干人事，妈的。”

他是魂不守舍又压着恼怒的。这样的莫北，莫向晚没有见过，只得问：“我扶你进去？”

莫北撑了一撑墙，自己摇摇晃晃走进了门。

莫向晚又问他："你自己开车回来的？"

"叫车的。"

莫向晚安下心，又问："喝了多少？"

"没数，红的白的都干了。"

莫向晚跟着他进去，到他的厨房找杯子倒茶，他一向能把居室收拾得整齐干净，她平时能少来他这儿则少来，但也能在第一时间找到要找的东西。

她把热水杯递过去，莫北接了过来。她说："你快点睡吧！"转身想要离开，但手突然被拉住了。

莫北低低地叫她一声："向晚。"

这是他第一次用这样的口吻叫她，还把她的手攥得紧紧的。相触的温度令她不知所措，恍惚多年以前，两人也曾经肌肤相触。这样一点，把往昔记忆全数勾回。

但莫向晚的厌恶之情减少了。她小心翼翼地想要挣脱他的手，他是半醉的人，她不该计较。

可莫北站了起来，阴影挡住一切光亮，天地间忽然暗下来。莫向晚觉得这不可捉摸的黑暗可能会将自己吞噬，她想要躲，可是手被他攥得紧紧的。

他想做什么呢？莫向晚心慌意乱地想，她低下头，徒劳地想要以此来防止最尴尬的事情发生。

但她错了，莫北只是稍稍调整了一个角度，在她的额上轻轻地吻了一下。温柔的触感隔着额前的发，让她轻轻战栗。这是难喻的情愫，自她的额头冲入脑际。

他克制着，只是轻轻吻了那一下，然后便放开了她。

莫北眼色迷蒙，平和的同她这样说："向晚，你别怪我。我不想让你困扰，我……”他没有说下去，只是在她的额上又吻了一下。

莫北的吻就是一道火热印迹，将莫向晚脑中的陈年往事中仅有的美好经验引了出来。

她分明能忆起那一夜他的温柔，他的从容不迫，他的彬彬有礼。在最亲密结合的那个瞬间，他都是克制而体贴的。

莫北是怎样一个人？少女时期的莫向晚从没有想过，成年以后的莫向晚也没有想过，与莫北相遇后的莫向晚仍旧不曾想过。但就在这一个吻之后，好像一把钥匙，慢慢打开了这个魔盒。

她知道现在站在她面前的才是真正的莫北。莫向晚害怕起来，一念及此，她的心脏惊跳得快要麻痹了。

他的唇把他的体温留在她的额头，他的手把他的体温留在她的掌心。他这样渗入到她的生活之中，她是惶恐的。

莫向晚几乎是逃窜入自己家中，关上门，靠在门上。门外没有动静，莫北没有跟过来。莫向晚慢慢蹲了下来。

可是就在刚才，他明明醉着，吻了她一下，又是一下，却始终没有再逾越。她的眼睛突然一热，有一种亲切的温暖从遥远的记忆深处回笼，是她所未曾体验过的。

莫向晚在莫非的房里坐了大半夜，望着小小莫非的脸，竟是百感交集。

第二天一早，莫非老早就爬起来，给她挤好牙膏，放好水杯，还倒了洗脸水，才拉她起床。

莫向晚问：“爸爸送早饭来了？”

莫非答：“是啊是啊。爸爸买了早饭去南京路拿车子了，叫我们等他一下。”

莫向晚亲一亲莫非，莫非拼命躲避母亲的吻，嚷：“妈妈，我是大孩子了，你不要老是亲我。”说完又被母亲亲了一下。

莫向晚看着儿子的面庞，他的鼻子似莫北，耳朵的轮廓也似莫北，眉宇之间的友善和温润都是他的。以前怎么就没发现呢？

莫向晚洗漱完毕，把莫北送来的艇仔粥吃了个干净。携着儿子下楼。

莫北早就等在下面了，车里还有另一个小客人于雷。莫向晚只好往驾驶位旁边坐。

两个孩子一碰头就交流起了近况。

“我今天还要去少年宫，你去不去啊？老师说我有几个音唱不准，要多练练，不然会丢脸的。”

莫非问莫北：“我今天可以去哇？”

莫北说：“我下班后去接你们。”

于雷欢呼：“莫非，你莫叔叔人真好。”

莫非口里称着莫北是“爸爸”，却没有欺骗他最亲近的伙伴。他对他最亲近的人留着这一份坦荡，亦是小小襟怀。也或因他并不知道眼前这一位被他拼命认作爸爸的人，根本就是他的亲生父亲。

因此莫向晚突如其来就内疚了，她朝莫北抱歉地笑一笑。莫北看见了，也一笑，是不萦于怀的。

于雷又对莫非说：“何老师说你很讨人欢喜的，老是有人送零食给你吃。”

莫非烦恼地说：“是她女儿何晶晶老是跟着我，跟人家奶奶讨吃的东西，就拿我当冲头。”

莫向晚把眉一锁：“小小孩子，不要老是说什么‘冲头’不‘冲头’的！”

莫非凑到莫向晚身后讲："有个奶奶老来少年宫活动等他孙子下课的，就是上次我扶她过马路的那个，我就跟奶奶说了几句话，何晶晶就在旁边说要吃这个那个，奶奶就帮我们买了。妈妈，我什么都没有要啊！"他说完把手一摊，以示无辜。

莫北听了，问："你有没有谢谢奶奶？"

莫非马上说："谢啦谢啦！"又对莫向晚说，"妈妈，要么我下次拿零用钱买一点东西给那个奶奶吃好了，我们不能总占人家便宜的，对吧？"

莫向晚点头，说："那是应该的。那位奶奶对你好，你也不可以老是吃人家买的东西，是不是？下次要是再碰见老奶奶，要好好道谢，要是奶奶再买东西给你，你就要婉言谢绝人家。"

莫非问："什么叫'婉言谢绝'？"

莫向晚又多做了一番解释，莫北只是在一边听着，并没有插话。

把孩子送到学校以后，莫北才开口："别人或许是好意，你也不用太紧张了。"

莫向晚说："如果是好意，那才更加不好意思。无功不受禄，让孩子知道能用什么方法吃到白食，并不是一件好事情。如果……"她停一停，才说，"陌生人总归是不了解的。"

莫北微笑："你就是太谨慎了。"

但莫向晚在腹内嘀咕，莫非这种自来熟的性情好是好，可孩子毕竟小，对陌生人毫无防备并不是好事。但以前的莫非并不如此，虽然为人友善，但还有着单亲家庭出身的孩子的敏感和谨慎。莫北遗传给莫非的东西，未必样样都好。

莫向晚看一看身边的人，莫北正好也在看她。两人目光一触，莫向晚慌忙躲闪，然后清晰地听见他闷闷笑了一声，她又是一阵意乱，半晌才能勉定心神，才发觉他们早过了地铁口。

莫北说：“我送你去公司。”

“不用了。”

“你瞧，你总这样，对别人的好意这么紧张。”

莫北说完，忽就放下右手，伸过来就握住她的手，迫她手指慢慢张开，让他能握得更牢。

她的掌心都是汗，是坐在他身边就开始攥着拳憋出来的。被他握住，她才发现原来都出了这么多汗。

这样更不好，是不能被他发现的。莫向晚想要挣脱，但挣脱不掉。只能用刻板的声音讲：“注意开车。”

莫北说：“我一向注意，从没被开过罚单。”

她还在挣着手：“你别……这样。”

莫北忽然说：“向晚，你能不能接受我？”

前方正巧有红灯，他停下了车，便以转头正眼看着她。

莫向晚别过头，心烦意乱地说：“接受什么？我不是已经同意非非叫你爸爸了？”

“向晚，你知道我指什么。”

莫向晚又转头过来，说：“莫……”

他接口：“莫北。”

她只得再说：“莫北，如果只是为了给非非一个完整的家庭而硬把我们俩凑在一起，这是不合适的。我们可以用友好的方式来处理这个问题。”

莫北的眼神变得前所未有的犀利，直盯住她，能盯到她的内心深处。他说：“拉倒吧！你知道我不是指这个。”

莫向晚不作声不表态度，也不知道该怎么表态度，她的心跳太乱太快，思维混乱，她一向无法在思考尚未透彻时，做出重大决定。

莫北又说：“可能我的表现还不够好，没关系，我可以再接再厉。”

莫向晚无法应承他用这么认真的态度说出这样的话。他还死死地握着她的手，让她呼吸都很艰难了。

她摇下车窗，前方红灯变作绿灯，又是一个启程时刻。身边这个人应该小心驾驶，果然，他放开了她的手，小心驾驶起来。

车上了高速公路，今天公路意外畅通，什么阻滞都没有。莫北把车开得飞快，风呼呼刮过莫向晚的面庞。

她又开始胡思乱想，在这样的疾风之下，毫无庇荫的赤条条的一个人站在高速公路的一端，经年累月被风吹至东倒西歪，还要强自不倒。忽而有辆车过来，愿意给予这个人诚挚的呵护，也许，还有爱恋。

她——该不该就此进了那辆车？

莫向晚一直到出了那辆车，都没能想好是不是要进这辆车。

这辆车的司机将她安然送到办公大楼前面，说：“其他别想了，好好工作。”

他让她的心这样的乱，还要说这样的话。莫向晚反驳说：“那肯定，你也一样。”

但车里意兴正浓的“柴可夫”如此答她：“我恐怕不行，吾日三省吾身，一定是我没做好。”

莫向晚面对这样的莫北，软硬都施不出，只好硬板板讲一声：“谢谢，再会。”火速走人再说。

莫北反倒在驾驶座上伸一个懒腰，目送她走入办公楼。后头有人摁喇叭，也是要送人在此地下车的，他应该让开。缓缓驶离此地时，他从后视镜里看到后头的车里下来一名男士，为一名女士开了门，他们在车门前旁若无人地亲吻告别。

莫北拉下遮阳板，阳光热烈起来了，与他一同见证此番美好情景。他想，昨晚他吻她，她没有回避，这可真好。想完就开始吹口哨，吹的还是“太阳当空照”。

九、记取柔情蜜意

莫向晚在办公大楼内一路疾步，想将昨夜和今晨的胡思乱想甩在脑后，也许一路走得太急，进了公司遇到的第一个人史晶问她：“你脸怎么这么红？”进到办公区遇到的第一个人邹楠也问她：“老大，你气色真好，脸色红润有光泽。”

莫向晚放下提包，拿起镜子照自己，镜子里的女人明明是有一颗动荡的心，才心潮起伏到面色都不定。她吸两口气，决定先去茶水间给自己泡一杯金银花茶降火。

许淮敏同林湘正在茶水间闲聊，莫向晚向两人道一声好，林湘说：“向晚姐早，我今天来签电视剧约。”

林湘在朱迪晨的策划下，决定唱而优则演，加上一把火烧一烧曝光率。但其实莫向晚并不赞同，因为林湘至年底前的演出和综艺通告几乎排满了，朱迪晨又再接再厉为她签下一部最近炒翻了天，引来各方关注的偶像剧，这之后势必会造成她四处赶场轧戏的尴尬。

莫向晚问林湘：“你应付得过来？”

林湘古怪地笑了笑，说：“我演女一号，罗风是万年男二。他再有后门接得到好剧本，也摆脱不了男二的命。不能拔头筹就是不能拔，他在剧里对女一痴心不改死心塌地，最后还死于非命。向晚姐，这个剧情好不好？”

原来如此。

林湘笑过以后，睫毛一闪，掩饰不住难以抑制的落寞。

莫向晚看得清楚。女人非得用事业来替自己争口气，假设最后得胜，虽能扬眉吐气，心底那一份凄惶谁又能得知？

莫向晚怜惜道：“你好好注意身体，这样一来，你可一天睡不了三个小时。”

许淮敏也说道：“男人嘛，还不是那回事。湘湘你就是太想不开了，你还记得以前和你一起选秀的赵露吗？人在北京傍了个大老板，都能得三环内公寓房一套，月花十来万块，老家的堂兄堂妹都在北京谋得一个好工作。这才叫豁得出去，有脑子。你这样拼死拼活，争这一口气做什么？累死的还不是自己？”

林湘低头不语。莫向晚不太中意这样的话，便说：“湘湘有事业可忙，并不赖。个人有个人的生活方式。”

林湘也接口：“那些什么老板新板，都不是什么好东西。难道花在女人身上的钱，真是白白花？我还不如自己投资自己来一个干干净净。”

许淮敏讪讪地，自己的意见被冷落，只得勉强做个挽回面子的争辩：“别人家是有这个资本玩，银货两讫的事情。不过真别把那种圈子里的男人都当坏心肠。就拿上一次给我们做合同的莫北说吧，三十出头了都没女朋友呢！他以前高中的时候就和世交家里的千金谈朋友，结果他爸出了点事儿，从上边退下来了，得，两人立马从金玉良缘变成梁山伯和祝英台，当年他可是跑人家门口去求人姑娘不要绝情来着。这么多年了，也没见他又恋上谁，把他爸妈可急得要命，到处找人介绍女朋友。他这条件哪儿用得着别人介绍啊？你们看看，长情够得上张歌神了吧？”

莫向晚已经把茶泡好了，喝一口，又烫又涩又苦。她对许淮敏讲一声：“麻烦让一下。”

许淮敏把她拉住，把这话茬接着又问一句：“莫总，你也看不出来吧？”

莫向晚说：“每个圈子里都有好有坏，说不准的事情。”

她回到自己的格子间，又喝了一口茶，还是烫口。这茶不对，金银花放得太多，颜色都暗黄了起来，还这么不适口，莫向晚把杯子搁在一边。

邹楠拿了一叠文件过来请她过目签署，她打点精神仔细看。邹楠在一边说：“老大，管姐那儿要做一个沙龙，想要请一请香港那儿的投资人，要问下你呢！”

莫向晚头都不抬，讲：“问我做什么？她又不是不认识这班艺人，而且是私人活动，不必通过我。”

“她说想请秦琴去。”

莫向晚停下笔。

“秦姐脾气拗，不管是在电台还是电视台都混得不算太顺，也许这是一个好机会呢！但她这么傲气……”

莫向晚边继续看文件，边说：“那么我同秦姐说一下好了。”

莫北送了莫向晚，才驱车去了单位。不想，江主任正在他的办公室等着他：“莫北，你可真行啊！要改行去做风投了啊？”

莫北笑：“哪儿能啊！我跟着您大树能乘凉，招那种罪受干吗呀？现在国际金融环境不景气着呢！”

江主任不同他开玩笑了，面色严肃异常，说：“你别真管过火了，

‘世易’竟然要和‘百达勤’重新谈融资合同条款，现在连外资委也发话要管了。你要晓得这件案子原是有人打了招呼的，你掺和一脚干什么？那是人管理层内部的问题，坏人好事犯得着吗？”

莫北坐下来，拿着杯子就要泡茶。他对江主任说：“江主任，咱所里闹老鼠呢！领导啥时候组织咱抓一抓？”

江主任又气又着急：“你就跟我捣糨糊，我这儿你是捣得过去，别人那儿看你怎么捣！”

莫北悠哉游哉去倒了茶，又对江主任说：“利润空间还是有的，只要‘百达勤’的股份进来，谁的好处都少不了。现在国际大环境不好，不少外资看中中国市场购买力，哭着喊着变着法子要进来，‘百达勤’的既得利益就打一个折扣，将来做得好还是能赚的，‘世易’那儿握住了自主权，这是皆大欢喜的事情啊！”

江主任摇头说：“一山还有一山高，不是什么人你都搞得定的。”

莫北打开电脑开始工作。但这天他的电话挺多，烦得他不能用心工作。

第一个是于直，于直说：“嘿，行啊你！有人找猎头打听你呢！‘百达勤’的合同是你跟的条款吧？那叫一个漂亮，人家想把你从事业机关挖去当资本家呢！”

莫北说：“开玩笑吧！连卡内基和普拉士达都倒了，这时候谁敢进风投做？你不知道昨天毕马威裁员两百人？”

“是金子就算金融危机都会有人抢。”于直顿一顿，又说，“于江最近和香港那儿的投资人正接触，托话托到我们家老太太那儿了。你给我个面子，什么时候帮他看看那宗买卖吧？”

莫北想也没想，先答应得爽快。

第二个电话是关止打来的，关止先把他夸得天花乱坠：

“我才想明白，原来你用了一个‘拖’字诀。活生生把‘百达勤’从牛市拖到熊市，‘世易’的几个董事都快打起来了，结果‘百达勤’被浪头呛一口，退了三百丈。你把我们敬爱的毛主席的《论持久战》学得可真棒！”

莫北给他两个字“瞎扯”，再问：“你有话就快说吧！”

关止就直截了当地讲了：“我和朋友投资的小咨询公司需要些技术支持，你能不能给我兼一份职？”顿一顿，坏心地说，“现在的市口，你的资本铁定缩水，以后又要养老婆又要养孩子的。”

莫北“嗯”一声，没生气，且表达的意思是同意。

关止接着邀起了功：“我在阿姨面前发挥了我的专长，你真了解你家两老，叔叔当场差点没拿着皮带找你回去抽一顿。还是阿姨镇定，先问我你住哪儿，我说不知道，她也就没问了。我可给了徐斯电话，叫他不经意地透露一下你最近混在哪儿。”

莫北笑着真诚地说：“谢谢同志们配合。”

关止说：“怎么样？我是不是够哥们儿？这个老娘舅做得不赖吧？你结婚十八个蹄髈我是肯定要吃的。”

“八十个都没问题。”

关止又问：“我没记错的话，八九年前你正和于直做不良少年呢吧？那时候你不是正陷入和田西分手的深深痛苦中吗？怎么就能和别的女人搞出了孩子呢？”

莫北不想回忆昨天，他只说三个字：“际遇呗！”

关止说：“行，这样我就放心了。田西小两口过得不错，你要是过不好就太不划算了！”

“没你们想的那么严重，如你所说，都八九年了。”

“你爱你儿子的妈吗？”

“嗯，我都怕她。”莫北讲出这句话，嘴角都噙着笑。

“你妈对人家注意着呢！连我都听了点风声，她不会查到户籍警那儿去吧？但她怎么不找你啊？这么多天你家都没什么动静，也许是暴风雨前的平静。”

莫北嘘他：“去你的。”

同关止道别，他看一下手表，差不多该吃午饭了。他给家里打了一个电话，正是母亲接的。

那头冷冷“哼”了一声，讲：“你终于想到对你爸妈晨昏定省了啊？”

莫北笑着说：“妈，您今晚想吃啥？我买回去。”

那头的母亲说：“竹笋炒肉你要不要吃？”

这天下午，莫北先是去了学校把莫非和于雷接回了家，再驱车到铜川路水产市场买了多宝鱼。母亲属猫科，饭桌上总是多鱼虾，他还顺道在超市买好了李锦记的蒸鱼豉油。

回到家里，保姆正围着母亲转。母亲找了洋裁店的人缝旗袍，正在试衣服。

莫太太年轻时候也是一号讲究时髦的人，但因那样的时代，总难以顺遂心愿。到了如今，连职务上都要求有讲究的着装匹配，她才开了这个荤。

那件旗袍是蓝色底子牡丹花纹，有几分俗艳。她不是很满意，对洋裁店里的人讲：“还是照夫人外访时的那种款式做，正经又端庄。”

她是洋裁店的老主顾了，由他们的老板娘亲自上门服务。那位老板娘虽然身材肥硕，但一手手艺很衬莫太太的心，且兼能说会道，平时还会同莫太太搓两把麻将，故而两人常能凑一起聊几句。

那老板娘贴心地讲："现在天气不算热，还是轻薄一些好。莫太太你听我说的总归没错，等我给你重新选一个花头就好了。"

莫太太答应了，行色柔缓，莫北就乘机叫了一声"妈"，问："又有外事活动啊？"

"妇联的哪有什么外事活动？市里要举办女儿节，做一个'上海名媛'的牌子出来。"

莫北听了幽他一默："原来是搞妇女工作。"建议道，"无产阶级都名媛了啊？是不是要去张爱玲的常德公寓办活动？"

莫太太捶他一下："你别扯开话题，你的账本今晚要好好算算。就等着你爸回来收拾你吧！"

那老板娘看到莫北交代保姆拿了多宝鱼下去，笑道："您是好福气，儿子这么孝顺。"

莫太太把身上的旗袍脱下来，讲："是蛮孝顺的，孝顺得我跟他爸目瞪口呆。"

莫北往沙发上一坐，微笑并且沉默是金。

老板娘收拾随身包裹时不小心把桌子上的几张纸扫到地板上，她连忙捡了起来，看一眼，眉头一皱，然后对莫太太笑道："这照片里的小朋友好个机灵劲，是您亲戚的孩子啊？"

莫北闻言微微一怔，他忙站起来走过去，也看一眼那白纸，上面的人物他都熟悉，便笑道："妈，你在安全局工作过啊？"

莫太太抽了那纸又敲他一记："少油腔滑调。"

但老板娘忽然就说："小朋友身边的大人很面熟的嘛！"

莫太太问："怎么？"

老板娘只诧异片刻，随即笑道："没什么，像是以前认得的熟人，也许记混了。"

莫北扫一眼老板娘，老板娘只是笑笑，把手头事情做完了，便礼貌告辞。

莫北对莫太太说：“妈，这家的旗袍你都穿了三年了，怎么不换一家试？”

“解放初静安寺有一家‘俏佳人’，你外婆很欢喜，‘俏佳人’的老板娘有一手好手艺，做的旗袍料子好，手工好，穿在身上，就算没有可乐瓶子身材，也能得几分神韵。现在的这位手艺是差点，但摆在如今的上海滩也算一只鼎了。”

莫太太拉着莫北坐下来，继续说道：“我不管她以前名声好不好的，只要现在肯做老实生意，又有这门功夫，我照样光顾。”

莫北笑道：“妈，您才是高人。”

莫太太斜睨他：“哪儿有你高？”

莫北讪讪地笑，还是不答话。

保姆进来报告：“小于来了。”

莫北立刻叹气，这位小于真爱凑热闹。一叹完，果然听到于直的声音：“阿姨，我今朝来你这儿吃饭，哪能？”

莫太太笑道：“我巴不得你们常来。”

莫太太爱热闹，见着于直上门做客十分高兴，当下就撇开了莫北，拉着于直问他爱吃什么，然后便去和保姆研究晚饭了。

莫北笑于直：“我以为你谈恋爱后就没时间来我们家蹭饭了呢！”

于直低声讲：“关止那小子让我来救你呢！就怕你爹把你揍一顿。”

这正是莫北心底估量的事，他说：“他们的心理准备做得差不多了，有的气也该消了，这时候也没多少气，顶多恼一恼，我能应付。”

于直摇头：“有你这么算计爹娘的儿子吗？”

莫北说："有啊。"

于直问："谁？"

"我儿子。"

于直推他一把，拉他一同去给莫太太打下手。

待莫皓然到家后，已经是一桌家宴完备，只待他入席。

吃饭的时候，莫北一直注意着父亲的动作和神态。见他老人家还是平时平和的态度，他的心又放下了几分。

于直见莫北家没出多大状况，吃完了饭就扯他出去散步。两人沿着军区篮球场走了两圈，于直说起小时候的往事，很是感慨。

后来又说回现今，于直突然讲："刚进你家时看到一个人。"

莫北说："那一定是给我妈做旗袍的裁缝。"

"你知道她以前是干什么的吗？"

莫北只是望着他，他当然不知道，但马上就会知道。

"我真没想到飞飞姐会出来做正经工作了，这位大姐当年可是出了名的白相人，做中介赚的真不算少。你还记得当年算计过你的两个女孩吗？都在她那里玩过。"

莫北听了点点头："她竟能做回正道，不容易。"

"到底这么多年了。"于直也有些感慨，"当年大家的荒唐事情都做得不少。那家人直到现在我都没想好怎么去面对。除了塞点钱，好像也没有更好的方法。"

莫北拍拍于直的肩膀："年少做下的荒唐事是要还的。"

二人又走回到莫家门外的梧桐树下抽了一支烟，在袅袅青烟里，沉默了会儿。

莫北突然对于直说："你们不是都想知道给我生了一个儿子的女人是谁吗？"

于直带着疑惑点点头。

“就是那个算计过我的女孩。当年还是你起哄把喝得稀里糊涂的我们送到了一间房间里。”

于直手里的香烟掉到地上，“靠”了一声。

“她给我生孩子的时候年纪很小。”

于直问：“你要娶她？”

莫北把香烟熄灭，“我想娶，她还未必想嫁。”

“你不会觉得自己是个混蛋吧？”

“刚知道我有儿子那会儿确实这样觉得，而且儿子的妈也觉得我是个混蛋。”

于直笑起来：“人生就是一出洒狗血的大戏！”

“和有些人相比，我们还真不能算什么。”

于直同意：“这点咱俩都有自知之明，刚从你家走出去的那位，我都想不到她能变成如今这副良家妇女的模样。”

莫北拍拍他的肩：“所以更该天天向上。”

莫北同于直又扯一阵话，把于直送走了。他转身回家，先到厨房找母亲讲话。

莫太太正在给莫北父子切水果，见莫北走了进来，问：“什么时候把孩子带回来？你爸还没见过呢！”

莫北说：“那得孩子的妈妈同意。”

“北北，我真的没法说你。那女孩生孩子的时候才多大啊？你才多大？”

莫北讲：“妈，我给你去拿鸡毛掸子。”

莫太太拿着水果刀只是叹气：“我是不好白天说人，晚上就应了己。你搞出一个小孽债，我也不知道这件事情要怎么处理了。按我的道理，你快点和孩子的妈妈结婚是正经。”

莫北问母亲：“妈，你去见过孩子和孩子的妈妈？”

“可不是？关止肚子里打什么主意我能听不出来？你打什么主意我能看不出来？你这种九曲肠子，害我老着面皮去请人查一查。我看自己的孙子都像是做贼，横确定来竖确定，你接送孩子看起来是避着我，实际上还是让我看清楚你接的是哪个孩子，精得很哪！回头到了家我还被你爸念叨不够光明正大，我这是所为何来？”

莫北端茶道歉：“妈，您受累了。不过，您这不是暗访嘛！当着孩子的面，我也不好解释。”

莫太太“哼”一声：“你就是吃准我和你爸凡事都拿个准头对吧？是要我瞧着孙子瞧到眼馋，最后对你既往不咎对吧？”

莫北笑：“妈，您圣明。”

莫太太拿手指点他，又好恼又是喜事上心头无怨可发作。最后就只能摆摆手：“我看到过小朋友的妈妈，你可别当我存心去查的，不过是巧合遇到，也算得一层缘分。那孩子看着很厚道，就不知道怎么年纪这么小就和你搅和在一起生了娃娃。”

这才是莫北紧张的，也许父母尚未得知一切真实过往，他亦不愿将这一段晦暗岁月坦陈吐露。他且不作声，等母亲继续讲话。

莫太太说：“后来没想到竟然是她，我倒放下一层心。她把小朋友带这么大不容易，你们以前的事我管不了，以后的事只要你记着我们莫家从来不欠别人什么，别堕了门风就好。”

莫北一颗心平安落地，眉展眼笑，抱着母亲的肩亲她一下，把她的鬓角亲乱，惹的莫太太直骂他“骨头轻”。她切好了鲜橙和苹果，全部推到他手里，要他端去给父亲。

莫皓然正在书房里看报，手边放着莫太太打印出来的彩色图片。

莫北把果盘放到父亲手边，等着莫皓然训话。莫皓然只是清清喉咙，讲："你妈妈想必已经跟你说了，这也是我的意见。事已至此，多说无益，就看今后了。"

莫北正立："谢谢爸。"

"但……"莫皓然锁住眉头，严厉说道，"这是我们家欠了别人的，需要向对方父母郑重道歉。这件事情交给你去安排，年底务必办妥。我希望孙子能在家里过春节。"

莫北瞠目："爸，时间稍微有点紧迫。"

莫皓然训他："不紧了，你不是已经算计好了吗？算计到我的气都消了，你还嫌时间太紧？是你这小兔崽子把日子过得太宽松了。"他拿起手边的彩色图片，看着上头活泼伶俐的小孩子，眉头又松开，叹一口气，再讲，"如果对方父母不同意，我们是不可以强人所难的。"

莫北赶紧低头，说："是，我知道了。"

但莫北意料不到的是，他明显感觉到莫向晚近几天又开始远着他了。

莫向晚的心思是不会让莫北晓得的，实则她很无措。他的过去冷不丁从别人口中漏到她的耳朵里，按不住要让她思起那些前因。

八九年前，落拓的官家子，倜傥的笑容和无奈的不羁，还有冰凉的皮肤。他的拥抱急切而霸道，将她劈成两半。这尖锐的疼痛里，两个人都在挣扎，也是流了血的，到如今是一个结了疤的伤口。

原来可能竟是那样的原因。这个男人是失恋才会荒唐地混成了小混混，胡乱地跟女人睡觉。

莫向晚背不进书了，她要找一些旁的事情做一做。莫非正好吵着要吃馄饨，她就去买了肉馅和馄饨皮，在厨房里细细剁那肉糜和大白菜。她把大白菜剁得很细，一丝一丝，女人的心思一样。

莫非等着吃馄饨，捧着他的小碗在莫向晚的身边直转悠，一口一个“爸爸说”。莫向晚听得烦了，说：“别烦妈妈，你快去做功课，等一下就有的吃了。”

口气前所未有的尖利，莫非扑闪了大眼睛，异常委屈。可他还有他的坚持，问：“给不给爸爸送一点过去啊？妈妈，你都好几天不坐爸爸的小轿车了。”

莫向晚放下了菜刀，暗骂自己太容易迁怒孩子了。自己这般心思是作甚？那一个男人当年是买醉，难不成她现在还要思春？

念及此，她咬一咬牙，实在不想自己沦落至此不堪境地。她弯腰亲一亲儿子，放柔了声音：“你快去做功课，在这里晃的妈妈都头晕了，影响到妈妈包馄饨。”

莫非体贴地讲：“妈妈，我给你倒杯茶，你慢慢包。”

小人儿还是不肯走，这一次是乖乖地倒完了茶，然后坐在一边，看着她把馅料拌了，一折一捏，包出一只一只棱角分明的馄饨来。

莫非见着有趣，有了动手的兴致，见缝插针帮上了手，在馄饨皮子里放了馅料。母子合作，一会儿就完成了二十个，莫向晚开始烧水。

莫非怯怯问：“妈妈，爸爸吃几个？”

莫向晚心内叹气，又动手包了十个馄饨，又想想，他大约是吃不饱的，再加了十个，想想，还是不够，于是最后加五个。但这二十五个馄饨她并不打算下锅煮，全部用食品袋装好了，嘱咐莫非：“给爸爸送过去。”

莫非应一声，做了小邮递员。

莫北是跟着莫非一起过来的，他嬉皮笑脸道：“用一下你的厨房行不行？”

莫向晚抬眼皮子瞅他一眼：“你那儿厨房不能开火仗？”

莫北并不明白她又因何事冷了面孔，但馄饨是送过来了，他就还有转圜的机会。他说：“我想和你们一块儿吃。”

这般企盼的口吻和莫非一模一样。莫向晚顶受不了自家儿子做出央求的姿态，像无辜的动物一般。原来这种姿态也是遗传自他。

他的姿态她同样受不了，但也不愿意就此回答，便侧开了身，让出煤气灶。

但莫非看得很高兴，对莫北眨眨眼睛，父子俩的小表情传递得不亦乐乎。莫向晚只觉得嫌弃，干脆先回了房里。

她的手机摆在桌上，已响了几回，是秦琴在找她。莫向晚回了电话过去。

秦琴听到她的声音先自迟疑了一阵，然后便开始说了：“向晚，我们是旧识了，有些话我不妨直说了。”

莫向晚听出她的口气有愠意，片刻竟生出不知自处的噤若寒蝉感。

秦琴在那头讲：“我们这种圈子，外头看着光鲜，里面什么样子你我都是清楚的。刘晓庆说，做人难，做女人更难，做名女人难上加难。我们不至于到那样的程度，但要在这个圈子里保持自己的这种身段已经实属不易。”

这话太严重了，莫向晚听得一片混乱，并不能很明白，她问道：“秦姐，我是不是有什么做错的地方？”

秦琴坦陈告之：“昨晚我去了管弦的沙龙，她那里一向鱼虾混杂，这也不好怪她的。”

莫向晚的一颗心从天堂坠落到地狱，剧烈跳动起来，她有了个不好的直觉，问：“是不是发生让你为难的事情了？”

秦琴说：“你代我向管弦转达，有些事情在我这里是不容商榷的，昨天的事情下不为例，如果再发生一次，就不要怪我不给她面子。”

“是不是她请的人对你意图不轨？”莫向晚简直要低叫出声了。她从未曾想过，秦琴会因为她的邀请，在管弦那里受到难堪。而就秦琴所表述的，她能想象出胜于此难堪百倍的场面。

这实在太令她难过了，两方都是朋友，她又如此信任管弦。

秦琴没有正面答她的问题，只说：“有的人殚精竭虑，为一些不值得的人和事争来争去，这是在误入歧途，浪费人生。我不好多说什么，只是，向晚，你要想好自己站的位置。”

莫向晚下意识在这边点点头。她是绝对无法接受这个事实的。

秦琴年轻的时候长得颇艳丽，也是吸引过好一阵狂蜂浪蝶的追逐，但她有一股洁身自好的骄傲，并且支撑至今，足够令莫向晚佩服。

圈里的人都明白秦琴过分锐利的坚持，现在却有人尝试逾越她的雷池。这个人还把朋友当作了一座桥梁。

莫向晚挂了电话，跌坐到沙发上。事实太过残酷了，残酷到她几乎要打起冷战来。她无法安定，平静片刻，又拨了一个电话出去。

管弦迟了很久才接电话，声音娇慵，接电话那一刻还轻声对身边人说了一声“别乱动”。

莫向晚听得头皮发麻。她掷地有声地问管弦：“昨晚你的沙龙是另有所图？”

管弦根本就是兵来将挡，没有丝毫意外，柔声对莫向晚说：“小姑娘，你应该是晓得的呀！”

莫向晚低叫：“我该晓得什么？秦琴受了多大的委屈？”

管弦说："只不过香港那边的一个投资人对她示了示好，那个人是内地过去的，喜欢她的节目十多年了，粉丝见偶像热情了稍许，她又何必这么较真呢？我们都是混在这个圈子的，公关交际上头的事情，大家心里有数。小姑娘，你应该早就习惯了。"

"这条线是邹楠搭的？"莫向晚质问道。

"她是你带出来的，办事情有板有眼，从不会不稳当，你教得很好的。"

"管姐，你怎么可以这样！"莫向晚终于忍不了了，她叫出了声。

但管弦说："小姑娘，你一直知道我的沙龙是起什么作用的，你是在装傻不闻不问，现在犯到秦琴头上了，你才找我兴师问罪，是不是太厚此薄彼了？别人真的只是秦琴的粉丝，我找她列席一下，只不过给一个面子而已。这一大早你噼里啪啦训我一通，我很难过的，晓得吗？"

莫向晚完完全全地呆住了。

管弦说的是事实，她根本从头到尾都心知肚明管弦的沙龙不会太单纯，连邹楠都能晓得其中的关键。但她却从不曾稍有微词，或许确因秦琴的缘故，她才终于撕开了这层窗户纸。

这根本是咎由自取。这种自愧让她不能再说出一句话。

管弦被莫向晚吵醒了，也不是很愉快。这时候已经是 11 点了，她很劳累，也是身心俱疲。她放低了声音，柔软了语气，讲："小姑娘，你应该可怜可怜我的。"

莫向晚魂不守舍地放下电话，难过到了极点，甚至想狠狠抽自己两巴掌。她致电秦琴时，还恳切地说："管姐那边有香港的投资人，我想多接触一下总是对你有帮助的，许多人拿了投资就可以独立做节目了。"

秦琴当时不置可否，甚至是迟疑了一下，是她莫向晚一再催请，秦琴最后才答应了下来。

莫向晚几乎要像祥林嫂那样讲自己一句:“我太傻了。”

她凭何一直坚信管弦主持沙龙的目的？秦琴早已对此有微词，她不是不知道。但她固执，认定的人和事，便一直自欺下去，选择性失聪，相信管弦不至于杀熟。

但管弦的沙龙从没曝光过任何不愉快，莫向晚一想，竟有下意识的心惊胆战。她都下手杀熟了，说明那之前的宗宗事件已是处理得圆滑妥帖，宾主尽欢，再往深想，简直肮脏可鄙。

身边最最信任的一个人做出这一宗她最忌讳的事，她却从头至尾忽略不计，眼巴巴等到对方触到自己的底线，致使另一位朋友遭受了一定的侮辱。

她吃下这一记闷亏，却不可开口，因其还不忍。是不忍。莫向晚坐在沙发上，想至五内俱焚。

莫北在厨房自己动手煮好了馄饨，往客厅探一探她，看她蜷在沙发上咬着手指甲，满面忧愁。

他走过去问:“出了什么事？”

莫向晚抬头，眼前的男人有一脸的关切，真诚不隐藏。可看得她更自疚，若非为着他意乱情迷，在邹楠提出过分要求时，她应会及时有应激分析。

遇到他，她的脑袋就不够用了。莫向晚扶着沙发扶手，无力得无法立起来。她说:“你回去，好不好？我想静一静。”

她是不想看见他。

莫北望着她，她的手正抚在沙发扶手上，那儿有一朵冬日谎。细长条坚韧的叶，傲雪夺霜的花骨朵，能从冬天盛放到夏天。但总是躲着。

她不愿意别人承担她经历的风霜雨露。

刚才她讲的电话，他全部听到了，并且叫莫非自己在厨房好好吃东西别作声。走出来时，他想要安慰一下她，但她却表明态度，不需要他。这一层感觉让他通体难受，产生了前所未有的失望。

莫北暂且不管这失望，却也不愿意就此离开，他站在莫向晚的面前对她讲："别气馁，你要记住，除了自己，没有人会是障碍，只要你愿意跨出这一步。"

莫向晚又抬头看他一眼，他的目光仿佛三月的阳光，安抚住她一颗从严冬里醒转的心。她又不想他离去了，吞吞吐吐地说："我竟然无意中被安排了一个拉皮条的角色。"

莫北坐在她的身边，说："这只是一份工作，你承担得太多了。"

是，这应当只是一份工作，但莫向晚从没有当这只是一份工作。她说："或许我早把它当作我人生的一部分。工作和非非，是我最重要的。"

莫北突然很想抱住她，拂扫她心中的恐惧。他第一次见她这样恐惧。

莫向晚说："我早该知道，是我太自欺欺人了。"

莫北否定道："是你走得太快，罔顾沿途风景，你就像一个火车头，拼命要朝一个目的地开。向晚，你想去哪里？"

莫向晚难受地看着莫北，委屈得就如一个孩子，就像莫非受委屈时的神态一样。莫北很想揉她的发，就像揉莫非的发一样。他轻轻地说："你太累了。"

莫向晚才恍恍惚惚说："我也不知道我想去哪里。"

她的发乱哄哄地随着她轻摇的头晃到了额前。莫北终于忍不住用手把她额前的发拂到她的耳后。他是小心翼翼又谨慎的，生怕又被她用手隔开。做好这个动作，他眼睛一转，看见莫非鬼鬼祟祟地在厨房门口探头探脑，用手捂着嘴偷笑。

他很清楚儿子最大的心愿，也许，如今也是他的最大心愿。

他向莫向晚建议：“你有没有考虑过换一份工作？”

莫向晚整个周末都在考虑“换工作”这个以前从未考虑过的问题。

事件的发展就像脱离了轨道的火车，她慢慢厘清自己的思绪。管弦对于她确有救命之恩，管弦平时为人亦有可爱之处。她如今的所作所为，实属急功近利之举。

是什么驱使她如此这般？莫向晚想，自己是知道答案的。

这是她所恐惧的根本原因，她的工作牵扯着朋友和上司的私情，剪不断理还乱，她偏偏这么多年都掺和其中。

莫北的话是一柄小铲子，撬开了她心里的缝隙。她沉静下来，将恐惧不安和内疚一一掩藏。事情不会更糟糕，她还有莫非，为了莫非，她也得重新审视将来的路。

莫非在星期六就把作业全部做完，嚷着要在星期天和莫北去打游戏。莫向晚拗不过儿子，便把他送去莫北那边。

莫北新买了一台电脑，配了游戏手柄，一到星期天就会带着莫非一起玩上三个小时的游戏。

他是在学她的样子教育儿子，劳逸结合，寓教于乐。莫北和儿子玩游戏的时候，可以锻炼儿子敏锐的思维和迅速的跟进动作。

莫向晚因前一天包了馄饨，这一天仍是以此做正餐，但她还想给他们父子加一些餐。她问莫北：“你想吃什么？”

莫北看她的气色调整得良好，他很乐于答允，答：“你们吃什么我就吃什么。”

莫非从游戏里回神，帮着莫北说：“妈妈，爸爸喜欢吃辣的。”

这是莫向晚不太晓得的，莫非不知何时晓得了。不过他对他的爸爸的关注已经不会让莫向晚嫉妒了，她想了想，又问莫北：“要么我买条鲶鱼做水煮鱼？”

莫北本来想建议一家人出去吃，但听到她这样提议了，忽而很想尝试她的手艺。他说：“我送你去铜川路？”

莫向晚没有拒绝，莫非更是自觉地讲：“妈妈，那么我就去大妈妈家里找晴晴姐姐背英文好来。”

莫北在他额头上弹了一记，儿子越来越聪明，他很自豪。

莫向晚便把莫非送到崔妈妈家里，崔妈妈小声问：“你真的和403小莫谈了？”

莫向晚本能就想否认，偏莫北已经走出来锁好了门，叫她一声：“莫非妈妈，你好了没有？”

这叫此地无银三百两，她转头瞪他一眼。

崔妈妈不知内情，却得意自己一猜就中，喜滋滋地讲：“这就叫千里姻缘一线牵。”

莫向晚说：“崔阿姨，你误会了。”

莫北存心要让他人误会，她一说完，就被他牵住了手，他还同崔妈妈打招呼：“非非又要麻烦你了。”

崔妈妈眉开眼笑：“不麻烦的。”

莫向晚跺跺脚，深悔自己是自作孽不可活。

上了莫北的车以后，她赌气不跟他说话。

莫北开开心心地问她：“莫非妈妈，你喜欢玫瑰花还是百合花？”

他这一副样子，又在得寸进尺。可她还记得许淮敏讲的话，他是个有故事的人，故事让她不愉快，她甚至是故事里的受害者。

莫向晚就含着微微的冷笑说：“我只喜欢狗尾巴花。”

莫北从后视镜里看到她又微微凝住的面。

这几天他想来想去也想不通她怎么就突然态度又冷了，接连多日提早出门，虽然还是放着莫非由他接送。

有一首歌叫作《女孩的心思你别猜》，莫北一样没有猜明白。但他不想去猜明白，他们之间这段距离，不应该反复去猜，只需要靠近。他只想对她好。

关止前几天按捺不住好奇心，亲自来了一趟他的403室，正好看到莫非在做作业。

关止简直惊奇了，讲：“明明是个微缩版的莫北嘛！你根本不用去验DNA。”

莫北说：“血缘是个神奇的东西。”

的确，莫非融合了他和她的外貌脾性，这个凭空出来的小人儿，就这样拉牢了他和她。

莫非叫关止“叔叔”，还说：“我不要像爸爸妈妈一样戴眼镜，我以后要当飞行员。”

关止笑他：“你这个当爹的被嫌弃了。”

莫北说：“嫌弃也是应该的。”

他把莫非送回了对门，关止暗中觑了一眼莫向晚，说：“比田西漂亮。”

莫北承认：“她是挺漂亮的。”

“你是为美色迷惑？”

莫北笑而不答。

在父母都首肯之后，他产生了一种奇异的心思，那是一种男人的躁动，此类躁动烦乱他的心头，让他更想接近她。

他把这种感觉描述给关止，关止说了句很欠揍的话：“你是太久没开荤。”

莫北想要揍他。

关止又说：“男人的欲望我理解。如果你不爱这个女人，欲望不是负担，找个异性开个房解决一下就 OK 了。一旦你爱了这个女人，欲望就是负担。你是不是特别想她又特别怕她？”

莫北赞他：“你在华师大学了多久的心理学？”

关止谦虚：“一年，才一年，我这种天才顶多翻翻书，那什么，叫《社会心理学》。告诉你，这书特棒，改天给你买一本。”他扯一阵闲话，才回归正题，对莫北正经讲，“我说莫北，你又不是第一次谈恋爱，至于这么紧张吗？”

莫北仰躺在床上，对他的朋友诚实说道：“她给我的感觉和田西不一样。”

关止理解：“你妈找了不少她的资料，这么多年一个人带着孩子洁身自好，这种强悍就不是菟丝花一样的田西好比的。”

“嗯，我爸妈也被她感动了，连接近孙子都不敢做得太明显。”

“这就是母性的力量，让你爸妈都不看她的门第了。”

莫北嗤笑：“你以为门第是什么？”

“对我们大多数人来说，门第就是金科玉律，朱门对朱门，竹门对竹门，万年不变。你爸妈是看破红尘的人，但有多少人能这么看得开？”

莫北点头：“这是我的幸运。”

他想，他是够幸运的，还能遇见这么个人，然后有了机会重新开始爱。

所以，莫北对莫向晚的任何眼色都不放在心上，他照样嬉皮笑脸：“狗尾巴花现在开不了。”

莫向晚咕嘴不讲话。这样子又是像莫非的，带着小恼怒的可爱。他会想亲上去，可惜现在不敢。

两个人到了水产市场，同水产贩子讲好了价钱，买了鲶鱼。因为莫非爱吃虾蟹，少吃猪牛羊肉，莫向晚便又买了些基围虾和梭子蟹。

钱全部由莫向晚付，莫北知道他一谈付钱，她必定不乐意。何苦讨她的嫌？他只帮她拎东西。

莫非的这个口味习惯莫北早就知道，怕是遗传了他奶奶的。他知道自己母亲去少年宫看莫非时带去的零食不是薯片就是虾条、鱿鱼丝。

一家人口味一致是一件好事。

回程中两人只谈了谈做菜的心得，两个都是精通厨艺的人，在这方面很能交流得来。

莫北说起他在国外念书时贪嘴，从唐人街的水产市场买鱼，结果买到水产贩子意外进货的鲥鱼。他食指大动，到了家刮了鱼鳞去了内脏就倒料酒蒸了。吃了感觉却不好，不明白这种鱼怎么就被张爱玲当成了人生第三恨来遗憾。回国后问了朋友才知道鲥鱼不用去鳞，而且要用花雕猪油蒸出来的。

莫向晚听了觉着好笑，问：“鲥鱼要用大锅蒸，你太无畏了，怎么就能在学生宿舍的小作坊里蒸了鲥鱼？”

莫北讲：“手起刀落，切成了三段。”

“实在暴殄天物。”

“可不是，在那里买一条鲥鱼容易嘛！就被我糟蹋了，从此以后再不会做这么煞风景的事。”

他想，当真不可再做暴殄天物煞风景的事了。

莫向晚说："看来你挺喜欢吃的嘛。"

他说："非非也爱吃，而且不挑食。"

他和她都知道，莫非是挑食的，有鱼虾的时候，绝少碰肉食。但莫向晚一贯严格对待莫非的一些小陋习，莫非也就不太敢将挑食的习惯表现得这么明显了。

莫向晚生出些微怅然，怔怔地发着呆。

莫北注意到了，又想握住她的手，只是她的手紧紧交握成拳，这是她进入了自我保护状态。这样的她，他靠不近。她如此不愿来琢磨他的用心，他会有挫败感。

他们回到新村里头，却发生了意外状况，楼道外的消防栓不知怎的爆裂了，把主通道淹成了一片"汪洋"。

莫北的车根本开不进去，在"汪洋"另一头，保安麻哥正在摆石块，他看见莫北，就叫："把车停隔壁小区的停车场吧！今天这里是不能停了。"

于是莫北只好再驱车倒出来，在隔壁的停车场停好，再度走到这里来，"汪洋"里的石块全部摆好了。因为这是突发情况，石块也是临时从小区装修房子的人家里弄来的，大大小小，并不规整。

麻哥在那边抱歉地说："你们小心点啊！莫先生，你扶一下非非妈妈吧！"

莫向晚看一看自己脚上的鞋子，今天好死不死穿的是尖头高跟鞋，踩石块一定会像踩高跷一样困难。但莫北一手拎好了食物，已经一脚踏了过去，朝她伸出手，说："来，交给我吧！"

莫向晚先是迟疑，但他目光坚定，伸出的手毫不动摇，这般执着。

若是要回家，只有这一条路，莫非还在那边等着她。她必须走，什么都需面对。

莫向晚只得把手伸出来，交到他的手上。

这样一路到了家里，莫北才放开她的手，去崔妈妈家把莫非接了回来。

吃好晚饭，莫北照例去洗碗。莫向晚走到阳台上收衣服，夜风拂过，她举头望明月，是一轮圆满，她抱着衣服凭栏遥望。

说不怀念过往，是假的。她记得小时候逢到中秋月圆，父亲会摆出水果贡品拜月，她坐在阳台上吃着石榴，日子就像石榴子一样清甜饱满。亲人们失踪之后，她很久不看圆月了，因自己的大家小家，并不圆满。

有人站在她的身后，细微的呼吸，说明他的小心翼翼。他把手支撑在栏杆上，给她围了一个空间。

莫向晚想要转身，但发现转身不妙，可能正对上他的脸。

她又小小地气急了："你又干什么？"

莫北不紧不松地围牢她，不让她走，也不殷勤靠近。他说："月亮为什么这么圆？"

这叫作废话废说，莫向晚要用手推开他的手，但他的手稳固如磐石，纹丝不动。这让她想起多年之前的某个夜晚，他抱着她，她丝毫推不开，后来半推半就，终于沉没。

她又冷下了脸："莫先生！"

莫北纠正："叫莫北。"

她不响，他就这样说道："向晚，你不接受我也没关系，我就这样住在你们母子身边，反正将来非非结婚，儿媳妇的一杯茶还是会送到我手边。"

莫向晚回头想要斥他，他快口快语说：“你别骂我有毛病，这是我唯一能为非非做的事，我还想做更多，可惜你这个当妈的不同意。”

她听了，想了，踌躇了，说：“你这是浪费时间。”

他也听了，但并不愿意多想，他迅速反驳她：“子非鱼，焉知鱼之乐。”

莫向晚嘟囔：“是你水煮鱼吃太多。”

莫北笑：“我承认你的厨艺比我好，对了，我们要不要开一家水煮鱼餐馆？我管保你这手艺超过当红炸子鸡辛香汇。”

“辛香汇是恶意炒作，卖得便宜，一点身价资本也无，哪里比得了渝信技高一筹？”

莫北喜欢同她谈这样的话题，刚才她做的水煮鱼、清蒸梭子蟹、椒盐基围虾真乃人间美味，他和儿子两人大啖一番，啧啧惊叹。

他从莫非处得知莫向晚平素少做大菜，一般就简单小菜对付一日三餐，凡用足油盐酱醋和食材了，那必定是过年过节。

莫北知道自己又要骨头轻了，她做了这样一桌子菜给他们父子吃，可否当这个美好星期天是过节？

而莫向晚则是在后悔，今日一时不慎，本意是要显显本事的。

莫非老说“爸爸做的东西好吃”，他跟着莫北过的那几天，莫北给他专门做一些三明治、水果沙拉什么的，都是儿童中意的口味。不好怪莫非把他的手艺夸成“比宾馆的大厨师都要做得好”。

其实她才是跟大厨师学过手艺的人，莫非满一岁后那些岁月，她找不到合适的活儿干，也不想再在管弦的酒吧内继续仰人恩惠，便经过招聘进了一家社会餐馆当服务员，从传菜员开始做，平时能看一看厨师们掌勺的经过。餐馆的厨师长看她好学，得空时候指点了几手，她学得老快，心想以后可是要服务儿子的。

但后来用的机会并不多，因为忙，因为要节省度日。今日这样动了手，也许因为心头松懈，也许——因为后头的这个人。

莫北悄悄让自己的手更靠近她一点，她的一只手此刻也握住了栏杆。

莫向晚是个美丽的女人，但她的手并不美丽。

他印象里最初的她，一双手皮光肉滑，在他的皮肤上滑过，吸引他的血液随着她的手上下流动。

后来在车里，他大胆握住她的手，才感觉到这些年来，她是真的变化好大。她的掌心已有薄茧，皮肤也不够光滑，只有纤纤十指，还是原样。

这是一双拼搏之后的手，硬朗朗骨骼分明。他忍不住就想握住，这一次，他照样握牢。

莫向晚一惊，想要抽出手来，但他仍是不让她抽离。

他说："莫非妈妈，你觉得我的建议怎么样？如果我们做不了一家人，我们就当一辈子的邻居好了。"

他说出这样的话，让她的心潮又开始起伏不定。

他是什么意思？但她又不愿意想透，只是说："你不需要这样的，我根本不要你补偿什么。"

莫北摇头，握住她的手，把她整个人都揽在怀抱里，在她挣扎之前先禁锢得牢牢的。他戏谑道："你怎么知道一定是补偿？莫非妈妈，你最大的缺点就是容易自作聪明。"

莫向晚整个人陷在莫北的怀抱里，挣脱不了，他甚至就差同她脸贴脸了。八九年来，她根本不曾同任何一个男人亲近到这个地步。她应该回头给他一巴掌骂他放肆，但这样一具怀抱，温暖得她全身虚软，什么都做不了。

莫向晚气愤自己的怯懦，咬着唇什么都说不出来。

莫北讲："向晚，你不要再关着你自己了。给我一个机会。"

这晚临睡前，莫非问莫向晚："妈妈，你会不会跟爸爸结婚啊？"

把莫向晚问得愣住了。

莫非继续追问："妈妈，你不跟爸爸结婚，爸爸就不能和我们住在一道来。"

反应过来的莫向晚红着脸斥他一句："你脑子里又在乱想了是不是？小朋友要用心学习，不要管这么多大人的事。"

莫非竟然拉起被子蒙住头，生气了。莫向晚拉下他的被子，看他的小脸憋皱得通红，不由好笑，就真的笑起来了。

莫非非常不满意，他扭着眉毛对母亲说："妈妈，你要严肃一点，我没有开玩笑。"

莫向晚亲亲儿子的小眉毛，又亲亲他的小鼻子："好了，非非快睡觉，不然明天会迟到。"

莫非还是不满意，嚷："妈妈你又要敷衍我了。"他想，自己不是大人，说话没有力道，总是被母亲忽视。但莫向晚把灯一关，逼他睡觉。

回到自己房中的莫向晚却没有睡着，她蜷在床上，姿势和孩子在母体的子宫之中一样，有别样的安全和温暖。

刚才莫北的怀抱也给予了她这样的安全和温暖，她不得不承认，这样的安全和温暖能够帮助她缓缓进入梦乡。

翌日一早，又是精神十足的全新一天。

莫北老早把车开到楼下，依旧做莫向晚母子的司机。

到了学校，莫非下车前，又对莫向晚说："妈妈，你要考虑考虑我的意见，我不会害你的。"

说得莫向晚又是惊异又想要爆笑，连莫北在旁听了都笑个不停，问："我们的宝宝在说什么？他什么时候成了你的家长？"

这样又被平白讨去一句便宜，这对父子已能配合得浑然天成。莫向晚坐正身子，忍住笑，只说："开你的车吧！"

一路上二人很少说话了，刚才莫非的话，让两人都在心底琢磨着。

莫向晚在笑完以后，心跳就开始加速了，扑通扑通的如鹿撞，自己可以听见。她同他的关系，愈发薄如纸，破纸而出以后，她该如何自处？

她本能地就有点害怕，怕了然后便什么都不想。

好在莫北也没把昨晚的事件进行案件重演，这是他的分寸，进一步退半步的。莫向晚忽有灵感，偷眼瞧他，他是这般有心，举手投足，不期然的动作，都让她越来越感到亲切了。于是心头万绪终于荡涤成平常，只掠过一股暖流，整个人都舒缓下来。

莫北不是没看见她的脸上红一阵白一阵，还小心暗觑着他。他都当作没看见，但心头的愉悦荡开来，他吹起了口哨。

莫向晚"哎"了一声，讲："你别吹了，你从来不去 KTV 的吗？"

莫北笑说："从没有朋友请我去 KTV。"

"他们都很聪明。"莫向晚说的时候已经半含笑，想，这个人也并不是无所不能。

"什么时候我带你和非非去？"

莫向晚立刻拒绝："不用了，非非唯一不及格的就是音乐课。"

莫北耸肩，他充分尊重女士的决定。

到了莫向晚的公司楼下，莫北说："记住，这只是一份工作。"

莫向晚顺从点头。

她踏入电梯后，对着镜子理云鬓。镜子里的她，头发一丝不苟，戴着眼镜，穿衬衫西服。面对工作，她更应泰然处之。

一路走进办公区，莫向晚同遇见的同事打招呼。邹楠例必是到的比她这位上司早一点，她勤勉又贴心，是一位好助理。

莫向晚扬起唇角，扯一个笑容面对她："早啊。"

邹楠讲："老大，我猜你昨晚一定睡得很好，最近你的气色一直不错。"

莫向晚受下她的称赞，她说的没有错，刚才在电梯的镜子里，她看到一个容光焕发的自己，同以前的自己是不一样的，带一点点桃花般的春意。

或许身边有一位体贴的异性，真的能够调节女人的内分泌，连外在压力都能盖过。莫向晚无奈地如是想。

她看看邹楠，这个女孩换了发型，模仿韩国女偶像的大刘海娃娃头，怎么看怎么天真。当年她甫入行，听说有艺人陪同有色饭局，曾抓着前辈问："那种事情算不算明星的第三产业？"

莫向晚也在当场，听得那位圈内前辈笑着说："现在谁不包三产啊！"

邹楠那时还梳马尾辫，一惊一乍，发尾跟着摇摆起来。现在她把头发松松挽着，脸不变色心不跳，年轻人更容易适应新世界。

莫向晚掩盖自己的些许心痛，这是她的失察，她需要先自省。

她问邹楠："你的状态也不错，用了什么粉底？"

邹楠笑得更天真得意："哪里啊！我是用睡眠当美容，晚上一到11点就上床，沾着枕头就睡觉，效果比太太口服液要强得多。"

"嗯，年轻人睡得着是好事。"

外面宋谦的秘书过来叫邹楠去开会，本周末开幕式即将举行，邹楠跟着宋谦忙前忙后，工作量比以前多了许多。

莫向晚对宋谦秘书讲："请宋总稍微等一下，这里邹楠还有一些事情。"

宋谦秘书和邹楠交换一个眼色，对方是不解，邹楠是无奈。莫向晚看在眼内，不动声色，对邹楠说："把最近的项目同我汇报一遍。"

邹楠只得拿好记事本，恭谨站在她对面，开始做工作汇报。

莫向晚一一听下来，方才发觉，宋谦的艺术节项目，许多工作邹楠已独立跟进完毕。如此甚好，她有极强的主观能动性。莫向晚讲："以后每周做一个工作小结，好让我知道一下各项工作进展。"

邹楠有一点点诧异："以前从来不做的啊？"

莫向晚微笑："以后需要了。"没有多加解释，且让邹楠狐疑加猜测好了。她这么聪明，也许会想得多。

待邹楠离开，莫向晚一手整理了手头的工作，然后便打开 IE，上了前程网。她稍稍修改了一下简历，自己的自学考本科还有一门课便可毕业，英文也过了四级，以前从没有把这些东西填到网上简历中去。

只要现时稳定，她的心也会安定。也或许之前的失察因为安逸太久，才把敏锐感觉弱化。

网站上发了许多讨论，都在说如何在金融风暴中找到合适自己的工作，又有说金融业、保险业、外贸业损失惨重，还有说今年大学毕业生求职艰难，国家增发了研究生招生配额。

她叹一口气，这真不是一个好时机。但还是筛选些合适职位发了简历出去，心里想的是，如果不得不失业，先让莫北带着莫非一阵也无伤大雅。

可想好又失笑，她何时这样依赖他了？她不可又因此产生惰性，做事还须谨然慎重的好。

莫向晚发送好简历，还是十分投入工作。

在午饭前，邹楠乖觉地向她汇报项目晨会的大致内容，然后又说：“宋总也不肯把叶歆的节目加进去。”

莫向晚答：“他有他的道理，林湘比叶歆更适合上这样的节目，待叶歆更上层楼，她会有许多这样的机会。”

邹楠却说：“叶歆很难过，她希望公司给她一个机会，她很努力的。”

这个小女孩，总是用家常口吻来同上司讨价还价，莫向晚忽然厌弃，但表面上仍耐心地说：“林湘也准备很久了，她的广告商也希望她上这个节目。”

邹楠说：“最近湘湘精神状态不好，老在片场恍惚，就怕她到时候出状况。”

莫向晚有点惊讶，还有一点了然，问：“多久的事了？”

“就这两个星期。”

莫向晚打开手机搜索了一下微博，最近营销号们广泛转发一条八卦——“昔日二线浪荡子，迎娶一线娇娇女”。罗风已同他的女友结婚，婚礼定在北京王府井的奢华大饭店，女方背景忽然就明朗了，其叔父是国内知名私企的董事长，富豪榜上年年都在前五十名。

罗风因此向剧组请假两周，当一个痴心未酬的男二号并不算惨败给林湘。林湘虽然几个月前艳照事件赢得漂亮，但在爱情之上，根本不敌一辆接送新人的加长版林肯车。

莫向晚看了一个暗自心惊。她拿起手机，想要给林湘发一条消息，可想来想去，不知如何写出来。

等到下午的部门例行会议结束，她回到自己位子上看到手机上有微信提示，打开一看，竟然就是林湘发来的一条消息。

她写："各位，承蒙关照，不胜感激，万分感谢。"

不过短短十几个字，看得她握住手机的手心开始沁出汗来。

莫向晚马上致电朱迪晨，那头朱迪晨嚷："我马上去片场。"原来她也收到了这样的消息。

这一次绝对非同小可了，手机两头的人，各自的心都在往下沉。

朱迪晨讲："也许她又发了痴，我们……先去再说。"

放下手机，莫向晚开始收拾提包，正要起身，手机又响起来，是莫北，他问："我就在你楼下，一起吃中饭吗？"

莫向晚着急地说："莫北，你送我去一个地方。"

十、孤单难敌劲风

等莫向晚匆匆忙忙奔下楼，莫北的车已停在路边。她上了车，报了一个地址，又问："会不会耽误你下午上班？"

那地址是在郊区的，莫北便打了一个电话给助理，嘱咐下午将不回去。然后同莫向晚说："你等一等。"

他下车走进路边的面包房，过了一会儿拿着奶茶同三明治上了车，全部递给莫向晚。

这太细心和周到。莫向晚接过来，捧得满满一手。

莫北发动了车子，莫向晚才发现他只买了她的一份，就不好意思了，问："你的呢？"

莫北不知道怎么答，他忘记买自己的那一份了，为何只顾着她却把自己忘了？他也不知，只知如果实话实说，她必内疚，就说："我还不饿。"

莫向晚把三明治撕成两半，给他留了一半，但奶茶不好分，只有一个杯子。莫北看着她的举动微笑，她窘了起来，把剩下那半个三明治放在纸袋内，要往他手边的空处放，没想到莫北空出一只手来抓了过去。

他趁着一个红灯的空闲，把她撕下的半个三明治一口一口吃掉。莫向晚慢慢把另外半个吃掉了。

公司楼下的那间面包房是台湾人开的，对冷冻面团很有讲究，做的面包素来可口，而莫向晚今天吃的这半个，是她在这家店内吃过的面包里最可口的。

吃完了三明治，莫向晚喝了口奶茶，热乎乎地感觉到了腹中，有了些气力想令她头疼的事情。

莫北问她："怎么了？"

莫向晚答："一个艺人可能出事情了。"她看着他投来的关切的目光，便把来龙去脉简单说了说。

莫北蹙眉，他也发觉了这桩事情有点棘手。

莫向晚心中有无尽的唏嘘，肯全数倒漏给他了："他们这些人表面光鲜，内里承担的压力不为外人所知，许多事情打落牙齿和血吞，别的人未必能明白。高收入也要承受高压力，人前人后的扮相，都不是自己。"她锁住眉头，"但愿她没有事。"

莫向晚的愿望，还是没有实现。

她和朱迪晨都不是第一个发现林湘尸体的人。她们到达的时候，当地派出所已经派出民警到了现场维持秩序了。

林湘在一片绿黄的芦苇荡中静静躺着。她的身上穿着白色吊带裙，覆盖住玲珑的身躯。整个人干干净净，气色良好，美丽容颜更胜生前，仿佛她只是熟睡过去，或许正因为睡饱了才有这样格外俊俏精致的容颜。

她的姿势是蜷缩着的。莫向晚熟悉这样的姿势，是在母体子宫之中寻求温暖和保护的姿势。

剧组的导演和制片人面如土色，正在配合民警做笔录。

"今天没有她的戏，她来探班的。后来吃中饭的时候到处都找不到她，我们都以为她回去了。结果有群众演员发现她躺在这里。”

民警逐一了解现场众人的身份，对莫向晚和朱迪晨讲：“麻烦两位一起来提供一些情况。”

躺在美丽芦苇荡之中的林湘被一副雪白的担架抬走后，莫向晚才恍然发觉，自己到了现场，根本一句话都没有说，身边的朱迪晨也是。

她抬一抬步子，脚底轻飘飘的，幸好身后有人扶牢了她。

莫北说：“先去派出所吧！”

她点头，想，自己的嘴唇定然是发白的。

抬着林湘的那副担架从她的眼前经过，她听到朱迪晨喃喃说了一句：“我一直以为她闹自杀是开玩笑的，她真的在乱开什么玩笑？”

这么愤然的声音里，有一丝凄楚的忧伤。

是的，不过是前任男友结婚，不至于成为林湘选择自杀的理由。

在派出所里为她们做记录的警察也不相信这个理由，一再问：“她上一次出事是什么时候？”

莫向晚答：“快半年了。”

朱迪晨提供另外的情况：“这半年她一切都顺利，发了新歌正在打榜，成绩不错。偶像剧也是已经卖出去的热剧，还有几个年末大奖等着要领。”她向民警同志要求，“能给我一支烟吗？”

民警摇了摇头。

一旁的导演想起什么：“今天的外景地是林湘建议的，她说和以前的男朋友来这里度假时吃过大闸蟹，风景很美。”

做记录的女民警闻言轻叹：“只闻新人笑，哪听旧人哭啊！”

有另外的民警拿了报告进来，告知她们：“验尸报告出来了，初步判定是氰化物中毒。”

朱迪晨对莫向晚苦笑：“这丫头这一次是去意已决，割腕、开煤气、跳楼这种不顶用的都不用了。”她说完开始啜泣。

莫向晚抱住她的肩，问民警：“什么时候可以领回尸体？”

民警说：“我们还要做进一步调查，直到确定确系自杀之后。”

警方又向他们要了罗风的联系方式。

出了派出所，天已经暗下来，朱迪晨恨恨地骂：“那个混蛋！”

莫向晚黯然不语，身边的人拍了拍她的肩膀，仿似给予她一些安慰。莫向晚缓一缓气，想让自己尽量地平静下来，但她的手指一直在微微颤抖。

朱迪晨用纸巾擦了擦鼻子，对莫向晚说：“想好回头怎么对付记者吧！今天现场这么多人，纸包不住火。湘湘选了一个极其难缠的方式作别，她根本就是想尽快曝光，没有她的戏还跑到这边来发微信把我们招过来，生怕没人发现她。”

朱迪晨讲的话句句在理，林湘之死，注定是不可能压下去的。

莫向晚的手机响起来，是于江打来电话。他已经得知林湘的事情，命莫向晚着手组建“林湘治丧委员会”的事情。

莫向晚说：“她的父母还在江苏老家，我想，应该先把他们接过来。”

于江没有意见，只提醒道：“你和宋谦商量下，草拟一个稿子给媒体发。林湘的葬礼邀请哪些人，你们回头给我个名单。”

挂上电话的那一瞬，莫向晚如鲠在喉，不上不下，煞是难受。

那头的朱迪晨正不断接着记者的电话，带着哭腔重复着公关说辞，到后来声音越来越平静，也越来越低沉。

莫向晚发着呆，存在喉口的鲠迟迟咽不下去。一个女孩的香消玉殒，只能被当作一个要完成的项目、要应对的公关，原来现世如此凄清。

她的手机又响起来，被莫北拿过去，他把她的手机关了机。

整个过程，莫北都陪在莫向晚的身边，他没说什么话，只是看着她应对和忙碌。

面对尸体，她本能地在瑟瑟发抖，可仍勉强支撑着，冷静有条理地回答着警察的各种提问，再将后续的事一一安排。

她在伤心之余，不是没有害怕的。可这个女人连害怕都要掩饰。

莫北问她："回去吗？"

莫向晚答："我要回家。"

回程上，莫向晚坐在后座，是莫北的建议。他说："你先睡会儿。"

他一说，莫向晚才发觉自己是真的疲倦了。自中午以后，她整个人一直在紧张绷直的状态中，没有片刻的松懈。她说："我今天真是耽误你了。"

这样的情形，莫北不再同她说俏皮话，他只想安她的心："我打电话给崔妈妈，请她去接非非了。等一下我们回家以后先吃晚饭，一切等到明天再讲。"

这是最合理的安排，除此以外，没有更好的处理方式。

莫向晚一个人独占他的车后座，放松自己的身体到最适宜的角度，而后闭上双眼。

莫北问她："你怎么会进这一行的？"

莫向晚睡意蒙眬地答："因为朋友介绍，我总是信她，她帮过我的大忙，介绍的总不会错。我以前当过服务员，又没有学历又不懂英文，当不了小白领。这个行业门槛蛮低，做事上手快，工资也不算低。"

"你做得这么累。"

“没有工作会轻松的。我现在头顶乌云，马上要大雨倾盆了。”

莫北笑：“你懂得给自己打伞。”

“不，我已经湿了半身，我现在不想全都湿了。”

说到这句话，她的语气发蔫，睡意渐浓。只依稀听到莫北声音，他说：“乖，好好睡一觉。”

这一觉悠远绵长，莫向晚有着清晰的梦境。

站在她面前的白色倩影，用决然的口吻说：“我还不如自己投资自己来一个干干净净。”

她这么愤愤地，原来话里暗藏玄机。她的脸既艳且厉，双眼山色空蒙，有难磨的怨愤，手上握一枝芦苇，飘摇荡漾，犹如她的身形。她旋即转手，扯下芦苇，慢慢消失在天地之间，留下有口不能言，有疑不能问的莫向晚。

莫向晚对着那一片芦苇荡大声发问：“是什么过不去了？你不是说要让自己干干净净的吗？”

问完她便跌了一跤，脑袋一晃，猛地醒转过来。

莫向晚发现自己还在车后座，身上盖着一件西服。她定定神，发现自己还坐在莫北的车内。空气里只有她一人的呼吸，仓促得要命，让她害怕。她打开车门，大叫：“莫北。”

莫北正在车头靠着，吸烟吸了一半，听到莫向晚的声音，掐灭了烟，走到她身边。

他说：“已经到家了。”

莫向晚定睛，是在自家的楼房下头。她问：“非非呢？”

“在崔妈妈家吃了晚饭，现在在家里做功课。”

莫向晚从车里走出来，抱起他的西服还给他。

“你应该叫我的。”

“看你睡得熟。”

莫北接过西服，挂在自己的手上。

也许她并不知道，在熟睡之中的她仍然面容紧促，时刻都无法放松。她如此认真地对待着自己的这份工作，把自己的全副情绪投入。可她的外表却是冷然的，掩盖住她的热心肠。

他在下车前悄悄抚触她的脸颊，触手冰凉。他怕她冷，便脱下西服盖住她的身体，又怕她睡得不够，所以不忍心叫醒她。

莫北干脆自己先下了车，守在车外头，等着她醒过来。

保安麻哥看见他，也看见车里影影绰绰有人在，暧昧地笑了笑。他也笑了笑，笑得坦坦荡荡。邻居们都知道他在追求她，追求一个单身妈妈。他想让他们所有的人都知道，这是事实。

想到这一刻，一种情绪逐渐汇聚，即将喷薄而出。莫北克制着。他但愿生活像童话一样简单，自己是睡美人里的王子，一个吻吻醒沉睡的公主，从此以后，王子和公主过上美好的生活。

莫北骂了一句自己在犯傻。

这时候莫向晚醒了过来，醒来后的她，还是不踏实的，下车时脚下有点浮，被莫北扶住，于是莫向晚便将一半的力交托给了他。

他扶着她在车前立定。莫向晚缓缓讲道：“林湘前一阵状态很好，我以为她能挺过去。后来发现她有不妥，也没有放在心上。”

莫北明白她的心，他说：“不是你的错，许多意外的情况，我们都没有办法预估。”

“她太依赖药物了。我以为他们这样的人自我调节能力都不错，偶一错着，很快就能恢复。我是……太麻木了，没有及时劝住她。”

莫北扶着她上楼：“明天可能还会有许多状况，如果你不养足精神，后面的事情会应付不来。”

其实他想说的是：“你不要当作人人都能如你这样想事情做事情。”但最终没说出口来，因莫向晚的悲伤太形于外了，为了这条突然消逝的年轻生命。

走到莫向晚的家门口，莫北说：“向晚，你不要把别人的东西背负过来，这样以后你会更累。”

莫向晚破天荒地点了点头，说：“我想你的建议是对的，换一个工作也许是个好主意。”

莫北俯身亲一亲她的额头，温暖又舒服的温度，缓缓降落在她的眉心。他为她开了门，莫非早听到门外声响，抱着她的拖鞋跑过来，嚷：“妈妈，你回来啦！爸爸，你帮我检查作业好哇？”

莫北一把抱起莫非，问：“今朝晚饭吃得好不好？没有麻烦大妈妈吧？”莫非一句句答了，并且朗朗地诉说着学校里的趣事。

莫向晚看着这对父子坐到沙发上头，莫非贴心地把抱枕放到莫北背后，旋即被莫北抱起来坐到他的膝头上。

这让她能够再支持片刻，带着余存的感伤为这对父子削了苹果、剥了橘子。

第二天确如莫向晚预测的那样，办公室内一片混乱。各方媒体或致电或亲临，来探询林湘自杀的真相。但“奇丽”哪里有真相？于江勒令所有人等先用“一切等公安官方报告”理由来应付。

林湘的治丧委员会立时成立，却不是由市场策划部的宋谦或人事部的张彬来挂帅，也没有落在莫向晚手上，而是全部交由史晶这位行政部头头主管。

莫向晚很意外，史晶却没有推却，就地受命。但因此事涉及相关司法机关，又要求由许淮敏协助史晶一并跟进。

因为事情太过意外也太过混乱，办公室内所有人等均面色沉定，没有人有空把哀戚形于色，除了邹楠。

莫向晚路过茶水间的时候，看见邹楠一边倒茶一边不住抽泣。她上前拍了邹楠一下，惊得她手里的水杯跌落在了地上。

邹楠见是莫向晚，不知怎的，眼泪流得更汹涌了，一边结巴着向她道歉。

莫向晚一向知道她同林湘的感情，她很理解她的悲哀，只是，她这般失态，真的有些过了。

邹楠蹲下身收拾地上的碎片，竟然一个压抑不住，号啕大哭起来。

莫向晚被吓了一跳，见她哭得难过，安慰她："别哭了，湘湘不会想自己的朋友这样悲伤。"

邹楠拼命摇头，眼泪流个不停。恰逢宋谦同他的秘书路过，宋谦把眉头一皱，古怪地看了莫向晚一眼。莫向晚十分抱歉，毕竟是自己的助理在人前失态。她说："她和湘湘感情好，克制不住。"

宋谦点点头，又望邹楠一眼，邹楠看到宋谦投来的眼神，慢慢停止了啜泣。她站起身，拉着莫向晚的手，回到座位上。

下午宋谦拨了内线给莫向晚，他说了两件事情："林湘的表演就让叶歆顶上吧！向晚，邹楠还是经验浅了一点，艺术节的演出你能不能亲自跟一跟？"

莫向晚则想，邹楠经此打击，确实可能影响工作，项目头头发话了，她也不好就此拒绝，况且林湘之事已经由史晶来担当，她也没有回绝宋谦工作安排的理由，便答应下来。

邹楠红着眼睛垂头丧气地把相关文件和图纸拿给她，她关切地对助理说："快收拾好心情，待林湘父母来了，你要好好尽朋友之谊。后面还有很多事情要去处理。"

邹楠动了动唇，最后只是点头。

后面果真是有一团乱麻的事情陆续要处理。

公安局经过勘察，排除了他杀的可能性，将林湘的尸体归还。林湘父母抵达之后，抚尸痛哭到不能自已。邹楠也确尽好朋友之职，协助史晶安排了林湘父母的住处，又帮助他们联系了殡仪馆。

只是媒体那边喧嚣尘上，矛头直接对准新婚的罗风。罗风被记者围追堵截，情绪失控，有一次在酒吧之内，将一杯酒泼到了一名小娱记头上。

这引起行内娱记的共同愤慨，次日娱记金菁就在公众号上发稿，写“林湘人正声靓，正是一个即将冉冉升起的新星。出道以来，除了唯一一次有点可疑的亲密照片被曝光，从来没有乱七八糟的绯闻缠身，是圈内优质偶像的典范。到底是什么逼得她不得不寻此死路？路人都想问一问是什么逼迫得正当芳华的女星寻此死路？”

接着就有人在人气甚旺的论坛上发帖子曝料，声称林湘自杀之前，身着白衣出现在罗风的婚礼上。当时有好事的人照了相，虽然人影模糊，但明眼人一看就晓得是林湘。网友纷纷出来充做侦探，把疑点逐一分析，最后把罗风描述成了有动机的杀人犯。

罗风的经纪人发了怒，直接致电给朱迪晨，语气颇多不满。朱迪晨正在“奇丽”开会，接连几天的折腾，她精神本来就不好，又因痛失一员爱将，早窝了满腔怒火，接到电话时就克制不住，同对方吵骂起来。

这厢听到的工作人员忙着劝解，朱迪晨呼呼喘气，把脸气得通红，讲：“湘湘就是一个死心眼，怎么不穿红衣服？穿一身白，就算死也要放过那个负心男。”

这话说过头了，莫向晚拍拍她的手，讲："逝者已矣。"

朱迪晨才把气平下来。

也许对方经纪人也发觉不妥，后来再来电话，是直接打给莫向晚的。

他问："事情到了这个地步，没道理活着的人平白担一个罪名。男欢女爱原本就是你情我愿的事情，林湘死因出了报告是自杀，怎么罗风就活该被口诛笔伐？"

莫向晚平静地同他商议："明天林湘大殓，你看罗风能不能出席？"

对方没说话，可能是在考虑。

莫向晚说："湘湘也许希望罗风送她一程，毕竟在罗风之后，她没交过男朋友。如果罗风出现，面对记者镜头坦荡一些，记者那边也能体谅。"

对方讲："她的父母在场。"

"老人无暇想其他的了，湘湘没有留下任何遗书，谁都不知道她因为什么自杀。"

对方问："林湘是不是吸冰？"

莫向晚就怕自己会因这句话长叹一声的。林湘的尸检报告里表示得清楚，她的身体中被检查出含有过量的盐酸麻黄素，警方虽然归还了林湘尸体，但因此也在继续往下排查。

林湘从何处得来冰毒？但莫向晚亦知圈内人士如想要获取这一类药品，总有渠道提供。这一层敲打着她的认知，让她冷汗涔涔。

她板牢声音讲："罗风是一个男人，他总归知道自己该担当哪部分的责任。"

晚上回到家，莫非正在拿着学校发的行为规范图谱学习，其中一幅画着医生、老师、民警、居委会干部还有孩子拿着喷洒器喷洒着茂盛树木上的蛆虫。

图谱上写着“珍爱生命，远离毒品”。

莫向晚感到头很重。

这天莫北没有准时下班，她竟隐隐希望这个时刻他最好能在她的身边。才想着，莫北的电话打了进来，问她：“晚上吃了什么？”

她答：“给非非做了蒸排骨，煎了两个蛋，煮了一个青菜汤。”

他说：“晚上你要吃什么夜宵？”

“不吃了。”

“买皮蛋瘦肉粥好不好？”

这是分明已经有了的决定，她不再同他反驳。

莫北继续报告：“我大约晚上 9 点回来。”

她“嗯”一声，表示知道了。

莫北问她：“向晚，你决定离开这个行业，还是换一个同样的工作？”

莫向晚想了想，回答莫北：“也许到别的行业可以从零开始。”

莫北笑了一下，说：“我知道了。”

她问：“怎么了？”

“有人想挖你，但现在的你应该无意于他们。”

莫向晚了然，讲：“替我感谢他们的好意，这个圈子里的人和事，我已经厌倦了。”

“我清楚。”

他们隔着话筒，闻听对方浅浅的呼吸，如同自己的呼吸一般，都舍不得放下电话。但电话上的红灯闪了一闪，莫向晚只好说：“我有电话进来。”

莫北道一声“再见”。

再打电话过来的是秦琴。秦琴是同莫向晚道别的，她说：“我已经和平台商量好了我节目的接班人。”

莫向晚一懵。

秦琴听她这头没有声响，便唤一声：“向晚，虽然事出突然，但是你别担心，不是因为你想的那件事情。”

莫向晚只是叫她：“秦姐。”突然惘然的寂寞又涌到心头来。

秦琴笑起来：“你到底还是个小姑娘呀！”

莫向晚流连地又叫一声：“秦姐。”

秦琴低低咳嗽了一声，同她讲：“下个月五号的航班，我的目的地是阿姆斯特丹，听说荷兰环境安谧，适合养老。我练习法语好长时间了，终于有机会用一用了。”

莫向晚欠一欠身，还是觉得突然，一连串的突然，让她如坐针毡。

秦琴向她解释：“很早以前我就有一个想法，满了三十岁，出门不再挤公交车，满了四十岁，有足够的钱跑到国外去找个没人认识我的地方养老。我还要养两条狗，一条叫团团，一条叫圆圆，运气好一点可以找个洋老头嫁了，成立一个丁克家庭，过得不舒服就离婚，没有孩子的负担，一人吃饱全家不饿。”

她边说边笑，感染了莫向晚，她也笑了起来：“秦姐，你会梦想成真的。”

“可不是，已经成真了，所以我不同这里的是是非非搅和。”秦琴讲，“向晚，我不像你，你对家庭还有渴望，拼了命也要带大非非，我从小对家庭无望，我只要一辈子的自由自在。”

“秦姐，我祝你终于自由自在。”

秦琴欣然接受，但说："向晚，我只好自由自在，我的爱情早已死了。"

莫向晚在这一夜第一次听到了秦琴倾诉出了她自己的情感故事。

秦琴曾经的未婚夫是新华社的记者，清华中文系的才子，给90年代的校园民谣歌手写过无数歌词。他写道："青春洒落之后，惆怅无处安放，我们的爱情在哪里？你是否一直在寻找？"

他带着秦琴的爱情去了战火纷飞的科威特，再也没有回来。

秦琴一直安放着这首歌词的下半阕——"爱情永远不会死，她在你的心中永恒。如果有一天她开出一朵花，让我真心实意祝福你。"

秦琴对莫向晚说："如果有一天你心里开出一朵爱情的花，让我真心实意祝福你。"

莫向晚的眼泪顷刻间流了下来。

秦琴说："我不是傻瓜，不会一辈子等他，我的下半生一定要过得舒服。"

"对。"

"傻女孩，不要哭，你儿子看到会笑你。"

莫非已经看到了母亲拿着电话在流眼泪，他拿了纸巾过来递到母亲手里，担心地坐在一边看着她。莫向晚摸摸儿子的头，示意他去做功课。

儿子很听话，什么都听她的，知道她的意思，就去行动。

莫向晚很是宽慰。她说："他不会笑我。"

秦琴也在笑，也许也是因为宽慰。

她还有其他叮嘱要说："如果你想离开这个行业，最好不过了。管弦对你的照顾有限，而这个圈子里的是非是不长眼睛的，你不认得它，它也未必认得你，但是因为天时地利，就会找上你。"然后她又说，

“对别人的帮助我晓得你不求回报，但是先顾好自己再讲。”

莫向晚停住了她的话，她也有自己的一番道理，她从不在人后讲人是非，此刻仅同即将远离的秦琴分析她自己的形势而已：

“这些年‘奇丽’发展得过分快了，外债累牍，全靠于太太周旋。大老板一手抓正业一手抓副业，现在越看越明了，如果有一天正业变成垂帘听政的势态，照我的背景，很难自处。这些只是内因，还有林林总总的外因。在公，以前我尽忠职守，是为负责，老板支我薪水，我出人工，一切分属应当。在私，非非出生的时候，户口有多难办？我被计生办罚款罚到连水电煤气费都付不起，非非的户口最后能和管姐的户口挂在一起，都是他帮忙办到的。但林湘最近的事情让我感伤，人前笑人后哭，我感觉好累好累。”

秦琴安慰她：“累了就要休息，停一停再出发。你不是我这样的专业人员，许多工作触类旁通，以你的努力上手不难。”

莫向晚在这厢点头：“秦姐，我记牢了。”

秦琴在挂电话前，最后提醒说：“我向来不是说人长短的人，上一次管弦确实处事霸道，但她还是会做人的人，后头也同我打了招呼。说真的，我看不透她，她至于为于江做到这个地步吗？”她停一停，容莫向晚把话听进去，再讲，“还有一个人你自己注意了，你曾经帮助过的人未必个个都会当你好。”

莫向晚心念一动：“叶歆？”

秦琴冷笑一声：“初出道的黄毛丫头不知感恩倒也罢了，但你帮人时候也要看一个准。”

“我晓得了。或许她为我没让她上艺术节才言辞出格了。”

秦琴讲：“你晓得就好。”

挂上秦琴的电话，莫向晚带着又变作孑然一身的茫茫然傻坐在沙发上。她俯下身来，正看到沙发扶手上的那朵小花，葱翠又雪白，能成为她的另一种力量之源。

她由此而站立起来，在窗外的深秋的风凛冽地飞掠过脸庞时，她果断地将那绺头发拢到耳后，不让它们遮挡住自己的视线。

莫向晚想，自己和秦琴一样，需要一个重新出发的起点了。但是她的过去不肯放过她，她的手机响了起来，是梅范范。

梅范范的声音略带着哭腔，她说："晚晚，怎么办？"

莫向晚又坐回到沙发上去，问："怎么了？"

"我要完蛋了，这一次肯定要完蛋了。晚晚，飞飞姐找我了。"

莫向晚心底的前尘"轰"地腾空而起，成为无法扫灭的飞虫。她费尽千般的心思、万般的心力，终于还是被这条索又寻了回去。

有人如她一样被寻了回去。

梅范范说："她要我给她五百万，不然就把我以前的照片卖给记者。我的新片还没有开拍，祝贺说如果我再有任何丑闻，导演就不会用我。我不可以出事的，不可以的。"

莫向晚的心被搅乱成一团，她企图理顺一些头绪，问："什么照片？"

"还有什么照片？以前有一些人有点特别的爱好，我拿了别人的钱就要陪到底。我只是一个新人，我怎么办？我的前途就要毁了。"

莫向晚恨透了这总也扯不开的过往。她厉声说："那你就报警，知道吗？你必须报警。"

梅范范说："怎么报警？一报警我什么都完了。飞飞姐说如果我报警，第二天照片就会群发出去。她是在这行里混的，她知道好些人脉的。我翻不了身了。你知道我这些年有多辛苦吗？我以前只是中专生啊！我为了好好地过，也是拼了命考上北影的。每个导演都说我有天分，我不甘心就这么功亏一篑。”她说着说着发了狠，“晚晚，你帮帮我好不好？五百万我没有，我可以凑个七八十万，但是我要和飞飞姐讲价钱。我一个人跟她说，会被她欺负了去的。你帮我壮壮声势好不好？”

“有一次就会有第二次，你能够次次都给她钱吗？”

莫向晚这样问，那头梅范范那样答：“我知道我知道，但我的把柄太多了，我的年龄、我的学历、我以前的经历，我在这个圈子里没有任何依靠，这些东西一曝光，桩桩都是定我死罪的，不要说以后不会有导演敢用我，连我的那位经纪人都不会再管我。”她是那么急切地恳求着，“晚晚，我要先过这个难关，以后，等以后我出息了、发达了，再来解决这个问题，你陪我跟她讨价还价好不好？”

她哀戚地求着，全然不是先前那一位春风得意的梅范范，也不是当年那位妖娆自若的范美。

她像谁？

莫向晚惊恐地想，像林湘。在娱乐圈抛开身子，被那隐形绳索一圈一圈绕，越系越紧，没有人去了解那个结在哪里，因而没有人能帮助他们解开那个结。

林湘的结，她不知道在哪里，梅范范的，她知道。这样的事故，就是翻出来的年少荒唐，让人九死不能生。她曾同情那个讲自己“很傻很天真”的姑娘，多年胼手胝足的努力，顿时灰飞烟灭。

范美，不，梅范范的人生才刚开始，再不堪，也要向一个光明的方向去。

梅范范哭哭啼啼地说：“晚晚，除了你我不知道还能找谁。”

莫向晚茫然地摇首。是的，梅范范除了她，不知道还能找谁，因为她们有共同的结，结着她们共同的过往。

莫向晚望着坐在书桌旁写作业的莫非。她的过往，在这个孩子出世之前发生的一切，并没有如灰飞消失不见。切了皮肉带着骨，她同梅范范，根本就是同病相怜。

她最终还是答允了梅范范，因为不得不，因为不忍拒。

挂上电话，莫向晚如拉紧的弓弦，怅然地弓在沙发上。门铃一响，她一哆嗦。莫非奔过去开门，朗朗地喊了声“爸爸”。

莫北手里提着夜宵走出来，看到坐着的莫向晚，脸上带着惊惶之色。她见是他，便站了起来，像是想要赶他走，但又没做定主意，于是不进不退地站在原地。

她有一点不对劲，莫北发觉了，好像有莫名的恐惧正笼罩着她。

“向晚。”他担忧地唤她一声。

莫向晚警醒过来，她缓缓地坐回沙发上，向莫北摆摆手。现在看到他，又让她掉入过去的旋涡里，她晕头晕脑，没有气力同他讲话。

莫北不知道刚才发生了什么，让莫向晚又竖起了对他的屏障，他很想追问，但是她满脸的忧心忡忡，让他压抑住了自己，他现在不能冒昧地去进逼她。

莫北选择先哄了莫非吃完东西，给他放了洗澡水，帮他洗完了澡。

莫向晚看着莫北在自己家中忙进忙出的模样，一个体贴妻子、关爱孩子的合格父亲和合格丈夫，大约就是他现在这个样子。她痴痴地瞧着，不是没有一点向往。

莫北发现了她的注视，投来关切的目光。莫向晚又想逃避了，立刻站起来，刚挪动一步，手就被莫北拉住了。

“我去睡觉了。你回去吧。”她说。

莫北却说：“向晚，你不要怕我。”

莫向晚望着他，他这么实心实意地说这句话，是的，真心实意，她体会得到。他已经不是当年的 Mace，不是她害怕的那团阴影中的 Mace。

莫北用手抚摸她的脸，他的气息是暖的，回荡在她身边，她方觉是能被保护了，身体就放软了，刚才丧失的力气一点点回来了。

莫北就这样拉住她的手，不愿意再放她走远。他的另一只手握住她的腰，将她贴近自己。他叫她："向晚。"

他的声音，真诚到近乎苦口婆心。她体味得出，但是还不够，不够抵消她内心深处的恐惧。可是靠在了他的怀内，她竟生出了无限的依恋，只愿此刻便是永恒。

莫北捧着莫向晚的脸，她的眉眼从来刚强，此刻盈盈看着他，眼底的一丝迟疑，他都能看出来。

不应该再迟疑了，他就势吻上去。

同九年前的吻不一样，他不再带着无情的欲望，她的唇齿之间传递的是亲密的温度，荡开了她心头的烦恼丝。

不由自主地，莫向晚用手圈住莫北的脖颈，犹如这是唯一可依靠的。她希冀这份温暖。她的依恋，莫北感受到了，他便搂紧了她，想将她融入自己的身体，替她扫开一切怆然。

他们互相越靠越近，相濡以沫，相互情动。至最后，莫北说："向晚，我就在你的身边，我不会走的。"

莫向晚虚弱地唤他："莫北，我……" 她不知从何说起才好。

他抱着她，不想放开她："莫向晚，我爱你。"

莫向晚愣愣地看着眼前这个男人。他在说什么？但她已经听得清清楚楚，因此她离心失重，脚下虚软。

莫北没有放开她，而是用双手来支撑住她，又细密地吻下去，这次蜻蜓点水一般地温柔试探。她退不开了，连后背靠住的那堵墙都变作柔软的靠垫，让她陷于这一片温暖之中，只怕再也不愿意抽开。

莫向晚是又怕又迷恋，半推又半就。

莫北看着怀里的她，脸颊上红晕鲜艳，他吻得更加恋恋不舍。他不住叫她的名字："向晚，向晚……"

她用剩余的力气答他："嗯。"

"我们是一家人。"

"什么？"

"向晚，这些年你太累了，以后能不能把一半的责任留给我？"

莫向晚软软靠在莫北肩头，她离心失重的意识回来了。

这个男人说爱她？！是的，他在说爱她！曾几何时，她以为她不再需要爱。男女之间的爱，她从未体会，也绝不会去追寻。但是当她真正体会到的这一刻，她差一点无法立定，无法再像以往那样，用无限的自信再讲出这一句——"我莫向晚，从头到尾，无懈可击"。

莫向晚切切实实感受到了自己内心深处的渴求，这一份爱，她是希冀着的，现在被揭穿了，显出山露出水，她的心，早已经被打动的心，再也藏不住了。

她不得不望着这个男人，这个男人也正望着自己，真挚地，也根本没有想做什么保留。

莫北说："你别再对我说你不要我负责的话，这对我不公平。"

莫北还说："如果你现在还不爱我，没关系，我等着。"

他这样说，让她如何拒绝？莫向晚发不出任何声音，只能痴痴地等他说。

莫北最后说："向晚，我想要一个完整的家，非非也需要。"他眼眸清澈，是在期待着她的，"你也需要。"

他又俯下身温柔地吻住她，小心翼翼地，带着万分的温柔。她顺从于他的吻，不忍远离，也不想远离。

莫向晚在他的唇齿之间呢喃：“莫北，你为什么要对我这么好？”

莫北轻轻笑：“因为做陈世美压力会很大。”

“莫北，我们以前……”

“以前我们半斤八两，现在我差你一大截，快跑几步，还有赶上你的可能。”

但莫向晚说：“我对生活从来没有什么幻想，因为我从来没有什么好运气。”

“我也是。”他又亲亲她的额头，“现在这个运气，也要看你肯不肯给我。”

莫北坦诚又执着，激荡着莫向晚的心。让她的心头一亮，仿如有一朵白白小小的花骨朵在飘摇，在催促着她。

这感觉既怅惘又不踏实。莫向晚垂下首，不敢动，不敢答。微甜之中有微酸，心头都震颤，头脑都轰然。

她不回答，莫北就抱着她不动。如他所说，他可以等，不设时限，一切全都是心甘情愿。

直到有个童稚的声音响起来：“爸爸妈妈，你们香过嘴巴是不是已经结婚啦？”

莫非躲在卫生间门后不知道看了多久，他心神激荡的父母根本没有发现。

莫向晚这一羞，猛地就挣开了莫北。莫北笑着收起手，把儿子牵出来，还问：“爸爸和妈妈结婚，非非开心不开心？”

莫非先觑一眼莫向晚，母亲没有愠色，应当不会生气。父亲问的是他的小小心愿，他太高兴了，就拍手说：“我总归开心的喽！”一边拉着父亲的手，一边拉起母亲的手，仰起小脸讲，“妈妈，有爸爸的话，你就不会很累了，对不啦？”

童言童语继续挑动着莫向晚心底由软弱而生出的情愫。自从前至刚才，这是她一直抵抗着的。但是现在，曾经泰山崩于前而不动的决心决意正在慢慢决堤。这样太软弱了。最近她常常软弱，也常常伤感。她是想要抵抗这情愫的，可好像毫无办法。

莫北看着莫向晚，她半靠着他的身体，稍稍离开了些他。她的心里头还在挣扎，莫北感受得出来，他已经很能琢磨她的心了，他知道她还需要消化。他可以谅解，也愿意给她时间，他今后的时间，全都是她的。

莫北想得很高兴，他把莫非抱起来，说：“好了好了，快去睡觉。”

但莫非太兴奋了，眉飞色舞、手舞足蹈，他又大声讲一句：“爸爸妈妈，你们现在晚上是不是能睡到一起了啊？于雷的爸爸妈妈就睡一张床的，他们家的大房间从来不让我们同学进去的，那么以后你们的房间我是不是也不能进去了啊？”

莫向晚的脸瞬间就腾腾地热了起来，像煮熟的虾子。她对儿子凶道：“小孩子又乱讲八讲。”

莫非鼓鼓嘴，不知道自己哪里乱讲了。

莫北刮一下他的鼻子，抱他回他的小床上睡觉。莫非很是委屈，问莫北：“爸爸，我哪里讲错啦？于雷说爸爸妈妈住一间房间是常识呀！我同学的爸爸妈妈都住一间房间的。”

莫北想，这可真不好，虽然莫向晚意乱了，但他是不能乱来的。没想到儿子却着急要他来一个三级跳，他得纠正一下。

莫北教育莫非：“家里的规矩是妈妈定的，我们要按照妈妈的规矩做事情，知道吗？”

莫非点点头，答应父亲一起听妈妈的话。不过他又问：“爸爸，你们都香嘴巴了，妈妈会不会给我再生个弟弟妹妹啊？”

莫北一下窒住，儿子思维太早熟太跳跃，他岂止是跟不上他的妈妈，他连这个小鬼头都要跟不上了。他的小主意打得当当响，连弟弟妹妹都考虑到了。

这还有个生理教育的问题，莫北严肃地教育莫非道：“光是香嘴巴，妈妈是不会生弟弟妹妹的。”

莫非“哦”一声，好学如他，当然不会放过进一步的学习，他又问：“那怎么样才会生弟弟妹妹呢？”

莫北只好跟莫向晚一样板住面孔，对儿子沉声讲：“好了，你可以睡觉了。”

“啪”一下就把他的台灯关掉，只听莫非咕哝：“没劲。”

莫北走到客厅时，莫向晚正坐在桌边，吃着他买回来的粥。他坐到她的对面，看着她。她的吃相顶好看，微微垂着首，姿态娴雅，安静如兰，在他眼里就像是一幅画，他可以看很久。

莫向晚终于被看到吃不下去了，抬起头瞪莫北：“你看什么？”

莫北说：“我在想，我刚才做的是对的。”

莫向晚仿佛知道他要讲什么，又迅速低下头。

他说：“向晚，如果九年前我们换一种方式相遇，普通人之间的那种相遇，也许今生今世，我们俩就只能当当有过几面之缘的普通路人。但是我现在想想，这样我会遗憾的，我就不会碰到现在的你了。现在我是可以待在你身边的。这不是因为非非，也不是因为九年前的事情，我想你明白。”

莫向晚顺着桌布边的流苏，丝丝缕缕，乱糟糟的。

“我们别想过去了，过去就让它过去吧！将来还有老长一段日子。

我想看着非非考个重点初中，然后请一个特级教师帮他上奥数课，拿几个奖，被保送到市重点高中。我再买几只好股票，存一笔助学款，等到非非高三，他的英语一定不错了，我会鼓励他考麻省理工，送他出国锻炼几年。那几年我们大概会比较寂寞，不过可以每年旅游两次，一次在国内，看看祖国大好山河，一次去国外，看看非非待的地方，或者带着非非一起看看世界。等非非学成回国以后，大概就不需要我这个当爹的给钞票了，他可能会自己创业，说不定开一个什么科技公司，他脑子这么活络，将来做事业肯定很有一套。我们呢，应该已经退休了，就可以花着非非的钱去享福。我们去环游世界，欧洲、美洲、大洋洲全都去兜一圈。等非非结婚了，我们再回来帮他带孩子。你生非非的时候我不在你身边，怎么带小孩我不拿手，不过以后你帮非非带孩子的时候，我可以跟在旁边学一学。”

他说完以后，只是微笑望着她。

如此简短的几百字，莫向晚几乎看到了莫非从一个稚嫩儿童成长为翩翩少年，又成了英俊青年。而有个人能和她一起度过这段漫长的岁月。

莫北继续说：“莫非妈妈，你看这样好不好？”

这可真好。她想说。在莫非离开她以后，她的身边还会有另外一个人陪着。

莫向晚放下了喝粥的汤勺，片刻之间，被莫北握住了手。他们坐在盖着山水画桌布的两边，本来是相隔千山万水的，但一伸手，互相就握牢了。她心底的花骨朵，摇曳着，挠着她的心，把一种没有升起过的渴望带了上来。

莫向晚没有挣开自己的手，就让莫北握着。就这样握着，一切的一切，都抛诸脑后，什么忧什么愁什么过去什么未来，都不可怕了。

她眼前坐着的人，毫不掩饰，也不让她再避视。她能够看到，这隔开的千山万水路迢迢。她在千转百折之后，埋藏在心底最深处的那一簇渴望火花，就要催促着心头的花苞绽放。

莫向晚不想松开这个男人的手了。

十一、只需温柔面容

晨光洒落，日曦微薄，朝阳的暖热从窗帘的缝隙落进来，落到以为晒不到阳光的人身上。

东面有人在讲:“今天青菜都要四块钱一斤了。”

西面的人说:“怎么啦？你家的哈士奇就这么跑了？”

东面的人答:“可不是？青椒也要五块钱一斤，我只好买买两块钱的冬瓜。”

西面的人答:“我告示贴了好几张了，不知道找得回来嘛！可愁死我了。”

本该是吵闹的，但朦胧醒着的莫向晚并不觉得吵，反而有种身处尘嚣之中的俗性的舒畅。

有只小手抱住她的手臂，是莫非软软腻在她身边，讲:“妈妈，我就再睡五分钟哦！”

莫向晚微笑，为儿子掖一掖被子。

是她醒早了，她一看闹钟，才6点半。

昨晚莫北走后，莫非抱着小枕头和小被子到她的床边来，讲:“妈妈，我要跟你睡几天。”

莫向晚问他:“为什么啊？”

莫非跳上她的床，安放好自己的被子枕头，认真地说:“以后你就要跟爸爸睡了。”说完就把头蒙在被子里，让她气也不是，羞也不是。

她隔着被子抱住儿子，一夜无梦，安睡到天亮，清晨醒来，听见尘世间脚踏实地的响动。她抚着手又抚着心，那里留着余温，在她的心间脉脉流淌。

莫向晚翻开被子下了床，在卫生间把自己整顿一番，今日有若干事项：林湘将要出殡，罗风会来吊唁，林湘父母需要安抚。

从昨日的云端走下来，这番公务俗事，已占不到她的重心了。她一边抹着洗面奶一边对着镜子提精神，新的一日，她的生活会有新的起色。她一想昨晚那个人留下的气息，还有儿子的童言无忌，不由得脸一红。

莫向晚把脸浸在洗脸盆里减低热度。

7点一刻，门铃例行响起来，莫非提着穿了一半的校裤溜出去开门。进来的那个人放下手上的东西，蹲下来给儿子系好裤腰带。

莫非在欢呼：“哎，今朝吃粢饭包油条，还有海苔和火腿肠来。”

莫向晚盘好头发走出来，拿了饭勺把粢饭包油条切成两段，对他们父子说：“少吃一点，小心登牢。”

莫北对儿子说：“听妈妈的话，总归没错的。”

莫向晚脸红起来，回到厨房间把烧好的藕粉小圆子端出来，又给他们父子一人倒了一杯牛奶。

莫北问她：“你从来不喝牛奶？”

莫向晚订的牛奶统统是给莫非的，她向来不喝，他在他们身边待长了也知道了。

莫向晚答道：“我不太喜欢喝牛奶。”

莫非嘴里塞着食物，忙着做补充：“妈妈说她小时候喝牛奶的，后来不喝了。”

莫北问她：“为什么？”

她想了想，说：“我妈去世以后，家里没人订牛奶，我就不太喝了。”

室内有短暂沉默，这是莫向晚第一次在他的面前提起她的父母，掀开她生活的一角。

莫北把面前的牛奶喝了，说：“以后订两瓶吧！”

莫向晚说：“不用了，我习惯了不喝牛奶。”

“有些习惯是可以变的，除非你不想变。”莫北拿纸巾给儿子擦嘴边的米屑，“对不对，儿子？”

莫非嚼着食物，大力点头。

她说不过他们父子，只好苦笑。

这一路送行，莫向晚和莫北又多了一些话题，讨论了一番晚饭做什么。莫向晚说什么，莫北就立刻给出良好的建议，两人有商有量，把家务事讨论出更好的方案来。

他在生活上也会是一个好帮手。莫向晚在心里头想。

讨论完毕，莫北笑着说：“你看，我们很和谐。”

莫向晚笑了笑。

莫北说：“你应该多笑笑，你笑起来很美。”

莫向晚别开脸，近冬的太阳居然依旧火辣，投过贴了遮阳膜的车窗照在她的面上，也能让她的脸颊腾腾热起来。

但他的这句话似曾听过，在她久远的蒙尘的记忆深处。她说：“你以前好像说过这样的话。”

莫北说：“过去是草草和 Mace 的，那已经过去了。现在是莫北对莫非妈妈讲的。”

他的话让她有片刻失神，他同她，都还记得那段往事。以前是不轻易捞出来，现在一回想，每一处细节都很清晰。

莫向晚低低地说：“也许我们觉得是过去了，但那不一定意味着真的过去了。”她垂首，“莫北，你知道那时候我为什么那样做吗？”

莫北伸手过来握牢她的手，笃笃定定地笑道：“那个原因不重要，那时候我们半斤八两，谁也不比谁更好。你们公司有个艺人，前一阵在接受采访的时候说过一句话，我觉得挺对的。”

她不知道他说的是谁，等着他继续说下去。

“要从泥地爬起来，还要甩脱一身泥，很困难。但这小子最后还是爬出来了，还红了。”

这个艺人她晓得是谁，她说：“是进过少教所的潘以伦。”

“他现在有广告拍有电视剧演，全部都是正面形象，还有一个小白领女朋友。上天是很公平的。”

莫向晚微笑。

爬起来有多难？尤其是在光天化日之下，把自己的一身陈泥旧屑连泪加血地带出来。但，也是应该能坦然做到的。只要心里不再害怕。

莫向晚鼓一鼓勇气：“以前……”她舔一舔唇，有点干，有点难，但还是说了，“介绍……我混日子的那段时间，认识的人，现在又出现了。”

莫北推一推眼镜，脑中灵光一闪：“叫飞飞的女人？”

莫向晚把握成拳头的手掌摊开，平复在自己的膝头，她开始缓缓叙述梅范范的苦恼。到了公司门口，她已大致将梅范范和飞飞姐的事情交代完了。

莫北说："你可以置身事外的，这件事情的关键不在于你。"

莫向晚在凝思，他知道她在想什么。

他又说："姓林的女孩自杀，不是你的责任。"

莫向晚轻轻叹了口气。

他再说："范美的事情，也不是你的责任。"

莫向晚低声地答："是。"

"敲诈是犯法的。"莫北拉着她的手，倾身过来在她额头上吻了一吻，"你今天事情很多，做完本职工作最重要，其他的不要多想。莫向晚，职业一点。"

莫向晚睨他一眼："我一向很职业的。"

莫北开了车门出来，为她开车门，扶她走到大太阳底下，拍拍她的肩膀："5 点准时下班，不然小菜场的新鲜蔬菜全部要卖光了，就算肯出四块钱也买不到青菜的。"

无论如何，莫北的一番话让莫向晚镇定下来了。昨晚她接电话以后的六神无主和心绪翻腾，现在已经全部平定。

莫向晚在电梯里稍整衣冠，镜面里的人正装谨然，门一开，面对惊涛骇浪，亦能保持平常心。最苦痛的过去已经过去，不逃避，不纠结，才是她做人的原则，是不是？

莫向晚这样问好自己，仰一仰头，跨出电梯门。

林湘的葬礼，让"奇丽"所有的工作人员倾巢而出。

这一颗骤然陨落的今日红星，用令人措手不及的方式告别人间，让她的父母肝肠寸断。

在葬礼现场，邹楠陪着林湘父母，给他们递纸巾，安慰他们，但一切都是徒劳的。从他们来到这座夺走女儿生命的伤城，就再也没有停止过落泪。

邹楠跟着啜泣，讲："林湘一向孝顺，每个月都寄钱回去，还在老家买了别墅，是最好的地段的……"她说不下去了，自己抽了一张纸巾哭得梨花带雨。

莫向晚给她擦了眼泪，说："等一下记者会到现场。"

邹楠抽泣着点头。

殡仪馆门外早已经有记者在场，架好三脚架，面无表情虎视眈眈地对准娱乐圈的红白事，他们甚至为没有一个好角度而互相吵闹不休。

莫向晚坐在里间，看着门外吵嚷。突然在人群中间觑到了当初采访林湘自杀的金菁，她个头不高，却凭一己之力在一众男摄影师中间抢到了好位置，并且端好了长焦相机。

这些记者亦是受过高等教育出来的雄心人士，却专注于这个圈子里最乌糟、最惨垢的事，乐此不疲，全年无休。这算不算职业道德把人性道德磨一个精光平亮？

莫向晚越想越凉。

忽然外头一阵喧嚷，镜头齐齐追过去。没想到迎面走进来的是一个陌生的平凡面孔，穿着最平常的路人衣服。

莫向晚也一愣，负责签到的史晶问她："这是谁啊？"

"给林湘看过病的周医生。"

周医师走进来，望着签名簿皱皱眉，摇摇头，表示不签。史晶见他并非圈内人士，也就不强求，请助理引领他上前向逝者致意。

莫向晚看着他对着林湘的遗照鞠躬三下，一脸凝重。

周医师也看到了莫向晚，就走过来打个招呼。

他说："我很难过，也很遗憾。"

莫向晚看他脸上有沉痛之色，劝解道："您不要这样说，这是意外，谁都没有想到。"

周医师缓缓摇头："公安局找我去提供过资料，林湘有轻度抑郁。"

"轻度抑郁？"莫向晚吃惊，这件事情并没有人同她说过，也许其他人都未必知晓。

"我介绍了我们医院的精神科医生给她，她不肯去看。也许有偏见吧！一般抑郁症患者都抵触和精神科的医生接触。我没能坚持到底，是我的疏忽。"

站在莫向晚身边的邹楠不知怎的又开始流泪，握住手里的一团纸巾擦了又擦，擦得两只眼睛赛过兔眼。

周医师简短说完，从侧门离开。

这位小人物前脚刚走，后面的重头部队大人物们就到了。保安整装开道，林湘当年选秀的伙伴们，个个面色肃穆，前呼后拥地一路走进来，然后掏出面巾纸一个比一个哭得伤心。

镁光灯闪成一片，"奇丽"所有的工作人员都寻地回避。

借着死人出风头，太不堪了。莫向晚使一个眼色，令邹楠搀着林湘父母去内堂，怎么能让死者父母再看一出活报剧？

林湘风头正劲，死因成谜，不管"奇丽"如何想要低调，她的葬礼总会被有心人利用一个够本。这根本就是无可避免、心照不宣的无可奈何。

第二个骚动是叶歆引起的，她穿了一身黑，戴着墨镜，一路走进来时，有记者在耳语猜测这个人是谁。因为她还是新人，很多媒体都还不认识她。这一次，是她顶替了亡故的林湘的节目，有了这个机会亮相。

叶歆在没进殡仪馆前就把墨镜摘掉了，露出红通通的双眼，眼泪滑落双颊，哭态甚美，一举手一投足，给镁光灯留好了最佳角度。

有人问：“这个是谁？”

有人帮助叶歆答了，她也有粉丝团了，在外面举着横幅，写“湘湘走好，我们爱你”，但是落款是“叶歆粉丝后援团”。

这一次因为怕现场混乱，史晶又是个利索的人，早把粉丝吊唁区隔离到对面的马路上头。林湘的粉丝也是成群结队地来现场的，但是偶像已逝，他们军心涣散，被工作人员一赶，三五成不了群。一时最有利的一个地头被叶歆的粉丝们占据，人虽不多，但是整齐划一，就像事先演练过一样。

史晶大为头痛：“这些‘小朋友’没事跑来凑什么热闹。”

“小朋友”们一叫，叶歆就配合得哭得更悲戚。走出来的邹楠看到此情此景也愣了，不知发生了什么事。

莫向晚冷冷看一看她。一个人的死，让另一个人得了风头，这才是这个光怪陆离圈子内的正常事。叶歆弱柳扶风一样摇摇晃晃地走出去，路过金菁面前，被她扯住，问道：“你有什么想对天堂里的湘湘说的吗？”

问的问题已经出了格，答的人更是抓住机会说：“她是前辈，提点我们新人很多，我受过湘湘的帮助。我会在新专辑里写一首歌，专门纪念她，下个月就会发布的。”

“她帮过你什么？”金菁又把录音笔递到她跟前。

“湘湘对我所有的帮助，我都写在了歌词里。”

史晶听了冷笑道：“这个办法不错，我没有想到闷声不响的人学起来这么快。”

一句话倒是教莫向晚对史晶另眼相看了，原来本是江湖同道人。她说道："是不错，她的讲法也没有错，如果不是湘湘出了事，她的确上不了那节目。"

两人相对幽幽叹了口气。

在这一次葬礼，从"奇丽"到媒体，众人所预料的小高潮终于到来了。罗风戴着墨镜穿着黑色西服，出现在殡仪馆门前的通道口。他前进的道路几乎被记者们堵得水泄不通，需要他自己的保安和"奇丽"的工作人员齐齐开道。与叶歆不同的是，他一言不发，面无表情，不摘墨镜，一路低头疾步前进。

他的经纪人事先同朱迪晨打过招呼，罗风一进灵堂，就关上大门以免节外生枝。待罗风走进来，史晶指挥了门边的保安将门一合，把所有人间光影全部挡在了外边。

罗风终于得到他个人的自由，他往林湘的遗照前面立定，摘下了墨镜。前尘旧爱，多少尘缘，如今天人两隔，唯剩下三鞠躬了却他和她的一世纠葛。

邹楠被莫向晚派去后方休息室照看林湘父母，不让他们和罗风照面。面对辜负女儿的前男友，恐怕那对父母会恨得想要食其肉寝其皮。

罗风三鞠躬后，怔怔对着林湘的遗照看了很久，而后径直朝莫向晚走过来。他对莫向晚说："向晚姐，能不能借一步说话？"

莫向晚疑惑地看着他，他刚才带着恳求的口吻，充满了诚意。史晶是个伶俐的人，见状说道："后头左边还有个小房间。"

莫向晚朝史晶点点头，领着罗风一路向那边去，他们路过林湘父母休息的右侧小房间时，房内传出林湘母亲哀哀的哭泣声。罗风握在手里的墨镜掉在了地上，他慌忙捡了起来。莫向晚回头看到了他皱紧的眉头。

二人走进房间后，莫向晚客气地问罗风："罗先生，是不是还有什么事情要拜托我为湘湘做？"

罗风从西服内衬口袋里拿出一张支票递给她，说："向晚姐，湘湘在世的时候说过这个圈子里人心复杂，在你们公司里头，大约只有你一个肯真心照顾照顾她。"

莫向晚接了过来，一瞧并不是小数目，更加疑惑了。

罗风继续说："请将这张支票兑现以后交给她的父母，她给父母买的房子，还有一个尾款没有付。"他露出了一丝愧疚，"这件事情只有你肯接下来用心办，我现在没有办法接近她的父母。"

莫向晚捏着支票，生出了几分慌张，还有几分莫名的惆怅。原来林湘这样信任她。她问："恕我冒昧问一句，罗先生，你和湘湘到底怎么回事？"

罗风自嘲地一笑："你们不是都当我是负心人，要对湘湘的死负全责的吗？"他见莫向晚面色凝重，便正色说，"我和湘湘在三年之前就分手了。因为她一直有抑郁症，我们最初在一起的时候很困难，在北京做北漂。她在小酒吧驻唱。我们这些人都有些假清高，拿腔作调当自己是艺术家，没机会没出路就容易郁闷。她当初去北京是要考戏剧学院的，考了两年都没考上，把爹妈的钱都花光了，心理压力太大了。大约从那个时候，她就开始犯了病。"

"难道一直没有去治疗？"

"她太要强了，不想让任何人知道她有病。那时候我的片约不少，忙的时候没空照顾她。她跟我赌气，自己报名参加了选秀，没想到靠唱歌唱出了名堂。后来我提分手，她同意了。她刚出名的时候我们就已经分手了，但为了彼此宣传的需要，配合你们经纪公司炒了一阵CP。她根本不想去治病，她说她得的不是精神病，不要看精神科。”

“我以为她一直很坚强。”莫向晚黯然说道。

罗风也黯然：“我也以为她是坚强的，直到我和她的照片被曝光，她选择自杀。我想她是真的有这个念头，但大家都当她是假的，都当她是因为感情。你们公司为她花了些心思，她的事业逐渐有起色了。我以为她会好起来。”

莫向晚问他：“但她在你婚礼的时候去看你了。”

罗风说道：“她是来跟我借钱的。”

“什么？”莫向晚吃了一惊。林湘的片酬和各项演出收入并不菲薄，为父母买房绰绰有余，从没有听过她有任何经济困难。

“她嗑药有一段时间了，瘾越来越大，也许这可以让她忘记她的病。她为了给自己爹妈长脸，在老家和上海都买了房和车，看着赚得多，其实花起来还是紧巴巴的。前一阵，不知她怎么就开始沉迷赌博，输得有点大，她打电话问我借，我没答应。我没想到她会跑到我婚礼上。她说我不给她痛快，她也不给我痛快。在婚礼现场她到底还是没有给我不痛快，后来我想算了，我拿了钱再找她，她已经回去了。”

莫向晚已跌坐在椅子上，不能言语。

罗风说：“她要是乖一点，肯去看个大夫，自己积极一点，不要去碰什么赌博，何苦到这个地步？我不知道她最后会绝望到选这条路，竟然找了什么氰化物。警察来问我，我根本不知道这是什么东西。警察说这种东西一般化工厂和化工学院里才会制。她竟然费了这么多心思搞来这个东西给自己一个了断。如果当年我不撺掇她走演艺圈这条路，让她安安分分当个文员，就不会像今天这样了。”

罗风抓着自己的头发，也颓然地坐在了椅子上。他低垂着头，又是懊悔，又是忏悔："她给她父母在上海买的房子就剩这个尾款没付了。她说她爹妈当了一辈子农民，家徒四壁，被城里的亲戚看不起，全家就靠她来翻身。她还有一个弟弟明年要上大学，她要买房买车存够弟弟的大学学费争口气。"

莫向晚握着那张支票，难过得不能自已。这一张支票上面签注的是万金，也重如万金，是一个意外失足的女儿对父母最后的心意，是一个男人对无法守护的爱过的女人最后的爱护。

罗风说："这也是一个围城，有的人想进来，有的人想出去，有的人进来以后再也出不去。"

罗风走了以后，殡仪馆内平静了好一阵，又接连来了一些明星吊唁，都是三四线的小角儿。戏终会散场，外头记者也做了鸟兽散。此间的凄风一卷，纸屑无数，便如一场闹剧即将收场。

莫向晚把支票拿到林湘父母面前，告诉他们是罗风给的。林湘的父亲接过支票，双手微微颤抖，捏着支票的两端攥了个紧，再用一点点力，这张脆弱的纸片就会被撕裂。但他终究还是没有使力，也许是因为现状让他们不能够下手。

莫向晚讲："回头我去办理好手续，把钱打进你们的银行卡里。"

她站起身来，看着灵堂上林湘的遗像，默默祷祝。林湘的那一双美目，艳光四射，仿佛在说："要干干净净地走。"

莫向晚在心中对她讲："幸好你爱过的那个人，最后为你尽到责任了。湘湘，请你安息。"

终于到了最后告别的时刻，林湘的父母亲自将她推入火化池。一缕芳魂终化成灰，人生消逝得如此容易。

莫向晚生出无尽的疲倦，她同史晶邹楠等人陆续退场。走出殡仪馆时，她远远地望见对面马路上，林湘的粉丝们安静地站着，一排花束排在人行道上，写着永恒纪念的心语。

一直以来，莫向晚不太会因圈内诸事落泪，或许是看够了人前人后的各色风景，这些风景从来都不是单纯的风景。但还是有些东西是单纯的，比如现在的这些粉丝。

他们从来没有真正了解过和接触过他们爱着的这个偶像的最真实的一面，但仅凭几面之缘，他们便全心全意地去待这个偶像，就像造一个美好的梦。他们现在所祭奠的，或许正是心中那一个梦。美好的梦碎了，才是最令人心碎的。

莫向晚看到人群里当初来为林湘打气的蜜蜜母女。那位阿姨手里还捧着一只 Hello Kitty，默默流着泪。对新闻火眼金睛的金菁正站在她的身边，伺机采访。但伤心的阿姨只是摇手不答。

莫向晚拿出了纸巾，印了印眼角的泪。

跟随在她身边的邹楠突然身体转了一转，朝另一个方向望过去。她有些不安，莫向晚感觉到了，问：“怎么了？”

邹楠摇摇头，没有说话。莫向晚循着她注视的方向看过去。那一处拐角，立着一个人，对办过林湘葬礼的礼堂方向行注目礼。

莫向晚不禁疑窦丛生，在邹楠准备疾步离开时拉住了她，问道：“你知道管弦会来的原因，是不是？”

邹楠闻言整个人颤抖了一下。莫向晚的发问是趁她不备的，她的这位上司，端着明白冷眼把什么都看得清清楚楚，事后抓人一个措手不及。

她记得当初刚进入“奇丽”，她还带着少女的玩性，在接受新员工培训的时候悄悄玩着连连看。

莫向晚一开始就看在了眼内，但一直不发声。到了她见习期结束，要转正的时候。莫向晚把她单独叫进会议室，严肃地讲："一天八个钟头要时时刻刻专注工作，或许很严苛。我的要求很简单，今日事今日毕，计划和总结一样不可少。我会根据你的工作日志安排你的工作内容，在保证你的效率和工作量前提下，让你有劳逸结合的机会。"

当时被训得措手不及的邹楠听得惭愧至极。后来她渐渐习惯了莫向晚的管理方式，她以为她已经有能力把事情瞒过莫向晚的眼睛，然而并没有。

莫向晚说："我们找间咖啡馆聊一聊。"

邹楠又抖颤了一下。她迟疑着、尴尬着，也害怕着。但是，在莫向晚逼视之下，她最终只能选择顺从。

莫向晚招了出租车，回到市区，在人声鼎沸的闹市中心，找了一间星巴克入座。她知道这位下属喜欢吃巧克力，所以给她点了一杯巧克力星冰乐和一块黑森林蛋糕，希望她放松下来，实话实说。

情势渐缓，邹楠用小银勺一勺一勺挖着泥一样的蛋糕，银勺上沾了黑泥，她用力擦，但是擦不掉。她是欲语还休。

莫向晚给自己买了一杯拿铁，捧在手里温暖了一会儿冰凉的手指。她在等邹楠开口。

身边有一桌人坐下来，一边喝咖啡一边谈生意，等他们敲定明天签合同之后，起身离开时，邹楠还是没有开口。

莫向晚把纸杯内最后一口拿铁喝完，又点了一杯，但她不想继续等了，问邹楠："湘湘走了，我知道你很难过。邹楠，你还年轻，会有许多压力承担不了，看到你这样，我也很难过。你已经跟了我两年了，其间跟了湘湘六个月。"

邹楠将银勺咬在口中，又决然地抽了出来，泪扑簌簌流了下来。

她说："老大，我没有想到湘湘会这样。真的，我没有想到。"

莫向晚温柔地看着她，给她一个鼓励的眼神，期待她能够放下包袱，将一些话讲出来。

邹楠把银勺放下来，双手平放在膝盖上头，垂下头。这是一个认罪的姿态。她说："这个圈子太复杂了，我没有想过一环套一环，会把人逼到这样。"

这是莫向晚知道的、理解的，甚至洞悉的。

邹楠经过激烈的思想斗争，闭了闭双目，睁开眼睛的时候，她缓缓开了口："湘湘有抑郁症，我跟着她的时候就有了。她一直很自负，觉得自己很出色，比选秀的很多选手都要长得漂亮，唱得也好，也有演技天赋。但是罗风在她刚红的时候就提出分手，理由是她给的压力太大了，她希望罗风能够拿到那位二十三岁就拿到金马奖的影帝那样的成绩。但她又看不惯溜须拍马，看到罗风为了上一部戏对着投资人卑躬屈膝的样子，她跟我说，她最看不得男人摧眉折腰事权贵。可是分手以后，她又不甘心，天天打电话纠缠罗风，让罗风避她不及。"

莫向晚无声叹气，完全能够想象这样一个矛盾的林湘。不甘又自傲，自负又矛盾，是真的清高，也是不能自承的清高。她问："湘湘之前的几次自杀，不完全是为了罗风？"

邹楠点点头："她觉得没有面子，她觉得按照罗风和她的关系，应该对媒体说一些帮她的话，但是罗风完全站在自己女朋友的立场说话了。这之前，这之前……"她擦了擦眼泪，声音微颤，面色煞白，她终于说道，"林湘刚红的时候拒绝过一个有身份的人。"

莫向晚忽然能想到其中关节，厉声问邹楠："原来你在当林湘助理的时候，就知道别的赚钱方法了，是不是？"

邹楠擦干眼泪，依旧用忏悔的姿态点了点头："老大，做我们这行的小菜鸟，每个月只有这一点薪水。有人过来放话，只要能把明星约出去吃饭喝茶，就会有外快。你也知道的。”

莫向晚的确知道，有这么些小助理拉线扒外快，赚得盆满钵满。她入得这一行后，清者自清，从来远着这样的交易，却让身边人钻了空子。自责和悔恨让她的心微微绞痛，原本自以为是的有原则，原来是早已麻木了六感，忽视了原则。

她厉声问邹楠：“是谁给你钱的？”

邹楠的唇微微掀动，欲语还休。一下天旋地转，莫向晚抓着桌沿，让自己不至于难过到要往后跌去。她稳住自己，又拿起纸杯喝了一口咖啡，定下心神。

邹楠用微不可闻的声音说道：“老大，她不会来找你，因为她知道你不会同意。那时候我想，只是小事情，别的人都在做，我就做了。”说完眼泪又流了出来，她抽泣着，“一开始湘湘不肯，她当面给了人家难堪，那个人很生气，说了一些狠话。湘湘是个急脾气，要挣面子，就把罗风端出来当借口。但是，她没想到罗风公开了新女友，这等于断了湘湘的退路……”

“她那时候的自杀，我猜不是假的。她本来就有抑郁症，一受刺激就会胡思乱想，越想越偏。她本来人就很偏激，出道以后红得太快，自视很高，觉得自己样样都好，谁的面子都不卖。接连出了几次事后，她人气跌了很多，她又想不通了，整天神神道道，最后作到连朱迪晨都不肯管她了，让她自生自灭……”

莫向晚问她：“你也知道她嗑药？”

邹楠稍许顿一顿，终是颓丧地点点头。

“什么时候知道的？”

“她第一次自杀的时候。我不知道她嗑药磕了多久，她说她总是觉得自己在走独木桥，家里靠她赚钱过日子，她爸妈自从她能赚钱开始就不肯再下地劳动了，她弟弟还要靠她念大学。她说她弟弟很厉害，年年都考学校第一名，不管怎么样都要把弟弟供出来。她跟我说她吃那个什么盐酸片的时候，就不用想现实里的这么多苦了。”

莫向晚又喝了一口咖啡，咖啡已经凉透了，苦涩涩。

总有人愿意饮鸩止渴，贪图一时快慰，而拒绝苦口良药。她不知道苦在舌尖，还是心头。窗外飞过一群白鸽，自由翱翔在天空，莫向晚怔怔看一会儿，同邹楠又是短时间相对沉默。然后，她再问邹楠：“她的事业有了起色，为什么不去戒掉？”

邹楠说：“老大，不是人人都能做到知错能改，善莫大焉。”

这句话，没有错。栽倒以后爬起来的困难让有的人宁愿在泥地里面打滚。因为太了解，莫向晚由此黯然而神伤。

“她因为工作又多了起来，怕自己精神不好，所以越来越上瘾。她也不敢告诉朱迪晨。后来她爸妈上门找她，让她在上海给弟弟买房子车子，说亲戚们笑话她在大城市不提携亲弟弟。她一赌气就在内环买了两层楼，把她这两年攒的积蓄全部用光了，还欠了不少贷款。

“她当时到处借钱，最后借到了管姐头上。管姐，管姐让我问一下湘湘的意思，她那里一直有局……”邹楠小心翼翼地看了看莫向晚，“我以前以为你都知道的，所以我直接去问了湘湘，湘湘着急用钱，就去试了两手，当时赢了些钱，她就上了瘾。可是后来她就不停输不停输，输到求别人不要追究赌桌上的这些账。对方就提出让她低片酬演一部剧，还……还有一个更过分的要求。她根本不肯答应……”

邹楠又讲不下去了，不住地流着眼泪，她擦了半天，才哽咽着再说：“但是不知道为什么对方手里会有湘湘嗑药的照片，湘湘去求管姐调解一下，管姐带话回来，和当时对方提的要求一样，没有转圜余地，不能做的话就还钱，还不了钱就必须照着做。湘湘说，她什么都完了，自己最后还是走到了这一步，是自己作践自己，自己把自己逼到了悬崖边。管姐当时跟我说，只要湘湘愿意，我可以从这个项目里拿笔提成，我当时就说不要，我不敢要。我不知道怎么就从吃饭喝茶变成了赌博，最后又变成这种事情啊！”

莫向晚的鼻头微酸起来，她说：“湘湘最后还是不愿意做，所以就干脆了断了。”

邹楠“哇”地一下哭了出来，引得别人都看她们这里。但莫向晚并没有给予她安慰，她用纸巾擦去自己再度落下的泪，扭头看向窗外。

那一群白鸽已不知去向，地面上的喧嚷传不到天际。一望无际的蓝天，也无风雨也无晴，这么安静地俯瞰众生。

众生有多少欲哭无泪的故事？混迹红尘，盈亏自负，时时与道德激战。有的人饱受冲击，无法承担选择的结果，也无法改变现状，只有自己的良心在为自己内疚。

莫向晚一下一下擦干为林湘落下的泪，对邹楠说：“快点吃完点心吧！明天还要上班。”

同邹楠在星巴克门口告别后，莫向晚目送她的背影良久。

她才多大？二十岁入的这一行，迄今不过二十三岁，是尚能从道德的歧途上回归过来的年纪。但是是否真能回归，全在于她自己。自己的路，毕竟要自己来行。

直到看不到邹楠的身影，莫向晚才恍恍惚惚向另一个方向行去。

一路上，她想了很多东西，又似乎什么都没有想，想通很多东西，又似乎什么都没有想通。她很迷惘，迷惘到头重脚轻，她也很难受，难受到无法呼吸。她随着人潮流动的方向，走进了地铁站。

这时候正值下班高峰，整个候车区拥挤得如沙滞之河，好容易来了一列车，人人争先恐后，唯恐慢半拍就此落后。莫向晚被身后人群推入列车，车门一闭，换了一个空间，但依旧四处为人所压迫，人人都很狰狞，各有各的苦衷，拼命挤压，力求一个相对宽松的空间。

莫向晚被推来搡去，好不容易趁着一个时机觑得一个空隙，才能够伸手隔开压迫她的人。她想，林湘为何不肯等一等，等一个合适的时机，护一下自己？她连自顾都不暇，又能如何照拂好他人？

莫向晚想了想，待到下车后，不及走出地铁站，就掏出手机打电话给张彬手底下管档案的主管，要她调一调林湘的资料，资料里果然有林湘弟弟的联系方式，那是林湘留下的第一紧急联系人，其后才是她的父母。

她问："这一次没有联系她弟弟来吗？"

助理答："行政部本来已经订好三张机票，但她的父母一再请求不要打搅儿子，怕影响他学习，说他就要期末考了，还要考六级什么的。"

手心手背的肉，还是有着天壤之别。莫向晚重重叹气，挂掉电话。片刻后手机又响起来，是莫北打来的。

他说："我想带儿子出去撮一顿，不过你放心，绝对不去肯德基。"

她没有反对的理由，便答："那就去吧！"

"你什么时候到家？"

她刚想说"我不去"，他就紧着又说了一句："我们一家三口一道吃晚饭。"

在拥挤的车厢里，莫向晚把"一家三口"这四个字在舌头尖上滚了一遍，没能阻止它荡到心底里去。她不想拒绝。

莫向晚答："我刚下地铁。"

莫北说："等我，很快。"

莫向晚走出地铁站，果然，很快她就看到莫北的车缓缓开了过来，停到她的面前。坐在车后座的莫非老早就把车窗开得老大，探出小身体朝她招手。

"妈妈妈妈，这边这边。"

莫向晚走过去点儿子的脑门："大老远就听到你的大嗓门。"

她准备拉开车门坐进去，但是莫非撒起娇来，"不要不要，你坐前面，我要一个人白相。"

莫北干脆下了车，走到莫向晚跟前，为她打开副驾座的车门，做了个标准的绅士邀请女士上车的姿势，笑说："上车吧！"

等她坐好，莫北才转而再讲，"本来要去买青菜的，不过时间太晚，小菜场的菜贩子都回家了。"

莫向晚轻轻一哂，想说"怎么跟你儿子一样话痨"，还好刹车刹得及时，没有说出口。但只是一想，就喉咙口发紧，不大自在。

莫北没有看出来，径自讲："我们随便吃吃，比较家常的，也不贵。"

她"嗯"一声，由莫北发动车子。

这一随便，没想到真是随便。莫北最后将车开到了闹市中心最为僻静的一处老式工房小区里，在正宗壁角里头的破落房子后的空地上停下来。

莫向晚不大明白莫北肚子里打什么妖怪主意，有点审慎地看一看他。莫非笑嘻嘻说："爸爸带我吃咖喱鸡。"

莫向晚问："吃咖喱？"

莫北领着他们在弄堂里拐了一个弯，往一幢很有些年头的老工房里走进去。

“是的，餐厅有点小，但是咖喱很好吃。”

“在这里？”莫向晚问，“这里是民居啊。”

“跟我走就是了。”

莫北一手握住莫向晚的手，一手握住莫非的手，这样一路坐电梯上了十楼，走到一个居民住宅门前头。

莫向晚抬头瞅瞅门头，普普通通的民居门头上用 LED 灯做了四个字“长乐小厨”，原来还真的是一家开在居民楼里的小餐厅。她跟着莫北走了进去。

屋内开了白炽灯，很是敞亮。进门的玄关处设了一个小收银台，上头摆着 14 寸电视机，旁边放了一盆文竹，文竹后面摆了一座相架，相架后头的一壁墙整齐贴着各色人种的客人在餐厅里的留影。看得莫向晚咋舌，看来这还是一间名扬海外的小餐厅。

收银台旁边站着个三十岁左右的妇女，她见莫北走进来就停了下手里记账的活儿，笑着打了个招呼，寒暄了几句。看来莫北是这里的常客了。

莫向晚趁他们打招呼时，又打量了一番小餐厅里头的格局。

大客厅里放了五张普普通通的木板桌，凳子也是普普通通的木头条凳，已经有三张桌子有人坐了。往左转是厨房，用玻璃门隔开，玻璃上挂了一副半旧不旧的塑料帘子，里面散发出浓烈的咖喱香气。往右转还有一间房间，但是门是闭着的。

莫非左看看右看看，觉得这里并不像是一家餐厅，于是问他的爸爸：“我们是不是要自己动手做吃的啊？”

这时右边的门开了，有个坐轮椅的中年男人用手熟练地打着轮椅的滑轮转出来，看见莫北乐呵呵地打着熟络的招呼，又看到了莫向晚和莫非，问："莫先生，你终于有女朋友了啊？"

莫北笑得轻淡，并没有否认，倒是莫向晚有点不好意思，轻轻咳嗽一声。他看一眼她，向轮椅上的男人介绍莫非："这个小孩是我儿子。"

莫非自来礼貌又伶俐，马上叫"叔叔好"。轮椅男人惊讶管惊讶，倒是未曾多问，只一路热情地将他们引进右边的房间。

这一下，莫向晚"呵"地惊叹了。

原来这是一间打通了原来阳台的大包房，借着阳台的格局，把整壁墙做成了落地玻璃窗，从这里望出去正对着黄浦江的夜景，一路过去万国建筑霓虹耀眼，天上繁星璀璨，不似在人间。

莫北问轮椅男人："小严，最近生意好吗？"

小严答："现在公款吃喝都限制了，别人家大餐馆不肯去吃了，专门找实惠的小餐馆。我爸妈管的云南路的那个餐厅天天爆满。我们在点评网还上了团购，卖得不要太好。"

其实这间房间里摆了两张桌子，但是小严识趣，看莫向晚有点儿羞涩，讲道："我不说了，你们快点菜吧！今天这里只招待你们这一桌。"

莫非马上说："叔叔你真好。"

小严笑起来，"莫先生，真看不出来。"

莫向晚脸很热，低下头，但是莫北就手拉住了她的手，这是首次在外面的人面前这么亲密。小严倒不好意思了，赶紧退了出去。

莫向晚想要抽出手，莫北拉着不放。她难为情地觑莫非，儿子正趴在落地窗前啧啧惊叹："我觉得自己好渺小啊！"

莫北大笑："非非，你都知道'渺小'了？"

莫非转头回答他的爸爸："我们老师说的，人类在大自然面前就是渺小的。”

他的爸爸说：“除了这条江，这片天，这些星星是大自然的，其他都不好算大自然的。”

莫非被为难，再把脸贴到玻璃上又看了看，有了小主意，说：“人类被大自然包围啦？爸爸，你看房子都是被黄浦江围着的呀！”

莫向晚宛然一笑，说：“非非比较高明。”

莫北点头，对她笑：“青出于蓝胜于蓝，这个世界才会进步。”

莫向晚不同他抬杠了，坐下来问他：“点什么？”

他说：“我已经点好了。”

果然下一刻就有人来上菜，正是刚才算账的女人。上的前菜是送的龙虾片，摆好盘子调羹和叉子，一切都很家常，令莫向晚轻松不少。

莫北讲：“饮料我只点了泰式奶茶，奶味不大足，他们还需要再学习。”

她说：“没关系。”

莫非吵着要喝可乐，被他爸爸一个眼神给拒绝了。原来严父的架势摆出来，还有一些威慑力。莫非闭上了嘴，老爸点什么他喝什么。

先上来的菜是泰式拼盘，有迷你春卷、粽叶包鸡、虾饼和鱼饼。莫非又吵着要吃鸡，莫北就耐心地替他剥了粽叶。

不用照料儿子饮食，这让莫向晚有笃悠悠享受其他食物的空闲。虾饼弹牙可口，她一连吃了两口，莫北看她吃得香，又为她夹了两个，自己倒是一个没留。

第二道菜是青咖喱鸡肉，端上来满满一盆。莫向晚向来不耐青咖喱的独特味道，从来不曾尝试着吃一次。但是莫北说：“这是小严拿手的，青柠皮的分量和外面不一样，快到冬天的时候吃最合适，健康功效加倍。”

他一边说着一边为她舀了小半碗青咖喱汤，用一个诚恳邀请的眼神看着她。他在支持她尝试新的东西，于是莫向晚就只能给他面子喝了一小口。第一口下去，依旧不是自己喜欢的味道，但因为对面那人的诚恳，她有了继续细细品味的耐心。也因为这耐心，她喝了一口，又喝了一口，慢慢熟悉了这一股自己原本以为不可能会喜欢的味道，熟悉之后，渐渐品出了其中的美妙。

不知不觉地，莫向晚纠结了很久的心松快了下来。

她问莫北："你和这里的老板很熟吗？"

"认识好多年了，看着他在这里开店的。"

莫向晚想了想，又问："是不是和你有些关系？"

莫北刚想回答，包房门被敲了两声，他起身开了门。小严一手转着轮椅，一手端着一盘烤猪颈肉进来。莫北站起来，想要亲手接过来，"我们可以自己来。"

小严不准莫北动手，说："你来我这里就是大客人。"

莫北便客随主便。小严将菜端上了桌，特地推到正吃得津津有味的莫非面前去。莫非连忙说了一声"谢谢"。他拍拍莫北的小脑袋，然后同莫北说："莫先生，有两句话想跟你讲一讲。"

莫北看了看莫向晚，对小严说："你说吧！非非妈妈不是外人。"

小严叹了口气，说："莫先生，你同于先生讲一讲，他为我们家做了很多了，我不怪他的。他又买房子又投资我们的小饭店。这两年我这里生意越来越好，云南路那边更加好得不得了，前几天我找他给他分红，他一直避着我，你看这个……"

莫北笑："嗨！你别管他，别放心上。"

小严较真起来："我哪儿能不管？做人是要有道义的。他对我尽的责要到个头的，以前我们家里没有什么经济能力，现在有了，哪里还可以贴到人家身上去？你讲对不对？”

莫北拍拍小严的肩膀：“你看你看，我到你这里来吃饭就图一个家常，你还给我出难题，你给到我手里，于直那边不肯要，你这里也不肯要，我岂不是接了一个烫手山芋？”

小严被莫北一说，也考虑到此关节，不禁烦恼。莫北站起身来，顺手将他推出门外，到莫向晚听不到的地方，才讲：“我好不容易哄了老婆出来吃饭，你就不要当电灯泡了。”

小严大笑：“莫先生啊，你到底什么时候结的婚？”

莫北正正经经讲：“很早以前。”

小严只得作罢，让做收银的老婆送冬阴功汤过来，被莫北半路截掉，自己端进去了。

莫非啃猪颈肉啃得正香，莫向晚拿着纸巾给他擦嘴边的残渍。莫北坐到他们身边，接过莫向晚手里的工作，继续刚才的话题。

“小严几年前出了车祸，双腿残了。”

莫向晚有点震惊：“车祸？是不是因为……”她还没有问完整，便自觉不太可能是莫北。莫北此人，做人做事稳中有细，应当不至于会让自己脱轨至此。

莫北亦明白她的意思：“倒不是因为我，是我的一个朋友，年少的时候做了不少糊涂事情。我和他关系好，那时候也一起荒唐过。”

往时的印象回到脑海里，莫向晚问他：“是那个叫阿直的吗？”

莫北倒是有些意外莫向晚还记得，他点了点头。

“于直一直在资助他们。虽然一开头只是经济上的补偿，后来看他们一家路子正，小严身残志坚，竟然学了一门泰国菜手艺。阿直就帮他把餐厅生意做大了。所有有心的帮助都是不会白费的，有些错误也是可以弥补的。”

莫向晚福至心灵，低头想了想，没有讲话。她转头看向儿子，见他吃得实在很香，向来不食油腻的她也夹了一块猪颈肉来吃，赞道：“小严确实有一门好手艺。”

她干脆用青咖喱拌了饭，搛几块猪颈肉做小菜，和莫非比赛谁吃得快吃得干净。

莫北却一直没怎么动筷子，只是含笑看着偶尔调皮起来的莫向晚和莫非耍着这般童趣动作。他看一会，又望望窗外繁华盛景，不禁心满意足。

结账的时候，小严坚持不肯收钱，莫北坚持要付钱，两人推来搡去，莫向晚就在一旁圆场说道：“打个八折吧！”

这倒是个折中的办法，小严只好应允。

出来时候莫向晚说：“他对你也很感激。”

莫北说：“做生意不好总做人情账，会吃亏的。”

待到上车时，莫向晚这一次不自主地就坐进了副驾座。莫非飞起小眉毛，笑嘻嘻地同他的爸爸比了个“V”。父子俩的小动作落进莫向晚的眼内，她微微一哂。她将身体妥帖放入座椅，慢慢打起了瞌睡。

莫北在驾驶座坐好，对着后视镜，朝后面的莫非做了一个噤声手势。父子两个都打定主意不说话，让这车内唯一的女性得以休憩。

莫北在红灯停留间隙，时不时会看莫向晚一眼。她的头发有些许凌乱，垂到眼睑，可他还是能看到她俊挺又坚毅的眉骨。这个角度望过去最漂亮。她疲惫的时候，脸颊会微微泛红，似铺着一层淡淡的胭脂那样赏心悦目。

莫北怔忪着，情不自禁微笑起来，被莫非看到了，猴上来轻声问：“爸爸你笑什么？”

莫北小声问他：“妈妈是不是很漂亮？”

莫非抱着胸讲：“非非的妈妈当然是漂亮的。”

莫北又问：“那么爸爸呢？”

莫非就勾住他的脖子讲：“爸爸是大帅哥，比男明星还要帅。”然后摇头晃脑，“所以我也很帅。”

非非的妈妈翻个身醒过来，正听到他们父子俩的互相吹捧，她想，这是不好惯着的，就说：“男孩子这么看中漂亮干什么？”

莫非吐吐舌头，理由十足地说：“因为爸爸妈妈都很漂亮，我才漂亮，我就自豪一下呀！妈妈，这个不是骄傲。”

回到了小区里，莫北把车停好，莫非嚷：“我先上去开门。”说完抓起他的小书包就冲出车门快速跑。

莫向晚在后面唤一声：“当心。”但儿子已经冲进楼房里了。

她摇摇头，作势要下车，但是手被莫北摁住。她看着他，黑魆魆的夜，他们停的这一处没有路灯，又背着月光，什么都看不清。

莫北想，看不清才好呢！在她反应过来之前，他就吻了上去。

莫向晚想要挣扎，但他的气息一接近过来，她就软弱下来，无力挣扎。这一次的他比以前都要直接。

她几乎都要忘记了，当年的那些吻有多么热烈，而此刻的热烈正在擦拭着那些过往，一点点擦掉，再点燃新的火种，“嘭”的一声，刹那燎原，烧出漫天的星辰，在她的眼前闪烁。他的手握紧她的手，让她没有转圜和逃脱的余地。

就这样一个吻，吻到她整个人都仿佛漂浮起半厘米，惊心动魄到仿似瞬间已随他经历一生。莫向晚无力地俯在莫北怀抱里，直到他先停了下来，低低唤她一声："向晚。"

莫向晚没有应，也没有动。莫北更加抱紧了她。他们都不知自己是何时向对方伸出的手，现在二人十指互相缠绕，牵牵扯扯已然拉不开来。

拉不开来才好，莫北心满意足，只愿此刻天长地久。

然而，此时手机铃声响起，俗世的声音打搅了二人的宁静。两个人只得暂时分开，各自从身上找自己的手机，结果是莫向晚的手机在响。

莫向晚接起手机，那头是梅范范的声音，说："晚晚，我约了他们明天下午 1 点半见面，你有没有空出来？"

莫向晚的脑壳有些刺痛，她想要用另一只手揉揉太阳穴，才发现莫北仍牵着自己空着的那只手。他或许发觉了她的异样，于是在掌心稍稍用了点力，传递给她，这安慰到了她。

莫向晚稍稍正了正身体，答："我知道了，明早我给你电话，我们需要计划一下。"

梅范范听她这样爽快，竟在意料之外，怔了一怔，说："哦，好的。"

莫向晚当机立断关上了手机，但莫北还是没有放开她的手，她用手机拨一拨他的手："别这样。"

"明天你只是去做个旁听证人，记牢别代替受害者答应对方任何东西。"

原来他都听到了。

莫向晚本能地直起腰板，似一只戒备状态的猫，随时会攻击或者撤退。

莫北接着说："小严这样的人值得别人帮助，帮了一个是一个，算为社会谋福利。”

莫向晚明白了，清楚了，自他告诫的语气里体会到关切和提点了。她微笑：“我知道分寸，我还要顾着非非。”

莫北看着他，不让她的眼神有躲闪的机会：“除了非非，还有我。”

莫向晚咬了咬唇，脸又红了。

莫北发现自己极喜欢她这一副浅带娇羞的模样，不自觉的温柔才最吸引人。他摩挲着她的手，知道自己不愿再放开她。

“所以你现在已经不是什么无敌女豪侠，什么都不怕，无欲则刚。”他逗着她，他已经把握住了她能接受的度，他将她的手放在自己的心口上，“让我束手无策外加束手待毙。”

这是重逢以来，在莫向晚的面前，莫北动作最大胆的一次。他心里头也七上八下的，但今晚的莫向晚没有推拒他。他一步步地，终于更走近了她。这让冒险试探的男士心情一下大好，差一点想要吹起口哨抬头赞美看不到的月亮，可又暗恼这个位置空间有限，让他无法继续拥抱她。

但两情还有久长时，岂止仅屈座驾内？莫北率先打开车门下车，绅士地将被他的示爱羞住的女士稳妥地送回了家。

莫向晚的心怦怦直跳，在洗脸时，都能感觉到双颊热烫。抬起头照镜子，镜中女子分明春色上眉梢。

怎么会这样？她甩一甩头，要自己坚决镇定。

临睡前她为莫非检查了作业，莫非讲：“爸爸早就检查过了。”

她心内一动，想起先前儿子在车里同莫北的对话，暗暗有些心惊。她问儿子：“你怎么就觉得自己长得像爸爸呢？”

莫非歪一歪头，讲：“葛老师讲的呀！她后来跟我讲，说我很像爸爸的，她要我保护好视力，不要像爸爸一样戴眼镜。”

原来是这样，莫向晚既安心又不甚安心地吁一口气。她想，如果此刻她对莫非说，403的四眼叔叔就是你的亲生爸爸，而不是你的替代品爸爸，儿子的反应会怎样？

但莫非今天玩得太累了，眼皮一耷拉，不一会儿就发出沉重鼻鼾，睡成烂熟的小猪。莫向晚笑着摇摇头，先不管这宗问题，替儿子掖好被褥，关了台灯。

她回到自己床上，一时难以入睡。她用手指轻轻触碰自己的唇，刚才被他吻过之后，他竟然是这么高兴。

莫北从来不在她面前遮掩对她的喜爱。莫向晚被自己的这个念头惊到了。或者，他是爱她的？用几个月的时间，全心全意爱上了她？

她脑子里有两个声音。

一个说：“你和他的开始就不正当，你忘记他是有所爱的人，对你一开始不过是情欲上的发泄。”

另一个说：“过了这么长时间，你真当他是混演艺圈的，在你面前演一个深情薛平贵吗？他费尽心机为哪般？他连今天带你去吃饭都是为了提点你。”

两个声音没有分出胜负，但第二个的最末一句敲到了她脑中灵光一点。莫北说得对，帮助值得帮助的人，才算为社会谋福利。

当初梅范范一个电话过来，真因走投无路？如此私密之事，私下解决岂不更妥当？如此请她帮助，壮胆或许是原因之一，而更主要的原因，恐怕是她需要一个犯罪现场的目击者，让飞飞姐多生忌惮。对付一个容易，对付两个就难了，她手里有梅范范的照片，莫向晚是目击他们敲诈她的证人。飞飞姐又是知道莫向晚过往的人。这就是一条食物链，三足鼎立，谁都逃不掉。

梅范范做出这样的决定，知道她会施以援手，那应是建立在太了解她的基础上。这一想，她又生出诸多感慨。这么了解她的一个人，算不算是仗着了解她而在利用她？

莫向晚只能苦笑。自己做出如莫北所说的女豪侠的姿态，就不能怨众生前来祈求普度。

她自知是该往后退一点点，但当下箭已上弦，不得不发。既然她慷慨了，哪里还有收回的道理？莫向晚略一思量，有了计较。

第二天，她在上午处理好公事，再嘱邹楠替她从办公楼对面的餐厅买个盒饭过来，趁这个空闲，拨了一个电话给梅范范。

她说："今天和他们谈的这个事情，我们不大好硬来，只能这样，你我唱足红白双簧，一点点把数字磨下来。"

梅范范哪有不懂的道理，说："我懂你意思，你肯帮我已经很义气了。我这些年走的是正路，和以前的人没有瓜葛，能帮我充充场面摆摆谱的只有你，除了你我真的不知道可以寻谁去。"

但愿她是真心这样想。

莫向晚在出发之前洗了一把脸，让自己普通又朴素。

没想到和梅范范在约好的茶餐厅碰头以后，对方同她心有灵犀，也打扮得清汤寡水，路人一般。

梅范范又把具体情形讲了一讲。

"我本来也不想烦你的。这一次飞飞姐找了一个帮手，大概是她的姘头，很会耍流氓，在圈子里人头很熟，也很熟媒体。媒体和其他地头的人不买我的账，没有人肯真心罩我，平时见我新人风光的一些人还巴不得找到机会踩我几脚。"说到这里，美人范美也真心黯然神伤了。

所谓高处不胜寒，寒在孤身一人无人支撑，往下望望四处都是危机。

莫向晚想，原来自己便是范美人到绝境之时唯一可抓的稻草，不论是她以前的那些金主们，抑或是祝贺，都绝不可能往她往日的淤泥之中探手。唯有自己，还有自己的这一层职业上的身份，能给范美当一当纸老虎。

莫向晚说："我晓得了，那她应该也不可能一个人过来。"

果不如她所料，同飞飞姐一同前来的，还有一位五十出头，西装革履，老克勒模样的男人。

他们俩一进茶餐厅，像见了老熟人一样，就朝梅范范和莫向晚这里招招手。梅范范和莫向晚互相看一眼，都没有先发声。

待对方坐下后，先打招呼的是那个男人，他笑眯眯地讲："梅小姐带着小姐妹一起来喝下午茶，荣幸之至啊！"

飞飞姐这几年老了一些，现出一点中年妇女的粗蠢相，她没什么耐心，皱着眉毛打量了一番莫向晚："我们以前也是见过的，对吧？"

莫向晚微笑："飞飞姐，你好。"

飞飞姐认出了莫向晚，"原来是你，还是这么帮你的小姐妹。当年她的男朋友滥赌，她没钱了，好像你们俩凑在一起想了不少办法吧？有些事情是做得过线了啊！那时候小朋友嘛，是浪荡了一点。"

这么闲闲一句，已让梅范范变了一变面色。

但莫向晚仍保持着镇定自若的微笑，用一个不怎么在乎的态度讲："原来老早的事情您还记得？我也还记得。现在遇到以前的老朋友，我们还常和她们聊到您，还有以前那段时光。您讲得对，小朋友嘛，是会干些蠢事情，也没什么，过去了就过去了，谁还会同过去的自己计较呢？还能同自己的过去计较的话，也就对不住现在的自己，是吧？”

梅范范不禁暗赞莫向晚的淡定自若，一番话讲得让飞飞姐摸不出来她的底子和路子。果然，飞飞姐沉吟半刻，没有接腔。

那中年男子咳嗽一声，唤了服务生过来点单，选了几例不算便宜的点心。梅范范同莫向晚也各自点了。莫向晚趁着给服务生递回点心单子的功夫，朝梅范范使了个眼色。

梅范范领会，清了清嗓子，直截了当切入重点：“飞飞姐，我刚刚有点噱头，你就让我割肉，这样太不讲交情了吧？”

那男子讲：“我们这叫祸福与共，梅小姐你不要讲得这么难听。老朋友有困难，你总要意思意思的。”

梅范范听得把柳眉竖起来：“我割肉割不好是要大出血的，你们是想要看我血崩当场吗？”

男子笑嘻嘻的，五十岁的男人带一点无赖神气最是恶心，他腆着面皮讲：“你潜力大，将来补血补到饱，怕什么？就怕现在割肉割不好前功尽弃。”

梅范范娇叱一声：“那么我们就自捅一刀，大家流血流掉算数。”

整个对话过程里，莫向晚只是冷眼瞧着，不再讲话。她对面的飞飞姐也只瞧着，也没有讲话。她们几次将打量对方的目光交集在一起，飞飞姐是冷冰冰的，莫向晚却是温和地微笑着，让飞飞姐迅速地移开了自己的目光。

莫向晚在梅范范就要同那男子争起来的当口，才插了第一句话：“飞飞姐，你就看一看旧情面，以后大家还要互相照拂，范美现在在我们这个圈子里刚露出头，做事情还是很艰难的。”

飞飞姐疑问："你们这个圈子？"

梅范范得意起来，讲："我之前的电视剧就是签在他们公司的，晚晚在这个行当里混了好几年，有她来做个保，飞飞姐你总会放心了吧？"

她暗暗递个眼色给莫向晚。莫向晚只管注意着飞飞姐的态度变化，看着她转头探询地看了看身边的男子，那男子蹙牢眉头，应该是还没拨好念头。

便是此刻了，莫向晚立刻发声，说："范范是我们老板娘于太太看中的艺人，所以于公于私，我都要来一起喝这杯和气生财茶，让二位放下这个心。"

男子问："哪一位于太太？"

"祝家的那一位，她的先生是我的老板，前一阵夫妻俩为了捧范范还借了些媒体的力量。他们的一些朋友一起投了范范的新戏，有明面上的，也有暗地里的。这当中女主角要是出了什么问题，就不是范范一个人的事情了，会变成什么样的状况，我也不敢保证。"

男子看看飞飞姐，飞飞姐把头别转，顾自看窗外。这幅情形实在怪异，莫向晚暗忖片刻，不得要领。

梅范范看出点苗头，讲："飞飞姐，上一次跟你说的价码怎么样？你带我一场，我不会忘记的，我们要互相帮忙才能一起进步。"

男子听得她这样说，有些按捺不住，但被飞飞姐制止了，她说："我们回去考虑考虑，在我考虑好之前，道上的规矩总不会违反的，你放心。"

这样一说，这头的两个女人都舒了一口气，就此准备起身离开，但飞飞姐叫了一声"草草"。莫向晚顿一顿，才回头，恰好服务生上菜，是一盅芝麻糊，摆在飞飞姐面前。飞飞姐轻轻一推，推到身边男人跟前。

她对莫向晚说："我记得你当年给自己取了个绰号叫'草草'，对吧？你只管过好自己的小日子，何必再蹚浑水呢？"

梅范范闻言脸一白。但是，莫向晚笑着说："没办法，公事需要。"

飞飞姐点点头又对梅范范说："找到好靠山了，恭喜恭喜。"她对身边颇显些丧气的男人说，"快吃吧！冷了就粘牙了。"

莫向晚转过身，不再回头，一把推开了餐厅的大门。

外头日头正盛，晒下来颇有威力。走在阳光底下的梅范范用手挡一挡阳光，对莫向晚说："走，晚晚，我请你喝咖啡去，今天太顺利了。你怎么这么聪明？知道用祝贺压他们。我就差一个可靠的人帮我讲一些话镇镇他们。"

将虚伪的话真诚地讲出来，一直是范美最擅长的事情。莫向晚突然想起来她们年轻的时候，范美教她一起去赚点钱时的那股神态，就同她刚才讲出这句话时一模一样。

她本来就想让她配合她来做这样的事，当年是配合她和她的男朋友用"仙人跳"敲诈勒索别人，现在是配合她，帮她把后面的坚强靠山讲出来，抵挡别人的敲诈勒索。

也只有她，肯去配合过去的范美、如今的梅范范说出这样的话，做出这样的事。或许因为她当年毕竟收留过无路可走无家可归的她。

一段岔路上的一段孽缘，应当就此了断。莫向晚落寞地想，她对范美，不，梅范范说："真的不早了，我要回上海了。"

梅范范拉住她的手，她说："晚晚，关键时候还是你靠得住。"

莫向晚不露痕迹地挣脱了。

梅范范觉察到了她的冷淡，颇有些伤心地说："你一定怪我那时候不告而别，但是我是没有办法的……"

莫向晚打断了梅范范可能讲出口的任何理由，“真的没有，我们那时候还小，做过很多错事，现在都没有必要计较。”

梅范范摇摇头：“不，晚晚，你是不想和我当朋友了，对吧？你今天过来帮我这个忙，也是最后一个忙了，对吧？”

莫向晚笑了笑，没有否认。

梅范范也笑了笑：“但你总归是来了，我还是感谢你的。当年我走的时候没有提前告诉你，是我不好。我现在给你还个礼。”她凑近莫向晚，“‘奇丽’天气要变了，你自己趁早选好队伍站吧！”

将话讲完，梅范范从手袋中拿出墨镜戴上。她离去的时候，没有同莫向晚告别。终归要分道扬镳的人，任何道别都显得更加假惺惺。莫向晚是这样想的，她想，梅范范应该也是这样想的。

在回公司的路上，莫向晚把梅范范最后讲的那句话又考虑了一遍。她相信她话出有因，但她并不困扰。世事如棋局局新，没有人的生活会一成不变，不是周围的环境敦促你做出变化，就是自己的内心已经发生了质变。

莫向晚在进办公大楼前收到了一个面试电话，对方的声音温和又有几分谨慎，问她“是否有兴趣换一份工作”。莫向晚问清楚他们的公司情况，并不是自己投过简历的那几间公司之一。

对方说：“是这样的，我们在网上看到你的简历，希望你可以过来面试一次。我们是一间小型的咨询公司，不知你是否有这个兴趣。”

这样的坦诚让莫向晚生出几分好感来，她同对方约好面试时间。

回到办公室里，各位同事仍各自忙碌着，这周末就是筹备已久的艺术节开幕演出，相关部门的所有项目上的同事都在全力以赴。

邹楠手里拿着一封信走到莫向晚的面前，轻轻递过来。

莫向晚接过来，没有意外，也不惊讶。这是邹楠的辞职信。她问邹楠：“找好下家了吗？下半年不太好找工作。”

邹楠面上略有忧愁：“是，还没有找到合适的工作，但是，这里我不想再做了。我会想到……”

她说不下去。莫向晚能理解。

邹楠吸一口气继续说：“老大，以前宋总那里常常要我过去帮忙，我懂他的意思。如果以后会有什么变化，我是留也不是，走也不是。”

莫向晚轻轻扣着桌面，一笃两笃，很快融会贯通起来。她问：“宋谦那里还做过什么私活？”

“他们经常接外单，做文艺演出和广告拍摄。发票抬头开的不是我们公司。最近还接了个网络剧的制作。”

“所以自家艺人的丧事才轮到行政部的史晶头上办了？”

“老大，你知道史晶和许淮敏是谁家元老。”

“嗯，我知道了。你以前认为我和宋谦会是另一边的元老，是不是？”

邹楠默认下来。她做的一切，真的一直是跟着领导的路线走。莫向晚和颜悦色地说：“我今天会在 EHR 系统里批掉你的申请，即刻生效。”她想了想，又问，“你还准备做这行吗？”

邹楠犹豫了一会，说：“我这行的事情，如果是别的行业，我不一定能适应。”她是真的觉得困难了，面上露出难色，掩饰都掩饰不得。可这样难，还是鼓足勇气交来这一份辞职信。

人一醒悟，知道道不同不相为谋，还能保持性本善，在最困难的时刻做出当机立断的选择，已属不易。

莫向晚在邹楠走后，打了个电话给莫北，问：“上一次你说过有公司要找我这样职位的人？”

莫北问：“你决定了？”

“我介绍一个人过去好不好？”

莫北的叹气隔着电话都能听闻，他说：“你啊……”

莫向晚低低地请求：“我保证这个人很适合这份工作。”她想，他大约会无奈，但应能理解她。

莫北果然说：“我信得过你。”

无来由地，她带一点点分享的意愿，又说：“今天我接到新公司的面试电话了。”

莫北也有些高兴：“祝你马到功成，心想事成。”

她想，他那儿也算一重心想事成了吧？至少她现在做任何决定的时候，他都站在她的身后。

莫向晚握着电话，光是听着莫北在那一头轻轻的呼吸之声，就能在心中聚涌出一片暖洋。她陷入这一片温暖的温柔之中，然后，竟会生出无限勇气。

莫北最近把泰半的精力和时间都放到照顾莫非上头，不但天天守着时间早送晚接，还把晚上能拒绝的应酬全都拒绝掉，紧紧守着莫非为他检查作业、预习功课。

近一阵事务所的工作也不可谓不忙碌。市场风云变幻，近些阶段实体经济巨擘们纷纷变着法子裁减人员、关闭工厂，于是各种合同纠纷猛增。江主任的老客都因此找上门寻求法律援助，讲穿了，是找方法让法律援助不了合作方。

江主任一天要在办公室里头接待四五拨老客户，想要分一些给莫北，被莫北一句轻轻巧巧的“我今年收入已经完成了，家里事儿还多着呢，您老就放过我这回吧”给拨回去。

这一日，莫北到了钟点正准备脚底抹油下班走人，被恰好推门从办公室走出来的江主任叫住："小莫，最近你不大勤快。"

他走上前来，是准备要好好训莫北几句了。

原本他眼中的莫北，从来精力过人，除了工作没有其他业余爱好，其专注程度可以用"分秒必争"这个词来总结，堪称业界楷模，接连好几年拿了国内外几个商会会长都要颁的最佳顾问奖。

这是他的一条臂膀，不可或缺。但在世易电机的案子之后，他渐渐发觉自己的这条臂膀因为拐的方向不太对头，有点岌岌可危了。

莫北在他面前，总归是一副笑眉笑眼最佳下属的模样，讲："您老多虑啦！我今朝该办的事情都办完了。"

江主任语重心长地提醒莫北："你老子早就身不在其位了，你自己也要多谋划谋划的。我还有两年就退了，这管理合伙人的位置……"他老人家拍了拍莫北的肩膀。

这样的话直率又坦白，只有对莫北和莫北一家知根知底的江主任，才有这个资格明白敞亮地讲出来。

但莫北心里自有打算。眼前的这一切已不再是他生活之中最重要的东西。如今每天和莫向晚母子吃一顿早饭、一顿晚饭，才是他生命中必需的白开水。

论感情，论道理，莫北已经找到一个更合适的位置，也将会是一个更静谧的港口，就等一个成熟的契机了。

在前几天晚上，莫向晚跟他谈了谈最近面试的心得。她去的那间公司是几个刚将部分业务撤离中国的国际五百强公司的市场部门高管辞职创业新开的，经营目标很明确，专门对准国内品牌提供网络营销服务。他们通过猎头找寻具备跟案经验还能拓展业务的人选，一眼就看中了莫向晚。

莫向晚一边吃饭一边同莫北讲："电商是所有实体转型的大趋势，如果要转行做实业，不如就先往这个方向看看，不过隔行如隔山，他们看中的应该还是我手里的媒体资源，我是不是能适应好他们的行业，目前还是未知数。"

莫北一边静静听着莫向晚讲话，一边品尝着她做的无锡酱排骨。他自全面接管他们母子的生活之后，就鲜少让莫向晚动手做晚饭。因为莫非常常讲："妈妈很忙的，回来烧好饭，有时候会累得抬不起腰。"

"累得抬不起腰"是莫非最近学会的句子，经常会脱口而出，用得很顺溜，讲出来让莫北的心酸得也很顺溜。

莫向晚见莫北包揽了早晚两顿饭，终归有些不好意思，见他是个不爱洗衣服的人，三天两头跑小区外的洗衣房，便命莫非将他的衣服拿过来一起洗了。偶尔她也会赶在莫北之前到家，也会坚持做一两道菜。

他们俩默契绝佳，是很好的生活伙伴。莫北颇为得意地想。他其实很喜欢莫向晚做的菜，她有一手跟着上海老饭店厨子学出来的家常本帮菜本事，能把浓油赤酱的本地菜肴做得清爽简单，就像她的人。

莫北其实有些反对莫向晚再去做拼尽全力、开疆辟土的工作，她是个容易对雇主和公司产生感情的人。听完她的分析，他知道她的意志应该是无法转移的，只好无奈摇头："这样你又会很忙的。"

莫向晚停下筷子望着莫北，好像想要脱口而出一句话，但是又吞咽下去。她的羊脂面上又泛起了红。

莫北猜想，她不会是想说"反正有你"吧？所以他干脆就帮她把话讲出来："反正家里有我，你去锻炼锻炼也好。"

莫向晚低下头继续吃饭，心头一股暖意让她忍不住扯了扯唇角，笑了一笑。眼微微一抬，见莫北正专注地瞅着她笑，于是她又慌忙将头垂得更低。

用完晚饭，莫向晚先自收拾了桌面，进厨房洗碗。莫北没有同莫向晚争抢这份家务，他撵了莫非回自己房间做功课，然后倚在厨房门口看着莫向晚洗碗。

莫向晚知道莫北是站在她身后的，她回过头嗔怪地望他一眼，想让他走开。但莫北丝毫不领会这意思，反而走近过来，靠在莫向晚的身后，拨拨她耳边的发，就势亲一亲她的耳垂。她的耳垂因此红得剔透。

莫北终于把心里最想讲的话讲了出来："向晚，我们好好谈谈朋友吧！"

莫向晚瞪大眼睛看着他，手里还拎着一只清水伶仃的清汤碗，水淌淌地滴下来。

莫北说："荡荡马路，看看电影。我陪你到百货楼从一楼逛到顶楼，你试衣服我拿包。回头再到中央绿地看看鸽子。"

莫向晚说："你有空哦！"但是口气很软。

莫北的骨头便轻了起来："我最近是挺空的，莫非妈妈，我申请跟你一起享受享受二人世界。"

莫向晚扭头不理他。

莫北看在眼睛里，舒服在心头上。

莫向晚不是个会谈恋爱的女人，一听情话她就脸红，一切入正题她就慌张。她最好的年华都献给了她的儿子同她的公司。莫北想，无论如何，她离开"奇丽"是最好的，更何况"奇丽"将遭大变，于她未必有好处。她应当斩断"初恋"，重获新生。

最近于直邀请他出来同于江吃饭，他都托辞没空。于直就拿了几份合同过来给他看，让他提提意见。在莫向晚给他送衣服过来时，合同就光明正大放地在床上。

莫北知道莫向晚看到了，等着莫向晚问他。莫向晚果然问了："他们什么时候签合同？"

他答："这两天。"

她问："怎么这么巧？"

他说："可不，就是这么巧。"

她帮他把衣服一件一件该叠的叠好，该挂的挂好。

他伫立在门外，非要吻她一下才放她走。

第二天，莫北在莫非放学后，先把他接了回去，往崔妈妈家一送，然后驱车去了"奇丽"的办公大楼。

他刚将车驶进办公大楼停车区，就看到了莫向晚。她正在大楼门口同一个少年说话，少年穿着白衬衫黑长裤，又朴素又整洁，表情却很肃穆。他二人说一阵话，少年对着莫向晚就是一个鞠躬，把莫向晚吓退半步。

待少年离去后，莫北才将车开到莫向晚身边，唤她坐上来。

到了车上，莫向晚知道莫北肯定瞧见这个过程了，便告诉他："那个男孩是林湘的弟弟。"

莫北倒是并不意外，问："来谢谢你的？"

"这孩子年年都拿奖学金，给他姐姐在淘宝上买眼霜买精华，但是他姐姐再也用不到了……"她的声音发了颤，莫北伸手过去握握她的手，她得了些宽慰，继续说，"他参加了学校的支教活动，这回坐了三天的火车赶过来，在火车站坐了一夜，不肯见他爸妈，但是一见到他姐姐的骨灰，哭得跟孩子一样。我把林湘前男友留的钱给他了，相信这孩子会处理好。"

莫北伸手抱抱她，安慰她，什么都不说，他相信她的处理方式最合适。

这天，莫北存心把莫向晚带到了市中心百货公司内最红的一家网红餐厅，餐厅果不出他意料地排了长长的队伍。他们便在领位处领了号，然后莫北顺其自然地就拉着莫向晚逛起了商场。

他们从顶楼的儿童区逛起，莫北为莫非挑了好几样新奇的文具，被莫向晚拦了下来。她说："非非的文具可以用到四年级了。"

莫北才想起来莫向晚对莫非一贯的教育准则，暗骂是自己疏忽了，没有领会好精神。他朝莫向晚敬个礼："遵命。"

莫向晚忍不住拍了他额头一下，两人相视一笑。莫北顺势牵住了她的手，二人顺着自动扶梯走到下一层。

一下层是女装区，但莫向晚并没有在任何品牌区内逗留，莫北想起来莫向晚穿的一般都是衬衫加套裙的 office 套装，平时居家穿得也很简单，都是连锁大牌的基本款。

她需要花心思的地方太多了，在莫非身上，在公司诸事，在行业众人，唯独在她自己身上，她花的心思最少。

莫北握着莫向晚的手紧了一紧，她感觉到了，转头望一望他。他们正好走到一间旗袍铺子前，莫北对着橱窗内展示的旗袍说："我在想，这件衣服应该会适合你。"

莫向晚失笑："我有什么场合能穿旗袍的？"

莫北转头笑着望莫向晚："婚礼上敬酒的时候。"

莫向晚是冷不防莫北原来藏着这样调情的话意，她又不知道该怎样应对了。想要甩脱莫北的手，莫北却紧紧握着不放。

她的底线已经对他一放再放，虽然还带着一丝拘谨。但莫北不介意，只要自己的手能一直握住她的手，他可以等，等到她真正放开怀抱，面对他的那一天。

他们就这样手牵着手，一路逛到一楼的金店。莫北知道现在的莫向晚根本不可能接受他为她买什么金银首饰，他遂放弃了这一俗气的追求手段，拿出餐厅的号码纸，算了算时间，说："时间差不多了，我们上去吃饭。"

二人吃完了饭，不忘记给莫非打包了两只菠萝油当夜宵加点心。

不想莫非却是一边吃一边向莫向晚抗议："妈妈，你们要有情调一点，去红房子呀！吃牛排，不要吃面包。很没有档次的。"

莫向晚斥儿子："不要挑三拣四。"

莫非就一大早跑到莫北面前提意见："爸爸，现在有个网站叫大众点评网，会教你到哪里吃饭的。晴晴姐姐就经常用。"

莫北先没听懂儿子的意思，只把自己当严父状训儿子说："非非，以后只有寒暑假才好上网，知道不知道？"

莫非叉腰："爸爸，你很笨的，约会怎么可以去吃面包啦？晴晴姐姐说要去吃意大利冰激凌，黄浦江边上有个餐厅的意大利冰激凌很好的，晓得哇？"

原来如此，莫北啼笑皆非，只能受教："爸爸晓得了，下次一定带非非一道去。"

莫非欢呼雀跃，小诡计得了逞："我们就星期五晚上去好来，先去南京路看于雷唱歌。"

莫北想，这只小拖油瓶以后是甩不掉了。便同莫向晚一说，莫向晚只咕哝："都这么冷了还吃什么冰激凌。"

到了星期五，莫北特地提早下班，他嘱莫向晚也早一些回家。

莫向晚点点头，告诉他，她已经安排好艺人演出，以后不会再搭手这个项目里的任何一个环节。

这点合莫北的意。莫向晚确实是个爽爽气气的人，凡事下好决定，就坚决付诸行动，绝不拖泥带水。

他想，他要快点让她下决定。

莫北把莫非从学校接回家，督促他把作业做完，待莫向晚到家，便一家三口一起出发。

莫非高高兴兴地，一脸小阳光，因为左手是妈妈，右手是爸爸。

他们在403的门口遇见崔妈妈，崔妈妈手里正握着一封信，拉住莫向晚就递过去："正好正好，邮递员把你的信发到我的信箱了。"

莫向晚接过来，信封表面有些破损，露出一处边来，莫北看到"动迁通知"几个字，心中一动。但莫向晚极快地收好信，道声谢。她并不十分愿意让莫北看到这封信。

莫北其实很敏感于她的这个做法，心中半涩半气馁，面色黯了一黯。

莫向晚也注意到了。莫北上车之后没说什么话，由莫非在后头问东问西，答得心不在焉。她在心中犹豫又犹豫，直到莫北的车开到半路，才同他讲："我爷爷奶奶的老房子动迁。"

莫北的神情立刻就轻松了，问："有什么是我可以做的？"

莫向晚说："我会把非非的户口从管姐那边迁出来。"

这是他们头一次谈到关系到孩子的敏感问题，但莫非就坐在身后，两个人不约而同地不再多谈。直至抵达现场，莫非寻到他的好同学去聊天，两人才继续刚才的话题。

莫北说："非非可以和你一同落户在你现在的房子里。或者……"他顿了顿，"也可以落户在我家，如果你愿意。"

莫向晚的现实状况，他已了解了个七七八八，连同莫非的户口问题。这还是母亲逼着他要解决的问题。

莫太太最近很情急，她想看孙子，实在忍不住就在莫非学校附近转悠，远远看一眼。直到莫北遇见双亲都出现在学校门外，等在接孩子放学的家长之中。

莫皓然看见莫非蹦蹦跳跳，身边总是聚集最多的小朋友，大有老怀欣慰之感，对莫北说："单身女子将孩子教导得如此开朗活泼，不容易。"

莫太太就是着急，问："我们过去打个招呼，就一个招呼。"

莫皓然制止："不能吓到孩子，如果莫北不能给孩子一个合理的解释，我们在孩子面前如何自处？"

莫太太急得差点掉眼泪，直骂丈夫"老八股"。又抓牢莫北的手："快点把孩子的户口先办了，迁咱们家来，以后他上中学，咱们区可以直接考复旦附中。"

他笑："妈，你想得真远。"

莫太太是真想得远，看见莫非活蹦乱跳地就在眼前，又不得亲近，心里就像被猫抓一般难熬。回转头又瞪丈夫。

莫北认真考虑过母亲提出的问题，他查了查莫非的户口，是挂在管弦本地堂兄的名下，作为领养登记的。连同管弦自己，都在同一个户口内。

他顿时就了解莫向晚为何对管弦和于江如此感恩戴德。他们对于二十岁的年轻未婚妈妈施予的确实是再造之恩，而这一切，原本都是他的责任。

他没有权力擅自将莫非的户口迁入自家。

莫向晚听到莫北这样的决定，不是不惊讶的。莫北的退让，已经到达给予她最大尊重的地步。他，真如他所说，对莫非的监护权不做任何介入。

莫北笑着续道："拆迁好办也难办，需要我的地方别客气。"他问，"为什么这么多年你都不去住老房子？"

万众瞩目的舞台正现人前，粉饰后的背景耀眼夺目，演员衣饰华丽，正如一个全新的精彩大世界。于江这一次铆足全力在做这个项目，所有的演员都是花了很大的工夫排演，才能演绎好这一段歌舞升平。

得有多大功夫？莫向晚知道这些歌舞演员背后的汗水艰辛。表面的辉煌不过是用背后的万般辛苦来换得，因此必要做一个分享，才能将辛苦化解。

莫向晚想，如被莫北知道，可能那便不会是她一个人的负担。

她惴惴不安，但是仍如实答他："我怕在那里会倒退。"

仅仅一句话，是她心底的跌宕，走过这么长长一段路，莫向晚头一次说"害怕"。但她依旧抬头挺胸，不丧失她的信心。

莫北握紧莫向晚的手："我也告诉你一件事，关于我的以前。"

见莫向晚缓缓点了点头，莫北才继续讲道："我以前有一个女朋友，和她分手的时候家里又出了点事，年少负气，那时候做过很多荒唐事。许多错事是在惩罚自己，也波及了无辜。向晚，这是一个蝴蝶效应，因为我那时候的荒唐，也连累到了你，我真不是个好东西。"

莫向晚摇了摇头："不是这个样子的，那个时候如果不是你，也许会是别的人……"

她的话被莫北打断了："幸好那个人是我。我现在常常想，那时候的我没有那段经历，也就遇不上你，也就不会有非非这么好的孩子。我很幸运，那时候遇上你以后，还能在现在这个最合适的时候和你重逢。"

莫北将莫向晚的手放在自己的心口。莫向晚顺着他的动作，抬起眼望他，望到他眼底的绵绵情意。

他说：“好在最糟糕的时候已经过去了。”

烟花忽然就盛放，将人间色彩洒向天空。

莫非又挤了过来，拉着父母的手仰头看烟花。莫北干脆抱起他来，莫非一手勾住莫向晚，说：“我们是相亲相爱的一家人。”

在人声鼎沸之中，莫北听到莫向晚说：“谢谢你，莫北。”

童稚的声音由远及近地传过来，唱的是《歌声与微笑》，烟花色彩归于平淡，歌声与微笑常留人间。

莫向晚平静地对莫北说：“我想尽快办了手续，把非非的户口重新迁一下。”

这将是一个新的开始。

莫非正大力拍手，因为他的好朋友在舞台上也有一个新的开始，唇红齿白的小小少年，用清脆和缓的童音唱出一首《歌声与微笑》，在此处两人心间绽放一簇火花，照亮被遗忘许久的角落。

莫向晚悄悄沉迷着，带着十八岁之后都不曾放下的一颗心。任由那串童音将心中积累的尘埃一下一下拂扫干净。而后，是一个光亮的世界。

她看着身边的莫北，他抱着莫非，如同寻常父子那样，一边瞧着舞台上的纷呈，一边给儿子讲着笑话。莫非听得咯咯直笑，脸上有她从未见过的欢乐和满足。

这是她身边唾手可得的幸福。她拼图般的记忆一块一块重新组合，不再怕拼出那段晦暗。

莫北将她搂在怀中，她体会到他绵密情意，于是歌声和微笑能够洒遍全身。这一层认知，幸福得让她舍不得去承认。

舞台上的人间好戏在继续上演，浑厚的声音洒落人间。

“在那桃花盛开的地方……”

历经攀山涉水的劳苦，莫向晚能够看见眼前舞台上一片山明水秀的鲜艳，身边的人携起她的手，在人山人海里，他们合在一起。

这一夜好梦自酣，莫向晚早上醒过来，莫非抱着她的一条臂睡得似心满意足的小奶猫。她揉揉儿子的发和眉，轻轻吻上去。恍惚就像吻另一个人，她的羞怯自心底升起。

整一个早上，莫北看她的眼神也不对。眼底带一点点缠绵的意思，昨晚就像被施了魔法，泄洪闸被打开，奔流而来的情感洪涛，正要发出轰天巨响。

就在她的写字楼门口，他在车内吻她，对她说：“忘了过去，莫向晚，你需要新的工作和新的感情生活。”

她垂下视线，是因为还会害羞，所以顾左右而言他：“我一直向前看。”

“看看你的旁边。”

她把视线调到他的背后：“一棵树。”

莫北忍不住伸手过来摁住她的下巴，纠正她的视线：“往哪儿看呢？”

她只能看着他的眼睛。他戴着眼镜，斯文俊秀。不戴眼镜的时候，他会微微眯眼睛，透着点精乖，不像是好人的样子。她原来一直记得他的两副模样，如今想起来，他的两副模样她都不会再回避了。

莫北认真地用商议的口吻告诉她：“我今天还去师大做讲座。”

莫向晚问：“你不是和他们谈不来吗？”

“有外快可赚，我干吗不去？不赚外快，人生缺乏多少情趣？”

“就这么缺钱？”

她多少通透了点，七情一开，也开始软语娇嗔，把莫北说得心口一荡。他又胡天胡地讲：“我要赚好钱，全部存进我的工资卡，以后连人带卡一起上缴。”

莫向晚斥他“神经”，不好陪着他胡说八道，讲：“我今天上高等数学，不去听讲座了。”

莫北点头：“都是骗骗热血大学生的，不听也罢。我接你一起回家，到家帮你做功课。”

“不行，我高数考不好，都重考两次了。”

“那你得庆幸我出现了，不然你只能等着非非念大学的时候考过高数了。”

莫向晚“切”了一声，同他讲玩笑话，只有越扯越去爪哇国的趋势，不好这样荒废清晨好时光的。她看表：“我得走了。”

莫北正经问她：“你什么时候交辞职信？”

莫向晚答：“下个星期一。正好是在月头，有一个月的时间可以做面试和交接。手头还有几个演出合同没有签好，跟好了再走，免得新人麻烦。”

莫北朝她摇头叹气：“你是一等一的好员工。”

莫向晚站在车外，头顶阳光，同他说：“莫先生，食君之禄担君之忧，这是基本的职业道德。”她望着他讲，“你也一样，以前天天在家里开会到这么晚，是不是？”

莫北笑着说：“原来我的身边上演《后窗》。”

“那是悬疑片，你演的是主旋律。”

她也是会开玩笑的人，开得这么不羞不臊，不卑不亢。莫北笑得很开心，扬声道别：“有职业道德的女士，good luck！”

但他还是想一直看着她走进大楼，再将车开离。他们想到了一处去，莫向晚下车后也站在路边看着他，也是想目送他离开的模样。

上海的早晨，迷雾散尽，阳光普照，这样光明的一天让天底下的人都留恋。

莫北想，他得先走，在这样的早晨显然不适合上演十八相送这样没有结局的桥段。他打开车窗，朝后头的莫向晚摆摆手，先自离开此地。

十二、拥抱就能取暖

莫向晚到了公司打了卡，还未到上班时间。她在办公室内四下回顾，多年前第一次站在此地时，她谨慎又勤力，将这里作为一个全新的开始，拼搏到拼命。

已经提交辞职报告的邹楠正式进入交接流程，由史晶派了一名行政助理做暂时跟进。

张彬言及此事，十分不满，语气差到极点："临近年底，形势较差，现在谁敢轻举妄动？这时候尽添麻烦，对公司一点都不负责任。"

莫向晚平平淡淡说："人各有志，该说的该做的我仁至义尽，按照流程办吧！她的工作我可以兼一部分。"

但那一部分没有让她兼，而是由史晶派了一个行政助理过来，是个聪敏勤勉的毕业生，不惜加班接受邹楠的培训。

邹楠也不惜加班进行交接，不但把流程一一讲明，连带每个艺人经纪和艺人的脾气性格都说讲一个清楚。谁讲她不是一个尽职好员工？

莫向晚问她："什么时候去那里见工？"

"开春以后，他们有部反腐剧要拍，前期的宣传工作由我过去接手。"

莫向晚鼓励她："好好做。"

邹楠感激不尽："老大，蔡导对你赞不绝口。"

莫向晚真心实意对她讲："我会离开这个行当。"

"那多可惜？你这么多年赚下的人脉和经验。"

"我相信所有的事情能够触类旁通，人脉也可以通用，你讲对不对？"

邹楠信服地点头，她还是像以前那样贴心和机灵，将探得的消息尽数汇报："现在许多事情都是史晶和许淮敏在管，财务部那边沉默是金，宋谦基本不管事了，一直在请假。人事部最近招了很多人。"

莫向晚听了以后点点头。

史晶在吃午饭的时候找她一起去对面百货公司的餐厅。

她们共事这么多年，鲜少会有交流，甚至莫向晚同她打交道都不如同许淮敏多。但经过林湘的葬礼，她对史晶的印象不错，两人还是有那么些共同话题的。

史晶问她："向晚，如果你需要，我可以把毕业生直接调给你用，算你的编制。"

这是一株极大的橄榄枝了，莫向晚有些诧异，史晶的笑容充满诚意，因此她隐晦讲道："我觉得还是招聘有点经验的人会比较好。"

史晶问："哦？"

她在示意她讲下去。所以，莫向晚说："因为能够应付好一些复杂的业务交接。"

史晶微微一怔，才说："向晚，我见你下班后一般不同宋谦和张彬他们混在一起的。"

莫向晚微笑："男女有别，我们本来就是同事，只要公事上配合好就行了。"

“你有没有觉得我们的配合也不错？”

“嗯，你帮了我许多。我们如果有什么证件办理或物流需要，你总能第一时间给予援手。谢谢你，小史。”

史晶吃掉一个芒果布丁，拍拍手，对莫向晚说：“工作八小时，上下齐心，快乐简单才好。和你合作我很愉快。”

莫向晚不禁又正眼看一看眼前的这个熟悉又陌生的同事。

史晶有一张单纯而又生气勃勃的面孔，笑起来特别甜美。她和所有出身好的女孩一样，在一个环境可控的单位里享受一份工作。她在“奇丽”经历了恋爱、结婚、生子，几乎要让人以为她将老死在此地。

但是她并不一味享受，这么快就能接手她和宋谦的工作，把过渡角色担当得如此棒。她本人应该并不如她的外貌那样单纯。

果然，史晶又说道：“工作不就是这样吗？向晚，轻松一点，我在这里拿这些钱多做些事情是应该的。如果你可以再上层楼，拿更多薪水，岂不更好？”

莫向晚防备地往后仰了一仰，她们虽然有些共同话题，但到底还是泾渭分明的两边人。但是史晶不太介意，挽住她的手臂同她一起回到楼上办公室。

前台那儿正放着一个透明的礼品盒，史晶的助理和于江的秘书同心协力在进行包装。

于江的秘书问史晶：“史经理，先前忘记跟你确定一下，于太太今天晚上在利苑定的是几点？”

史晶想也没想，说：“7 点。你们先把蛋糕送过去交给他们的店长冷藏就行了，于太太是老客人。”

莫向晚从前台走过，看到秘书和助理都没有包装好的一角，露出蛋糕上面用金箔写的“我的爱”三个字，后面的半截已经被华美的包装纸遮盖住了。

莫向晚心平气和地回到自己座位上，忽然想起来，她已经很久很久没有和管弦联系了。

她是在开完一下午的会后，才下定决心给管弦打个电话。

这个会议是关于艺术节开幕式的总结会议，于江对各项工作略做总结，但流程潦草，他并没有做详尽的分析。除操作部门相关头头外，行政部史晶也列席。

莫向晚择拣了一个居中的位置坐，不靠近双方任何一个人。她在整个会议上没有发任何言，提任何意见，只一径冷眼瞧着，门门道道，愈加清楚。

待会议结束，她就给管弦打了电话。

管弦笑得还是那样豪爽："你的气生完了？想到我了？我在你心目中没比秦琴低到哪儿去吧？"

莫向晚轻声叫她"管姐"，问："最近好吗？"

管弦的声音一如既往地慷慨，数落她："你多久没来'MORE BEAUTIFUL'了？"

莫向晚老实说："快一个月了。"

"你也知道啊！今天来不来陪我喝个下午茶？在我酒吧旁边的小咖啡馆。你有外出权限。"

莫向晚看看电脑右下角的时间，她听管弦这样说，是不得不答应下来。

临出去前，冯阿姨正拿一盒蛋卷迎面过来，抓住莫向晚的手感激涕零道："法院要重审我们的动迁案子了，莫小姐，我怎么谢谢你才好？"

莫向晚惊讶："这么快？"

冯阿姨一定要把手中的蛋卷给她，她看一看，还是精装的进口蛋卷，冯阿姨礼轻情意重地来聊表寸心。她说："多亏你介绍莫律师给我，他讲一句话顶得上我们去动迁组吵闹十句。动迁组那些人怕他这样的律师呢！"

这教莫向晚与有荣焉，她笑着说："那当然最好了，希望这一次法院可以秉公办理。"

冯阿姨不住点头，连连喟叹："这个世道上，不认得人真是不能办事，认得热心人是真叫福气。莫小姐，我不知道怎么去谢谢莫律师，他是你亲戚对不对？"

莫向晚没有否认，只是笑着摇摇手里的蛋卷："我把这个带给他。"

冯阿姨面红："我怎么好意思？这个是给你们家非非的，等我们的动迁款下来了，我一定要请你们两个吃饭。"

莫向晚拍拍她的手："冯阿姨，是你太客气了。"又多问一句，"最近仙琼阿姨的情况还好吧？"

冯阿姨脸上忧愁顿生："情况不大好，前一阵子公司募捐的钞票都用上去了，不是说好上电视台还要募捐的吗？"

这个项目莫向晚倒也清楚一二，宋谦早先就与电视台的栏目组接洽，但栏目组最近紧跟时尚品牌的爱心大使活动，一时半刻没有谈下来。

这是极少有的情况，宋谦在这行当里混了这么多年，效率从不曾会如此之低，人面也从不会如此难以打开。

冯阿姨讲："老总和宋总张总后来又捐了点钱。"

说得莫向晚颇有不解。但冯阿姨很感激，说："老总还是讲情意的。"

这也是莫向晚疑惑和思不定的。人待人的真心实意，都是因缘际会。有善一面，有恶一面，恰如多棱镜，不方方面面看，是看不清楚的。

莫向晚做好外出登记，在这个光线充足的午后，赴朋友的约会。

她在半路上还收到另一个也算是朋友的人的电话。梅范范的声音又镇定又疑惑又有掩藏不住少许兴奋，还有些许迷离，不似正常状态下发出的声音。

她先说："晚晚，飞飞姐不成障碍了。"

这话莫向晚没听懂。

梅范范继续说："飞飞姐被搞定了，她不要我的钱了。"

莫向晚疑惑地问："难道她幡然悔悟了？"

梅范范"哧"了一声："你以为母狗会改掉吃屎的习惯吗？有人豁了翎子给她了，她不敢动了。哈！平白无故怎么会有这样的好事？晚晚，我真该谢你！"

莫向晚更加疑惑："你谢我干什么？"

梅范范讲："因为飞飞姐说，要我谢谢你，赞扬你小晚晚洁身自爱，自然有人爱。"说到此处，梅范范是没有掩住一丝妒意，"晚晚，我老早知道你魅力无边，我还这么蠢头蠢脑要把事情往复杂的方向做。你有这么好的靠山，我竟然不知道。"又有无限凄楚，"我本来还以为……我自己才是孤鬼一只，晚晚，你好运气。"

莫向晚疑惑愈加大，可又有丝清明和了然，心神不禁一凛，也听出梅范范话语之外的心思异动。

她不想在此刻猜测和解释，以耐心的口吻同她说："那不是很好？你就要拍好电影了，将来一定会更好。听说这部片子要送去海外电影节，范美，你要加油！"

梅范范笑了一声："你终于叫我范美了。对，我改名换姓，等的就是这一天。我是要赢的。但是晚晚，我听了飞飞姐的话想了想，像你这样平平淡淡就找到这么好的靠山，也是老好老好的。"

莫向晚抚慰她："范美，我们都是从头来过的人，都很吃力的。我祝福你。"

梅范范那样叹气："我只是个庸俗不堪的人。"

"哪里会？有导演帮衬你，说过你有天分，多少女演员都得不到这样的机会？"

"我有吗？我没有的，我知道我没有的。他们都背着我说我没有节操，睡这个睡那个的，最后还是被人耍了。我也是没有办法，要往上走多难啊，这机会有多难啊！我还是在宾馆里把睡了我又不兑现给我机会的制片人狠狠抽了两个巴掌，才等到了这个机会，我碰到了于太太，碰到了她，机会才到。原来我睡了这么多次都是白睡！于太太，呵呵，她是个惜才的，就是多情了一点，要我去整她老公。这个女人一个电话可以叫文艺片导演来看我表演，有背景更大的抢了我的角色，她还有办法让我再上一部戏。这么个女人，却要用这么幼稚的手段去试她的老公？女人没有男人爱，就是不值钱，就是这点贱。"

莫向晚不愿意听下去，这么隐私又纠缠的故事，完完全全不关她的事。

有些事情她不想管，也管不了。连管闲事的管弦姐姐都不是件件闲事都管，更何况她？她也不是梅范范的怨气桶，她很少撒谎，但是实在不想再和梅范范说这样的话题，她骗她："我马上要开会了。"

梅范范"吃吃"地笑："晚晚，你现在不想应付我了吧？你到底是看不起我的，以前你爸爸能赚钱，你穿好的吃好的，你成绩也没有比我好多少，但老师就是对你好。你就骗我吧！你明明在外面，我都听到汽车的声音了。你不诚恳，晚晚。你有靠山，我没有，你还骗我，你以前不骗我的，要整别人都是第一时间来找我的，还要我帮你出主意。唉，可是你又帮了我，我要谢谢你。晚晚，我们还是朋友吧？我没有记错的话，当初我帮你整的那个人，和你睡了一晚的那个人是不是叫 Mace？”

莫向晚听出了范美语无伦次，她安抚道：“范美，你当初照顾过我，收留我那么长时间。”

“是啊，我们本来已经两清了，对不对？好啦，晚晚，我要跟你说再见，我刚才和飞飞姐喝了点酒。我们干杯泯恩仇。”

莫向晚在她挂电话前提醒了一句：“范美，你别再嗑药了。”

但范美在那头只剩下“嘟嘟”的声音。

莫向晚一只手握住手机，心头有一点气，有一点感慨，又有一点乱。或许因为好心被人不领情，也或许因为其他。

她想，当年她流浪小狗似的黏在范美身边，才是两人感情最好的时候。因为她怜惜她，用一种荒唐的方式帮助她。

莫向晚叹气。那一种帮助也并非雪中送炭，范美年轻的不成熟的带着私心的算计，还有最后的不告而别。

但也确实是她在那时那刻唯一可以依靠的，当范美不告而别，她当时也不是没有仓皇若失，尤其在知道自己怀孕以后。

如果范美当时还在自己身边，至少能有一个出主意的人。

她是怎么走过来的呢？莫向晚想了想，其实莫北不知道，他们过了那晚后，她还见过他一次。

她决定生下孩子，丧失了升学的机会，曾偷偷跟着以前的同学，走进招生的政法学院。

就在大学的体育场，她看到了眉清目朗的莫北正在打篮球。他打篮球的时候戴的也是隐形眼镜，技术很好，身手矫健，还有女孩在篮球场边为他喝彩。

彼时，她因为初孕而身体浮肿，发色黯淡，面色僵黄。而另一面的莫北，积极向上，朝气蓬勃，满身阳光。

莫向晚赌气又好胜地想，我为什么不可以？她摸了摸肚子，莫非在里面第一次动了。

于是有种力量应运而生，让她更加坚定。她想，因为她想要重新获得阳光。

范美或许已经知道了现在的名律师莫北就是当年的Mace，才会给她打这么一通电话。她的用心，莫向晚自己能琢磨得到，想一想，觉得不需要理会。

没有人有义务原地踏步不动，范美是懂得前进的人，她会调节好。自己可以不同她生气，因为她们之间，原本就无账本。

莫向晚忽然很想打电话给莫北，她想，她与他，如今同样身披一身阳光，朝气蓬勃，可以期待明天，携手共进。

这样的情绪澎湃着，又收敛着。她毕竟含蓄，还是没有将号码拨出去，反倒收到莫北的一条微信，他问她："晚饭就到师大食堂解决，我们学学大学情侣，免得以后有麻烦。"

莫向晚看完就笑了，想起上一回在师大的遭遇，有种甜蜜上到心头，她答："行啊！但是非非怎么办？我们还是早点回家。"

莫北消息很快过来了："惨不惨？我们谈个恋爱还要顾着小拖油瓶，我会把他交到崔妈妈那儿的。"

莫向晚看后又想想，突然就有个念头，如果莫非有爷爷奶奶在身边，就不用常常寄人篱下地求照顾了。这念头是电光火石的，就一瞬，莫向晚定下心神，决定不可操之过急。

她收好手机，择明道路，走向目的地。

管弦的“MORE BEAUTIFUL”隔壁有一间很出名的小西餐厅，由20世纪30年代的法式洋房改造的，环境静谧又优雅，是莫向晚去酒吧的必经之地。这些年来，她已经把西餐厅的门面看得熟记在心，闭着眼睛都描摹得出洋房门脸上挂的霓虹招牌，但却从未踏入过餐厅。

在这条林荫街道上，莫向晚只会光临管弦的酒吧，眼里也只有管弦的酒吧。但今天，管弦却把她约到了她最熟悉的陌生地方。

或许是对她近日的疏远生出敏感的心思，才会这么小心地不唐突她，莫向晚想，并且稍稍动了恻隐之心。朋友之间，求同存异。她素来丁是丁，卯是卯，却会让友情过钢易折。

凡事不可只因片面情景就妄下定论，她需要听一听管弦的解释。因此走入小西餐厅的莫向晚，是带了些歉意和期待的。

管弦已经坐在靠窗处的小圆桌等着她了，这个座位相当雅致，窗外有错落的夹竹桃，稀疏的树影倒映在橡木的桌面上，静静不动，能安人的一颗私密又想要透秘密的心。

莫向晚坐下来，管弦便说：“我叫好了拿铁，这里的多拿滋堪称沪上一绝，你也试试？”

莫向晚照例没有意见。

自认识管弦以来，她做的任何决定，莫向晚都言听计从——只除了秦琴那件事情。也就除了秦琴那件事情，管弦在万事万物上都坦诚地帮助她。

莫非出生的那天，莫向晚羊水早破了，但她彼时年纪太小，懵懵懂懂，还照例去酒吧上班。管弦见状，心急如焚，二话不说就叫了车送她去医院。

一路上，莫向晚临产的恐惧终于被全部激发出来。她说：“管闲事姐姐，如果我死掉了，你能不能带大我的宝宝？”

管弦拍拍她的肩膀，又摸摸她的肚子，想要尽力安抚她腹中躁动不安的孩儿。她说：“别怕，只要你别怕，什么关口都能闯过去。你下了决心就别退让，这才是好汉一条。”

这样让莫向晚有了心理支柱，挨过了死门关。

莫向晚在管弦的对面坐好，说：“管姐，好久不见了。”

管弦把细眉一挑，有责怪的意味：“我听说你最近在谈恋爱。”

莫向晚不隐瞒她：“是的，他就是莫非的爸爸。”

管弦拊掌：“这多好，有始有终才是最大的幸福。我听说他天天送你到公司门口，小姑娘，你终于要幸福了。”

莫向晚笑一笑，不响。

管弦说：“幸福的小姑娘，那么你是不是能原谅我呢？”

她依旧这样直接，莫向晚丝毫不意外。管弦这样的人，做事情向来干净利落，脆生生毫无拖沓。

莫向晚也就坦率地说：“我从来没有想到会这样。”

管弦微笑：“这是圈子里的规矩，我说过我的店里不接这样的事情，他们出去解决全不是我的权责范围内。”

“那你是提供平台了？”

“沙龙的作用之一，不是吗？”

管弦太坦荡了，坦荡到莫向晚不禁吃惊。她知道管弦是个直接的人，可是说起这样的勾当，她还是一如既往地直接，让她好似不认得她。

管弦叹气：“小姑娘，一直以来，你只愿意了解你想了解我的那一面。你把所有的事情往好的地方想，你需要正面的环境去催眠你自己。你想想，你是不是这样的人？”

莫向晚瞬时间愣了一愣，坦荡的管弦的杀伤力令她猝不及防，逼迫着她撕破自己为了生活而糊好的美好糖衣。

服务生上了咖啡和多拿滋，香甜的气息下，管弦这样同她说：“小姑娘，我帮你就是帮了，这是我愿意的。你做事情踏实努力，你懂得感恩图报，你愿意和我倾心结交，我才把你推荐给于江。你需要一份薪水不赖的工作，我也需要一个我的好朋友在他身边。”

莫向晚抿一口咖啡，轻吁一口气：“管姐，我晓得的。我们……某种意义上，也是互不亏欠的各取所需了。”

管弦摇摇头：“不，我不逼你的。如果你同意和宋谦交往，我们才是真正的各取所需的合作。不过那样我们的友情就蒙尘了，对吗？”

莫向晚放下咖啡，这里咖啡的确香浓，但她不太留恋这样的香浓，“如果我和宋谦能够在一起，对于于总来说，就有了更贴心的帮手和团队，对不对？”

管弦的眼里有遗憾：“可惜事实上不是这样。”

“我和于总的合作，仅限于上司和下属的关系，这让你感到很遗憾？”

管弦也抿一口咖啡，“确实。但这也是我佩服你的地方。在工作上保持这么好的距离感，小姑娘，你也不是一般的精明。”她又说，“你，实在和当初的我很像。一步步算计着走，不太肯吃亏的。”

莫向晚低头，轻轻说：“管姐，我是在保护我自己，因为我有儿子。”

管弦笑：“所以我才是大刀阔斧的那个。”

“管姐，有时候退一步海阔天空。”

管弦当即否定：“退一步满盘皆输。”她缓缓说道，“我邀请秦琴绝非存心，那边的人指明要见她，我只是满足友人的需求。”

“他们给你什么？或者，给于总什么？”

管弦笑笑：“他们给的什么，不会因为一个秦琴就不给的，秦琴扫面子顶多只是一时间的不愉快。于江在外注册的公司老早就运作起来了，资金到位之后，在香港就能正式注册。这么多年，他终于完成原始积累，可以重获自由。这一点，你虽然没有挑明了来问我和他，但很早以前就警觉到了不是吗？”

“那么林湘呢？”莫向晚一想到林湘，声音不由就高了八度。

管弦听了，蹙眉正色：“你不要质问我，这个圈子里诱惑比比皆是，谁是龙谁是虫，没有多少天就能见真章。我说过沙龙只是平台，大家来不来凑我这个局，我是强迫不了的……”

“管姐，你收手吧！”

管弦摊手：“这个名利场，个人有个人的角色，进来了就要遵守规则。”

莫向晚认真同她说：“我星期一就向于总递交辞呈了。”

“做得好，你现在脱身，最好不过，回头有深情似海的男主角等着你，这个时机真真好。”

“管姐……”

管弦摆手：“其实我的事，你知道的并不多，你选择知道的不过是你想要知道的那部分。我一直是个赌徒，进了这个赌场，有些手是收不住的。”

“为了于江？他不止你一个女人。”

“你以为现在的于江之于我，就单纯只是一个男人？”

莫向晚惊骇地望住她，仿佛不认得她了。

“我和于江青梅竹马，青梅竹马抵不住上海滩的五光十色，浪奔浪流，看是谁输谁赢。于江如果只是回来念个书，被家里安排进机关任个职，再和我结个婚，就此碌碌一生也就过去了。但是，凭什么？

“他们家堂兄弟几个，读书读不好的都可以直接送国外去，回来轻轻易易就可以开公司，搞事业。而于江连创业基金都没有。”

莫向晚面对面前美味可口的多拿滋，是一口都吃不下去了。她骇笑：“你别告诉我，正因为这样，他才去娶了祝小姐？”

“祝小姐在家里虽然地位尴尬，但是比于江好歹强一些，她伟大的父亲愿意提供关系和资金给她创业。我们一步一步进步，一步一步积累，大家赚才是真的赚，不是吗？你以为他们这种门楣到处都讲究门当户对郎才女貌吗？不，那是做给外头人看的，实际上他们讲究男女沟通无碍，搭配干活共同赚钱才是真谛。”

莫向晚惊骇到无以复加：“难道祝贺根本就知道一切？”

管弦还是微笑着：“入局的人都要清楚自己的定位。祝贺她是爽快女人，可最后还是为了于江不爽快了，想要翻盘了。愿赌服输，不服输就再赌，赌到赢为止。这个世界就是这样。”

管弦的微笑微微狰狞起来，让莫向晚低下头，不愿意看去。她如实相告：“管姐，你这样很难看。”

管弦收起了那微微露出的狰狞，转成了无奈：“小姑娘，你的自我保护才更可爱。什么都看不到的人是最幸福的人。”

莫向晚勉力地，将面前的多拿滋一口一口吃掉了。

有这样片刻的静谧，她们在稀疏的夹竹桃的阴影下各自为阵，各自解决面前的食物。阴影横亘在桌面上，在两人的中间。

莫向晚问管弦：“管姐，你为什么要告诉我这个？”

管弦将杯内最后一口咖啡喝完，她用餐巾慢慢擦拭好唇，才说：“我想了好几天了，小姑娘，真心把我当朋友的人，我有义务向她坦白。”

但莫向晚无法面对她这样的坦白。前后不过几分钟，她接收到她这样惊涛骇浪般的信息，将自己一直以来的猜测和怀疑连贯成线，还是太难以置信，太不知所措了。

管弦的手机响起来，她接起来只“喂”了一声，便不再发声。她握着手机，越听面色越凝重，挂了电话后，对莫向晚讲：“你先走吧！”

莫向晚不解，管弦的面色是焦急又慌乱的，好像出了什么棘手的突发事件。

但要走也来不及了，服务生引着两名民警过来。莫向晚好生诧异，就见其中一位民警问管弦：“你是‘MORE BEAUTIFUL’酒吧的法人？”

管弦惊惶地立起来，点点头。

民警说：“我们在你的酒吧内发现有人聚众赌博和滥用药物，请你回去配合调查。”

管弦动了动唇，她欲争辩些什么，但立时明白此事所有的争辩都是徒劳的，便只能沉默。

莫向晚也有些心惊，她跟着站起来，问道：“警察同志，是不是搞错了？”

另一个民警看了她一眼，忽然着牢眉头问她：“你是‘奇丽文化’艺人总监莫向晚？”

这不是莫向晚第一次面对警察，眼前的民警对她的情况了若指掌意味着什么，她有了点数，不免生出些慌张来，她勉力地定一定神，答：“是的，我就是莫向晚。”

民警说：“我们在酒吧逮捕了你们公司的艺人叶歆，她除了涉嫌参与赌博，还有滥用违禁药物的嫌疑。麻烦你也跟我们一起回去配合调查。”

莫向晚险险晕眩，她支撑牢自己，冷静地提出要求：“我能不能先和公司联系一下？这事情太大了。”

民警做了一个阻止的手势：“先回派出所再说。”

莫向晚看了看管弦。一向处变不惊的管弦终于露出一脸泰山崩于前的茫然和惊怕，直到民警做了个“请”的手势，她才惊觉过来，也回看了莫向晚一眼。

她们两人瞬间的眼神交流，已经默契地体会到了对方的妥协。除了跟着民警去派出所，她们别无他法。

莫向晚在派出所里看到了叶歆。

叶歆穿着才买了不久的大牌限量礼服裙，裙子凄凄惨惨地皱在她的身上。可见是在她十分重视的场合上被警方带走的。她一见莫向晚就哭得如同秋风中的树叶，瑟瑟地，就怕疾风一吹，就此落入泥淖之中。她万般艰难才跃上枝头，不想遭此劫难，又无助又不甘，到处找可凭依的支柱。

她不住讲：“向晚姐，帮帮我，我没有，真的没有。”

可是奇异地，当她见到跟在莫向晚身后的管弦，却“咻”地闭嘴了，只是哀哀地望着莫向晚，倒是再不看管弦一眼。

这时的管弦面孔上又恢复了没有表情的平静，不知在想些什么。

带她们来的一位民警对管弦说：“你跟我来。”原来要带她单独去另一间询问室做笔录。走到叶歆身边，管弦终于看了她一眼，依旧平静的样子，却令叶歆低了头。

管弦走后，办公室内的女民警客气地对莫向晚说：“先做一个登记。请你把身上的东西都拿出来吧！我们暂时给你保管。”

莫向晚不解，问：“为什么？”

女民警指指叶歆：“刚才这位小姐说，她的一切行动都是公司安排的，你是她的直接领导。”

莫向晚大吃一惊，转头看向叶歆。

叶歆瑟缩着低下头，不敢说话。

女民警说：“莫小姐，你配合一下，等事情查清楚了就好了。”

莫向晚听呆了。

按照曾经的经验，她明白这句听上去十分客气的话里的意思：警方已经完全把她当作嫌疑人拘留了，而且还是犯罪当事人给了口供直接把她牵扯进去的。

见她有些惊慌失措，女民警倒很是体谅。一般人遇到现在这样的情况，都是同莫向晚差不多的反应，她见得太多了，所以不再多说什么，公事公办地递了一张表格和一支笔到莫向晚面前：“把这张表填一下。”

当此之际，除了配合警方工作，也别无他法。莫向晚在心内叹口气，把身上的手机、钱包、手表一一拿了出来。

女民警站起身来拿了一只纸袋，将东西全部包走了，再折回来时，莫向晚已经把表格填得差不多了，在紧急联系人处，她想了想，把莫北的姓名和手机号写了上去。

女民警说：“你放心，拘留不是处罚，只是要群众配合警方调查的一种方式，我们会通知你的家人。”

之后，便是同莫向晚经历过的一样。女民警把她带进了询问室。

“姓名？”

“莫向晚。”

“年龄？”

"三十。"

"你在'奇丽文化'工作几年了？"

"六年。"

"我们得到线报，'奇丽'的艺人经常在本区的酒吧'MORE BEAUTIFUL'参与酒吧的聚众赌博活动。"

莫向晚闭了闭眼睛，疲惫地同民警说："我不知道。"

女民警严厉起来："不知道？你不是酒吧的常客吗？酒吧的三楼虽然是民居，但是酒吧里有电梯直达，一直开着地下赌庄。你们公司的艺人和客户出入频繁。"

莫向晚猛地握紧双手。

管弦很早以前说过，出了酒吧大门的勾当，她管不着。但是，所谓的勾当却在她酒吧之内进行，经由她的手安排好。而作为好友的她，却丝毫不知。这一点一滴的晦暗，如今袒露在青天白日之下，让她终于像叶歆一样忍不住瑟瑟发抖起来。

"除了聚众赌博，还有人在赌博的同时，非法服用盐酸曲马多。你知道这件事吗？"

莫向晚悚然大惊，抬起头来。

她不得不去重新捡起拼命想要挣脱、丢弃的回忆，当年放在反射出刺痛她双目的太阳光的玻璃瓶中白色小药片，裹挟着的是她曾经晦暗的过去。

她虚弱地摇摇头。

后来，女民警又问了她一连串的问题。莫向晚如实地回答着她知道的一切，也从警方的询问里，明白了警方早就查到了在"MORE BEAUTIFUL"内外发生的一切，时间、地点、人物、次数。正如他们所说的，他们分明早就已经盯住了。

这正应了一句“若要人不知，除非己莫为”。而自己的一无所知，正是因友情而生的纵容。莫向晚的背脊发冷，她不自禁地环手抱住了自己的双肩。

不是没有一丝一毫的羞愧。这样一个局，圈住了每个相关的人，局中有人蓄意谋划，有人有意回避，没有人是全然无辜的。

女民警最后问道：“‘奇丽文化’的总经理于江和管弦是情人关系？”

莫向晚沉默了半晌，缓缓点了点头。她的头“嗡嗡”地隐痛。

女民警将所有必须询问的问题问完了，看莫向晚一副疲惫又头疼的模样，说道：“可以了，你可以先休息一下。管女士的口供还没有录好，我们可能随时需要你的配合。”

莫向晚低声问：“我今天必须在这里过一夜了？”

女民警点头。

莫向晚牵挂莫非，他自出生后就没有遇到过亲妈夜不归宿的情况。她不免焦急了些，又问：“你们有没有通知我的朋友？”

女民警站起身，示意莫向晚同她出去：“我们同事已经打过电话了。”

莫向晚顺从地跟着女民警走出询问室，走进一间休息室。叶歆早已在里头了，哭得凄惨不成人样。

莫向晚默默坐到了叶歆对面，闭目养神。

过了不知多久，休息室的门被打开，管弦走了进来。她依旧很平静，扫了一眼坐在左边的莫向晚和坐在右边的叶歆，她径直走到中间没有座椅的地方，抱臂站着。

值班的民警跟着进来，为她们三人送来了盒饭。莫向晚打开饭盒盖子，是茭白肉丝和米饭。菜色尚可，但塞入口中，味同嚼蜡，食不下咽。

叶歆吃了两口，又“呜”的一声，哭了出来。

管弦轻声斥了一句：“别哭了。”

叶歆抽抽噎噎：“我会不会坐牢？”

“顶多十五天拘留，罚几千块钱。”

“真的吗？”

管弦冷笑了一声，没有再回答。

莫向晚却蓦地呆住了。原来服用违禁药物是按照法规条例这样判罚的，原来管弦早已悉清做下这一宗宗勾当所可能承担的结果。

她沉重地抬起头来，望着管弦。管弦正低头吃着饭，动作利落，一如既往。她应该知道自己正望着她，但她自岿然，没有回望自己一眼。

莫向晚直直看着管弦，她就想试试，管弦是不是真的会继续无动于衷。

终于，管弦停下了手上的动作。她知道莫向晚盯着她瞧，一开始就知道。她放下了手中的盒饭，对莫向晚说：“放心吧，不会和你有什么关系的。今天只是不巧在你正好和我在一道。”

这不是莫向晚最想要的回答，但是管弦又能同她讲什么呢？诉清前因，感慨后果吗？她凄楚又聊以自慰地笑了笑，终于一口一口把饭盒里的饭和菜全部吃完了。

又过了半个小时，一位陌生的民警走了进来，对着屋内指了指，对她们说：“你们两个都可以走了。”

他指的是莫向晚和管弦，叶歆马上扑上去问：“那我呢？”

民警神色凝重：“还需要你继续配合我们的调查。”

叶歆又哭起来，对管弦忽然就说了一句：“都怪你。”

这一次，管弦没有忍住，轻斥一句："你又发什么神经？警察同志都会查清楚的。"

叶歆抹着眼泪，转而抓住了莫向晚的手，哀求："向晚，你要救我，救救我。我刚刚开始，不可以就这样完蛋。我害怕，我害怕呀！你们不要丢下我！"

莫向晚的手被她抓得牢牢的，如同被溺水之人掐住的求生之木。看着面前心魂俱碎的叶歆，她着实不忍心将她的手从自己的手上拨开。然而，叶歆有今日之劫，亦全因昔日的行差踏错，既然承担不住，又为何铤而走险？

最后还是管弦看不下去了，将叶歆的手从莫向晚的手上扯开，她盯牢叶歆，说道："你自己好好想想，要好好配合警察调查，事情最后总归会平息的。"

一股凉气从莫向晚的心底升起来。这个站在自己跟前的管弦，语气镇定自若，神情冰冷漠然，丝毫没有人气，已经不是她所熟悉的那个模样了。

莫向晚握了握手，方觉手心冰凉。

她们一起走了出去，早有一位律师在派出所的接待大厅等候。莫向晚认出这位律师是莫北的同事。她想，看来是于江打好了招呼。他，至少是有情意的，不会对管弦不管不顾。

律师对管弦客气地打了招呼，又同莫向晚说："莫小姐，莫北正赶过来。"

原本手足冰凉的莫向晚缓了口气，竟是些许期待，她点点头。

管弦忽而朝她笑道："那人待你不错。"

莫向晚也对管弦微笑："于总对你也挺好的。"

律师同民警稍做沟通，原来管弦是被保释的，而莫向晚则是属于调查完毕后的放人。

一行人走出派出所，天空已完全黑了下来，空气中透出凉意，已是快入冬的时节了。

律师问管弦是否有空，看来尚有诸多问题需要交代。

莫向晚缩了缩肩膀，今晚冷得她有些意外。她说：“我先走了。”

说罢，她往后退了一步，管弦不约而同也退了一步。莫向晚想起来，她与管弦的住处不是同一个方向，所以她们的来处本来就不是同一个方向。

莫北的同事突然提醒：“莫北来了。”

莫向晚转过身对着她来时的方向，巴巴地看着一路快跑过来的那个人，那个她一看到就会心生暖意的人，那个好像只要他在身边，一切问题都可以迎刃而解的人。

待他来到身边，莫向晚慌忙地将手伸了过去，被他轻轻握住。

莫北说：“我来晚了。”

莫向晚摇摇头。

莫北的同事说道：“没什么事，你就放心吧。莫小姐只是被找来配合调查的。”

莫北对同事笑道：“这是我女朋友，莫向晚。”他看到了管弦，转而看看莫向晚。

管弦脸上的僵硬表情松动了一下，先是望一望稍显犹豫的莫向晚，然后笑了笑，干脆自我介绍了：“管弦。”

她言辞简短，态度大方，没有以莫向晚的亲密友人自居。

她们的来处不一样，原来管弦也自觉了。莫向晚莫名伤感，莫北竟似有所觉，更加握紧了她的手。

跟着莫北回到家中，莫非已经做好作业，正等着莫向晚回来检查。

他从未见过母亲这么失落又难过的样子，虽然不知道发生了什么，但是他对着母亲做了一个可爱的鬼脸，说：“妈妈，放轻松，放轻松。老是紧张会老的，我给你捶捶。”说着抡起小拳头要给莫向晚捶背，被莫向晚捧起小手亲了一下。

莫北拍拍莫非的头：“快去上床睡觉。”

此时已经9点多了，到了莫非睡觉的时间。平时他总会拖拉一会儿，吃些东西或看会儿电视，但今天没再赖皮，因不想给母亲增添烦恼，乖乖听从父亲的要求，刷牙洗脸上床睡觉。

莫向晚给自己泡了杯咖啡，在沙发上坐下来发了一阵呆。手里的咖啡还未喝，就被莫北拿走了，他为她换了一杯牛奶。

她又拿起手机，打开通讯录，犹豫着是不是拨那个号码。

莫北看她如坐针毡的样子，说道：“于江早就知道这事了。”

莫向晚颓然地放下手机，黯然神伤：“以前我只是怀疑，总是不敢去求证。原来管姐真的一直帮着于总做一些……一些这样的事情。”

莫北轻轻抚着她的发，说：“向晚，别难过。”

莫向晚摇头：“我是不是太麻木了。”

“你要顾着养非非。”

“管姐一直对我很好。”

“我知道。”莫北对她说，“如果你觉得你还能接受她，还是可以和她做朋友的。这个世界上的人很复杂，并不是非黑即白的。”

“也许管姐是真的太爱于江了。”

莫北侧头，分外认真地对她说：“向晚，能不能把工作上的不愉快抛开？它占用你太多时间了。”

可莫向晚放不下，咬咬唇：“莫北。我一想起明天、后天，我的心情就糟糕透了。”

莫北温柔地看着她：“那又怎么样呢？你身边有我。”

他这样诚挚的一个眼神，恰如春风暖暖掠过莫向晚的心头。她想起刚才如坠冰窖、令她全身发冷的经历，一直到莫北来到身边，她才缓了过来。

莫向晚带着感激的神色说了一声“是”。

莫北倾身过来抱抱她。莫北的温柔，莫向晚是体悟的，他希望她撇开那些不愉快的事情。她伸出了双手，也回抱住他。

这是她的一次主动，莫北感受到了，两人靠得更加紧。

莫向晚心底还积存了一些感动，此时全部涌上心头。她向他道谢：“莫北，谢谢你帮了冯阿姨，谢谢你摆平了飞飞姐。你真的为我做了很多。”

莫北并不意外她说的话，他笑着说：“我要谢谢你的谢谢，这让我感觉我这个莫非爸爸当的还是有点用的。”

莫向晚轻轻笑起来，她微抬起头。莫北正炯炯有神地看着她，他在看，也在想，看到她抬起头，这样的角度刚刚好。他情不自禁就吻了下去。

这个吻暖和而绵长，让莫向晚渐渐倾倒，与他唇齿相依。

这么多年以来，莫向晚从未想过会像现在这样依赖一个人，她只愿在他的怀抱里能够得到休憩。

这样的念头开始如火如荼，她开始懂得回应他的唇舌纠缠，放任他的手在她身上游走。他的掌心这样暖，将她被冬风吹凉的经络和血液重新复苏。

他不再是 Mace，他只是莫北，是倾心告诉她，他要陪在她身边的莫北。在他的指掌之间，她不再厌恶，不再害怕，不再彷徨，不再犹豫，不再抵触。她能够打开她的身体，还有她的心。

莫北原本只是想亲亲她，给予她信心。

今天突发的这段经历实在糟糕，他能够清楚体会到她的沮丧和失意。

接到派出所的电话时，他正准备开律所的项目会。接完电话就立刻向江主任告假，恰巧江主任刚和于江通完电话，指派了一位同事同莫北一起行动。

莫北惦记着莫非，便向同事打好招呼，先去学校将莫非接回家，安顿好一切。

诚如同事所说，莫向晚应该没什么事了。但他当时接完警方的电话，心急如焚，一边开车赶往莫非的学校，一边给几个熟人打电话，终于打听出来管弦的酒吧涉嫌聚众赌博和贩卖违禁药物，被人举报了。警察在现场抓了几个人，不是“奇丽”的艺人，就是和“奇丽”业务有关的客户。

莫北想，莫向晚经此一事，不知会难受成什么样子。他知道管弦是她的好友，在她最困难的时候给予她无私的帮助。莫向晚是个重感情的人，心里明白和亲眼所见，其影响程度是不可同日而语的。

莫北飞车赶去现场，远远就看见她同管弦刻意保持了一段距离，垂首立在街边，心中不由一紧。他只有将她的手握牢，不再放开。

就像此刻。

他握牢了莫向晚的手，舍不得再放开。

他记忆里有当年少女草草馨甜的气息，冰冰凉凉，就像在冬天里吃冰激凌。

这记忆如此真实，一幕幕回放，让他的身体不自在，渐燃渐热。

他将眼镜摘下，丢在一边的茶几上，再绵密地吻了下去。

这和多年之前多么一样，这个男人用同样的姿态抱她，让她的身体袒露在他的面前；和多年之前又多么不一样，这次她的心也袒露在了他的面前。

这是唐突的，莫非还在小房间里睡觉，他几乎就要在客厅的沙发上和她做出儿童不宜的事了。

莫北将脸埋在她的颈窝，平复自己的情绪。

莫向晚静静地由他搂抱着，她抚摸着他的发，这么柔软地贴着她的皮肤，让她生出从未有的安心。

他说："草草，我们从头来过？"

她答他："好的，Mace。"

莫北抬起身体，抽回停留在她身体上的手，把她衬衫的纽扣一颗一颗扣好。莫向晚拿起他的眼镜，给他戴好。

整好衣冠的两个人互相注视，都能看见对方的脸上残留的春色，竟都不好意思起来。

莫北平复着自己内心里的激越和身体上的冲动，终于还是恋恋不舍地放开她，亲亲她的浓眉："我们还是领好证再办事，这样比较合法。"

莫向晚脸上一红，她主动又抱了抱莫北，知道自己已经不愿意再放开这一簇暖意。

这一晚，莫北没有回到自己的 403 室，而是坦然地睡在了莫家母子客厅的沙发上。

莫非半夜爬起来上厕所，被沙发上睡着的莫北吓了一跳，瞪着大眼睛讲："爸爸，你要么睡到妈妈床上去好啦！这里很冷的。"

莫北这一晚本来就翻来覆去没睡好。

他是不舍得走，但又不敢再进一步，所以最后选择把自己的被褥拿过来睡在他们母子的客厅里。他心里想着睡在房间里的莫向晚，反复回味那一段情不自禁又反复克制着，暗骂自己“既然做圣人就不要后悔”。不想此时被儿子点破心事，心头大不自在，斥道：“小孩子不要多管闲事，快回去睡觉。”

莫非好心被批，生气地“呜呜”两声又爬回自己的小床。

其实房内的莫向晚也没有睡着。

莫北就睡在外面，他在翻来覆去，她听得到。他想的，和她想的，都差不多。她一想，双颊就火烧火燎，她用双手捂住脸颊，暗斥自己：“莫向晚，不要发痴了。”

睡在外面的他又翻一个身。她听到了，怕他冷，爬起来翻出一床被子，正要抱着送出去，没想到莫北抱着枕头被子走进来了。

莫向晚大吃一惊，差点叫出来。

莫北拍拍她的头：“太冷了，和你挤挤。”

他没戴眼镜，几乎是摸索着找到她的床，一个翻身就躺了上去。莫向晚哭笑不得，她只好抖开手里的被子，再给他盖上。

幸好她因为从小睡惯大床，后来自己置家也给自己买了大床，虽然比不上他在403室里放的那张床大，但是睡两个人也不成问题。

她坦然地躺了下来，在莫北身边。莫北翻了个身，隔着被子将她抱住。

莫向晚为难地唤：“莫北。”

莫北“嘘”了一声，将自己的臂膀伸到她的颈下，抱她更紧：“别说话，睡觉。”

十三、做坚强的泡沫

清晨，莫北先醒了过来。他蹑手蹑脚下了床，站在床边，端详了一会儿莫向晚。

这幅情形似曾相识，多年之前亦有同景。但是，如今是景同境不同。他的目光流连在莫向晚熟睡的面孔上，不太想移开。

她一定睡得很好，莫北想，因为她的浓眉是舒展着的，唇角也是舒展着的，如同心静神安的孩子。他很想亲亲她，想着，就情不自禁地做了。他俯下身亲了亲莫向晚的额头。莫向晚似有所感地嘤咛了一声，但并没有醒过来。莫北放心地为她掖好了被褥。

他先去新村外的点心店买了早餐，照例是莫非爱吃的小笼包和莫向晚爱喝的皮蛋瘦肉粥。然后他在物业办公室为莫向晚续订了半年的牛奶。

管小区停车秩序的麻哥正坐在办公室内看着手机，见莫北进来便站了起来，凑过来小声问他："莫先生，你看看这个说的是不是莫非妈妈？"

莫北看他神色有几分顾忌，心里莫名一震。他将麻哥的手机接过来，麻哥正在看新闻 App 推送的一篇新闻，标题是《已故知名女星经纪人疑涉案遭警方传唤》，下面配图恰是昨晚从派出所走出来的莫向晚和管弦，两人脸部虽然被打了马赛克，但熟人一见便知。

她二人本是泾渭分明，各走一方，但照片的角度却看上去显得惊惶，正配合下面的内容。

记者直截了当地曝光了圈内暗设赌庄的违法活动，直指乃娱乐圈从业人员公关所用，并暗示××娱乐公司艺人经纪部莫××因此为公安系统拘留配合调查，被拘留的另一个艺人正是在上升势头的叶××。

麻哥担心地问："是不是莫非妈妈单位出了事？"

莫北笑一笑，将手机递还给麻哥："没什么事。"

他回到莫向晚家中，他们母子已经起床，莫非正跟着录音磁带背英文。他最近的英文课要开公开课，老师希望他和同桌上去说一段对话，他特别紧张。

莫向晚正在梳头，见莫北进来，看他脸色不是很好，问："怎么了？"

莫北想了想，决定还是告诉莫向晚："昨天的事情被报道出来了。"

莫向晚正抬着手腕扎辫子，闻言手一顿。她本就有直觉，此事是树欲静而风不止，问："然后呢？"

"你和管弦的照片被登了出来。"

莫向晚颓然放下手，苦笑："这些年我总是回避媒体镜头，最后还是避不开，真不知道该说什么好。"

莫北抱抱她的肩，"别急，你可以应付，早一点辞职，早一点脱离这个地方。"

莫向晚点点头，又摇摇头。

即将到来的一场混乱，是可以预见的。但无法避免的坎坷，自己总要跨过去。

莫北提醒她："如果有更棘手和麻烦的情况，沉默是金固然很有职业操守，但该说的还是要说。”

莫向晚幽幽叹气：“这些年，媒体都觉得我难缠，因为在我这儿基本探不到任何不能让他们知道的消息。”

她笑笑，笑容很无奈。莫北吻一吻她。她贪恋着他的吻，尤其在自己心慌的时刻。

以前凡是公事上面有棘手问题，她总是一个人面对，一个人对着镜子给自己打气，但现在有莫北在身边，这点底气可以支撑起她。

反正最后总是别无他法，就是靠自己一副肉身一关一关闯过去。而这个世界上传播速度最快的，总是坏消息。

莫向晚想，她进了这个行业，最大的觉悟就是坏消息总能最快聚拢镁光灯。林湘的艳照、林湘的葬礼，还有这一次。

莫北仍是坚持在送了莫非上学后，将莫向晚直接送到“奇丽”办公楼底下。

果然如他所料，办公楼大门前蜂拥着人群，向办公楼内蠢蠢欲动。或许大楼的保安早得“奇丽”的指示，正在拼命阻挡。

此地是不能下车了，莫向晚干净利落地说：“下停车场。”

莫北也明了，将车掉个头，开下停车场。可是那儿也不清净，有三五个熟悉此楼地形的记者被保安抓到现行，正在昏暗的车库里闹作一团。

莫向晚避无可避，莫北问她：“下去？”

她点点头，打开门一步跨下去。

那边天生警觉的记者立刻发现了莫向晚，他们手上的闪光灯瞬间找到了焦点，全部对准她一个。他们和她这位“奇丽”的艺人总监是老熟人，他们的目标就是在她这里得到餍足。

“莫小姐，昨天被抓的神秘女子是叶歆吗？”

“贵公司打算怎么处理这件事？”

“叶歆的新唱片会不会如期发表？”

“昨天的事情和林湘的死有关系吗？”

有的人问得更加直接而狡猾：“莫小姐，你知道酒吧地下赌庄的事情吗？听说你和酒吧老板娘是好朋友，你带的艺人和老板娘的关系怎么样？”

莫向晚统统不答，莫北抱着她，格开记者扫射的镜头，做她坚强臂膀，护她突破人群。但人群如浪潮，围堵住他们，他们步履艰难，走不出去。

记者们还在追问：“‘MORE BEAUTIFUL’和‘奇丽’到底是什么关系？贵司 CEO 于江先生是不是知道这件事？或者他早就知道这件事？”

莫向晚死死咬住唇，不说话。他们奋力地走到电梯前，终于等到电梯停下来，冲出来几个保安，帮助他们隔开人群，他们才能稍得解脱。

莫北一直没有放开莫向晚，在电梯里还抱着她，替她顺了顺头发。

莫向晚看到他眼底有担忧，她自己先笑了：“没关系，以前林湘、徐陵大红的时候，我还遇到过更严重的记者追堵。”

他能理解，所以点头，说：“我知道你总有办法应付的。”

但就是还想保护她，要一直护送她至办公室。

莫向晚没有拒绝莫北的陪同。今日早晨，确实混乱，对于她真如冰火两重天。昨晚浓情蜜意尚未散尽，今晨的现实琐碎扫落不尽。

莫向晚心内不是没有喟叹，只期望一切尽快有个了结。

莫北携着她一路走进办公区。

第一个同他们照面的是许淮敏，她是正预备开会的样子，看见莫向晚和莫北居然同时出现，不自禁“啊”了一声。倒是莫北先打招呼：“许姐，早。”

跟在许淮敏身后出现的是祝贺。

祝贺出现在此间并不令莫向晚意外，但莫北出现在此间令祝贺有些意外。他们也是旧识，莫北毫不客气地同祝贺讲：“送女朋友上班。”

祝贺微微惊讶了一下，很快收敛住，只微笑着说：“想不到。”望一眼莫向晚，“真是不错。”

莫向晚礼貌地回报以微笑。

祝贺通知她：“马上开个会，讨论这个事情。”说完便利利索索地走进会议室。倒还留许淮敏惊疑不定地打量他们。

莫向晚才想起来，莫北还陪在身边，不太是个事情，她催他：“你先去上班吧！”

他说：“开完会给我电话。”

莫向晚点点头，推了推莫北，要他快走。

再接着出来的是史晶，没看见莫北的正面，只见是有男人送莫向晚上来的，就开了一个玩笑：“向晚，桃花开了啊？”

莫向晚没接腔，许淮敏倒不咸不淡地讲了一句：“莫总，看不出来。看来于老总当初还间接做了媒人。”

她话音刚落，于江就出现了，身后照例跟着张彬和宋谦。见到莫向晚她们，颔首算作打招呼，只是宋谦反复看了她好几眼。

莫向晚只当作未曾注意。

这天的会议，进程也非常简单，还是由于江主持，祝贺坐在他的下手。

于江下的指示是全体先行沉默，静观其变。祝贺问：“今早那篇报道是谁写的？”

史晶答：“报娱乐类新闻的大 V 金菁。”

祝贺笑：“著名愤青小娱记，行，晚上约她吃顿饭。”

史晶记下来。

但莫向晚心中暗忖，原来竟是这位金菁小姐。她同她打过好多次交道，此人素来心细如发，善于发掘新闻点，先前林湘事件，亦是她发问最刨根问底，且那时候就与叶歆有了沟通。

她心里略明白些许，记者最怕没新闻，叶歆这一条线不知金菁花了多少气力来跟，如今一举踏破，正是大功告成之时。

说起来江湖上头，隔了门派，有些关系也未必尽得其用。任何行业都有其立足根本，怕是这样的人根本不好动摇。祝贺未必能摆平此人。

方想到祝贺，祝贺就点到莫向晚的名字，客客气气地讲了一句：“向晚，昨天的事情你辛苦了。”

她这样一个态度，这样一个口吻，倒教莫向晚刮目相看。

祝贺在“奇丽”挂职副总经理，从不干涉经营事务，一概由于江处理。之前莫向晚就隐隐感觉组织架构会产生变化，不想已迅速发生了实际转变。祝贺如此亮相人前，不骄不躁，不偏不倚，有礼有节。在这样的关口，气度这样沉稳，实属不易。

抑或，这本来就是祝贺的实力，只是一直未曾公之于众罢了。

莫向晚如实将昨日在派出所发生的一切做了简短的汇报，最后讲道：“我和律师这里会保持好沟通，有什么问题也会第一时间告诉公司。”

她讲完以后，才看了看于江。刚才她陈述昨晚发生的种种之时，最终还是绕开了管弦的名字，她不想在众目睽睽之下，将自己朋友的名字招供出来。但在座诸位的表情明确地告诉了她，他们心中的意味深长。

这太难堪了。管弦也许从未和祝贺正面交锋，但仅这一次的间接交锋，已全然败下阵来。

莫向晚看了看于江，于江的眼睛正朝着窗外看去，脸上没有什么表情，心在事外的一副状态。她想一想，在心里暗暗笑了笑自己，这些已经不关她的事了。

会议十分简短，于江全程没有开口，是祝贺在主持全局，诸位员工也没有任何异议，但心内都应该明白这是公司权力交接的信号。

会后，史晶对莫向晚说："昨天还好吧？大家都没有想到记者会盯得这么紧。"

莫向晚正自内疚，无论如何，被记者拍到在今早上了新闻，这是她的疏忽。她抱歉道："是我大意了。"

史晶安慰她："事已至此，我们一起尽力解决吧！你自己肯定也不想碰到那样的事。不过，别的都是假的，自己的心情才最重要。"

这让莫向晚如何答？

史晶用这般好心的话语在指点她交友不慎，她唯有苦笑。

管弦，竟成她同于江的命门和笑话。

莫向晚扭头看向 CEO 办公室，于江和祝贺正站着说话，两人都是轩昂的，不相让的，又有一种奇异的和谐。

史晶忽然在她耳边说道："你知道吗？于总和于太协议离婚了。"

莫向晚骇一跳，这该是预料的到的，但不曾想到这么快。

史晶补充一句："有一阵了。"

一切的一切，早已暗度陈仓，就待新一朝天子驾临。玩转这出职场游戏的，从不会是碌碌打工仔。她也不过是局内一颗棋子，之于管弦，之于于江，或者还有祝贺。

一切轰然以后，莫向晚反而心思静定下来。

岂料邹楠慌慌张张地跑过来，叫她："老大。"

邹楠这几天是最后任职时间了，但还能恪守职业规范，站好最后一班岗。这令莫向晚安慰，眼前这个自己一手带出来的女孩，毕竟不会再让自己失望。

失望，确实是这样的情绪。从昨天下午开始，反复侵蚀她的心。

她以为莫北的情爱能够温润她烦躁的心，不再想到这个让她脑壳痛的词汇。但一不留神，它就钻出来了。

她想，她怎么再同管弦求同存异？怎么做？怎么做？

邹楠这一叫，将她的神思扯回来。女孩的脸上有惊慌和恐惧，不知是什么吓到了她。她问："又出什么事了？记者打电话过来，你不理就是了。"

邹楠摇摇头，她说："老大，你上网。"

她说完就将莫向晚桌面上的电脑打开，再打开 IE，进入国内最有名的社交平台。这里每日有几十万人乃至上百万人在线，是所有爆炸性新闻的孵化基地。

邹楠打开一个帖子，这个帖子看的人已经很多，因为标题上有大大的"曝光"两字。邹楠点进去，莫向晚看过去。

时间仿佛倒流，一切就此静止。

莫向晚又回到了年少时期，她穿单薄的吊带，游荡在迪厅、酒吧、游戏机房，她挤在一群妖形怪状的男男女女中间，摆出撩人的 pose，面对着傻瓜机。

那时候大家拍照用的还是傻瓜机，所以扫描到电脑里的照片会有些糊，看上去好像一段从不曾经历过的梦境。

莫向晚瞪着屏幕看了好久，她将自己回溯进这段糊掉的记忆里，才找回那个已经忘记掉的瞬间。

照片上的女孩，染成亚麻色的头发，零零散散贴在头皮上，像不知哪个洞里钻出来的妖精，眼睛迷离地望着方向不明的前方。簇拥在妖精身边的当然也是一群妖精，姿态各有各的放荡，或许因为酗酒，或许因为嗑药。

他们都是谁？记忆太遥远了，莫向晚想不起他们任何一个人的名字，她甚至想不起来照片中心的那个女孩，就是她自己。

她那时候是这样子的吗？莫向晚仔细辨认着。这个屏幕上的这个人，亦狷亦痴亦娇，胡天胡地，放任妄为。照片只要一张就够了，把那一刻钉起来，说明那时那刻永远永远都在。

莫向晚的手和足逐渐冰凉。

帖子中写“原来娱乐圈的从业人员同样不干净”。“不干净”三个字，就是闪电，将她脑壳劈开。

这么多年，她拼命擦拭，以为可以翻身，原来只要一张照片，她就原形毕露了。

莫向晚绞紧手指头。

邹楠担心地问：“老大？”

莫向晚摆摆手：“你去吧。”

邹楠去了，还有人来，许淮敏一惊一乍地跑来她身边讲：“向晚，你可以找网站查 IP，这一类曝人隐私的，现在是可以起诉的。”

坏消息真是传得比什么都快，莫向晚无法叹出这口气。她说：“多谢你的好意。”

许淮敏还说：“莫北大约是有办法的。”

莫向晚忽而就笑出来："是的，他是个好律师，这种问题交给他解决，总会有个好结果，是不是？"

她把许淮敏说得讪讪的，原本怀着的那点坏意思洒到地上，弹回一半。她讨了个没趣，那头有同事唤她，说祝副总请她去一次派出所。许淮敏正好借机体面地离开。

这令莫向晚有舒了口气的感觉，但心还"砰砰"地跳动。

有多少惶恐，还有多少惆怅？

她决心断绝过往，奋勇向前之时，已把那些前尘往事相关的物件扔了个精光，她以为它们全部随着黄浦江的滔滔江水不见了。但仍有漏网之鱼，有人能比自己更记得自己以前扎错的小辫子。

旧梦就这样被牵回来，她感觉落在深渊里头，兀自发抖。

她想要打个电话给莫北，可是看了看表，这是午饭时分，她不忍心去打搅他，或者怕打搅他。

是的，她在怕。

她怕什么？

都说无欲则刚。若在以前，她恐怕还没有现今的这许多怕。

许淮敏知道了，祝贺也会知道，她们和莫北是一个圈子里的人，和莫北的家庭是一个圈子里的。想到这个，她就心凉，凉到昨夜的甜蜜都灰飞烟灭了。

有人拿了一杯热茶到她身边。

莫向晚抬头道谢，来人是宋谦。

宋谦的面色端和，他说："向晚，你要休息一下。"

莫向晚给他一个笑容，还有一声"谢谢"。她领情地喝一口茶。

宋谦顺势坐到她的对面，说："我最近也会提交辞呈，这里的事情是管不了也不能管了。"

这是莫向晚预想的到的，她点点头。

“你一直做人清白，和我们有界限，也是好事。”

这是莫向晚心内的底线，她自己清楚，但宋谦居然也清楚，她不禁抬目。这是她今日要刮目相看的第二人了。

宋谦继续说：“但这件事情来得实在不巧，人倒霉起来，喝水也会塞牙缝，就怕危机公关用到转移焦点这一招。你自己当心。”

莫向晚听宋谦这样说，她不禁要问：“他们做什么，你一直是知道的，是不是？”

宋谦沉吟半晌，问她：“用不作为当作一种作为，在你心里是不是同样是犯罪？”

“管姐在这个事情上，到底有没有主动作为？”

宋谦再沉吟，他说：“人在江湖，有的事情……有的事情不是逼良为娼。你知道这行里有个词叫‘潜规则’。我至少可以肯定地跟你说，管弦的酒吧没有进行过不法交易。”

“可是酒吧外的，你们管不着？”

宋谦不说话了，他面孔微微涨红，也许是因为好意的提点被咄咄逼人的提问哽住。

莫向晚向他抱歉：“对不起，你是好意。”

宋谦深深看她一眼：“向晚，你辞职是最好的选择。既然适应不了这行，就远远走开。这种曝光对于普通人来说，睡一个星期大头觉，全天下就把她忘了。”

莫向晚由衷讲道：“谢谢你。”

宋谦领下来，对她讲：“这份谢我不推辞，向晚，对你我只有遗憾。个人有个人的运气和际遇，你遇到了，我祝福你，别放低身价。”他指指电脑屏幕，“谁都不如意过，没理由因为昨天毁掉明天。”

是的，他讲得不错。

宋谦选择和于江共同进退，亦是依照这个道理。每个人有他的运气和际遇，旁的人旁的事，如有足够气力抵抗，为何要介怀？

因为今天这番话，莫向晚会一直感激宋谦。

宋谦临转身的时候说："于总花了点功夫，管姐早上被公安找回去交罚款了，一切都会没问题。但是我们也怕那边记者难缠。"

莫向晚喝了一口茶，不得不为管弦再担一回心。

另一个担心的人也赶了过来。叶歆的经纪人郝迈一进门就急三火四，好好的大男人嘴角冒出两个大泡，进门就骂娘，连祝贺都惊动了。

他唾道："小娘崽子人没红，惹出的是非倒是有大堆，我算是看走了眼。"

史晶劝他："先把人接回来，一切事情以后再说。"

郝迈拍桌子："若要我去接她这么个人，我是拉不下这个老脸的，今天早上的电话都被记者打爆了，我自认眼神忒好，就没看走眼过人，这一下栽在这个急功近利的小娘崽子手里，算是什么事儿？"

史晶笑着给他倒了杯茶："去还是要去的，自己家里的孩子还是要多疼些。许姐已经在派出所那儿了，她说我们可以把叶歆接出来了，不过外面记者太多。"

祝贺听后吩咐："你们一起去吧，许姐和叶歆多半挡不住记者。"

史晶不知为何，偏看着莫向晚问："向晚，你去不去？"

郝迈闻言顿悟，灼灼望住莫向晚，要捉牢她有难同当。

莫向晚只是想苦笑，想，这叫什么事儿？叶歆如今的出头，也算是她手里捧过一份的，自是平白生出了些许责任，且她尚在职，有些事情确需跟进。这是一份职业操守。

她站起来，说："一道去吧！"

祝贺很满意，微微点点头，还派了两个人高马大的保安搭公司的吉普同往，这样兴师动众。祝贺不是没有顾虑的。

在路上，史晶对莫向晚说："向晚，你确实是一等一的好职工。"

莫向晚听得这话，在心里回了一个炉，想出应对的词汇："有个作家说过，老板要我站着死，我绝不会坐着亡，不是吗？"

史晶笑："说得对。"

这话听得郝迈极为不耐烦："你们好兴致，可就偏那些小娘崽子没这种职业觉悟，捞偏门也不把屁股擦干净。"

到了现场，确实是一桩没有被擦干净后续的麻烦事情。派出所已不复昨晚寂静，被记者们围了个水泄不通，几名警察出来充当保安，要记者群众安静。

她们停好了车，远远就看见许淮敏搂着叶歆躲在派出所行政大楼房檐下，捂着脸没敢出来，又撤了回去。情形似乎有些失控，他们当即决定先行在车内观察一阵再说。

但派出所内有个女人从叶歆和许淮敏身边施施然走了出来。是管弦，她神情淡漠，或说是坦荡。走出来的时候，记者们呼啦啦就围拢了上去。

其实有一半的媒体是不认得管弦的，但也有认得的，也许是经常去"MORE BEAUTIFUL"玩耍的人。

有记者叫："管小姐，请问叶歆是在你们酒吧被抓的吗？你们酒吧是否有违法经营的情况？"

管弦先自不答，有民警在她身边开路，闪光灯在她身边闪个不停。她走了出来，一抬眼，看见这厢要走过去的这几个人。

史晶低声说："真是不巧，我们还是等一等再过去。"

他们就隐在车内，看着管弦一路走出来，一路被记者追问，她不得不立定做回答。

她说：“我们酒吧是无辜的，打开大门做生意，迎来的客人三教九流，并不是我们可以控制的。邻居是什么样的人，我们也是不清楚的。大家离得这么近，我们难免会被一起误会，也只好哑巴吃闷亏，不知道找谁诉冤情。”

管弦是说话口齿清晰的人，普通话相当标准，尤其是众记者等不到叶歆出来，看到管弦答复，也觉可多写一笔，因此在她说话时，竟然鸦雀无声，让这边躲在车里的众人也听了一个清楚。

莫向晚从茶色车窗里努力要看清楚她。这么一个管弦，熟悉又陌生，她站在记者之中，侃侃而谈，态度自若，是一个无辜者的姿态，如此老练。

她想，真的，“奥斯卡影后”在民间。想一想，就不自在不舒服，是快要感冒时的那种不通透。

有记者接着发问，一问就问到点子上：“今天网站上有人曝料，‘奇丽’的工作人员早年也混迹酒吧等不良场所，可能存在违法犯罪的行为。你是不是听说过这件事？”

车外的镁光灯都对牢管弦，车里的目光都对牢莫向晚。

管弦笑了笑，莫向晚抿一下唇，也笑了笑。但她的笑是苦笑。

她不知道管弦会怎么答，她站在那里，因为这个问题，仿佛得到了些主导权。个个记者都翘首以盼，这边车里的几个人也神色古怪。

她的隐私暴露在他们的面前，随时会被扯去遮羞布。

莫向晚不禁搓了搓手心，才发觉手心全部都是汗渍。原来她这么紧张，离过去这么近，她竟这么紧张，紧张管弦不知道会说出些什么来。这时候她才顿悟，原来她已经不再信任管弦。

管弦在这个问题提出来以后，第一句答的是："我不太清楚。"

没有人继续发问，只听到闪光灯仍旧"噼噼啪啪"响着。

莫向晚吊在心头的一口气无法松懈。她有一种苍茫的预感，这句话之后，还没有结束。

果真是没有结束。

管弦继续讲了一句："但你们要说酒吧是不良场所，我是不同意的。还是那句话，我们打开门做生意，管不了进来的客人想干什么。"她摊了摊手，"你们不是都已经听说小道消息了吗？还问我干什么呢？我也是被那家公司牵连的，他们公司的人，我也是不太信任的。"

莫向晚狠狠闭一闭眼，窗外闪光灯"噼噼啪啪"的声音渐渐响成了炸雷，把她头顶上的晴空一把劈开。

此时已近年尾，正是收成的日子，好的坏的，全部揭底，且做一个年终总结。

莫向晚念书时最怕的是听考试成绩，因为念书并不是她的强项，她虽然有很努力念书，最后的成绩却总不尽如人意。这就是一个终结，终结掉她之前全部的努力。

结果没有人会相信她真的努力过。

她镇定地坐着，心口"砰砰"跳着，自己能清晰听到自己的心声，她真想一直听到自己的声音，而不是其他嘈杂之声。

可是嘈杂之声没有结束。

有记者分明这样问管弦："有人怀疑'奇丽'的艺人总监早年混迹的圈子成分复杂，你和她一直有接触，你对这件事情怎么看？"

管弦答："不要问我不要问我，我只是一个做小本生意无辜受牵连的，请各位小姐先生高抬贵手。"她还作了一个揖，满脸堆上笑容。笑得如同春花一般诚恳且灿烂，"我和她真的不太熟。"

莫向晚的唇动了动，她是想说话的，她想叫一声“管闲事姐姐”，但是这个词汇到了喉咙口却发不出来。它被阻塞了，要滚到舌尖，相当艰难。

怎么这么艰难？

她的手机响起来，还是史晶推了一下她，她才反应过来。手机接通后，就有人尖牙利齿地问：“莫小姐，请问今天早上爆出来的太妹照片是不是你本人？你对叶歆的事情有什么看法？”

她麻木地听着，没有动唇，正如当年面对测验卷上令她羞耻的分数时，无法及时反应。

她从来是个反应快的人，才能担当好经纪人这个职务，但是这时候她的反应却慢了一拍，听着对方的问话，不知道该如何回答。好在身边的人反应足够快，在她身边的史晶把电话接过来，讲：“莫小姐手机没有带出去，您是哪位，我可以留口讯。”

郝迈问：“我们回去？”

莫向晚吸一口气，扬起了头，她已经镇定下来，不让自己陷入无边磨难的臆想，她说：“我们回去吧！如果留在这里，会影响我的正常工作。”

史晶应付好她手机那头的人，替她关了手机，她说：“向晚说的对，我们先走，晚些时候再来带叶歆出来。”

回到公司里，好几个同事看见莫向晚都神色怪异。只有邹楠面露担忧。

但是相同的，他们全部都没有讲话，无声地看她一眼，又一眼，再低头做自己的事情。这才叫无声胜有声。

史晶拍拍莫向晚的手，她说：“没什么的，你要不要先回去？”

或许这也是祝贺的指示，她留在此地，又多一宗麻烦，他们焦头烂额，无暇顾及她了。

莫向晚点点头，不为他人添麻烦，也是自己的尊严。她利索地收拾好自己的东西，又嘱咐了邹楠几句。邹楠临末，还是担心，又不知道如何去说这样的话。她只好说一句："老大，我相信好人一生平安。"

她说完点一点头，莫向晚也点一点头，都希望彼此得到些力量。

宋谦走过来，讲："我送送你？"

莫向晚婉言谢绝："不用了，我从大厦后门走，那些小路我熟，记者也不一定追得上我。"

宋谦诚恳说："向晚，相信我的预测。"

莫向晚笑一笑，才发觉面皮僵硬，笑不出来。她说："宋谦，希望以后你和于总，你们求仁得仁吧！"可是又忍不住问，"于总会不会和管姐结婚？"

宋谦茫然地笑："希望能够求仁得仁，但是你这个问题我不好回答，于总昨晚还和于太过生日。有些事情我们是看不懂的。"

莫向晚伸出手，同他握了一握："看不懂我们就不要看了。宋谦，再见。"

她走出办公室的时候，还看见祝贺和于江就坐在他们的办公室内，两个人相对着，不知道在说什么。隔着这么一层玻璃，就如隔山隔水，从来没能看清晰过。

莫向晚摸了一条小路走，左转右转，她知道从哪处出去最安全。走出这里，外面便是熙攘的马路，紧邻商业街，人流熙攘而匆忙，谁都不会注意别人面上的狼狈神色是为哪般。

她掏出手机，本能地想要拨电话给莫北，此刻她只能想到他。但是手机拿出来，却发现是关机状态，刚才史晶为她关了手机，她一直没有开。

或许开机并不是一件好事，但莫向晚还是忍不住开了手机，许多人打电话打不通，便发了微信和短信，都在问同一个问题——“照片上的人是不是你？”

她的过去赤裸裸暴露在人前，引起了广泛的好奇和关注，他们把好奇和关注变成一条条信息数码编织的短信，丢到她的手机里，如同一只只小爪子，要撕裂她身上的衣衫，非要她裸露在观众面前才算甘心。

莫向晚在路边百货楼的橱窗前驻足，抚摸自己的面颊。

这是一副何其咬牙切齿的面孔？她想，她的过去，关他们什么事？这是她的人生，不同任何人有关系，他们为什么要关注？

可是移到最近的一条短信，上面写“莫小姐，很抱歉地通知您，经过我司人事部的商议，您的条件相对我司的要求有一定差异，故原定的复试只得取消，希望您能谅解”。

莫向晚细细念了一遍，心头起的万绪被这一条消息一下凉到池底，还是冰冷的池底。

她尴尬地站在此间，就像站在一个偏离人群的岔口。往后一步是大马路，车子飞驰，相当危险，往前一步是这通透又刚硬的玻璃。她就站在这垂直于正常的人流动线上。

往事一列一列呈现到眼前，不是她甩头就真的能够忘记，也不是昨晚莫北的亲吻和拥抱可以化解的。过去终于被抛了出来，捉她回到起点，她跑了这么久，全部不作数了。

莫向晚缓缓转动着脚尖，想要选择一个适合的角度，再一步跨出去。

手机再度响起，她如同捻着烫手的山芋，下一个动作就是关机。她真的需要好好想想，再想想。

莫向晚知道今天会很糟糕，但是没想到会这么糟糕。抑或可以说，许多年前做下的糟糕事终于到了这一天来报应。

她无力地扶着橱窗的玻璃，不愿意再看自己的倒影。

莫向晚在马路上小心翼翼地兜兜转转了很久，不知道要去哪里。手机握在手里，金属的外壳冰冰冷，在这 12 月的天，越握越冷。她想也没多想，又将手机关掉了，仿佛就能关闭一切嘈杂声音。

但光天白日下的大马路上，如何不嘈杂？她站在其间，怎可逃避？可莫向晚还是逃也似的转了又转，迷迷糊糊地，想找一个出路。

待她意识清晰起来，发现自己走在一处窄陋的小弄堂里，疏疏落落的老平房不安全地矗立在弄堂两旁，这里的阳光也很零落，照不进来一丝完整的温暖。她小心一步一步往前走，就怕走错了，可是又想快步跑过这段路，这段曾经的路——

这就是她的起点，她竟然被迫地，又回到这里来，还得硬着头皮走过这条长路。

有一扇积聚了灰尘的大门是她熟悉的，她下意识就走到这边来。很多年前，她拿起单薄的包裹，从这里跨出去，而后就再也没有回来过。

莫向晚又回到这个起点，自己浮荡无依的心，又开始在起点无奈和彷徨。

这里已经没了人，她知道，她的亲人们从来不曾回来。但这里的房子都还在，饱经风霜地摇摇欲坠。莫向晚静下来看一看，四周都是拆迁户，这里也即将不见了。

她想，世界上任何东西都是可以消失不见的，为什么她还甩不掉？是她种的因，她必要承受这个果，人生真是无奈又悲哀。

忽而有人叫了她一声。

“莫向晚？”询问的声音带着不确定。

莫向晚循声望过去，来人佝偻着背，一脸的和善，正略带激动地看着她。她辨认了一下，惊讶地唤了一声：“吴老师？”

这一位她当年的大学辅导员，如今半白了发，可眉眼之间依旧留着她所熟悉的关切神情。他认出了十年前的学生，连名字都没有叫错。这已经足以让莫向晚激动。

她走到老师的跟前，就像旧日的学生一样鞠躬，叫一声：“吴老师好。”

吴老师乍见旧学生，心头满怀意外重逢的喜悦，不禁笑容满面：“好多年不见了，你看起来很不错。”

是的，吴老师会以为她很好，因为她一身白领的标准衣着，淡妆得体，盘发一丝不苟，再无当年的混迹社会的痕迹。

莫向晚很想说：“老师我错了，我现在不太好。”但是不能够说出口，她只是拉着吴老师在这条老旧弄堂里简略说了说她这些年的工作情况，她想她对待工作一向付出甚多，得到的成绩也堪可为人认可，这是一张有好分数的试卷，值得向旧日的好老师汇报。

吴老师一边听一边点头，是甚满意的，末了，他讲：“莫向晚，你做得很好了，所以说自己的人生还是要自己把握，你想做好的事情，最后一定能做好。老师是一直相信你的。”

莫向晚喃喃道：“老师，我真的……”

吴老师微笑：“你的生活是刮过大风的，但那不要紧，看到你现在这么好，就好了，一分付出一分收获，我以前常常说。现在看到你做得这么好，我相信这句话不会错的。”

莫向晚又感激又惭愧，也许过了今天，她又要遭逢世途的艰难，当年的行差踏错被公之于众，她又要被打回原形。她还是喃喃道：“老师，我以前……”

吴老师这样对她说：“许多事情不亲历其境，是不能够了解路该怎么走的。人要经历挫折才能成长，以前我教育过你们，跌倒一次没关系，如果一辈子都爬不起来，才是最大的不幸。莫向晚，你一直是个好学生，你现在是不是已经做到你想做的事情了？”

她想做的事情是什么？

曾经的吴老师问她：“你到底想要什么？”

彼时，她很迷惘地望着老师说：“我真的不知道自己想要什么。”

可如今，吴老师曾经的这个问题，她是可以回答的。她一直这样努力这样做，做到她想做的事情。这是不能够被摧毁的。

她对着老师点头，要做到当年没有在老师面前做到的承诺，她讲：“吴老师，我知道我想要什么，我在努力做。”

吴老师慈蔼地笑：“那么就不要再想以前，莫向晚，你现在是进了一个新的学校，念的是新学期，以前不及格的分数可以全部忘掉喽！”

这是一位幽默的老师，他的话让莫向晚发笑，笑容在脸孔上散开，她想让心里积聚的烦闷一同散开。

她问吴老师：“您怎么会来这里？”

吴老师答：“这里要拆迁了，我过来看看。”说着看一看莫向晚身边斑驳的陈旧的大门，“你家里人在国外还好吧？”

莫向晚并不知道该怎么回答，因为她根本不知道，她才恍然，自己隔着这么多年，真的是把过往摒弃，不再理睬。但过往对她是如影随形，并不是随随便便避开就永世不再相见的。

她摇摇头，老老实实地表达自己并不清楚。

尽职的老辅导员没有再多问什么，就此先告辞，临别前拍了拍莫向晚的肩膀，嘱咐了一声："不管发生什么事情，都要保重自己。"

莫向晚重重点头，目送着吴老师的背影，直到再也看不到他。这位老师长，一直引领着她走向最正确的道路去，从未放弃过她。

她转首看向陈旧的大门，很多年前她从这里走出来，就没有想过再回来。如今这里经过岁月的洗礼，尘埃已将旧迹掩盖。她又何必再为了回去，沾惹上一手灰迹？

莫向晚深吸口气，不再望向这扇老门，她面向刚才吴老师离开的前方，前方有一束阳光，铺在前进的道路上。

身后有人叫她"向晚"，莫向晚回头，竟是莫北。

莫向晚眼睛一热，因为他竟然来到了这里，因为他来得这样及时。她扭头望着他，他从那一头走过来，跨过坑洼的水泥地水塘，避过头顶横七竖八的"万国旗"，走到她的面前来。这么冷的天，他还走出了一头汗，但是看到她，他眼底浮出笑意，还有安心。

莫北过来拉住她的手，说："原来你在这里。"

莫向晚怔怔地看着他："你怎么来了这里？"

"你的手机关机了，我只能绞尽脑汁想你会去的地方。"莫北看到了她停留之处的旧门，问她，"要进去吗？"

莫向晚又看一眼旧门，迟疑地摇了摇头，然后又坚定地摇了摇头。

莫北伸手将她的手握住，说："不进去也好，这里都要拆了，旧房子没什么看的必要了。"

他牵好她的手："我们出去走走。"

莫向晚便随着莫北走出了老弄堂，又回到了车水马龙的大马路上。

坐在莫北的车里，莫北握紧了她的手，紧紧地，不放开。莫向晚感觉出来了，她侧脸看他，他紧抿着唇，也许是在不高兴。

她不禁就会这样说："莫北，我不想瞒你什么，能够有个人让我把心里想的全部说出来，是我的福气。莫北，我很害怕。"

莫北松开了她的手，轻声轻气告诉她："没办法联络到你的时候，我也很害怕。"

"莫北，我气量不大的，所以我关了手机。"

"向晚，放不开就不要放，你只要让我知道就好。"

"我会不会影响到你？"她担忧地问他。

莫北笑："我如果这么容易被影响，都不用过日子了。"他正色同她说，"向晚，有时候是你把一切想得太糟糕了。"

莫向晚挽住莫北的手臂："莫北，带我走吧！"

莫北说："遵命。"

在莫北的车上，莫向晚蜷缩在副驾座中，但她的身体本能地靠向驾驶座，莫北坐在那儿稳稳地开着车。

莫向晚贪恋地望着认真开车的莫北的侧脸，想，他是怎么找着她的？可过程和原因都不重要，重要的是，现在这个男人就在她的身边，在她彷徨不知去何处时，突然出现拉了她一把。

他让她安心，这才是现在的她最需要的。不管他说什么做什么，她都可以全然信赖他了。

所以，莫北说："向晚，我带你去另一个老地方。"

莫向晚点头，"好的。"

他们的车，向另一个莫向晚在陈旧的记忆里熟悉的方向驰去。

远远地，莫向晚先看到了一栋老楼，是有些年份的古旧建筑，矗立在江边。这是过去。

老建筑上挂了霓虹广告牌，新鲜艳丽而又现代的色彩张扬在高处，这是现在。

莫北把车停到了车库里，他们从地底走上来，进这扇门的刹那，她抓紧了他的手臂。

他说："向晚，想不想看看以前的房间？"

她问他："哪一间？"

莫北说："一个起点。"

莫向晚记得这里的大堂里有乳白色的天顶，玛丽莲吊灯的光辉在午后是看不到的，但金箔的玻璃吊灯随处可见，盈盈的，掠过她的记忆。她当时醉了，但她当时也看清了。

莫北带着她踏到软而且厚的地毯上，一步步接近他们的那个开始。

这里一切都是旧物，重新修复，重新开放，所以好像一切又变新了。十年前的马赛克还留着手工拼接的痕迹，但是经过筛新，她步入其间，又有不一样的感觉。

他们进入到一间房间内，这里也不太一样了。

莫向晚放开莫北，走到窗前。这个位置没有了睡榻，空留一处鲜红地毯，踩在上面如同踏入浮云，感觉终是不太一样的。

她感慨万千，趴在窗台上，眺望正午阳光普照下的黄浦江。

莫北从她的身后拥抱她，莫向晚忍不住轻轻颤抖。

她记得的，当年穿着浴袍冻鸡似的少年，冰凉的拥抱，她心甘情愿豁出去的下坠。但此时身后的他气息温暖柔软，就像脚下的地毯，看似不受力，却将她稳稳托住。

莫北只是箍住她的腰，在她耳边说："你不是草草，你是莫向晚。"他将她面前的窗户推开，新鲜空气扑面而来。

她深深嗅两口。

窗户上面画着"圣诞快乐"四个字，还有圣诞老人在微笑。她指着圣诞老人说："我记得以前这里写着英文。"

"所以时代在变化，现在是中国人过圣诞节，当然要写中国字。"

"是不是一切变化了，就是真的改变？过去的痕迹全部都不在了？"

莫北叹气，他与她一起眺望江的对面。

那头现代建筑高耸入云，如同银笔立地，暮色之下都有铮铮光辉。

他说："你小时候一定逛过外滩，还记得在这里看对面的感觉吗？"

她轻轻"嗯"了一声。

"谁都想不到芦苇荡可以变成金融区，但只要我们想，就可以做到。"

"这是有人在努力。"

"向晚，因为努力，所以一些东西改变了。"

莫北亲吻她的耳垂，让她微微泛痒，可是她舍不得躲避，由他的体温传导到她的身上。

"我就要失业了，在这么一个糟糕的时候，新的公司也不要我，现在的我很失败。也许是以前犯的错现在来和我清算老账了。"

"你会再接再厉，天道酬勤，你一直都相信你自己的，不是吗？"

莫向晚转过身："是的，我要相信自己。莫北，一切会好的，明天我们仍有勇气迎接朝阳，是不是？"

莫北笑："我爱这样的你。"

他低头亲她的唇。亲吻的方式也不一样了，明明和当年是在同一个地方。

莫向晚想，这不该是过去，而是现在。同一个地方不应该是同一段心情。

“向晚，我不到你的时候，我真的害怕了。我不希望你回到过去，你是应该往前走的。”

莫向晚喃喃叫他：“莫北。”

如果继续，将会擦枪走火。但此刻莫向晚是多么不想远离他，只想与他亲密到天长地久。

莫北的手在她的身体上引燃一簇火焰，将她的意识烧至昏沉。

但他想，这样不行，这里不行。这里有莫向晚最坏的回忆，关于他和她，他们最初的惨淡，记忆里的沉疴，抹不掉的失落。

他带她回来，是想让她看到这里的改变。他强自克制着，本要稍稍远离她，可又舍不得放开她。最后他沉住声音唤：“向晚？”

他不知是想进，还是想退，这么小心翼翼。

莫向晚靠在莫北的怀内，她感受得到他的一份小心，小心珍惜到要将她呵护在掌心。他的拥抱也和九年前不一样，他带她来到这里，从这里看外面的世界，看外面一个翻新的天地。

不知为何，她能体味，然后感动。她主动去吻他，每一刻的交缠都化解她心中一刻的仓皇。她攀附着他，两个人再也分不开。

莫向晚在他的怀里问：“这里，是不是重新装修过了？”

莫北笑了起来：“不，水龙头还是银的。”

她问他：“莫北，我真的能另找一个新起点吗？”

莫北没有答，他也没有等。他告诫自己不该唐突，但她如烈火，烧灼到了他的身上。他抱紧了她。

莫向晚轻轻喘息。她握住莫北的手，望着他。望着他，她在想，他也许将不仅仅是她孩子的父亲，还是她所爱上的那个男人。她与他之间的障碍，早就轰然倒塌。

莫北看着怀里的莫向晚，她眼内的迷惘燃烧成了热情。她能够接受他所带来的温暖，他希望能给予她所渴望的。

如今的他和她，不再是 Mace 和草草，他是莫北，她是莫向晚，这样亲密地拥抱在一起，作为彼此心情的表达。

莫向晚抱紧了莫北，她好像在岁月之中睡了醒，醒了又睡，又仿佛是荡漾在江面之上，浮浮沉沉，但总能被这一双臂膀搂住，他温暖的体温始终没有远离。

当一切平静下来，莫向晚满足地、安然地窝在属于她的温暖里。这是前所未有的，她心灵的虚荡有了依托。

她对莫北说："你还记得吗？我们当年的事情。"

莫北亲吻着她的发，喉咙沙哑："那不重要。"

莫向晚说："是的，那不重要，但是我想你知道，当年为什么会发生那样的事情。"

莫北将莫向晚抱得更紧了一点："好吧，你说。"

莫向晚闭上了双眼，她再一次回到过去，往事历历，但没有了先前的惊悸，她坦然地想着她的过去，坦然地从那年父亲的糊涂情账说开来。她从十八岁后，生命里遇见的每一个人、每一件事，她做的每一个错误的选择、每一个冲动的决定，还有她少女的愤懑和误会，彷徨和渴望。一件一件抖落下来，就是现在完整的她。

在夕阳落山之前，莫向晚已将这近十年的人生历数。莫北静静听着，没有发表任何的评论。直到她把一切讲完，他才说："原来当年你碰到的事情是这样的。"他把她又抱得更紧了点，"原来当年你是想向我道歉的。”他笑了笑，“但是方法不太对。”

莫向晚点点头：“我也觉得方法不太对。”

莫北吻了吻她的额头：“但是我觉得很幸运，很幸运你选了这个方式。”他问她，“那么你想知道那时候我这边的情况吗？”

莫向晚坦然地说：“你说吧。”

莫北开始讲了起来，他的过去，他总结得比较简洁。在当年，他的家庭遇到的变故，他在学校里遇到的变故，他的沉坠和他的觉悟，他的痛悔和他的自新。他很快便全部叙述完毕了。

莫向晚久久不语，只是抚摩着莫北的发。软软的，这个好脾气的男人，她想。幸好当年遇到的是他，她又想。

莫北喟叹：“我在二十岁生日之前，以为改正我犯下全部错误为时未晚。可是……”他一手再度搂紧了她，一手抚摸着她软乎乎的小腹，动作轻柔而谨慎，“你生非非的时候是不是很辛苦？”

这是往事了，是刚才莫向晚回顾往昔时，都没有回忆过的往事。也许对于自己来说，这并不算辛苦或者说痛苦的往事了。莫向晚回想着，从自己决定生下非非的那一刻，她那些不堪的前尘才正式成为前尘，她开始走上了对她的今生来说，更为重要的路途。

所以，再一次回想到这段往事，莫向晚忽而感觉到了温馨。也许是因为她即将将这段往事分享给给予她孩子的男人。她和莫北，他们各自分出一半骨血，创造了莫非这个孩子。

莫向晚说：“当时疼了八个小时，最后还是挨了一刀。非非这孩子在我肚子里的时候没怎么折腾我，出来后也没怎么折腾我，最痛的时候不过是那八个小时。”

莫北翻起身，看到了莫向晚腹部上的旧伤痕，已经淡得快要看不见了。他抱歉道：“我当时不在。”

“你在也没什么用。”

“至少我可以陪在你身边。”

莫向晚在莫北的怀里调整了一个角度，窝好了，才对他讲：“莫北，最近我有时候会想，也许在现在这个时候遇到你，对我和非非来说，是最幸运的。那时候如果我去找你们，你和我面对的是彼此最不堪的时候，我们也许会憎恨对方为什么会踏进自己的生活。就像我们第一次知道对方的存在时那样。”

莫北沉默不语。莫向晚说的“也许”，也是他刚才听她说着往事时，心里闪过的念头。他同她想的一样，如果她假设的那一刻真的发生，她应该还是会负重前行，而他未必有勇气承担一切。

愧疚由此而起，莫北再一次说：“对不起。”

莫向晚温柔地望向莫北：“莫北，我很高兴遇见的是现在的你，你为我该做的不该做的，一件不落都做了。”

莫北执起莫向晚的手，轻轻吻着：“现在你还会恨我吗？以前对你们家做的那些事情。”

莫向晚摇摇头：“不，那些事情已经不重要了。”

莫北说：“那么，向晚，让我再给你一个家。”

莫向晚温柔地笑了笑，用力点了点头。

莫北看她终于能笑得灿烂，心里松快下来，把心头阴霾暂扫片刻。

他早晨看到社交平台上的消息的时候，接到了母亲的电话。莫太太在电话里问：“北北，那些是不是真的？”

莫北先没有作声，他思考了一下，用平缓的语气问母亲：“妈妈，你不是已经查过了吗？”

莫太太讲：“我一直希望你们是早恋，她人好，我什么都不计较。

但你们不是早恋啊！那种事情被人说出来可真是臊死我了，有多丢人你知道不知道？而且她还是祝贺她们公司里的人，这得在多少人面前丢人？”

莫北说：“妈妈，那时候是我犯了错误。犯了错误的人，你就不准他改一改？不要总想着丢人行不行？”

莫太太听出莫北急于辩护的意思，愣了愣，她没有想到儿子的口气会强硬起来。她的儿子从来脾气温和，对父母恭敬有礼，她不禁就急了，命令道：“北北，我建议你去验一下孩子的 DNA。”

莫北立刻驳她：“妈，你不是见过孩子吗？他和我小时候长得不像吗？如果长得不像，你怎么又三番四次去见孩子？”

莫太太被驳倒。

“妈，我一直以为你是通情达理的。”

莫太太语重心长：“那时候我还不知道她以前是混酒吧的小太妹，现在知道了，吓得我魂都没有了！”

“我以前做得更差劲，您不是都知道吗？”

莫太太差点气结，但莫北连着问：“妈，你要我怎么样呢？验完孩子的 DNA，是我的儿子我就抢过来，不再管孩子的妈？妈妈，你记得不记得当初你带我去看了一部叫《妈妈再爱我一次》的台湾电影，把你哭惨了，你直说孩子的爹不是东西，怎么这么待孩子的妈。妈，我不想做这种爹。”

莫太太语塞，缓了好半天，赌气讲：“你别跟我扯了，去跟你爸说吧！”

莫北放下电话，一骨碌站起来，向江主任请假。他想事情不宜迟，该说的是应当说一个清楚。

回到家里，母亲也在，保姆说上午母亲急匆匆从外面回来，一回来就气急败坏地和父亲说了好许多的话，此刻闭门关自己在房里。父亲一直在书房练字。

莫北先去了书房。

他走进书房，正对着那幅挂在墙上的书法。莫皓然背对着他，正在写字。从莫北这个角度看过去，父亲头上一半的头发是花白的，原来高大矫健的身体也佝偻了。

他叫一声："爸爸。"

莫皓然"嗯"了一声。

莫北走过去，平静地为他磨墨。他本来想着等父亲先开口，但父亲挥动着毛笔，一笔一画专心致志，没有要说话的意思。

莫北便决定先开口：

"爸，我重新遇到她的时候，她是一个认真工作的单身妈妈。晚上在师大念夜大，经常加班。和我第一次遇见她的时候不一样。"

莫皓然又"嗯"了一声。

"我不知道八九年前她为什么会那样，但那时候我也是一个混蛋，我没认真。但她生了我的孩子，认真生活了这么多年。爸，你说人最重要的就是'认真'二字。所以她给我教出了一个好儿子。"

莫皓然只管自己写完了一幅字，莫北看过去，父亲写的是"采菊东篱下，悠然见南山"，他不禁失笑。

莫皓然板着面孔讲："我肯定不如你了解孩子的妈妈。"

"爸，这几天媒体可能还会有各种添油加醋的消息，不过我还是能遵照您的吩咐，过年带儿子回来。只要您答应。"

莫皓然背着手凝视着自己写的大字，忽而叹气："我老了，笔力是不足了，你瞧这一个'采'字就软弱，哪里还能'悠然见南山'。"

莫北听得呆住了。

莫皓然说:“我一向自诩清白，你是了解的。”

莫北看着父亲，谨慎而恭谨。

“如果我不同意，你会怎么做？”莫皓然沉声问道。

莫北慢慢走到写字台的外沿，他用一个更加恭敬的站立姿势，对着父亲说:“爸爸，这几年我正职副业都赚了一定的积蓄，我会在这附近买一户三室两厅过一家三口的小夫妻生活。我的儿子过两年要考中学了，我希望让他读我们区的学校。爸爸，只要你和妈妈一个电话，我立刻回来彩衣娱亲，你们也可以随时来看我的非非。”

莫皓然也站着，望着眼前的儿子。他眼色澄清，不气不馁，不卑不亢，立定在这里，表明他的心迹。

莫北还说:“孩子的妈妈因为工作上的事情被牵连，我建议她离开这个行业。她正在找工作，她找工作的事情我不会插手。这几年她念了文凭，英语也还行，工作能力在行业里有口皆碑。我相信就算金融危机了，也有她的用武之地，她会找到更适合的工作。”

莫北说完，坦诚地看着父亲，期待着他的答复。

莫皓然只是背着手，冥思着，然后了然一笑:“莫北，你这是在威胁你的老父亲？”

莫北颔首:“爸，我从不敢这样做。”

“你妈建议验一验孩子的DNA。”

莫北反问:“您觉得有这个必要吗？”

莫皓然没有回答儿子的反问，对他暗藏的机锋也毫不在乎，只说:“你不是已经把一切都打算好了吗？从头到尾，你的老父老母只能跟着你的计划走。”

莫北对父亲说:“爸，我现在也是当爸的人，我想给我儿子一个完整的家。我儿子的母亲，也是世界上伟大母亲的一员，你儿子我，比不上她。”

莫皓然指了指桌面上的横幅：“这幅写差了，你帮我扔了吧！心静不下来，就没办法写好。”

莫北应了一声，把字幅拿出来，想了想，终究是卷好放进了自己的房里。

保姆过来问他：“要不要看看你妈妈去？”

莫北望一眼母亲的房间，里头传出放电视剧的声音。他摇摇头，想，给予他们时间，才能让他们接受。

出了家门之后，莫北没有赶回事务所，而是拨电话给莫向晚，但她一直在关机状态中。他打到她的公司，她的助理说她请假回家了。他又打电话回家，没有人接电话。

莫北想了一下，理出一点头绪，他颇费了些周折，查到了莫向晚的户口地址，然后直奔莫家老宅。

果不其然，莫向晚正站在旧宅门口发闷。她看上去那样脆弱，一个人一只影，顶着烈日，不知所措。

莫北走过去，他不想再让她一个人面对，他在她需要的时候一定要在她的身边，领她走过这些坑洼。

莫北想着白天找不到莫向晚时的揪心断肠，能在此时将她拥抱入怀，每一时每一刻都是值得珍惜的幸福时光。

二人又耳鬓厮磨一阵，天色渐渐暗下来。莫向晚推莫北起床，讲：“非非要吃晚饭了。”

莫北笑着说：“我托了于雷爸爸接他去了。今天于雷过生日，非非有应酬。”

莫向晚也笑了：“非非大了，也会应酬了。”

莫北揽住她："所以我们老公老婆的只能自己寻乐子。"说着又想要亲她，被莫向晚避开了。

莫北只好不情不愿地起身穿衣服，一边还盯着莫向晚看她穿衣服。

莫向晚这些年来从不曾在别人面前裸露身体，被他盯得很不自在。

莫北在她耳边轻声说："向晚，我会告诉我爸妈，我们准备领证了。"

莫向晚一怔。

莫北帮她穿回衣服："我们一家三口已经过得很和谐了，唯一美中不足的是我还差个合法身份，我可不想和你非法同居。"

莫向晚回过神，推他一推："别胡扯。"

他非要说："谁胡扯了？难道你要等到有了老二才肯跟我扯结婚证？"

被他这么突兀地一讲，莫向晚兀地脸一红，骂一句："不要面孔。"

莫北穿好了自己的衣服，戴回眼镜，又变回斯文模样。莫向晚看着这样的他，想起刚才两个人相拥时候的疯狂，又一阵面红耳热。

可是她心里暖烘烘的。她不再怕了，有这么个人站在身边，扶着她拥着她。她不应该再彷徨的。

走出这里，外面的天空上只剩最后一丝红霞，又是一个新的黑夜，黑夜之后会是一个崭新的明天。

莫北去车库拿车，这时正在下班高峰，车库里的车要开上马路都要缓慢地排着队。

莫北说："要不你在外面等我，这时候车多，车库闷得很。"

莫向晚便顺从地候在路边等着她的良人。

她刷着手机，打开微信，金菁的公众号又更新了，新的跟踪报道把矛头直接指向了娱乐公司的从业人员。虽然没有直接写出莫向晚的名字，但是对莫向晚早年的事迹写得十分清楚。

莫向晚平静但认真地把报道看完了，连她的良人已经把车开到了她的面前都恍然不觉。

坐上车后，莫北问："刚才看什么看得这么入神？"

莫向晚没有瞒他："看后续报道。"

莫北有些担心地看着她，但莫向晚只是平静地笑了笑。她对莫北说："这个叫金菁的大 V 真不愧是纸媒出身的，许多话说得很对。"

莫北问她："什么话？"

她指着屏幕上的一句话："金菁说，娱乐经纪行业需要根据行业发展，做能够让艺人更加可持续发展的功能转型，让演戏的人好好演戏，唱歌的人好好唱歌，做偶像的人好好做偶像。"

莫北建议道："你应该再下一个求职 App。"

莫向晚拍拍脑门："哦，对哦，我真是没有自觉。"

两人都笑起来。

月亮升高了，光辉洒下来，莫向晚把手机放进包内。毒辣太阳下山了，明月疏星是喜人的。

十四、奔向美好明天

莫向晚在第二天草拟好辞呈，她先同邹楠讲了。邹楠问道："老大，你跟着于总这么多年了，真的不想再在这里干了吗？"

莫向晚缓缓将一杯咖啡喝完，笑着说："大概真是因为时间长了，才会更加疲惫，我出去转转，说不定别有收获。"

讲完以后，莫向晚心头还是空落落的。今日起至之后不可预期的一段时间，她的时间就要花在管好莫非、发求职信、面试等功夫上，一下闲置下来，她等闲是习惯不了的。

早晨她告诉莫北今天会交辞职信。莫非在旁边问："妈妈，你是不是要炒你们老板鱿鱼啦？"

她亲亲儿子，说："妈妈要换一份工作。"

没想到儿子鼓掌欢悦："妈妈，我希望你做一个五点半就下班的工作，这样天天晚上都可以让你给我检查作业了。"

莫北对她说："非非其实一直比较黏你，你工作忙，他从东家流窜到西家，纯属情非得已。"

莫向晚听得内疚不已。

莫北又说："以后可以交给他爷爷奶奶带带，你要找一份忙碌工作，也是可以的。"

这是莫向晚心头另一宗心事，她不言不语，只在心内暗暗打算和琢磨。莫北看出来了，拍拍她的手："别担心，我爸妈不是黑风怪。"

莫向晚"扑哧"笑出来。可是她还有另一层担忧，她说："我该怎么向非非解释，你是他的亲爸爸？"

说得莫北也发愁了，他这个现成爸爸当得太顺遂，猛然间想到这样一个关键问题，颇伤脑筋。

莫非一直要他当爸爸，但是从没想过他会是他的亲爸爸。他想了想，建议道："非非以前对老师说，爸爸在出差，我们就这么说吧！"

莫向晚摇头："孩子的智商没这么低。"

莫北只好继续头疼，不单单是爸爸的问题，还有以后的爷爷和奶奶。莫非习惯了身边就母亲一个亲人，忽然冒出了这么一大堆亲人，他会不会适应不良？

但莫向晚至少是不抗拒他请他的父母回来的建议了，莫北暗中的打算是想父母首肯之后再办这件事。

家事上需等待解决的种种问题倒令即将失业的莫向晚没有失落到底。

生活不止囿于一个圈，尤其是工作圈里发生的所有惊涛骇浪般的新闻，过了新闻保鲜期，都会一层层剥落，直到被公众淡忘。

莫向晚也想就此淡忘些什么，譬如说，管弦。

罢罢罢，莫向晚放下咖啡杯，打开电脑，把辞职信发给了人事部。她的辞职信写得很简单，因为现在仍有一些媒体还在对她早年的事进行诸多的猜测，甚至累及"奇丽"，所以她陈述离职的理由之一即是"私人事件影响到日常工作"。

人事总监张彬很快在邮件里批复同意莫向晚的离职。

反倒是史晶知道消息后，亲自跑来莫向晚的办公室，对她直言：

“你是没什么必要辞职的，你根本就是个受害者，干什么辞职落人口实？”

莫向晚婉谢她的好意，说道：“我想换个环境。”

史晶看她意思坚决，颇觉惋惜：“祝总是相当看中你的。”

莫向晚笑笑：“放心吧，我会做满最后一个月，把工作交接好的。”

最近“奇丽”因为叶歆事件和她被兜底翻出来的往事，几乎成了媒体的众矢之的。这时候祝贺走到台前来，联合电视台完成了援助阮仙琼的慈善节目。

这一档节目是祝贺亲自出谋划策的，做得相当有质量，寓教于乐，将老上海那班明星的辛酸往事一一陈述，引起社会各界广泛的关注。“奇丽”更是率先捐助，不单为阮仙琼解决了住院费和儿子的生活费，还引得社会各界为一些退居幕后导致生活潦倒的老演员提供了帮助。

此役打得相当漂亮，连揭开叶歆事件的金菁都在公众号里公开赞扬。三两下子就慢慢化去了负面事件的影响，莫向晚在论坛上被人曝光的帖子，也很快就被删除了。

莫向晚不免会想，阮仙琼这样凄惨的经历，最后竟然成了“奇丽”生死攸关的危机公关里最重要的一环。这娱乐圈的相克相生，实实在在令人想象不到。而祝贺这一顿收拾也没白费气力。

不几日，张彬和宋谦相继也提交了辞呈，手续办得十分迅速，甚至连一个月交接期都未满就离开了公司。

接替莫向晚职位的是朱迪晨，莫向晚把这些年做的工作文档一一同她交接，十分细致。朱迪晨对莫向晚说道：“向晚，我们合作了这些年，在很多事情上，我是很服气你的。”

莫向晚由衷地笑了笑：“这些年也感谢你对我工作的配合。”

朱迪晨说："你一向比我镇得住场子，又很会带人，祝总讲得是对的，我的管理能力不如你。"

大卫对一手提拔他的莫向晚也十分不舍，部门诸人和莫向晚合作过的公司艺人轮流请吃散伙饭，有两席连祝贺和史晶都加入了。席间祝贺只同莫向晚诉别情，倒再也没有露出挽留之意。

莫向晚是有些奇怪的，自己同这位于太从未深入接触过，如今却被她如此青眼相加。但也因为如此，她提交了辞呈之后，虽然行业里风言不止，但公司内是风平浪静的。

只是这天莫向晚无意中听见许淮敏同她的法务助理在茶水间闲聊，女助理讲："真是看不出来莫总年轻时候这么前卫。"

许淮敏伺机笑了："现在还宝刀未老呢！瞧见每日送她来上班的那位了吗？"

女助理是认得莫北的，明知故问："莫律师啊？"

"别说当律师的人就精明，这小莫实实的一颗愣头青，家里爹娘死拦活拦都不听。"

女助理抿嘴笑了笑，知道许淮敏说的是什么意思。

许淮敏虽然一向嘴碎，但也识得分寸，这么说一说便即止住。她岔开话题："他跟案子的时候就不想前不顾后的，惹到人也怨不得别人，谁让他爱当冲头。"

莫向晚这么一听不禁担忧起莫北来，很想一步上前抓住许淮敏问上一问。恰好此时邹楠叫了她去接电话，莫向晚只好先行离开。

电话是梅范范打来的，她头一句就是："晚晚，你换了手机号码都不跟我讲一声。"

这些天来的这些事，莫向晚并不是没有思虑过，也想出了一些门道，对于梅范范，抑或说是范美，她是真的没有了什么好声气，只是客气地问：“什么事情？”

梅范范“嘻嘻”笑一笑，她讲：“晚晚，你是不是生气了？”

“没有。”

“如果没有，你今天下午能不能出来？”

“我没有空。”

“什么没有空啊！你都辞职了，圈内的人都知道了，他们都讲你引咎辞职了。”

莫向晚没有了好声气，说：“瞎讲。”

梅范范笑：“晚晚，你着急了。你出来吧！我是要跟你道歉的。”

莫向晚当年离开大学校园以后，一直告诫自己，交友是需要谨慎的。但她一疏忽再疏忽，终至落到如今境地。她想，她算不算识人不清？可是有些人分明也是帮助过她的。

莫向晚没有克制住，她还是答应了同梅范范出去见上一面。

梅范范把她约在闹市中心附近的一条弄堂，这条弄堂她很熟悉，很久以前她从这里转到了飞飞姐的家里，这里路口就是闹市中心，有最高档的百货大楼，里面随随便便一件内衣就要千把块钱。

梅范范穿得很低调，没有化妆，好像是洗尽铅华的普通女人。她戴着墨镜在这里等她，看她过来了，不由分说地拉着她从这里横穿到马路的另一头，再走进一条弄堂。这里是莫向晚没有来过的，她不太熟悉，站在弄堂后，看到了一块招牌，写着“旗袍定制”，上面娇娆的旗袍女人风姿嫣然。

梅范范拉着她站在招牌后面，莫向晚正自诧异，就见飞飞姐穿着最简单的毛衫，卷着一头发，仰着黄塌塌的面，送一位太太出了弄堂。

她笑得和蔼可亲，对那太太恭维备至，一副良家生意人的模样。送完了人，她马上收敛了笑容，又隐到弄堂里去了。

莫向晚问："你带我来见她？"

梅范范摇摇头，她说："中华人民共和国成立前这里有一家裁缝店，做旗袍最有名，师傅手艺好，都不用打褶就能撵出腰线。很多客人来捧场，渐渐就做出了名堂。中华人民共和国成立以后，师傅把手艺传给了女儿，这家女儿插队落户的时候，还靠这手艺在当地做了点名气出来。"

莫向晚问："范美，你到底想说什么？"

梅范范继续说："她在插队落户的时候结过婚，为了回城又离了婚。因为她父亲以前留下来的老关系，她搭到了一些线，我认识她的时候，她已经不是女裁缝，而是飞飞姐了。"

莫向晚盯着她，不知她想干什么。

梅范范看她一副戒备的模样，"哧"地笑了一声："难道你不想知道一切的源头是什么吗？飞飞姐怎么入的这一行，我跟了飞飞姐，你又跟我学了一阵坏。"

莫向晚摇摇头："现在没什么必要了。"

梅范范讲道："是的，向晚，你是重出生天了。"

她拖着莫向晚走到马路对面，指着靠边一间敞开了门的民居。莫向晚看过去，那里正坐了一桌人稀里哗啦地搓着麻将。其中有一个人，正正面对着这边，坐姿相当文雅，但是表情非常焦躁，看着是输了不少的样子。

莫向晚一看，便明白了。

"那个男人，看到了吗？就是上次来威胁我的那个，中华人民共和国成立前他们家也是大资本家，后来败落了，大少爷上山下乡的时候遇见了裁缝姑娘赵丽飞。赵丽飞为和他复婚，要帮他还赌债，凭着一些勾搭来的关系搞来了什么盐酸曲马多，纠集了咱们这帮小姑娘做些不三不四的事情赚钞票。后来又为了帮他还赌债，又要来逼迫我这个可怜的有老底的姑娘。”

莫向晚说：“范美，过去的事情，不用想了。”

梅范范隔着墨镜，站在喧嚣马路边，望着莫向晚，她说：“晚晚，你的运气就这么好。遇见的男人既不像赵丽飞的姘头这么无耻，又不像我以前的男朋友那样无情。你知道吗，我是真得谢谢你，要不是你的男人，我摆脱不了赵丽飞。你的男人把她的手艺介绍给了苏州的外贸厂，那厂子在巴黎开了旗舰店的，老外都爱中国旗袍，她一下多了不少订单，把债都还干净了。晚晚，我真是羡慕死你了。”

莫向晚将她往避风处拽了拽，大冬天的这么站在风口，实在无须如此作践自己。她心平气和地讲给她听：“范美，我以前那张照片是你拍的。”

梅范范往后退一退，靠在了墙根上，从屁股后面的口袋里掏出一盒烟来，她抽出一支烟，又拿出打火机打上火，但是风太大，打火机威力不够，一下就将火焰扑灭。

她只好夹着未燃的烟，啐一口：“是那些记者找上我的，那些记者就当自己是救世主，发现一个有爆点的新闻激动得跟打了鸡血似的，到处找人采访。我……喝多了呗！”

莫向晚笑了笑，这笑容在梅范范看来，没那么释然，也更加不太可能动人。她用略微阴险的笑容抵抗：“晚晚，羡慕的程度深一点，就是嫉妒了。”

莫向晚忽而就豁然开朗了，她扬扬头，将一些发丝甩在后头，她对梅范范诚挚地说：“范美，我总归是希望你好的，你只要肯努力，以后拍戏会有成就的，你的演技很好。”

梅范范把手里的香烟扔掉，几乎是咬牙切齿地说：“晚晚，你就是这副什么都不在乎的腔调，你找到了最好的靠山，你是可以洗底了。”

莫向晚用手挡一挡刺眼的阳光，冬日的阳光竟也如此扎人。她说：“我还有许多事情要交接，真的要走了。”

梅范范的声音忽地就发了颤，她抓住莫向晚的袖子：“晚晚，你会怪我吧？我糊涂了。”

莫向晚本欲挣脱她，但范美自己先松开了手。她对她说话的样子又变成了楚楚可怜的：“晚晚，我不是坏人，你知道我不是坏人的。我在你最困难的时候收留过你的。”

莫向晚对她点点头，她讲：“范美，你以后会成功的，在这行里。”

范美跟着她点头，忽而又变得趾高气扬了，抬抬头，说：“晚晚，我是真不差的，我今晚就去北京拍戏了，进棚要一年，这个导演你是知道的，出了名的慢工出细活，这部电影他想要报送后年的国际电影节，你看看我有没有希望？”

莫向晚自然会这样答：“那位导演很不错。”

梅范范笑了起来，她想要把手搭到她的手上表示亲热，但是莫向晚把手缩了一缩。她把手尴尬地收了回来，只好嘲笑莫向晚：“你就会说这样有距离感的话。”

莫向晚说：“不，范美，只要你认真去做了，最后总归会成功的，我是真心实意。”

梅范范的细眉毛扬了起来，摘下了墨镜，她说：“你讲的没有错。我是未来的影后，我会更加好的。”

莫向晚含笑看着她。

梅范范朝她抛一个飞吻，还是气昂的，纵使是江湖卖艺，她也有她自己独特的一套功夫。她先自伸手招了一辆出租车，芳踪消失无迹了。

本来刺目的阳光跟着梅范范远去的车影子，忽地也没了，一朵乌云遮过来，就像无情的人事，经常会下起疾雨来。

莫向晚想，这得自救，她也招了出租车，速速远离此地。

只是离开的时候，看到飞飞姐挨着那间房门，对里头砌墙头的男人说着什么，男人一甩手，吐口痰到地上，飞飞姐转个脸，也是可怜的模样。

众生便是如此营营役役，她又何必再多生气。

这天下午莫向晚请了假及早回家。因为最近莫北又开始忙碌起来，每日接莫非的活儿又落在了她身上。但晚上她做好了饭，莫北总会准时回来吃。

莫向晚在饭桌上问过莫北最近的工作怎么样了，莫北总说一般就这样，他都能应付。看她虎一虎脸，嫌弃他在应付自己，他便对她又抱又亲，糊弄过去。

莫向晚发觉，不知从何时开始，她竟然躲不开他的吻和他的拥抱了，想一想，就想骂自己“沉迷男色”。

莫非鬼头鬼脑地问她：“妈妈，爸爸是不是要过生日啦？”

莫向晚有些意外，问：“你怎么知道的？”

莫非摸出家长联系本来。现在学生的联系本做得人性化，要学生记录好父母的生日，好提醒自己要孝敬父母。以前那上面只有莫向晚的生日，现在多了莫北的。

莫向晚翻了翻，已经有不少家长回复页是莫北写的了。最近一页上，莫北留言，希望老师可以督促同学们，不要以对方学生家长的私事作为课余讨论的材料。

她胸口好像被人捣了一拳。下午面对范美和飞飞姐还好好的，直到发现她的事情终于波及了儿子，她还是难过了起来。她皱紧了眉头，问莫非：“最近你的同学有对你说什么是非吗？”

莫非闭着嘴直摇头，就是不肯说出来。他见母亲生起了气，就依偎过去，这样说：“妈妈，以前你不是常常说假新闻很多的嘛！我的同学很土的，他们和邹阿姨一样都是小八卦，我肚量大得很，不跟他们计较的。”说完扬扬头，甩甩手。

莫向晚是又愧又怜，撸撸儿子的脑袋。

她原本最最不作兴的就是自己的前耻辱及无辜的儿子，以前战战兢兢，避开过往远远的，就是怕这么个有朝一日。这个有朝一日终于到来了，她竟然是无能为力的。

待莫非睡着以后，她问莫北：“给莫非换一个学校怎么样？”

莫北瞧她一眼，讲：“没这个必要。”

“我不想影响到小孩子。”

“你自己都说过娱乐圈的新闻传一阵就没影了，之前把你们写得乱七八糟的某记者，现在还不是给祝贺大唱赞歌？更何况我已经……”他看一眼莫向晚，没把话说下去。

莫向晚追问：“你已经什么？”

莫北板着脸，一本正经说：“我用家长的身份严肃地和葛老师交涉了，为了儿童的心理健康，希望她能够把孩子们的心理向良性的方向引导。”

莫向晚望望他，忍不住笑起来，实实在在是放心的笑，所以笑得前俯后仰，不可抑止。

莫北上来吻住她，抱牢她，说：“今晚我不过去了。”

莫向晚摇头：“不行不行。”

莫北又说：“早上我轻轻地早点回去。”

“讨厌。”

他抵住她，她明显感觉到了他的悸动，双颊“咻”地飞红，喃喃讲道：“非非在睡觉。”

莫北一把握牢她的手：“那么去我那边。”

半夜的时候，他们又回到402室，两个人轻手轻脚走到莫非的房间。莫非睡得很沉，莫北同莫向晚一起看着睡出一张红扑扑小脸的儿子。

莫北坐在儿子的床头，抚摸着儿子的小脸，说：“我托人去找了房子，在地铁线边上的，以后你要找工作也方便。”

莫向晚点点头，她坐在儿子的腿边。

这样静谧的夜晚，是她多年的所求。她从这边伸出了手，握住那边莫北伸过来的手。莫非翻了一个身，恰似睡在父母双臂的怀抱中。

莫向晚对莫北说：“过几天是你生日，非非一直想着呢！我给你买蛋糕？”

莫北说：“行，非非爱吃抹茶的。”

莫向晚嘟哝：“那是你过还是他过？”

“他过的时候我给他买抹茶冰激凌去。”

原本睡得稳稳的莫非，忽地就睁开了眼睛，透亮透亮的，要多有神有多有神，他嚷：“爸爸，我的生日在夏天哦！”

莫北在儿子额头弹了一下：“晓得了。爸爸生日你吃抹茶蛋糕，你的生日你吃抹茶冰激凌。”

莫向晚笑意吟吟地望着他们父子俩。虽然此季是冬天，本该万物枯萎，但她仿佛在这个冬季涅槃了，有了一种前所未有的轻松感。

莫向晚在“奇丽”的最后几天，朱迪晨又单独领着齐思甜过来同她惜别。

莫向晚用一杯黑方为齐思甜换来的大型古装剧做完了后期，几家网站和卫视看了均很满意，几方抢购的结果当然是卖了个好价格。

莫向晚祝贺齐思甜向实力派转型成功。

朱迪晨忍不住又开始惋惜：“思甜是混出头了，但是你要走了。”

齐思甜喝得多了点儿，口齿不清地说：“走了也好，这里太复杂了。叶歆好不容易红了，说下去也就下去了。我想想林湘……”说了两句，眼圈就红了，演员都是感性的人。

朱迪晨跟着唏嘘了一阵，讲：“听说于老总外头的公关公司业务已经如火如荼，张彬和宋谦这两个正式去挂帅了，股东还是香港那边的。”

她还问莫向晚：“你不会是跟着去吧？”

莫向晚举起双手：“我和他们绝对没关系。”

“祝总还是希望你能留下来的，只要你留下来，我可以不要总监这个岗位，你知道我最烦管人走行政流程了。”

莫向晚喝了酒，讲：“祝总是个强悍的人。”

朱迪晨突然问：“你后来和管弦碰过头吗？”

因为好一阵没有听到这个名字了，莫向晚是恍惚了片刻才回了神，她摇摇头。固然她没有寻过管弦，管弦也没有主动来寻过她。有时候她想，她和管弦的这段姐妹缘分，大约就是这样了。

可是想着想着，莫向晚心里的某一处还是不痛快的，有暗暗的隐痛。但日子照旧得过，风浪再大也会过去，因为生活是大海，可以容纳一切。

邹楠在离职的时候，请莫向晚和几个同事吃了一顿饭，莫向晚知道她还是在这一行里做，有些人面以后还须常常打交道，建议大请了一帮子人。

这里的同事们本来就爱热闹，有人请吃饭唱歌，都热烈欢迎。祝贺路过的时候，听到这厢同事的讨论，便讲："你们又准备去哪里呀？也算上我一份。"

大伙不由都静了一静，祝贺仿佛没有察觉，管自进了自己的办公室。

邹楠有点紧张，莫向晚也有些意外。祝贺虽然凑了两局她的散伙宴，但对邹楠这个层级的职员，她刚才的示意是突兀了点儿。

邹楠问莫向晚："祝总平时都在那种高级的地方出入，就是上回你那两局散伙饭，也是在粤菜餐厅。这次我选的是一般的地方，这会不会不太好？"

莫向晚安抚她："入乡随俗，她既然提出了这个请求，自然就不会太介意。"

邹楠便还是按照原计划，先在本城炙手可热的川菜馆定了一席，又定了唱卡拉 OK 的包房。不过订包房时，她还是下了一个心眼，定了豪华包间。

祝贺果然没有什么异议，在吃饭的时候，放下身段和同事们打成一片，从圈内八卦聊到明春的流行服饰，没有冷场。

莫向晚反倒说得少，只是间或插几句口，还同莫北发了几条微信。

莫北这晚不用加班也没有应酬，早早接了莫非回家，顺便发微信给莫向晚。

他现在已经皮厚到在微信里直呼莫向晚为"老婆大人"，报告说莫非的晚饭和作业问题他都一揽子包干完毕。莫向晚微笑着看完莫北给她发来的消息，回复一条“基于你的表现不错，特此表扬”。

莫北很快回复道：“怎么表扬？是不是今晚去 403？”

这暗示意味就很强了，莫向晚只能发六个点丢给莫北。

她这么一会儿笑，一会儿脸红的情态全部落在祝贺眼里，等到她抬头同大家举杯，就看见祝贺对她意味深长地微笑着。

莫向晚颔一颔首，酒杯先碰在祝贺的杯子上。

后来一众人到了卡拉 OK，众人轮流各唱了一首后，祝贺起身，走到莫向晚身边，轻声问：“我们出去走走？”

莫向晚站起身，跟着祝贺一路走到楼下。祝贺当然不仅仅是为了同她走走，她径直走进了卡拉 OK 自设的咖啡厅。莫向晚跟着她一起坐到了一处不起眼的角落里。

祝贺叫来服务生，要了一杯蓝山咖啡。问莫向晚：“你喝什么？”

莫向晚想，今晚可能会无法入睡，需要用脑细胞来琢磨祝贺的信息，所以她只要了一瓶巴黎水。

祝贺先诚而且恳地问：“你真的不愿意留下来吗？”

莫向晚也诚而且恳地答：“祝总，我想换个环境。”

祝贺抿一口咖啡，叹一口气：“我和于江都用不到你这样的好员工，很可惜。”

“这年头好员工很多，只要是好领导，一定可以招到好员工。”

祝贺微笑：“我当你是恭维我。”

莫向晚也微笑。

“我一直觉得，‘奇丽’由于江做就好，我做二线，适适宜宜做人顶好。可惜天不从人愿。”

祝贺说出这么一句话，足够让莫向晚微微前倾了身子，做了一个自卫的状态。

祝贺又说：“我和于江在阮仙琼出事的时候就离婚了，他现在完全自由，以后的人生归你的管弦姐姐。”

莫向晚是骇异的，骇异于祝贺这一番挑开天窗说的亮话，她只能静听着。

“经过最近的事情，你大概也明白了于江和管弦一直做的事情。这事情发展到最后，你变成靶子，变成我们‘奇丽’的靶心之一被攻击了，我着实感觉不好意思。”

祝贺颔首，真诚地向莫向晚道歉。

莫向晚被震动：“祝总？”

祝贺举起手里的咖啡：“你是管弦的朋友，不管以后你们还是不是朋友，以前你对我总是有芥蒂的。但你鞠躬尽瘁服务‘奇丽’这么多年，我很感激。在这个圈子里，能够出淤泥而不染的人不多，你算一个。好人就会有好运气，莫北是出了名的好人，你们很般配。我祝你们白头到老。”

这是莫向晚从未见过的祝贺，落落大方地向一位老员工作别。或许这亦算作是管理方式的一种，但无疑是令人感到舒畅的。

莫向晚同祝贺握手：“这些年我要感谢‘奇丽’对我的提拔。”

祝贺则说：“希望能够喝到你和莫北的喜酒。”

莫向晚说：“祝愿‘奇丽’的发展越来越好。”

“承你贵言。”

她们相视而笑，祝贺说：“我要去唱一首邓丽君的《漫步人生路》了。”

莫向晚在回包房的路上接到莫北的电话，他的声音格外嘶哑，好像发声都很费力，说："向晚，我在医院。"

莫向晚是蓦地一惊，忙问："哪一家？"

莫北把医院名和病房号报了，她想也不想，抓着包就向旧同事们告辞，匆匆离开。

待她一路心急火燎地到了莫北病房，房内还有两名民警，正在给莫北录口供。莫北躺在病床上，头部和手臂都包了纱布，可见已经处理好伤口了。

莫北正向民警叙述受伤经过。

他在出门倒垃圾时，被人从背后一棍子敲晕了，然后被架到了僻静的地方，用长棍子反背了双手。

对方有三个人，其中一个说："莫律师，对不起，得罪了。"

棍子从旁边击过来，他的镜片先碎了，脑门又挨了一记，有黏黏糊糊的血流下来，流到了眼睛里。

他挣扎着说："你们要知道这么做的后果。"

棍子在他的手臂上又来了一下，对方说："我们是拿人钱财给人消灾，您以后也别什么闲事都管，吃力讨不了好。"

后来莫北挣扎着打报警电话，被送来了医院，第一个电话打给了莫向晚，第二个电话是给崔妈妈，双亲不在的夜里，莫非也总得让人照顾着。

民警是莫北的熟人，警衔不低，看着莫北的伤情，蹙起了眉头。

虽然伤口已经处理过了，但莫北仍是感觉疼痛，他忍着痛，道："就是这么着，他们也没下死手。"

民警说："算他们识相，还敢下死手哪！"

莫向晚站在莫北病床的一边，看着他，眼圈儿突地就红起来了。

民警见着这情形，便说："我先回去了，你好好跟你老婆交代吧！”

莫北抬了抬另一只完好的手，把莫向晚招到跟前，“我今天比较倒霉。”

莫向晚低声问他：“是不是你以前跟的案子？”

莫北心里想，真不能瞒她什么：“被打一顿，霉头触过也就行了。”

“怎么流行知法犯法？”

“法律会制裁他们的。”

莫向晚只是难过：“你就先被制裁了。”她问他，“要不要通知你爸妈？”

莫北想，可好，这顿打还来的真值，他怂恿她：“你帮我通知吧，这几天我得在这里当病号了，非非都没人带。”

莫向晚也是这样想的，只是还有一丝害怕。

护士过来给莫北挂点滴，莫北略微动一动，又“咝咝”呼痛，那两下真打着痛处了，没要了他的命，也是要给他一顿教训。

莫北又说：“这两天别让非非来看我，见我这样，吓着了就不好了。”

莫向晚说：“我知道。”

她还是让莫北报了电话号码，走出病房，往莫家拨了电话。那头电话铃在响的时候，她的心也吊在喉咙口，终于有人“喂”了一声，她清了清嗓子，问了一声好。

接电话的正是莫太太，莫向晚将莫北的情况简略地说了一说，莫太太着急得不得了，当即便同丈夫一起来了医院。

莫向晚从来没有想到，自己和莫非的亲爷爷奶奶的第一次相见，会在这样的环境下。而她见了莫太太，不禁吃了一惊。她想她们是认识的，但莫太太没有主动和她打招呼。

病床上的莫北拉着莫向晚的手，这样介绍："爸，妈，这是向晚。"

莫向晚跟着这样介绍自己："叔叔，阿姨，我叫莫向晚。"

她得体地站立在这一边，接受对面长辈的审视，一只手还被莫北拉着，她就任他拉着。

莫太太此时是顾不了她，只对着儿子上看下看，左看右看，直叫作孽。这是天底下任何一个母亲都会有的举动，莫向晚忍不住微微笑了一笑，抬起头，发觉莫北的父亲正打量着她。

她又恭敬叫一声："叔叔。"

莫太太忽然问："你们俩都在这儿，孩子怎么办？"

莫北正要开口，莫向晚把话抢过去说了，她说："孩子要麻烦叔叔阿姨带一阵。"

莫太太审慎地问："你同意让我们带回去？"

莫向晚回头望一眼莫北，莫北朝她鼓励地笑了笑，她说："是的，我想这样非非能被照顾得好一些。"

莫北说："妈，你就代为孙子他妈看孙子几天吧！"

这天的下半夜，莫向晚把莫非从崔妈妈那儿接了回来。

莫非睡了一半的觉，迷迷茫茫不明所以，看见母亲带了两个老人回来，有些不明白。但是其中一个他是认得的，惊喜地唤了一声："奶奶，你好啊？"

莫向晚蹲下来告诉她："非非，这是爸爸的爸爸和妈妈，快去叫一声爷爷奶奶。"

莫非睡得有些迷糊，不太能明白母亲说的话，在头脑里消化了一阵，才恍然大悟。他瞅瞅老爷爷，又瞅瞅老奶奶，问母亲："我是不是要叫他们爷爷奶奶？”

看着母亲点点头，他规规矩矩地叫了一声：“爷爷奶奶好。”

这一声童稚的呼唤，让莫太太心内的尖冰寸寸断裂了，断得一干二净。她向孙子伸出手：“非非，来奶奶这里。”

莫向晚推了推儿子，莫非便乖乖扑到了莫太太怀里，被抱了个死紧。

他其实还没太明白爸爸的爸爸和妈妈同他的直接关系，只是被动地就被接去了爸爸的家里。此后许多天，他都没见到爸爸，只是妈妈会来这里做一些饭菜。

爷爷每天早上送他去上学，上学之前，奶奶会做好早餐，一般是米粥和白煮蛋外加一碟清炒小肉片。奶奶是生怕他吃不饱，还要在他的书包里装上豆奶和饼干。

莫非问莫太太：“奶奶，你不是在少年宫有个小孙子吗？”

莫太太就脸红了，支支吾吾不知道怎么说。

莫向晚正好来拿莫北换洗的衣服，过来摸一摸儿子的额头，讲：“奶奶的小孙子不就是非非吗？”

莫非疑惑地问：“可是以前奶奶没有来过啊？”

莫向晚这样做的解释：“爸爸和妈妈以前分开过一段时间，非非比较厉害，把爸爸找到了，所以爷爷奶奶就能天天看非非了。”

莫非拒绝这样的童话，他严肃地对身边两个大人说：“你们不要编故事给我听。”忽而就忧伤地坐下来，问，“妈妈，你是不是以前和爸爸离婚的啊？”

莫向晚只好随着他的意思点头，莫太太也跟着点头。

莫非对着莫太太讲：“奶奶，如果爸爸和妈妈不在一起，你们是不是就不要我了呢？”

这话让莫向晚大为尴尬，莫太太也很尴尬。

还是莫皓然出来解围，他对莫非解释："是你爸爸犯错误了，好多年都没有照顾你，爷爷会骂他。"

莫非是知道莫北生病了，只是大人们都不带他去探病，可他一颗关怀的小童心还在，对莫皓然摆起小手："不用啦，爷爷，爸爸犯错误爷爷骂他，我以后犯错误，爸爸也会骂我，冤冤相报何时了嘛！"

大人撑不住都笑倒了。

莫非其实是个适应力挺强的孩子，没几天也就接受了新的家长。还在班主任和同学们面前介绍了自己的爷爷奶奶。

莫太太有一回在莫向晚为莫北手洗衣服时说："这孩子被你教得这么乖，肚量这么大，真难得。"

莫向晚笑了笑："非非不是个难带的孩子。"

"这点他和北北像。"

"他们都很善良。"

莫太太端详着她，看得她不好意思起来。她也偷偷看莫太太的神色，这位长辈的眼中只有温情，是没有恶意的。不知怎的，她心口一热，讲了一些非非成长的趣事给长辈听。

莫太太只是听着，长时间没有插嘴。

这个年轻的母亲，一个人带着孩子，年轻的身体承担着生活的压力，但是报喜不报忧，只说自己的不够。她在想，是真的难得。

她略回一回头，丈夫正在外间徘徊，两个人的视线一接触，都暗自笑了一笑。

莫非做完了作业，开了门探出脑袋来。

爸爸的家里房间很多，莫非有自己的睡房和书房，还真是不太习惯。他唤爷爷来检查作业，检查完作业没有错误的话，他就有机会跟着爷爷去小区附近的打靶场看一看。

这是激动人心的，是爸爸不能带来的好处。爷爷是个好枪手，打枪的动作帅气，像电视里演的警匪片。逐渐地，他开始崇拜起这个爷爷来。

莫皓然乐于围着孙子转，这十年来，都没有跟着这个小人儿笑得欢。孩子人乖嘴甜，占尽大人的欢喜。他老怀甚慰。因此他们更乐于带着莫非去参加各式聚会，向亲朋好友介绍家里的这个新成员。

莫非到底是小孩子，只要有的吃有的玩，就能和大人亲热起来，又因为莫向晚一力承担起照顾莫北的职责，他没了母亲管，便和爷爷奶奶益发近了。

用莫非的话就是："爷爷奶奶出去玩没有小孩陪很没劲的，爸爸有妈妈很有劲的。所以我就陪陪爷爷奶奶。"听得莫太太笑容满面，直说："我的小祖宗，小人大样的。"

莫向晚很高兴莫非受到这样的宠爱，孩子原本残缺的生活渐渐被填满。

不单单是孩子，还有她的生活。

莫北的父亲虽是个严厉的人，但对她的态度一直尊重有加，让她受宠若惊，连莫北都说自家父亲的寒霜脸对着儿媳妇和孙子大为改善。莫太太的态度一开始是淡淡的，渐渐也和缓起来。

有一回莫向晚刚下班来到莫北家里，就被莫太太叫去为她新做的旗袍提意见。

在莫家的客堂间里，莫向晚看见飞飞姐蹲得很低，为莫太太的旗袍打褶子。她对着飞飞姐笑了笑，飞飞姐面色变了变，但气色比上一回看见好许多。她也对着莫向晚笑一笑，并没有多说话。

莫向晚坦坦然然站在莫太太身边提供自己的意见，听莫太太说：

“这位赵姑姑的手艺很好，老外开时尚派对都要定她的旗袍，一张订单就是几十万。以后你也可以找她来做。”

莫向晚诚挚地说：“好的。”

飞飞姐又看她一眼，眼神复杂，离开的时候路过她身边，轻声细语讲：“草草，你的福气是老好的。”

莫向晚不想细细辨认她话里的意味，她代替保姆送她出门，讲：“飞飞姐，走好。”

这样一路目送她，看她离开这里，莫太太还对手里的旗袍赞不绝口，她晚上要穿这件旗袍带着莫非去参加一个酒会活动，并将这个家连同莫北全部交给她。

莫向晚郑重听着莫太太的交代，按照莫太太的要求和保姆合作给莫北的父亲做了晚饭。她静静地陪着长辈吃了饭，同莫皓然谈了谈时下的政事经济，有一两个观点很得莫皓然的赞同。

饭后，莫向晚便去医院照顾莫北。

莫北正半坐在病床上看报纸，莫向晚走进来，他仿佛马上就感知到了，抬头笑了笑。病房里只有一个壁灯亮着，晕黄的光轮，是家的感觉。

莫向晚坐在他的身边，把家中里里外外的情况择重点说给他听，直听得他又是得意又是高兴，一笑牵动伤口，被莫向晚打了一下肩膀，要他别动。

她讲：“我以前一直糊涂，你真的是算准了一步步走，谁都能被你算计进去。”

莫北懒洋洋打了个哈欠：“这也是水平。非非也有这个水平，帮我把家庭矛盾圆满解决了。”

莫向晚跟着他笑。他们父子还真是有这样的水平。

这一次莫北遭到不明人士的袭击的案子被提到市检察院查办，上层震怒，下令彻查，翻出的就是“世易”的案子，于是便自然有人着急了。江主任来探病时说：“你可真行啊！跟你说了避开点儿避开点儿，你还迎难而上了。这下闹大了，你的苦肉计得让多少人跟着倒霉？”

莫向晚只听得心惊肉跳，当时的莫北倒是不以为意，一边听江主任的教训，一边对着她做个鬼脸。直到现在，莫向晚一想起来，一颗心都禁不住“砰砰”地跳，向莫北三令五申：“这样的危险游戏能免则免。”

莫北笑：“不会了，这一次他们应该知道利害关系了，有些雷区是不敢碰了。”

莫向晚狐疑：“你不是存心挨揍的吧？”

莫北将脑袋舒服地搁在她的大腿上，由她给他换绷带。

“我有毛病啊，还是喜欢 SM？本来已经把这案子里营私舞弊的证据交上去了，他们得了点消息，不过下手的哥几个还算知道轻重。”

莫向晚要敲他脑门，看看他一脑袋的绷带，到底没舍得下手。她低低地说：“你老这么干。”想了想，“十年前也是这样。”

莫北舒舒服服闭着眼睛，仰着头说：“我和你家里人联系上了，他们的意思是老房子拆迁的动迁款留给你。”

莫向晚怔了怔，停一停手。

莫北又说：“不过他们应该不会回来了，我想你也不想见他们。”

莫向晚没有说话，只是继续手上的动作，好一会儿，才说：“明天你要过生日的，我去买蛋糕。明天是我在单位的最后一天了，新工作还没着落，你看我失业了你受伤，我们家最近真倒霉！”

“说不定正是我们家的一个全新开始。”

莫向晚替他绑好绷带，推他起来，莫北不太情愿，她笑他：“多大的人了，还和非非一样。”

突然莫非就窜了进来，用手指羞着脸：“呔！爸爸跟我一样大。”

莫北懒得和儿子计较：“没看到妈妈在帮爸爸包扎伤口吗？”

莫非也过来挤到莫向晚怀里，非要黏住他们。莫向晚无奈扯他们爷俩的头发，都一样柔软一色乌黑。

“好了好了，你们都别闹了。”

她想，有这样一大一小两个人，她的生活已经满足了。

莫非的奶奶在门外无奈说道：“这宝宝，非要来看爸爸。快快，奶奶的晚会要迟到了。”

莫向晚推一推莫非：“别让奶奶等。”

莫非促狭地冲莫北讲：“爸爸，你看我好吧！我把妈妈让给你了哦！你还不会洗衣服呢！”他在他爸爸赏他“毛栗子”之前赶忙溜走，门外直响起一串童稚的笑声。

莫北叹气：“要命，他已经爬到我的头上了。”

莫向晚说：“嗯，精明爸爸精明儿子。”她还有一些别的话要向他交代，“明天是我在‘奇丽’的最后一天了，有些事情是一定要做完的。下了班还要去师大那边的 MBA 考前培训班咨询一下。晚些回来再给你过生日？”

“学习要紧。记住，别担心高等数学，我和非非全力支持你的学业。”

“不过今天早上有家公关公司让我去面试，我问了问，条件是可以的。他们对我的资历比较满意。”

“嗯，那么新房子的装修费你来出？”

“动迁款还是按照原来的户头上的人口分配的吧。”

他就知道莫向晚会做出这样的决定，莫北笑了，伸手过来摸摸她的发：“我会帮你处理好。”

窗外还呼呼刮着北风，这应该是一个年末冰冷的夜，但这一室的暖意牢牢围拢着莫向晚。她靠向莫北的怀内，莫北顺势掀起病床一角的被褥，将她拉了进来。两人依偎在一处。

莫向晚说：“他们当年走的时候，没有一个人提前告诉我。我那时候就没有家了。”

莫北说：“如果那时候我没有去检举你的爸爸……”

莫向晚打断他：“对我来说，最后的结果可能是一样的。我对我的家人来说，不是那么重要的存在。只是小时候抱的期望有点儿大，最后失望也就更大了。所以你不用把你当年对我爸爸做的事情一直放在心上，没有这件事，也可能会发生其他的事。”

莫北搂紧了莫向晚：“向晚，你对我很重要。”

他认真地凝望莫向晚，莫向晚也望着他。

她想起第一次见到这双眼睛的那一刻，原来她在那时那刻就记住了这双眼睛，这双清澈的眼睛，眼珠子漆黑如墨，那时含着一股子落寞，而现时含着一股子赤诚，直达她的心底，暖透她的心头。莫向晚伏在莫北的臂弯里笑了起来。

莫北很高兴，因为他看得出莫向晚很高兴。他亲亲她的发，亲亲她的额，和她双双靠在床头，就像老夫老妻那般，他问她：“莫非妈妈，明天我们家非非的早饭吃什么？”

“买小笼包？”

“好主意。”

莫向晚静静伏在莫北的身边，闭上了眼睛。

莫北看着渐睡渐沉的莫向晚，想，今夜她一定无梦，把这一个好觉睡到天明，而明日又会是崭新的一天。

他决定今夜共她一起睡这个好觉。

第二天，莫向晚果然抖擞了精神，早早抵达公司。她先将自己用过的东西收拾干净，文件也一一摆好。

史晶过来通知她："今天下午 3 点，于总要开新闻发布会。"

莫向晚愣了一愣，问："离职要开新闻发布会？"

这消息她是没听过的，她最近都忙于自己的家事，来公司也只是做例行交接，同宋谦管弦等人更没有交集，蓦然间听到这个信息，着实愣了一下子。

史晶意有所指："算是他送给祝总的礼物吧！"

这话又是莫向晚听不懂的。但是到了下午，她就懂了，也懂了那一句大俗话——人生就是一出大戏。

于江就离职这一件事召开了一个很大型的发布会，几乎把能叫得出名头的媒体记者都找了来。发布会的主题就是他的引咎辞职。引的什么咎，在座的工作人员和媒体都心知肚明。所以于江的主动宣布，显得有些过分隆重了。

莫向晚站在"奇丽"员工的队伍里，看着主席台上的于江，站着向大家鞠了一躬，真诚地对在座的每一位讲道："我相信'奇丽'在祝女士的带领下，会得到更好的发展，也会更规范。对此，我在我任职内所犯的疏漏，负全部责任。"

这是莫向晚认识于江以来，听他说过的最铿锵有力的一句话，而他竟然是为了离婚的前妻说的。莫向晚有那么点不敢相信。

自始至终，坐在于江身边的祝贺都保持着一种端庄的姿态，高贵、凛然、不可侵犯。她接手的“奇丽”是全新的、干净的，所有的不堪，都让前夫的离任带走了。

原来这就是礼物，危机公关的最后一环，离职的前任负责人为现任管理层扫干净了乌烟瘴气。

这是表明于江也不会再涉足这一行了，一旦涉足，就会有人想起这个隆重的离职发布会，因为他对所有的负面传闻变相负责了。

闪光灯“噼噼啪啪”射过去，记者们还有许许多多的问题，围拢着于江问个不停，从来都不屑与记者周旋的于江意外地站立在正中，一一作答。

莫向晚头脑隐隐作痛。一直以来，有些事情，她和管弦都想错了。于江为了祝贺做的这些，让她动容。

有人挤到她的跟前，对着她问：“莫小姐，听说你也辞职了，会不会跟着于总另起山头？你对这次于总负责的事件怎么看？”

莫向晚定睛一看，正是那位金菁，她一直都这样神采奕奕，对新闻的蛛丝马迹都毫不放过，对任何有关联的人也不放过。或许这也算是一种职业道德。

她答她：“不，我不会再加入于总的新团队。于总和祝总都是行内专家，这些年跟着他们，我学了许多。”她望着这个年轻的对什么都好奇的记者，讲，“很多人年轻的时候不太知道自己能走什么路，摔倒了几次，明白了，爬起来选好正确的路走就可以了。但是让你倒下的那个坑不一定就是坏的，起码你会知道那是一个坑，每一段经历都有它的价值。”

金菁眸光闪烁，似乎呆住了。

莫向晚趁着其他记者还未曾盯上她，低下头迅速拨开人群，离开这旋涡中心。

她走到大楼外面，深深吸了几口新鲜空气，抬起头，望见了对面站的人。

管弦站在马路的对面，仰首望着这栋大楼。

莫向晚看着管弦，隔着她们两人之间的马路，管弦也看到了她。马路上车来车往，她们在对方的眼中因为飞驰的车辆而时隐时现。红灯亮了起来，缓行停驻的车辆渐成一道长墙，挡住了两人的视线。

红灯灭了，车流通畅起来。莫向晚复又看见管弦。她们彼此都没有动，极力看着对方，直到管弦转过身。莫向晚这才发现，原来有一位身穿制服的民警一直站在她的身后。

莫向晚一恸。她想穿过车流，走向管弦，但这时她的手机响了起来。

对方是欢乐的声音："我已经到了阿姆斯特丹，这里的老外很热情，有英俊的绅士帮我搬行李。"

莫向晚的悲恸之中忽而泛出些欢悦："秦姐？！"

秦琴在大洋彼岸笑着说："听说你的桃花运就要开花结果了，我吃不到你的喜糖，帮我亲亲非非。"

莫向晚眼睛有些湿润："你都不告诉我去送机。"

"不要这么兴师动众，我知道你现在有了更重要的人需要照顾。"

呵，秦琴从来这般善解人意体贴他人。

秦琴还说："要来看我，就来这里度蜜月。"

莫向晚连说了好几声"好的"，结束了与秦琴的通话。待她再度抬起头来，马路对面的管弦和她身边的民警都不见了。她焦急地游目四周，车来人往，却不见她想寻的人。

她的手机又震了一下，微信上弹出一条消息，管弦说："小姑娘，对不起你了。"

又是一轮红灯闪灭，绿灯亮起，一辆警车自她面前缓缓驶过。她注视着警车，深蓝幽暗的车窗另一面，也许有一个她在这个城市里最熟悉的陌生人也正注视着她。

她们相识如此之久，久到她以为她们之间应该是莫逆之交，到头来她们之间竟然都算不上真正认识。就像现在，一扇小小车窗将她们隔离在两个世界，让她们没有办法看清楚对方。

莫向晚伤感地抬起手，朝着那扇窗挥了挥。

她不知道管弦是不是能够看见，她亦不知道经此一别，再见又是怎样的光景。她唯知道时光不可回溯，也不可停留，现在到了她们各自转身告别的时刻。

莫向晚静静地让眼泪滑落下来，目送着警车消失在远方。然后她转过身，坚定地向着她确定的方向行去。

今天的她还有许多未做的事情。她要去师大咨询课业，再去蛋糕房买蛋糕，然后到学校把儿子接回来，一起去医院给孩子的爸爸过生日。

她得快些再快些，迎着就要落下的太阳快快地走，她要和她的家人在一起，度过今日，奔向明天。

< 完 >

番外（一）儿童莫非的烦恼

第一篇周记

12 月第四周

本周摸底测验：语文 90，数学 100。

这个星期就是西方的圣诞节了，同学们买了贺卡送给对方。我觉得这种行为很费钱，爸爸也不赞成，不过爸爸过生日我用零花钱买了生日卡，爸爸很高兴的。可是为什么不让我送圣诞卡给同学们呢？同学们也会很高兴的，家长的想法好奇怪啊！

葛老师评语：

莫非爸爸的意见是对的，老师不赞成同学们花钱互相赠送圣诞卡，如果要表达心意可以自制圣诞卡，你说对吗？

第二篇周记

1月第一周

葛老师新年快乐！

这个星期我进入了紧张的复习之中，妈妈给我定了考试目标：语文95、数学100、英语95。爸爸说妈妈定的分数线太严格了，爷爷也这样说。妈妈有点不开心，爸爸就告诉我要好好复习，争取考到妈妈想要的分数。做学生压力很大。

葛老师评语：

希望莫非同学好好复习，争取考到好成绩。

莫非回复：

葛老师，我考不到怎么办呢？

第三篇周记

1月第二周

紧张的考试终于结束了，我的数学考得很好，对了题目以后我很开心。语文有几个生词默错了，我告诉妈妈了，妈妈说没关系，下次写对了就好了。爸爸批评了我的粗心，爷爷说他小时候比我还要粗心。

葛老师，我一定会改正粗心的毛病，争取下次语文考到95分。

葛老师评语：

希望莫非同学好好努力，考好语文。

第四篇周记

1 月第三周

寒假的时候，我到于雷家做客，同学们吃了风生（葛老师修正错别字“丰盛”）的午饭，大家坐在沙发上聊天。于雷说：“我不要有弟弟妹妹，如果有了我就放到抽水马桶里冲掉。”后来到了晚上，爸爸问我：“非非要不要弟弟妹妹？”我说：“我不知道。”不过我不会把弟弟妹妹放到抽水马桶里冲掉。

葛老师评语：

于雷真的这样说了？

第五篇周记

1 月第四周

今天爸爸带我去打枪了，以前都是爷爷带我去的。一起去的还有几个叔叔，只有一个于叔叔打枪最厉害，爸爸和关叔叔、徐叔叔都不行，爷爷比他们厉害多啦！我以为爸爸做什么事情都会很厉害呢，原来爸爸也不是什么都会的啊！是不是因为爸爸是近视眼才会打不好枪啊？

葛老师评语：

莫非同学要好好保护眼睛，在家里也要做做眼保健操。

第六篇周记

2 月第一周

爸爸买了新房子，我很高兴地跟爷爷和奶奶去看房子。新房子有一个很大的大厅，四间房间，两个卫生间。我建议（葛老师画了波浪线）："现在就搬家。"爸爸说："要 zhuang xiu 房子。"我现在的家很小，爸爸有时候睡我的房间，要我睡妈妈的房间，有时候不准我睡妈妈的房间，他睡妈妈的房间。如果家里有四间房间，我和爸爸妈妈就可以一人睡一间房间。

葛老师没有任何评语。

第七篇周记

2 月第二周

这个星期过年了，爸爸和妈妈请客，在一个（葛老师修改为"家"）很大的饭店里，人很多，有我认识的，也有我不认识的。爸爸说："希望非非喜欢爸爸。"我喜欢爸爸，我喜欢妈妈。他们就像春节晚会里的主持人一样穿的（葛老师修改为"得"）很漂亮。我也穿上了最漂亮的衣服。奶奶说我长大了。

葛老师评语：

在新的一年里，莫非同学又长大了一岁，要好好爱爸爸，好好爱妈妈，好好爱学习。

番外（二）机灵莫非的策略

莫北收到童年好友方竹的结婚请柬的那天，莫非正趴在他的床上看漫画。他问莫非："要不要跟爸爸喝喜酒去？"

莫非问："妈妈去不去啊？"

"你妈要上班。"他怎么会带莫非妈妈去？他的前任相亲对象，正是方竹的好友，也是婚礼的伴娘。这是不合适的，他想。

莫非并不知道莫北脑袋里打的这个官司，他现在非常乐于去结识爸爸的好朋友们，在他看来，爸爸的好友们都是很有趣的叔叔阿姨，他们都不知道爸爸有自己这么个儿子，所以去刷出自己的存在感这件事很有必要。

莫非高高兴兴地跟着莫北一起去了方竹的婚礼，莫北对新娘方竹和伴娘杨筱光介绍莫非："这是我儿子。"

莫非乖乖叫了两声"阿姨好"，把一边和莫北相过亲的伴娘听得惊呆了，过了好一会儿，她才嚷："不是吧？我差点当上一个八岁小孩的后妈？"

小莫非琢磨了一下这位阿姨讲的这句话的意思，以他对社会生活的知识储备，他以为这应该是爸爸和妈妈离婚期间，爸爸在情感上遇到的一点小波澜，就像电视剧里演的那样。他机灵的小脑袋动了动，决定用点小策略为妈妈把这个小波澜荡平。

他对杨筱光说："阿姨，我有妈妈的，所以你不会当我的后妈的啦。不过我可以认你做干妈？"

他伶俐又可爱地望向杨筱光，看得杨筱光化成一汪水，把干妈这个新身份愉快地应承了下来。

但是观察力敏锐的莫非一转头，看到站在杨筱光身后长得十分好看的年轻男人。他对这个年轻男人有些印象，因为他想起来在最近的电视剧里看到过这个帅哥哥呢！他们班的女生都把他当作白马王子。于是他对着年轻男人叫了一声"哥哥好"。

这一声"哥哥"瞬间让莫非刚刚才认下的"干妈"杨筱光僵在当场，原来年轻男人正是她的男朋友。

这称呼上的不平衡让杨筱光的心里也不平衡起来。她对莫北严肃地说："你应该在最合适当爹的年龄生一个孩子，这样才不会让大家的辈分都乱了。"

这个问题让莫北在婚礼宴席上思索了很久，散客时，他对杨筱光诚恳地说："你的意见相当不错，我会好好考虑的。"

回到家里，莫向晚正在给他们父子俩洗衣服。昨天他同莫非去踢球，把父子运动衫弄得跟洗衣粉广告里的衣服一样脏。

莫北见状想要上前帮忙，被莫向晚赶回了沙发上。他看着在阳台上晾晒衣服的莫向晚，还是忍不住走上前去，自她身后抱住她，说："莫非妈妈，你老是当莫非妈妈单调不单调？"

"不单调啊。"莫向晚不以为意地说道，"别人都说我有两个儿子。"

莫北小激动了一下："难道你……"他平复了一下自己的小激动，想，自从他正式领证和莫家母子组成一家三口后，他们一直没有将家里是不是需要增加一个人口的计划提上日程，所以他们的保护措施一直做得很好。但也可能会发生意外，如果发生意外，他就不用再动歪脑筋了。

莫向晚不了解莫北心里转着的小激动的念头，她把洗衣机里滤干的衣服塞到他手里："大儿子，你把小儿子的衣服一起晾了吧！"

原来是这样。莫北叹了口气，手上挂着两件运动衫，带着一点小失望，开始干起了活。

番外（三）懂事莫非的秘密

长乐小厨的老板娘小严太太正准备开档时，莫北带着莫非来了。她笑眯眯地对莫非说："非非，今天又喝冬阴功汤吗？"

莫非点点头，扭头问他的爸爸："弟弟现在能喝了吗？"

他的爸爸说："弟弟太小了，还不能喝。"

小严转着轮椅出来："非非今天要吃猪颈肉吗？"

莫非又点点头："要的要的。"他欢呼着跑进他熟悉的包房里。

小严问莫北："非非很关心弟弟啊。"

莫北说："他已经习惯当好哥哥了。"

小严的合伙人杨简从厨房走出来，看到了莫北，问："你今天又来了啊？"

小严说："莫先生现在一、三、五都会带非非来的。"

杨简打趣道："谁让他自己不小心，有了小的，这不得安抚好大的嘛！他结婚的时候说过不会再要二胎。结果还是不小心。"

莫北只是温和地笑笑。

杨简问："莫非妈妈的身体好点了没？"

莫北说："好多了。"

小严说："什么时候把她也一起带过来吧？"

莫北说："等她身体养得再好一点。"

非非在包房里招手："爸爸快过来快过来。"

杨简说："莫北现在是铁打的儿子老婆奴，不过我一早就说过他是居家型的，现在这样倒是不意外。"

小严太太说："我先去看于先生家的球球了。"

莫非探出小脑袋来："我也蛮想去看看于直叔叔家的球球的，但是于叔叔好像不太喜欢我们去看她哎，我上次就摸了摸球球的小脚丫，和我弟弟的脚丫比了比，于叔叔就瞪了我半天，把我吓死了。"

杨简说："你于叔叔醋劲大，尤其是他宝贝闺女，谁都不能碰的。"

莫非吐个舌头："后来我去找球球妈妈告状了。"

莫北摸摸莫非的脑袋，他的手机响了起来，就去接起电话来。

杨简笑着表扬莫非："脑子转得真快。"

莫非摇头晃脑："球球妈妈后来就批评了于叔叔喏。上海男人都是怕老婆的，我爸也是的，我爸现在做什么事都要问问我妈。除了生我弟弟这件重要的事。"

杨简问："哦？具体说说你爸都是怎么做的？"

莫非说："我爸现在早上买早饭，还给我妈妈和弟弟烧了中饭再去上班。晚饭回来也是他烧的。"

杨简问："你们家不是有请保姆吗？"

莫非说："我爸说他烧的菜比保姆烧的好吃哩。我和妈妈也这么觉得。我爸说他最知道我和妈妈喜欢吃什么了。也只有我爸做的菜咸淡啊什么的我最喜欢。"

杨简笑："那你妈妈烧的菜呢？"

莫非撇撇嘴："我们搬家以后，妈妈就有弟弟了，后来爸爸就不让她做饭了，一直到现在。"一提到弟弟，莫非就兴奋起来，"我弟弟可好玩儿了，他已经会翻身了，而且好听话好听话的，不大哭的，我一咯吱他，他就笑了。”

杨简说：“看得出来你是个好哥哥。”

莫非挺起胸脯：“我肯定是呀！我都叫我爸爸妈妈放心的，我会照顾好我弟弟的。我以前不知道妈妈生孩子原来这么痛的呀！妈妈以前生我的时候应该也很痛的。我会永远爱我妈妈，永远听她话的。不过呢……”

杨简问：“不过什么呢？”

莫非说：“我爸爸在弟弟还没生出来的时候跟我说，他做错事了，妈妈要生弟弟了。他说本来他和妈妈只有我一个的，但是有了弟弟的话，他会更加更加爱我的。杨叔叔我告诉你一个秘密哦！”

杨简凑过去：“杨叔叔不会告诉别人的，你说吧。”

莫非说：“我知道我生下来很小很小的时候，大概和弟弟这么大的时候，爸爸就和妈妈离婚啦，他后来一直没有管我，他一直很内疚的，直到后来我找到他了，他大概觉得对不起我吧。他现在觉得他陪在弟弟身边的时间就会比陪在我身边的时间长了，因为弟弟一出生他就在呀。不过呢，我是不计较的。爷爷说大人和小孩子一样会做错事情的，我们小孩子也要原谅做错事的大人。”他耸耸小肩膀，“现在每个星期有三天，爸爸都带我一个人吃饭，我知道他是想弥补我啦！我会跟他说无所谓的啦！我们可以和妈妈和弟弟一起吃饭的！”

杨简又摸摸莫非的小脑袋：“非非真是个懂事的好孩子啊！”

番外（四）少年莫非的烦恼

第一篇私密日记

9 月第一周

终于开学了，庆贺我进入初中二年级的学习生涯。我终于可以摆脱暑假“保姆生活”。我对小孩可是很有一套的，我的弟弟远远能健康地长到五岁，我认为这一大半是我的功劳。可是我对关叔叔家的双胞胎很头疼。我可以照顾好一个孩子，但是对付三个孩子对我来说就是极大的考验了。尤其我觉得关叔叔的教育很有问题，佑佑是个十万个为什么都不能满足的儿童，佐佐是个十万个为什么都不肯听的儿童。我不得不装成两面派来对付他们。在教育问题上，我从远远的良好表现看到了我胜过大人们的地方。我爸也给予我很大的肯定，他一直称呼我为“最棒的哥哥”。嘿！这个称呼真不错！

对了，这个学期换了个男班主任，他让我们叫他“亮哥”，这是个好称呼，我喜欢他。

第二篇私密日记

9月第二周

于雷总是会来问我一些愚蠢的问题，他今天居然来问我“你觉得关都漂亮吗”。看在关都是关叔叔侄女的份上，我很勉为其难地告诉于雷我觉得她漂亮。可是，我的内心并没有这样想。关都在初一的时候就向班主任告密。作为初中生，总要有一些秘密是不能让大人知道的，这就是青春。可是关都把我们打篮球的秘密基地告诉了班主任。我不喜欢女班主任的一个主要原因是，她们不能理解每个男生都应该有一个秘密的打篮球的地方。

虽然翘了自习课去打篮球是不太遵守纪律的，我爸也深刻地批评了我，但我觉得更深一层的原因是他害怕他可能已经不是我的对手了。当然在我的心目中，他还是我强大的爸爸。

第三篇私密日记

9月第三周

于雷总是问我一些非常幼稚的问题，他问我：“你参加过你父母的婚礼吗？”我回答：“我参加过。”男人吧，长到一定的阶段都会特别自大吧？于雷不相信我说的话。作为一个聪明的男生，我当然知道我爸妈的事情。但是，也许，我爸我妈可能也以为我不知道吧？谁知道呢？大人们总是小看孩子们。我一定要做一件让他们吃惊的事情。但是每一件伟大的事情都需要资金。这句话是不是马云说的？我忘记了。没关系，我已经存了一大笔资金，并且得到了远远无条件的信任，他把他的压岁钱也投资到我伟大的事业中了。我一定会让我爸我妈大吃一惊的。

第四篇私密日记

9 月第四周

我计划着我的秘密计划，真实原因连一起投资的弟弟也没有告诉，因为他不懂。更不能告诉爷爷奶奶，对了，还有于雷。作为一个男生，他最大的缺点就是大嘴巴，他最近看美剧迷上了法律，特别爱和我爸聊天，告诉他太不安全了。可是这次在南京路遇到关都了，她会不会告诉我爸妈呢？所有的事情只要遇上女生就会变得特别麻烦。

亮哥好像要开始招募班委了，于雷建议我再一次参加班长竞选。可是最近我很忙，那家公司的接待员姐姐好像特别不相信我的样子，和大人交流太累了。

第五篇私密日记

10 月第一周

经过我的观察，关都应该没有把我的秘密告诉我爸妈。亮哥正式招募班委了，关都是个很厉害的班长候选人，当然，我也不差，虽然我在初一竞选班长的时候输给了她，但是只差了一票。于雷鼓励我这一次要加油，但是我决定为了感谢关都的义气，不参加班长的竞选了。我认为我的条件比较适合体育委员，从小学开始我就是个体育健将，我踢足球很棒，现在打篮球也很棒，我需要到新的领域发挥我的力量。

不过关都好像并不怎么领情，她依然用她幼稚的言论批评我的言行。她说：“你放弃班长竞选是一种没有勇气的行为。”我觉得女生的想法都太简单了，我想她一定理解不了我的大计划，我不和她一般见识。

第六篇私密日记

10月第二周

放完长假以后我发现，我的计划遭遇了最大的困难，于是我像一个成年人一样找徐叔叔诚恳地交流了一番。他对我的计划表示了极大的肯定，这给我打了一剂强心针。他答应给我贷款，而我可以等到下个学期的全国物理竞赛拿到名次和奖金后把钱还给他。徐叔叔是个特别优秀的企业家，他点评了我写的计划书，指出了不足。看来，我以后要多向徐叔叔请教。这是男人和男人之间的沟通。

徐叔叔对我的眼光非常信任，因为我爸每次给我妈买礼物都会请教我。徐叔叔请我为他挑选结婚戒指。每个男人在结婚前都会得选择困难症吧？徐叔叔在选戒指的时候一点都没有和我讨论计划时那样当机立断。我推荐的他都觉得好，可是要在十只戒指里挑选出最合适的一只对他来说太困难了。

一个问题：他在娶老婆的时候会不会有选择困难症？他是怎么把江阿姨挑出来的？

第七篇私密日记

10 月第三周

我对我爸我妈说：“你们都没有举行过一个像样的婚礼，在远远五岁生日的时候，再结一次婚吧！”我妈当场就哭了。当然，我爸作为一个男人，他没有表现出太激动的情绪。后来，我爸和我谈了一次，像男人和男人那样。我知道我爸妈他们年轻的时候就像很多电视剧里演的那样闪婚了，当然也像电视里演的那样就离婚了。爷爷说，年轻人总是会做出轻率的决定。后来他们复婚的时候为了照顾我的面子，不好意思办盛大的婚礼。我妈连婚纱都没有穿过。我认为，作为她的儿子，我要帮助她完成这个心愿。我找的婚庆公司里有很多款式的婚纱，相信我妈可以找到一件最漂亮的。我妈抱着我又哭了。她以前从来不哭。

图书在版编目（CIP）数据

怪你过分美丽：全 2 册 / 未再著 . -- 南京：江苏凤凰文艺出版社，2019.11
ISBN 978-7-5594-0325-4

Ⅰ . ①怪… Ⅱ . ①未… Ⅲ . ①长篇小说 - 中国 - 当代
Ⅳ . ① I247.5

中国版本图书馆 CIP 数据核字 (2019) 第 178562 号

怪你过分美丽：全 2 册

未再 著

出 版 人	张在健
责任编辑	刘洲原
特约编辑	马春雪　苗玉佳
装帧设计	仙　境
责任印制	刘　巍
出版发行	江苏凤凰文艺出版社
	南京市中央路 165 号，邮编：210009
网　　址	http://www.jswenyi.com
印　　刷	北京永顺兴望印刷厂
开　　本	880 毫米 ×1230 毫米 1/32
印　　张	16.5
字　　数	390 千字
版　　次	2019 年 11 月第 1 版　2019 年 11 月第 1 次印刷
书　　号	ISBN 978-7-5594-0325-4
定　　价	49.80 元